吉林省作家协会◎编

黑土流金

山乡巨变的吉林答卷

上

时代文艺出版社
SHIDAI WENYI CHUBANSHE

图书在版编目（CIP）数据

黑土流金：山乡巨变的吉林答卷 / 吉林省作家协会
编. --长春：时代文艺出版社，2024.3
ISBN 978-7-5387-7279-1

Ⅰ.①黑… Ⅱ.①吉… Ⅲ.①报告文学－作品集－中
国－当代 Ⅳ.①I25

中国国家版本馆CIP数据核字(2023)第210507号

黑土流金：山乡巨变的吉林答卷

HEITU LIUJIN：SHANXIANG JUBIAN DE JILIN DAJUAN

吉林省作家协会　编

出 品 人：吴　刚
责任编辑：陆　凤
装帧设计：孙　利
排版制作：隋淑凤

出版发行：时代文艺出版社
地　　址：长春市福祉大路5788号　龙腾国际大厦A座15层　（130118）
电　　话：0431-81629751（总编办）　　0431-81629758（发行部）
官方微博：weibo.com/tlapress
开　　本：880mm×1230mm　1/32
字　　数：450千字
印　　张：24.625
印　　刷：吉林省吉广国际广告股份有限公司
版　　次：2024年3月第1版
印　　次：2024年3月第1次印刷
定　　价：88.00元

目录 Contents

上

下

光东村纪事

任林举

　　10月的艳阳依然灿烂。路边的庄稼虽然大部分已经收割完毕，但路边五颜六色的波斯菊还在迎风绽放。微风中，摇摇晃晃的花朵，像一个个闪亮的灯盏，照耀着天空，也照耀着这个金色的季节。

　　车从延吉出发，过龙井市，再前行10公里就到了久负盛名的光东村。

　　说光东村久负盛名，似乎也有一点儿夸张。这个坐落在海兰江畔的朝鲜族村庄，不过是在2015年7月习近平总书记来视察之后才变得广为人知。在之前的近一个世纪的时光里，光东村一直躲在大山里，默默无闻。也只有最近几年，它才名副其实，在星罗棋布的小山村里绽放出夺目的光彩。

　　据光东村的老者回忆，光东村之所以叫这样的一个名字，与它的地理位置有直接的关系。这个建立于 1934 年的小村，因为归属于和龙市东城镇管辖，地处东城镇辖区的最东部，又是山间的一个小型平原，方圆百里光照最充足的土地，所以取名为光东。

一

说是获得新生也好，说是丑小鸭已经出落成白天鹅也好，如今的光东村，无论你动用的是哪种感官，都很难捕捉到传统农村的"土"和"俗"。房屋清一色是黑瓦、白墙、大坡翘角的朝鲜族经典民居，古朴典雅，仿佛每一座房屋都是一份历史的遗存。房屋外是砖混结构的花墙，墙已被漆成白底蓝边的彩墙，其间，偶尔点缀着零星的花草和民俗画，不密、不乱、不俗，足见设计者的品位和用心。墙外是各种树木、花草，墙内是蔬菜、药材等庭院经济作物。有一些房屋的门前特意搭建了木质平台，房前房后只种植了各色鲜花，那是被旅游公司改造过的民宿，在古代，应该叫做"客舍"。村子的主街道和每一条巷道都已经"硬化"成了水泥路面，路边排水沟的修葺以及垃圾箱的摆放，虽然是为了实用而设，看起来却像一种漂亮的装饰。举头，就能看到村里几处高大一些的建筑，其中一处是稻作文化展览馆，虽如鹤立鸡群，却在外观和风格上与其他民居构成了一种呼应、互动与和谐。

旅游公司的会馆门前已经停靠了四五台大巴，一个身着朝鲜族传统服装的导游，正拿着一面小旗带着一大群人在村街上行走。几千平米的门球场上，一些老人们正在聚精会神地游戏。远处隐约传来洞箫、唢呐和伽倻琴混杂的乐声，广场上在进行着一场盛装的民族舞表演……看来，这又是光东村繁忙而热闹的一天。

光东村村主任金英淑是三十年前嫁到光东村来的。在现有的村民中，她是最了解光东村历史，也是最能说清光东村历史的一个人了。她觉得光东村从无到有、从贫到富，从过去那种脏乱、落后到今天的现代、美好，完全是朝鲜族村庄发展的缩影，很有必要收集、整理和记录下来，告诉后来人，这里都曾经发生过什么，是怎么一步步变成现在这个样子的。金英淑和光东村的很多村民一样，有一个没有办法克服的"短板"，就是汉语不够好，有一些年纪更大的人，至今无法用汉语和外界沟通。于是，她就和驻村第一书记玄杰研究，要找一个既了解光东村历史又有一些文字功夫的人，把光东村的村史整理出来。

更远的历史，可能就需要用专业手段在各种文史资料中搜集、"打捞"了，但近半个多世纪的历史，金英淑还是比较熟悉的。讲起来，更是感触良多，欲罢不能。

金英淑出生于 20 世纪 60 年代。从小到大，始终没有脱离过农村生活，记忆里深深地刻印着过去农村生活的艰苦。

那时，不管哪个村庄，朝鲜族的房子基本都是一样的，泥墙、草顶、土院子，夏天下雨一脚泥，冬天四壁挂满了霜。不但住的条件差，穿的、用的、吃的都很差。每个人身上的衣服都打着补丁。现在人们已经想象不出打补丁的衣服是一个什么样子了，但那时，人们看到了谁穿的衣服上没打补丁，眼睛都会一亮。为了贴补家用，农民把宅地上的前后"园子"都利用上，种一点儿值钱的蔬菜和经济作物，拿出去卖掉，换回一点儿生活用品或粮食。

"习近平总书记来视察的时候，光东村的情况还没有根本好转。那时，除了有一家比较好的有机水稻种植合作社和一家旅游公司，其他的都没有太大的变化。很多村民一直猜测，为什么那么多村庄，习总书记偏偏就选择了来光东村？村里的人到处打听，也没有人告诉我们为什么。反正，总书记来过之后村子的好运气就来了。自从那一年之后，延边州农村旱厕改造试点就从光东村开始了，因为习总书记来光东村指示过，要来一次厕所革命，让农村群众用上卫生的厕所；转年，全国脱贫攻坚战也开始了，村里就像发生了什么奇迹一样，一切都迅速好了起来。民宿项目火了，大米也出名了，村民们的日子过得越来越好了，精神状态也不一样了……几年之内，出国打工的人再回来，都大吃一惊，说光东村变得快让人不认识了。一些人权衡了一下，觉得回光东村来生活，在村子里干一些事情要比在外打工强，就陆陆续续地回来了。

回来的人，有的在村子里住，有的在25公里外的延吉市买了房子，把村子里的房子租给旅游公司……"金英淑的汉语讲得并不是很流畅，但他内心的喜悦和自豪之情，还是表达的很充分。以往，如果村子里来了"客人"，金英淑都因为汉语不流畅躲在一边，把介绍村子和脱贫攻坚情况的任务交给驻村第一书记玄杰。

但那天玄杰一直在外边忙碌，腾不出空来。这位2017年初就从和龙市委办公室来光东村的第一书记，仅仅两年多一点儿的时间，已经锻炼成文武双全、里外全能的一把好手。说文，村里所有的文案、档案、卡片他都在行，贫困户、村经济、一应数据和情况无不烂熟于胸。说武，村容村貌、环境治理，事事动手，处处带头；走访入户，为村子的贫困老人跑东跑西地服务，从不发怵，从不懈怠。很多老人都把小玄当自家的孩子对待，情感和行动上，近于依赖，每天有联系，每天都沟通。村里的大型项目，每一项都经小玄亲自联络、对接和推进。这会儿，他正忙着指挥施工人员进行村子下水管道的改造。自从旱厕改造以来，光东村已经尝试了第三种方式的排污方法，经过两年多的试运行，排除了两种储罐式排污方式，最后确定了目前这种以永久下水管道排污和集中净化处理的方式。至此，厕所的问题算得到了根本解决，也为全省农村的旱厕改造提供了成功经验。

玄杰忙完了施工现场的工作布置，又把迎接检查的事项向几个工作队员交待完毕，终于可以坐下来系统地介绍一下光东村几年来的扶贫工作情况。这个 2008 年才从延边大学毕业的年轻人，一旦坐到会议桌前，有板有眼地说起村里的工作，便仿佛是一个身经百战的老干部，胸有成竹，复杂的"脱贫攻坚"经过他的归纳和梳理，遂变得条理清晰、简捷、明了——

光东村几乎是一个纯粹的朝鲜族村落，绝大多数村民是朝鲜族人。在 787 个在籍村民中，有 767 人是朝鲜族，占全村总人口的 98%。这个村，虽然目前常住人口并不多，但幅员面积却不算小，共 724.71 公顷，耕地面积达 386 公顷，其中水田 171 公顷、旱田 215 公顷，以种植绿色、有机水稻为主。和全国其他地方的村庄比较，光东村的特点已经显而易见。一是空地多，二是空房多。空地多，就可以利用土地流转、出租、定制、农民合作社等方式进行规模化经营；空房多就可以利用现有的闲置房屋参与民宿、旅游开发，创造经济效益。所以，近几年光东村的经济渠道充分打开之后，各方面工作都取得了跨越式发展。

如此，光东村大的经济来源主要由两部分组成：一部分来自于旅游项目，一部分来自稻田分享项目。统计到 2019 年末，光东村共实现旅游收入 320 万元，共享稻田收入 80 万元，农民人均纯收入超 1.4 万元；集体收入达到 96.6 万元。紧接着，荣誉也来了一大堆：延边州十佳魅力乡村、吉林省金穗级乡村旅游示范点、特色旅游名镇名村、省级生态村、新农村建设省级示范村、省级文明村，全国休闲农业与乡村旅游示范点、国家级文明村等等。

现年71岁的高炳日和有二级残疾的妻子金允子，是这个村最典型、最困难的贫困户，由于二人均已没有劳动能力，生活来源只能来自土地租金和政策性收入。他们的收入基本代表了光东村村民收入的平均水平。据初步统计，2019年高炳日家总体收入如下：低保金10308元、养老保险金2040元、项目分红2600元、土地租金3600元、农补1744元、赡养2500元、共享庭院500元、残补1920元、精准增收600元，家庭年收入25812元，人均收入12906元。如果贫困村民年纪不算太大，还能够在水稻合作社、旅游公司或村环境建设中打一点儿零工，收入提升幅度就会更大。对于一般的贫困户而言，除了政策性收入外，在外地打工的子女也会寄钱回来赡养父母。至2018年底，光东村所有的贫困户都已经全部提前脱贫。

玄杰说："我们正在调整目标，光东村的下一个目标是要奔小康！"

二

这个季节，没有谁比"吗西达"有机大米品牌创始人金君更加忙碌。

稻谷从田间收回之后，金君便天天守在工厂。一边指挥着烘干和入户收储，一边还要忙着加工外运。一大串订单等在那里，用户们都在期盼着吃上当年出产的新大米。

"吗西达"在朝鲜语中是好吃的意思。为了保证"吗西达"大米稳定、好吃的品牌形象，金君要亲自调试加工机器。从水稻种植，到大米的包装出厂，育苗、插秧、田间管理、收割等，金君几乎一个环节都不落，必须进入现场，亲自指挥布置，但不一定亲自上手。唯有大米加工环节，他是必须亲自动手。金君深知那些程序复杂、操作难度很大的高级机器的脾气，必须根据每批水稻的特质进行跟踪、精细操作，否则不但会造成很大浪费，还无法保证大米的品相。这是他从小到大养成的性格。不是对别人不信任，而是他太知道自己和别人都能把事情做到什么程度。

想当初，在日本期间，就因为他的这种锲而不舍、精益求精的品格才让他有了一份不错的工作。去日本留学时，他还不到20岁。因为家里经济条件不好，留学期间必须要不断打工才能维持自己的学习、生活费用。很多从中国农村去的孩子，由于年纪小、生活经历少，没有任何技能，只能在日本的饭店里择菜和洗碗。这些工作本来就简单、枯燥、报酬低廉，由于种种原因，学生们也很少能够在一个地方坚持干很久。但金君不一样，在他打工的寿司店，学生们来了又走，换过无数茬，其中有的是自己主动走的，更多的是被饭店"捧"走的，最后只有他一直还留在那里，一干就是三年。寿司店的老板是一个慈祥的老者，员工们都尊称他为"老爸"。金君的沉默、耐心、细心和坚忍，让"老爸"看在眼里，渐渐地喜欢上了这个沉默寡言的小伙子。

大学要毕业的时候，"老爸"问金君："你将来有什么打算？"

金君毫不掩饰："我就想在寿司店当个厨师，非常想！"

"好吧！"寿司店的老板笑了。

从金君拿到毕业证的那天起，"老爸"就不让他再继续洗碗，而是让他当了一名见习厨师。一开始就是让他练基本功。老板给了他一把一尺长的刀，每天让他坚持切一寸长的肉片。要求切出来的肉片又薄又匀称。每天就干这一件事，有时，一切就是两三个小时。人们以为这么细致、无聊的工作这个年轻人肯定会因为觉得乏味而表现出厌倦，但金君不但没有厌弃和懈怠，反而一如既往地表现出浓厚的兴趣和热情，乐此不疲。原来，他是把这段经历当作人生中的一种修炼，有意识地借以磨练自己的耐性和毅力。

七年的留学和工作经历，让金君完全适应了日本的城市生活。这期间，金君又结识了在日本工作的延吉姑娘方雪花，两人确立了恋爱关系。正在他们谈婚论嫁，准备在日本建立一个美满家庭之际，金君接到了叔叔金淳哲的电话，要求他回来接替自己经营田产。这个意外情况，使金君陷入两难境地。回，就要放弃多年来的梦想，多年的奋斗和努力将"一键清零";不回,又伤了父辈情感和意愿,辜负了他们的苦心。为慎重起见,他特意带着方雪花回到了光东村。当他全面了解了国内农村产业政策和光东村的现实状况后,觉得走一条农村产业现代化的路子,可以干一番无可限量的大事业。虽然困难要比想象的大一些,但前景和发展空间却非常广阔。最终,他决定放弃海外生活的安稳和安逸,选择一条回乡打拼、创业之路。

2009年夏天,金君携恋人方雪花回到了自己的出生地——光东村,从叔叔手中接过了20公顷土地,还有一个碾米作坊和平岗大米、琵岩山大米两个品牌,开始了在家乡的艰苦创业。创业之初,步履维艰。不但光东村,整个中国的农业发展方向必然是大面积、机械化、集约化经营,这是毋庸置疑的,也是没有选择的。然而,尽管农村产业现代化的理念令人振奋,但资金的一次性投入却令人畏惧。鉴于自己的资金实力并不雄厚,金君听从了父亲和叔叔的建议,打消了一次性大规模投入的念头,决定从小到大一点点做起,边探索、边经营、边扩大规模,走滚动发展的稳健路子。

牛刀小试,刚开始的前两年,金君的稻米种植和加工事业不但顺风顺水,而且成绩卓然。初步成功给了金君以极大的信心和勇气,至2012年,他的水田面积已经扩大了一倍。可就在那一年,命运之神又让这个性格坚韧的年轻人经受了一次严厉的考验和磨炼。2012年6月份的低温冷害一下子将海兰江畔的水稻成熟期推迟了十几天。刚开始收割，10月17日，一场暴雪又突然从天而降，刚刚成熟的水稻被冻硬在田地里。好容易盼来了天气转暖，可又一场暴雪不期而至。几经冰冻融化，沉甸甸的稻穗终于承受不起大自然的折腾，纷纷倒伏在冰水里。国家一级水稻的含水标准为14.5%，最多不超过15%，正常收割的水稻含水量在16%至18%，而这些从冰水中捞出的水稻含水量却高达30%，无论怎么烘干，都已严重影响了品质。这一年，金君非但没有利润，还一下子赔了一百多万元。

面对损失，村民们欲哭无泪。遭此打击之后，一些小的种粮户以更加决绝的态度逃离了这片喜怒无常的土地。让人们意想不到的是，这些困难和打击丝毫没有动摇金君继续种田的决心。在他看来，自然灾害是不可避免的，任何时候都有可能发生，只要人们有充分的准备和恰当、及时的应对方案，一般的困难都可以挺过来。2012年的这场天灾，自己就是吃了没有大型机械的亏，只要有大型收割机，及时关注天气的变化，这样的自然灾害所造成的损失是完全可以避免的。中国几千年的农业规律告诉人们，自然和气候总是波动的，坏的过去，好的就会接踵而至。自然是恩慈的，正所谓"天无绝人之路"，就在别人放弃的时候，金君选择了坚持。那一年，他横下了一条心，把所有离开村庄农民的土地流转过来，又把在韩国工作的弟弟动员回来加入了公司，和他一起干。

2013 年是他事业的一个重要转折。金君一仗翻身，不但水田面积得到了扩张，而且为进一步更新机械设备积累了丰厚的资本。以此为一个新的起点，金君的事业开始逐年走向发展壮大。目前，金君的有机大米农场有限公司已流转土地近百公顷，水田 70 公顷，拥有大型收割机 3 台、插秧机 12 台、播种机 1 台、拖拉机 3 台、年产 2.5 万吨的大米加工设备 1 套。生产海兰江大米、五谷杂粮、高粱、糙米、黑米、小米等 6 个系列十几个品种的有机米。公司还在延吉市设立了直销店，金君的爱人方雪花负责日常销售。2018 年公司年产值已达 3200 多万元，企业年加工量达到了 2800 吨，实现净利润达 168 万元。这个集生产、加工、销售于一体的农场公司终于步入了良性发展的轨道。在金君的带动下，七八名外出打工的青年看到了家乡的美好前景，又回到了光东村，协助金君一起打拼、创业。

现在，最让金君感到自豪的是，习近平总书记视察延边时，所视察的农田就是他家的水稻田。所以，对来公司的所有客人，金君必须要做的一件事就是带客人去"总书记视察地"看看。"总书记视察地"是金君自己琢磨出来的说法。在他的延边大米展示馆里，不仅挂着习总书记视察时的巨幅照片，VR 场景展示内容里，也专门设置了这项重要内容。他说，他要让所有吃到"吗西达"大米的人都知道并记住一个重要的日子——2015 年 7 月 16 日。因为那一天，习近平总书记来到光东村视察，并叮嘱人们"粮食也要打出品牌，这样价格好、效益好"。因为那一天，一个好吃的大米品牌应运而生。

总书记来视察时，金君的大米加工厂规模还很小，设备也相对落后，加工能力远远满足不了市场需求。而且，村里大部分农户都是将粮食卖给中间商，大米价格始终保持在低端水平，没有形成品牌，更谈不上附加值。总书记的话，给金君增添了巨大的信心和动力，很长一段时间以来，他就在酝酿如何进一步加快光东村的大米品牌建设。恰好这时和龙市出台了产业扶贫贷款政策，对参与脱贫攻坚的企业予以贷款扶持。此项政策也恰好契合了金君的内心想法：一是要扩大再生产，二是要让村子里的人包括贫困人口都因为自己的企业受益。于是，他马上向市里申请贷款了100万元的扶贫资金，又通过个人渠道自筹600万元，购买了一些水稻加工设备，扩建了厂房，并创建了"吗西达"大米品牌。

从此，金君的企业发展和开销里，便事事与村里的贫困人口有了牵连。在100万元的扶贫资金里，每年他要拿出8万元用于光东村贫困户的分红和增加村集体收入。同时，为了帮助村里无劳动能力农户增收，金君以高于土地流转市场价500元/公顷的方式，流转了62户农户的土地，成立了专业农场。农场直接从经营利润中列支了光东村13个贫困户共19人的分红款。

对于一家私营企业的这些举动，金君有着自己的理解和表述："我觉得挣了钱，不能忘了乡亲们，这些都离不开村里的帮助和支持，而且我本身也是土生土长的光东人，村里的大叔、大娘都是看着我长大的，跟一家人一样，每当过年的时候，我都会给一些没有劳动能力的贫困户拿500元现金和豆油等东西，因为有了这些人的帮助，我才能走到今天，我觉得我有责任和义务帮助这些人……"

1983年出生的金君，论年龄不过40岁，还处于人生的起步阶段，也应该是一个比较稚嫩的阶段。阳光从无云的天空洒下来，照在他那张还没来得及生出皱纹的脸上，很难让人捕捉到丝毫的沧桑。但他那沉稳的谈吐、老成的举止和一些不得不让人刮目相看的想法，却为他实际的年龄和人生经验加注了沉甸甸的分量，他已经不再是一个一般意义上的年轻人或普通农民了。他就是这片土地上的新主人，就是光东村的未来。

金君说："我要把光东村水稻这个支柱产业做大，把'吗西达'的品牌做起来，带领村民一起过上好日子。

虽然，光东村的未来也不一定成为他想象的样子，但只要金君这样的年轻人不离弃自己的村庄，并为了这个村庄的发展不懈地努力，它的未来就一定会更加美好。

三

同样是活跃在光东村并支撑光东村运行和发展的年轻人，

杨丽娜却并不是光东村人。

2011年，杨丽娜刚到光东村时还是个20刚出头的小姑娘。大学毕业后，杨丽娜经过比较和选择，最终决定投身旅游行业。起初，她在一家长白山区的旅游公司做计划调度工作。后来她发现，依托旅游资源十分丰富的长白山，完全可以放开手脚做一番大事业。经过一段时间的酝酿、考察，她干脆辞去了原来的工作，建立起了自己的旅游公司。凭着对旅游市场的准确把握和丰富的人脉关系，她的旅游公司很快便成为长白山区旅游市场上一个后起之秀。

带团几年，杨丽娜发现，很多天南地北的旅游客人在饱览长白山自然风光之后，对朝鲜族民俗文化包括风俗、习惯、艺术、饮食等都分外感兴趣。客人们的需求，正是旅游业的业务增长点。这个清晰、明确的动向，让杨丽娜萌生了一个新的想法。她打算把主要精力从传统的旅游项目中撤出来，再成立一个文旅公司，专做朝鲜族民俗旅游项目。

经过反复考察，杨丽娜把目标锁定在光东村。2011年初，杨丽娜开始和光东村接触、商谈。终于在4月成功地谈下了第一单合同。她成功地租下了废弃的光东小学旧址，并开始了紧锣密鼓地施工改造，打造出一座专门供应朝鲜族特色饮食的旅游餐厅。7月2日，延边光东朝鲜族民俗旅游服务公司正式挂牌营业。和杨丽娜分析的一样，由于光东村正处在去往长白山景区的节点上，有70%下山的客人、20%上山的客人和 10% 去俄罗斯的客人都要路过这里。公司旗下的朝鲜族民俗餐厅一开业便宾客盈门，当年就接待游客 6 万多人次。

2012 年，政府推动的农村泥草房改造工程再次给杨丽娜提供了商机。经过三年时间，光东村的住房全部改造成焕然一新、独具朝鲜族民族特点的民居。由于村民纷纷外出，这些民居空置率很高。这时，头脑灵动的杨丽娜又开始勾勒起另一幅美好的蓝图——如果，把路过的客人留下，让他们全方位体验朝鲜族风情，住朝鲜族民居，吃特色风味，看民族歌舞，购买特色农产品，与村民互动……如此一来，客人的需求得到了全方位的满足，公司的业务领域得到了进一步扩大，光东村的知名度得到了进一步提高，村民的收入渠道也将进一步增加。一举多得，岂不完美！

杨丽娜的想法马上得到了村党支部的赞同和支持。但由于涉及房屋的租金和是否自愿等敏感问题，村里不能直接插手。具体联系、商谈要由旅游公司出面和闲置房屋的房主联系。具体实施原则，是村民与公司合作，由村民出房子，公司出改造装修资金。前期，利润的 70% 归公司，30% 归村民；收回投资后，利润的 70% 归村民，30% 归公司。这个看似十分优惠的分成比例，却没有得到多数村民的认同，有的村民甚至怀疑起杨丽娜的动机，宁可将房屋空置。对此，杨丽娜是有心理准备的。村子里很多老人，一辈子都没怎么离开过村子，外边的世界和变化对他们来说是陌生的，也是可怕的。

突然就来了一些陌生的人说要给他们利益，他们并不敢相信。在他们的思维里，还没有互惠、共赢这个概念。对于他们并不了解和熟悉的人和事，他们只能以拒绝的方式防范。"我不占别人的便宜，别人也别想蒙骗我。"杨丽娜并不着急，她相信时间会改变一切，但暂时必须要调整一下思路，以交付租金的形式先将民居租下，慢慢增进了解，慢慢做工作，改造一户投入使用一户。

杨丽娜至今也说不清为什么一来到这个村子心里就有一种说不出的喜欢，包括村子整体的感觉和那些虽然陌生却让人感到亲切的人们。在杨丽娜看来，仿佛这村子的每一座房屋、每一条街道和每一棵植物都有表情、有情感，都让她置身其中感觉到妥帖和安然。这就是一个人与一个地方的"缘分"吧？也正是这份莫名的喜欢让她心甘情愿地把自己当成光东村的人；也正是这份喜欢，让她以轻松的态度克服和解决了一个又一个困难，并坚定不移地留在光东村。

通过旅游公司的宣传，来光东村的游客越来越多了，但很多游客觉得就这样吃完饭，在村子里简单转一转一走了之总是意犹未尽，觉得少了点儿什么。杨丽娜知道游客心里在期盼什么。于是，她突然想动员村里的老人们成立一个演出队。她设想，如果由旅游公司与演出队签订长期表演合同，既激发了老人们的活力，又增加了村民的收入，他们肯定会欣然接受。可实际上，她把村里那些能歌善舞的老人们问个遍，却没有人应允。为什么？杨丽娜天天碰钉子，天天在心里一遍遍问自己为什么。是自己做错了什么，还是老人们顽固不化？在相当长的一段时间里，她一直找不到答案，因为没有人理解她真正的用意，没有人相信她。

8月15日，是朝鲜族一年一度的老人节。老人节前夕，杨丽娜和村干部商量，老人节期间她想和村委共同请村里的全体老人吃顿饭，共同欢度节日。名义上两家共同承办，实际上所有的费用和筹备工作都由旅游公司承担。朝鲜族是一个热爱生活、能歌善舞的民族，只要环境适宜，大家很快就会沉浸在欢乐的气氛之中。

老年节的庆祝活动举办得很成功，场上气氛热烈时，老人们纷纷放下手中的酒杯，自发组织起来，跳起了传统的民族舞蹈。杨丽娜和公司员工们虽然也跳不好，但全部下场，参与其中。热烈的气氛，一下子拉近了人们的心理距离。这一次活动之后，似乎老人们便不再觉得他们是局外人或陌生人，往来之间，便少了隔阂。这时，一些喜欢交流的老人，才告诉杨丽娜，村民们不是不愿意组织起来跳舞，如果作为爱好，大家是喜欢的，但为了挣钱，却没有人愿意去表演，他们嫌丢人，觉得为了那几个钱去表演会让人瞧不起的。不但跳舞不干，村里动员他们出来向游客卖一点儿水果、鱼干、辣白菜等特色小吃或民俗饰品，他们都一概拒绝，原因是一样的——怕人笑话。知道了原因之后，杨丽娜就知道怎么办了，只要把成立演出队的理由调整为传承民族文化和推动村子发展，一切就顺理成章了。她不再直接找村民谈，而是和光东村谈，合同也是和光东村签。演出队的表演是有偿的，每一场表演分别给光东村和演出队员一部分钱。

打开了人际关系的缺口后，村民们渐渐对这伙年轻人有了深入了解，也品味出杨丽娜这帮年轻人是他们心里的"好人"，不但对人真诚，可亲、可爱，而且真给村庄带来了活力和实实在在的益处。这时，民宿项目也打开了局面，可利用的民宿一下子就扩大到了45户。其中，有旅游公司自己改造的，也有光东村改造后与旅游公司签订租赁合同的。随着规模的扩大，总体效益也显现出来，到2019年，仅民宿收入就达到300余万元。

每逢传统节日，旅游公司都要按例给村民们发一些物品，有时是两箱水果，有时是两箱刀鱼或其他什么，公司职员像看望自己的父母一样次次不落。每次送东西，都是杨丽娜亲自带领员工一起去，因为村里有很多老人听不懂汉语，杨丽娜用了几年的工夫，已经熟练地掌握了朝鲜族日常用语。

2019年元旦旅游公司又开始忙着给各家各户发东西。当发到村民金男洙家时，杨丽娜突然想起来这个老人已经不在村子里了！自从2013年以来，这个患有严重精神疾病的老人就一直由杨丽娜的旅游公司来包保、照顾。杨丽娜就像照顾自己的亲人一样，不但负责了他的生活费用，而且经常带人去他家帮助料理家务，这个谁都不愿意管的人，杨丽娜却一管到底。老人发病时，到处骂人、喊叫，但就是对旅游公司的姑娘们好。说不上哪一天，他感觉女孩儿们的衣服"不好看"了，便回家翻出一堆衣服给她们穿。哪怕他的病正在发作期，只要一见到杨丽娜，立即安静下来，乖乖地听她的话回到了家里。如今，老人已经被村里送到了精神病医院治疗，人去屋空，杨丽娜触景生情，不禁流下了眼泪。

表面刚强的杨丽娜，内心却敏感、柔软。2016 年以后，旅游公司也配合脱贫攻坚包保了一些农户。杨丽娜包保的那家贫困户是一个老太太带着一个父母双亡的小孙女。老人不认识汉字，给她发的食品和电器什么的都不会使用。只要老太太打电话求助，不管多忙，杨丽娜都会尽快赶去教她如何使用。老太太的孙女叫李智恩，闲暇时杨丽娜就会和小女孩儿多说一些话，像妈妈一样，耐心细致地教她一些好好学习和如何做人的道理。有时也谈一些内心的渴望和情感方面的事情。小智恩就告诉她，最羡慕那些有爸有妈的孩子，放学时还有爸妈开着汽车来接。孩子内心的渴望，杨丽娜记在心里，过后，就特意安排一个员工有时间就开车去学校接孩子一趟，也让孩子感受一下被人宠爱的滋味。

一天，小智恩看见杨丽娜穿的裙子好看，便依偎过来，抱住她，很好奇地用手抚摸她的裙子。杨丽娜看出了小女孩儿的心思，再看看这个没妈的孩子一身粗糙的衣服，又不禁心生怜悯，泪水潸然。第二天，她就亲自去商店给孩子买了两套漂亮的裙装。小智恩的奶奶虽然不懂汉语又家境贫困，但杨丽娜对小孙女的真诚关怀却让她心存感激，念念不忘。

夏天到了，老太太去山上采回了一筐蘑菇，要借此表达一下内心的感情。她坚持要杨丽娜收下这份特殊的礼物，杨丽娜怎么肯收，抽身就走。可是老太太内心堆积着要表达的情感啊！跟头把式地一直追到门外，急得直哭。没办法，杨丽娜只能领下老太太这份情。

2017年7月，杨丽娜受央视主办的"魅力中国城"节目邀请，去录制乡村文旅节目，临走，20多名村民赶到公司来给她送行，大家一致要求在公司门前合影留念。就在工作人员按下快门的一瞬，杨丽娜真切地感觉到，自己已经真正成为光东村的一分子了，而这些脸上洒满了阳光的人，正是自己用真心、真情换来的家庭之外的亲人。

四

村民李龙植的家，与光东村村部仅仅一道之隔。从村部大门前出发，到坐在他家的朝鲜族大炕上，最多只需要一分钟时间。

习近平总书记到光东村视察时就去了他家。转眼，几年时间过去，但在光东村村民的记忆里，那个难忘的时刻仍如刚刚过去，仿佛就在昨天。一进李龙植的家，就能看到对面墙上最显眼的位置挂着一张大幅照片。照片记录了 2015 年 7 月 16 日习总书记视察到李龙植家里的情景——十来个村民身着节日盛装，围坐成一个圆圈，听习总书记问寒问暖，向习总书记汇报自己的生活状况……

当年 76 岁的李龙植，是中国共产党员。他的致贫原因，和光东村很多贫困户基本雷同，主要是因病，因老。年纪大了，不再有劳动能力又患有疾病。老先生的妻子宋明玉也已经 73 岁。二人有两个女儿，均已成家，一个靠在韩国打工、一个靠在广州做家政维持生计。宋明玉说，家里的生活指望不上子女，主要还是依靠国家的政策性收入。老两口汉语讲得都不是很好，要表达的内容一多，干脆就讲起了朝鲜语，需要有一个既懂汉语也懂朝鲜语的人做翻译。但如果问到家庭收入时，则完全可以省去很多不必要的翻译环节。老太太宋明玉微笑着朝墙上一指便代替了回答。墙上有一张卡片，把这个家庭的基本情况和一年来的各种收入都写得清清楚楚：2019 年李龙植家庭主要收入——计划生育金 1920 元，养老保险金 9187 元，低保金 9727 元，土地租金 8000 元，扶贫产业分红资金 3500 元，共计 34662 元。自从享受了医疗扶贫政策之后，看病基本不用花什么钱了，这每年 3 万多元的收入，对于两个生活在乡村的老人来说，已经丰丰足足。

李龙植老先生得了脑血栓之后，落下了记忆力明显衰退的后遗症,很多事情都因为印象不深记不清了,但习总书记来家里做客的事情却还记得。最近几年,来光东村采访的央视、省台以及地方的记者一拨儿接一拨儿,都想来报道一下这个新闻热点;来光东村旅游或访问的其他客人,也想来李龙植家看看,和他聊一聊当时情景和感受。这样一来,两个老人就成了远近闻名的"明星"。

一样是朝鲜族老人,性格外向的方顺烈讲起自己和光东村的事情竟那样的兴致勃勃。

67岁的方顺烈在光东村的老人里,算是比较年轻的了。目前,他还兼任着光东村老年演出队的队长,需要经常组织队员们为村里来的客人表演朝鲜族传统舞蹈。只要搭上话,你就会发现这个老人不一般,沟通能力、语言表达能力和精神状态都具有一种很强的感染力。

与大部分中国20世纪50年代出生的人一样,方顺烈小时候家境并不富裕,兄妹七人,四男三女,只靠父亲一人在外劳动养家糊口,应该说日子过得很是拮据。但那时的人却都富有理想,积极、乐观。父亲是一个有艺术天分的人,不管农活有多累,只要有一点儿闲暇,就会把喜欢的笛子拿出来吹奏一段。其他的兄弟姊妹对艺术毫无感觉,只有方顺烈一人如醉如痴。有时,父亲不在时,他便把笛子拿出来自己练习着吹奏,没多久竟然也吹得有音有调。

从小,他就有一个梦想,将来长大了要当一个乐器演奏家，无论长笛、洞箫，只要有一样乐器就好。可是，真正长大之后，因为生长在农村，没有机会上大学，恢复高考制度之后，年龄已经偏大，且没有良好的基础，就只能在乡务农。许多年过去，为了生计他务过农，当过出租车司机，开过小杂货店，去韩国打过工，养鸡场、饭店、建筑工地……什么工作都干过，四处奔波之中，早已经把少年时的梦想抛在一边。

光东村成立老年演出队时，方顺烈第一个报了名。由于他舞蹈功底好，有艺术天分，又会吹洞箫和萨克斯，很快就成了演出队的灵魂人物。为了把舞跳得地道漂亮他自费去延吉市找老师指导，为了把乐器玩儿得更专业，他天天关门苦练，吹出的曲子听起来都很专业。这两年孩子们和老伴经常催促他多去陪家人，但他实在忙得脱不开身。他一走，演出队的表演就大打折扣。关键是，旅游公司的年轻人们天天围着他身前身后地转，哄他开心，不愿意让他走。整个旅游旺季，几乎天天有表演，最多时一天表演了 6 场。根据光东村和旅游公司签订的合同，表演一场，旅游公司给每个队员报酬 50 元，给光东村 100 元。钱多或钱少老人们并不是很在意，他们在意的是这件事本身给村子带来的利益和给他们自己带来的快乐与价值。

配合的时间久了，老人们和旅游公司的年轻人便像一家人一样，融洽而亲切。旅游公司的小女生们，都管方顺烈叫方叔，但方顺烈却像小伙伴一样与她们相处，他在说说笑笑和唱唱跳跳中过着童年一样快乐、无忧的生活。

又一场表演在村子的广场上开始了。老人们身着节日的盛装，白的如云，粉的如花，踩着音乐的节拍，踩着风，围着广场的边际一圈圈舞蹈……阳光洒在他们随风舞动的衣裙上，也洒在他们快乐的脸上，看上去，这样的一群人像是在大地上飘飞，也像是在云端行走。

丰收引

景凤鸣

——东经 126°06′，北纬 44°8′
距著名的"梨树模式"
南偏西 280 公里

大 地 里

1

广隆村的大地溜平，周边扩出几十公里的土地，依然溜平。江是平原中的江，水是平原中的水。莫要设想山峦低谷。这样的天地之间，地平线是圆的平的。这点在高处看来，会更加明显。所谓的高处，就是远近唯一的合作社。合作社也坐落在平地中间，没什么地理优势，但前后两个二层楼，加上一个烘干塔的尖，绝对高度就出来了。尤其烘干塔的尖，比附近野生的大杨树还要高，连雀鹰都相中了。这个雀鹰留到以后再说。去了烘干塔的尖，就是前后两个二层楼了。前个二层楼是办公的，一楼有个化验室，里面有烘箱和电子天平。旁边还放着金属饭盒，用来测量玉米籽粒的含水率，也就是村民说的"多少个水"。烘箱四四方方。因是老式，头顶顶着一个温度计，像个天线一样。

后个二层楼分出两部分。一层是油坊，轮作种植豆类的时候，可以生产大豆油和黑豆油。还申请了与合作社同名的商标。几乎所有的合作社都会这样做。因合作社的名字，是他们目所能及中最好的，一切的出产皆愿标注它，归属它。不仅榨油，还将那些红小豆、黑豆、小米，进行压缩包装售卖。算是一种普遍思维，更是打造品牌的方式。顺着简陋的楼梯上去，是一个空荡荡的会场。容纳全体村民没问题，因为坐不下就站着，村民们绝不就此挑挑拣拣。偌大的场地，进入冬天须些微供热，挺费的。可若冻了楼下的榨油生产线，就得不偿失了。

合作社宽敞，也很规矩，凡人凡事都有自己的活动范围。记者们所待的屋子，是已经闲置的。一双袜子在衣架的底环上挂着，没有洗透珑，晒干后呈胶黏状态。东北男人多穿蓝色和黑色，衣服是，袜子也是。习惯于蓝黑，喜欢于蓝黑，不习惯南方各类明亮的艳浅。并且以为除了吸光的蓝黑，其余一切都是艳浅，哪怕深绿与咖灰。

屋子里的陈设，上周什么样，这周还是什么样，连椅子的位置都不动。灰尘不可避免的，但没有厚厚的一层，看得出偶有打扫。拿掸子、笤帚或者抹布划拉的。这个划拉也叫"胡噜"。记者们后来得知，房间的主人曾是合作社的大股东之一，胸脯子长了个大包，又没看出什么病，一直歇养状态。因此从头到尾未得见面。

刚才说了，每个人都有自己的工作室或住宿间。晶达所在的单间，办公桌加上一张床铺，窗台和桌面堆满蒙上尘垢的零件。密集的烟头以及烟灰缸，宣示他居室生活的不拘小节。纵使衣裳整洁，长相利索，仍属于邋遢汉的一种。宝子的工作室不肯安床铺，标准的两张办公桌相对摆放，外加一把乡司法所常用的长木椅，方便谁来谁坐。他真正的床铺安排在宽敞的门卫室，比镇政府的接待室还大。三面是窗，下面各盘了一溜炕，相互连着。不眨巴眼地用电，将平展的炕面熨得热烘烘，既烙腰又舒坦。躺这里睡觉，搭眼便见合作社的院子，可最大限度地看夜晚的星空，观察各类农用机械、运输车辆、生活轿车的进进出出。

机械部的苏主任，"底盘"有些低。臀大肌及腿部发达有力，以至于穿不得直筒裤，而须穿宽松的仿军裤。这对他的肌肉和力量形成了有效的供给与烘托。稍白的皮肤下涌动着丰富的血液，使一张中年脸动辄变得粉红。嘴又稍大，唇上少胡髭，发音位置居下靠后，张嘴便是美声，且从头贯穿到尾。若前面的宝子是磁性有力的中低音，他便是明显的高音歌剧腔。标准的东北话中间，各类音部美妙无用地汇聚着。东北平原之松辽平原腹地，松花江中上游，榆树、扶余、五棵树的地界。他们之中的绝大部分，由于身体、习惯及天赋的原因，仅凭说话以及哈哈大笑，即彰显骇然的肺活量，达到不可即的穿透力。

　　苏主任帮衬身兼伙食管理员的厨师长馏馒头，还趁中午和晚上的时候，掐出两道土菜。他凭啥馏食堂的馒头，原来是替媳妇干了。可替媳妇干的同时，岂不是干不了别的了。可是账能那么算吗，若那样算，那还是人吗。媳妇骑辆破旧的自行车，哗啷哗啷的，于每个饭点前赶来。车后跳跃两只欢势的瘦狗。虽然见天就是沏苞米面吃，因此有些馋毛，但忠诚度是没的说的。不要指望伙食上，对狗更加地好，经常烀猪肺子就不错了，而且人满意，狗也满意。天气真冷，苏主任媳妇羽绒服外直接套层围裙，每天撂下耙子就是扫帚，全身心地投入到日常生活里头。孩子在省城念着大学，但从不挂在嘴边上，众人面前一句也不提。其他所有人的家属以及孩子，也个个不提。各位理事、工人均是这样的禀性，个人的小家虽只在几里的范围内，但媳妇都得是抽空见。然后再开着车，神不知鬼不觉地回来。合作社的走廊里，张贴值日值宿轮值表，每个人每周两天左右。但那仅是规定，事实上的他们，整天整晚在合作社忙活。忙活完了种地，忙活榨油。忙活完了榨油，再忙活维修。然后大地就变软复苏了。

最以个人为中心的一群人，常常是最自我约束的一群人。

所有的村民，一俟儿女们长大，立刻想到儿女的需求，自动上门，帮助儿女看孩子。个人的需求都靠后了，心甘情愿地围绕儿女转，围着生活转。在广隆村，在五棵树，在整个榆树的许多地方，大部分青壮男人外出打工了。不少女子联系保姆或者月嫂的活计。逢年过节请两天假，都算回来得频。村屯宽敞明亮，光线浩荡。无论外出的男人还是女人，自动按下一份依旧激荡的情感，鲜活生动的心。顾不上了，任其呈现客观的失离状态。

四梁八柱里，除了前面几个，还有天天坐办公室的李彦会计。李彦会计的岁数，比他们均要大上一轮，像只做科任的高中老师。只消聊上几句，便会觉出头脑清楚。既不同于晶达的生活而感性，不同于宝子的健壮气炽，也不同于苏主任的生命力饱满。李彦会计不多言多语，但数据准确，且能把握要点。没专门学过会计，不知道基础的记账，却通过电脑提示，把最需要的环节搞清楚了。按照上级各部门的最基本要求，借助网络模板，报送计划表格，交纳各类材料，撰写各种总结，居然一样一样地完成了。

务实不必说，钻研作为一种能力，在这些人身上普遍存在。抢收的时候，农机突然坏到地里了。这时苏主任就上了，晶达、宝子也上了，合作社的各类人手，能上的都上了。都能揣摩出个一二三来。因都是从手扶式、四轮子开起，什么摩托车、小轿车、大卡车，都知道一定的道理。此时便充分体现出群体性的动手能力、维修能力与自学钻研能力。

见到李彦会计的时候，他正下步走。乡间的道路，纵是水泥路面，走起路来仍一步一步后挫。顺坡降档刹车一样。那个下挫力，贯穿了物美价廉的鞋底，直接传导到膝盖与后腰。

年轻的理事长"嘎吱"将车一停，车窗同时快捷地按落，去跟他打招呼。扭头重视而又轻快地对记者们说，会计，他家在东四家子西头。

孙大铺、王金店、广隆村、东四家子，四个几乎拉成线的村落，李彦会计就住在最东头的东四家子。从五棵树顺着主干道来合作社，首先经过东四家子与广隆村。街路两旁密植路灯，路灯的肩膀处不闲着，对称地飘展两面小红旗。各家统一规格的大门修葺得差不多了。偶而一个草编的什件，草蘑菇，喜鹊窝，草木偶，草三角架，歪斜地立在路旁。很有些萌心，却不具什么效果。不过考虑了就好，所谓的恰到好处、点睛之笔，总得一步一步来。

2

合作社骨干里年龄最小的,恐怕是理事长。刚交小中年。
头一年见时还身材健壮,充满阳刚朝气,这一年突然增生华
发,腰如水桶,两腮堆肉。眼见着的,都是经历经的,都是
操心操的,都是影响力影响的。不过名声在外。记者们赶到
五棵树客运站,说去北广隆的合作社,各类型的出租车司机
都知道。直接提合作社的负责人,卖瓜子的、卖苞米面大饼
子的、卖油炸麻花的都知道。客运站距北广隆超出十公里,
它粗浅地描画出在五棵树,对理事长的认知范围。或早已超
出了这个范围,只为新媒体时代,这个基于地理特点的认知
范围,无以类比一个人的现代传播。

从街里到市里都给予关注。所有经验典型做法的总结报
送,引发了更广范围的关注。关于现代农业排头兵和合作化
道路的感想与认知,六七百字左右,被安排在顶尖的报纸上。
文字不长,意义很大。以这样的年龄与资历,影响带动的均
是复合型人才。

合作社的始建之初,也充满热望与激情。除了前后两楼、
车间库房,还要建一排狗舍。如此规划及施行,竟没有哪家
村民找上门来,嫌狗吵闹。除了村民的宽容与厚诚,漫长黑
夜,层层庄稼,把此起彼伏的狗吠声都滤释掉了。狗是人类

最忠诚的朋友，十来条家养的黑背以及牧羊犬，让合作社像是最遥远的农场，最可亲近的家。狗窝上边还搭建一排鸽子窝，让成群的灰鸽子白鸽子，在湛蓝的空中盘旋飞翔，衬托出一副和谐富贵。

只是时间长了，各种活计真正堆上来，那些需专门精力经管的群狗，就慢慢地自动遣散了。

那些鸽子却被天上的鹰惦记上了。这片地带，十几公里外就是松花江主干。因为隔着一座座村庄，一道道阡陌，一片片庄稼地，并未进入大家的日常。更不在意由于它，可以规划出相当级别的风景区。自驾车，扛钓鱼竿，带防雨帐篷，躺在江边，体会秋江寥阔，远眺春草青青。而鹰也不可思议。江边草地多，树林子多，野物也多，却均视而不见，只肯惦记这里的鸽子。肉嫩肥美是一个，鹰也图于节省体能。鹰不愿意搜觅，而天然地愿意一技必杀，一招必胜，一发必中。

那个高耸的烘干塔尖，直接构设到五层楼的高度。大半年闲置的它们，成为老鹰搭窝的地方。对此老鹰不与鸽子商量，不与群狗商量，更不与合作社的主人们商量，只问一个原则，是否省时省事。

鹰的故事，常驻合作社的几个主要成员，都曾分别讲过。有的是主动提起，有的是被动激活，有的是偶而忆及。在他们的描述中，这不仅是一个客观干硬的故事，更是一段新奇舒展的回忆。

那鹰，确切地说雀鹰，它们的速度真快。箭似地飞过来，惊飞鸽群中的一只，已死死锁在爪下。

鸽子在烘干塔的对面落着，飞的时候躲着塔。它们知道怕。

好在鹰吃一回，两三天都没事。

两只雀鹰在周边盘旋，阴影一般。鸽子们出飞与寻食，会摆出快速移动、不断变化的阵形，让雀鹰飞不进去。只是兜到哪里，都会有雀鹰的出现。鸽子对雀鹰以及带来的生死，态度渐趋为平静与接受。

以上是美声的苏主任讲述的，还是浑厚的中低音宝子讲述的。也许是李彦会计。李彦会计常常不笑，但细节没有谁比他叨得清晰。两个雀鹰将窝絮在烘干塔顶尖、"角状盒"的里头。冬天烘粮的时候，丝丝不绝的水汽，丛林中生出的云一样，会打湿鹰的羽毛和喙。但人们显然过于担心了。窝是鹰自己选的，可以确定，也可以随时丢弃。自窝底而上的丝缕水汽，权当云雾缭绕的山洞好了。让丝丝缕缕、渐趋不断的水汽，增添鹰的神韵，润湿鹰的眼睑，成为专属于鹰的，高空生活中的一道别致风景。

一只鹰跑到豆油厂的屋里去了。豆油厂空间大，倒是够活动的。但是出不来不行，别的雀鹰等着呢。苏主任想办法，开着平时装豆饼的铲车追堵。

大钢铲蟹螯般高举着，而人站在铲车里。

鹰贴着顶棚飞，只能这么高了。待憋到犄角旮旯儿，一下子把它抓住。

那雀鹰果然不是吃素的。它抓人手，一下子就抓肉里去。

其实是留一手了。倘使上力，能抓透鸽子的头。为啥不下狠手，见天住人家的院子，不好意思。再一个，没拿人当猎物。

记者们问，那玩意儿是抱着，还是装盒子里。

那玩意儿谁敢抱，宝子说要看看，把他的手抠出血了。

记者们再问，外面盘旋的那只怎么办了。苏主任和宝子不予理会。两个外向又蔫儿淘的家伙，攀着铁扶手，爬到了烘干塔的塔尖上。端到了早已觊觎的鹰窝以及鹰窝里的崽儿。令空中那只继续远远盘飞，干瞅着却无办法。

当然，这就是理会它的办法。

苏主任和宝子端着笼子、雀窝以及它们的崽儿，小心翼翼地，一直送到二十里外的一棵树梢上。碎碎地念叨，那边的雀不少，可以飞仰、俯冲去抓。

还告诉鹰，那边有鲜亮的迅速跑动的野鸡，以及叶片下窸窸窣窣窜动的老鼠。那些野鸡要更好抓，而且体型也比鸽子大。至于老鼠，许多动物拿它当作开胃的小点心，所以鹰也别傻。

经历这一番的折腾，伸手的旁观的，参与的不参与的，都累够呛。

没有了雀鹰的俯冲追击，鸽群却同样解散。不是鹰走鸽散，而是合作社的男人们，心思更集中，也更压实了，自动消弥了那些阳光热闹的嬉玩。

3

合作社是个集体，身处其中，记者们偶有心得。首先合作社是自主自愿，当然形成过程包含着多种原因。其次与种植大户、家庭农场、小户经营等并存。虽集中程度不一，客观上都应推动种地打粮。再次合作社有工商营业执照，生产的粮食可以卖给粮商，可以直接与南方的企业签订合同，可以卖给中粮吉粮，具有公司和企业性质。四是虽只是强调土地集中，搁一块儿种的同时，合作社的成员们自动强化了公共属性，即共同维护，利益相关。

杂七杂八地罗列，土地流转是大小前提。

抱团，以社为家。所以记者们从粮食山上拿两穗苞米做镇尺，成员们也要下意识地神情一变。不动集体的一草一木，维护集体的一草一木，是发自内心的公约。每个人的潜意识中，一根草棍都是集体的，都应得到维护。这跟免费办伙并不相悖，甚至目标一致。

一句话，这个公家是家，家啥样这里啥样。

当然，这和敞开量喂鸽子是两码事。不是一个维度，不在同一个层面上。

窗台摆放大桶烧酒，需用则喝，不需用一口不动，喝的没有负担，不喝的特别坚决。

真若是喝，真的馋了，须得在晚上，没有夜班的情况下，大家凑一块儿喝点儿，然后各自回家。中午跟早晨不允许喝，任何人也不违背。节日扩大喝的范围。端午节，中秋节，大家都拥上两口。元旦阶段因为收割忙，喝的时候反而少。不知不觉酒下得快了，大伙你出点儿钱，他出点儿钱，自动将窗台的酒桶续上。

酒上把握得有尺度，饭菜上也给予节省。常常是，四个人吃一盘菜，加上咸菜总共两个菜，且人人习惯并予接受。却有违东北餐习。怎么讲，纵是土地资源紧张，长荒草的墙边地边沟边，砍几根垄，栽上一片葱，可说不在话下。随便撒点儿菜籽，任凭风吹雨养，直至放任不管，却依然白菜透碧、菠菜粗壮。所以就不是缺蔬少菜，而是依北广隆村的惯例，把它带到合作社，不觉形成了社规习俗。

好在苏主任的媳妇手巧，拿着够个的矿泉水瓶子，颈部旋掉大半。将闲散的辣椒、大头菜根、死秧茄子、各类菜秆菜叶塞进去。洒上盐，浇上酱油及葱姜蒜，再将瓶子的颈部归位。爽口的下饭咸菜立等可取。都认为盐吃多了不好，会给血管带来各类副作用，可是可以少吃啊。却得配上，不能没有。

晶达有胃病，轻易不敢喝，也不在单位喝。那么在哪儿喝，此处无潜台词。宝子、苏主任酒量均好，属于能战派，可以色（shǎi）啤白一起来。李彦会计呢，都说他四两酒。据说到高潮了，还可再来半杯，但喝完也蒙圈了。不过无论是谁，尤其天生量大的，主动喝到两杯的时候几乎没有。从合作社论，都属于一个战壕的，遇事商量着来，更是谁也不拼谁的酒。

颗 粒 归

1

在大地里安置感应设备，每条小道、毛毛道，都绊上钓鱼丝般的细线。稍微碰到，连着的小黑匣子即刻报警。

而且那线有隐蔽性。进地偷苞米的人，不容易看见。

晶达烟瘾重，漫不经心地将烟蒂一插，略带痞气地说，看不见的。但凡进地，人人都是奔着苞米去的。

所谓一叶障目，其实更是目标明确，不顾其他。想想让人忍俊不禁。

这套业务晶达引进并负责。是来自年轻理事长们的拍板，还是晶达的兴趣所至，还是集体的一致推荐，都无所谓。总之安排落实个事，很容易达成一致。沟通理解没有什么障碍，办事创业的环境好。

丝线是银色的，和天光融在一起。稍微反光，像带着露水的蛛丝。

算是个重要的情形。苞米地里，任何的大地里，庄稼秆竖着也好，铺在地上也罢，都是磕磕绊绊的。作物是不同意人进入的。它们长起来后，大地就成了它们的领地。人们若手工割地，得一棵一棵商量。唯有机械不管那个，剃头似的，一趟一趟地走。联合收割机更如军团作战，配上嘹亮的小号，庄稼变成了野地里的草。彼时眺望整片的庄稼地，大地成为土金色、可以征服的湖。正所谓的此一时彼一时。

摄像头总是谎报军情。晶达说。

大地里，某棵作物的旁边，一只老鼠蹿过去了，摄像头有感应了，立即启动报告模式。体现是几公里、十几公里外，晶达的手机响了。是微信，且配以语音播报，告诉哪片地里有情况，招呼晶达赶往。纵算大地里的老鼠少了或者没有了，鸟雀仍是有的，大鹅、鸡鸭也偶尔光顾。尤其近年野鸡多，岗地中间低洼处的草丛里，总有那么两三只，猛地飞起。于是晶达的微信又响了。

各处大田，每块动辄一二十垧，均安装了智能警报器。且时间长了，晶达已知道，哪个习惯谎报哪个更加真实的。记者们搭乘晶达车去"该里"的时候，微信又滴滴响了几回。

晶达看了看说，不管。他们都管五棵树叫"该里"。这个该不是该，而是街。过去榆树县城才叫该，由此可见，五棵树的发展以及村民对五棵树的认可。令晶达惭意不止的是，此前终于有一个警报器不说谎，但是晶达去晚了一个小时，老苞米都焆熟了。

后来，那些警报器，有一部分已找不到了。

晶达没说，村屯的人群中，就有既懂技术又有一定动手能力的。

光天化日之下，竟图宜那点儿苞米？可苞米粒子是真贵呢，去年一斤涨过了一块。而今年的此时，苞米虽还没打，价却始终不掉。秋粮集中上市的阶段，肯定抵过去年。

当然有更为关键的，村民们拿合作社当集体。既然是集体，大地里就可以捡与拾，甚至顺与掰。

晶达的"侦察兵"，一个个小黑匣子得撤回来了。带着尘土，堆到工作室的办公桌上。整个秋天的风蚀雨侵、阳光晒射，颜色有些乌涂。砂纸粗糙地打过一样。

打这以后进地就不叫偷了，而叫遛。稀疏的老人以及女性，可以春天剜野菜一样，挎着筐，拎着袋子，坦坦荡荡地向原野索取。

为防跑冒漏，合作社专门找四个妇女，每天跟着机器遛。

2

就没法不恼火。一个村妇要求加入，态度居然悍戾。因是宝子出面找的工，因此电话寻到了他。宝子说，四个就是四个，不需要第五个，怎么招呼你。那村妇理科挺好，表述道，多一个少一个有多大区别。这把我不参加，再招一个必须是我。

宝子的文理科都不好，但声音磁密有力，隔着电话训斥她。合作社的楼上楼下，大幅度地反射、回荡着他强烈的美声练嗓。因是动了真气，宝子很是汹汹，差点儿说，就不用你，用谁也不用你。过后探问方知，彼此原来有过码儿的。那村妇家养的大卡车，以前合作社并没少用。机会也算创造了，却总有缺斤少两的情况。故此虽不说破原因，活却不分派。养大卡车是见天往出拿钱的，除非报停。合作社在家跟前儿，钱又十分准成，却干瞪眼挣不着。因为这个，结下了梁子。

与宝子的负责生产相区别，苏主任负责机械维修。媳妇不在，他正帮着洗碗，蒸买来的花卷。闻声从食堂走出来，用洪亮有力的声音拦截道，搁我就骂她，站她对面，专骂她男人。

这叫什么道理，但他是苏主任的道理。专骂她男人，让村妇纠结，又无处发力，徒增一层盐卤。

苏主任愤愤地说，看她敢吱声。

第五个妇女一定不敢吱声。苏主任粉白脸色，却更显凶相。一哈腰，能搊起一麻袋粮，一边扛肩上走。当然已没有任何一处需要肩扛手提，几乎所有生产环节都用上了机械。但这是本事。

苏主任敢骂娘，宝子未必就不敢。但最终俩人都不骂，坚持不说脏话。他们骨子里都文明，包括继续节省律己。每天吃的饭菜，一人端一个平底盘子，或一只二号碗，先盛饭垫底，再把菜添上。过去是不能用盘子吃饭的，老人不让，里面有说道。而今受到外域及自助餐类的影响，手抓都能吃饭。话说回来，纵算如此的农忙季节，也是量够就行了。多做也未必多吃。再好的饭菜，八分饱正好。餐饮上有个节省和控制，就包含养生的理念，它们早渗透到了乡村里。

当然，那是饱腹之人的养生呢。可纵观四边，谁又不是饱腹之人。

相比之下，对本村妇女，"总主任"晶达更有办法。"总主任"是他的自称，包含着幽默与戏谑。这年他49岁。鉴于无论城乡，普遍延后十年，因此相当于39岁。天已擦黑，几个均是偏瘦的女村民从四轮车上攀爬下来，排成一字横排，接受晶达的业务问询。晶达那刻颇有气势，仿佛训练营的长官，女村民们则是标准的女战士。什么样的苞米不能捡，瞎了尖子的，有霉病的，捡到了也得挑出去。否则掺进大苞米堆，或者掉下了籽粒，混进粮食山里，都是不得了的。晶达详细做着部署。讲者气势，听者认真，就不用隔着电话骂吵，或者摆开凌厉攻势。一切均可谆谆教诲，变成春风化雨。不过晶达的问询中，就含了一层不怒自威。不是他个人的，也不全是合作社的，而是本乡本土、老屯老户，被统一认可的生产生活规矩。

密植的玉米棒子，网箱中的鱼儿一样蹦跳，然后吸进收割机的车舱中。涂色的铁皮隔挡着，看不见舱里的翻滚跳跃，但籽粒脱下来了，快要装满了。苞米穰子粉碎了，稀疏地撒到地垄散碎的秸秆中。有的收割机，后面跟着稍小的车辆，让金色的、橙色的、黄色的米流，以抛物线的方式，流过湛蓝的空中，流进同速的车厢里。这趟车厢满了，新的车厢再跟上来。合作社购置的大型联合收割机，它不需要随行的车，而是企鹅似的，直接将鱼吞进巨大的嗉囊里。它凭借自己一来一回，再一来一回。快要冒漾时，稳妥地走到地头，将它们吐出来，吐到地头停摆的载重卡车里。

这样狼吞虎咽，破损率一定要有的，遗落也不会少，因此安排捡拾是对头的，暂不让别人捡拾也是对头的。

如何看管别人，是宝子的责任，也是晶达的责任，是合作社所有人的责任。一般来讲，告知就行了。捡拾的人会转移到别场，没有任何人死赖在这里。大地宽广，可捡拾的地场多的是。反倒坚持捡拾的尚属凤毛麟角。

四个妇女怎样变成的五个，吸纳了谁，是否养大车的质询妇女，青壮的人们都不再提。不提便不知了，就这样简单。不过除了养大车妇女，全村没人关心此事。她们收工回来时，鸟都已归巢了。鸟儿们栖在不知位置的树枝上，服气地看着大地上的另一种生物，几乎时时需要提防、躲避的家伙们，越来越可以放宽心。

印象中的村屯妇女，个头高壮的太多。但这几个绝对都是相对单细。岁月不饶人呢。深秋的大地里干活，是有服装要求的。得穿得又密又紧，不约而同地将热量层层裹缠。不放进一丝儿风。几个妇女的心境沉稳，一边搜觅机器吐槽而出的苞米棒，将它们捡拾出来，一边调动丰富的经验，综合判定该要还是不该要。捡拾的苞米是要上秤的，分量与日薪挂钩，因此就不存在懒怠。不过合格率也是有要求的。不管怎样，就不影响一边干活，一边设想未来。女人们的老公可能在外地打工，相当一部分是这样，但在本乡本土的越来越多。这是个小酒厂较多、养殖肉牛较多的地方。一些村民乘着唯一的班车去打工，下蛋似的，不断在中途的某些村屯撤下。那辆班车虽然从不落站点，但总得意穿地垄沟子走，希望抄近到达五棵树。像个按不住性子、易受影响的蚂蚱。可到五棵树干什么，依然得按时发车，客运站管理很规范的。相对于在周边村屯打工，还有哪里也不去，蹲家里扣大棚、栽种葡萄香瓜以及反季蔬菜的，只是数量仍少，不成规模。种种努力，第一财源仍然是种大苞米。

3

站在广隆村的高处，看周边的一马平川，天真的像一只锅盖，地则是一方圆圆的舞台。没有观众席，但人人都在台上。风够硬，水也跟着硬，没有质量过硬的皮肤，半天就会吹掉了色儿。在城里眼见油汪锃亮，到了广大的农村，阵阵风吹日晒，纵是金毛狗，也会毛干无光。衣服潲色，塑料干裂易脆。搁置在屋内的盆花搬出去，风抽一阵子就变糙了，变硬了，变白了。人也如此，全村满算着在内，不管地里干活的，还是蹲家里不出屋的，一律看得出风潲土浸的痕迹，看得出阳光的照射与空气的硬爽。所以乡村的美丽更多是艳丽，想过渡为城市的绮丽，需浸泡一层浮奢的时光。

几个捡拾玉米的妇女，她们似乎已风化成木，硬化成石，不惧侵蚀，更何谈风吹日晒。她们头上围着绿的蓝的方形头巾，几十年前留下来的，纽襻疙疙瘩瘩紧紧系在下颏。她们闭紧秋季干裂渗血的嘴唇，眼睛极尖地搜觅隐在秸秆底下的玉米棒子。所穿的旅游鞋，都是孩子们剩下的，或者自己穿过了气，可以在地上胡踩的。天刚亮就齐聚到合作社院内了，熟练地翻进四轮车斗子，颠簸一路，再熟练地翻进地里。天色擦黑，看不见玉米棒子的时候，四轮车把她们拉回来，听任她们隐进各自的暮色中。很少有回到家里，饭菜已摆到桌上的。老人们老了，儿女们搬到五棵树街里去了。若年轻二十岁，她们也会投奔初级城市的热闹。那里马路宽阔，夜灯明亮，市景繁华。但上到这个岁数，已可以煞心守候一份瘦削的寂静。至于所谓的晚餐，还有比这更简单的吗？隐忍而智慧的她们，大清早做饭时，已一起带了出来。

离开合作社，记者们由晶达相陪，到毗邻的村屯散步，浏览村容村貌。看到他姨家的两座三间平房，均是砖瓦起的，笔直地相距出二百米，军棋似的摆在村边上。中间并无他物。院子虽都空着，但看得出鸡埘与猪圈的痕迹。还有一只硕大的、能腌好几十棵白菜的排缸。人不是不在了，而是不肯再住，去了五棵树街里。窗户都斜钉上板条了，起码近期不打算回来。晶达说他的姨因为不让捡拾合作社的苞米，并对所捡的苞米进行了没收，再打电话时对晶达说，别管我叫姨，我不是你姨。

进了村里，南北道，东西路，棋盘似的。拣没走过的地方逶游，看到闲置的房子正经不少。有的连窗玻璃都没补齐，任其黑洞似的豁着，一看就是久无人住。院子长起了荒草，连菜园子也长起了荒草。没有人可惜那地，房主人自己更不可惜，权当歇养状态了。如此就赶上种人参了。种植人参以后，一块地一般得歇上三年。可这里并没有种植人参呢，所以只能一句话，闲得起。房子闲得起，菜园闲得起，让它们长荒草，滋生昆虫，给小鸟絮窝。

4

村子富庶的标准之一，竟是声音。村庄上的声音，总和珍贵的活力依存。若无有力的马达与各类机械声，轧草声也是好的。鸡犬之声相闻，本身就是一种生机活力的象征，堪称自古至今最普遍的村庄标志。

村中铺就的水泥路，一直通到各家大门下，三接头皮鞋似的。再往前就探进院了，就不是公共产品了。环路以及环路之外，通向田野的田间路，都铺上水泥了。村里面，街路两边挖的排水沟，虽是水泥抹好，却终究抵不过大地的力量，已被沟畔的土壤挤压出不少蚂蚱口子。杂草从其中钻出来了。部分沟段存了一些雨水，刮来了有肥力的土，因此纵是水泥沟底，也变得绿草丰盈，得现安排人铲掉。路边相隔不远，是统一搁放的塑料垃圾筒，均印着广隆村的字样。是宣传还是标明，各种意义都有。只是成捆的土豆秧也堆了上去，盖住了垃圾箱的敞口。年轻的理事长，当然更是村党总支书记耐心地告诫，稍加处理，都是绿肥或者湿肥呢。可是不管什么肥，谁家门前都不愿意摆放，那就得村规民约上阵，说好挪动了就是违规，十星级评比，就有一星不能上、通不过。

村中间原来有个小土坑，部分被填充了，修成了水面和小广场。木质长廊，硬化路面，材料用工都好，水也干净清亮。少的是生长了几十年的树。只需不同位置的三两棵树，它们便可以成为漂亮的街心公园。但三两棵树又不大可能，因为村民不在乎，不喜欢，"没有用"。即便是果树，在各家各户都少，嫌它们遮园子。于是小广场上映入眼帘的是，树木由木制或水泥的框架代替。

总之这样一个小广场，它涉及生活观念的调整。乡村文化建设、乡村文明的塑造与实现，涉及如何引导与培树。这并非一个暗问题。它其实摆在眼前，也须排在近边。

走出村子，站在那片略高的土地上，将邻近的几个村子收入眼中。将两个村屯的中间，那片重要的公用地带收入眼中。左侧是以高高的烘干塔为标志的合作社，前后纵深很大。但放在田野大地，它只是一个色块。右侧是标准的村部，庭院整洁，可以秒变成标准的村小，招纳未来的孩子们。虽然现有的真正的村小，其规模与占地，是村部的十倍有余。那就办村民夜校或学校，恰合适不过。当上先进，村委会的各类材料报表更多了，直忙到马不停蹄。恰因为有它，合作社成绩突出，呈良性运转。肌质健康有力的村组织，与健康发展的合作社，它们在行动上并行不悖，生产上相互守望，生活上共同带动。村委会里相当一部分成员，本是从率先致富的人里推选出来的，尤其守岗敬业、有公益心。吸纳他们兼顾合作社的成员，可以说是一种必然，更是一种提倡，突显一种趋势。主观上与客观上，均体现了领办的宗旨，助力了良好效果。

撒 秋 肥

1

天迟迟地不冷。记忆中的冬天虽将很快降临，但这一阵时日，确实一片宁静的景象。尤其庄稼作物，大部分密植的玉米秆，棵棵直立，保持阅兵的模样。非常齐整的方阵，经受检阅的姿态。仿佛刚从主席台前经过，但又绝无喧哗。那样的静场中，感不到低温，只有层层煦阳。看不到冷风呜咽，只体会宽广的甘甜。滴灌技术，水肥一体化，秸秆全量还田，中耕与深松的采用。各类种植技术与理念，将垧产与总量，带动到一个新的层次，也正悄悄改变农业种植格局。这个带动与改变，与合作社的组织生产能力相关，在相当的范围内，给合作社带来了良好的赞誉度。

公共汽车在松花江中上游的大地上行驶。无论男女老幼，人人都戴着口罩，至此已两三年了，一定时期仍需戴下去，直到不需戴为止。单凭口罩而论，对渐冷直至干冷的东北天气，不得不说，也许是件有利于呼吸器官的好事。车里大部分是农民。倘只以是否农村户口、名下是否有责任田划分，农民的比例会更高，将包含着许多现实中和正在过渡的市民，也将分布到多个省份。农村户口与土地，正越来越成为值得自喜的事。就直接以及间接影响来讲，它一定是构成保障了，虽然只占所需保障的一部分，但这部分仍是最牢稳的，牢稳到众皆认可、毫无争议。

除了合作社以及种粮大户仍在忙碌，以家庭为主的秋收基本结束了。随着初冬的来临，在外打工的各项目也差不多了。尤其露天的、需要场地条件的。满车的归心似箭，连同拎着的桶以及行李。车厢内放不下，都安排在车底层的货舱里。记者们身后的一个农民，手指受了工伤，骨裂而不是骨折，工头给予一万元补偿。邻座摇摇头，称一万元太少。又说应以伤好为准，治伤期间还要开付工钱。两人并不认识，只是购了邻座的票，才搭上的话。骨裂的农民替工头分辩，也替自己解释，人家的活完工了。邻座大声说，可是骨裂干不了活。声音及所包含的激动，惊动了前后左右的人，判断谁的话更有道理。却不再有一句议论。听音乐，看手机，打瞌睡，进入自得其乐的状态。大部分窗帘拉严，将充沛的光线隔开。

汽车沿着高速公路继续行进，收割后的大片田野，铺天盖地的土褐色，清晰地展示出各类不同的收割方式。看到机器整天整宿收割，秸秆也都搅碎，扬在了地里。这是大地始终保持金黄或者褐色的原因。看到翻耕的土地，带着湿润的黑色光亮，暗示出一种不复再得的弥足珍贵。那是大地的底线，人类生活的底牌。看到正在推广的全量覆盖还田，并不将秸秆打碎埋入地下，而是任其在垄间自行腐烂。耕作时将秸秆归行，利用腾出的条垄，进行浅旋以及条耕。

傍近榆树市区，一家一家的收粮点逐渐集中，越来越密集。因为依路、依地势、依房场、依投资而定，各点修建得风格不一。蓝的库，白的库，大小的院落，各式的拉运车辆。农用四轮车也不少，里面的苞米棒子，都是用各类颜色的胶丝袋子或者空化肥袋子装着。这些收粮点，已由过去简单的租块菜园，搁杆秤，铺张巨大的苫单，而变成了硬化场地。虽修建得五花八门，但机械能力够用，甚至设计"Logo"。"Logo"就是徽标，不仅区别他人，还贯穿主张与想法，以此昭示公司企业的努力与实力。

这样的一番阵势，便又仿佛路过一片鱼池。只看见里面群鱼踊跃，只是尚缺大鱼。大鱼当然有，只是在别场。中粮集团与吉粮集团，它们两家的分公司，挨排建在五棵树的公路边上，建在其他乡镇更加具体的大地里。吞吐量与贮存量足够，做着进出以及贮存的生意。仍是忍不住说到北广隆。以广隆村合作社的规模以及产粮能力，已足以引起附近分部以及分公司的重视。毕竟是五棵树及周边区域最大的。多时种植近千垧，以垧产两万八千斤算，达到了万吨级别。和榆树、扶余的整体比，不过是九牛一毛，但放在同比中就厉害了，属于同个背景、同样条件下的可观。

而这个榆树，这个大大涵盖五棵树及北广隆的榆树，它的种地打粮达到什么程度。每年所生产的粮食，如果都用于吃的话，够全国人民用三天。还有说用七天的。具体运算摆在那儿。以网上公布的年产量，除全国人口数，再除每年的天数及每餐所需的粮食数可得。至于那些总产量里，苞米与水稻，小米与高粱，哪些用于鸡饲料，哪些用于工业酒精，哪些上了餐桌，不在此统计的范围内。而且作为一种宏观统计学，它引发的不是数字本身的效应，更多是精神上的一振。不仅是榆树、五棵树、北广隆的一振，是听到此计算的任何中国人的一振。只因榆树、五棵树、北广隆不只是榆树的，它们是全国的。每一垄耕地，每一亩产量，每一袋粮食，皆与全国人民息息相关。

多并不等于粗疏。不能外面进了一块板，家里丢了一扇门。颗粒归仓的习惯与传统，在合作社自觉地发挥作用。对于粮食的节省监督，不只是为着归仓，也是为着钱。不只为着钱，更因它是记忆中的、血脉中的规矩。

望着大地里拾荒的人影，客车上的村民们说，一天捡二百斤，玩儿似的。

这样的话拿到合作社，诸理事与司机均会肯定。可须出得去，须得有时间啊。这个季节里，诸人所做的事情，可能不是二百斤，而是关涉两万斤、二十万斤。每个人都面临抓大放小，都须去粗取精，都要学会抓主干去枝蔓，都在从各角度坚守颗粒归仓。

2

兼任村治保主任的宝子，高兴地开着抛肥机，乐观地看身处的收割了的土地。那块土地相当于二十个足球场，被四周依旧站立的庄稼完全包围着。却有树木，有道路，不局促。球场的另一侧，一个年轻的农村妇女和她的父亲，在那里拽黑色软皮的滴水管。滴灌或水肥一体化，属于技术推广的项目，上面专门拨付物资，因此算是一个工程。那女子，同样紧身保暖的衣服，颜色搭配莽撞粗蛮，与田野里豁朗的阳光、较硬的风、生生灌入鼻息的新鲜空气，大口大口地相融。旁边的手扶式厢斗里，黑色胶皮管快装满了。一百三十几天的生长期里，这些滴灌带经过了铺设，运输了水分，而今要将它们集中保管。但对它们的拽起是粗暴的，具有破坏性的。没头没尾地盘起、打卷，丢进车厢里。像薅猪肠子。下一步，它们将堆到铁皮大库里。而那个铁皮大库，被合作社敢于想象的多面手们从正房生生挪移成了厢房。只是为了稳固，卯入太多的斜拉杠、小三角，形成了重重阻拦。为此进得去人，进不去车了。

这片大地的外围，长长的植树带那边，是接连的三个棚。

一家三兄弟建的。每座棚有一个足球场大。依次走完了三个棚，就算走过了大半公里路。虬劲的葡萄藤，挂过几年果了。看老根与枝蔓，根根向上拎起，绑到固定的铁杆铁线上。皆是青筋暴柳。这个季节，所有依然扣在地面的大棚，莫以为里面满眼苍翠、富含生机，它们更多是暂且闲置。经过两季或者三季的开花结果，它们需要歇息一下了。但何以仍须扣着，只为有这层薄膜，棚内的土地积温会提高不少。大棚外面残雪消融，里面已步入春天。及至外面草刚吐绿，树展芽苞，大棚里面已是一派枝繁叶茂。那些黑色的输水管带，主管道粗，分管道细，果木般地纷披下来。管道本身有均匀的滴孔，每个滴孔覆层遮挡帘，眼皮一样。这样渗出的水，将更加柔和分散，接近雨落地面，四处洇湿。而外面那二十个"足球场"，由于实施滴灌，苞米栽植棵数密集，苞米棒子依旧沉实。这些都意味着丰产，可达三万两千斤。

若非滴灌，这帮人经营这片地，垧产仍可达两万八千斤。

大粮仓的盛名，果然并非白来的。而不同耕作技术，不同田间管理，形成的差异仍然不小。就是说，现代的、精耕的空间依然大，粮食增产的后劲依然足。

此时，若使用可操控的飞行摄像机，取得鹰或鸽子的视野，提到 50 米的高度，会发现隔道的另一片大地里，那五名妇女在捡拾苞米。提到 100 米的高度，会看到遵守和利用自然规律的前提下，体现人类意志的大地与田野。它们积木般摆在晴空照彻的中国北部的大地上。若提到150米的高度，看得到遥处的五棵树，如画线般生动漫铺。

看过一帧合作社的照片。抛肥车朝后使劲，将有机肥喷成一团连续不断的黑雾。不知道是车没劲儿，还是油路憋那儿了。但仍是一阵喜悦。农家肥进地，许多年不见的情景了，何况相对于动用人力畜力，一马车一马车往大地里运，这个是将粪肥径直运进地里喷洒。而且宝子此时喷的已不是初经处理的农家肥，而是类似化肥颗粒的东西。可以伸手抓，接近无臭无味。还可以装瓶子里做饰品。像不同的土壤，不同的粮食品种，层层堆在玻璃瓶中。只是如此还是粪肥吗？为什么不是，粪肥非得臭吗？做得妙了，不可以兼为农用展览品、工艺品吗？何况这个有机肥已不是村子里积的，而是上级配置的。这说明对于土壤保护、可持续耕作的重视及进展程度，很明显有了实施成果。

广隆村以及其他各村的积肥处也看到了。周围皆是硬化路面，中间是标号很高、质量霸道的水泥坪台。没有槽子，不会形成沤积，因此也没有气味。其实是一所垃圾中转站。全市388个行政村，组织规模更大的2299个自然屯，从相应垃圾点装车，统一送到垃圾处理场。经过美丽乡村建设，几乎所有的主路面得到硬化。这个转运是及时的、具备条件的。

垃圾处理动用了最基层的村组力量。如今脏乱差是不能了，甚至有一天会做到垃圾车即来即走。音乐一响，各家垃圾送出，落地的机会都没有。

田野边上、地头，一老一少两个村民，守在要抛的有机肥料旁。肥料很干爽，化肥似的装进袋子里。俩村民一人掐一头，直接抬到铲车上。再剖开，倒进翻斗里。

岁数大的村民说，鸡粪。

他说有机肥是鸡粪做的。

仔细嗅闻，确实稍稍的，有隐约的鸡粪味儿。

他说得对。所谓的有机肥，还原到原始状态，就是家禽粪便、植物秸秆、湿垃圾混合。待微生物发酵后，进行相应温度的消杀。至于成为颗粒，是多了一道工序，进行了干化处理。

宝子开着抛肥车回来了，有机肥都抛空了。他从高高的抛肥车上下来，爬到同样高高的铲车上，操纵机器，将又一批有机肥装送进抛肥车。

水这工夫也来了。岁数大的农民，横跨过垄沟，径直去取塑料邦克（俄语水桶的音译）。捎水的电话早过去，但第三趟才给捎来。把岁数大的村民渴得，十斤重的邦克拎起来，掸到车架上，直接往嘴里倒。咕嘟咕嘟的，就不怕被激着。来前在家里吃了酱，如今喝完水才好些了，干活儿也更加有频次。化肥袋子抓得有力，壁纸刀唰地划过，肥料颗粒泄到可撮石头、撮铁、撮墙体的钢铲中。

这样灵活的办法，吃晚饭时被一旁的工人破解了。一旁的工人说，还有比这个更好的，就是肥料袋直接扔进钢铲中。划破一个，拽出一个。直说得俩人不吱声。

人家说得对。这不止少了一道工序。

宝子懂行，但对此笑不作答。明知大地里干活儿，却抿那些大酱。明知抿那些大酱，却不自己备点儿水。思维都没做到最透珑。

怎么讲，论精气神儿，宝子脸色红彤，笑容开朗，愿意干活儿。开机器的动作如行云流水，抛肥车在洒满秸秆的大地上稳健前行。抛撒的肥料或如老鼠屎粒，蹦溅到碎草中、垄台垄沟里，黑点子一样入地不见。

宝子是真正的庄稼汉、好把式。真正的庄稼汉，干活儿总是高兴。尤其这样的天气，这样的农用车，这样的丰收。

记者们才叫扯闲篇儿。跟他聊到这片大地的那边，捡拾苞米的几位妇女。说到苞米可以不捡得那样净，应该给鸟留一点儿，给老鼠留一点儿，它们也等一年盼一年了。并且没有我们的占地种粮，大地会提供其他籽粒的。是我们断绝了它们的这个机会。宝子不赞成，不同意，不响应。和合作社其他成员、所有理事一样，他也坚持颗粒归仓。断不肯去想，他们以及取之于大地、取之于万物的任何人，凭什么不微量供给，或者有所保留，凭什么颗粒都要归仓。

3

三个深翻的机耕手，是辽宁和内蒙古过来的。辽宁一个大型农机服务公司，养着数台的农机车。按季节由北往南推动，开展收割、深翻及其他项目的农机作业。彼此通过各类农业交流活动、推广会、培训班认识的，形成了相对固定的合作关系。

他们和黑土大地上，各个合作社以及周围的人熟，和深翻的大地熟，也接受合作社的监督。活儿干得不到位，苏主任、晶达都会说，宝子也说。包括坐办公室居多的李彦会计，若是看着也会说。合作社往出拿钱的，要求他们人歇机器不歇，二十四小时运转，他们予以接受。因为这也是他们自身的要求。他们的住宿，专门安排到前楼的侧房，搭上火炕，安排好上下铺，睡炕睡床各取所需。所有工人均吃一样的简单饭菜，但对他们，有方便面专备，名义上的、备用的。夜深回来的时候，他们一边煮方便面，一边机器一样说话，并不因夜深而减小音量。楼里有休息的呢。苏主任为此大为恼火。方便面一定是配备，但若大锅里蒸着现成的饭和菜，就不宜另起炉灶了。可他们煮了。发现的时候，他们已去侧房休息或复又进地深翻。苏主任吵话了半天。不是挑他们听不到时才恼火。可是倘真的在，苏主任除了摔脸子，其余的话又未必说了。毕竟是客人，毕竟名义上给夜班，主要是远离家乡的他们备的。更何况这样一种合作模式，去年有，今年有，明年仍会有。

三个机耕手，两个大胖子上身宽大，下盘有力，绝不是虚胖。小胖子是蒙古族人，小圆脸，月牙儿眼，看上去友好和善。大片已收割、已撒肥的田野中，三个人各开着机器，带动着犁铧，呈台阶状排布，在披层褐色外衣的黑土地里游弋。那个犁铧，这头往那头开的时候，一侧的翅膀着地，另侧的翅膀朝天。侧飞似的。待抹过地头，从那头往这头开时，另侧的翅膀变成了着地。这种技术上的翻转或反转，解决了犁沟的问题。什么意思，如果不翻转，去时土浪往犁左边涌，回来时土浪仍往犁左边涌，接头的垄便会形成一道犁沟。可是有了犁铧翻转，头发往一边梳了，土浪往一边涌了，发缝盖住了。

庄稼高，因此农用车一般很高。车旁都有个竖陡的梯子，得扶着把手，登坡似的上。驾驶室里够大，还有音乐按键配置、U盘插口，但都是油污的状态。坐在里面，高起架的视角，有种新奇的俯瞰感觉。蒙古族的小胖子掐着前车新翻的黑土，严丝合缝地犁开旧土。裁锦或织布一样。因新旧土厚度不同，车体产生相当的倾斜度，搭乘的总是不免慌张，小胖子则镇定自若，知其然知其所以然。车后好一番土花翻旋的景象，宛若黑水渡轮。

　　苏主任在他的房间里睡着。屋门半敞，顶灯通亮，散碎的光线溅得到处都是，更加保持全天候的值班状态。各类农用机械随时可能坏，只要它们昼夜不停地干。坏了苏主任就要领着修。一个怯生生的年轻人凑上前说，他刚才在家换了雪地胎。一个人独自在家，就把雪地胎给换上了。倘若谬赞，年轻人会摆出无所谓的样子说，是个简单活儿。须得是个简单活儿。种地、拉货、修车、滴灌、打药、烘干，得各项都不生疏，样样可以简单操作才行。尤其四五十岁的这些，简直要成了精。晚饭是天刚擦黑时吃的，和各村民家一个饭时。苏主任媳妇将碗筷留给老公，然后又赶回去烧炕。和父母东西院住着，但显然自己的事情自己做了。苏主任长住合作社，留下她和两只大狗在家，却不让进屋。因为狗就是在外面待着的。当然苏主任也不是全天候，也偶有回家的时候。回家里也不干啥，忙活忙活这个，鼓捣鼓捣那个，再慌慌地往合作社走。

　　再有三两天，机耕队的小伙子们就走了，因此活儿有些急。合作社的眼皮底下，有一片苞米地，四五个妇女还没有捡拾呢，却深翻上了。苏主任又气得骂。他就不知，次日黑白两个大胖子深夜回来，除了各吃两袋方便面外，还煮了整整一盘荷包蛋，并且煮得溜圆，不飞溅边子，像是软元宵。而且煮出了溏心。其中的白胖子还剥了一根尺长的大葱，找到了同样搁藏在柜里面的大酱。一棵葱十分钟。葱头蘸上酱，一口咬下去，向另一个黑胖子炫耀。黑胖子虽相貌粗蛮，却不敢吃辣，只揪几片可怜的绿葱叶子，满嘴辣汁、咝咝哈哈地嚼。吃完相互散烟，看手机，主要是看短视频，里边说的是如何农机修理。然后又打游戏。嚼葱的白胖子看主播售货，主播在手机里面热情吆喝。苏主任又是次日早起发现的情况，冲着饭厅聒噪，有饭不吃，吃方便面，当是自己家哪。

看来仍不知道荷包蛋。

虽然聒噪，却对他们的翻地技术十分肯定。说他们是专业公司的人，言外之意干得好。

三个家伙都回去了。不是不伺候这份猴儿，大白胖子的父亲腿折了，小胖子有旁的事，黑胖子没说原因。

4

天有些阴。这样的阴天，激起了人们心中隐隐的紧迫感。人们嘴上虽不说，但都知道，这年是突出的丰收年，可确认是踏踏实实的稳产高产。合作社进账多少，给所流转、代管的土地，带来多么大的年度收益，已大致可以计算。合作社每垧地支付一万六千斤粮，这是由全村上一年的均产而来。可说有根有脉，公平合理，都予接受。至于具体的粮价，按12月15日中粮集团驻五棵树分公司的收购价采信。为什么要12月15日，而不是其他日子，并没有什么说道，只是这个时段，各粮食企业全面开收，价格相对稳定。具体时间，既可以 12 月 15 日，也可以 12 月 25 日。

除了给钱，当然可以直接给粮。那就须村民们自己处理，愿意卖则卖，愿意存储就存储。事实上没有存储的，都是卖，图个省心。而若是卖，就不如合作社直接处理，省心再省心。耕地是有数的，各家各户的责任田也是有数的，对此天上的卫星看着，层层的账本记载着，相关的硬杠与红线卡着。不过那些土地带来的收入，真是没有一点儿生产成本的干赚。不必上班，坐家炕头就给的。只是亩数的原因，各家各户很少有超过两万的。每年必有，可不劳而得，但部分村民认为不好干啥。承认是可靠收入，但不可靠。

至于种地之外，是选择打工挣钱，还是种植养殖，可说想咋样便咋样。东南省份招工，每个月六七千元的收入，而且毫无赊欠。绝不是过去了。至于迎面或者应对老年，可以提前买养老保险。各类情形似早有了渠道。

说点儿别的吧。放眼更广的视野范围，有没有经营不善或诚信缺失的合作社。这个一定是有，而且为数不少。有的作胎就想套取各类优惠及补贴。套得了机器，再把机器租出去。套得了资金，先盖起一大溜住房。种了一年地，刚刚把卖粮款使出来，不惦着还欠款，先给儿女买轿车。可自从交付了地，老百姓时刻监督呢。看庄稼咋种的，咋长的，咋卖的。看最重心也最核心的，钱咋支付。钱回来了不给村民是不，先可着自己祸祸是不。须知村民凡事好让，土地坚决不让。土地是村民的识别器和利器，谁亏欠了土地收入，深深触碰了村民的利器，断不会有任何的伸枝展叶、冒堆儿生长。一句话，这样的合作社出不来。

夜　收　粮

1

来了霜即动镰，是普通的村民。来了霜不着急动手，是合作社。而合作社突破了时序的要求，车灯照亮，将深夜的大地变成了愉快的收割场。

广袤的夜里，深沉睡眠的覆盖下，一切的臆语，温柔的希望，都轻轻地飘落到枕边了。村民与村庄，一齐进入愉快的不被惊扰的梦乡。田野上、大地中，昼夜作响的农机声，成为响在耳畔的催眠曲。以它们的劳作衬托村民们的清闲，铺撒在流转的土地上。

漆黑的夜里，在灯光下，在宝子粗壮手臂的驾驶下，皮卡车就是一匹肆意的马，顺着垄沟奔突。车轮的辗轧下，苞米蓼子、秸秆枝叶飞溅。大灯韵味十足地打开了，光亮射出了几里远，一直被夜幕中无限细碎的暗光吞没。彼种光照之下，人的面相被涂上了油彩，胡须根根可数，双目、口鼻生动可辨。如处窑洞般。车窗开放，淡蓝色的香烟扶摇到车顶，折了个弯，被抽油烟机般吸纳到窗外的黑夜。人的对话也大声突显，不能不大声，因为马达在生动地响。广大的黑夜中，振动有力，呈现人类的力量。

结挂苞米的秸秆在大地里直立着，雨雪霜冻都拿它没有办法。合作社以及新农人们，已然摸索出来。不仅上冻可以收割，明年开春也可以。榆树、扶余、五棵树这片如此，黑龙江九三农垦那边更是。只要机械可以进地，一切均不在话下，均构不成问题，均可展示冰雪里收割的奇异。玉米下雪后还能收，历经自然烘干，带来的粮食品质会更高。

合作社的夜里，一切正常进行。所具有的标志除了高耸的烘干塔，高高的国旗，又多出了黄澄澄、金灿灿，灯光照耀下显出奇异光彩的玉米山。所有人倍加沉稳、安谧、踏实。有满满一车煤拉过来，烘干塔用的，可是谁来卸车。按照惯例，须找两个临时工。可晚上八点多了，临时工从哪里找，除了专门干这活儿的，谁吃这个辛苦。几个人往街里打电话，承诺对方出动，可以开车十公里去接。可冰雪路面，骑马都打滑闪了腿，镇里的人的确过不来了。于是想起白天割袋子喝水的两个人。虽不在一个屯子，但两人都表示很快会来。如此，去车接是不能了，得自己想办法。办法当然有，人家骑摩托，两脚尖点着地骑，变成相对稳定的四脚。眼见两三个小时后，二百块钱到手了，直让宝子、晶达、苏主任几个人感慨。钱来得真不容易，也真容易。可是凭的苦大力，腰板永远挺得直、拔得硬，得给人家点赞。

合作社的楼里，各个角落都灯光通明。只要有可能，都处于夜战的状态。李彦会计在楼下的房间里看秤。都跟电脑连接上了，配合着夜视仪。车什么时候来的，什么时候停在地秤上，共拉回了多少斤，电脑诸项均给予显示。因此所谓的看秤，只是做好管控、截图和留存。

各辆载重卡车陆续回来，拉着满车厢的苞米。虽是装得杠尖儿，因为村路平坦，粮堆的重力及张力，并没有溅出来。水泥路修得结实，几个冬夏了，看不出裂纹压碎的迹象。不待指挥，那些载重卡车稳稳开到地秤上。地秤贴着公路建的，既算搭占一块路边，也是增扩了路面。假公济私也行，算的话合作社就接着，然后请全体村民裁定。每个人心里自有一杆秤，纵然没地秤那么大，标尺与衡数却是相同。

窗内现出李彦会计长方形的脸，表情严肃，电影特写一样浮现。外面的情形，早通过电脑，透过大玻璃窗，看得一清二楚。几个摄像头从不同角度安好，进出及泡秤，全过程呈现，过后可以随时调取。却仍需司机颠跑上公路，颠到公路这边，听取斤数，拿走相关票据。一楼的窗根下，司机仰头站在外面，因为屋内的地面垫高了，而建房时窗外又取了荒土，于是每位上前的司机，等于站在沟坎里。李彦会计严肃地告诉重量及斤数，再眼见司机带着夜里特有的滞涩与兴奋跑过公路，蹬踏上车，轰轰地将大车开进院内。于是粮食山的边缘，又增加了一些台地、丘陵、余脉，继续扩充一座神奇的"山峦"。

李彦会计内心线条简短，不喜弯弯绕，外人面前，有些端架。纵使年过六十，已处少觉的年纪，此时他仍困倦了，呆呆地、无目的地盯着前方。夜幕深沉，不透过一丝光亮。车灯的照耀下，光线所能及的苞米地，形成了直溜溜的一幅等高图画。黄褐色的庄稼在黑色及灯光的压迫下，消褪成了墨白色。静静的、冰层之下的湖底一样。任何的人类活动都大不过广大的黑夜，这样的夜里，人应该得到休息。但合作社及周边的人没有休息。他们怀揣着丰收的喜悦连轴转，以隐隐收割与翻地的声音，催促远近各村的人，省心兼宽心地进入深沉的梦乡。

2

记者们跟李彦会计唠的地点，是二楼的财会室。三张桌子，把不算小的房间，柜台一样隔开了。李彦会计和出纳在柜台里边。出纳正处于哺乳期，有半年没大正经上班了，当然必要的工作也不耽误。合作社里的女性，除了苏主任媳妇，然后就是出纳员了，因此容易得到照顾。女出纳身形高大，行动节奏有些慢，无太多的表情。在不苟言笑上，和李彦会计有相似之处。当然李彦会计也笑的，也有开心的时候，而且笑的时候露出一双虎牙，令平时有些忧郁的面孔，突然增添很多活力。

女出纳的沉闷，和乡间某种阔叶植物契合。

得有运行监督，李彦会计说。要不一辆车，开出去转一圈，抖搂下去两千斤，上哪儿看出来。不过收割、装车、运行、泡秤，整个运行链，都是完整的、相合的闭环。话说回来，重载的卡车司机们，也爱惜自己的羽毛呢。守家待地地干活儿，钱又准成，得珍惜。

合作社的司机，基本依靠外雇。承担种地、播种、打药各环节任务。外雇的人都是参加土地流转的，干活都负责任。须可着这样的雇，因为某种程度，他们也算合作社成员。特别是包六年的，这是目前与合作社的合作中，土地转让的最长年限。这样的长度，具有合理的稳定性。太短了不煞心，太长了莫说村民，合作社也不一定干。

都穿着棉衣了。白天已有人戴着绒线帽，到了深夜，绒线帽都不行了，绒线帽外面得套上更厚的一层棉帽子。黄昏的时候见到了飘散的雪，是这年冬天的第一场雪，有些像白面，轻易地吹到各类背风的地方。使得几厘米高的微小土坎也分出了朝阳与背阴。汹汹的雪势要一点点来的，像是大戏一点点进入高潮。若开始就是高潮，不符合自然规律。

大地里人们正收割、翻地，合作社的院里继续组织卸煤。这次的煤是从陕西拉来的，好家伙，掉了二百二十斤。司机惦记着扣多少钱。李彦会计硬撅撅地说，扣多少钱，正常的只掉个三十来斤。

司机解释，道上多跑了一天。

这和减斤有关系吗。掀开苫单，煤仍那样湿，冒着腾腾的热气。司机解释说，它是水洗煤。可是水洗就哗哗往出淌水吗？

李彦会计不再理会，也不想理解。只为理不理解，都得听秤的。秤是客观的唯一的，其他的均是主观的。

没让水淋净了再称就不错了。毕竟老主顾，看着也不像故意泼的。

做农业的只有自己做好，把产量搞上去。单纯指望政策补贴过日子，不客气地说，那等于是套国家的钱。短期内可能，长时间肯定不行。广隆村的合作社不那样，它是真做，股份多。大家都往好整，劲儿往生产上使。

算是被逼的，李彦会计突发议论。

却原来李彦会计的工作，关涉合作社纵深。既然关涉纵深，便知小小的合作社，不只面对管理与经营，还要面对问题与困难。压得时间长了，他愿意或多或少地吐露，突然说道，凡是股东都希望分红，也都想着先把成本拿回来再说。可是股东想着分红的同时，是否也有偿还债务的义务。

"我个人刚种地时，地里稀面稀面的。现在的地杠杠硬，根系发展不好，种子肥只能下这么深。"李彦会计拿手比划多深。土壤有机质含量越高，土壤越软。现在有机质含量普遍下降，土壤的表现就是"杠杠硬"。

咱们搞的土地深翻以及秸秆全量还田不错，这两个都可以增加土壤有机质，使土壤变肥变软。如果连续搞下去，土壤指定能得到改良。不然的话，想创玉米高产不容易。人家国外收完了，把秸秆弄到地里，还制沼液。日本一个小农场主，从咱们延吉嫁过去的，她使牛粪猪粪加锯沫子制肥，一年压一年。当地农村有养猪的，粪肥全拉到她们家。每年秋天收割之后，囤积的肥料撒进地里。

那可是优质有机肥。

李彦会计说，现在合作社面临的局面，有难做的地方。没有耕地肯定不行，叫无米之炊。耕地少了也不中。耕地多了则面临着一些经营管理方面的问题。啥样的把钱挣了，就是农场主和种粮大户。不用多了，只需十垧二十垧。相较于合作社，人家没有费用啊。我不举外债，还不考虑谁，只要把地种好。可搁在合作社，相对费用就大了。老百姓打药，叶面肥可打可不打，那就不打。可合作社得打，而且得打正宗的。千方百计提高产量，千方百计考虑长远，结果就是不挣钱。

现在农村地价又在涨。第二年农业生产物资全涨，一公顷的整体费用可能达到两万五。如此怎样保证丰产，如何必须实现丰产，给合作社剩多少。

外面一阵车响，看得见卡车拉粮的情形。重载大货车，拉六七十吨，每次又都超载两吨。两吨多么沉，相当于一头河马了，但在六七十吨面前，又不是什么。再稍微地探头，可以看见敞口车厢上，鲜灿灿堆出弧度的苞米粒子。拉到门前的公路上，拉到和公路并行的二十米长的地秤上，停好。一切似乎重又开始。

3

外面机器隆隆，夜越深越响。空中仍旧飘着细雪呢，只是雪霰更加纤细，也更加微小。路面不再是东一处西一处的抛撒白面了，而是均匀地铺上了一层。院子里，一辆收割机的螺丝掉了下来。懂行的比较着急，因为这意味着，农机的哪个部位有了隐患。忽视肯定不行的。苏主任为此带头找，司机及几个执行任务的也都跟着。只是到处找也没有找到，直到失望地启动车辆，一个零件"叭"地掉到地上。与此同时，另一台机器的一个杆儿也折了。

至子夜时分，人员仍一拨儿一拨儿地进到食堂，一拨儿一拨儿地吃些夜宵。饭有股火急的煳味儿，再大些就串烟了，串烟就只有鸡能吃了。那个硬铝材质的盆，盛着小半下菜，当地干豆腐炖花里花搭的土豆块。一只土篮子安静地放在饭厅暗角，里面是红绿的带叶辣椒，二斤左右，一筐底。辣椒下面特意托张报纸，就不如直接倒在柳编筐里。

　　合作社承包的土地，待收割的仍剩不少呢。单是邻近的三个村子，王金店还有二十几垧，四家子、孙大铺分别还有十几垧，且地块不一。这些优秀的中年庄稼把式们却说，只剩这么点儿了。

　　苏主任喜欢这个热火朝天的干劲，这时候他再次起来了。没什么干的，就刷碗。吃过饭的大家，只须将个人的碗或盘子，丢到空间有限的池子里。每个人想刷也不让，都须由他红润的大粗手打理。自来水是一定的，电热水也充分供应。挤上点儿标准的洗涤液，经热水一冲，盘子上的污渍如更衣般，顺畅滑溜地褪下。

　　因是子夜闲聊，苏主任语气柔缓了许多，脸上的线条也不再绷紧。不绷紧的苏主任原来是很受看的，大耳有轮，大眼有神。若下巴再宽一宽，甚至有些泥塑相。虽是看护机器、顾看夜餐的任务在身，却仍能突然扯开话匣子，加入闲聊，表达主观性很强的看法。他说，种香菜，土得带湿不湿的，薄薄一层即可。厚的话一般拱不出来。对是否上面扣膜，他继续发表意见，伏天种的话，啥也不用盖。

　　这样的飘雪之夜，或者小雪之夜，体感很冷。所有农业工人都不由自主地解释，这是第一场冷，冷不丁的缘故。这些年外出机会多，一些村民体会到了南方的气候，便都说起南方的湿冷。不过南方的湿冷虽然难忍，但一件羽绒服、一床电褥子足以抵挡。一个柴堆、一方火塘便可烘烤解决。而东北的干冷真的来临时，能将手足冻黑、身体冻僵，将地里的白菜速冻成绿色的玉雕。好在那个时候，他们将真正收工了，转入室内热气腾腾、炒香扑鼻的榨油，或者迎接一年一度的分红大会。

院内的粮食山，已如期进入快速处理模式。即赶着收，赶着送，同时开启烘干塔。甚至考虑先卖一部分潮粮，即未烘的粮食。场院快堆不开了。但卖潮粮的效果往往不太理想。有的收粮企业表面给的价高，但实际拿水卡，明明是25个水，它压个水，算你26个。实际未必如此，但都这么说。合作社不作假，只有瞪眼珠子吃亏。所以尽可量自己烘，烘干之后走个人渠道，直接卖给有港口合同的商贩或公司。如此合作社跟港口签行不行，葫芦岛、鲅鱼圈、天津港，都可以考虑。还有网上走的。可人家一签都是百十万吨，不接受合作社的单打独斗。合作社若签，得拓宽业务范围，延展产业链条，从各地往上收或代收。对此合作社暂没能力，暂不去想，拟留到以后再说。

浑圆的月亮清楚地挂在了空中，照彻黑土大地所有冬夜里的村庄。此时寒气都长了毛，苞米胡子一样，挂在房屋与树梢上，丝缕地颤动。此时所有居村的村民，都乐意猫在炕上，略带逍遥地看着电视。唯有月光不怕冷，沉默而有温度地照亮着村庄。

三春不如一秋忙。这样的谚语，越来越不具实质意义。

对许多村民来说，整个的深秋与初冬，都由合作社、家庭农场、种粮大户代忙了。目力所及的村庄，正在体会一种节奏与生活上的安闲。以这晚为例，从房屋到村庄，从鸡舍到林丛，都在酣眠中度过。连一声狗叫也没有，包括苏主任家的两只。圈在铁笼子里的狗，可是最容易吠叫呢。雄浑深沉的大地上，一切都浸入舒服伸展的梦乡了。

4

阳历十二月，榆树、五棵树、北广隆的地界，冷冬正开始。这个时候，城市开始发灰，静静的缺少活动迹象。城市甘愿沉沦了。更加生动的是村落里冒出的，一缕缕烧炕取暖做饭的柴禾烟。是田野里独立生长的快杨。冻封的黑土地上，这些杨树争气。偶有弯曲溜巴，但棵棵看得出活，传递着雪原中的神韵。历次的风雪，早已吹塑成硬壳的雪野，不塌不陷，禁得住人。

记者们这天离开合作社较晚。是搁在村屯较晚，才下午四点多，或者五点刚过。但村屯已晚得不得了，因为天黑下来了。农村的昼夜是强大无边的，一切都得围着它转。它说天黑就得天黑，它说天亮，无人能够阻挡。北广隆的路灯齐刷刷亮了，和谐的冻雾之中，显示出简单的整齐划一。一枚月亮就盖住了它们。可没有月亮的时候，它们就成了村中的月亮。

合作社里负责农机的苏主任，还有宝子、晶达、其他各位同事，每天在合作社生产生活着。屋子比较暖和，房间有富余的，但这并不是他们以合作社为家的理由。苏主任专躺在放置四个上下铺、可以睡满八个人的房间里。苏主任喜欢这样的环境，愿意融入这份生活，将其视为新奇的、具有吸引力的、可以搁放理想与事业的家。女厨师站在空间有限的地当间儿，夫妻两人说着什么情话。女厨师的脸色红润开朗，她淡红的脸颊散发着健康的光亮，像涂上了熟悉的水蜜桃汁，相比最忙的深秋与初冬，这个隆冬的季节里，她已迅速增加了五斤分量。看上去非常好。而躺着的苏主任，他肉粉的脸上，笑容是幸福的满意的开朗。俩人之间有一种气场，他们依然绵长的爱情扣上了乡村的塑料大棚与阳光房。

这样的冬天里，塑料大棚稳稳卧在大地上。在有些村庄里，它们轻易地拱起半个篮球场馆。大棚扣到如此，在东北腹地，是需要想象的。对村屯生活而言，它曾是简单地蒙窗用的。剩下的边角料蒙一小块花盆，一坨茄秧，一两棵辣椒秧。它曾是村民下雨的伞，它更是矮趴趴的温室，罩起一畦畦密集生长的稻苗。这几乎是它的本意，构成它最主要的乡村功能。可观念终于富有质地、突飞猛进地扩展了。个别人家的菜园里，更大的塑料大棚早扣起来了，里面是良性运转着的酒厂。没活儿可干的时候，给予几百块钱的最低工资，来活儿了的时候，实行计件灌装，从每个黄昏干到黎明，又从黎明直抵夜晚。每月的收入不多，可村民们是乐意的，毕竟可以撂下饭碗抵达，也可以转身回家。当然远也接受呢，到北京郊区种花草、扫大街，到福建、浙江去做鞋子。到其他的省市做各类工作，打各类的工，直至暂居。还是那个话，任何地界的合并与归拢，都不影响他们对名下责任田的担心。大地上所有的山川田野，都被卫星固定了，哪怕多一根插条，少一棵树木。卫星以它的高度，帮助村民们突破着想象，拔高着想象，改变着想象。

村屯中间，那种超大的塑料大棚里，除了酒坊，有的开进了汽车，有的长年饲养增肥牛。牛有糙厚的皮毛，比猪的细腻结实有张力。一个简单的牛棚，只需三面围挡，一面整个浪儿敞开，便足以令它们安然地吃草、倒嚼、喝水。可它们从不拒绝更加温暖明亮。在望得见天、挡得住风、空气变得静悄悄的塑料大棚里，虽然仍被拴着，却忍不住皮肤舒张，头脚暖融。既可以静静地回想往事，更不必搐动起擀毡的牛毛，应对四处涌来的冷风。

提议并约定的 12 月 15 日早晨，再待一会儿，天将放亮了，沉沉的黑色变成了灰色。尽管雪天，仍可以感受到透彻天幕的黎明。隐约可见的太阳，从地平线上，渐次露出了它的头发、眉梢，它炯炯有神的目光。村庄似醒了。又一辆二十几吨的载重卡车从大地中雄赳赳地开出来。满载着冰冻天气中的苞米，粒粒饱满圆润，充满新鲜的力量。

至上午八点半，合作社的工作电话打通了。中粮集团驻五棵树分公司当日收粮价格公布，每斤玉米收购价格一块零五厘九。

可以给村民结算包地款，年终分红大会也该来了。

这一年度的合同，签的是每公顷交付一万五千斤粮，按此日价格计，每公顷交付村民一万五千零八十八块五。经合作社理事会研究，按人民币一万五千一结算。

具体每户多少钱，当天就在群里发布出去了，并请通过其他各种方式告知。特别强调要相互转告。各家的人口数相等，钱款未必相等。只为年龄大小不一样，有地没地不一样，各村组当初的分地基数也不一样。告诉哪儿出现问题，村民赶紧核对。

年 分 红

1

烘干塔每天冒出缕缕袅状的白烟，是蒸发的水汽。

小山般的玉米，经过运输带向上，传送到可能的最高点。金黄、金红的颗粒，山涧细流般下落，跌进接收的大容器中。空气中形成一道流动的锦。熊熊的煤核在燃烧，锅炉外间的温度计上，清晰地显示着相应的温度。红膛膛的灶口边上，一只铁凳上面，胡乱而粗暴地捆绑着一个泡沫垫子。问烧煤的村民，所守的炉子与普通锅炉的不同。村民极乐意地回答，那区别可大了，猫和豹的区别。

可猫和豹的区别，大还是不大？

村民没给答案，转身忙别的去了。只剩下记者们，揣摩这些没有答案的问题。

上到烘干塔的控制室与观察间，看到竖井的三个通风口，大衣扣一样排列。上面两个输送热风的，吹自上而下掉落的粮食，往干了吹。下面一个输送冷风，为业已去水去湿的苞米吹凉。经过两道热风、一道冷风，苞米的水分及湿度降下来了，吹高的温度也降下来了。面对再次堆起但含水量达标的小山，常驻合作社的他们高兴地说，那也得先卖掉一部分，要不搁不开。

灰暗的低空中，粮食山闪着奇异的光，映衬着旗杆上悬挂的国旗。粮食干爽，成熟度强，籽粒饱满，都是质量上乘的表现。那些色彩与光泽，可以远近地看、反复地看，对它的喜爱掩藏在内里，但不可避免地洋溢出来。只是这些黑土地上生长的鼓粒玉米，整船运到南方的结果，是做成了鸡饲料。让村民们知道后不舍。鸡可以给苞米，但怎么能给这么好的苞米。直到后来得知，这些玉米的另外用途，是提炼汽油、工业酒精，多种多样的化工产品，便从吃惊变成了无语。

不管它。抓一把粮食山上的玉米，仿佛抓一把金沙粒。

堆积的数量太大了，在松花江中段，松辽平原腹地，它只能成为一座富含矿脉的沙石山。但不影响人们的感情和深刻理解。石榴籽一样的玉米，年轻人的门齿一样的玉米，它有一种干爽的温度和圆润的湿度，带着从内里往外的亮度，积蕴着一层庄重的玉包浆。

2

抽奖环节尚未到来，专用于年终岁尾的杀猪菜已经开始做。原来是胖大的女出纳家杀猪请客。分明是不太坐班的情况下，对各理事及工人们的沟通及谢意。只是如此欢庆的时段与氛围下，参与合作社的诸人，仍能看出收敛。没有高声喧哗，没有狂咬大笑，没有酒后耍狗坨子的。满桌的菜肴少动，精力全放在酒上，非常具有特质。既看得出自律，也看出平素的影响和管理。

可光是自律、影响与管理吗？有没有犹豫、张望与惦记。有没有情绪不高的因素。这个只可能感受，任何人都不说，也没有任何人给出答案。

若有所惦记，已成定局的丰收年，他们有理由惦记，除了出地、出力，部分成员还曾出股资的他们能否如期实现分红。这是一个新问题，也是一个延迟几年的老问题。原因是这样一个榜上有名、苦干实干、管理有方的合作社，这样一个土地款分毫不差、工资丝毫不欠的实体，已有两三年没能分红了。某种角度讲，仍处于负债经营的状态。

什么意思，就合作社而言，自建立与运转之初，是有股份的。相应股金是放在了基本建设和基础投资里，并且盖了楼房、购置了农机。但相对于正式启动与整体运转，这只能是部分。从资金组成上说，合作社这架机器，除了基本建设与基础投资，每年要有流动资金。而这个流动资金起初就是缺口的，需要银行贷款与民间借贷解决。可是几年下来，民间借贷折腾不动了。只为它是要付出利息而且利息不小的，它是要付出人情而人情需要亏补的。所以利息较低的银行贷款，最终成为了最可选的唯有渠道。而纵是如此，民间借贷仍避免不了的。因为每年的九月份，粮食仍在踱籽粒呢，离打粮卖粮尚远呢，银行规定还贷了。还上旧贷，才能获准新贷。而从借钱还贷，到新的贷款获批，这中间有二十天、一个月，甚至一个半月。所需的三百万民间借贷是免不了的，坚持、咬牙、硬撑是避免不了的。一年有一回，得出去张罗，串换，顶坑。它给合作社带来了定期的压力。

不借不贷行不行，不行。化肥、种子、人力物力、基本的生产费用需要它，合作社的架构和发展，起码目前解决不了它。

那么村组织呢，目前广隆村的村组织与合作社，这种有交叉、有兼顾、有合力但尚未完全领办，或者说只是领办部分的特别架构，能否在具体问题上发挥作用。应该说能啊，发挥了呀。因为村组织的凝聚力影响力，以及合作社的信誉力，包地款不用动现金，跟村民说好秋后算账，就是有效的成果呀。否则合作社的流动资金、运行资金更成问题。

3

庆丰收大会作为一个暂时的终结篇，不只在记者们的笔下，更体现在北广隆全村的微信群里。惯常的做法，按距离它还有多少天，合作社每天推送一遍进行。从仲春时节，一粒种子被播种机的管子，输卵一样笔直地插进大地时起，对于此番大会的谋划就开始了。而且它具有连续的功能，今年的目标结束了，明年的目标开始了。它正成为合作社和村民们模糊的夏历，配套使用的农历，十分精准不过的公历，形成一套完好的闭环。

那天的天气很好。对于出行者，这样的好天气包括，太阳光照足，略有些升温。零下十度左右，不冻耳朵，能伸出手来。路面平整无冰，车行通畅不堵。事实上确实不堵，从五棵树到合作社，一路遇到的车不超过五辆。却原来，村民们猫冬的同时，生活也随着猫冬。

站在院子里，记者们往前二楼去。门把手被一道大绒布条拴系着。这显然不是防护，而是简单的提示，人到哪里去了。正自猜测判断，两个盛装的女村民从餐厅的门走出来。

一定是去里面的洗手间的。她们穿过遥遥的院子，避绕占满但并不拥挤的车辆，朝后面的油脂厂走。那些车辆，最外围的显然是村民们开来的。家庭轿车居多，也有简单适用的电动三轮。这些三轮以往多在关里，现在关外也适应了。零下十度左右骑它，对普通村民来说，并不是什么问题。何况弄个被子，在膝前遮挡着。当然零下二十度以下就不行了，彼时车把攥不住，车体冰冷得像钝刀。

那些车辆之后，合作社的专门方区，国旗旗杆的旁边，摆着十辆整齐崭新的电动车。因为颜色鲜艳，阵容整齐，看上去精神。还灰突突、孤零零地摆着一辆新车，有些暗淡无光。他们说，都是给抽奖预备的。其他还有烙各种饼的电饼铛。还有投影仪，接到电脑上，可以直接往墙面上打。甚至可以往棚顶上打，躺炕上看方便。各类奖品的确定购置，均是合作社的理事长们拍板的。只是暗淡轿车与电动车的差异太大了，一个顶十个，具有抽奖的性质。可是就追求抽奖，所以说具有就对了。购置奖品共花了二十万，都是合作社的利润里截留出来的。年轻的理事长说，挣到钱了，见利了，是又一次反哺村民。

抽奖是很有吸引力和影响力的方式。都想一夜暴富，虽然这种可能，比天上掉金粒还微小。可车在那里摆着，就是伸手抓个阄、摸个球的工夫儿，又觉着有可能，希望无限大。

总之活动是必须的，抽奖是必须的。因为有这个抽奖摸彩，它倏地张扬了丰收节。场面火爆，气氛热烈，凝聚力强。活动进展到半程，要求续签并且改一年为六年的，达到十几个。

4

再说几句吧。再表上一番。

上千米的厂房或者会场，早不见了雀鹰穿梭飞过。几百名村民大部分坐在简易塑料凳上。小部分有凳子也不坐，愿意高粱似的伫在周边。个别的偏要站在凳子上，头几乎顶到了天花板。有个做直播的，一边拿着手机摄录，一边简单地配上一两句话，告诉网友或粉丝，活动到了哪一步，还拿着相机四处拍照，很有些艺术范儿。主持人既是从五棵树街里请来的，也是本村出去的，专挣主持的钱，端红事活动的饭碗。他声线有些高，不宽厚，但操作熟练。晶达还是宝子，或者苏主任凑上前告诉记者们，他唱歌好。记者们便恍然明白，要不主持人总是提出，请大家把烟掐一掐，一会儿他嗓子该哑了。空气确实到了蓝洼洼的程度，阳光透射的区域，形成一种奇怪的澄明。像是车窗贴了层蓝膜。年轻的合作社理事长十分健谈，把麦克从主持人手里要下来，不让他嘚嘚。先告诉主持人说啥的，代他讲，此刻却觉得尽不如自己说，几百名村民显然更期待他的讲话，他有责任有义务，进行鲜明的表态，更加流畅地表达。

从合作社的角度，他对扩大签约、鼓励签约进行了动员。不重复，不啰嗦，不磨叽。灯光阳光的共同照映下，村民们看到台前站立的合作社理事长，仅只一两年的工夫，炯炯有神的小眼睛陷进了肉里。目光也由曾经的机智敏锐变得闪亮慈善。桶腰拍上一拍，暄腾腾的肉直颤。才四十出头呢，头发除了染黑，已青葱不见。

从村委会和村部的角度，年轻的理事长根据思考和理解，将种地打粮这事提到了重要的核心层面。土地、粮食、村屯也好，合作社、农场主、种植大户也罢，首先他注定不是一个一本万利的事业。他不是朝阳产业，更不是夕阳产业，但他是任何庞大社会体系最根本的事业，是一个国家与民族发展延续的定盘星。是的，没有跟时尚潮流而跑，也没有挣这个那个钱，但合作社及村民们在做乡村大计，投身国之大者。千万乃至亿万的村民、农人、新农人一起，让中国人的饭碗端在中国人的手里，让这个饭碗装满了中国粮。

做直播的那个年轻人，快要哭了。嚷嚷着鼻子，对着手机里的粉丝们说了句，他讲得好。

十万元一捆的人民币，红艳艳地摆放在台上，堆成了泛着粉红的山。是另外一种形式的粮食山。这样的抽奖结束之后，各位村民就将上前，领取一年的土地收成了。这些"不劳而获"的收成，是否构成一年的主要收入，由他们自己来定。但越是岁数大越不能定，这个是一定的。也是村委会以及合作社一定看在眼里、想在心上，列进计划里、落实在行动中的。

会场来了一批久闻未见的客人。晶达的媳妇来了，宝子的媳妇来了，苏主任担任伙食工作的媳妇也熟门熟路地来了。她们都在台侧站着，和认识的人主动打招呼，和不太熟的人微笑点头示意。放眼半个世纪，一个村子，几个村子，得有多少重重叠叠的亲戚关系。她们的笑容僵硬了，点头的动作麻木了，手摆得不听使唤了。她们及所有众人都怀揣着抽奖的期望，但大奖偏迟迟不到，十辆电动车也跟着不到。李彦会计不参与，晶达、宝子、苏主任他们共同判定，饺子沉锅底了，奖都煞后了。于是谁都希望后抽到奖，因为越是后抽到，得到大奖的概率越高。最简便的饼铛快抽没了，大部分电动三轮车也名车有主了，代表轿车的那张卡片，终于按照规则，被前一个上场领奖的村民摸到了。它意味着，唯一的大奖摆在眼前了。全场一阵安静，听凭抽奖机哗哗地洗球出号，看和台下谁手里的号码匹配。那是一大早上，刚进会场时就给的。

静场。主持人喊一遍，喊两遍，喊三遍，始终没人应对。大家的眼光都不知往哪撂了，觉得时间有些凝滞。终于一个高个子黑衣女人，捂着脸，匆匆地、埋怨似的走上台来。她是李彦会计的爱人。李彦会计正在遥远的入口领奖处颁发奖品，消息以隔空喊叫和跑步提醒的方式传到，李彦会计当即表示，自己中了五万元的轿车，拿出五千元请客。

后来的事实证明，他请了多次，脸都请黄了请绿了请白了，眼眶出洼坑了，可他并没有摸到方向盘。抽到车的当天，儿子就回来了，把车开到了五棵树街里。但他心甘情愿，喜不自禁。

待到梦圆再相邀

李春良

立春刚过，天气依然寒冷。车窗外，龙岗山的峰岭起起伏伏地静默于远处的天际，苍莽而雄浑。洁白的雪被下，冰封的东北大地正在沉睡中静悄悄地孕育着一个关于春天的美丽梦想。

农历正月十六，傍晚，我赶赴一场特殊的邀约，和我一同赴约的还有这十里八村的数万名群众。看到一张张洋溢着喜悦的笑脸，逐渐向乡政府大院汇集，我禁不住赞叹我们祖先的智慧，在这个奇寒无比树枯草黄满目萧索寂寞难挨的季节，创造出辞旧迎新这么一大段喜悦欢乐的日子，让人们把憋闷了整个冬天的情绪尽情地释放，于集体的热闹与狂欢中去迎接新的一年拂面而来的第一缕和煦春风。

终于，一颗颗硕大的礼花伴随着惊心动魄的声响在夜空中绽放开来：花开富贵、阖家团圆、大地回春、万紫千红……漫天的礼花映红了人们喜悦的笑脸。惊叹声欢呼声此起彼伏。作为这次焰火晚会的主办者，兴佳集团董事长张景范，终于露出了满意的笑容。

沉浸在这片欢乐的海洋中，我想到了一个词：情怀。我想也许只有这个词，才能解释张景范和他的兴佳集团所做的这一切吧。

一

其实，我是带着一丝犹疑踏上梅河口市小杨满族朝鲜族乡这片土地的。

梅河口市委宣传部的领导提供的数字是详实的，无论其数量还是规模，张景范和他的兴佳集团在乡村振兴资本下乡的时代大潮中，都有可圈可点之处。

可是，资本是什么？

一个声音不停地在内心提醒着我：要细致地看，反复地问，冷静地思辨。资本的逐利性决定了资本所有者一定力争在最短的时间内以一定的投入获得尽可能多的产出，但是，农业项目投资规模大，产出时间长，见效收益慢，这二者之间的矛盾该如何解决？自国家提倡资本下乡以来，有的地方政府为了引资，大力调配资源，降低了资本进入乡村的成本，吸引了一批工商资本进入农业农村领域。但是，当这些资本发现在乡村无法很快取得收益，还要在农产品产出后面临着巨大的市场风险，一旦亏损，便纷纷撤离。个别为了套取优惠政策享受补贴的资本在达到目的后也迅速抽身，甚至造成了毁约弃耕、土地抛荒的严重后果。

在梅河口市小杨乡，关于兴佳集团的资本下乡项目，我会有不一样的新发现吗？

阳光温柔地透过窗玻璃暖洋洋地肆意挥洒，乡长办公室里，年轻干练的王钰栋乡长早把几名乡镇干部召集过来。

财政所长王丹快人快语，善于用数字介绍情况。

"张景范是全市乡村振兴下派干部中唯一一名企业家，驻双龙村工作队队长兼第一村书记。企业家驻村当然有优势，去年初夏，为了美化村里的人居环境，兴佳集团捐赠6万株花苗，以企业党建活动村企共建方式，动员百名员工进村栽花……

"捐款60万元，为200多户村民改善了庭院棚栏大门，做了路面硬化，安装路灯100多盏。

"捐款15万元，设置了十街八路的路牌和200多户村民的门牌号。

"捐款60万元，购置钩机一台、拖拉机一台、垃圾清运车一台，用于农业生产和改善村屯人居环境……

"乡政府成立义务消防队后，张景范听说乡政府没车，他派专人外出考察，又捐赠 20 万元购买了一台功能先进适合乡村灭火的消防车一台……

"除此之外，也还为双龙村集体捐赠了 40 万元用于村里的产业发展和人居环境改善。"

乡经管站长王荣新进一步补充说，20 多年前，双龙村村部就是兴佳集团全额捐建的，后来我们现在的乡政务中心改造，集团又一次捐赠了 500 万。

当年，建设村村通水泥路时，村集体面对着一穷二白的财务收入几乎无计可施，广大村民又无时无刻不期盼着早日改变晴天一身灰、雨天一身泥、农机车时常陷进泥坑出不来的道路现状。在这关键时刻，兴佳集团来了，150 万对现在的兴佳集团可能是很小的一笔资金，可在 20 多年前，当时的企业正处于结构扩充期，每一分钱都需精打细算的时刻，作为董事长的张景范还是说服了家人，捐资解了燃眉之急。

最近几年，每到正月十五元宵节，梅河口市海龙湖公园里都会举办盛大的焰火晚会，很多市民都知道，这是兴佳集团捐资筹办的。人们很少知道的是，兴佳集团举办的两场规模稍小的乡村焰火晚会也将分别于正月十五和正月十六晚上在双龙村和小杨乡进行。

乡村的年轻人可以往返奔波几十公里到市里观看焰火，

但大部分村民特别是行动不便的老年人怎么办？这是每年辞旧迎新时刻，兴佳集团举办这两场乡村焰火晚会的初衷。相比近年来兴佳集团无偿捐助社会公益的 5000 余万善款，这是非常小的一件小事，一件稍不留意就会被遗漏疏忽的小事，然而我却从这件小事儿上看到了张景范的责任与担当，触摸到了这位优秀企业家内心最柔软的一块，并让人感悟到他高尚的财富品质。

改革开放四十多年来，市场经济的大潮风起云涌，造就了成千上万的企业家，企业家们通过创业，为自己和社会不断创造积累着财富，人们视"财富为文明的成果"，并由此景仰财富的创造者。但在当下，我们是否确立起了正确的财富观，具备了良好的财富品质呢？

望着小杨乡经管站长王荣新同志提供的兴佳集团最近几年的捐赠目录，我看到了一位真正意义上的财富创造者，梅河口本土企业家良好的财富品质和崇高的精神追求，这一切绝不比摩根和比尔·盖茨逊色。

此时，我忽然有了新的发现，意识到对兴佳集团的资本下乡，不能完全以市场经济的视角，简单地用资本经济运行规律来分析判断和思考。如果我们的企业家不顾其他，只一味追求资本的逐利性，那诚如马克思所说："资本来到世间，从头到脚每个毛孔都淌着血和肮脏的东西。"可是，我们是社会主义国家，作为共产党人的企业家更承担着一份沉重的社会责任，并且有着更崇高的理想追求。所以，乡村振兴资本下乡，想与农民争夺资源和利益的不要来，想投机取巧挣快钱的不要来，想套取国家政策利益捞一把就跑的更不要来。来的，必须是一批有家国情怀、有社会责任担当、有长期眼光的，更具有崇高的理想追求和高尚的财富品质的优秀企业家。

国务院在关于促进乡村产业振兴的指导意见中明确指出："工商资本进入乡村，进入一些农民办不了、办不好的产业，要坚持立足农业，服务农民，投资兴办农民参与度高、受益面广的乡村产业，要带着农民干，做给农民看，帮着农民赚。"

如果没有一大批有崇高理想追求和高尚品质的优秀企业家，这样的目标该如何实现？

二

眼前是一片平畴，地垄之间的一趟趟残雪尚未消融，黑白相间的条纹从脚下延展向远方，垄台上偶尔露出星星点点的绿意，分外夺人眼目。

双龙村党支部书记常君德同志介绍说："这是兴佳集团的蔬菜基地，也可以叫蔬菜合作社，第一期共流转农民土地100多亩，涉及20多家农户，除了土地流转租金，从初春到深秋，有近百名村民在这里灵活就业。开春后，最先上市的就是眼前的大地发芽葱，供不应求。"

"这里远离城市，生产的蔬菜有销路吗？"

"超市啊，兴佳集团在市里有三家大型超市，为了跟所投资的涉农项目对接，目前，正在建设第四座大超市。"

现在，兴客家连锁超市的蔬菜基地纸上的蓝图已经在双龙村肥沃的黑土地上结出了第一个果实。

拂晓，当曙色染红东方的天际，蔬菜基地里工作的村民已经开始了忙碌，他们把沐浴着大自然的阳光雨露成长起来的蔬菜采摘下来，太阳还没露出笑脸，兴客家超市的员工已经把车停在了地头，很快这些绿色的或者有机新鲜的蔬菜就会摆到超市的销售专柜上被市民抢购一空，中午，就会摆上人们的餐桌。

"时代发展了，人们对生活质量的要求也变得更高了，如何让广大市民吃上新鲜的蔬菜、放心的蔬菜、高端的有机蔬菜，我想，我们的商超企业终于找到了一个着力点，而这个着力点也正好是资本下乡的切入点，一个非常好的让各方都满意的一举多得的抓手，这是十几年前，企业集团决定投资大型连锁商超时没有想到的。"

张景范平静地介绍着，似乎有些云淡风轻。但我知道，这个目前看来规模还嫌尚小的蔬菜基地对于资本下乡的重大意义。如果说企业家一系列无偿捐赠体现的是其情怀和境界的话，项目建设则必须回归到市场，按市场经济规律办事，使资本的投入不是一时的输血而是长久的造血，唯其如此，所投资项目才能走得长远，所投资本才能更好地造福这片山川大地，而这恰恰考验着一名企业家的胆识气魄和战略眼光。

"今年的中央一号文件说，提升净菜、中央厨房等产业标准化和规范化水平，培育发展预制菜产业。现在大家的生活水平提高了，特别是一些年轻人和快节奏生活的人希望买到半成品。现在看来，我们资本下乡的第一步是走对了，老百姓的需求就是市场，而市场就是我们企业的机会。"

张景范的语调依旧风轻云淡，随着他的讲述，一幅美丽的画卷渐次在我眼前展开。

随着今年第一缕春风徐徐吹来，蔬菜基地不断扩大规模，一排排蔬菜大棚和暖窖将展现在人们面前，一年四季向人们提供着绿色有机蔬菜，同时，净菜、预制菜产业也将从这里发端，农产品加工流通业将在这里做强，农产品就地加工转化、增值将在这里得到极大的促进。兴佳人将在张景范董事长的带领下，在双龙村、在小杨乡的美丽画卷上再次描绘浓墨重彩的第二笔、第三笔……

"头一流"这个词乍一听有点儿土，也听得我一头雾水，语言的陌生化是文学的一个评判标准，而"土"呢？唯其土，才更彰显特色吧。兴佳米业的产品注册商标为"头一流"。

"头一流"是农民种田的术语，指的是水稻的灌溉用水。

莽莽苍苍的龙岗山岭从长白山主峰逶迤而来，伏卧于梅河口市南一路向西，平缓得似要渐次融入辽阔的松辽大平原，却在吉辽两省交界处突然弓起神龙的巨背，形成大大小小上千座山峰，磨盘湖水库就如一块巨大的碧玉镶嵌在这重峦叠嶂的峰岭中。一条人工主干渠在南，辉发江上游大柳河天然水道在北，自水库发端一路向东，日夜滋润着下游两岸的万里平畴，沃野良田。

肥美的小杨大地，正是磨盘湖水经过的第一站。所以"头一流"水清洁甘冽，没有任何污染又富集矿物质，用"头一流"水滋润而来的稻米更是天地赐予的精华，可遇而不可求。中国的大米市场上素有东北大米的精品在梅河之说，可很多人不知道的是梅河大米的精品就在小杨，小杨大米，精品之中的精品。

如果把小杨稻米做成品牌，做出它应有的价值，一定会极大 地惠及这片土地和土地上辛勤耕耘的人们。也会再一次完成兴佳集团的企业结构扩充。项目论证会上，董事长张景范一锤定音。

一个近3000万元的投资项目启动了，要干就干一流，更要有百年大计的长远眼光。项目工程施工的那些日子，作为董事长的张景范放下手头的其他工作，一头扎到工地上，起早贪黑地忙碌。从设计图纸到组织施工，从生产设备的招标采购到安装调试，他几乎事必躬亲身体力行，那种拼搏劲头，似乎一下子回到了 30 多年前，他带领十几名下岗职工创建集团的第一家个体工商企业时的情景。亲人们怕他身体吃不消，纷纷劝他把这个项目交给集团领导层的年轻人来做。他认真想想，集团里人才济济，年轻人负责这个项目也是轻车熟路。相比以前做的许多亿元甚至 10 亿元以上的项目，这个近三千万元的项目的确不用作为董事长的张景范投入如此多的精力，但是这个项目却是乡村振兴资本下乡以来，集团投资乡村的第一起超千万元的大项目，不仅承担着整个集团利农惠农的社会责任，又投资在曾经养育自己的家乡这片热土上，在张景范的心里，其重要性超过以往的所有项目。所以，他只有守在这，亲眼看见一栋栋建筑从纸上的蓝图变为大地上的现实，他才感到放心踏实。

很快，一座三层生产车间，一座稻谷烘干塔，一座两层稻谷储藏库，一座两层大米储运库，一座三层圆锥形铁皮稻壳储存仓和一座办公楼呈现在人们面前。20 多套国际一流的稻米加工设备安装调试完毕。从水稻进厂到烘干存储，从稻米加工到真空包装成型，全部实现了自动化控制流水线作业。兴佳米业注册资本 500 万元，实际投资 2800 万元，日加工稻米 90 吨，年产能达到 3 万吨，如果满负荷生产，小杨乡和周边乡镇的水稻将得到全部加工转化。自投产以来，已逐渐打造了稻花香、圆粒香、超级稻三个主要品牌，生产有高档礼品盒包装、高端真空包装和普惠包装等面对不同消费群体的优质小杨大米，同时产出黑米、糙米、碎粥米、小粒白米及米糠等副产品，为集团的又一项涉农投资项目打下了坚实基础。

经过一年多的运行，目前兴佳米业已经通过国家环境检验，产品质量检测达到GBT19680-2018国家标准，并荣获"全国质量信誉口碑三优企业"荣誉称号，建立了电商服务站，并被列入国家级电子商务进农村综合示范项目。产品销售网络遍布全国70多个地区。尽管前几年受疫情影响，经营比较困难，但每年还是为当地村民提供固定就业岗位28个，临时就业岗位55个，每年为村集体增加收入55000元，实现定单农业560亩，惠及160户农村家庭，其社会效益已初步显现。

据企业负责人张绍勇副总经理介绍，在现有基础上，兴佳米业下一步将重点抓好绿优米基地建设，扩大机械化、规范化种植规模，按照国家有机米生产加工标准要求，建设3000亩有机米种植基地，从选种、育苗、插秧、除草、施肥到收割脱粒，全部实现机械化操作，实现年有机米总产量150万公斤，并取得国家有机米生产达标证书。届时，兴佳米业将成为国家和梅河口市重要的有机米生产基地之一，在国内高端大米市场占有一席之地。这必将极大地增加土地产品的附加值，提高土地的产出效率，惠及周边成千上万的广大村民。

养殖专业合作社项目，虽然还在建设中，但是已能看出规模。

在双龙村党支部书记常君德同志陪同下，我来到一片山林边缘的坡地。

冬日的夕阳给大地镀上了一层嫣红，3万多平方米的坡地上，一栋栋牛舍、饲料仓储库、管理用房等基础设施给这片静默的土地增添了些许生机。

"我们看到的这些是一期工程，开春后就开始运转了。"常君德书记充满期待地介绍着情况。

兴佳养殖专业合作社是兴佳集团牵头与双龙村、宫家街村、大桦树村、双阳村、方家街村"五村联建"的涉农项目，一期计划投资2000万元，养殖肉牛1000头。采取企业加村集体加农户的合作形式，一旦投产达效，对周边五村的集体收入和入股农户的收入意义非凡。

按着集团的五年规划，待养牛产业步入正轨后，再投资2000万元，建设养猪场、养鸡场，生猪存栏达到3000头，林下溜达鸡10000只，以兴客家连锁超市的销量定产，稳扎稳打，逐渐扩大规模。

至此，我看到了兴佳集团在张景范董事长带领下，在资本下乡的项目建设中正在下的一盘大棋。

有农业专家说，"乡村产业发展的关键是用好一方水土，要适应市场需求的变化，紧紧依托农业农村特色资源，开发农业多种功能，挖掘乡村多元价值，因地制宜选准产业发展的突破口，把乡村资源优势、文化优势、生态优势转化为产品优势、产业优势"。

兴佳米业的投产，使产业链的上下游开始了融合，"以粮食田间种植为起点，打通了收割、收购、存储、加工、运输、销售的全产业链条。"加上兴客家连锁商超，"集团利用充足的资金，高效组织生产要素，提高了土地的产出效率，贯通了农产品从田间到市民餐桌的渠道。"而兴佳米业的副产品，又为牧业养殖提供了充足的原料。

这是典型的以二产主导、三产辅助，一二三产业深度融合发展的生产方式，在这个深度融合发展过程中，兴佳集团虽然短期内看不到利润，但对企业结构扩充和集团的进一步发展却意义重大。他们以长远的战略眼光，一再向村集体、向农户农民让利，给广大村民带来了摸得着看得见的实惠，培植起了深厚的群众基础，受到了广大村民的热烈欢迎。

至此，在乡村振兴的滚滚时代大潮中，一个资本下乡的兴佳模式在梅河口市小杨乡这片土地上呼之欲出，这个模式充满活力，引人遐思，并随着时间的推移，一定能在这片土地上生根发芽、开花结果，展现出一派勃勃生机，给这片土地上生活的人们带来无限的美好和充满希望的明天。

三

一条路穿村而过，将村庄分为道南和道北，磨盘湖水渠主干渠和大柳河水分别绕过村南和村北，远远看去，两条水流明明灭灭、弯弯曲曲，双龙抱玉般紧紧环抱着村庄，双龙村就此得名。

其实，据已经卸任的老村主任李百林介绍，双龙村原来叫火烧房子。早先的年月，双龙村人住的是低矮的泥草房，灶坑里没有燃尽的草木灰倒在露天，遇风复燃，经常发生火灾，所以"火烧房子"的村名便慢慢叫开了。后来，村里的有识之士认为这个名字实在不吉祥，根据村民的意见，改了名字。当时磨盘湖水库的南干渠已经建成，两条水龙一定能克住火，不会让火烧房子的情景再次出现。就双龙村所处的地理环境看，也算是名副其实了。

斗转星移，时光荏苒。村庄改名后，是否又发生过火烧房子的事故，已经无从可考，只是现在，漫步在平坦整洁的道路上，看到一栋栋漂亮民居，我们有理由相信，火烧房子的事情真的成为历史了。

"我在和平街这儿，有块标牌歪了，是不是基础防冻没有做好，记着将来处理一下，另外马上就开春了，应该搞一次彻底的环境卫生大整治了。"张景范拿手机协调着村里的工作。

自担任乡村振兴工作队长兼任双龙村第一书记以来，他隔三差五，时常抽时间在这些熟悉的村路上走走看看。

龙盛街、前进街、光明街……

文明路、振兴路、幸福路……

去年他们把村里的道路重新建设规划，命名了十街八路，设立了标牌，安装了221户的门牌号码，硬化居民庭院，更新了住户铁艺大门、庭院栅栏、街路路灯，栽植了鲜花，极大地改善了村民的人居环境。使整个村庄的村容村貌发生了彻底变化。今年，美丽村庄建设还要再上一个台阶。

2023年中央一号文件指出："加强村庄规划建设，坚持县域统筹，支持有条件有需求的村庄分区分类编制村庄规划，合理确定村庄布局和建设边界。将村庄规划纳入村级议事协商目录……制定农村基本现代生活条件建设指引。"

这应该就是村庄建设下一步的奋斗目标和方向。

去年，张景范带领村两委成员，经过调研和征求广大村民意见，制定了一个美丽村庄建设的三年规划。现在对照一号文件，他觉得有许多处还要进一步修改完善。

走到村东路口时，张景范停下脚步，又详细看了一下这片荒芜的空地。在规划中，这里将被打造成一个小型的村中休憩公园。今年，他们将在村里建设三座公厕，两个休憩娱乐小公园，一个文化广场，体育健身器材配套完整。集团设计师的设计方案已经通过了审核。这些设施的建成想必会对丰富村民的精神文化生活，营造文明、健康、欢乐、和谐的乡村文化氛围起到积极的作用。

还要开展精神文明建设的各种评比活动，村党支部刚刚研究制定完标准，在物质生活逐渐富足的同时，精神文明建设必须抓起来，"星级庭院"拿星活动两年评比一次，设五星级、四星级、三星级各十户。"文明家庭""好婆婆""好媳妇"每年评比一次。每户或者个人分别奖励2000元、1500元、1000元。入选者授予牌匾。引导村民积极参与，掀起你赶我超的大评比，使整个村庄形成人人争当"文明使者"，户户争做"最美人家"的热潮。

一块石碑立在路边，上面刻着"感恩路"三个大字。这还是多年前张景范捐建的一个项目，当时是水泥路，前几年他又捐建铺成了沥青路。那时，他的企业集团还处于初创时期，资金并不宽裕，可看到乡亲们泥里水里的行路难题，他还是咬咬牙挤出了这笔资金。乡亲们在道路竣工通车后立起了这块石碑。他之所以没有反对，其实这也代表着自己的心声。从乡亲们的角度，是在感恩他这位富了不忘家乡的乡贤，可在他心里，修建这条路，如果不是为了内心割舍不下的这份乡情，不是为了感恩养育自己的这方热土，感恩纯朴的一众乡亲，还能找出其他的理由吗？

俗话说"一年能成生意人，十年难成庄稼汉"。每次行走在这乡村的街道上，张景范都带着满满的亲情和敬畏心。这里有他的乡邻、亲戚，有他的同学和儿时玩伴，这方热土更承载着他的青春理想、少年意气和无忧无虑的童年欢乐。

春天，与一群小伙伴在南干渠边采挖野菜，看渠上芳草青青，听渠水淙淙欢唱着去急匆匆地滋润干渴了一个冬天的大地。

夏天，他们偷偷地在北边的大柳河野浴，整条河似乎都荡漾着小伙伴们的欢声笑语。

秋天，灌溉结束了，断了流的南干渠里成群结队的小鱼小虾正等着他们来捡拾和捕捞。

冬天，大柳河上的滑冰场，永远陪伴着他们课后的娱乐时光。

十七岁，张景范告别了这方热土，告别了纯朴的乡亲，去到城里工作。随着学识的增长，眼界的宽阔，他终于意识到，与外面的世界相比，曾经养育自己的这片土地竟然是那么的落后与贫穷。

如果将来我有能力，一定要帮助家乡改变！这是当年，一个十七岁的少年默默在内心确立的宏愿和梦想。

最开始也许是产生自少年意气，但是，每一次回故乡，每一次在故乡的街头走走看看，这想法都会翻上心头，并随着时光的流逝在内心深深地扎下根来。

现在，他终于回来了，回来实现他当年的宏愿和梦想，带着"出走半生，归来仍是少年"的心态，在乡亲们的殷切目光中回来了。

妻子劝他，都这么大岁数了，这么大个集团还不够你领导的吗？干什么非得去当这个村干部呢？

儿子劝他，这些活我们都能干，难道你还不放心吗？

集团副总劝他，派个中层去当工作队长，有什么事儿随时电话请示，工作效果是一样的。

张景范觉得他们说得都有道理，对于一个拥有13家子公司、总资产30亿元、流动资产16亿元的民营企业老总，工作不可谓不多，派个年轻人来也能干好。但他总觉得不踏实，那是一种说不清道不明的感觉，就如同此时，只有漫步村庄街道，看到村庄的点滴变化，盘算着下一步工作，他才能感到一丝满足和幸福一样，是无法与人诉说的。

中国几千年的农耕文明史，村庄是承载这一历史的最重要单元，面对这天翻地覆的时代巨变，其固有的一些规则尚具有强大的惯性。

村庄是村庄，公司是公司，绝对不能村庄公司化，别人来能把好这个度吗？公司绝不能干预村庄的管理事务，这是经验更是原则。所以在集团的这几个涉农项目中，不仅员工，连领导层都是就地提拔村庄人才。还有，目前入股合作项目的村民，大都是具有市场经济意识，思想比较活跃的人。随着后继项目的展开，必须动员剩下的所有村民参与到项目中来，尽管村两委和公司的政策是本着自愿原则，但宣传解释工作一定要预先做到位，要保证不落一人地让所有村民享受到乡村振兴的成果。否则，随着项目的投产增效，村民中间必将产生新的阶层分化，共同富裕的目标实现难度必然加大。

所以，只有亲自挂帅，张景范才感到踏实，因为他心里明白，当年，那个十七岁的少年离开这片热土时，就已经把自己生命的根深深地牢牢地扎在了这片沃土中。

马克思说："哲学家们只是用不同的方式解释世界，而问题在于改变世界。"

那个当年站在这片土地上，立志要改变村庄落后面貌的意气风发的十七岁少年而今回来了。沧海桑田，初心不改，不同的是张景范意识到，要改变这个世界，需要这个世界的每一个人一起努力，要让眼前的村庄进一步振兴，也必须是全体村民共同拼搏奋斗，而自己只能做个助推手、引导员或者带头人。

最后，我们一行来到了村部，这栋建筑是20年前张景范捐建的，新的村部已经在规划中，除了行政服务功能，还包括图书室、文化室、文娱活动室等。下午，张景范将以村党支部第一书记的身份主持两委工作会议，研究村庄人居环境整治和几个项目的后续工作。

按照张景范的说法，兴佳集团的资本下乡，这只是迈出了关键的第一步。兴佳米业在全国的销售网络还要进一步加强，订单农业还要进一步扩大规模。蔬菜合作社要提升的空间更大，不仅要扩规模上档次，还要在农产品就地转化增值，生产净菜、预制菜方面闯出一条新路。肉牛养殖二期项目还要进一步论证，养猪场、养鸡场一期项目需要尽快启动。

工作千头万绪，好在集团资本下乡所涉及的各项产业已经打下了基础，铺开了摊子，迈出了坚实的第一步。

习近平总书记指出：产业兴旺，是解决农村一切问题的前提，从"产业发展"到"产业兴旺"，反映了农业农村经济适应市场需求变化，加快产业优化升级，促进产业融合的要求。

我想，一旦兴佳集团所投资的各项产业，达产见效，兴旺发达地发展起来，那时这片土地一定是这样的一派盛景：人们的生活环境良好，村庄各项产业欣欣向荣，村民更加富足，文化生活丰富多彩，精神面貌意气风发，整个乡村基本上具备了现代化生活条件。这必将是这片土地的全面振兴之日，更是张景范的少年梦圆之时。这一定需要张景范和全体村民付出更加艰苦的拼搏努力，更多的心血和汗水，也需要一段相当长的时间。

"大概怎么也得 10 年吧？"

"我们只争朝夕，也许，用不了这么长时间，到时候我邀请你再来走走看看！"

张景范仍旧说得云淡风轻。

告别了张景范董事长，告别了这片双龙抱玉的沃野，我激情澎湃。蓝天丽日，白云悠悠，回望这片还在皑皑白雪覆盖下的冰封大地，我分明感到一股强大的生机勃发的力量。我知道，用不了多久，随着第一声春雷惊心动魄的炸响，再经过几场蒙蒙春雨的滋润，大地必将用她积蓄了整个冬天的能量，将一派蓬勃生机呈现在人们面前，那时，一个万紫千红百花争艳、给人以无限希望的美丽春天，也就到来了。

北风嘹亮

杨　逸

一

北风吹瘦了霍林河，远看像大地的骨头，横亘在莽苍无际的松嫩平原。大湖小湖都结了冰，葡萄串一样跟霍林河连在一起。

这里是吉林省大安市海坨乡前进村。入了冬，这里的雪就会从天铺到地，从各家院子铺到各村小路。放眼望，四野皆白——屋顶是白的，烟囱是白的，风雪中的芦苇荡是白的。乡亲们身上披的雪片是白的，喘出的气儿是白的，挂在眉毛胡子上的霜也是白的。家家户户一推门冒出来的烟火气是白的，为过年做的豆腐是白的，房檐下的冰溜子是白的，就连冻在簸箕上的粘豆包也是白的。白里有冻伤的手脚、皲裂的脸，白里也有藏在雪下的瘠薄、歉收的庄稼、男人的长吁、女人的短叹。白里有远去却不会消逝的世世代代，时而相看两茫茫，时而澹澹入梦来。时光之间隔着护院的狗、拉绞盘的马、春耕的牛。几斗烟的工夫，小儿长成了老爹，老爹的膝盖骨埋进了黄土。村口老树熬倒了村部土墙，爬到树尖的淘小子听清了老树的预言：好日子在远路上，正一天天朝这里走来。

北方的长冬让人知道，多么璀璨的季节都会在白色中皈依沉静，最单纯的白有着最沧桑的年轮，最不动声色的城府。

大战换了挡，费力地开着那辆老式北京吉普，赶往寄托他全部希望的那片芦苇荡。海坨乡地处松嫩平原中部，霍林河下游，七分盐碱地三分芦苇荡。这里的盐碱地不丰饶、不肥沃，却养就了他魁梧的体魄。这里的芦苇荡根系茁壮，随便抓起一根，手里就是它几百年前的样貌。大战很清楚，再没有哪个地方能像这里给他踏实敦厚的情感。他曾去城市求学打拼，一去十年，却发现即便跟异乡脸贴脸，陌生的繁华始终不是他的风景。他回到自己的来处，也是祖辈的来处。家乡的土地瘠薄而又苍茫，却毫无保留不遗余力，捧出一粒粒瘦弱的稻谷。这瘦弱养育了他，这里的烟火味、人情味、鱼虾温暖的淡腥味，像古老的霍林河水，在他血管里奔涌。只要踏上这条开过无数次的雪路，听到车轮从雪上碾过，大战心里就会热气蒸腾。"霍林河水呦，你从哪里来，你到哪里去……"古老的歌声里，炽热的泪水是爬出心窝的霍林河。

大战是去直播卖鱼。每天都去，准时准点。

车子像识途老马，忠实地把他带到了湖面。大战一脚刹车，车轮在冰面划出长长一趟，嘶鸣着停住了。几个帮手早已等在那里。家什都已备好，太阳切开冰上的雾，照着铁钎子和破开的冰窟窿。网是起大早下的。破冰，下网，拉网，几个人早已轻车熟路。"起网喽！"这是直播最动人心弦的环节，随着众人齐声高喊，大战把手机对准了二尺见方的冰窟窿。渔网慢吞吞地离开湖水，一根根活蹦乱跳的野生鱼在网里撒欢儿打滚儿。

大战的冬捕不同于那些声势浩大的冬捕，大战的冬捕不图声势，打上来的都是原生态野生鱼，虽然数量不多，个头也不大，但货真价实，销路很好。每拉上一网，不管是柳根儿、嘎牙子、鲤拐子，还是鲫瓜子，都是纯正的东北野味，广受欢迎。

"这条鲫瓜子足有七八两，做鱼汤可是最鲜亮儿，肯定胜过黑旋风李逵和浪里白条张顺争抢的那条，哈哈！"

"看这柳根子，多胖！管你是酱焖还是清炖，都是最好的下酒菜儿，不次于康熙巡游大摆开江宴那道！"

大战一边介绍打上来的鱼，一边招呼着天南海北的鱼客。"本地的当天就能送到，外地的也不出三两天，看好了下单吧。"也就个把小时，打上来的几十斤鱼销售一空。买到的心满意足，没买到的意犹未尽。一番忙活，冬天的日头就偏了头顶。直播间里传来南方口音，"战老板，来个泼水成冰怎么样？"大战擦擦脑门的汗，咧嘴乐，"好说!"

找了一圈儿，没有小盆，想起车上那个旧搪瓷缸子。拎在手里，扒开冰窟窿上残留的碎冰，舀了满满一缸子水。"看好了您呐!"大战站在车子前，腰身一弯到底，又像展开的弓，快速伸直。缸子里的水随身体在空中划出一道圆弧，恰好把头顶的太阳划在了弧里。细小的冰雾好似从太阳里喷薄而出，带着冰的粗砺雾的细腻，在寒冷的空气中飞扬、冲撞。"哥们儿，欢迎来东北做客哈!"直播间里有几百号人，大战的声音在冰上回旋，又横跨数千里，随南北鱼客的手机，在远方响彻。

捕鱼的大战其实并非渔民。他是返乡创业的研究生，做的产业是螃蟹养殖。此时，深秋下水的八万余斤蟹苗正在冰下过冬。大战每天来冰上，凿洞、下网、起网、捕鱼、卖鱼，醉翁之意却不在鱼。这个冬天对大战和蟹苗都非比寻常——大战人在冰上，心里却全是冰下的蟹苗。蟹苗身在冰下，正悄无声息地经受寒冬的考验。

大战名叫战凌云，三十六年前出生在海坨乡前进村。2014年从延边大学毕业，获得硕士学位的战凌云曾为爱情留在城市打拼，赚到了第一桶金，却终究还是萌生了退意。短短几年，返乡的战凌云已是海坨乡养殖大户、致富带头人，是"吉林省勇励生态养殖专业合作社"的法定代表人。

他的人生有故事。他的故事适合在凛凛寒风中娓娓道来，听上去，像北风在歌唱。

二

海坨乡的童年有水有鱼，有传说。既是传说，就有农耕渔猎、铁马金戈，有弯弓长刀、乱世踉跄，也有人间爱恨、英雄美人。浩瀚的芦苇荡卷起一波又一波悲欢离合，吹乱汉人爷爷的胡须，吹深蒙古族奶奶的皱纹。

那时的霍林河还没被北风吹成大地的骨头，那时的霍林河除了鲫瓜子、柳根子、噘嘴岛子、鳌花、鲶鱼，还有几十斤的大草鱼和凶狠生猛的大黑鱼。那时的海坨乡没有哪个男孩儿不知道鱼把头，也没有哪个男孩儿没做过当鱼把头的梦。把头是蒙语"巴图鲁"的谐音，鱼把头是夏天敢潜在深水里空手抓黑鱼，冬天能带上百十号人，看准鱼窝子，一把网趟子就能捕上万斤鱼的英雄。鱼把头一生都在跟大鱼斗智斗勇。最大的鱼藏在最深的水下，还是逃不过鱼把头的鹰眼。捕鱼英雄或是潜入水中生死搏斗，或是单耳贴在冰面，逡巡追赶。每次把大黑鱼背在背上，汗水涔涔地走回村里，都能享受到人们的仰慕欢呼，都能在生命里刻下一笔雄性的荣耀。

"老少爷们儿要听好喽——脚下滑呀！加把劲儿呀！烫好的酒哟，家里有哦！老婆孩子，热炕头啊！撸起袖子，加油干啊！嘿哟！嘿哟！嘿哟！"

儿时的战凌云就体格健壮，自带几分魁梧，一群做鱼把头梦的孩子里，数他号子喊得最响亮，玩人鱼大战游戏也最勇敢。游戏时孩子一般分成三拨儿，一拨儿扮演大黑鱼，一拨儿扮演肥硕的草鱼，只有最勇敢的才能扮演鱼把头。于是每次正式开战前，都要经过一番短跑、爬树、跳高比赛。战凌云从小就显示出过人的运动天赋，不管什么项目，夺魁的总是他。鱼把头的角色自然就落在了他头上。

战斗一开始，黑鱼和草鱼们先是一番杀无赦，草鱼纷纷被撕咬成"尸体"。最精彩的是后面的人鱼大战，扮演鱼把头的把黑鱼抓上岸，鱼把头胜；鱼把头被制服在水中，黑鱼胜。"黑鱼"通常有两条，轮番跟鱼把头周旋。他们带着腾腾杀气，不时蹿出水面挑衅。"把他拉下来！"两条黑鱼齐心协力，战凌云扑通一声落入了水中。夏天的芦苇荡里，进入角色的黑鱼和战凌云，在水草和菱角秧中来回穿梭，飞腾萦绕。微风吹过水面，大黑鱼狡猾地在他身前身后忽隐忽现。战凌云不敢怠慢，心想着，换作鱼把头，此时会如何？周旋，传说里讲的都是周旋，等黑鱼耗尽体力，再一举拿下！狭路相逢有耐力者胜，一时间又是潜水又是甩水，在水塘里和两条黑鱼玩儿起了猫抓老鼠。

终于，黑鱼体力耗尽了，身强体壮的鱼把头一手一个，把黑鱼撂在岸上。

得胜的战凌云想，总有一天，他和真正的大黑鱼也要有这么一仗，一仗之后，他会成为海坨乡最大的英雄。天黑了，黑鱼和草鱼们都回家了，岸边的辣蓼草被他们碾倒一片。只有鱼把头还没回家，他坐上去，想着自己的未来，也想到了自己的家。在他心里，父亲是从没做过鱼把头梦的男人，无趣得像只知道干活的机器。"我不要活成我爸那样"，还很年幼，这个念头就在战凌云心里生了根。

和别的村民一样，战凌云家的地由于盐碱成分高，单靠土地仅能勉强维持个温饱。他父亲不甘心一直穷下去，就到外地学会了做鱼罐头的手艺。一年到头，只要种地有点儿闲空，他就一头扎在收鱼、做罐头、卖罐头这三件事上。罐头利润并不高，手工做罐头又费时费力。在战凌云记忆里，家里从屋子到院子，打眼一看，除了活鱼就是死鱼，都是纯野生小鱼，逐条去鳞掏净内脏的小鱼。唯有成品罐头能飘出香味儿，却又被铁盖子把那香味儿密封在玻璃瓶里。

战凌云不喜欢满屋子的鱼腥味儿，整天沉浸在鱼把头梦里。"别总白日做梦，有那工夫，跟我学做罐头。"父亲的腰身整天弯着，偶尔直起来，就给他打破头楔。战凌云不服气，也不顶撞，只在心里说，我和你，不一样。

"做个鱼把头的梦就是英雄了？小子，还不如把你那书本学好。"战凌云好几次想反问父亲，你是不是连那个梦都没做过？好几次都被卖鱼收鱼的讨价还价给冲了。他才上小学，想不出讨价还价的差价里就是他们家的日子。只知道要交学费了，伸伸手；要订校服了，伸伸手。

这样的童年在一个冬天，忽然沉入了湖底。像机器一样只知干活的父亲，破冰捕鱼时掉进清沟子里，救上来已经僵硬了。清沟子是河水喘气的鼻孔，即便三九天也不会封上，是最让冬捕汉子们提心吊胆的地方。得知消息的战凌云丧魂落魄地跑回家，呼喊父亲的声音像一粒粒碎冰碴儿，在他奔跑的路上纷纷扬扬。他怎么也想不明白，自己只是跟每天一样，背书包去了趟学校，回来怎么就没爸了？一个任劳任怨的男人怎么说消失就消失了？战凌云满脸泪水，努力理解着什么是消失。母亲的哭声又让他确认，即使那个男人活过来，也会再次消失。那哭声太撕心裂肺，那种撕心裂肺里没有假设存在。

战凌云刚满十一岁，他和他的英雄梦一样不谙世事。事实证明，没经过淬炼的梦想就像芦苇一样脆弱，人鱼大战游戏转眼真的变成了远去的传说。属于战凌云的年轮还很菲薄，没法传授给他，梦想来过就会留下烙印，哪怕只是个疤痕。扮演草鱼的孩子不用掩藏胆怯和懦弱，扮演过鱼把头，却注定要学会一些没想过的本领。就因为从不在作文里写父亲，语文老师追问他为什么。他不知道怎么描述父亲的消失，只好沉默不语。同学们开始替他定义这种消失，他们说，战凌云他爸死了。他们的自作聪明让少年脆弱的自尊心失去了遮挡。"霍林河水呦，你从哪里来，你到哪里去……"在河边坐了一夜的战凌云变了，别说黑鱼和草鱼，就连母亲，也对他充满了不解。

"儿子啊，我们这个家屋顶都塌了，你怎么还不爱上学了呢？"

母亲的问话让人惭愧，却不能让他变成母亲希望的样子。他不想伤母亲的心，也不想解释自己的叛逆。孤儿寡母的日子比黄连还苦，母亲只好改嫁了。继父也是靠种地为生的农民，半生穷困，老实本分。他劝战凌云的母亲，孩子心里兴许有他的苦，咱别逼他。战凌云在门外听到，眼泪直冲眼眶。他不声不响扭身跑了，绕着秋天的芦苇荡，一口气跑了两圈儿。他得把男儿的眼泪跑回肚子里。

因为体育天赋特别突出，性格也很男子汉，高中体育老师一直对战凌云很欣赏。高三上学期，体育老师找到他，像哥们儿那样，扯开了话头。

"凌云，你觉得命运应该跟那些草包开玩笑，而它却偏偏跟你开了个大玩笑。你知道这是为啥？"战凌云知道体育老师对他多好，可他还是第一次体会到，有时一句话就是一支矛，直中要害，直挑心结。

"为啥？"

"那话咋说的？天将降大任于斯人也，必先苦其心志，劳其筋骨——命运折磨的，常常是天选之人啊！"

"什么是天选之人？"

"这辈子，是带着使命来的。就像鱼把头。"

一个激灵，从里到外。除了儿时的自己，居然还有人相信他会成为鱼把头那样的人物。

"我就是打个比方——未必是鱼把头，这就像有人是兵，有人是将。你小子，就安心一辈子在这地方受穷？"

体育老师的话刺激了战凌云骨子里的倔强，他问老师，还有改变的可能吗？得到的是一记拳头和掏心掏肺的长谈。这次长谈让战凌云觉得，考大学，体育专业，是唯一能改变命运的那缕希望。希望再渺茫也是希望，体育老师简直成了命运派来度他的菩萨。战凌云决定相信老师，也试着相信一次自己的潜能。

可他已经放弃自己太久了，要想改变就要和自己进行一场恶战。他要努力战胜薄弱的文化课、增强体能训练、苦练各种体育项目。最难的还是打败内心深处的不自信，那些时不时潮水般涌来的自我否定。他觉得自己就像咬了钩的大黑鱼，为了一线生机也必须忍住上颚骨的疼。那种疼钻心、持久、弥漫，每当他想放弃，就会往骨头里又狠狠地剜进去。

"凌云你记着，半道逃跑，以你这性格，你得一辈子看不起自己。"

体育老师的话是房梁上的绳子、大腿下的锥子，冷不丁就会给他尖锐的刺痛。与高考那一场苦苦搏杀，让他的二十岁布满艰苦和疼痛——他身上青一块紫一块，他心里冲撞着担心愿望落空的惆怅和对金榜题名的憧憬。

出成绩那天，体育老师和他一起拨电话查询。智能语音开始念成绩那一瞬间，战凌云感到有几百条小柳根在他心里争着咬钩。那钩子不是别的，是他二十岁的心脏。它们把他年轻的心啄得七上八下，乱了节奏。幸运的是，天道酬勤，命运垂青，年轻的战凌云打了个胜仗！他考上了——延边大学，体育专业。那个夏天，他在心里喜极而泣，他忽然理解了大黑鱼的忍耐和坚持。

"万分之一的生机也是生机，只要不放弃。"大黑鱼在战凌云眼里有了几分悲壮的气魄，那是年少时从没有过的念头。英雄二字，在心中开疆拓土，宕阔了疆域。

三

大学四年，战凌云一直半工半读，靠着在快餐店打工，供自己读书。毕业前原计划回家乡当一名体育老师，可是幸运之神再度凌空而降——本来只是要好的同学拉他陪着考研，可结果居然是他考上了。读研三年，时间悄悄改变了很多布局，最终在他研究生毕业的 2014 年，岔路口横在了他眼前，逼他选择。

一条是恋情，是城市。读研期间战凌云结识了一个城市姑娘，家境优渥。他喜欢她，对她用情很深。另一条是亲情，是返乡。母亲再婚后又生了个妹妹，新家的日子一直贫穷，像破旧的老屋，不见天光。大安市有人才引进政策，战凌云如果回去可以直接进高中当体育老师。他在岔路口徘徊踟蹰，哪条路都是人生大事，都让他踌躇不定，四顾茫然。矛盾的是，他对姑娘的心很坚定，可是留在陌生城市，他的决心却并不坚定。母亲和继父在家乡生活了一辈子，期待着他的毕业会让日子有所改变。可回到家乡进入事业单位，从此朝九晚五按部就班，每天看到的，还是歉收的土地、贫穷中挣扎的亲人，每次想到这儿，战凌云的心就像绑在了井绳上，井把轻轻一牵动，就是一阵剧痛。

帮他决断的，是女友跟他吵的那一架。别的都模糊了，那最扎心的一句却总也不忘。"战凌云，你这么穷，拿什么养家？"女友说的不光是结婚后的小家、未来的孩子，也包括战凌云靠种地为生的母亲、继父和妹妹。战凌云站在现实面前，忽然感到身上的衣服全都被寒风撕成了碎片。他哪个家都养不了，即便进入体制内，有一些稳定的工资，肩上这么多人，他还是养不好。一时间，羞愧让他衣不蔽体，无言以对。

现实摆在眼前，钱是最迫切的目标，他必须努力挣钱。为了钱，他只能选择留在城市，继而又为这个选择做了一系列选择——到老师介绍的建筑公司打工、租房、房租、一日三餐、收入、花销、拮据、局促、迷惘……赚钱变成另一场人鱼大战，财富如同巨大的黑鱼，藏身在生活的波澜。战凌云又一次悄然化身成鱼把头，在生活的深河面前，守候、周旋，伺机而动。

他忘了是谁说过，机会也许会在无数次隐忍中到来，可只要一次错过，就会转身走掉。战凌云能吃苦，能放下研究生身段，小心翼翼地隐忍。幸运再次降临，他终于等来了机会。凭着踏实可信，战凌云承揽到一份防水工程的活。他兢兢业业，躬身力行，每个细节都力求完美，每笔开资都精打细算。奋战了几百个日夜，衣带渐宽，战凌云终于成为有收获的渔人，口袋里有了第一桶金。为了这个收获，他曾喝酒喝到狂吐，看脸色看到巴不得自己视力模糊，催款时数度摧眉折腰。他想，有了这桶金，总算能留住爱情，能被城市接纳，能有属于自己的家。他风尘仆仆，满心喜悦，去找那个一心想娶进门的城市姑娘。

手里捧着肉搏后的战利品——那条叫财富的大黑鱼，也捧着海坨乡男儿一颗滚烫的心，像座结实的小山，他站在了爱情面前。可他听见爱情说，这不仅仅是钱的问题。他还听出爱情没忍心说出口的更多，关于社会地位，关于不同的底色。那一刻，爱情不再是眼前的姑娘，爱情是这座斑斓又冷漠的城市。

　　他从没扮演过草鱼，做不到削平棱角，更不会装死认怂。就在那一瞬间，那个曾经离经叛道的战凌云，几乎再度附体在他身上。他眼神凌厉，嘴角勾着一抹谐谑。可他还是努力把倔强咽进肚子里，如同当年从不顶撞父亲那样，努力平静地对爱情说，祝你好运。

　　他转身离开了。他知道晚风中每一个路过的人，都能感到他是个异乡人——他有满身的意气难平。夜色里，星星从天空走下来，变成万家灯火。人在天桥上，车在天桥下，在这里，没人在乎他是离开，还是留下。风从眼前吹过，也从心上吹过，用冰凉的寒意提醒他，而立之年了，可你还是脚下无根，一无所有。

　　那是战凌云留在城市的最后一夜。这里没有了牵绊他的爱情，却唤醒了他强烈的思乡情。家乡贫穷，可他眷恋那个地方，眷恋生生不息的霍林河、生机勃勃的芦苇荡，眷恋甘苦与共的亲情。城市留给他记忆最深的，除了失落的爱情，就是这段创业的经历。这几年他不止一次想过，自己单打独斗创业赚钱的天赋——如果这也算天赋的话，一定是父亲留在自己血液里的基因。他对父亲有了新的认识。用三十岁的目光回头看那个已经遥远的年代，父亲其实是个有生意头脑、懂得踏实经营的人。假如不出那场意外，父亲一定会是海坨乡最先致富并且能给乡亲做出示范的那个天选之人。战凌云在做防水工程的那个自己身上，总能隐约看见父亲的影子。

他为年少时在心里顶撞父亲的那句"我和你，不一样"，感到愧悔和内疚；又为父与子隔着时光的和解，体会到一种只属于男人的欣慰。他想过很多次，如果拿出在城市赚钱的这股劲儿，回家乡创业，是不是就接过了父亲的衣钵，成为带领海坨乡乡民致富的天选之人？那些难眠的夜他想过许多，只有他知道，在远离家乡的地方，他的心却和霍林河、芦苇荡真正水乳交融亲密无间了。他解释不清这是为什么，只知道时空距离越远，心理的距离却越是近到无法分割。

他没法忘记，母亲和继父给他借够了大学第一年学费，塞到他手里时故作轻松的表情。那些钱来自亲戚，也来自乡亲，来自那些一年到头挣不到几个钱的人们。他们说，凌云出息了，咱海坨乡的娃出息了，咱跟着高兴啊。想着这些，嗓子哑了，眼睛充了血。他在嘶哑的夜风里听见湍急的霍林河水，正在他血管里呼啸冲撞。那声音召唤他，让他想起鱼把头和大黑鱼的传说，想起许久以前的父亲和母亲。他想，父亲小时候一定做过跟自己一样的英雄梦，他的腰是被生活压弯的，他的梦是被生活调包的。而母亲，咬牙承受厄运的母亲，无处宣泄的母亲，和父亲一样，都是"活着"这出大剧里的英雄。

战凌云想起一首歌，《真心英雄》。"灿烂星空，谁是真的英雄，平凡的人们给我最多感动。"那个夜晚，他心里界定的英雄，再一次突破疆域，有了巨大变化。他知道，悲也好，喜也好，爱也罢，恨也罢，在今夜统统放下，在下一个黎明鼓起勇气重新出发，才是一个男人向"活着"这出大剧里的英雄蜕变的第一道关口。

四

从故乡到异乡，战凌云走了十年。从异乡返回故乡，当然也不是眨眨眼的事。两地车程倒是很快，用不上一天就到了。可是真正把根扎到故乡的泥土深处，战凌云知道，自己足足用了三年。

就是那个痛苦的夜晚，他决定回归本心，回家乡去创业，争取干出点儿名堂。这个决心盘踞下来后，他那颗一直矛盾纠结的心，像卡在准星里的老秤砣，终于定住了、安稳了，不再摆动。

还是读研的第一年，一个偶然的机会，战凌云认识了省农业科学院杨福义教授，并且听杨教授说过辽宁省盘山县在水稻田养蟹的事，他还为此要来一些资料，对"盘山模式"做了一些研究和了解。这是一种"一地两用、一水两养、一季三收"的高效立体生态种养模式。即：水稻种植采用大垄双行、边行加密、测土施肥、生物防虫害等技术方法，实现了水稻种植"一行不少、一穴不缺"，使养蟹稻田光照充足、病害减少。这样一来，既减少了农药化肥使用，保证了水稻产量，又能确保生产出优质水稻。河蟹养殖采用早暂养、早投饵、早入养殖田，不仅清除了稻田杂草，预防水稻虫害，同时河蟹的粪便又能提高土壤肥力。

那时他脑子里就曾划过一念：海坨乡的盐碱地如果也搞这种养殖，不也是件一举多得的好事？土壤能改良、水稻能肥壮、河蟹还能为家家户户创收。他的想法得到了杨教授的认同。可当时他还是个穷学生，口袋里除了异乡的风，连一分一毛创业的本钱都掏不出。现在不是了，他有了一点儿本钱，他知道，本钱是根基，是底气。也是在那个痛苦的夜晚，他在脑海里勾勒出一幅瑰丽的创业蓝图。火车上，战凌云感慨人生际遇真是个魔幻的东西。他为了能在城市有个家拼命赚钱，赚到的钱却恰恰成了他告别城市的底气。他要用城市里赚到的钱回家乡继续打拼，思来想去，得出个结论居然是，如果养蟹的事真能成，他还真得感谢城市这十年。人可真是个复杂的生物，明明前一晚还在责怪城市的冷漠疏离，离开它的时候，心头竟然涌起感激。

回到家里，行囊放下，来不及洗去风尘，也来不及对母亲和继父多做解释，战凌云便又开始奔波。第一站是省农业科学院。杨福义教授听说他终于还是下决心弃城返乡，自己创业，不由得流露出钦佩和赞赏。作为知识分子，他欣赏这种好男儿志在四方的勇气，欣赏见识过繁华却敢于舍弃繁华、虽千万人吾独往矣的胆魄。杨教授的鼓舞和倾囊相授，坚定了战凌云养蟹的决心。而后他直奔千里之外的辽宁盘山，在养殖户家一住就是几个月，从小蟹苗的孵化、豆蟹的水温，到扣蟹移植、水质控制、养料配比以及病虫害防治，事无巨细地向专家请教、向先行者取经。经过这番调研学习，他心里的念头不断清晰，信心也越来越足——在海坨乡养蟹，理论上不但可行，而且前路一片光明。

市乡两级政府对他返乡创业给予了大力支持，不但从政策层面给了他许多扶持——降低创业门槛、减免税费，还在拓展融资渠道、支持低息贷款等方面一路亮绿灯。他与村里签订了承包合同，把小时候玩儿抓鱼游戏的那片水塘，连同那里的芦苇荡都承包下来。接下去，修整水塘，买蟹苗、运蟹苗、让蟹苗在这里安家落户，干得热火朝天。本以为一切都会顺风顺水，没成想真正干起来却几乎处处碰壁，意外频出。

第一个跟头摔在了蟹苗运输上。战凌云干劲儿十足，不自觉把理论和实践划了等号。第一次他就购买了十万元的蟹苗，对于新手，这绝对是个大手笔。他设想，四月底海坨乡的水面就会彻底化冻，五月初将扣蟹买回投放到水里，到了九月份，每个螃蟹能长到120克以上，五只便能达到一斤，而一斤能卖到三四十元，当年的利润就会非常可观。可由于经验不足，运输不当，超过三分之一的蟹苗在运输途中就丢盔卸甲，比火柴棍儿粗不了多少的螃蟹腿儿掉了满地，狼狈不堪，损失惨重。第二个考虑不周是水温。小蟹苗对水温要求很高，水温差上下不能超过五度，高了低了都不行。而蟹苗拉回来那会儿恰好赶上寒潮，"水温差"二话不说，直接要了不少蟹苗的命。幸存那些福大命大造化大的，又经历了夏天的暴雨、伏天的水质富氧化，几轮戕害下来，到秋天收蟹时，已经所剩寥寥。

这一次失败，战凌云很心痛，但是并没泄气。花钱买教训跟上学交学费是一个道理，他告诉自己。教训只有亲身经历过才深刻，吃一堑长一智，他鼓励自己。深秋的夜，家家户户的灯火飞上夜空变成了星星，连芦苇荡都在安眠，不再摇曳。海坨乡一片寂静，只有战凌云还倔强地扛着月亮，低头猫腰，清除池塘里的杂草，加固堤坝，改善水质。他在默默地为第二年备战。可是第二年，竟然又是一个滑铁卢。

两年下来，战凌云里里外外亏损了将近八十万。那几乎是他的全部身家，在城市辛苦挣来的底气，说不属于他就不属于他了。战凌云的心，这次不是被小鱼崽儿凌迟，而是被大黑鱼一口咬碎了。他疼得一宿宿睡不着觉，赔的钱折磨他前半宿，惨痛的失败折磨他后半宿。他真盼望父亲能活过来，告诉他眼下该怎么办。失败让他彻底理解了当年的父亲。父亲的鱼罐头也遭遇过退货的滑铁卢，那次退货曾让父亲破产，可他能感觉到，父亲并没有打退堂鼓，只是那时他还小，不知道是什么样的意志支撑着失败的父亲。他急需找到自己的支撑，吞咽失败这枚巨大的苦果。他又一次来到了岔路口，像一个八面临风的孤勇者。往前走，掏不出资金了。往后退，退路在哪儿啊？

他又一次想起高考前体育老师的话，"半道逃跑，以你这性格，你得一辈子看不起自己"。是啊，人生这战场，逃兵不就是主动把自己淘汰掉的人吗？

黎明前最黑暗的时刻，战凌云已经体验过许多次了。二十岁那年，体育老师用对他的不离不弃，成为破晓那道晨光，帮助他把黑夜留在了身后。他曾以为那就是人生最黑暗的时分了，没想到，每一次身陷黑暗，黑暗都是一样的面孔狰狞，让人窒息。战凌云瘦了一大圈儿。骨子里的倔强不允许他喊疼，面孔瘦了还有脑门顶着，他告诉自己，到了什么时候，男人的皮囊可以干枯，可以千疮百孔，可是男人的骨头，永远不能打弯，不能缩水。

母亲和继父从不多言，眼神里却全是藏不住的担忧和心疼。战凌云又一次感受到亲情的力量，世间最沉默也最恒韧的力量。战凌云的几个发小、兄弟，也默默伸出了援手。他们并不富裕，可是这会儿，却让他知道了什么是说书人嘴里的金兰之义。没用他张嘴，兄弟们把左一份右一份钱凑成一份，交到他手里。最难的时候，怎么焦虑都没湿过眼眶，看到大伙儿凑来的钱，霍林河水却轻轻扒开了战凌云的眼睛。河水流出来，带着见天见地见人世的沧桑，带着生生不息的温热和清澈。

查一查古书就能知道，钱，古时候也叫青蚨、布泉、孔方、上清童子、邓通、腰缠……最有意思的当属宋代洪迈《夷坚支志》记载，宋人张循王家中富有，怕人盗取，为此，他让人把每一千两白银熔成一个大球，称为"没奈何"，意思是谁也奈何它不得。战凌云拿着兄弟们给他凑的钱，心里慨叹着不一样的没奈何。"掏不出钱的滋味儿，才叫没奈何啊！"

事情都有两面。失败中有剧痛，有教训，也有用代价换来的经验。那些不眠夜在事后都成了放大镜，让战凌云看清了失败的原因。他逐条总结并记录在本子上。

经过与农科院教授商讨，战凌云意识到，要想养蟹成功，必须攻破蟹苗本地繁殖这一关。只有本地繁殖的蟹苗，才能适应本地的水质、温度，才能确保成活率。

战凌云为此下了一番苦功夫。他买了几批公蟹和母蟹，分别投放到几个水塘里，不分昼夜吃住在水塘边，对比每批蟹子受孕排卵的过程，观察蚤状幼蟹的每一次蜕变，豆蟹的每一次蜕壳。还包括不断测试水温、水质、养料的投放，以及冬眠时螃蟹的生存状态。一年苦战，白头发不请自来，几天不刮胡子成了常事儿，一天三顿饭合并成一顿也变得司空见惯——战凌云终于掌握了中华绒螯蟹在松嫩平原繁殖生长的全过程，让原本生于辽南地区的中华绒螯蟹变成了松嫩平原的"坐地户"。

马不停蹄，他又开始攻克第二道难关——稻田养殖。这次他要征服的不是蟹，而是人，是和他父亲一样世世代代繁衍生息在霍林河边的乡亲。

以往在海坨乡，农户们插秧的同时就播撒底肥，水稻返青后再打农药封闭，之后就是看水，等待秋天的收割。而进行稻田养蟹，不能下底肥，也不能打农药，水稻得是自然生长。战凌云不厌其烦地跟农户们讲——水稻返青后把扣蟹投放到稻田里，螃蟹自然就会吃掉杂草害虫，螃蟹的粪便自然就能成为水稻生长的肥料，根本不用上化肥。可这对于早就习惯了下底肥、打农药的农户，是观念上的颠覆，是避免不了的抵触和抗拒——那么不起眼儿的小螃蟹，撑死它们能拉出多少粑粑？不打农药稻田还不得荒成杂草池子？还能打粮？还指望能有收成？

观念和观念在鏖战，新与旧在冲突，一个单枪匹马，一个众人麇集；一方坚持己见，一方固守壁垒。战凌云感叹习惯的力量要比大黑鱼强悍无数倍，率先蹚路注定步履维艰，人要成点事儿，还真是难、难、难！他转而动员自己的几个亲哥们儿，再与水稻产量不理想的农户协商，在他们的废弃稻田和庄稼收成不好的稻田进行螃蟹养殖，条件是蟹苗由他免费提供，秋天成蟹五五分成，水稻减产了他负责赔偿损失。战凌云挨户做工作，一遍遍阐述"一地两用、一水两养、一季三收"的理念。沟通过程中有时音量增高，有时面红耳赤，可战凌云却感到自己和乡亲们从没像眼下这样亲近。论倔强，大家都是霍林河的血脉，看彼此就像照镜子。不是信不过他的话，老一辈只是担心他还是个毛头小子，担心念书回来，学会的只是纸上谈兵。战凌云发现经过那些失败，他反而能不急不躁，有问有答。回想一路走来，不管做防水工程还是去学习养蟹，最难说服最难取信的是人，可最终给他帮助给他信任的也是人。"人有感情，能触摸到真诚。"这样想着，在空中悬了半天的手，再一次敲开了乡亲的家门。

精诚所至，陆续有乡亲被说服了，答应用自家稻田地支持他。战凌云满心感激。深入挨家挨户生活的他发现，几乎每个海坨乡人都是自己的母亲和继父，终其一生，在土地面前低眉垂首，逆来顺受。不管多耐劳，多隐忍，汗水和泪水还是肥不了脚下的土地，结不出丰满的庄稼，挣不来宽裕的日子。这个过程里，战凌云也重新审视着家乡。他意识到，盐碱地是一种先天残缺，改变它如同愚公移山，需要几代人恒心坚持，下大力气。稻田养蟹是改变盐碱地的好方法，螃蟹脱掉的蟹壳里含钾，对盐碱地的中和大有好处。而螃蟹的粪便，又是天然的环保肥料。他愈发确信，蟹子是兵，是千军万马，是愚公的万代子孙，背负着改良一方土壤、造福千秋万代的使命。而自己，要骑战马、扛旌旗，指点江山，带领蟹子们高唱嘹亮的军歌，"黄沙百战穿金甲，不破楼兰终不还。"

战凌云的蟹子大军没让他失望。那些放置了螃蟹的水稻田亩产平均增长率接近5%，这在海坨乡前所未有。尤其是有机蟹田稻的名声，让水稻价格拔高了很大一截。地还是从前那块地，收入却翻了一番。河蟹苗的亩产量也达到近30公斤，亩利润逾千元。情形变了，村户们开始主动来敲战凌云的大门，要求将自家稻田也放养上螃蟹。战凌云紧紧握住每一位乡亲的手，他握住的是交到他手心里的信任。比起鱼把头身背大黑鱼凯旋的万千仰慕，他觉得这种亲人般的信任，才是一个男人最值得自豪的荣耀。

那是生命对他最大的褒奖，是乡亲们把过上好日子的希望托付给天选之人的义无反顾。战凌云心怀敬畏、郑重担当起每一份坚定的信任时，霍林河水都会变成同根同脉的大爱，在家乡的大地也在他的每一根血管里，昂然奔涌。

五

2021年是战凌云返乡创业的第四个年头，他的养蟹产业已经进入了良性循环。随着一批批螃蟹装箱、发货，一袋袋有机蟹田稻远销省内外，村民们也拿到了分红。世界上最喜悦的告别就是与贫穷分道扬镳，本分厚道的村民们，第一次知道这种告别竟可以带着知足的笑容，心中没有丝毫不舍。

经过前进村村委会、海坨乡政府批准和大力推动，战凌云成立了"吉林省勇励生态养殖专业合作社",运用"保底＋分红"模式,实现合作社和村民的"共赢"。入社农户在不改变土地经营权的基础上,按照自愿原则,由合作社统一组织,将零散化的农田集中起来,实现有组织的科学养殖和庄稼种植。

在战凌云和他的团队不懈努力下,也在近年省内连续出台的支持农村青年返乡创业创新一系列政策措施的推动下,战凌云的合作社在不断壮大。合作社能够带领广大村民实现共同富裕,也是用实际行动助力乡村振兴,加上从第三年开始,合作社开始盈利——这些都给战凌云以鼓舞,让他越干越豪情万丈。近几年,越来越多的家庭农场加入战凌云的合作社。这家三十垧、那家五十垧,合起来就是几百垧稻田,里面生长着青油油的水稻,也生长着肥美的中华绒螯蟹。村子周围的水塘也都被合作社承包下来,作为培育蟹苗的养殖基地。

每到四月下旬,蟹苗先是从水塘里捞出来,放到生石灰消毒后的暂养池中,插秧十五天后,稻苗返青,就把它们放入大田。奔向稻田的蟹子个个敏捷矫健,犹如笼中鸟飞向自由。互相撞个趔趄是常事,踩踏事件也时有发生,可它们都毫不计较。有横跑的,有竖跑的,还有先竖跑再横跑的,看上去自由散漫,缺少礼数。不过稻田却并不挑剔,反而被它们的活力感染,咕嘟咕嘟冒起了快活的泡泡。

蟹子们个儿个儿自来熟，一进稻田就可劲儿撒欢儿。饿了就伸出钳子再把嘴一张，嚼水稗草，生吞蚊虫，吃饱喝足就手舞足蹈，顺着稻苗爬上爬下，爬累了扑通一声扎个猛子。稻苗腰身柔韧，脾气也随和，任由蟹子拉扯，还不忘开花抽穗逗蟹子们开心。唯一难舍的时刻发生在秋收，成熟的水稻离开稻田，肥硕的蟹子不但要离开水稻，也要离开稻田地。一时间，秋风里飘散的，都是它们的依依惜别之情。

这一切都让战凌云欣慰。在他看来，自己的家乡民风淳朴，流经本地的霍林河水，PH 值恰好在 7.8 左右，得此天时地利，这里的螃蟹和其他水产品，可谓生长条件得天独厚。随便捞上一只品尝，都会感到一股纯正的鲜嫩甘美从齿间渗入，虏获了全部味蕾。可是各种原因所限，这里水产品的价格却比其他地方便宜很多。战凌云意识到品牌的重要，他给自己定下的近期目标是加大力度，打造出本地品牌，让更多天南海北的人们知道海坨乡是天然的鱼水之乡，海坨乡的水产品有着最为优良上乘的品质。为此他注册了"海坨前进""查干湖北大堵"商标，并给自己定位为"有情感有温度的商人"。战凌云希望实现的长远目标则是带领村民一起养殖螃蟹，一起种植有机水稻，一起致富，在未来的海坨乡成立北方蟹苗交易市场，吸引更多外地人来这里发展水产养殖。他认为"这些都是特别有价值的事"，是值得为之不懈奋斗的事。五年的摸爬滚打，开阔了胸襟格局，战凌云更加成熟，更加坚韧，目标也更加明确。

2021 年冬天，经过不断考察、学习、积累和研究，也得到专家的首肯和支持，战凌云做了个大胆的测试——将两万余斤越冬的蟹苗提前五个月放到海坨乡的芦苇荡里，让蟹苗提前适应水质环境，结果是，成活率竟比以往提高了两倍。这证实了战凌云的判断：螃蟹的成活率和气候有关。2022 年 11 月，战凌云和他的团队乘胜追击，将八万余斤蟹苗全部放到芦苇荡中。这是新的尝试，也是又一轮冒险。芦苇根坚硬多须，大量交错在一起，会产生沼气、亚硝酸盐和亚硝酸铵，不经过科学处理，会让数目如此庞大的蟹子军团缺氧窒息。战凌云通过向农业科学院教授不断求教，也通过自己的不断钻研实践，坚信这个尝试不会辜负大家的期望和付出。就像乡亲们信任他一样，他也相信深藏着他全部童年的芦苇荡，一定会有足够的包容，让八万余斤蟹苗安全越冬。一旦成功，2023 年秋天，芦苇荡将和他一起，见证海坨乡村民因更多收益而绽开更美的笑脸。战凌云向往那一刻，他希望海坨乡因为自己的归来，人们那一出出"活着"的大剧，都能变成合家欢式的喜剧。他确信，这才是他归来的意义。

接下来的冬天，结了冰的芦苇荡每天都有弯着腰的身影在低头查看。那倾听冰面的样子，不由得让人想起判断大鱼方位的鱼把头。他们不是鱼把头，他们中的战凌云也不是。可他们趴在冰面的样子，又像骨子里都藏着一个鱼把头。他们在坚持每天打孔，每天净化水质，每天清理冰面，让冰面保持透明。只有这样，才能保证最平凡也最神奇的光合作用，让冰下产生足够的氧气，让蟹子们自由呼吸。

12月，气温一路向低。白天最暖时也只有零下十几度。战凌云用售卖野生鱼的收入维持团队的冬季开销，同时不断用直播方式打开全国的销售渠道。冰下休眠的蟹子或许不知，战凌云所做一切都是为了它们——建立口碑，保持信誉，让人们记住北方有个坚守诚信的汉子。

于是就有了开篇那一幕，有了日复一日的开冰起网，日复一日的雪路往返，日复一日的网上直播。有了空旷天地间，不惧酷寒、面带笑意、执著乐观的一群追梦人。眼下战凌云正在撰写一篇关于中华绒螯蟹养殖的论文。他希望这篇论文会帮助更多的人掌握养蟹技术，少走弯路，共同致富。

战凌云是体育专业出身，高大魁梧，挺拔伟岸。他以这副血肉之躯闯荡人世，也用它承载人生的欢乐痛苦。这副身躯在岁月中不断拨云见日，靠近梦想，也慢慢学会了对过去释怀。每一次匍匐在冰面，他心里都会闪过一个念头——鱼把头是这世上把自己放得最低的人。他寻觅的是游走水下的宝物，他要虔诚地把膝盖交给冰面，把头低到脚趾，才会有所发现。战凌云知道，当童年遥不可及，他才真正窥见了童年的谜底。每每此时，冬阳辽远，雪盖苍生。他听见冰面回响着自己的心跳，在舒缓有力的搏动中，鱼把头和大黑鱼的恩怨平息了，大自然永恒之音的每个音符，都是那么神奇清冽。

生命里从来不是只有冬天。可是在北方，每年都要经历一场漫长的冬天。北方的冬天里，大地荒芜，鸟兽岑寂，稻香凋零，就连河水，也会停止流淌。也是在北方的冬天里，一个叫海坨乡前进村的地方，冰封的芦苇荡下，无数不谙世事的蟹子却一派安然，仿佛无视万物的凋敝。它们跟照射在冰面的阳光打招呼，跟战凌云和海坨乡的乡亲打招呼，也跟日夜歌唱的北风打招呼。在它们耳里，北风是最棒的摇滚歌手，北风的嘶吼是天地间最苍劲豪迈的歌声，那歌声奔腾恣肆，古老悠远，像在歌唱男儿的百折不回自强不息，又像雄浑的军歌般，高亢嘹亮。

仓廪实·文兴邦·风光好·日月长

龚保华

"好风送暖花开遍，大樱桃红透伊通六月天。这一天彩霞似锦天欲晚，广场上张灯结彩人声喧。我挤进人群仔细看，呀，原来是志愿服务到了咱身边。帮小村建起了新时代文明实践站，把党的政策党的温暖送到了咱身边。团结邻里我们把文明共建，爱党爱国爱乡爱村爱我家园！"

这是一位伊通农民参加完志愿服务活动后，兴高采烈写下的心里话。

自 2019 年伊通满族自治县被确定为新时代文明实践试点县，这几年伊通积极开展文明实践建设工作，截至目前，县、乡镇（街）、村（社区）、屯四级共建立文明实践中心 1 个、所 17 个、站 197 个、点 1239 个，实现了中心、所、站全覆盖。各所、站做到有场所、有队伍、有活动、有项目、有机制的"五有"建设标准。在此基础上，伊通县将"组织领导有力度、阵地建设有标准、队伍组建有机制、活动开展有常态、工作开展有模式、实践活动有主题、特色项目有创新、考核办法有机制、工作管理有规范、文明实践有氛围"的"十有标准"作为标尺，以"内循环"强化系统构建，以"外循环"强化资源整合，以"全维度循环"强化效能彰显，从而构建起自主运行、一体推进、循环渐进的"文明实践共同体"。

2020 年 12 月，伊通满族自治县委宣传部提出"文明经济"这一概念。"文明经济"是伊通满族自治县"文明伊通"志愿服务队帮助文明户、干净人家、优秀志愿者等"好人"发展经济；开发满族黏豆包、萝卜间种圆葱、黏玉米等文明小院特色"好项目"；整合人力、技术、宣传、销售等"好资源"；帮助他们获得高于同类产品的"好收益"；彰显"好人好报，德者有得"的"好导向"；引领更多人争做好人，把"好人队伍"培育为基层治理体系的骨干；完善提升"文明经济"项目，形成乡村振兴的"好模式"。在发展经济中发现、培养和开展文明活动，推进文明与经济融合聚变、激发活力。三年来，志愿服务队紧紧围绕文明实践总体工作要求，着力于精神文明和物质文明双创建、精神文明和物质文明共同富裕。截至目前，全县共有6个乡镇村屯的120户文明户，形成了7个"文明小院"特色项目，1个党建领办合作社产业项目，17个"文明经济"志愿服务队，共计产值200余万元，户均增收5000多元。

可以说，富强、民主、文明、和谐，已成为新时代伊通人印刻在骨子里的深厚基因，社会主义核心价值观在伊通落地生根，开放、笃行、担当、厚德，也深深地浸润在了百姓心田。

春风化雨：想参与 能参与 常参与 要参与

"咱也不会说啥文绉绉的嗑，反正只要是村里有个大事小情有个什么活儿需要的，招呼一声我就到。"周玉梅大姐快人快语。

马鞍山镇北岗子村是国家级文明村。周玉梅大姐是村里的星级文明户、村志愿服务岗、全县干净人家标兵。她家门前挂着标牌：文明小院，标牌上还醒目地标注着：庭院美、居室美、家风美。她家后院的地边则立着"文明经济"专家科技示范田黏玉米产区的标牌。"村里事就当是自己家的事，也就是咱自己家的事！"周大姐说，"自己家的事，咋能不好好干呀，必须好好干！"

让村民从想参与、能参与、常参与、要参与，到当成自家的事一样，真心参与、用心参与，是新时代文明实践的生命线。为了做到打通宣传群众、教育群众、关心群众、服务群众"最后一公里"，伊通想了一系列好办法、实办法——

问需于民，吸引群众"想参与"。

精准了解需求。伊通线上线下并行，开发线上需求定制、大数据线上分析等功能，从而实现"群众点单、中心派单、志愿者接单、专家群众评单"的"四单"模式，推动志愿服务群体从"单一"向"多元"转变，服务时间从"集中"向"常态"转变，服务方式从"单向"向"互动"转变。线下对接志愿服务队通过"结亲戚"途径，拉近与群众的关系，了解群众需求。

精心搭建载体。根据农村常住人口老人、妇女、儿童多的具体实际情况，在全县推广规则简单、易学易懂、趣味性强、安全系数高的门球运动，通过精心组织每周的居民小组积分赛、每月的村排名赛、年度的乡镇间比赛和各级各类联谊赛，吸引更多的群众参加活动。

精细设计活动。在疫情防控中开展"我爱我家、亲情包保"志愿服务活动，研发三个小程序，发动公职人员11059人，与全县27万多名居民交流互动，参与活动的约占全县总人数的66%，建立亲友互动微信群1万多个，开展活动20余期，参与人员400多万人次，筑起了伊通满族自治县疫情联防联控的坚固防线。此项做法被编入"全国宣传系统干部培训教材"。

强化保障，确保群众"能参与"。

伊通强化阵地建设，挂牌成立了新时代文明实践中心、指导中心、志愿服务促进中心、志愿者孵化基地。实现县、乡镇（街道）、村（社区）、屯四级全覆盖，并出台了一系列文件，为活动开展提供制度保障及理论支撑。建设起"一云三屏"的新时代文明实践平台，线上"智慧云＋电脑屏、手机屏、电子展示屏"，强化活动的组织、管理、宣传和推介，完善点单、统单、派单、评单机制。实行"志愿服务总队、专业志愿服务队、各级文明实践服务队"三级联动管理机制。志愿服务总队长由县委书记、县长担任，领导带头发起并参与志愿服务项目。目前，全县已有志愿服务团队403个，志愿者4.7万人，现已累计开展活动400余场次，参与志愿者4万余人次。

创新模式，方便群众"常参与"。

伊通构建起"1＋1＋5＋N"活动内涵标准化模式，构建了村级集中性文明实践活动的标准：即一个核心、一个平台、五项常规、N项志愿服务。一个核心是以真正满足群众需求为核心，一个平台是搭建把群众聚集起来的文体活动平台，五项常规是在文体活动前围绕学习理论知识、宣传宣讲党的政策、培育践行主流价值观、丰富活跃文化生活、持续深入移风易俗，来开展五个常规项目：即包括理论宣讲、思想教育的教育类；包括送戏下乡、健康讲座的服务类；包括村民议事、民主选举的自治类；包括文明家庭、干净人家、吉林好人等评选的选树类；包括环境整治等中心工作类。N则是其他各类志愿服务队开展的外延类各种志愿服务活动。

内力驱动，激发群众"要参与"。

让群众成为主人。只有让群众不仅作为活动的参与者，还成为活动的组织者，成为活动的主人，这样，活动才能有内生的动力。伊通成立了门球协会、红白理事会、村民议事会、道德评议会、禁毒禁赌协会"五会合一"的自治组织，推进自治活动的开展和自治能力的提升，使群众成为基层自治组织的主人。

让志愿服务成为荣耀。开展"百站千点万岗"村级志愿服务工程，在各居民组每10户设置一个志愿服务岗。现在伊通已设立志愿服务岗7900余个——百姓们有了这样的共识：我是志愿者，我自豪！人人争当志愿者的氛围已在各地蔚然成风。

让文明实践成为习惯。探索推进新时代文明实践日常"六项行动"，即家风建设行动、小手拉大手行动、村级志愿服务行动、乡贤示范引领行动、村干部表率示范行动、县直志愿服务队的对接行动，推进新时代文明实践活动常态化展开，使文明新风内化于心、外化于行。

"以前，我们下基层搞科普知识宣传，老百姓不愿意参加，来者也不积极，心不在焉，实效性可想而知。"省农业科学院赴伊通送科技下乡的科技人员感触颇深，"现在不一样了，因为'文明经济'的发展，村民需要掌握更多的农业技术，作为经济发展的支撑。只要我们在微信群里发布活动信息，村民们便早早来到场地积极主动参与到活动中来，见到我们农业技术人员就详细地咨询请教，生怕时间来不及。"2022年9月19日，在马鞍山镇北岗子村新时代文明实践广场，聚集了来自各屯的上百人，广场四周整齐地摆放着农业科普展板，涵盖了种植、养殖技术，繁种育苗、农业知识、农产品加工技巧等内容。8点整，省农业科学院专家开始为大家讲解无公害农产品的种植、中间耕作、收获等农业知识，大家听得频频点头，时不时地提出问题，和农业专家互动。这已经成为北岗子村农业科普知识的常态。

"文明经济"的发展需要科学理论的支撑，因为"文明经济"项目发展的需求，大家需要学习更多的科技、科普知识，学习的主动性、积极性增强了，又促进了科学理论的学习。"文明经济"志愿服务项目开展以来，仅北岗子村每年就要开展这样的科学理论学习活动10至15场，全县共开展学习实践科学理论活动300余场，内容涉及习近平新时代中国特色社会主义思想、生态环境、养殖种植繁殖技术等。村民们踏实学习，以科学理论实现乡村振兴、产业兴旺、生活富裕、生态宜居，推进乡风文明。

点滴入心：寻常人 寻常话 寻常事 寻常方式

在小孤山镇先锋村，远远地便看到在几棵大柳树的树荫下，一群人正围在一起，聚精会神地听一位长者表演快板。走近一看，仔细一听，是村民张大爷在说快板，快板的内容是党的扶贫政策，说起来朗朗上口，听起来赏心悦目。村民们都说："现在村里的活动，大家伙已经不仅是想参与、能参与、抢着参与，还必须得参与好喽！"

像在小孤山镇先锋村所见的这个场面很是常见。如何将党的理论以通俗易懂的方式融入各个环节，伊通积极探索宣传宣讲的"寻常路径"，让党的理论点滴入心、春风化雨。全县约有180多个村屯利用这种村民农闲的临时聚集点宣传宣讲党的政策，由文艺爱好者组成的民间宣讲团，把党和国家的政策改编成快板、评书、歌舞或是三字诀等，用这种"寻常话"，在"寻常百姓"中宣传宣讲，用实际行动让党和国家的政策"飞入寻常百姓家"，久而久之，深入人心。用"文明经济"的杠杆撬动宣传宣讲，通过宣传宣讲发展社会主义先进文化，促进经济发展。

用"寻常人"讲。像张大爷这样的"草根"宣讲员有很多。种粮大户、村干部、五老人员等组成的"草根"宣传团，宣讲农业种植技术、养殖技术、花卉培植、移风易俗、医疗保健等方面知识。县新时代文明实践中心定期对"草根"宣讲员进行培训，并逐步把宣讲活动打造成典型志愿服务项目进行示范引领。伊通镇建国村是著名的君子兰花卉基地和绿色无公害稻米加工基地。通过发动宣讲员为村民认真宣讲种植技术、花卉栽培助推经济发展，让群众切切实实真正得益。

用"寻常话"讲。由党校教师为主的理论宣讲志愿服务队，深入田间地头、百姓炕头、村口街头，用方言土语的"寻常话"宣讲党的创新理论。开展优秀宣讲稿评选，并对评选出的有温度、接地气的宣讲稿进行解读、添加注解，以提升宣讲员的能力。为更贴近百姓，让百姓爱听、想听、能听得明白，还开展了寻常话征集活动。探求话语方式的创新，让理论面向普通群众时不生硬、简明易懂、便于领会。

用"寻常事"讲。县各部门结合工作实际，以群众关心的教育、医疗、养老等热点问题为内容，理出与百姓生活息息相关的 50 件事。宣讲中以群众关心的事为切入点，讲清党的政策，真正让百姓深入地了解党的创新理论，了解中国共产党人民至上的宗旨。

用"寻常方式"讲。依托新时代文明实践广场和村文化小广场等文化阵地，通过"红色文艺轻骑兵"、文化文艺小分队进基层，开展丰富多彩的文化娱乐活动，以百姓喜闻乐见的形式开展宣讲活动。县文联各协会文艺志愿者以党的创新理论为内容，创作出快板、三句半、相声、满族剪纸等贴近生活、贴近群众的作品，形式多样。为让百姓愿意看、愿意听，在大喇叭、宣传栏等传统载体的基础上创新宣传宣讲方式，采取移动讲堂、有奖竞猜、知识竞赛、微信公众号展播、歌曲传唱、经典诵读等方式开展活动。尤其是把"驿路讲堂"与送戏下乡、送电影下乡、集中性文明实践活动等载体结合，既降低了成本，又吸引了更多的群众，现已开展上百场，惠及群众上万人次。

2022 年，伊通在马鞍山镇新时代文明实践所剪纸馆成立"满族剪纸传承基地"。县文联组织全县各协会深入村屯，紧扣中华民族传统文化，结合各村建筑特色、风土民情、民间故事等，充分发挥专业才能，因地制宜，就地取材，创造性地开展文明实践工作。运用刷写标语、画作绘制、手工制作、文学创作等多种形式，引导群众在潜移默化中弘扬时代新风，坚定文化自信。

文明"热词"：今天，你积分了吗？

"今天，你积分了吗？"在马鞍山镇北岗子村，村民们现在见面互相问候的经常是这句话。

"积分"缘何成为北岗子村的"热词"？因为只有文明积分达到 500 分，才能获得"文明经济"的签约权。那么如何获得更多的文明积分呢？动态文明积分和奖励文明积分就是解决这个问题的。北岗子村根据村里的实际情况制定了动态文明积分、奖励文明积分细则，由驻村第一书记等人组成工作组为村民的志愿服务活动进行赋分，村民们每多参加一次志愿服务活动，都将获得额外的动态文明积分。对奖励积分实行一事一议，但凡有好人好事，都将获得奖励积分。村民们所得的文明积分可以在村里的"文明超市"兑换商品，也可以根据村民的需求，进行"精准点单"式服务，兑换黏玉米的价格。

北岗子村的文明积分管理细则中，家风创建属于固定积分，只要村民按照"三和三美"（家庭和睦、邻里和善、干群和谐、兴旺富裕美、居住环境美、文明风尚美）的标准完成家风创建，就会获得 500 文明积分，直接获得"文明经济"的签约权。这样一来，村民进行家风建设的积极性显著提高，家家户户将 24 字社会主义核心价值观与家庭中约定俗成的良好规矩、家族传承、行为习惯、奋斗精神等融合，提炼成家规、家训，并悬挂上墙。就这样，一条条好的家规、家训被广大百姓所熟知，一些具有优秀代表性的家规、家训被吸收进了村规民约。一些文学爱好者则把在老百姓之间口口相传的成功致富之道、家族兴旺之道、治家齐家之道，依托 24 字社会主义核心价值观，整理成家风建设的典型事迹，在新时代文明实践广场、农家书屋等阵地进行宣传、宣讲，提升其家庭知名度，增强其家风建设影响力。

"文明经济"一方面用先进典型引领村民观念的转变，同时用"文明经济"的制度提高村民的素质，用良好的文明素养支撑经济的发展。

参与"文明经济"的队伍在壮大，经济体量在增大。2022年，北岗子村开展的一系列活动不仅发挥了文明户的示范引领作用，更加积极地参加村里组织的各类志愿服务活动，同时更加坚定了文明户们争做"好人"的决心。新时代文明实践广场、农家书屋成了文明户组织家风建设论坛的聚集地，互相交流分享家风故事，取长补短，共同提高。

同时，伊通镇建国村、景台镇范家村、河源镇吉祥村、小孤山镇先锋村纷纷前往北岗子村参观学习，复制其家风建设的经验做法。全县187个行政村实现了"中华好家风一体化建设"全覆盖，对寻找到的"最美家庭"给予礼遇，"好人"导向显著，"好人"效应彰显。

现在，每周六早8点，小孤山镇先锋村新时代文明实践广场上的健身操都要准时开始，村民们身着统一的服装，动作也整齐划一。

"穿统一的衣服有仪式感，感觉我们是一个集体，同时这也是文明积分的动态加分项目。"一位锻炼身体的阿姨自豪感满满地说。

小孤山镇先锋村将文化广场打造成新时代文明实践广场，将闲置土地打造成支部农场，将空置院落打造成家风讲堂等实践基地，为系列实践活动开展提供了载体保障。文明村立足村屯实际，结合村级阵地改造升级，整合党员活动室、道德讲堂、文化广场、农家书屋等现有公共服务资源，坚持"一室多用"的原则，统一标识、标牌，融合基层组织建设、文体活动、文明创建、法律服务功能，着力打造集文化服务、理论宣讲等多位一体的新时代文明实践的"阵地链"。

"'文明经济'让我们的腰包鼓了起来，而要获得'文明经济'的签约权，我们首先要获得足够的文明积分。"一说起文明积分，小孤山镇先锋村村民张大爷头头是道，如数家珍："每参加一次宣讲，不仅会增加我的文明积分，大家聚在一起也不再是聊东家长、西家短，而是在这种乐呵呵的氛围中了解国家政策，把日子过得更红火！"

村路上，几位村民迎面走来。谈话间，他们互相打着招呼："今天，你积分了吗？"

成风化人：好人 好项目 好收益 好导向

"让村民领会到，什么样的人，才能获得'文明经济'的礼遇，怎样做才能更好地发挥'文明经济'的示范引领作用，提升'文明经济'的吸引力，我们大家一直在努力。"伊通县委宣传部部务委员、县文明办主任李和说，"在发展'文明经济'的过程中，文明积分达到500分的文明家庭才有资格从新时代文明实践中心获得'文明经济'的签约权，这样的制度既保证让好人得到实实在在的好项目，获得好收益，得到全社会的认可和尊重，成为社会主义核心价值观的具体表现，形成一个好导向，吸引更多的人主动走入文明创建之中来，使'文明经济'真正成为一个好模式。"

"文明经济"鼓励、帮助文明户、干净人家、优秀志愿者等"好人"进行创业，研发"好项目"，整合"好资源"，获得"好效益"。这一举措，让"好人导向"彰显，核心价值"全方位"引领；"好人能量"汇聚，社会资源"全方位"整合；"好人经济"发展，乡村振兴"全方位"融合；"好人队伍"组建，治理体系"全方位"构建；"好人精神"弘扬，文化熏陶"全方位"深化。从而形成人人崇尚文明、人人争当文明人的浓厚氛围。在推进"文明经济"建设过程中，弘扬了邻里守望、团结相助、崇德向善的美德文化，凝聚了强大的文明创建合力，带动了暂未达到文明户标准的农户见贤思齐，主动争当文明户，形成了比学赶帮超的喜人景象。目前，伊通积极筹备成立"文明经济"联合体，增加项目品类和产量，市场化运行，不断扩大"文明经济"规模和影响力。文明户主动签订"文明创建承诺书"，自发地组织起来成为志愿服务队，丰厚的"文明经济"礼遇激发出群众内心深处做好人的强烈愿望和动力。

乡村振兴既要"塑形"，更要"铸魂"，更离不开每一个老百姓的积极参与,"文明经济"的"小杠杆"撬动了文明实践的"大跃升"。在村里,以"好人"为主体成立的门球协会、红白理事会、村民议事会、道德评议会、禁毒禁赌协会等"五会合一"的自治组织,在环境整治、秸秆离田中发挥着巨大的作用。通过推广"文明积分",新型"村规民约"在村民心中的分量越来越重,文明乡风日益融入到村民的日常生活中。

马鞍山镇北岗子村六组的李晓静家是市级文明户,她家门口,大门边悬挂的"干净人家""文明小院""志愿服务岗"十分醒目,院子虽然不大,却干净整洁,"文明经济"指示牌,家规、家训提示牌,"满族黏豆包"宣传展板熠熠生辉。作为村里的文明户,2020 年 12 月,李晓静成为文明经济项目雏形"满族黏豆包"的第一批受益者,增加收入 3000 余元。2022 年,她和新时代文明实践中心再次签约订单,利用家里房前屋后闲置的 5 分田园地种植"黏玉米",收获 2500 穗,通过邻里之间的互帮互助,再到积极参加环境整治、秸秆离田等志愿服务活动,她把在北岗子村"道德银行"存储的文明积分兑换成了黏玉米的价格,她家的黏玉米每穗卖到了 2.1 元,在基本收入的基础上,再增加收入 1500 元,仅黏玉米一项就收入 5250 元,收入增长达 16%。在谈及今年挣了这么多钱时,李晓静大姐高兴地说:"大家伙都说,还是文明户好啊!家里干净、整洁,家庭和睦,钱多了,心也顺了。"

干净、整洁，是走进北岗子村的第一印象。路边美丽的鲜花随风摇曳，两旁的小院窗明院净，田园地里种满了黏玉米和各种蔬菜，一派欣欣向荣的景象。许多人家院门口挂着"干净人家"的牌子，在阳光的照耀下熠熠生辉。

村民商百杰感叹地说："变化太大了！从前，路上到处是羊粪、污水坑，现在不仅道路干净了，家家户户主动扫门前路边雪，大家有时间就去当志愿者为村里出力赚文明积分，这个'积分制度'真好，我们北岗子村现在是文明村了，成果里也有我们的功劳。"

"以前村里的卫生都是承包给外人打扫，现在改为向村民们兑换积分，文明户义务参与环境整治。通过这一举措，不仅环境变好了，而且村里还节省了不少支出。这样一来，村集体的收入进一步壮大，可以用更多的钱做公益事业，让村民们得到更多的实惠。同时，老百姓也感觉到，文明的成果里有自己的汗水。"北岗子村党建委员牟中发说，"让北岗从骨子里透出文明之美，绝不是一句口号，而是我们追求的目标。"

文以兴邦：书香 花香 米香 黑土香

"文明经济"是精神文明与物质文明的共同提升。乡村振兴，关键在人；文以化人，润泽入心。为此，伊通大力推广

"书香、花香、米香"特色村文化。

以1＋1＞2共建原则，把书屋管理好。借助各行政村和村小学相邻的便利条件，针对农家书屋"有书缺人管"和村小学"有人缺书读"的情况，伊通构建了校村共建模式，实现短板互助、优势互补。建立了以村小师生为骨干的"书香伊通"志愿服务队，定期到村部书屋协助书屋管理员对图书进行分类、编号、登记、上架、管护，每周五学校派一名教师到书屋协助管理员开展集中读书活动。实行学生代借书制度，农民可以让学生帮忙办理借阅手续到书屋选书。这样，既丰富了学生的实践活动，培养了读书兴趣，也提高了图书利用率。农家书屋与学校每两周各出50本图书进行交流，双方图书资源互补共享，方便更多的群众开展阅读活动。

以1＋6＋X共建路径，把书籍利用好。以书香校园建设为切入点，伊通采取1＋6＋X路径，开展广泛的读书活动。1是指一名学生从农家书屋借书回家，给爸爸妈妈、爷爷奶奶、姥姥姥爷六位亲人和若干（X）亲朋好友阅读，让图书动起来、活起来，真正发挥作用，让更多的农民家庭形成读书习惯，营造浓厚的读书氛围，激发群众读书的热情。在2020年全省"数字农家书屋知农云课堂"活动中，伊通注册参与人数全省排名第一，全省学习时长前100名中，伊通就有41名。在"我爱阅读打卡100天"活动中，全县参与人数达22373名，积分排名全省第一、全国第七，荣获"全国十强"和"县级优秀组织奖"荣誉称号。

以 $(1+X)^n$ 共建方式，让书香更浓郁。以农家书屋为支撑，扩展到乡村振兴的各个（X）方面，并通过相互促进，产生 n 次方裂变效能。农家书屋助推了经济发展，农民在读书中找到了项目，提高了技术。像伊通县的建国村，就初步形成了"书香、花香、米香"的特色文化村，不仅书香怡人，还是著名的君子兰花卉基地、绿色无公害稻米加工基地。

农家书屋助推了乡风文明，2020 年，伊通被评为全省"文明村屯、干净人家"创建先进县；在新时代文明实践试点工作评比中居全省前列。志愿服务的"拟课堂"模式写入中央文明办《建设新时代文明实践中心工作方法 100 例》中，同时被评为"吉林省宣传思想文化工作优秀创新案例"。

花香袭人、米香醉人，而最是书香能致远。站在地头，马鞍山镇北岗子村的周玉梅大姐与驻村第一书记盖春海亲亲热热地拉着家常。她拉着盖春海的手动情地说："第一书记好啊，我们都不想让你走啊。"

盖春海任驻村第一书记已近两年了，他驻村以来最大的感受就是：一是村民们收入增加了，日子更好了；二是村民生活习惯有了很大变化，精神文明程度提高了；三是百姓对公共事务的参与感增强了，精神风貌更是有了极大的改变。以往村里需要安排动员的事情，现在是村民们主动上、抢着干、比着来。而在越来越美好的阵阵书香、花香、米香和黑土香中，他的驻村生活也感觉越来越充实。

"文明经济"：一体化 往深走 往实走 向远方

几年间，伊通"一体化"落实党的要求、群众的需求和志愿者的追求，让工作踏踏实实往深走、往实走，目标深远——

阵地"一体化"建设，破解"人为什么来"的难题；活动"一体化"组织，破解"如何化繁为简"的难题；内容"一体化"设计，破解"来了干什么"的难题；服务"一体化"开展，破解"人来了不想走"的难题；资源"一体化"运用，破解"如何来支撑"的难题；文化"一体化"传承，破解"如何往深里走"的难题；践行"一体化"实施，破解"如何往实里走"的难题。

为把工作做活、做深、做实、做到百姓的心中，并行以致远，伊通借助门球、秧歌、广场舞等丰富的文体活动把群众吸引来，借助比赛把群众吸引住，借助团队把群众团结紧，借助环境把群众引领好，借助服务把群众关爱好，从而"一体化"搭建起能够吸引来人、吸引住人的政治、思想、文化、实践引领的坚固阵地。开展"驿路文化"志愿服务活动，开设"驿路讲堂"，打造"驿路文化"文明实践示范点，使优秀文化成为文明实践的底蕴和灵魂。实现了新时代文明实践活动全方位、全时段的常态运行。

　　被称为"平民高尔夫"的门球运动，因所需场地小、规则易懂、运动量小、趣味浓厚，在小孤山镇先锋村深受村民的喜欢。门球场由志愿者自发捐款，对接单位帮助，村内志愿者义务出工建成。村里成立了门球协会并制定了章程，每到门球积分赛、排名赛、年赛时间，乡亲们便早早地来到门球场地进行训练。每场门球积分赛自动积分20分，排名赛获胜者将获得积分50分。因为门球比赛聚集了大量群众，各级各类志愿服务队也热热闹闹地前来，利用门球比赛前、中间休息、比赛后的时间开展义诊、送戏、歌舞等活动，场面异常火爆。"文明经济"让老百姓的收入高了，心情好了，也让他们更加愿意用体育锻炼的方式增强身体素质，从而储备能量更好地为经济建设服务。仅2022年，先锋村就组织门球比赛30余场。小小的门球不仅联络了相互之间的感情，还提高了团队意识、集体意识。截至目前，全县共建成门球场42个，"文化广场"234个。而伊通"小门球转动乡村大文明"这一做法也被《光明日报》报道。

　　北岗子村党支部书记郑艳辉已是任职15年的老书记了，谈到自己播撒了多年心血的村庄，郑艳辉动情地说："真的是改变了很多很多!"倡导文明村风、良好家风、朴素民风，从村民的一言一行、一时一事，都能看出令人欣喜的变化。干部与群众的关系越来越密切、越来越和谐、越来越亲近。

2021 年，在北岗子村换届选举中，郑艳辉获得了双 "满票" 的喜人成绩。北岗子村驻村第一书记盖春海说："村党支部书记满票当选、村委会主任满票当选，一是说明村民们愿意选，二是说明村民们用心选。" 老百姓心中有杆秤，他们为自己信任的村干部，投上郑重的一票。

又到秋收时节，马鞍山镇北岗子村机器轰鸣，几台机械又在进行秸秆青储作业。"在党建领办合作社的框架下，吉林省信用联社扶持北岗子村成立了兴伊合作社，聘请第三方管理，投资 200 万，经过 3 到 5 年的时间，将建成养殖能力达500 头，净利润达 150 万左右的肉牛养殖项目，届时全村达到文明户标准的都可参加入股分红。" 北岗子村党支部书记郑艳辉说。项目建成后，一是开辟了 "文明经济" 的另一个路径，吸纳更多的文明户，持续增加脱贫户、文明户的经济收入，扩大产业规模；二是每年会消耗 350 垧地的玉米秸秆，秸秆青储解决了本村秸秆离田的问题；三是在文明户入股分红的体制下，文明户在参与乡村振兴中体验到实惠，全村的文明程度必会跨越式提高。

腰包鼓了，心花开了；日子红红火火，人人喜气洋洋。"穿上门球服、背上门球杆，瞬间我们就变成了城市里退休的老干部。" 先锋村村民李大爷风趣地说。擅写八角鼓词的潘太杰则高兴地提笔写道："老农民赶上了新时代咱也要有新观点，跟着党，小康路上勇当先。从我做起我也要当志愿者，文明实践我要争做先进走在前。撸起袖子加油干，多彩乡村有你也有咱!"

中共伊通满族自治县委常委、宣传部部长孙大太说:"'文明经济'是伊通深化拓展新时代文明实践活动的有效载体，是创新乡村振兴模式的有效探索，是推进乡村治理体系治理能力现代化的有效支撑，是实现农民群众物质、精神双富裕的有效途径。"

仓廪实，文兴邦，风光好，日月长。正如伊通人自创自唱的那首歌里唱的:你好伊通，唱你的歌谣;那座桥下，那条河，流淌在心上;你好伊通，画你的模样;这伊水满乡，让人永难忘……

"癣"去民乐

——松嫩大平原去盐碱化改良侧记

孙翠翠

李长江一抬头，一轮圆月，已经挂上了天空。

"护士，拔针。"李长江的话音未落，手机叮咚一声响了。他的心忽地揪了起来，揪成紧紧的一团儿。

不用看，李长江也能料到这条微信的内容。自从村里决定把村民手中的土地集中起来统一进行盐碱地改良，他每天都会收到各种各样的指责，甚至是责骂。

李长江扫了一眼手机屏幕，长长叹了一口气，一向挺拔的脊柱像被灌了铅一样沉沉地堆垮下来，一股酸水从胃里直涌到口腔。

"大爷，哪儿不舒服？"拔针时，护士发现李长江的手一直在抖。

"没事！有点儿焦虑。"李长江深吸一口气，挺了挺腰背，从兜里掏出了车钥匙。

"今天，还不在医院住？"

"村里老多事儿了，住院也住不消停。"李长江匆忙下楼启动了车子。

这是一台白色手动挡捷达，虽然只有不到五年的车龄，但看起来已经破旧不堪。前保险杠向内弯曲。这是前几天李长江拉着治理盐碱地的科研人员下地调研时，在一个土包上撞的。前风挡玻璃的左上角有一个小指甲般大小的破洞，周围细细密密的裂痕呈扩张趋势。这是去年和镇里领导给村里拉项目跑高速时小石子崩的。满车身的灰白色盐碱土灰更是不用说，整日在民乐村的盐碱地穿梭，无论是车还是人都干净不了。

和这辆年轻却苍老的白捷达一样，这位吉林省大安市叉干镇民乐村党支部书记李长江，也仅仅才四十多岁，正是精力充沛激情满满的年纪，还完全称不上"大爷"。常年在盐碱地上风吹日晒，让他看起来比同龄人老了很多，再加上最近启动大项目遭到一些村民的强烈反对，李长江更是憔悴了不少。所以，当"护士们"礼貌地称他"李大爷"时，他已经习以为常了。

月光下，通往叉干镇民乐村的大道上只有李长江的白捷达在孤独地奔跑。道路两旁的盐碱地隐隐地泛出微光，旋即又消隐于浓墨般的夜色里。

一

这贫瘠的泛着白光的盐碱地，正是李长江的病根儿。

这片连碱蓬子都难以存活和成长的盐碱地，养育了李长江和他的乡亲们。李长江和他的祖祖辈辈都生于民乐村。小村子虽然叫"民乐"，实际上这里的农民世代都没"乐"过，他们是愁苦的，心苦，命也苦，苦就苦在这片安身立命的土。民乐村地势低、盐碱度高，很多地块长不出庄稼，专业人士称这样的土地为"地球之癣"。为了生存，农民们只能见缝插针，在能长出草的地方播下种子，以一种赌博式的心态等待着秋天的收获。乡亲们因为这片土地而贫穷，却也因为这片土地而活命。这片土地既是他们的病根儿，更是他们的命根儿。

1990 年，李长江被选为民乐村董勤屯的社主任后，第一件事儿就是带着老少爷们儿去远处拉沙土。"沙子压碱，赛似金板"这是老一辈儿留下来的治理盐碱地的老办法。他们把远道拉来的沙土盖在盐碱地上，盼望着这块贫瘠的土地能多打些粮食。

大伙儿齐心协力勤勤恳恳地干了几年，虽然没有改变土地贫瘠和农民贫穷的现状，但李长江不断地尝试，还是给社员们带来了希望，也激起了他们的干劲儿，李长江也因此成为村里最有威望的社主任。很快，李长江又先后当上了民乐村的副村长、村长。

虽然李长江知道改良盐碱地很艰难，但村里没有其他产业，年轻人又不断离开，发展其他产业的可能性更小了，种地是民乐村唯一的来钱道儿。他仔细盘算着，唯一可能让村民过上好日子的方式，还是改变这些贫瘠的盐碱地。

进入20世纪，研究东北苏打盐碱地治理的科学家们达成了共识：只有在水层作物下才能够控制盐碱，他们认为以稻制碱是最好的改良方式。李长江听说以后，带着几家热情高的村民开始小规模尝试种水稻，但最终也因为进水跟不上，排水不及时，以及缺少技术支撑等种种问题失败了。那些费了九牛二虎之力从旱田改成水田的地块，又重新再折腾一遍，改回了旱田，种上了玉米。一次次失败，让李长江认识到以民乐村自己的力量，终是无法解决改造全村盐碱地所必须的水、钱、技术问题。所以，无论他们多努力，对于整个盐碱地改良这项大事业而言都是不痛不痒的小打小闹而已。

2001年，李长江被全村村民选为村党支部书记，他与全村人的命运有了更为深切的关联，他的责任更大，担子也更重了，他重新审视了民乐村的出路。掂量来掂量去，还是这片盐碱地。至此，李长江已经做了十多年的村干部了。他的满腔热血当中，有了更多的经验和理性。

他心里非常清楚，民乐村的发展已经陷入了一个死局：盐碱地不改良，土壤状态就会越来越差。村民的饭碗不保。要改良，村里要水没水，要技术没技术，要钱更是没钱，用什么改？

李长江甚至连做梦都在想，怎样才能引来世代村民都期盼的水以及一直都缺少的资金和技术力量呢？

在李长江担任村支书的第十个年头，民乐村迎来了新的转机。这一年，党的十八大召开，党中央作出"确保国家粮食安全和重要农产品有效供给"的重要部署。随后，吉林省出台了一系列政策和举措提升全省粮食产量。民乐村改良盐碱地所必须解开的"水""钱""技术"三个数十年无法解开的"死局"，借此大势渐次打开。

2013 年，吉林省启动了"河湖连通"工程。大安市抓住时机，实施了一系列大型引水和排水工程，不仅引进了嫩江和洮儿河的水，还把零散的泡沼、溪河连在了一起。包括民乐村在内的许多村子都逐步具备了就近引水的条件和及时排水的能力。"河湖连通"这篇大文章给小小的民乐村解决了改造盐碱地最难以解决的问题——"水"。

当然，仅仅有水还不够，要建设以水洗盐的水稻田，平整的土地、完备的田间配套设施必不可少，加之土壤改良，一切都需要大量的资金投入。可是，钱从哪儿来呢？一家一户的农民是拿不起这笔钱的。没有钱，民乐村只能等，等一

"癣"去民乐

个来钱的机会。

2015 年，民乐村一直等待的机会终于来了。大安市利用国家耕地占补平衡政策，设立了土地开发整理项目，并向吉林省国土资源局以及吉林省级财政争取了 1.4 亿的土地开发整理项目资金。

1.4 亿！这对于整个大安市来说不是个小数目，对于这笔钱的投向和用法，大安市十分慎重。而民乐村正是市里几经调研和讨论的最佳选择。

把土地开发整理项目落在民乐村，正是因为民乐村盐碱地集中连片的面积大、盐碱度高，治理价值和意义更为巨大。况且，民乐村很多地块都是未利用地，不在耕地指标之内，能更好地利用国家占补平衡政策进行耕地指标交易，有效解决治理盐碱地的资金来源。有专家估算，民乐村的耕地指标，至少可以卖 8 个亿。根据国家占补平衡政策，民乐村实际卖出的仅仅是耕地指标，由盐碱地改良来的高标准农田的所有权、经营权、承包权都不发生改变。对于村里、村民都是一本万利的事情。因此，在当时如火如荼的脱贫攻坚战中，这个项目无论是对大安的贫困人口脱贫还是对地方财政收入增长，都有着举足轻重的意义。

2015 年秋天，时任叉干镇党委书记朱寄铭把这样一个消息告诉了李长江：市里决定了，民乐村胡昌窝棚和董勤屯的土地将全部被纳入整理项目，其中包括大约 200 多公顷现有

171

耕地和与其交错分布的大约790公顷盐碱地，以及近600公顷的荒草地、未生长树木的林地等其他地块，这些土地经过平整、盐碱治理、田间配套设施建设，将形成1000多公顷集中连片的高标准水稻田。

李长江几乎被这个消息震惊了。他一时不知道该如何表达自己的心情。这是千载难逢的好机会，也是民乐村翻身的唯一机会。只有这片土地改变了，变成了高产稳产的高标准农田，民乐村才可能真正摆脱贫穷。这决不是李长江一个人的心愿，而是祖祖辈辈民乐村人的夙愿。

李长江怎么也没想到，这样的契机，竟然来得这么快，竟然恰好在自己任上。要知道，此时民乐村的人均年收入才刚刚达到4000元，村集体更是没有任何收入，村里想干点儿事，还得东挪西借、拆东墙补西墙。

土地开发整理项目落户民乐村的消息，比田野的风跑得更快，更加无孔不入。没用上一个晚上，连村东头智力不算健全的泥腿子"大老王"都知道了这个消息。

这注定是个不眠之夜。村民们李家串王家，张家串刘家，三五成群地汇聚在一起。

有人兴奋，兴奋得一湾浑浊的老泪在爬满皱纹的眼眶子里直打转。种了大半辈子的破烂地，终于有机会种上上等地了。

有人忧心忡忡，忧心这土地能改好吗？祖祖辈辈改了这么多年，盐碱地不还是盐碱地吗？一旦没改好，反而改得更糟糕呢？土地可是农民的命根子啊！

有人愤恨，他们要想尽办法阻止这场改造的发生。他们的愤恨同样有着自己的理由：从前村里的未利用地因为盐碱度高，所以一直没有管理经营。一些村民就挑拣些能长出草的地方开了荒，种上了庄稼。年复一年，施肥引水精心管理，这些生土地也就渐渐种熟了。虽然每年收获微薄，遇到不好的年头还可能颗粒无收，可这些终究是自己用汗水创下的一份"家业"。土地开发整理项目一旦实施，这些开荒地的归属权就一下子明晰起来，再次回归到村集体。村民们私下里开荒的土地就一下子蒸发了。

正是从这一夜开始，李长江的电话再也没消停过。起初是村民们来找他验证消息的真伪，后来便是七大姑八大姨二舅姥爷等等来表达不满和不同意，再后来就是一些村民的指责，甚至是谩骂。

李长江预料到会有反对声，他不怕个别人的反对，为了民乐村的发展，村支书承受一点儿压力和反对声都是值得的。让李长江感到意外的是村民的反对竟如此激烈。

"长江啊，这地都种了一辈子了，虽说打粮不多，那也是各家各户唯一的来钱道啊。你这都收上去搞改造，一旦改坏了，你可就是咱村的罪人啊。"

"李长江，你是个什么东西？你把地收上去，让不让老百姓活了？"

"姐夫，可别怪我没提醒你，谁敢动我的地，我这铁锹可不长眼。"

来自四面八方的声音、压力如潮水般向李长江涌来。一时间，李长江麻烦缠身。最让李长江感到无奈和委屈的就是那些到处告状的村民。虽然李长江的为人镇里和市里的一些领导都了解，但有人告状，上级部门就要下来查，李长江一方面按照上级要求以最快的速度推动项目，一方面还要接受上级部门的各种调查。

在巨大的精神压力下李长江的睡眠渐渐出了问题。从一开始工作忙睡得少，到后来睡得浅，再到完全失眠。越失眠越焦躁，越焦躁越失眠，李长江甚至感到自己已经到了崩溃的边缘。

李长江不能崩溃，也不敢崩溃。民乐村的大事业才刚刚起步，绝不能中断或者停止。

按照大安市村级重大事项民主决策制度规定，涉及村民利益的事情，都要经过六个必须的民主决策程序，俗称"六步工作法"。第一步党支部提议，第二步村两委联席会议商议，第三步党员大会审议，第四步议案公告，第五步村民会议或者村民代表会议决议，最后一步结果公布。

2016 年年初，民乐村土地开发整理项目进行到第二步——村两委联席会议商议。这次会议并不顺利，会议刚开始便有村干部提出反对，很快，村干部们像提前商量好的一样积极响应着，因为这些人的反应异常激烈，会议一度无法进行。

李长江早有准备，个别村干部反对这个项目并非出于公心，而是出于他们个人的眼前利益。土地整理涉及的胡昌窝棚和董勤屯的在册承包地面积只有 83 公顷左右。而大安市国土资源局（现大安市自然资源局）最新调查的统计数据显示，这两个屯的实际播种耕地面积已经超过了 200 公顷。也就是说，村干部和村民私自开荒的土地达到了 100 多公顷。他们当然不希望重新统一整理土地再重新进行分配。

李长江清楚，横在眼前的阻碍归根结底就是这 100 多公顷私自开荒的地。他先是和大家商量，商量无果，李长江急眼了。他把这些见不得光的土地都是谁开荒的，各自多大面积，是自己种了还是流转发包给了其他人，挣得了多少利益合盘端到了桌面上。一时间，会议室里鸦雀无声。李长江撂下话儿，这些私自开荒的土地，无论土地开发整理项目进展如何，都必须归还村集体，不及时归还的，还可能追究私自开荒者的法律责任。

李长江断了个别人想保住私自开荒地的念想，也就清除了土地开发整理项目的巨大阻力。土地开发整理项目顺利通过了第二关——村两委联席会议。

民乐村是吉林省第一个整村推进盐碱地改良的村子。没有先例参考,村民们的心里总是不落地,担心这担心那。为了让土地开发整理项目顺利推进,从大安市委市政府到相关部门再到叉干镇政府都十分支持村里的工作,还特意派了驻村干部专门负责项目推进,以及收集村民的建议向村民们解释项目的好处和相关政策。

每年春节前夕,时任叉干镇党委书记朱寄铭都要到各村走访慰问。2015年春节,朱寄铭把重点放在了民乐村。他不仅慰问了孤寡贫困以及年纪大的村民,还挨家拜访了村里的党员,亲自和他们探讨土地开发整理项目,听取他们的意见,并向大家解读国家和省里的政策。

朱寄铭的春节走访在随后的党员大会审议阶段起了重要作用,虽然一些党员仍对土地开发整理项目持有怀疑态度,但磕磕绊绊中,也总算是通过了。

马上就到了开村民会议的阶段,按照规定,只要有一半与会代表通过,村里的民主决策流程就走完了。

就在这时,村民们的情绪再次被搅动起来。那些原本只是对土地开发整理项目有些担忧的村民,越发害怕起来。他们渴望着把这些贫瘠的盐碱地改良成高产稳产的高标准农田,可是他们更愿意先拿出来一小块地试试,一步一步稳稳地往前走。而这样大规模的集中改良,无异于把身家性命全押出去与老天赌博。除了土地,他们别无所有,他们不敢赌也赌不起。

2016 年 3 月 11 日，民乐村召开第一次村民代表会，专项讨论土地开发整理项目。朱寄铭为了更好地向村民们解读政策和改良土地的好处，特意赶到会议现场作了讲话。

村民的反对声远远超出朱寄铭的预期。土地开发整理项目没有通过这次代表会。

村民对李长江的"声讨"越来越激烈，李长江的失眠症也越来越严重。他常常感到胸闷气短，连说句完整的话都要提前拔一口气。在家人的劝说下，李长江在大安市一家医院办理了住院，白天工作，晚饭后到市里打一针，然后再开车回来，第二天继续工作。就这样，日复一日。

白色捷达在村路上奔驰着，电话丁零零地响个不停。此刻，李长江作为一个普通人，他不想接任何电话，更不想说话，他早已身心俱疲。可是，作为村支书，作为村子的带头人，一个重大项目最基层的推动者，他没有任性的权利，哪怕这个电话只是哪个村民想责骂他两句，他也是要接的。

李长江把车缓缓地停在了村口，从口袋里摸出了手机。

"身体怎么样啊？后天的村民代表会，国土局刘局去给你坐镇，我已经把村民们的担心和诉求都整理完了，能现场解决的都现场解决……"打来电话的正是时任叉干镇副镇长李文洪。从 2015 年项目开始，李文洪就被派到民乐村驻点，专项推进土地开发整理项目。为了做好村民的思想工作，李文洪几乎每个晚上都会拎上一瓶好酒到村民家里做客，说是做客，其实就是借着酒劲儿拉关系谈感情，取得村民信任，打开村民的心结和疑惑。李文洪曾很多次向李长江感慨，改变村民的观念真是件难事儿，这个工作真是不好做。

两天后，也就是 3 月 13 日，第二次村民代表会议如期召开。大安市国土资源局局长刘跃波以及叉干镇副镇长李文洪早已经把村民的担心和诉求一一统计完毕，并在会议上代表各自的单位向村民们做出承诺：在第二轮土地承包期内，民乐村人均耕地为 3.5 亩，土地开发整理项目实施完毕后，立刻进行重新分配土地，经过研究决定，这次土地分配将按每人一公顷的标准进行。另外，施工工期需要一年，考虑到村民们将损失一年的粮食生产收入，所以政府会给大家一定的补贴，补贴标准为每人 7000 元。这样一来，大家便不用担心自己私自开荒的土地被收回，而是更为公平公正地分给大家更多的中高产田。另外，村两委还决定，将按照法律规定，民乐村的新增耕地也将分给村里的新生儿。

村民们的担忧一项项解除了，村民代表会议也顺利结束了。这时，李长江等人才敢稍稍松一口气。会议总共有 21 个村民代表参会，其中 13 人签字同意，4 人签字不同意，1 人弃权，还有 3 人没有签字，视作弃权。至此，民乐村土地开发整理项目终于按规定走完了"村级重大事项民主决策制度"的全部流程，结果公示结束，便可以公开招标了。

二

2016年7月，几经波折的大安市叉干镇民乐村土地开发整理项目终于进入了招标程序，第一次招标主要是建设盐碱地改良的配套工程，招标范围为土地平整、灌溉排水和道路工程。

很快，民乐村土地开发整理项目被分成十二个标段火热开工。

拿到7000元补贴的村民们仍然为这片土地揪着心，他们每天相约着到各个标段上"参观"，更确切地说是去"监工"。毕竟，这是他们种了一辈子的土地，未来，这些土地还将重新分给他们。

李长江除了处理村里的日常工作，还负责项目协调和推进，和村民们一样，他几乎把所有时间都放在了十二个正在施工的标段上。全村300多户1000多公顷土地都被压在了改良项目上，如果哪个环节出现闪失，土地改良失败，民乐村所有父老乡亲的饭碗就砸了，李长江的确就成了民乐村的千古罪人。与村民们不同的是，李长江对盐碱地改良技术是有信心的，他曾无数次参观过大安市海坨乡那片已经改良成功的土地。那里，已经完全由盐碱地变成了"米粮川"。

初秋的风里，弥漫着植物奋力生长的气息。距离民乐村

70公里的大安市海坨乡，1100公顷水稻如一片没有尽头的碧绿的海。

风，蹑手蹑脚从稻尖上拂过，悄悄开放的稻花借着微微的风力轻摇着身姿。正是这轻轻一摇，不可计数的雄蕊上的花药破裂，花粉如轻烟般落到雌蕊上。稻花从开放到关闭的时间很短，仅仅一个小时左右。只有那些始终守候在田地里的人或幸运的人才有可能看到一场稻花的开落。

隋春江便是那个勤劳和幸运的人。他是华清农业有限公司的副总经理，是华清农业在吉林省大安市地区的盐碱地改造项目主要负责人之一。此刻，他正蹲在田埂上看一株株稻苗以同样的节奏一个挨着一个、一个挤着一个地轻摆，如涌动起伏的潮水或是海浪。如烟的花粉小心翼翼地在稻苗与稻苗间穿梭，彼此寻觅。用不了多久，花粉落定，稻花闭合，一个个水汪汪的生命就会渐渐变成晶莹剔透的果实。

一株稻苗上有三四百朵稻花，结出三四百粒稻谷，这1100公顷密密匝匝的稻苗能收获多少稻谷呢？隋春江心里想着，脸上露出一丝不易察觉的微笑。

起风了，碧绿的稻浪汹涌起来。此起彼伏的浪涛里，一块块挺拔的牌子格外显眼——华清农业。

华清，颠倒前后顺序便是我们所熟知和向往的清华。实际上，华清农业确实和清华大学有着不一般的关系。它是由清华大学牵头发起成立的一家致力于盐碱地规模化改良与高效利用的高新技术企业。有着清华大学"脱硫石膏改良盐碱地技术"的独家授权。

早在1995年，中国人对盐碱地改良还没有足够的认识时，清华大学便从一组材料中看到了盐碱地改良对我国的粮食生产以及生态恢复的战略意义。

"全国有5.5亿亩盐碱地，可开发利用的面积多达2亿亩，占耕地总面积的10%左右。如果有一种技术能够大面积改良盐碱地，对我国无疑具有重要的战略意义。"在一次重要会议上，清华大学领导指派徐旭常院士与陈昌和教授牵头，在国际上率先利用工厂排放的脱硫石膏，尝试对我国多个地区的碱化土壤进行改良。

徐旭常院士是清华大学热能系教授。他曾研发出两种新型煤粉燃烧器和脱硫设备。这种脱硫设备产生的大量废弃物脱硫石膏无论是堆放还是掩埋，都会引发二次污染。为了解决脱硫石膏的安全去向问题，徐旭常开始尝试用脱硫石膏进行盐碱地改良。

利用脱硫石膏改良盐碱地的想法得到清华大学的认可和支持后，热能工程背景出身的徐旭常和陈昌和一同跨界，开始自学土壤学与农学。

近百年来，美国、苏联、日本等国专家陆续提出利用纯石膏或天然石膏改良碱化土壤的理论。但由于天然石膏的物理性状不利于改良土壤且成本很高，所以"石膏改良说"长期停留在理论设想阶段，无人实践成功，成为世界范围内的一道难题。

用脱硫石膏改良盐碱地是个很好的方向，但毕竟在国际上还没有应用先例，徐旭常和陈昌和等人心里并没有底。于是，他们对此进行了大量的理论研究工作和小型的盆栽试验。

从理论上讲，作物在盐碱地上难以生长，主要因为盐碱土壤中的钠离子含量过高而导致土壤透气性和透水气差。想改变盐碱地土壤结构，就要想办法去掉过多的钠离子。脱硫石膏和生石膏的化学成分都是硫酸钙，徐旭常和陈昌和正是想用脱硫石膏里的钙离子质换出盐碱土壤中的钠离子。

徐旭常和陈昌和将各地盐碱含量较高的土样带回实验室。然后尝试用不同的配比在严重盐碱化的土壤里加入脱硫石膏，再与水充分搅拌。一场神奇的改变在土壤内部发生了。钠离子与钙离子成功质换，土壤的团粒结构发生了改变，碱性含量和盐量都大大降低。

1996年，徐旭常和陈昌和的团队以室内盆栽的方式，利用脱硫石膏改良辽宁沈阳的苏打碱土取得了成功。

室内盆栽试验成功后，徐旭常和陈昌和开始四处奔走寻找试验田和合作伙伴。由于这是一项"跨界"项目，当时并没有合适的科研项目资金支持，徐旭常和陈昌和只能通过自筹资金完成试验项目。

徐旭常和陈昌和的第一块试验田只有24平方米，在沈阳市康平县。当地的条件十分艰苦，连最基本的吃和住都成问题。但为了能试验出哪种技术模式更有效，他们在当地一住就是几个月。他们把每一平方米都划分成一个试验区，按照常规的农业措施在 24 块试验区里种植了不同的庄稼，实施不同的改良方案，并时时对土壤变化进行监测。

少得可怜的科研经费，小得不能再小的试验地块，种了那么多不同作物，竟然在第一年改良后，每一块地都获得了丰收。曾经对这项试验并不看好的当地农民，向他们竖起了大拇指，说："你们真是魔术师啊！"。

因为农业领域周期长的特殊性，任何一项技术的创新和成熟都显得格外漫长。"脱硫石膏改良盐碱地技术"从试验室到小块试验田，再到大面积应用历经了十几个春秋，技术方案改了又改，调整了再调整。

盐碱地块风沙大，条件艰苦，徐旭常和陈昌和等人为了跟踪试验，几乎走遍了全国的各种盐碱地，在那些荒芜之地一蹲就是三五个月。他们不断丰富着试验数据，调整着技术方案。就这样"脱硫石膏改良盐碱地技术"日益成熟起来。

2006 年，美国环保署（EPA）和美国电力研究院的官员和专家来到清华大学在宁夏的盐碱地改良试验田现场参观时惊叹道："中国在盐碱地改良技术方面已经走在了世界前列。"

2008 年 5 月，清华大学成立了盐碱地区生态修复与固碳研究中心，为国家盐碱地改良与生态修复提供高水平的技术支持。

常年的奔波和风餐露宿，徐旭常和陈昌和的身体健康先后都出现了问题。但二人谁也没有离开研究一线，带着疾病和疼痛指导团队在内蒙古、宁夏、新疆、辽宁等地成功完成几十万亩盐碱地改良，改良后的盐碱地粮食产量当年便可达到中高产田的效果。

濒死的土地，被"复活"了，可是徐旭常和陈昌和却先后被查出患有癌症。2010年，徐旭常不得不停止手上的工作入院接受化疗。

作为全国顶尖大学，清华大学在技术研发试验和示范上有着无可比拟的优势，可这项技术一旦进入产业化发展，以一所大学为主体便会受到极大的限制。为了更快更好地将技术成果转化，以产业化推动我国盐碱地改良，保障国家粮食安全，徐旭常和陈昌和提议建立新的产业化主体来推动盐碱地改良。2010年11月，清华大学筹措2亿元资金牵头发起成立了华清农业开发有限公司，以企业为产业化主体进一步加快该成果转化，并提出利用十几年的时间，为国家改良1亿亩良田的目标。

越来越多的盐碱地长出生命旺盛的庄稼，徐旭常的病情却急转直下，他早已不能独立行走了，连正常吃饭和说话都成为一件大难事儿。2011年，徐旭常再次入院，家人为他请来了一位护工，当得知这位护工曾到新疆的盐碱地采过棉花时，徐旭常竟然一下子来了精神，不断地刨根问底，追问护工采棉花的地块具体在哪？面积多大？土质如何？棉花产量怎样？这位新来的护工并不知道，这已经是徐旭常在这个世界的最后一天，这些问题也是他人生中最后的问题。

科技进步永无止境，清华大学的科研团队仍然在盐碱地上继续探索和追求，而华清农业作为有着特殊使命的高新技术企业正快速地转化着一批又一批清华人的科研成果。有清华大学一流的科研团队坐镇，华清农业很快便在内蒙古准格尔旗、张家口北、新疆、吉林大安建立了四大基地。经过无数次不同地块反复摸索和试验，"脱硫石膏盐碱地改良技术"突破性地解决了一直以来盐碱性土壤难以治理的世界性难题，它不仅可以使大面积荒地变成绿洲，而且可以使中低产田变成高产稳产田。对作物进行检测的结果表明，使用脱硫石膏改良盐碱地对环境和食品无害，农作物的重金属含量，远远低于我国无公害食品蔬菜卫生标准。

清华大学和华清农业都在算着一笔大账：中国有 5.5 亿亩盐碱地，其中具有农业利用潜力的约有 2 亿亩。如果能利用脱硫石膏改良出 1 亿亩耕地，按一亩产粮 500 斤算，全国可增产粮食 500 亿斤。这对国家解决 13 亿人口的粮食问题，保住 18 亿亩耕地是有重要战略意义的。而长期被丢弃的脱硫石膏也终于在这场盐碱地改良中找到了更有价值的归宿。

2011 年，华清农业在吉林省大安市海坨乡建立了东北第一块盐碱地改良基地，当年便获得了成功，水稻产量达到了每亩 900 斤。那年秋天，海坨乡热闹极了。金灿灿的稻子让这些蜂涌而至的农民直咂舌。他们的祖辈、父辈以及他们自己，从来不敢想象在这片鸟都不来拉屎的地方，竟然能长出这么好的粮食。

"这就好了，就这么好了，明年不能再返盐碱吗？"农民们一遍遍问着，他们还是不敢相信这样的一片土地能长出如此金灿灿的稻子。

日复日，年复年，在水稻一茬茬的生灭里，华清农业已经在吉林大安走过了六个年头。海坨乡的项目部里，每个田块不同时间段不同年份的盐碱值数据表格已经堆成了一座座小山。这些数据连同其他盐碱地改良基地的数据早已经汇集到总部的电脑里，不断形成更多更有效的治理方案。"脱硫石膏改良盐碱地技术"已由当初"一方治百病"，变成了"一病一方"，将中国上百万亩盐碱地成功改良成了中高产田。

三

2017 年 2 月，大安市叉干镇民乐村土地开发整理项目土壤改良技术服务公开招标，招标范围为：利用盐碱地改良技术，在项目区内进行土壤改良，改善盐碱地理化性状，满足水稻生长条件。为水稻育苗、田间管理提供技术服务。

华清农业的顺利中标，让李长江松了口气。眼见为实，毕竟他们在大安的地界上成功干了六年，让原本寸草不生的海坨乡变成了一片一望无垠的稻田，毕竟他们的背后有清华大学这样力量雄厚的技术支撑和信用背书。

3月，作为民乐村土壤改良项目的负责人，隋春江带着六名技术人员进驻民乐村做基础调研。正是风卷黄沙漫天飞的季节，技术人员站在光秃秃的盐碱地上，除了风的呼呼声，他们什么也听不见。休闲夹克被黄风鼓吹得如同膨胀的气球，裹挟着他们左右摇晃无法站稳。虽然这些技术人员几乎走遍了全国的盐碱地，看惯了寸草不生的荒凉，但一想到要在这望也望不到头的上千公顷盐碱地上劳作和耕种，他们的心情也复杂起来。在一片荒芜上建造水稻帝国，这种颠覆性的改变，这种神来之笔，确实令人兴奋，与此同时，摆在眼前的巨大困难，又如一块巨石压在了他们的心头。

一个月后，专属于民乐村的盐碱地"复活"计划开始了。这片土地，已经有几十年没有任何绿意了，风沙早已将它当成自己的练兵场肆意狂欢。

大型机械陆续下地，没有任何阻挡和消减的机械轰鸣声暂时压倒了肆虐的风声。不甘落败的风，将暴起的尘土忽而卷起，忽而摔打出去。有时，索性把那些尘土打成捆儿、团成卷，抱在怀里形成一个巨大的风沙旋涡在天地间来回甩动。

得知华清进驻民乐村，从前合作过的施工方也纷纷从各地赶来助阵。

赵匆是华清农业的老搭档了。他在黑龙江农垦干了大半辈子后又自己开公司承揽农业施工项目。华清在黑龙江改良盐碱地时，赵匆就承揽了一些项目。

合作多年，赵匆非常了解华清。华清的目标是为国家增加一亿亩良田，所以它的每一个项目都要求做成示范或者标杆，并且必须一年见效，让农民一劳永逸。华清对施工乙方要求非常高，而且监管严格，配有追踪。即使项目看起来结束了，但仍然会有专门负责的工作人员定期到做过的项目地里监测 PH 值，确保每一个项目完成后都不再返盐碱。因此华清的工程，好接却不容易干。

赵匆在与华清的合作中干得很辛苦，甚至是艰苦，但却学到了不少东西，也体会到了他一生都没体验过的成就感。这种成就感不是挣多少钱，而是亲手把那些不毛之地变成米粮川，这种亲自创造奇迹的感觉，让五十多岁的赵匆觉得寻得了一种金钱给予不了的自我认可感和自豪感。所以，六年前当他得知华清在大安建立万亩基地时，便毫不犹豫地从黑龙江省跟到了吉林省。

华清对盐碱地的改良是严格按照清华大学制订的方案步骤进行的。他们到达民乐村后，先在不同地块取土、包装、标号，然后送回到清华大学。在清华大学的实验室里，科研人员为土壤进行全面"体检"，得出数据后交由专家"会诊"，再根据数据制定相应的改良方案。而华清的任务正是将这些方案变成扎扎实实的行动。

不到一个月的时间，荒芜的盐碱地变成了一块块有模有样的待耕田。

坐埂、经平、翻耕、扬料（扬改良剂）几百名工人忙得不亦乐乎。水田越来越有模样了，工人们开始放水泡田。然后水平打浆，待土壤里的钠离子与钙离子充分置换后将水排出。两放两排后，技术员开始测试土壤里的盐碱度，一般情况下，两放两排后，盐碱度就会降到正常标准，如果哪块田里的盐碱度没有降到正常标准，施工方将再进行一次进水和排水，或者做其他调试。

赵匆负责的施工项目里就有水平打浆一项，华清对他的要求是"寸水不露泥"，以水为尺，只要放水就不能露泥，有一处露出了泥，便视为不合格。

3月施工，6月之前必须完成插秧，不然就会因错过农时而错过一年的收成。隋春江的施工队刚一下地，李长江便和镇里研究着给村民们分土地。

前期工程正在紧锣密鼓地收尾和查漏补缺，土地改良施工正如火如荼地抢时间，李长江等人正在地里忙着给农民分地，一时间，田地里热闹极了。

村民们的心里早已乐开了花。从前，见缝插针式的耕种造成他们的土地非常零散，有的农户甚至有十几块二十几块土地，春天播种时，常会出现把自家土地落下一块的情况。重新分土地后，不仅土地面积从原来每人3.5亩变成了每人一公顷，土地也集中连片更好耕种了。

民乐村分完土地后，村民对华清农业施工质量的监督便更为上心和严格起来。隋春江一面带着团队抢工期，一面还要解决村民的各种诉求。为了保质保量尽早进入插秧环节，隋春江调派了400多名工人和技术员，在民乐村展开了夜以继日的奋战。

5月末，终于可以插秧了。新的问题又来了。民乐村世代种旱田，完全没有种水田的经验。华清已经对村民进行了多轮培训，但到了实际种植环节，村民仍然有很多问题拿不准，不敢动手种。

村民刘贵东听了几次培训后在心里暗暗合计：如果自己种不好，就要白受累，不如把土地经营权流转出去更划算，于是，在插秧前，他把全家刚刚分得的6公顷水田全都流转了出去。

更多的村民还是愿意自己来种植自己的地块，这样他们觉得更踏实。

随着稻苗一天天长大，民乐村也热闹起来。村西口的凉亭里、水稻田的田埂上、水渠边随处都是聊天的村民们，他们席地而坐，眉飞色舞地谈论着水稻长势，以及这几个月他们和水稻之间的各种故事。

这一年秋天，祖祖辈辈苦于贫瘠的民乐村村民终于迎来了第一个水稻收获季。眼见着饱满的稻穗压弯了稻苗，村民们心里别提多美了。隋春江已经快成为村里的一员了，几乎每隔一段时间他都要带着技术员来检测水田里的盐碱度，监测稻子的长势。村民们早已经忘记当初是如何的反对整体改良项目，他们只记得那些让他们开心的事儿和让他们多打粮食的人。

"隋总，晚上来家里吃！"

"隋总，让你的技术员上我地里看看呗，那稻子长得好着呢！"

"隋总……"

村民们大多不知道隋春江的全名，也不知道他到底主管的是什么，他们只知道，这些从地里突然长出来的水稻和这位城里来的年轻人有关。他们表达感激与感谢，无非就是"上地里看看""来家坐坐""来家吃饭"。偶尔，也有年轻的农民会向他们的"隋总"递上一根香烟，以传递他们最为朴实的情感。

收割机终于下地了，那轰隆隆的声音从村东头一直传到村西头，奏响了民乐村几十年来最为浑厚和欢快的丰收之歌。

"平均亩产 1200 斤！民乐村 1100 公顷水田为高标准水稻田。"当测产的专家组在田埂上宣布测产结果时，整个村子沸腾起来。每一个村民的脸上都挂着笑，民乐村，终于名副其实，成为真正的民乐村。

李长江心里的石头终于落地了，脸上也露出了久违的笑容。他带着村干部在村部里算账：经过土地整理后，除去水渠、道路，民乐村参与土地整理的两个小组一共新增耕地1136公顷。除了村民每人分到了1公顷土地外，村集体预留70公顷作为新生儿备用地，另外470公顷公开招投标进行对外发包，村集体十年租金收入1700万。民乐村还清了欠银行的400万贷款，又盖了育苗大棚，给每个村民交了社会医疗保险和意外险，村里还出钱建了自己的村民广场，也安上了路灯……

这一年，民乐村200多户建卡立档的贫困户全部脱贫。

李长江把他的"老捷达"送进了修理铺，经过师傅的一番保养，"老捷达"焕然一新。李长江的脊背终于又直了起来。村民们信任他，更敬佩他，凡村部号召的事儿，村民们都争着抢着响应。

村里的文化广场挂起了大红的灯笼，天一放黑，音乐便响了起来，妇女们换了衣服化好妆三五成群地在广场中央扭了起来。

放学的孩子们或在干净的村路上疯跑，或几个人约好在村里的农村书屋读书或自习。

一直享受低保的刘淑霞越发地喜欢串门儿了，她新分得的 1.2 公顷水田已经全部流转出去，仅流转费用就有 1.2 万元。村里聘请她做护林员，每年给她 5000 元护林工资。虽然她的腰因为常年劳疾早已经无法挺直走路，她走路的背影永远像一个大问号，但因为腰包鼓了，她总觉得自己的腰杆是直的。她每一天的每一步都是直着腰杆子迈出去的。

有一次，村里来了几家新闻媒体的记者要求驻村采访，村上没有招待所，记者们只能分散到村民家中吃住。刘淑霞听说后，弯着腰特意跑到村部申请让客人们来自己家吃住。记者们在刘淑霞的家里一住就是一周，临走时，给这位总是笑盈盈的老人留下 2000 元伙食费和住宿费，刘淑霞死活不要。记者将钱偷偷藏在了被褥底下，刘淑霞便弯着腰一直追到了村口，直到记者把钱收了回去，她才又弯着腰笑盈盈地走了。

一年前，刘淑霞还因为四块钱的豆腐切块大小不均匀，卖给她的那块体积偏小而与卖豆腐的小哥儿发生争执，还因为邻居家的鸡刨了她园子里的几棵葱而索要赔偿。

脱贫户老刘家的墙上挂起了四个字："吉祥如意"。这是吉林省书法协会春节期间来民乐村为村民们写对联时，老刘特意让书法家写的，又让侄女到市里装裱后，挂在了墙上。不知何时起，老刘竟也喜欢上了舞文弄墨，在侄女家找来毛笔和墨汁，农闲时自己作几首顺口溜，然后有板有眼地用毛笔写下来。老刘的字虽然写得潇洒，但懂行的人一看便知他缺少了些功底。李长江总是会鼓励人的，常与老刘念叨：

"老刘啊，别总自己偷摸鼓捣着玩，哪天来村里写写，村里的对联，村子里墙上的标语，以后都包给你了。"

老刘嘴上一个劲儿地说自己不行，却偷偷地愈发勤奋起来，还在短视频平台上拜了师父，每天晚上八点准时学习书法。他的的确确想好了一副对联，想亲手写出来送给村部。

春节前，民乐村新增加的稻田利用耕地占补平衡动态监测监管系统，以十等利用地的耕地指标进行交易，共为大安市地方财政增收 9.6 亿元。

增粮、富民还带活了一方财政，这场发生在松嫩大平原上的去盐碱化改良探索，一举多得，利国利民，也为中国两亿亩"地球之癣"的改良和治理提供了行之有效的"药方"。

好消息不胫而走，全国各地的盐碱地改良科研单位和企业正向吉林省大安市汇集，带来了越来越多的改良技术和产品以及越来越多的资金和项目，为了在科研单位和企业当中遴选出更有效的技术和模式，吉林省自然资源厅联合大安市政府在大安市万亩盐碱地上搞起了盐碱地改良技术大比武，十一家科研单位和企业带着技术和资金前来"应战"。

大安市、白城市、松原市……盐碱地改良的大军正带着更为成熟的经验、更为雄厚的资金、更为远大的理想目标，挺进更多的荒芜之地……从此，不但民乐村的村民因"癣"去而"民乐"，广袤的松嫩大平原、中国更多的盐碱地上，所有因"地球之癣"而苦的农民都将因"癣"去而"民乐"。

耳花绽放

——李玉院士和黄松甸木耳产业

文　欢

所有的传说只关乎木耳

海拔 474 米的高寒山区小镇适合种什么？

这个疑问从崔成一来到镇上便开始盘桓在他的心里了。可这个问题实在不难回答，相反容易得很，随便问个当地的孩子都能脱口而出：木耳呗！

是的，这个问题似乎根本无需思考，从 1980 年刚分到镇上工作，他就笃定这个答案。那年他 28 岁，8 年后他当选为副镇长，然后又过去了 8 年，他当选为镇长。时间飞快，整整 16 年就这么过去了，可是木耳呢？木耳却还只种在了他的心里，并且随着一年年过去，他心中的木耳越长越多，让他深陷其中，无法自拔！

这个小镇名叫黄松甸，归蛟河所辖。一听镇名，便很容易联想到大山和森林。没错，小镇地处长白山脉，林木资源相当丰富，森林覆盖率高达91%，一直都是白石山林业局重要的木材生产基地。放眼山上，柞树、桦树、杨树、水曲柳、榆树、红松等树木郁郁葱葱，黄花松更是随处可见。不但森林茂密，还有两条水质清洌的河水围绕，一条叫威虎河，一条叫义气河。河水流经间又产生了许多沼泽形成的大甸子，于是黄松甸之名也如脱口而出般，叫得名副其实、实实在在。

山上树木长得好，风景更是秀丽宜人，可耕地用的那片山坡子地却长不好庄稼，而且面积还少，只有4万多亩。黄松甸一万三四千的人口，打出的粮食勉强够吃饱饭，多余的就想都别想了！不但不敢想，还得"吃粮靠返销，花钱靠贷款"。地少、土壤条件差，这些还都不是最主要的问题，最主要最严重的问题是无霜期短！因为所处的地势高，海拔也就跟着高，导致气候格外寒冷，一年365天中仅有100到105天的无霜期。这宝贵的100到105天，能指望长出什么好庄稼呢？这才是黄松甸最致命的根本问题，也让黄松甸人充分体会到了什么叫雪上加霜！

拿东北最常种的玉米和大豆做下参考，便知无霜期短造成的可怕后果了。玉米的生长周期是120天到130天，大豆的生长期也至少是120天，通常得150天。就是这么再平常不过的作物和生长期,对黄松甸来说都是奢求!受气候所限,种什么都不爱长,只能种些早熟品种,产量是可想而知的低。比如玉米,亩产才三五十斤。这样的境况离富裕和小康的距离简直是遥不可及,虽然这么多年来黄松甸人一直在努力寻找办法,想摘去头上这顶沉甸甸的贫困帽子,奈何就是无计可施,反倒越戴越结实!

所以崔成一来到镇上,便有些发蒙,这么穷,怎么办?但他同时又很疑惑,不是说黄松甸盛产木耳和灵芝吗?他虽然不是黄松甸人,可关于黄松甸木耳和灵芝的传说,他却听得太多了!甚至在他的想象中,黄松甸应该是一片木耳的海洋,那一簇一簇的小木耳们聚拢在一起,便凝成了一大团,那一大团一大团的木耳,便像极了一大朵一大朵的黑牡丹花;它们在蓝天下、在大地上尽情地绽放,那画面既壮观又美丽!这幅画面如此强烈地印在了他的脑海里,以致让他一想起这画面便不由会涌上股激情。但有时也会让他哑然失笑,木耳明明是长在大树上的,难道还能把它移到大地上不成?崔成不知道这幅画面从何而来,他想也许是来自某个梦里,但又好像不全是梦。这种感觉有些奇妙,似真似幻,难道是来自未来的现实?一想到现实,崔成更会猛地一惊:甜菜试着种过了,旱烟试着种过了,黑豆果试着种过了,玉米和土豆就不用说了。可结果呢?结果就是种什么都不成!

从到黄松甸当农机技术员开始,到副镇长到镇长,崔成始终都在细心敏感地捕捉着各类致富信息。将近二十年的时光里，每一次尝试和失败都让这个外表粗粝刚强的中年汉子，更加坚定了唯有种木耳才行得通的想法。因为他走遍了黄松甸的山山水水，越来越感叹这山这水这气候，实在是难得的无污染纯绿色的食用菌生态带，如此优越的种植资源，该是上天对黄松甸的恩赐！

可是……

木耳！木耳！

既然答案如此肯定，为何还在一次次疑问？只因木耳仍属于山林，仍在传说里和人们若即若离，它就是不肯在百姓的大地里扎根！对崔成来说，这个疑问已演变成了一个引子，一个无法破解的难题。他心中的木耳仍在林中的朽木上，成簇成簇、重叠成瓦地俏皮着，引着百姓们费劲巴力地上山去采它，然后又费劲巴力地坐上火车去城里卖了赚点儿外快。要说木耳确是值钱的稀罕物，它可是"山珍海味"里的山珍啊！早时只有皇帝和达官贵族才能吃得上。20世纪70年代，一斤白菜两分钱，一斤排骨七八毛钱，而一斤木耳是四毛钱。这么一对比就知道木耳属实昂贵，因为那年月一年到头也吃不上几顿肉的，而一斤半的木耳就能买上一斤排骨了。那时的木耳价值堪比黄金！但木耳的产量太少，1978年时全国总产量才5.7万斤，连毛主席都说："这才够几个人吃的呀！"无奈只能作为特供的一种保健食品，分给棉纺厂、理发店之类和纤维打交道的一些特殊工种，每人一个月能分到两钱木耳。

既然是个稀罕物，那肯定有其特殊的价值所在！《本草纲目》中早就记载木耳性甘平，主治益气不饥，轻身强志，具有清肺益气、补血活血、镇静止痛等功效。所以木耳可食、可药、可补，焉能不贵！

可这神奇的小东西和粮食不同，它任性得很，长多长少、长好长坏，完全取决于天意。所以从古至今它的价格始终昂贵。人们找不到驾驭它的方法，所以只能任由它在山中的林木上自由地生长。曾经有个传说，说木耳的形状与人类的耳朵相似，所以木耳被认为是聪明机智的象征，也因此在古代时又被视为神物。既然又是神物又是山珍，让人们对它又添了几分敬畏。

所以这么多年过去，木耳成了黄松甸人的一个心结，他们生活在这样的一片山水中，这么多木耳的传说中，却尴尬着无能为力。种粮不成是因为气候，种木耳不成，则是因为没有技术。

似乎多年来黄松甸人也一直都在尝试着种木耳，只看家家户户的院落里都摆放着的枯木段儿，便知是为种木耳准备的。因为木耳是木腐菌中的菇类，枯木就是它生长的温床。只是种得实在是不成系统不成规模，种得断断续续、零零碎碎的。仿佛在做实验，种不好就先撂下，想起来就又去接着种，那过程都有些像小孩子玩游戏。

　　崔成自己也在家里种过，深有体会。虽然传说中黄松甸的木耳渊源早在20世纪30年代便开始了，《蛟河地方志》中记载，说1933年时就有一户人家开始采用砍伐柞木的方法种植木耳。这应算是黄松甸人工种植木耳的开端。可传说中关于木耳的具体种法却都语焉不详、模模糊糊。所以几十年过去，到此时已经是改革开放后的90年代了，竟还处于摸索阶段。对种木耳是既不放弃又无能为力。

　　木耳难种，简直有重重关卡，第一关就是菌种的问题。不管种什么首先得要有种子，可木耳的菌种直到20世纪70年代才被上海食用菌研究所提取出来，那没有菌种时，是怎么种的呢？老百姓们只能用自己的土法子碰运气。这土法子就是就地取材，把山上采来的野生木耳捣碎了，直接当作菌种。先在朽木段儿上用木杆刨出一个个小眼，然后把捣碎的木耳兑上水塞进木头眼儿里。接下来是观察和等待些天，看能不能出耳。如果在出耳时被其他菌感染霉变，那就意味着此次种植宣告失败。种木耳的第一关就充满变数，往下接二连三的步骤同样如此，一个闪失就会全盘皆输。即使顺利出耳，但出耳的时间不定，出耳的质量不定，同时产量极低。

　　崔成深知种木耳之难，但他并不气馁，因为占有如此优越的食用菌生长环境，他坚信只要有技术，有高人和专家指点迷津，定能突破和成功。可去哪儿能找到这样的高人和专家呢？如果能找到，让他吃多少苦他都情愿！事实上这些年

里崔成也去了不少地方，比如听说辽宁朝阳食用菌研究所发明了塑料袋种植木耳技术，并且这项技术是从根本上改变了以往依靠木材生产木耳的历史，让木耳栽培真正从林区走向了田地。崔成听说后简直兴奋极了，仿佛离心中的木耳蓝图已一步之遥了，他立刻去了辽宁朝阳考察，并把发明者刘永昶也请到了黄松甸做指导。但有些具体问题颇为复杂，不是短时间就能解决的，需要漫长的时间和过程。崔成只能一边尝试一边继续寻找能解决问题的专家，木耳仍种得磕磕绊绊难有起色。

崔成偶尔会在苦闷时去山里看木耳，尤其喜欢下着小雨时去。因为雨中的木耳是长得最快最好的。他会找到一棵木耳长得茂盛的大树旁，一边听着雨打树叶清脆的啪啪声，一边看着被雨水浸得发亮的黑木耳。那情景让他有些恍惚，他想难道只能在山里才能看到如此茂盛饱满、充满活力与灵气的黑木耳吗？他真想把林中的木耳搬到大地上，让百姓们沉浸在木耳丰收的欢乐里，让百姓们富裕，把贫穷的帽子痛快地甩掉。

他忽然突发奇想，想竖块牌子，上面写上"中国木耳产量最大的乡镇——黄松甸"，这并不是他个人的理想和目标，而是整个黄松甸人的理想和目标。他甚至祈祷传说中的神仙能够帮他找到一位能实现这种理想和目标的高人和专家，因为他坚信这样的山水配得上这个名称，否则为什么会有那么多美好的传说呢？

双向奔赴，打造木耳传奇

李玉是在出差途中，被牌子上的字吸引到黄松甸镇的。

那个牌子立在 302 国道旁，是用一大块木质坚硬的柞木做的。上面的字很大，看起来非常有力量。只见上面写的是：中国木耳产量最大的乡镇———黄松甸。

看到牌子上的字，李玉不禁爽朗地笑了。这牌子的口气可真大，敢如此直抒胸臆，看来黄松甸镇的领导一定是个很有勇气的人！要知道这种做法在 20 世纪 90 年代算是相当大胆的。

李玉按照上面留下的号码打去了电话，电话刚响两声对方便接了起来，"请问您是……"

李玉自报家门："我叫李玉，吉林农大的老师。"

"李玉、是李玉教授？"对方先在名字后面顿了一下，明显透露出是知道这个名字的，随即便兴奋地喊了起来："您是李玉校长、李玉教授吗？"

李玉微笑着说："是的！"

对方惊呼了起来："真是李玉教授吗？太好了太好了！我们是盼星星盼月亮盼着您能来呀！"

李玉仍笑着说："是吗！看来你认识我哟！"

对方急切地说："认识认识，早就听说过您了！您稍等，我这就过去接您！"

15分钟后，崔成便来到了李玉面前。他是骑自行车来的，四月初的北方乍暖还寒，尤其是黄松甸的气温，仍处在冬季。可崔成的额头上却全是汗珠，可以想象他骑自行车的飞快速度。

两个人的手紧紧地握在了一起，不知怎么，看着眼前50多岁、中等身材、平易近人的李玉，崔成突然有些哽咽，仿佛终于盼来了一位关心自己的兄长，激动得半天说不出话来。

李玉拍了拍他，亲切地说："走吧，领我看看你们这个'中国木耳产量最大的乡镇'。"

崔成立刻不好意思地低下头说："让您见笑了，我们这是自己给自己打气，好调动群众的积极性。"

李玉说："可不能光有积极性哟，还是要掌握科学的方法才行。木耳不好种，我们在实验室里天天做研究，就是为了能应用到实际的种植里！"

崔成连连点头，咧嘴乐了。"这回有您做指导，我们可就有救了！"

虽然是第一次来黄松甸，但在转了一圈后，李玉便以一个菌物学家、农学家的科学眼光，立刻判断出这是个种菌类的好地方。尤其是这个特殊的气候条件，对其他农作物来说是有危害性的，可唯独对菌类作物，却是得天独厚难得的冷资源！

"把摩天岭东侧的那片空地给我做实验地吧，给农民们做个示范，这样便于他们更快地掌握种木耳的技术。"

"您真的要在黄松甸帮我们种木耳？"崔成再次惊呼起来，一股热流瞬间直冲胸口。莫非传说中的神仙真的出现了，真的来帮助黄松甸了吗？如果真的天降神将，那黄松甸就一定能成为真正的木耳之乡。要知道李玉可是中国食用菌领域泰斗级别的人物，崔成早就想去长春拜访李玉，但李玉实在太忙了，除了学校的教学工作和研究工作，每年的四月份开始便要外出采集标本，连家人要见他，都要提前"预约"。李玉大儿子从几岁起就被送到山东济南的爷爷家长大，在他的记忆中，父亲李玉从1972年到1987年的15年里，回爷爷家看望自己的次数都不超过5次，并且每次还都是匆匆忙忙的。作为一位研究菌物的科学家，外出收集菌物的标本和去野外考察是工作常态，从南到北，全国各地，甚至是世界各地，简直是能走多远就走多远，并且去的地方还净是人迹罕至的地方，因为珍贵的菌物种可不会在喧嚣繁华的都市水泥地上长的。

崔成几次拜访未果，没想到心底期盼已久的李玉教授竟被他的大牌子给吸引过来了，崔成心里那个高兴啊，真想扛着牌子跑两圈。

而黄松甸的自然条件也同样让李玉惊喜，他一直对学生倡导的不要只在黑板上种地、在实验室里种地，要到生产实践中去，走和农民相结合的教学观点，也真正有了用武之地。黄松甸何其幸也，它成为李玉最早产业化推广的地方。

一切似乎都是命运的安排，双向奔赴，李玉与黄松甸的邂逅，注定将在未来的岁月中成为一种传说。难怪30年后的今天，李玉会说黄松甸是他的长子。他对黄松甸的感情格外深厚，因为这是他将实验室的科学研究推向国民经济的第一个主战场。

李玉严谨细致、精益求精的科学作风让黄松甸人深受感染，他们认真地聆听李玉教授的每一次讲课培训，对李玉要把木耳挪到大地里种植一事，他们先是惊诧，直到眼见为实，看到示范基地袋装的木耳一朵朵绽放，他们惊喜地称李玉是带领他们在地上捡钢镚儿的财神爷。

在李玉的积极推动、崔成和镇政府的积极配合下，吉林省星火科技实验基地落户黄松甸。黄松甸镇政府为此专门修建了专家大院，吉林农业大学的师生定期来基地实习，黄松甸的木耳产业开始蓬勃发展起来。

李玉把正在潜心研究的"黑木耳全日光间歇迷雾栽培""微孔出耳"等几项关键技术都投入到黄松甸的木耳培植中。这些技术在当时的全国范围内都是超前而先进的。黄松甸的百姓们开始家家都种起木耳来，全镇12个村，几乎是百分百地投入，即使是七八十岁的老人，只要有行动能力，也都参与干些采木耳的活计。群众的积极性让镇领导非常感动，改变农民自身命运不仅是农民自己要付出劳动，还要有好的利民政策才能双赢。

而李玉也同样为另一种双赢而倍感欣慰，那就是农民和科学家、实践与理论的双赢。比如"微孔出耳"的微孔，就是李玉在研究中，运用农民的一些实践经验才成功的。

都知道木耳的生长依赖于木头，大森林孕育了黑木耳，而人类为了栽培木耳却又在毁灭着大森林，该如何解决这种相爱又相杀的矛盾呢？据国家林业部统计，20世纪90年代初我国的木段栽培食用菌每年耗费木材达2000立方米，真让人痛心得咋舌。怎样才能既保护森林，又保护黑木耳产业？出路只有一个，那就是限制木段栽培，推广"地栽"。要知道我国可是世界上唯一进行黑木耳人工栽培的国家，黑木耳真是中国式的"国宝"啊！用于地栽的"菌包"不再是木头段，而是用木屑、秸秆做原料，但这种栽培的技术含量也就更高，所以才导致不仅黄松甸，而是全国范围内的木耳种植业都迟迟发展不起来。

这种菌包做好后的第一项工作是进行高压灭菌，那时还没有灭菌的大型高压锅设备，百姓们便自制小型的高压锅，灭菌之后便是开出耳孔。而对这个"孔"的研究则让李玉和农民们都投入了不少心血和智慧。因为不一样的孔长出的木耳也会不大一样，比如V型口出的木耳，是带根的一个大片，大而厚，吃起来嘎吱嘎吱的不太好咬，于是人们开始喜欢小一些的，胶质含量多、吃起来口感糯一些的木耳，而且不仅口感不同，外观上小耳也更显得精致些。

为了让木耳能卖上价，让农民的收益更多一些，李玉便悉心研究这个微孔，最终成功，于是才有了独具特色的黄松甸"小碗木耳"。这个小碗木耳品质优良，小、厚、黑、硬、脆、纯，外形小小的碗状，看着便让人喜欢。因为黄松甸昼夜温差大，所以木耳生长相对缓慢，长的慢便使得木耳中有益的胶质含量多，所以耳片厚实，弹性好，口感好。这是黄松甸木耳产地有别于其他木耳产地的优势特点。而怎样打这个微孔，则是李玉在农民的种植经验中研发出来的。

为了在黄松甸培育新品种，观察木耳的生长情况和效果，李玉只要有时间便要去黄松甸一趟。90年代，长春到黄松甸还没有高速，只有一条302国道，并且路况还比较差，路上时间得三个多小时。但李玉还是不辞辛苦地起早去、贪黑回。有一年的大年初一，李玉去给菇农们拜年，但路上风大雪厚，车子不敢开快，竟足足用了六个小时才到黄松甸。早就等在公路旁的崔成紧紧握住李玉冻得冰凉的手，不住地说："这么大的雪您就不该过来的！"李玉却由衷地说："我是真想给农民朋友们拜个年，他们肯定也盼望着我来呢！"而站在一旁的司机却神情有些惊慌，对崔成诉苦："您是没瞧见刚才那一幕，太吓人了，我们前面的一辆车差点儿打滑掉进山里，我们的车也打了个滑，我都惊出一身冷汗!"李玉平静地摆摆手:"司机师傅辛苦了，回去再慢点儿开!"司机咧了咧嘴:"那得八个小时才能回到长春。"

在第二天的《人民日报》头版上，刊发了随行记者写的《专家访农家》的报道，想必记者也是惊出冷汗了吧，但他更为李玉的心系农民而感动，因为这"漫长"的一路上，李玉诚恳地说:"哪里农民需要，我就出现在哪里。"他严于律己，对团队、对学生也秉承一个能吃苦的标准，"能不能一直下乡? 肯不肯吃苦?"这是他选学生时最关注的问题。不能吃苦就别想干好农业，不仅是干农业，干什么都得要有吃苦的精神!

有这样的一位领头人，黄松甸的木耳产业迅猛地发展起来，农民收入从曾经的一亩地收入 300 元，到种木耳后翻着番儿地噌噌往上涨，崔成心中的那幅木耳蓝图终于得以实现。当他看见昔日曾经荒凉的大草甸上，如今上面摆满了一眼望不到边的千万袋木耳，那一刻他热泪盈眶。他想起几年前他常在雨中的山上流连，幻想着如今的这一场景，这一场景曾经是梦，而此时梦想成真。

让他觉得有些神奇的是，李玉也有一个关于雨的故事。那是一次在和农民们聊天时，李玉对农民说:"我也是个菇农! 只不过是比你们懂些科学技术的菇农。"有个农民好奇地问李玉:"您怎么学了农业这科呢?"于是李玉便讲了这个关

于雨的故事。这个故事中有他对农业的热爱初心，有他科技报国、为民谋福的高远情操。那是他高考时的一篇作文《雨后》，他写了一个农科大学生在雨后碰见了一位农民，于是两人开始了对话，在这对话中，大学生表达了他热爱农业、立志为农业发展做贡献的决心。而那位农民则欣喜地盼他早一天能帮助到农民们，解决农民们不懂的问题。

崔成觉得他就是李玉作文中的那个农民，他曾在雨中苦苦思索，而当年年轻的李玉则早已学成所归，正在帮自己解锁着道道难关。他们和黄松甸的所有农民一起向前奔跑，然后奋而跃上那条从前想都不敢想的富裕之路。

黄松甸木耳的传说终将会在未来传颂今天所发生的一切。

新时代的木耳革命和星火燎原

选几个有代表性的时间节点和一些相关数据来展示一下黄松甸耀眼的成绩单吧——

2002 年，黄松甸被"东三省菌物协会"授予"先进生产经营单位"称号；2004 年，中国菌物学会副理事长罗信昌为黄松甸题词："中国木耳第一镇"。崔成当年立的那个牌子终于名正言顺，让全镇人感慨不已。同时在这一年，还发生了两件对黄松甸来说惊天动地的大事件，一件是"黄松甸食用菌批发大市场"建成并开始投入使用，一件是中国菌物学会与蛟河市政府共同组织召开了"全国食用菌技术交流会"。

这个交流会让黄松甸的亮相光彩夺目，让人难以忘怀。只见那天的 529 国道旁，来自全国各地 2000 之众的参观者和中央电视台、《农民日报》等各大新闻媒体，一起见证了那片木耳的海洋。辽阔的大地上，数不清的袋装木耳在绽放，让人们惊讶和赞叹！

而建批发大市场则是镇政府的大手笔，把外销、内销同时走起，还把全国的客商请到木耳的产地来。大市场占地面积近 12 万平方米，解决了黄松甸木耳的销售问题。同时批发大市场还被确定为农业部定点市场，2004 年当年市场交易额就达 5 亿元左右。

2005 年全镇种植黑木耳 1.06 亿袋，2006 年是 1.37 亿袋。

自 2007 年起，先后举办过五届食用菌产品展示洽谈会。

2012 年时，李玉欣慰地说："下一个 10 年，黄松甸将从食用菌大镇变成强镇。"

果然如此！

黄松甸已经彻底蜕变成一个走在食用菌产业前沿的令人瞩目的强镇。

李玉见证了黄松甸从家庭作坊式生产到规模化、现代化，从简陋的地沟孤棚到花园式基地；而黄松甸也同样见证了李玉本人近 30 年来在事业轨道中折射出的那些不平凡的流光溢彩。那些光芒如灯塔、如启明星般明亮又温暖，照耀着每一个前行中望向他的人。那些熠熠的闪光和黄松甸交相辉映！

2009 年，李玉当选为中国工程院院士，这也是我国食用菌领域中唯一的一位工程院院士。

伴随着黄松甸由贫困镇转变为木耳产业重镇，李玉带领他的团队继续开启向全国 40 多个需要他帮助的贫困地区的扶贫之旅。他在全国已建立了 31 个食用菌技术推广基地，帮扶了 800 多个村。

李玉院士生于 1944 年，已是近八旬的老人了，但不管是在 60 多岁时，还是 70 多岁，他都保持着初到黄松甸时的样子，平和、睿智、幽默，格外的敏锐和细致。不管工作节奏怎么紧凑，他都始终保持着旺盛的工作热情，从不见一丝懈怠。这让团队中的学生们既钦佩又感动，因为他们从李玉身上，真切地感受到了什么叫作热爱！拥有了一颗热爱之心简直攻无不克，战无不胜。有一次李玉发烧到 39 度多，正在打吊瓶，但一个电话便让他拔下针头，蹬上了长途汽车。那一幕让在场的人都落了泪。

2015 年，脱贫攻坚战正式启动，李玉立刻意识到这将是小小的食用菌发挥出巨大作用的最好契机。因为食用菌的优势实在太突出了，他早就总结出了食用菌"五不争"的特点，即不与人争粮、不与粮争地、不与地争肥、不与农争食、不与其他争资源。而对农民来说，种木耳或是种蘑菇，都比种粮的收益大很多，因此积极性也就更高。

农业农村工作，说一千，道一万，增加农民收入是关键。要坚持把增加农民收入作为'三农'工作的中心任务，千方百计拓宽农民增收致富渠道。而要想促进增收，只有产业振兴这条路才能走得长远。对应这一理念，李玉早就提出了"农业化项目，工业化思维"这个高瞻远瞩的见解，并以实际行动帮助了很多深加工的产业。他耐心地讲解给那些还不太理解的人："为什么要做深加工？因为现在从脱贫减贫之后，要有效衔接的就是乡村振兴，那乡村振兴光靠种木耳可不行，只有通过深加工才能够增值。就是说食用菌光靠卖原料可以致富，但它不能从根本上解决产业如何转型升级的问题。"

转型升级即意味着农业生产方式和经营方式的双重改革。国家要发展，必须实现现代化，可如果农业实现不了现代化，那么整个国家的整体现代化也就不可能实现。具体到农业领域，它要求农业发展势必要走向智慧农业。

什么叫智慧农业？就是新一代信息科技，重点是人工智能，再加上工业装备，这会使以往的农业生产方式发生翻天覆地的变化。

涉及到木耳的产业加工，李玉会指着木耳大棚告诉人们，这种人工创造的智能大棚，已经是通过人工结合的一种环境，并不完全是当地的自然环境了，这就叫食用菌产业的4.0。1.0是手工农业，2.0是机械化，3.0是自动化，4.0就是智能化。

农业现代化带来的是一连串可喜的变化和结果，这一切也是作为菌物科学家的李玉所追求的目标。不实现农业现代化，中国就不可能成为食用菌强国，虽然从 1978 年到 2021年，食用菌的总产量从 5.78 万吨到 4134 万吨，40 多年间增长了 715 倍，但中国仍只能称作食用菌大国，并不能称作食用菌强国，归根结底，还是科技的落后。比如种子被称作农业的芯片，而中国在种子方面拥有的自主知识产权却不多，日产 180 到 200 吨的金针菇，用的却是日本的品种，每生产一瓶金针菇就得付日本 3 分钱。这些实际问题让李玉强烈地意识到农业发展必须要有所改革，才会有长远的发展，但前提是科技的进步。"农业不是没有科学，不是没有高精尖的技术，而是需要有人去献身、去付出、去贡献才行。"

李玉做到了，正像他的导师周宗璜先生，当年不远万里从法国归来，一心想着科技救国；而如今的李玉，薪火相承，只为了国家富强，百姓幸福。为此不惜呕心沥血、不辞辛苦！

2021 年，李玉获"全国脱贫攻坚楷模"的荣誉称号，以表彰他在陕西柞水县扶持木耳产业所做出的贡献。正是在柞水，习近平总书记在考察当地的农业情况时，点赞了柞水木耳，并说："小木耳，大产业！"

李玉欣慰地说："这个点赞，让我们食用菌人倍感振奋，深受鼓舞。"

让他欣慰的还有那些不断加入到食用菌研究队伍中的年

轻的科技工作者，还有加入到他团队的老朋友们，比如崔成。被李玉渊博的知识、高尚的人品所折服，崔成一退休便开始追随李玉，也成了一名食用菌专家。如今他被李玉派到贵州遵义的木耳基地，把在黄松甸时的种木耳经验倾囊授出，让贵州的木耳产业也开展得蓬蓬勃勃。而崔成又带动了一大批黄松甸人，同样奔赴在全国各地的木耳基地中，指导当地人种木耳。

李玉感慨万千，一代人培养出来了，他们不但自己掌握了种植技术，而且还走到了更加贫困的地区，去帮助当地的农民朋友共同致富，一起建设美丽的乡村。黄松甸的星星之火，在各个需要的地方点燃，一起照亮光明的前方。

30年的时光，李玉和黄松甸共同度过了中国欣欣向荣的岁月，"第二个百年奋斗目标"已经在路上，一代又一代的新旧农人们将共同奋斗，继续书写那美好的关于木耳的传说……

牧 风 人

——通榆风电一线的奋斗者们

赵东海

小　引

我们听说过牧羊人、牧马人、牧牛人，你听说过牧风人吗？有啊！在吉林西部的原野上，有那么一群汉子，他们追逐风、驾驭风，与风共舞，把风变成火、变成电、变成清洁能源；他们用风点亮了生活、改变着生活、创造着生活。这群汉子就是我今天要说的牧风人。

白城和通榆之间，沿途的甸子，看起来就像一片无限开阔的水域，大地寂静而生动，地气蒸腾如浪涌，风在泛白的碱土地上自在畅行，挥舞着阳光在风机的叶片上旋转，旋转成一种力量，灌输到风筒巨大的身躯之中。

219

原野上这组风车矩阵就是我们要去的地方——通榆风力发电厂，我们去采访以刘峰为代表的那些风电一线的奋斗者，他们有的已经在这里工作了 20 多年。20 多年过去了，这片大地上的风机还是那么的年轻，而刘峰他们，这些创业者，最初的牧风人，却已经不再年轻。

车子一路向前，风光在不同的环境中转换，状如戈壁的大地不再空旷虚无，光伏发电站的金属板列队站在路边，似等待检阅的士兵，军容齐整，神情庄严。阳光在蓝莹莹的盾牌上面左冲右突、翻滚起伏，和埋伏在风机里的风一样，获得新生。大地上这些看似毫不相干的事物，却有着无法割舍的互生关系。

一路过来，我们始终没有离开嫩江平原。一直在科尔沁草原东端游走，这里还有另外一个名字：瀚海。但它不是《史记》《汉书》里的北方大海，而是状如戈壁沙漠一般的辽阔地带。当年，鲜卑拓跋氏从高高的兴安岭下山，挥师南下，入主中原，从此经过。除此之外，就只有浩浩荡荡的大风常年在瀚海上盘旋。

那些年，这里的电力供应主要以火电为主。时代在进步，科技在发展，瀚海大地上亿万年来呼啸的大风，终于被人所驾驭、所使用，成了今天的新能源。

为什么白城能成为千万千瓦风电基地？原野上那些连绵不断的白色大风机也许就是我们的答案。经过 20 多年的培育，白城市的风电装机容量已达到了611.7万千瓦，到2022年年底，这里的新能源装机容量将突破1000万千瓦，到2025年将达到2000万千瓦。如果以前这里的大风雄浑、莽撞、狂野，阳光炙热、耀眼、迷茫，那现在这些风和光就是真正意义上的"金山银山"。而当地"陆上风光三峡"的开发建设既保住了这里的绿水青山，又赚得了金山银山。

——

一个即将到来的重要时刻和一个即将开始的伟大工程，从来都是寂寞的。大风把人们的衣领吹起，紧贴脸颊，枯黄的野草和树叶随风飞舞，一只好奇的喜鹊从天上经过，翅膀滑过人们的头顶，向更远的黄榆树林投去。一切都显得十分平静。从车上下来的人们脚步匆匆地走向荒原的更深处，他们当中的一些人围成一圈，蹲在地上，展开一张图纸，准确地说，是一张风电厂的建设蓝图。

多年以后，刘峰回忆当初通榆风电厂的建设时，个中情景还历历在目。

他是白城第一批风电建设者，来风厂的时候23岁，如今已有25年了。从"小刘"到"老刘"，他至今仍旧工作在风电第一线。

那年8月，通榆风电厂来通榆农电招工。那时风电厂刚刚筹建，风力发电在人们的心中几乎还一点儿概念都没有，厂址还没影呢，谁敢没深没浅的一脚踩进去呢？

刘峰听到这个消息，心却动了。那颗本来已经安顿下来的年轻的心又被唤醒，他辗转反侧，几个晚上都没睡好觉。

农电局在小县城是相当不错的单位。稳定、保险，铁饭碗，这份工作刘峰家里十分满意。他嘴上虽然不说，心里也是非常自豪的。刘峰从没想过留在大城市工作，同学们讨论毕业分配时有人问他："你学习成绩那么好，为什么不选择去那些大火电厂或者留在省城呢？"当时他只是淡然一笑，心想，"大城市有大城市的热闹，小地方有小地方的自由。保不齐谁比谁更好。"他没法和同学们描绘家乡那片自由、开阔的原野，还有原野上那酣畅淋漓的大风。

现在看来，冥冥之中，甸子上那些来来往往的大风早已根植在他的生命里了。

那些天他反复合计，留在原单位，闭着眼睛想，都差不到哪去。迈出这一步意味着什么，谁也说不好。但未知的同时也意味着机会。农电局是个老单位，也是一个大系统，这里人才济济，自己很难有什么突破，机会不多。年轻人除了怕失去机会还怕什么呢？上学的时候，自己学的就是电气自动化，对风力发电、水力发电都有涉及，也算是半个科班出身，自己不是一直想出人头地吗，不趁年轻闯一闯，怎么知道是不是那块料呢？

生在大风里的人，心也大，主意也正。这一晚后，他下定了去大风中闯一闯的决心。

风电厂来招聘之前调研过农电局员工的情况，刘峰等几个年轻的小伙子早就进入了他们选拔的视线。年富力强，专业出身，富有激情和干劲，这些正是他们选人的首要目标，就看人家愿不愿意来了。

刘峰在招聘会上一出现，风电厂的领导就眼前一亮，虎头虎脑，两个眼睛跟水洗过似的，干净明亮，浑身散发着朝气。

"你愿意来我们风电工作吗？虽然它还刚刚起步，但前景十分广阔，你们来了就是全省这个领域首批建设者，将来就是风电的元老，这个领域的奠基人。"

"我愿意！"

刘峰几乎是不假思索地做出了回答。

可是这个重大的决定，刘峰的家里根本不知道。前些天，刘峰的父亲还听人说家这边儿要建风电厂，老大了，正招人呢。当时好像还有人问过他，你儿子去不去啊？他略带嫌弃地跟人家说："在农电干得好好的，上那干啥去。再说，谁好人上大甸子上找罪遭，再被大风刮丢喽。"

这天下班，刘峰买了好几样菜，有向海的大鲫鱼、农村猪排骨，还有一块熟食——父亲最得意的卤猪耳朵。母亲接过菜有点儿奇怪，这不年不节的，连周末都不是，儿子你买这些菜干啥？刘峰一时没敢把他的决定说出口，支支吾吾地说了句吃呗，就进屋了。父亲觉出了不对劲，跟了进来，点上一根烟，思摸了半天说，峰啊，听说今天风厂来你们单位招工了？刘峰知道再不说就张不开嘴了，可是他真不想老爸老妈吃不好这顿晚饭。一咬牙，背对着父亲，嗯了一声，还是没勇气接着说下去。他感觉后背像有头发茬子扎似的不自在。又过了一会儿，父亲又问，你们单位都谁去？刘峰知道再不说肯定是不行了。我和韩刚。

屋里半天都没声音，静得有点儿让人喘不过气来。父亲怎么也没想到，跟外人说的话话音还没落干净呢，就被这小子打脸了。他觉得脑袋一片空白，嗡嗡直响，话都不知道咋说了。

刘峰默默地收拾他的一些旧物。把上学时的书用纸绳捆好，装进塑料袋，防止受潮，这些书他一直保存着，他琢磨早晚还会用上。此时，他只恨自己学得太少了。他把两双大头鞋和一双棉手套也翻了出来，磕打掉上面的灰，还有上学时用过的饭盒、勺子、牙具……做这些的时候，他尽量不回头，怕看见父亲的眼睛，害怕那双眼睛里的失望。

看着默默收拾行装的儿子，当父亲的知道，这个事实已经无法改变。孩子大了，有了自己的主见。知子莫若父，这是个从小就有主意的小子，打定主意的事，老牛都拉不回来。母亲显然比当爹的更早接受了这个事实，她把肉改刀切碎，用肉丁炒咸菜。不知道儿子在甸子上住在哪、吃些啥，会不会挨饿。

对于困难，刘峰多少还是有准备的。他知道，通榆农村别的没有，绝对不缺风。通榆的风一年刮两起，一起六个月。在农电上班的时候他就经历过。沙尘暴一来，甸子上的电线杆子都能给拔出来了。这些情况，他也知道。但创业的决心已经掩盖了沙尘，事情总要有一个开始，而且这不是一个人的奋斗，他背后有一个强大的团队，有一群和他志同道合的年轻人，怕什么！至于吃苦、受累，那些所谓的困难根本不值一提，它们似乎更像是富有浪漫色彩的挑战。

年轻好啊，干什么都有激情和力量。我们怀念过去，其实怀念的就是曾经的那股闯劲。年轻的"刘峰们"就是通榆风电队伍的绝对主力和骨干。这一步他是走对了。多年以后，我们聊天，我说："刘厂长，以你的能力和资历，要是在农电局干到现在，也当局长了吧。"他笑了，说："当不当局长我可不敢说，但来风电，我从没后悔。"说这话时，我们眼前盛夏的向海湿地热烈而隆重，草地一望无际，甸子上的河道曲折蜿蜒，自由流畅，阳光下有着金属的质地。刘峰站在望海阁上俯瞰这片熟悉的大地，心中敞亮，那时，他似乎成了这片土地的中心，这里有他一路跋涉的脚印。

那年初冬，这片原野早早就迎来了一场鹅毛大雪。几天后，雪地上多了一轮车辙，一行人顶着猎猎的大风走进戈壁深处。荒野巨大，没有尽头，风是白色的，雪尘漫卷，车子穿行其中，撕破风，瞬间又被风淹没。甸子上没有路，裸露的盐碱地在大风中开裂，愤怒地扬起沙尘。大风似乎随时会撕开车体，把这些人抛掷到另一个地方去。人们只能奋力顶开车门，勉强站在原野上。此时，大地在风中倾斜，微微晃动，天空却一片寂静。这些人就是奔着这倔强的大风来的，在他们的眼中，看到的并不仅仅是这片原野的荒凉、狂野和焦躁，还有它深藏着的强大和丰腴的内心。他们知道，要不了多久，大雪过后，就是春天了。

二

大风起兮，云飞扬。

据气象专家测算，白城大气中的总风力每年可发电 2076 亿千瓦时，有效风能密度达每平方米 268 至 348 瓦，风力年有效发电时间 7000 小时以上，如果利用大功率风机发电，有效发电小时数 3000 小时以上。

通榆风电在春天的大风中登场了。原野上，3 月是一道季节的门槛，初春的大风尤其迅猛、雄浑，但是迈过这道门槛，就是真正的春天了。经过一个冬天的筹备，刘峰们等得都有些着急了。他盼着战胜那一场场向他们挑衅的大风，他相信春天一定会到来。但那时候他还不知道，他们建设的这个风电厂不仅是白城的第一家风电厂，还是当时东北地区的第一个规模较大的风力发电厂。这座风电厂拉开了吉林省风电发展的序幕，使吉林继新疆、内蒙古之后成了全国又一个风力发电开发的省份。他们是吉林第一批牧风人。

是的，这块风起云涌的大地从来不缺乏宝藏，只是宝藏埋藏得太久。谁能想到呢！世世代代和人们休戚与共的大风，呼啸在风中的忍耐和抛弃，此时正在成为新的希望和无尽的光芒。

刘峰他们没有被甸子上一阵紧似一阵的大风吓到，他们也并不惧怕旷野的荒凉。

当时，风电厂工地的住处是活动板房，夜里风一起，世界呜咽，屋里如灌满大风的口袋，跟着大地晃动，人睡在工棚里，好像漂浮在空中。外面就像有个巨人、醉汉，要随时把它们单薄的房子拆散。他们每天吃的都是桶装的饭菜，大家戏称为"桶装伙食"。其实桶装伙食就是不管白菜豆腐，还是猪肉粉条，无论是馒头、米饭，还是饺子、面条，一律用水桶装着，送到工地。即便这样，一顿饭要是有人没吃上二两土就不算是吃过饭了，时间长了，饭菜不牙碜大伙都不习惯了。小伙子们很快就被沙尘吹得灰头土脸。这种生活有一种漂浮感，不过这种感觉很快就被工作填满了。

收工时，大伙儿勉强把脸洗干净，草草糊弄一番，就各自回到工棚。这帮家伙遇到困难了，而且是不容易克服的困难。这帮初生牛犊，在陌生的风电技术面前卡壳了。

其实困难是必然出现的，因为它早就埋伏在开始的时候了，只是此时它才显现出来。一个全新的领域，任你如何准备都有局限和无能为力的地方。

当时，所有风机的设备都是漂洋过海来的，掌握核心技术的人也是外国专家，所有的说明书几乎都是英文。困囿在陌生的知识领域里，有劲儿使不上，站在巨大的风筒和扇叶面前，小伙子们的热情显得太弱小太稚嫩了。

塔筒单节 20 多米，重 30 多吨，三截加起来 70 米，底座就像一间屋子一样宽敞，住进去 10 个人都没问题。风机翅膀一样的扇叶 35 米，宽就有 2 米。

那些傲慢的外国专家，根本不打算传授给这群年轻人关键技术。刘峰他们在现场竖着耳朵听，小心翼翼地请教，可是换来的差不多只有一连串的"no、no、no"。

现在看来那些设备其实真算不上多高科技，可在当时也是先进的。一期工程 11 台机组全是西班牙的产品，单机容量 660 千瓦。当时这样的容量在国内是首屈一指的，没有任何经验可以学习和借鉴，刘峰他们只能跟着老外的屁股后边，偷师学艺。

刘峰至今想起来都耿耿于怀。他不恨人家老外不教，技术上的落后导致的不平等在所难免，他只恨自己不争气，为什么不早点接触这些风电的技术和知识呢，还有那要命的专业英语。这群年轻人有多大劲儿也使不上，光着急。刘峰不禁怀念起在农电局工作的时候了。

在农电局时，不管遇到多么大的困难都不用犯愁，就算你不会总还有人会，就算大家都不会还可以请教其他单位的同行，实在不行打个报告向上一级单位的领导求援。这时他才发现，自己仍然是一个小孩儿，没有了身边的老师傅，何止是困难啊。但当时他却没想到，能在这样的环境下工作，何尝不是一种幸福。

面前这些英文专业资料冷峻、沉默，面带讥讽。学！只有学！白天，刘峰向外国专家学习设备安装和调试，晚上挑灯夜战，自学专业英语。专业英语不像日常英语，它们大多生僻难懂，一词多义，靠字面的译意往往会闹出很大笑话，大伙在一起东猜西猜还是如坠五里云雾，没办法，只好一边猜一边与白天的实际工作对比，揣摩它的含义。不过这样也有个好处，一旦弄懂就记得很扎实。而且很多相关的东西也都会因此豁然开朗。

这是一个转折，经过这番折腾，刘峰他们这批年轻人既是徒弟，也成了师傅。从这里开始，很多人的履历由此翻开了崭新的一行。他们中的大多数后来都成了新兴风电厂的骨干。这是后话了。

小伙伴们的家大多不是本地的，但通常一星期、顶多半个月也能回去探个亲。刘峰的家在当地，可他一连三个多月

没回一趟家，本来是个小胖子，生生熬成个冷峻小生，颧骨凸出多老高，两只大眼睛成天通红。母亲几次打电话来："儿子，不行咱就别干了，跟农电局领导认个错，回来吧。"他在电话那边沉吟半天说："妈，我在这条件挺好的，顿顿都有肉，我都胖了。不用惦记。"此时，他面前的戈壁浩荡无边，风里的沙子不停地打在脸上。在夜深人静的时候，他跟电校的同学在网上聊天，说过这里的情况。同学听说，默默回复两个字："保重！"

回来？好马不吃回头草，往哪里回。

他和旷野上那些站起来的风机一样，没有退路，因为退就意味着倒下，所以他们只能向上、向上，迎风招展。他心里很清楚，从农电局出来的时候，有多少人在等着看他的笑话。记得有个平时他很尊敬的师傅和别人说，"小刘那小伙子其实不错，就是太浮了，有点儿不知道天高地厚。"这句话传到了他的耳朵里。他感到特别难过，更多的是伤心，还有内心深处的不服。他怎么也想不通，为什么年轻就不能有点儿梦想？难道有梦想是一件错事吗？大家的不理解都是出于什么心态呢？这件事也极大地刺激了他，他骨子里本就是个犟人，这话就如同在他举棋不定的时候将了他一军，把他逼到绝路。他在日记里写道："如果我只想当个乖徒弟，就不会吃今天的苦。但总有些东西是别人不能教的，谁一开始就是师傅呢……"那件事在他的心里留下了一道深深的伤痕，他觉得自己再也不是遇事只会找老师傅的学徒了。

"天行健，君子以自强不息。"古已有训。有些事真就是这样，那些反复揉搓你的挫折和挥之不去的痛苦最终将成为你的财富，只是那时你还不认识它们。事实上，不这么刺激一下，他还真不知道自己有这么大的劲儿。可能就从那以后，工作和事业的概念才在这个年轻人的心里建立起了某种命运的关联。

一个崭新的领域，总要有人走在前头。

刘峰在校时就喜欢读《高祖本纪》。那段时间，他一直拿《大风歌》鼓励自己。刘邦坚韧、执着，那份决不放弃、逆风而行的精神正是刘峰所钦佩的。不干出点儿名堂，别说刘邦，连项羽都得笑话你。

一期工程就要并网运行了。

原野上那些高大的风机，清晰而庄严，洁白的羽翼修长而稳健，里面流淌出的汨汨电流，如风电建设者的心跳一样激动。从理论到实践，风在自己的手中变成了电，那份激动和喜悦化解了这帮年轻人此前所有的艰辛。不知从哪里升腾而起的满腔豪情，像旷野的风一样在胸中激荡，心头似有什么东西被风叶有力的臂膀拨开，甸子上的天空，从未像此刻这么清澈、宽广、明亮。

凭着好学肯干的精神，刘峰在一众同事当中脱颖而出，当上了值班长。在同事和那些陆续进厂的新员工眼里，他俨然成了大家的小师傅。二期工程快要结束时，刘峰已经能和丹麦的外国专家进行简单的口语交流了，外国专家再也不能用"no"来敷衍他们了。

艰苦的日子会成为一个人的骄傲，然后会变成一个人身上的自信，进而成长为他的精神。这也许就是刘峰喜爱风电事业的原因吧。此时，他已经是该厂副厂长了，父亲听说这个消息后流下了眼泪。那天晚上，老两口特意做了俩菜，烫了一壶白酒，美美地喝了一顿。老两口你望我，我望你，不知道说啥，也不用说啥，太多的担心，太多的牵挂，从何说起呢，哎！这不都过去了。高兴，一代更比一代强！为儿子骄傲，也为自己骄傲。

在风电厂刚刚走向规范的那两年，白城地区陆续又有多家风电厂开始动工兴建。有人说吉林新能源的春天来了，也有人说是通榆风电给他们打了个样，起了个好头。

是的，对于这些新厂来说，他们何其幸运，因为有了通榆风电厂，有了刘峰这样一批先行者，他们就有了捷径可循。通榆风电厂成了他们取经的不二之选。刘峰说："那时全国开风电专业会，在北京开，我们都是坐前排的！"

一晃，这些创业者已经在风电厂工作3年了。接下来的一段时间，通榆风电厂成了白城市乃至吉林省的一个新型工业地标，多次接待省、市领导视察，承担了一批又一批新建电厂员工的学习、培训任务，这块曾经的不毛之地，成了一所经验传授的殿堂。刘峰作为最早的牧风人之一,向新建电厂技术人员传授运行经验和管理经验。在某种意义上,通榆风电不仅是一个起点,还是全行业赶超的目标。

2000年12月,通榆风电厂二期工程38台丹麦产风电机组(单机容量600千瓦)成功并网运行,通榆风电厂一、二期装机规模合计达30060千瓦,吉林风电装机容量突破了30000千瓦。

长风当歌,万物生长。没有吃不了的苦,只有不思进取的心。刘峰他们凭借义无反顾的决心和勇往直前的勇气在寂寞中践行了最初的诺言。

三

"就算步行,咱们也要把故障处理掉。"刘峰坚定地说。

2022年3月的一天,距离办公地点很远的C05号风机和B19号风机相继出现故障。当时疫情防控形势严峻,通往风机的路口都封了,车根本开不到现场。刘峰和同事步行绕道两个村子还是无法到达现场。

庄稼地里,庄稼茬子遍地,一不小心踩到斜茬的尖上就会把鞋底扎坏。盐碱地上大风呼啸,吹得人睁不开眼睛。芨芨草、碱蓬刺划破手腿。细密的沙子钻进鞋窠,不一会儿就把脚掌磨出了水泡,水泡又马上被磨破,脚心就像被老鼠反复啃咬，十分折磨人。这样的路，他们足足走了两个多小时。

到达现场已是中午，时间不等人，他们顾不上吃饭，一头钻进漆黑的机舱里，加紧抢修。刘峰和同事们说："咱们这种工作来不得半点儿虚假，你糊弄它，它就糊弄你。只要是毛病，早晚还会找上你，等再找上你时，也许就是一场灾难。"大家一干就是一下午，直到太阳偏西，轮毂才缓缓转起来。这时，值班室传来报告，风机各项指标、参数回归正常，风机成功并网发电。

这种情况在他们20多年的工作生涯中已是家常便饭。

最初，风电专业不像现在这么细分，运行、值班、维护、检修一条龙、一手抓，全是同样的人负责。那时的作业环境也特别艰苦，机舱里没有电梯，只能靠扶梯爬上爬下。故障又总是伴随着断电，一断电，机舱里就漆黑一片，只能依靠头灯细微的光亮，很多工作只有靠手去摸索、去比对。这就给维修增加了很大的难度。机舱密闭，夏天就成了"桑拿间"，温度能达到50摄氏度，人在里面仿佛被一团火裹住，无法挣脱，不到半个小时人就像从水里捞出来似的。冬天，这里又不暖和了。大甸子的风本来就比别处的硬，从机舱的缝隙里挤进来，唰唰唰，刀片一样锋利，直刺脸，疼得你抓不得、挠不得，直想大声喊叫。

"可爱上了这个行业就意味着选择了痛苦，爱上了这个行业就注定要受寂寞的折磨。"刘峰说。对于旷野上那些大风机，刘峰对它们的位置，通往那里的路况，以及它们的高矮胖瘦都如数家珍，出现问题，他在办公室都能估计出毛病出在哪。

刘峰问我有没有看过汤姆·汉克斯主演的《荒岛余生》，我说看过。他说，你知道吗，我特别理解主人公和那只破皮球的感情。为什么一个破皮球有名字——威尔逊，而主人公失去威尔逊就和失去亲人一样难过。别人可能不理解，但我能。那种孤独中的相伴是一种真情，无声但细腻。东西跟人久了就会产生感情，就像我父亲那把磨得锃亮的铁锹和我母亲无名指上那枚花纹模糊的顶针，它们不单纯是一件工具，还是父母一生的伙伴。你们不身在其中，是无法感受到那份依恋的。我和那些风机的感情也是这样。

有时，同事们对刘峰的较真劲儿不是很理解。2022 年 3 月 28 日，A23 风机箱式变压器高压侧引下线因大风扰动断线，导致 3 号发电线 11 台风机停机。根据风电功率预测，中午风速减弱，具备维修条件，17 时将会起风，在起风之前需要将故障线路维修好。刘峰二话不说，马上奔赴现场，抢在大风来临前让 11 台风机投入运行。

春季风大，故障发生率高，那天抢修结束刚回来，又出现了新情况。运维单位因疫情管控要求，不能来现场。大家伙抢修完刚进院，水还没喝一口，已经疲惫不堪。"这本来就是我们的工作嘛。"刘峰给大家鼓劲。他知道，这种时候，发电比平时更加要紧。凭借这么多年的工作经验，这点儿故障还难不倒他。他独自发动汽车，同事们一看厂长要自己上，那怎么能行，全都打起精神，返回现场。事后，刘峰和大伙儿说，"兄弟们啊，哪有那么清的责任呐，只要不影响运行，谁多干点儿又有什么区别。"这是刘峰朴素的工作态度，这态度影响了一批又一批跟在他身后的年轻人，小年轻们背地里说，"跟刘厂长干活，你怀里得揣点儿吃的，因为永远只有开始，没有结束。"

也就是这样的工作态度让全厂踏实、领导放心。他们知道，有刘峰在，出不了多大事。

为了让同志们吃上新鲜的蔬菜，刘峰带领大伙儿在厂区平整出一块土地，搂去上面的沙石、草根，从外面运来好土垫上。支了个蔬菜大棚。里面种上韭菜、香菜、小白菜、水萝卜、小葱、茄子、豆角、黄瓜、西红柿。这里冬天也有了一层绿色。大家没事的时候都爱上大棚里莳弄莳弄这些绿油油的青菜，一进到这里，心中就会生出一种希望和喜悦。

从 2008 年担任厂长至今，要说刘峰做出了多大的贡献不好计算，但在他工作的这些年里，通榆风电厂安全生产连年无事故。这些年，刘峰从不放过任何设备缺陷，哪怕一个细微的数据异常，他都要查个明白。值班人员从不敢稍有懈怠，一遇到数据异常就如临大敌。他们知道，厂长什么都好商量，在安全运行这件事上没商量。安全运行，从来都是电力行业的头等大事。它就是效益，就是生命，是一切数据的基础，它是1，1倒了，什么都没了。

采访刘峰时，我看到一段他在中国共产党成立100周年时接受地方电视台采访的记录，就摘录了两段。

主持人：你们用实际行动诠释了"通榆风电精神"。通榆风厂能有今天，您是怎么带领大家克服重重困难的呢？

刘峰：我们艰难起步，从无到有，从小到大，离不开公司领导对我们的充分信任与支持，我们风电人秉承着工匠精神，坚持精益求精的工作理念，事无巨细，一件一件落实，一点一滴出效益，不断积小胜为大胜。我们始终坚守在各自的岗位上，团结协作，积极主动。是队伍的向心力和凝聚力让我们克服工作中的困难，走到今天。

主持人：艰苦的环境磨砺了风电人的秉性，也铸就了风电人的傲骨。那在风电厂成长的过程中，让您印象最深的是什么工作呢？

刘峰：印象最深刻的是2014年，我们在进行一台风机主轴损坏的吊装更换工作，这台风机是丹麦N43定桨距双馈风机。当时风机的齿轮箱前端碎裂，主轴轴头已经拔出，没有刹车控制了，风机桨叶有随时掉下来的危险。这种高危情况我们也第一次遇到，并且因为危险太大没人敢上风机。其实我也忐忑，可能怎么办？我不仅是党员，也是他们的带头人，必须上！刻不容缓。我第一个登上风机，仔细查找问题的原因并快速制定了科学的吊装方案，最终在最短时间完成了吊装更换工作，保住了风机，也避免了电量损失。

我们采访回来时，一路大风呼号，车后面像长了一条尾巴，沙尘滚滚，紧随其后。风在旷野上自由而寂寞，难得见着个人，自然不会放过这样的相遇，一直把我们送出很远，才恋恋不舍地散去。旷野的大地粗糙而坚硬，车轮轧在沙石上就像硌到了骨头里，扬进的沙尘也被我们吃进嘴里。

从刘峰的身上，我看到的是一代风电人的工作侧影，难怪都称他们为"牧风人"，恐怕没有人比他们更熟悉旷野上大风的性格了。他们驾驭风，携手风，又成为风，以风的力量挖掘自己的潜能，他们融洽、团结，就连和大自然也力争与其统一和谐。寂寞旷野上，这些大风机，就像他说的那样，人与物是可以有很深的感情的。其实这些风机也有灵性，但个中情感，没有长久地守候、耐心地倾听，是无法感知的。我想，一个爱上荒野的人，心胸必定是宽广的。我羡慕他。

四

又起风了，大风猎猎，天地灰蒙蒙的。

山岗和原野上的大风车是寂寞的，风电发展并不是一帆风顺的。随着风电产业大规模的落地，先进设备不断引入，通榆风电失去了领头羊的地位，遭遇到了发展上的瓶颈。

2005 年，是通榆风电的一个时间拐点。弃风限电现象开始出现，骨干力量相继被其他公司挖走，通榆风场原有外国风机制造厂家也已经关闭或机型停产，关键备件采购都成了问题。一系列接踵而至的困难给通榆风电的发展带来了严重的威胁，通榆风电开始进入"寒冬期"。这些站在风中的汉子陷入了长久的思考，远处的大风车也在期待着他们的答案。

"我们的设备在那段时间很落后，风机信号无论在传输还是使用上都不具备低电压穿越和高电压穿越功能，通信技术跟不上。在当时，那是一个几乎无解的问题，关系到进和退的问题，进则革新，退则退出运行。"通榆风厂副厂长韩刚回忆。

刘峰若有所思地看着我们一路走来的脚印，风把那些深深浅浅的脚窝旋起尘烟，脚印就浅了。他和我说："人不能只看脚下啊，其实回头看和往前走同样重要，但说到底，回头看还是为了知道前面的路怎么走。"

我一时还没完全理解他的话，他说的应该是自我革新和发展的关系吧。看着这个略显沧桑的宽厚背影，我才认真地打量起这个年龄和我差不多的男人。他已经不是当年那个只顾自己拼命的人了，风把他的青涩吹走了，留下的一些停驻在他的眼角、额头和后背。他说的没错，企业发展向来都不能安于眼前，满足眼前就会降低发展节奏，何况在新能源领域，这里面的"新"，可不仅是物的新，也是速度的快。这一行，节奏太快，不进步已是退步了。

刘峰说："当年低电压穿越技术制约着一大批国内风电企业。受它的影响，电网只要一遇重合闸，就有一批风机被甩出系统，先不说由此给系统带来的电压波动和功率损失，就说风机退出运行，退出运行的风机越多，电网的缺口就越大。我们都知道电力行业输、配、用一条龙，风电的缺口需要补上，没人补，就有人用不上电。于是，好些火电厂就要救急，启动备用机组，弥补缺口。可是火电机组启机耗费也是很大的，而且不只是成本问题，还有因此牵动的人、物和正常生产秩序的问题，也很让人苦恼。"

直到后来，火电具备了有功调整功能，实现了智能补差，风机也全都具备了低电压穿越能力，这才算有了答案。在解决这件难题上，刘峰他们可没少费功夫。当时国内的风电设备厂家也都是新兵，好些设备参数、运行参数还要请教电网侧和电场侧，需要发、供、制造一起发力来填补这块技术洼地。国产化设备在试验、实践、创新中摸索前行，虽然艰难，但终是走出了一条新路，这条路是三方队伍共同探索出来的。刘峰说，对我们来说，那个困难既是折磨，也是机会。

中国的企业从来不缺乏创新精神，因为他们当中总有一批敢想敢干的人，他们把生产实践中遇到的新问题变成了机会。

设备改造中处处有难关，场场都是硬仗。

刘峰在和设备厂家技术员的那段配合中建立了友谊。当然，这友谊的前提首先是彼此的信任和敬佩。有一次换扇叶作业，就是风电厂创新提出的解决办法。那次技改按常规操作要动用国外大型吊车，但大型吊车租用费太高，作业时间也长。刘峰和设备厂家的技术人员商量，能不能改用滑轮组，用铲车牵引，辅助以汽车吊衬扇叶的羽翼来完成。这个想法太大胆，一时把在场的所有人都问住了。刘峰算过，滑轮组按 1 ： 10 减力——1 吨的绳起 10 吨的料，简单易行，方便快速。在风电厂建设中很多场合都使用滑轮组，他合计，小型作业能用，大型施工为什么就不能用呢？原理都一样。设备厂家的技术员知道刘峰的经验，也表示支持这个方案。

可当时谁的心里都没底。一时间，空气沉默下来，风一阵比一阵大，卷着草屑在工地上乱飞。措施布置好后，刘峰平静地说，"干吧，试一个，成了再说，不试一下就永远只是一个方案，做过了就成了经验。这些年，我们的经验有多少是别人教的。"

安装很顺利，大风中，扇叶修长的身躯服服帖帖地在滑轮组的吊运下缓缓上升，平稳就位。原本大费周章的作业在大胆的尝试下完成了，现场的同志们欢欣鼓舞。刘峰却暗自捏了一把汗，进退一念间，又有谁知道他的感受呢。这个办法节约的成本不仅是钱，还有人力、物力，还有恢复运行及时发电的时间，当然，最珍贵的还是宝贵的施工经验。

这个不再年轻的年轻人啊，时有惊人之举，说稳当比谁都稳当，说敢干比谁都敢干。

2007 年，通榆风电厂开始新一轮技术改造。为了提高单位面积可利用资源的发电效率，他们率先更换 5 台金风科技 77/1500 风机。这是国内第一批直驱风机，机组发电效率比之前提高 40%，发电小时数可达到 2800 小时。那个时候，国内风电行业已经经历了两次技术迭代。

忽如一夜春风来，千树万树梨花开。

就在刘峰他们紧锣密鼓地进行技改和更新迭代的时候，又有好几家大型风厂在白城落户了。新能源在这块土地上势如破竹地发展，正应了那两句诗。所以刘峰说得很对，只看脚下和眼前怎么能行。这也是成长赋予他的经验，自涉足风电领域以来，几经风雨，几度春秋，他们始终保持向前的姿态。这年，刘峰他们的公司也在长岭开辟了新的风厂。

实际上，这也是吉林风电真正走上从尝试到拓展的大道，标志着他们风电能源开发本土化的兴起。很快，这场大风就吹遍了更广袤的地区，甘肃省、内蒙古自治区大部、辽宁省、河北省、山东省纷纷开辟出风电建设基地，一时间，我国风电的装机容量占据世界半壁江山。新老牧风人在与风的冲突与交流中，在艰苦的学习与消化中，学会了竞争与合作，"刘峰们"以律动和碰撞的方式完成自我革新的演化与成熟。

到 2010 年底，通榆风电厂的设备革新还在持续，为了实现有功调整和无功调整，配合电网系统调度的总体要求，刘峰带着年轻人没黑没白地跑现场，测算数据，整理参数，查阅资料，对接设备厂家。他回忆："现在的年轻人赶上了好时候，有人带啊。那段时间，这帮小孩儿是真长本事啊，赶上一场透雨之后大地上的苞米秆子，肉眼可见的拔节蹿高！几轮技术升级下来，几乎每个人都成了小专家。"

在风电这个行业，只要你肯钻研、肯努力，也能声名远扬，因为他们是牧风人，什么能瞒得过风。刘峰他们的团队，很快又成了外送人才的基地。用他自己的话说，这些年轻人，练成一个走一个，练成两个走一对。通榆风电厂成了厂长培训班。

我已经记不清这是第几次采访刘峰了，说起一些往事，他欲言又止，这是个不善言谈的人。他的心事大多交给了这片旷野的风，也许只有在放牧那些大风的时候他才是最本真、最自由、最快乐的。

我问了他一个大家都关心的问题，我说："老刘，你培养了那么多厂长徒弟，就没有单位挖你吗？"

他说："也不是没有，早些年一些专业会在北京开，天南海北的风电厂齐聚京城。我们起步早，名声在外，非常受关注。那些年，很多单位许我以高薪，说了你可能不信，当时我都不知道自己那么值钱，人家开出的工资是我当时的十好几倍，还许诺各种好待遇，什么住房啊，妻子的工作调转啊，孩子上学啊。我如果说没动过心,那是不可能的,但我这个人出息不大,离不开家。何况在这儿干了这么多年,除了钱,就没有更重要的东西了吗?最初从农电局迈出这一步,我想的也不是挣大钱。往小里说,在一个地方呆长了处出了感情,尤其是这个地方远离喧嚣,特别荒凉,它彻底改变了你的思维习惯和生活状态。"他开了个玩笑:"用矫情的话说,这里有我的整个青春岁月,我人生最好的时光几乎都扔在这了,你让我上别处去,能适应吗?往大了说,一个人能给家乡干点儿实实在在的事,这也是荣誉啊!有时看着甸子上的那些大家伙我就想,另一头的城市灯火辉煌正是因它们而发生。不神奇吗?"

我说,"我能理解。"

有些人天生是用来带路的,就像有些羊生来就是要打头的。通榆风电厂就是吉林风电雁阵的第一双翅膀,在寂寞中率先启程,刘峰自起飞就在雁阵前面,也必将一直在前面。短暂和永远,已经不那么重要了,重要的是他经历了,痛苦并快乐着;他存在了,被风打击过也被风抚摸着。这是牧风人必须奔赴的火,也是牧风人别无选择的路。

五

从同发往通榆出发,沿途路过蒙古黄榆景观地带。这些珍稀物种看着并不起眼，却被人们赋予很多传奇。它们的身形只比灌木清晰一些，但枝干苍劲有力，通体乌黑发亮，曲折生长，给人以很要强的感觉。这片大地并不荒芜，断断续续的草场和山坡起伏延展，令人心胸开阔。蓝天白云之下，一个个白色的风机在晨光的照耀下熠熠生辉，增添了天地间的生机和活力。

道边是另一个风厂的风车群，机型和容量都和通榆风电当年的设备不可同日而语，单机容量达到了 3000 千瓦。

现在，吉林省吉能电力集团有限公司与吉林风力发电股份有限公司已经合并，合并后，吉林省吉能电力集团有限公司通榆风力发电分公司成立。重组后，刘峰所在的风电厂实力又一次得到了补强。通榆风电厂再次焕发了青春，又大踏步地跑步前进。

对于这些年的发展变化，刘峰和我谈过他的理解，他说："别看我们折腾了这么些年，其实风才是创造者，看起来好像是我们利用了风，其实我们不过是顺势而为，站在了时代的风口。"有一次他半开玩笑似的问我："你知道风这个字吗？"未等我回答，他说最初本没有"风"这个字，文字里的"凤"代表的就是"风"，而"凤"的造字本意就是"风"或者"风神"。这是先民对风源的直接认识，认为"风"是神鸟的翅膀带来的，这鸟龙纹虎背、燕颔鸡喙，见者吉祥安宁。从古至今，我们都在顺应自然古老的意愿，与道、与万物和。一个风,一个物,解决好这两个问题,我们的事业就没有问题。

我没有他理解得深。但我知道,不经历风雨,如何见彩虹。我要去实地感受一下这片新兴的能源大地了。

出来前,我没和任何人打招呼。刘峰实在太忙了,风电厂的事,和电网沟通的事,和地方政府沟通的事,千头万绪,交织在一起。大家是一个利益共同体、功能共同体、发展共同体。新能源自从起步就不是独立存在的,就像这原野上的万事万物,各自独立,又相依相生。在这个生物链上,大至国家政策、社会变革,小到百姓生活,都有新能源的影子。

一路,山岗上的大风机似曾相识,又有点儿不太一样。它们好像长高了,也比从前多了不少。我沿着这些天捋出的脉络,实地感受着这里的能源建设成果。

作为我国引进国外风电技术"乘风计划"示范风场,通榆风电厂历经从无到有、从强到弱、从弱再到强的发展过程,蹚出了一条"追风"转型之路。作为产业的领跑者,它带动了更多风电产业落户白城。如果把白城大地上的新能源建设比做"陆上风光三峡",那么刘峰他们的通榆风电就是这个三峡的第一缕风,在这个新能源的基地上,它是奠基人!

我要到风电设备产业基地去看一看。

在"三一电气",我真正体会到风电产业的日新月异。我国新能源产业发展得太快了,不但运行技术和世界接轨,设备也不输全球任何一家大企业。当年刘峰他们怎么也想不到,那时千瓦造价 3000 元以上的风机，现在的千瓦造价超不过 1800 元，而且全是国内自主研发。成本下来了，单位价差差了将近一半，我在心中默算了一下，上一台 1500 千瓦的风机就节约近 200 万，再加上运输、吊装、发电时效和平价并网等政策，办风电厂已不再难。

在通榆政府我了解到，这些年，白城市通过招商引资，先后引进了华锐科技、中材科技、国电通力等 19 家国内外能源装备制造龙头企业。不仅破解了风电开发投资大，对本地经济拉动小、用工少的问题，而且吸引了更多风电企业前来投资建厂。这些风电装备制造企业全部投产后，白城本地年产风机能力达到 50 万千瓦，年产风机塔筒能力达到 1000 台套，年产风机叶片能力达到 2000 套。来白城，上风厂，享受的是"一站式"服务。而这些服务，在一个县城就能实现。国家大力发展新能源，规划新能源，通榆为助力"双碳"目标实现做出了独特的贡献。

在通榆县城我还看到，城市面貌变化很大。这两年城市改造，专门为风机产业开辟了绿色通道，新修的"风电大道"双向三车通行，宽 30 米，我和三一工厂的员工聊天，问他们，你们厂门前的路怎么那么宽啊？他们说，路宽了发展就快了，拿运输 70 公里的路程为例，以前受路况影响，要一天时间，现在只用 1 个小时。原来受道路所限，扇叶生产没有超过 60 米，现在达到了 100 米。

　　我似有所悟，风本无形，需要有形之物来赋形。在大风机里它就成了能量，是无善无恶、无正无邪的能量；聚集停留在原野上，它就成了一道风景。这风景"无为"亦可"无不为"，亦静亦动，是抽象的风，或电、或雨。人们早在"列子御风"的世界里就借此扶摇于九万之上，遨游于六合之中了。我真的很是钦佩这些赋形于物中的人们，他们具有传承的智慧，也有开拓的精神。

　　我这一路看下来，各家风电厂上的设备装机容量也越上越大，机组越上越多。拿洮南向阳风厂为例，一期 260 多台 1500 千瓦的机组，之后还有 5500 千瓦的大机组，他们说，现在一次上几十万千瓦的装机规模在白城已经不是什么大事了。

　　在白城市能源局我了解到，从中央到地方，为助力"双碳"目标，各行各业都有加速推进能源清洁低碳转型的需求。同时释放出了加速推进能源清洁低碳转型的强烈信号。我是电力行业出身，深知电力行业在新能源发展中的重要作用，新能源的发展更离不开电网的壮大。这就好比，没有金刚钻揽不了瓷器活，食材再丰富，没有锅也做不成席。而电就是那金刚钻和那口锅！同时，在开发新能源时，如何把它们产生的动力——电，最大化消纳掉更是大事。种种环节，都需要电力先行。

　　陆上风光三峡，它将产生巨大的能源，强劲的电能既能支持当地经济社会发展，也可以送出去，给更需要的地方带去助力，互惠共赢，造福更广阔的空间。大器无形。

白城市能源局副局长田秀华说，吉林省"十四五"时期的重点建设项目中，两条特高压工程将为新能源的发展提供削铁如泥的金刚钻、提供一口打造满汉全席的大锅。吉西基地鲁固直流白城140万千瓦外送项目是白城市在"十四五"开局之年落地的第一个超百亿元的重大项目，对于承接吉林省陆上风光三峡、实施生态强省战略具有非常重大的意义。

这一路走过来，我觉得新能源这个题材应该是一部鸿篇巨制，它涉及的，是全社会的方方面面。我不过是站在一台风机下，就看到了这么大一片广阔的世界，就了解到了那么多的内容。我只是想介绍点儿"牧风人"的从业经历，但在他们的身上，就发现了那么多感人的故事。

25年风电，风华正茂，这是一代人，甚至是两代人的坚守，"刘峰们"带领通榆风电厂一路逆袭的故事是吉林省新能源产业发展的一个缩影。如今，白城市已有华能、大唐、国电、国家电投等10户国内外知名的电力开发龙头企业入驻，白城的新能源产业已经从村村通驶入了高速公路。

我在和一些风电企业负责人聊天时谈及来白城发展的理由，他们几乎持有同一个想法：这里的新能源发展基础较好，这里的水土养人。

采访刘峰时他很少在他的办公室里沏茶招待我，他总愿意把我带到旷野或者黄榆遍布的野地上边走边谈。那里一片开阔地带，不远处的风机自在安然地转动，这一切让他感到从容。是啊，这才是他的主场。我们走在路上的时候，风在身边呼呼地吹，它似乎不像我初来时那么狂野和暴躁了，走在风中，一种无需言说的默契漫过我俩的心头。大地依然空旷而孤独，风越林间，鸟在枝头。黄榆是时间里的长者，它们见证了旷野上大风机的生长，也见证了牧风人的青春脚步，它还将和人们一起进入新的生活。

稻浪奔涌

李　谦

一

1989 年，33 岁的郭晞明接到一项新任务——跟随自己的老师——吉林省农科院水稻栽培专家李学谌前往镇赉县嘎什根乡，开展盐碱地改良种稻项目。

全球盐碱地的面积为 9.5438 亿公顷，其中我国盐碱地约有 9913 万公顷，面积在全世界居第三位。而吉林省西部地区是世界三大苏打盐碱地集中分布区之一，因盐分重、碱化度高，曾被称为"八百里瀚海"。

盐碱地的开发利用，吉林省农科院一直走在前列。20 世纪 80 年代，省科技厅下达的"盐碱洼地种稻"科研项目，全省盐碱地开发 200 万亩。项目结束以后，在西部考察的兰士珍研究员确定在镇赉县嘎什根乡建立基点，蹲点指导的任务就落在了李学谌身上。其时，他带着郭晞明在德惠、前郭地区的盐碱地开发种稻已经四年，成就斐然，声誉日隆。

当时，位于内蒙古、黑龙江、吉林三省区交界处的嘎什根乡，头顶镇赉"首穷"的帽子，被称为镇赉东北角的"困惑"。

镇赉？你要去镇赉？上那地方扎根，得吃多少苦啊？

亲戚们听闻郭晞明的新目标时，纷纷摇头，有人甚至出言阻止。全因当时的镇赉县，给他们的印象实在不佳。

怕吃苦，就别学农！跟着老师干就是了。何况，一天还给一块二毛钱的补助呢！

郭晞明怀揣这个朴素的念头，跟土壤栽培专家李学谌、刚从延边农学院硕士研究生毕业的青年才俊赵国臣、专业进行土壤化验研究的隋鹏举一起，一路颠簸着，用了两天时间，走进了镇赉大地，来到县东北角的嘎什根乡。其时，嘎什根乡刚刚结束夜晚靠煤油灯照明的历史，通上了电。嘎什根人初步体会到科技给他们的生活带来的改变。

那一刻，四个也算见过世面的农科人集体失语。眼前的大地苍茫、寥廓，一马平川。一团团枯黄的草皮稀稀拉拉分布在大地上，斑秃一样，凸显出大地的寒碜与丑陋。天空是灰白色的，大地是灰白色的，风刮过时扬起的土面子是灰白色的，村庄是灰白色的——当地人就地取材，用土和泥，筑墙造屋。为防渗水，屋顶不起脊，光秃秃的，怎么看怎么不顺眼。

被称为"碱巴拉"的斑秃大地和秃溜溜的房子联手一击，先从视觉上给四个农科人一个下马威。乐观的郭晞明灵感突现，当即顺口溜一首：进屯没有道，竟从大甸子绕，房子都是秃耳道。

这几句即兴创作和流行在当地民间的自嘲——"风吹沙土遍野跑，盐碱地上不长草""干的时候硬邦邦，下雨的时候烂泥塘""一进镇赉府，先吃二两土，今天吃不够，明天接着补"可谓异曲同工。

"碱巴拉"板结的不仅仅是土壤，还有人心。从泥屋里射出一道道怀疑的目光、呆滞的目光、嘲笑的目光，结成一张大网，把他们严严实实地困在其间。大风刮过时，扬起漫天尘沙，捎带手送给他们一份"见面礼"，吧嗒吧嗒嘴，咸滋滋、涩溜溜。

此地土壤里的碱性重到——这么说吧，当地供销社、小卖店，最不喜经营的日用品就是洗衣粉、肥皂，因为人们只要在菜园里划拉几撮子土，用铁锅熬出纯碱，就能解决基本的卫生用品需求。

在这片白花花的重度苏打盐碱地上，泡塘密集如星罗棋布，雨后刨地，抠出一坨坨黏饼子；太阳出来晒干了，硬如坚石。十年九涝，涝年歉收或绝收，丰年，玉米秸秆上的棒子也干瘪细弱，缩在紧登登的包衣里羞于露头。

　　人们年复一年躬耕其上，春种，夏锄，秋收，冬售，按部就班地过着"吃粮靠返销，生产靠贷款"的日子，不知道是源自农民面对土地的本能还是对种植已经形成了信念，年复一年。当 1986 年，嘎什根乡的人均年收入出现了 2.44 元这个数值时，他们终于抬起头，去审视自己和自己脚下的土地了。信念在这个必将刻在乡志耻辱柱上的数字前崩塌，本能这种复杂的神经机制也在经受考验。

　　他们的先人闯进这片土地，匍匐在大地之上，虔诚地亲吻它，喃喃地赞颂它，不吝汗水，不吝歌声。他们把血、泪、汗和着活下去的希望，随犁铧深耕进大地深处，期待大地承载起一个个家族的繁衍生息，使之绵延不绝。现实却阖上了那扇希望之窗，让逐渐堕入黑暗的他们痛下决心，选择逃离。

　　土地失去了农民对它的爱与尊重，舍弃，就变得轻而易举。

　　当地政府急了。泡塘密布是吧？十年九涝是吧？苞米大豆花生都给涝死了是吧？何不以毒攻毒，种水稻试试！周边有些盐碱地上的农户陆续吃上了大米饭，咱嘎什根豁出重金，礼聘能人，没准就起死回生了呢？趁着离开的人还不多，趁着有些人心还没凉透，一切都还不晚，一切都还来得及。

　　数百里外的吉林市永吉县——携名噪多年的"万昌大米"的威名，闯入当地政府领导们的视线，稻作老把式李凤岐被请进了镇赉县水稻办公室。副主任待遇、高薪、住房……在

20 世纪 80 年代后期，嘎什根人双手奉上的诚敬令人动容。

老把式知恩图报，跑遍全乡河道调研，随后提出，嘎什根乡 9 个村，需再选聘多名技术员。正当育苗季，农时不等人。乡领导忙不迭答应，承诺吃住差旅在外，每名技术员年薪 2000 元。

11 名永吉县稻作能人随李凤岐进驻嘎什根乡，勤勤恳恳、兢兢业业，埋头在 80 厘米高的育苗小棚里，施展出浑身解数，傲慢的"碱巴拉"却把他们的脸面踩在了脚下——该插秧了，育苗室里一片荒芜，土地辜负了种子的信任。"技术员"们在家乡黑土地上收获的尊严与自信，就这样被嘎什根乡 4 月的大风撕成碎片。

1988 年的嘎什根大地，收获的注定只能是失望。

乡领导咬咬牙，追上仓皇离去的 12 位"技术员"，把沉甸甸的 24000 元塞到他们手里。诚信，从来都是这片大地的气质。

以李学谌为首的四人专家小组就是在这时候走进了嘎什根乡，拥抱了这片"困惑"之地。那一年，年龄最大的李学谌 47 岁。

二

李学谌团队徒步走遍嘎什根乡的每一块土地，一地数

257

测，得出了科学的结论：全乡地势低洼，降雨稍多即成涝灾，土壤以碳酸钠和碳酸氢钠为主，属苏打盐碱地，改良难度是世界三大难题之一。通俗说，这片土地有盐又有碱，往往几步之遥，土壤里的盐碱含量就不一样，当地人称"一步三换土"——碱重盐轻的，碱轻盐重的，盐碱同重的……治理改良的方案复杂多变。只有发展水稻产业，大兴农田水利基本建设，走以稻治涝、以稻治碱的路，才能填饱肚子，进而以稻致富。

时任乡党委书记的张乃峰极度渴望改变嘎什根乡贫困现状，听不懂专家们的专业术语不要紧，他只需要专家们笃定的一句"嘎什根乡有救！交给我们！"就够了。

"只要你们能让咱嘎什根人吃上自己地里长出来的大米，我也给你们 24000 块！"张乃峰拍着胸脯承诺。

可是一涉及试验用地，党委书记的蓝图，农科专家的方案，统统撂不了地。土地早已包产到户，分到农民手中。种试验田需要勇气，瘠薄的大地不具备生成勇士的条件。

旱改水初期难度大，格局和勇气是第一道"拦路虎"。张乃峰和乡农业站于站长反复掂掇、择选，把目光投向了嘎什根村，一个叫胡国学的中年汉子。胡家在渠边有两亩地，开水田有地理优势。胡国学年轻，农闲走遍十里八乡，打零工，干木匠活，见世面多，脑瓜灵活，家里除务农外还能进点儿活钱，是村里的上等户。年轻，决定了面对新事物的态度；

经济基础，则往往决定一个人的视野与格局。

胡国学果然应了，可第二道"拦路虎"横在渠边，岿然而立。一亩地300块钱的投入，塑料篷布、竹坯子……哪哪都要钱。种玉米，风调雨顺的年头，还能填饱肚子。水稻？几乎肉眼可见的绝收。

胡国学堂上有父母，枕旁有发妻，三代同堂的大家庭，他的话语权有限。

张乃峰盯住他不放，私底下向他承诺：这两亩地的公粮任务我替你出呢？

公粮的砝码不够分量，天平的一头还高高翘着。

到秋打不出稻子，赔偿你的玉米收成呢？要是担心公家没这个先例不出这笔钱，我个人拿工资补给你呢？

终归是一乡之长，承诺到这个份儿，天平缓缓持平，第二道"拦路虎"黯然退下。豁出去试试，不就是两亩地嘛！

像胡家这样的两亩地试验田，嘎什根乡当年试种了三块。小分队的四名农科人没了退路。

该育苗了，却没有改良盐碱地所需的草炭土，看到当地家家养马，他们就把马粪和碱土拌上硫酸进行发酵，然后再和碱土混合制成育苗土。水稻品种的择选是关键，产量、口感、养分……统统让位给"耐盐碱"这个特性。稻苗育出来了，该插秧了，要以灌水冲田的方式不断淋洗和排除土壤中的盐碱含量。新田，泡田耙地时，地需平整得寸水不露泥……所有的活，专家们都自己动手。苏打盐碱地不甘于被人类轻易驯服，在那个特别的收获季，把失望和希望同时赐给人们，三块试验田，只有胡国学渠边的两亩地喜获 1300 多斤稻谷。

已经足够。

这两亩地上的每一株稻穗，由人工仔细摔打脱粒，在全乡没有一棵水稻的年代，当地找不到稻谷磨米机。那就填进磨玉米、高粱米的机器里，磨出的米粒洁白、椭圆，像一粒粒小珍珠。

胡国学慷慨地把这珍贵的收成和亲友们共享，同时分享给大家的是一种信念。这信念就是——咱嘎什根有救！别逃荒了，回来吧，都来跟着农科专家种水稻吧！有国家兜着，有农科院扛着，我的今天就是你们的明天！

两亩地的面积太小，不用说放置在省、市、县域地图上，就是站在村里人家房顶俯瞰，那小小的一团金色也很难对人的视觉形成冲击力。可在 1989 年那个秋季，在这片"碱巴拉"大地上，那一个个沉甸甸的稻穗，却无疑是一束束金色的火苗，在秋风的吹拂下起伏成浪，渐呈汹涌之势，在嘎什根人的心头燃起泼天大火，照亮了暖热了一颗颗被盐碱地伤透了寒透了的心，也把他们的胆怯、犹疑、故步自封一股脑儿烧个精光。

一户、两户、三户……主动提出旱改水的农民越来越多。

他们信奉和遵行的向来是朴素的"眼见为实"，一旦认准，十头牛拉不回。

张乃峰言出如山，李学谌把嘎什根乡奖励的24000元钱从他的手里接过来，转头上交给农科院水稻所，转换之间流动着一纸无字合约：嘎什根人未来的日子，就交托给农科人了。

这是一份沉甸甸的托付，它的重量，4个人掂得出。

1990年春节一过，盐碱荒滩还沉陷在残冬的怀抱里未及醒来，4名农科人已经开始了行动。大家听从李学谌的安排，提前准备分发到农民手里的材料。

"你们写的那玩意儿先念给自己听几遍，得让农民一看就懂才行。"李学谌吩咐。

"那玩意儿"指的是育苗技术和本田管理技术两份材料，要做到嘎什根乡农民人手一套。印刷完的材料足有200斤重，郭晞明用自行车推回家，路上摞倒了好几次，求人帮忙连滚带爬弄上楼。

4月初，春寒料峭，4名农科人再进嘎什根。年龄最小、学历最高的赵国臣多出一份甜蜜的牵挂——他结婚才18天。水稻所领导让他过完蜜月再下乡，毕竟这一下去就是几个月。他简单地回了4个字"怕误农时"。

农时，宝贵的农时，你误它几天，它误你一年。刚刚看到日子奔头儿的嘎什根人，像盲人离不开盲杖一样紧紧依附于农科专家。离了专家们的视线，不敢拌土，不敢下种，不敢下药，不敢下肥。约莫时候到了，他们集体守在村口巴望着，像孩童等待进城的母亲归来。

嘎什根乡的8个村被划分成两片责任田——李学谌和赵国臣承包南片儿，郭晞明和隋鹏举负责北片儿。住的是农家闲屋，中午奔波在外时就吃"百家饭"——走到哪儿吃到哪儿，赶上农家忙起来忘记吃饭，专家们也就饿着。饥一顿饱一顿，久而久之，不甚健壮的李学谌闹起了胃病。

种植面积大了，要一家家指导育苗。育苗的床土用秤称，××克换算成几两几钱；盐水比重不能靠比重计，纸上不能出现"比重计"3个字。让农民拿个鲜鸡蛋放到盐水里，水面露出五分钱硬币那么大的蛋皮时，比重正好。

选地作床、选土调酸、施肥拌药、选种催芽、播种盖苗……按户指导，手把手教，四五天开一个现场会，1周3个晚上在小学校开课，4人轮流当主讲老师。授课不能照本宣科，得结合现场会的实际情况分析。选种、浸种、播种；催芽、浇水、打药；啥时候散热通风，啥时候关门保温……说完了，讲清了，都没问题了，再分给每家两份"种稻明白纸"，上面清清楚楚印着每个步骤的操作方式和对应的时间点。

这两份"作业历"，被李学谌命名为"种稻明白纸"。这是颇具他个人特色的表达，吻合了农民们的基础需求。

李学谌随和，不端架子，穿着打扮跟当地村民没多大差别。要是把他的眼镜摘掉，往农民堆里一扔，保准谁也找不出他来。到农民家里，他也不用人让，自个儿脱鞋上炕，把腿一盘，抓过烟笸箩就上手卷烟。一边吞云吐雾，一边唠种稻嗑儿，一口气唠上一两个小时，再上另一家接着唠。他满口大白话，一天书没读过的老农民也都能听懂。

盼望着，盼望着，稻苗钻出土了，像初生的娃娃睁开了蒙眬的睡眼，鲜嫩可爱。一叶一心期开始进行通风炼苗、培育壮秧、消毒防病的指导。插秧前先平田。没有农机具，平地用马拉着木拖子拖，专家拎着铁锹跟在后头，哪儿凸起了，挖两锹平复。东北的早春，乍暖还寒，水田里结一层冰碴儿，土地的主人几度抬脚又撂下，踌躇再三，望而却步。专家们挽起裤脚，脱掉鞋袜，一脚踏破寒冰，一步步做起了插秧示范。

大五家子村是蒙古族聚居村，牧民多，马多，牧民也种水稻。"嘎什根"就是蒙古语，汉语意思是"一家人"。这个问世之初精准表达了其时其地人迹罕至、落后蛮荒现状的词汇，在其后的岁月更迭变迁中，逐渐演变出另一重意思。

嘎什根，一家人，一家亲，农科人和农民一家亲，汉族人民和蒙古族人民一家亲。

老百姓家条件差，专家们吃"百家饭"时不挑嘴，高粱米饭不嫌硬，大碴子粥一口气扒拉两三碗。有体面点儿的农

家主妇过意不去，现从鸡窝里摸出几个蛋，再炒个土豆丝，即是当地人待承贵宾的"硬菜"。入了乡，生活习惯就得随。吃"百家饭"时，碗筷旁边是鸡毛鸡粪，人在锅台这边吃，猪在锅台那边吃……耷拉下眼皮权当没看见，慢慢也就真的"看不见"了。

初春家家闹"菜荒"，专家们也只有一坛榨菜就粗粮果腹。那一次，水稻所的科技人员来嘎什根"探班"，摸摸土炕上的席子，看看碗橱里的剩菜，关丽君大姐忍不住落泪，向所长反映："这哪能行？咱农科人的身体要垮的啊！"

那以后，专家们的生活条件渐渐有了改善，大米饭取代了粗粮，还不时有鲜鱼佐餐——三面环江的嘎什根，鱼多且鲜美多脂。

苦中的"乐"着落在乡领导来慰问时提的一桶桶白酒上。纯粮食土酿，为当地特产之一，廉价，辛辣，过瘾。寂寞了，来一碗；想老婆孩儿了，来一碗；工作中遇到坎儿了，来一碗；看见成果了，那得一碗之后再来一碗。久而久之，郭晞明酒瘾初成，令爱人屡屡对他投来怀疑的目光，"不知道你们水稻种得咋样，我看你这酒量可是见长！"

单位配给一辆自行车作为4人在嘎什根乡的代步工具。赵国臣骑车，后座上带着李学谌，泥土路原本窄仄，路中间两道深深的辙痕，授课结束，夜归时，稍不注意，两人一车就摔成一团。不止一次，半路上突降大雨，赵国臣就从兜里掏出备好的绳子，拴在自行车前轮上，挎在肩膀拖着自行车走。

深夜，大雨，天空中霹雳闪电，脚底下稀泥爆浆，四周黑沉沉的，不见一丝灯光，身后是步履维艰的李学谌……前路漫漫，看不到尽头又似乎永无尽头，当时才20几岁的高材生赵国臣，都想了些什么呢？也许，他会想起远在千里之外的新婚妻子吧……

南片儿同事喜成"有车族"，咱北片儿得看齐，郭晞明再回家，就把自家的自行车随火车托运到了嘎什根。从此，两辆自行车上驮着四个农科人，党和政府科技富民的举措也如自行车的辙痕，完完整整地覆盖了这片三面环江的大地。

郭晞明家的这辆自行车来了，却没能回去，郭晞明的原话是"直到骑碎了为止"。按现代人的意识，它的碎片残骸该运回吉林省农业科学院，放在博物馆的展厅里，作为农科人扎根穷乡僻壤、科技富民兴农的见证，一定具有撼动人心的力量。可惜。

5月底，插秧工作基本结束，过一个星期左右，稻苗挺直了腰，待第一遍肥下去，专家们齐齐松了一口气，可以轮班回去探家了。不过，要等秋收后稻谷颗粒归仓，他们在嘎什根乡的指导研究工作才正式结束，回到位于公主岭市的水稻所工作，和家人团聚。

在通信不便的年代，每年长达大半年下乡蹲点儿的日子里，专家们跟家那边经常处于"失联"状态。嘎什根乡距镇赉县城七十公里，家或者单位有大事、急事时，打电话、发电报过来……等乡里派人到田里找到他们，一般来说再大、再急的事也已经不大、不急了，回不回电话、回不回去，都不重要了。

三

1992 年的春夏之交，嘎什根乡初现天水相连、稻浪翻滚之态。风沙小了，环境改善了，逃荒的人们都回来了，四名农科人自然成了村民们眼中的"香饽饽"。约摸着他们该来到自个儿村了，女人们扯着孩子，拿着活计，缕缕行行汇集到村口谁家，衲鞋底、织毛衣、唠闲嗑儿。孩子们在院子里挥舞着笤条你追我打地疯闹，远远瞄见沙石路的尽头出现了骑自行车的人影，立刻丢下笤条，扯嗓子喊一声："技术员来啦！"

像士兵听到了发起冲锋的号角，女人们丢下手里的活计，狼哇地涌向村口。专家们的自行车还没停稳，已经被女人孩子团团包围，扯手的、拽胳膊的、帮推自行车的，争先恐后，狼哇地想把人拉到自个儿家。

"那个像豆油的玩意儿啥时候开始拌？"

"像电表会走字儿的家伙我还没买，快帮我买一个吧……"

曾有一个采访郭晞明的北京记者轻声重复了两遍"狼哇地",然后笑问他是啥意思。

郭晞明不打奔儿地说,就是着急,心情迫切的意思。

"狼哇地",字典释义为:东北方言,说明程度强烈。

她们把投资在稻田里的每一块钱,都押宝一样押在农科专家的身上。尽管她们已经目睹了一部分人的成功,也尝到了细粮的芬芳,可是那砸进水田里的,毕竟是沉甸甸的钞票。

她们太穷,她们穷得太久。自从生命之树扎根在这盐碱荒滩,穷就像一道绳索,把她们五花大绑,越捆越紧,直到她们在窒息中无声无息地死去,埋葬在这片爱不得恨不得离不得丢不得的大地。对比 1986 年嘎什根乡人均 2.44 元的年纯收入,一亩地投进去的 300 块钱到底有多沉重,就更加直观。

她们穷得狼哇地,她们狼哇地到处求借,她们狼哇地渴盼着摆脱贫穷。农科专家,就是帮助她们打败穷神的财神赵公元帅、关云长。

黄色像豆油的是敌克松,农用杀菌剂,拌床土用。

像电表会走字的是温度计,催芽可少不下它,下次帮你们买了带来。

这回记住了?专家们耐心地给女人们解读。

女人们乱纷纷点头,七嘴八舌嚷着,记住了这回保证记住了,尼克松尼克松,这名听着就熟,好记。

专家们相对莞尔。

村复村，年复年，一个个春夏秋冬的轮回，周而复始。渐渐的，就熟了，就拍肩膀称兄道弟了，就能一碗散白你一口、我一口了，进屯时手里不拎打狗棒，狗子也摇着尾巴迎进送出了……专家们推着自行车走在路上，嘴里和迎面过来的村人打着招呼，眼睛四外撒目着，突然丢下自行车，抬腿翻过灰白色泥墙，扑通跳进院子里，抢到育苗棚前，掀开篷布的小通风口，让憋闷得透不过气的稻苗畅快地呼吸。同样的速度和动作，有时候是关通风口，那是赶上天气突变，大幅度降温的时候。从这家墙可直接跳进另一家，重复同样的动作，不走大门，抄近道，快。

专家们的生活方式、习惯渐向农民靠拢，农民也偶尔嘴里蹦出几个稻作术语，生命于不知不觉中彼此浸染，情感日深，倒解决了异乡人一部分思家之苦。

总有格外想家的时候，在特别的日子里。

那个大雨瓢泼的端午节，"雨休"的4个人窝在炕上，看雨脚砸在灰白色的地面时溅起的白沫，思绪被这长长的雨线牵引回到遥远的城市，难受得百爪挠心。

狗叫起来，4个人精神一振，4张脸几乎同时贴在了冰凉的玻璃窗上。

来的是乡长和县委组织部部长！手里提着珍贵的鸡蛋、白面和此刻也一样珍贵的土酿！

"那会儿，甭管来的是啥人，我们都能乐得蹦高儿！"郭晞明说。

幸福突如其来，因无任何预兆而迅速放大，挤跑了小屋里所有的感伤。6 人分工，和面、剁馅、包饺子。木柴燃烧得哗哗剥剥响，混合了说笑声、笊篱和弄饺子刮碰锅边声、筷子搅拌蛋液声、哗哗啦啦的雨声……多年后，还不时闯入郭晞明的梦里，让他一次次红着眼圈，深情地说：雨中送蛋，堪比雪中送炭。

嘎什根之夜，永不改变它的寂寞属性。没什么娱乐活动又劳累了一天的人们陷入沉酣时，专家们还常常沿着大坝漫步，他们收养的大黄狗紧随他们，时而跑在前，时而落在后。伸手不见五指的夜晚，耳朵格外好用，听蛙鸣咯咯求偶，听野鸟扑楞楞掠过头顶，听夜风拂过时稻浪的喧嚣，总要听到隋鹏举的小半导体收音机里传出"各位听众朋友们，晚安"时，他们才慢慢折回。大黄执着相伴，时而跑在前，时而落在后。

这样的生活，他们过了整整 5 年。

四

2012 年，吉林省农科院组织了诸多宣传媒体——新华社、《中国农民报》《科技日报》《吉林日报》、吉林电视台，大队人马浩浩荡荡赶赴嘎什根，去打捞沉落在盐碱大地 20 多年的故事。老一代农科人吃苦耐劳、无私奉献的精神被总结为"嘎什根精神"，一经提出，就在业内引发了震动，为天下人所知。

那时的李学谌老师已经病入膏肓，无力参与这次返乡。当人们赶到他的病床前慰问时，形销骨立的老人家一提起嘎什根，浑浊的双眼就放出了熠熠的光。他坐起来，拉着大家的手，滔滔不绝地话说当年。

"1989 年，长白九号在公主岭选育出来以后，一点儿优势都没体现出来，差点儿就扔了。第二年，我们在嘎什根试种水稻成功，得陇望蜀啊，下一步得奔高产，我们就把长白九号拿到嘎什根试种，没想到它在盐碱地上那么争气！秋后打完场灌粮食时，就听见刷刷刷，刷刷刷，囤子就满了……那年月，垧产就达到了一万八九千斤！老百姓那个乐啊……我们走在大街上，听一家一户的，屋里传出来的都是笑声。那一刻，吃的所有苦，都烟消云散了。咱搞农科的，不就盼着人人吃饱饭，过上好日子嘛……"

那之后没几天，老人家就溘然长逝。这个在学校毕业照的后面写下"为农而战"的水稻栽培专家，几十年里身体力行，践行了自己的誓言。

4 个月后，时任水稻所所长的赵国臣因病猝然离世，时年 49 岁。作为第二代农科专家的代表，他走进嘎什根的时候最年轻，学历高，能力强，实干，亲民，除了日常工作外，项目申报、经费分配、设立方案计划等也都归他负责。他的离世让熟悉他的人们深感惋惜和痛心。

那是省农科院水稻所成立以来最隆重的葬礼，告别厅里哭声一片。国家、省、市各部门，各有关单位，赵国臣的同事、同学、朋友、家人……沉浸在悲痛中的人们应该没注意到其中几位特别的送葬人，他们风尘仆仆，气质中流露出属于八百里瀚海的厚重朴实。他们从遥远的嘎什根乡赶来，送别这位英年早逝的科学家最后一程；他们要代表家乡数万人民在赵国臣的灵前鞠上一躬，把嘎什根人对农科人的谢意、敬意、缅怀之意，传达给他……

嘎什根出现在更多人的视野里了，它传奇般的巨变开始被人口口相传。

2017年，郭晞明带着央视拍摄团队走进嘎什根乡，参加"重走当年路"的活动。其时，隋鹏举也已经因中风卧床多年，摄像机跟拍的老科学家，只剩下郭晞明一个人了。

郭晞明举目四望，眼前的世界让他有些陌生了，当年的老朋友也凋零大半，记者想在村子里找一个合适的采访对象不易了。

"郭老师，咱重走当年路喽！您抬头，抬头……前面就是您30年前亲手平整过的第一块稻田！好……好嘞，就这样！"

定格在郭晞明眼前的稻田绿浪翻涌，直连天际。晴空碧

273

蓝如洗，几只家鹅大小的水鸟翱翔其间，为稍嫌单调的天空平添生气。

眼前的一栋栋房屋美轮美奂，道路整洁。路边不时闪过一家颇具规模的米业加工厂，从大墙外能看见工人们忙碌着的身影。像这样的大型米业，嘎什根乡拥有 11 家，它们构建了一条条纵横交错的渠道，把特产大米源源不断地输送到全国各地，连云、贵、川的城市乡村，都飘荡着嘎什根大米的香气了。今日嘎什根的村容村貌，可以和省内任何一个经济发达地区的村庄媲美，村里年轻人的服饰打扮，通身气派，不逊色大都市的同龄人。

郭晞明的眼神恍惚起来，眼前的画面迅速切换到 30 年前。那一次，他们赶到距离嘎什根乡相对较近的泰来县火车站时，天气不好，去嘎什根乡的公共汽车没发车，他们只好步行赶往嘎什根乡。雨后的盐碱地泥泞湿滑，他们艰难跋涉，步履蹒跚，稍不注意，就摔一个大跟头……足足走了六七个小时。

他蹲下身子，捂住了脸，泪水从指缝里流了出来。

"要是你们都能回来看看多好啊！李老师、赵所！你们都回不来了，回不来了……"

稻浪声声，汹涌澎湃，潮水一样的感伤漫上郭晞明的心头。他模糊的泪眼里，李学谌、赵国臣、隋鹏举，3 个老友并肩行走在窄窄的田埂上，不时蹲下去查看苗情，时而又拿着一株生病的稻苗头挨着头研究……

这次重走当年路，郭晞明收获了很多珍贵的细节：

嘎什根乡的前副乡长李淑琴看见郭晞明，大喊一声"小郭！"扑过来紧紧抱住了他。当年，是她领着专家们挨家走访，也是她挨家通知村民来小学校听课。提到当年创业的艰辛和英年早逝的赵国臣，这位已经退休多年的基层干部失声痛哭。

一进嘎什根乡，赫然可见道路左边的大牌子"俊霖米业"。米业的老板王俊霖小名"王二"，当年是嘎什根乡政府的通讯员、"联络员"，负责给专家们跑腿、传递消息。听说郭晞明回来了，他狼哇地来找"郭老师"。丹岱乡并到了嘎什根乡，米业竞争激烈，他想请熟悉的老专家帮助选个适合嘎什根乡土壤特点的新稻种，由"俊霖"独家经销，做更大、更强。

"有技术，也离不开当地政府的大力支持。中国农民善良、淳朴，中国农民也重实惠，讲效益，'不见兔子不撒鹰'。很多关键时刻，只有政府的行政命令才能推开被陈旧的意识锁紧的那道门，一切才能水到渠成。所以，嘎什根从'镇赉西北角的困惑'成长为今天的水稻大县、强县，镇赉县'首富乡'，是科技与政府的结合。"

这一番深思熟虑之后的结语，最能代表老专家郭晞明的心声。

五

以李学谌老师、赵国臣为首的第一代、第二代农科专家一手结束了嘎什根乡的贫困史，造就了名震一时的镇赉县"第一富裕乡"，全乡私家汽车拥有量居全县之首（几乎每家一辆），可农科人并没有因此就"马放南山，班师回朝"。每一个生产季，水稻所都定期派专家到嘎什根乡进行技术指导，帮助水稻种植户选良种、用良法、建良田……年复一年，第一代和第二代农科专家逐渐老去、故去，第三代科学家代表侯立刚率领齐春艳、刘亮等年轻一代继续坚守在这片土地上。

2010 年 9 月，从沈阳农业大学硕士毕业的马巍来到吉林省农科院工作，被安排到院里的国际合作处，一待就是两年，这是决定马巍未来事业发展方向的两年。这个安静淡泊的年轻人，每每在一些常规事务中现出茫然之态，最常见的是组织开会时放置桌牌，每一次都相当于对他的大考：来宾的座位、同事们的座位、领导的座次……一次次的碰壁，没能让他在此类事上驾轻就熟，只让他在重新审视自己后，夯实了对自己的定位——我要做专业。

侯立刚慧眼如炬，敏锐地察觉到这个年轻人身上的巨大潜力，经过长久观察，他的一个想法日趋成熟。不过，马巍太年轻，侯立刚还要继续考察、磨砺、锻造他，使这块好钢严丝合缝地嵌合在自己的战车上。侯立刚设立的第一个考场，就是松原市乾安县腾字井，马巍被派去学习盐碱地改良技术。

正是在这里，发生了一件让马巍刻骨铭心的事——一个白发苍苍的老稻农，瘫坐在秋风里，面对眼前灰白色的稻浪，捧着一把稻穗，哭得声嘶力竭。稻穗上的每一颗籽粒都是空壳。辜负了老稻农的不是土地，是不适合这片土地的水稻品种。它用一年的绝收，惩罚农民选种时的失误。

当时，马巍作为一个刚进入盐碱土改良领域的农业技术员，蹲在绝收的老稻农跟前，一边安慰他，一边在心里立誓：终其一生，我要竭尽全力，杜绝这样的不幸在我眼前发生。

2013年，侯立刚履新担任水稻所所长，正是我省西部第3次盐碱地大改良初始，有一家企业在镇赉县东屏镇洋沙泡附近拿到了200公顷的盐碱地。其时，马巍已经向水稻所交上了一张张科科优秀的答卷，千里马初步养成。侯立刚找到马巍，开门见山地说，目前水稻所的工作跟实际有所脱轨，很多科技成果不能落地，有很多试验，只能在盐碱大地上进行。因此所里决定，恢复在镇赉县的长期蹲点儿工作，第一步先去洋沙泡。你觉得怎么样？

灰白色的稻浪在马巍的脑海里闪回，两人一拍即合。

洋沙泡周边足足200公顷的重度苏打盐碱"处女地"，成了侯立刚放养麾下千里马的广阔草场。他命爱将全程参与这块土地的改良过程，吃透、熟练所有步骤的技术，把所里一些不够完善的实验补足，同时兼顾嘎什根乡后围子村的老基地，完成水稻所的研究课题。临别前，侯立刚谆谆叮嘱马巍，"镇赉县盐碱土改良工作是依托嘎什根乡一点一点发展起来的，水稻科学家的根扎在了嘎什根乡。找机会，在嘎什根乡建立起我们的实验站！"

老骥伏枥，志在千里，刚刚退休的郭晞明再披战袍，带领马巍进驻洋沙泡蹲点。

对于马巍的家人来说，并没觉得马巍这次出差离家跟以往有多大区别，也就是出差时间长一些、出差频率密一些吧，既然选择了农业，离离合合也在预期之内。哪想到战线渐次拉长，等到马巍这所谓出差的性质"沦"为一年里的三分之二时间都不着家时，一切早成定局。

水稻所与洋沙泡试验基地是合作关系，一方出技术，一方提供试验用地。几年的摸爬滚打下来，马巍不仅根据所里要求补足了一些实验，同时在苏打盐碱地改良上积累了更加成熟扎实的经验。

2018 年，白城市镇赉县白沙滩灌区重点试验站在嘎什根乡建成。在引嫩入白白沙滩灌区重点试验站开展苏打盐碱地水田土壤、灌溉水、气候等长期监测和耐盐碱水稻筛选与评价研究，由水稻所水稻栽培团队侯立刚首席带领马巍等年轻专家长期进驻试验站并负责此项工作，以期阐明以稻治碱改良过程及机理，进一步科技创新苏打盐碱地修复理论与技术体系，马巍带着在洋沙泡实践摸索出的一整套苏打盐碱地改良技术，强势回归嘎什根乡。

白沙滩灌区重点试验站办公地是一栋白色的二层小楼，远离村落民居，四周是一碧连天的稻田和湿地，远远望去，大楼像一艘洁白的帆船，在滔滔绿海里扬帆起航，破浪前行。大楼西侧，是马巍的试验田。每一池稻的品种各异，还有几个池子里是色彩缤纷的彩稻。

每天曙色初露，马巍就来到试验田里，走在窄窄的田埂上，记录下一个个数据，雷打不动。

"这个池子昨天抽穗 13 个，今天达到了 65 个。"

完整的记录数据对比，是判断稻种性能的依据之一。

"每个品种的生长发育情况都不同，要了解它们的生长动态，就要每天下地进行跟踪对比。即使同一个品种，不同年份的抽穗期也会略有差异。你看，这个品种就比去年提前三天抽穗。必须用多年完整的数据进行对比，才能真正了解一个品种的生长特性。"

不仅仅做品种对比评价试验，还要做土壤改良试验、秸秆还田试验、育苗大棚激光辐射补光试验……水稻所今年跟光机所合作的一个项目就是育苗阶段的激光辐射补光试验。

这块试验田的田埂小路，土地的颜色越发浅淡，把一池池稻田切割成规则的长方形。马巍在田埂上抠下一块土坷垃，掰开，露出浅黑色的"瓤"。"这叫蒜瓣土，粘重、密实，掰起来成块状，像石头，土壤里基本没有孔隙，植物的根扎在这样的土壤里是不能呼吸的。"

他直起腰，打开手机图片库，随着他手指的划动，两年前，这块试验田的原始面貌次第现出，令见者触目惊心——灰白色的大地一眼望不到头，板结的土壤龟裂出一条条或宽或窄的缝隙。地上的小草稀稀拉拉，黄皮拉瘦，在猛烈的大风摇撼下无助地摇摆、呻吟……这是一块能使人联想到世界末日的土地，其上生长的，似乎只能是绝望。

"试验站周边是咱嘎什根乡最后一块盐碱地，地势最低，从前，这儿连牛都放不了。看上去挺硬实的地，其实就是一个盖儿，牛踩上去，搞不好就陷在里头，放牛的眼瞅着它一点点被淤泥淹没，血招没有。

要说起这块地的形成，还跟咱们的盐碱地改良治理有关。这么多年种稻，就是不断以水排盐洗碱的过程。洗出来的盐碱是不会凭空消失的，它们随水流到了低洼处，天长日久，就形成了这块次生盐渍化的洼地。直到灌区在此地设置了强排站，把这里的水排出去，这块地才慢慢显露出来。水走了，可曾经排到这里的大部分盐碱都沉积在土壤表层，最重的区域 pH 值能达到 10 以上……在这块地进行改良，是啃了一块最硬的骨头。"嘎什根乡农业站站长王建国感慨地说。

试验田土壤里的 pH 值降到 8.0 以下，才适合耕种。苏打盐碱地改良过去难，现在仍难。流行在盐碱大地上的一句顺口溜说："有仇不用报，劝他种水稻。"一个个腰缠万贯的老板来了，怀揣一颗誓把盐碱滩改造成米粮川的勃勃雄心，承包荒地出手都在百公顷起步，要人有人，要钱有钱，要技术有技术。可绝大部分失败而归，能够坚持下来的寥寥无几。

嘎什根乡是镇赉县首富是实；嘎什根乡以耕种二十八万亩水田面积荣膺吉林省水田第一大乡、第一强乡是实；近年来投资商们的大笔资金砸进盐碱大地，却大多数血本无归也是实。因为随着盐碱地种稻技术的推广普及，含盐碱较少地块早被垦成高产熟田。剩下的地块越来越低洼，块块都是盐重碱重的硬骨头，就如王建国所说，啃下它，得好牙口。

盐碱地改良，看不到终点，马巍他们任重而道远。

试验田的尽头被白色纱网包裹得严严实实，大大小小的鸟儿盘旋其上，不时突然俯冲直下啄食，见人靠近，又拔身而起，却不舍远离，只在空中观望，做出一副随时重返战场的姿态。此地毗邻国家级自然保护区莫莫格乡，路南就是大片湿地，壮阔无垠。

此地是马巍的又一个新试验研究项目试验田——盐碱地种可食用稗。这一片白色纱网罩住的，就是不同品种的可食用稗。鸟儿们早都进了"野生动物保护法"的保险箱，不能打；人工驱赶嘛，哪里赶得过来；扎稻草人也只能忽悠一时，别看是只鸟，贼着呢……为了确保试验的准确性，可食用稗开始灌浆，马巍就用白色纱网布罩严严实实地护住了所有稗穗。水鸟们呼啦啦飞落到罩子上，用尖嘴猛啄几口，就啄出一个窟窿，黄的红的紫的稗穗赫然支棱出来，摇头晃脑招摇一番，其结果是——每处网罩窟窿的内外，稗穗无一不是空壳。

重度苏打盐碱地的改良是世界级难题，即便是由马巍这样长期专攻这一课题的专家来操作，也需要至少两年时间沉淀，第三年才能小有所获。要成为高产田，且有一段漫漫长路要走。目前改良盐碱地的方式主要为物理改良、化学改良和生物改良。物理改良有很多种方式，比如垫沙子、深翻等。化学改良是根据化学反应把钠离子置换出去。苏打盐碱地主要是碳酸钠和碳酸氢钠，好多表征都是由于钠离子造成的。钠离子少了，土地就不会湿的时候像沼泽，干时如大石块。一个钙离子可以替换出两个钠离子，或用硫酸铝替换，一个铝离子可以替换出三个钠离子……

马巍花心思最多的是低成本生物改良，他选择了可食用稗。

起步的第一年，种水稻远不如种更皮实的稗草效益高。稗草可旱种，可水种，能机播，施点薄肥即可满足它的生存需求，成本先就压缩一大块。而可食用稗秸秆高壮，耐盐碱能力远超水稻。八月初，稗草籽粒成熟脱粒后，还可以将稗草秸秆迅速还田，有足够腐烂、形成有机肥的时间，短时间内就能全部腐熟，增加土壤的有机质。而且稗草品种多，籽粒为可食用的高级杂粮，富含谷氨酸等微量元素，属纯绿色有机粗粮范畴，效益可观，而同期的水稻产量几乎可以忽略不计……

西部大量重度苏打盐碱地亟待开发，比起物理改良与其他生物改良，生物改良方式更便捷，利益更大。

说着话，扑通一声，一只中等体形的白鸟射到纱网上，旋即掉了进去，陷身繁茂的稗草棵间——纱网软而薄，承不起它的重量。惊慌失措的白鸟大力扑闪翅膀，在纱网内折腾得惊天动地。它那些在周围盘旋的同伴即刻高飞，逃之夭夭。它掉进来容易，要从原来的窟窿脱身出去就难了。

马巍弯下腰，扯开网罩底边，露出一块空隙。白鸟如获大赦，迅疾地钻出纱网，飞远了。

这一片浩瀚的水乡泽国，是人的，也是动物们的。莫莫格国家级自然保护区声名渐响，游客慕名而至，掠过嘎什根乡上空的鸟儿也越来越多，它们惊喜地掠食、分享，不舍远离。

身后传来轻微响动，一只白鸟正试图啄吃网罩新窟窿里露出的可食用稗籽粒，不知道是不是刚被马巍放走的那一只，不知道它是一只几龄鸟，不知道两年前它是否飞掠过这片天空。如是，当此时的它垂涎于这食之不尽的丰隆大餐时，也是会生出疑惑的吧？那一片僵死的灰白色大地，怎么一两个冬天过去，就幻化出这生机勃勃的七彩乐园了呢？是被造物大神施了魔法吗?

六

嘎什根乡试验站孤据泽国中央,此地的特产之一是蚊子,个头大,毒性烈,数量多。太阳稍一偏西,乌压压的就冒出来了,在外的人得全副武装,防护稍差些,裸露在外的皮肤上就隆起一个个红包。

大楼里的自来水水锈严重,口感咸涩,颜色泛黄。用这水洗过的衣服不但散发着一股刺鼻的味道,还会挂上永久性锈渍。马巍购置纯净水让年轻的同事林喆洗发洗脸。林喆还年轻,二十几岁的年轻人,放弃城市的烟火霓虹,天长日久枯守在僻远的乡下,白天当农民,夜晚数星星,难。马巍理解他,也心疼他,生活上不能再难为他。自己就尽量将就吧,钱得花在刀刃上。

试验站对面的湿地是野生动物的乐园。马巍年年买来小鸡仔,渴望被公鸡叫早后,一边打着哈欠,一边从鸡窝里摸出几枚热乎乎的柴鸡蛋……可他的鸡总是还来不及生蛋,就被狐狸和狸猫偷走了。

试验站附近最繁华的地方,是10里地之外的嘎什根乡乡政府所在地,只有纵横两条十字花街路,街路两侧分布一些平房门店。门面简单,经营货物也简单——日杂外,多半是当地特产的大米和野生鱼，季节性地售些农资。偶尔工作闲暇之余，马巍带上林喆，会同王建国站长，找家小店喝杯小酒，就是这对师生最隆重的社交与休闲时光。

生于沈阳市的马巍，拥有属于大城市"80后"独生子女的成长经历，直到2013年父亲去世后，才逐渐成长为母亲可倚靠的一堵墙。可是因为忙碌，因为不可抗力，他和母亲的分别最长达3年之久。又因为作息不规律，每每错过母亲的电话，令马巍提起来就内疚、自责，当母亲安慰他说："没事的大儿子，妈知道，你准是又上地了。"经常让一个东北汉子于刹那间落下泪来。

我得加倍努力，让您以我为荣。每当那时，他都这样在心里发誓。

试验站的条件不可谓不艰苦，不止一次，来此地调研的领导感叹：现在还有你这样的科学家呢？不可思议，太不可思议了。马巍总是笑笑说，比起当初租住地窨子、彩钢房的生活，我已经很知足了。

此时，马巍负责的科研项目已经遍布全省，镇赉、柳河、长春、公主岭、乾安……都有水稻所的试验基地，他跑上一圈回来，得一个月。

是的，回，他回的是嘎什根试验站，不是回公主岭的家。长久的疏离，那个常态意义上的家与他之间已经生出了隔膜。丈夫和爸爸的角色，在长达8年的暌别中变得可有可无。

每年春节一过，他就"回"了嘎什根：试验方案的制定，各基地种子的分配、物资采购……都需他亲力亲为，一直忙到十一月，田里的劳作全部结束后，才能回家和妻儿团聚。可是接下来的工作更忙，蹲守在嘎什根乡试验站的日子再艰苦也不能转换成科研成果。同事们忙于写论文、成果报奖，马巍得抓紧找补科研上的欠缺。于是看似不短的三四个月农闲"猫冬"，他的绝大多数时间依然被工作"劫持"。要写学术论文，要出书，要做试验，要开培训会，要制订第二年的计划方案……家，不过是他的又一个工作站。

一年前，马巍所在团队被吉林省总工会授予"吉林省工人先锋号"荣誉称号，他作为团队青年专家代表，来到省城长春领奖。当晚，他信步走进离住处不远的汽车城百货大楼，打算给爱人和一双儿女买点儿礼物。驻足在流光溢彩的大型综合商场，面对琳琅满目的各色商品时，他只觉眼花缭乱，不知不觉停下了脚步。身边经过的人大多时尚靓丽、光彩照人，他突然有点儿无所适从了，跟社会的脱节感、面对现实的无力感猝然涌上他的心头，让他想转身逃开，逃离这已经不属于他的人间烟火，市井繁华，回到空旷寂静的嘎什根乡水稻试验站，继续面对他的试验田。那不仅是他的云端，他的伊甸园，也是他的舒适区。在那里，他的身心饱满丰盈，每一个细胞都蕴蓄了勃勃的力量，就像他精心侍弄的试验田里的稻苗一样，在宁静的夏夜，闭目凝神，仿佛能听见它们喝水、拔节、抽穗的声音。那是马巍的世界里最美丽最空灵的天籁。

9月初，马巍和林喆在嘎什根乡试验站的工作，多出了一项有趣的内容——抓螃蟹。

等天黑透，带上手电筒和头灯，骑着电瓶车，来到稻田综合种养稻田蟹试验田。稻池四周塑料围挡边缘横七竖八的，都是螃蟹，被灯光晃到，立刻不动。戴上胶皮手套，把螃蟹往桶里扒拉，一会儿就抓一百多只，桶也快满了。两人骑上电瓶车回站里休息，等上三四个小时，再度出发，池边已又趴了不少螃蟹。等把第二桶也装满，就可以回站里休息了。这项工作大概持续到10月初。

稻田综合种养，是马巍最近几年在嘎什根乡试验站的又一科研项目。2022年，马巍的一公顷稻田蟹收入毛利润六千元。一块地，两份收入，立刻吸引了当地稻农，经常有稻农来请教马巍综合种养方面的专业问题。行走在路上，也会有路人放慢车速，探头问一句，"马老师，明年我想跟你养螃蟹，你带带我呗？"

由于是刚刚开展的新项目试验，技术关键环节还在不断摸索中。但两年试验的宝贵数据也让马巍充分了解了稻田养蟹技术中存在的问题。在生产中发现问题、解决问题，已经成为了马巍新技术应用的"法宝"，他相信用不了多久，稻田综合种养就能在当地开花结果。

建站以来，马巍每年在嘎什根试验站蹲点儿两百余天，他早已从起初的讲课时和农民基本无法互动交流的青涩书生状，蜕变为如今的能坐上老乡的热炕头吃农家菜、黏豆包，大块吃肉，大碗喝酒的状态，令人恍惚间在他身上看到了李学谌老师的影子。这其间的巨变，记录了他对这片土地的热爱与付出，代表着他对老一辈农科家精神的传承。同时，他的认知也在向着更合理、更人性化的方向渐进。

十几年里激励了无数农科人的嘎什根精神，是农科人扎根乡村、一代代传承下去的接力行为，体现了农科人吃苦耐劳、无私奉献的精神。可现在哪还有年轻科研人员愿接过他手里这根接力棒？他认为，驻守嘎什根的第四代农科人应该是一个群体，自己和林喆都是其中之一，未来的传承是以大家轮换、接力的方式完成，这比个体的坚守更有意义。

"我的新同事林喆还年轻，他应该有属于他的生活，我现在就想努力改善试验站条件，让他能安心做科研，没有后顾之忧，同时每周都能回家看看。"

决心下定，马巍所有的努力都在缓步接近他的新目标。他努力打造一个盐碱大地上的花园式科研站，努力改善科研站里的生活设施，希望科研站充满活力与魅力，让每一个驻守在这里的农科人在工作之余，都能感受到生活的乐趣与情趣。

在马巍为了新目标默默发力的时候，他的"伯乐"、水稻所所长侯立刚已经着手实施计划了。

七

　　吉林省农业科学院主院区坐落在长春市生态大街上。老院区则远在公主岭市区，一处古木森森的大院落，几栋保存完好、古色古香的老建筑气度雍容，像一位位历经沧桑的贵族绅士，庄重、威严、从容不迫。它的前身是成立于 1913 年的南满铁道株式会社公主岭农事试验场。1938 年，试验场改称伪满洲国国立公主岭农事试验场。1948 年东北解放，在原址建立了东北行政委员会农业部公主岭农事试验场。1959 年，吉林省农业科学院在此宣告成立。

　　农科院水稻所坐落在距离公主岭市区十几公里的南崴子镇大榆树村。正对主办公楼的广场上错落安放着三块醒目的白石，上面分别镌刻着红色的大字：吉粳 60 号，1973 年育成；长白九号，1994 年育成；吉粳 88，2005 年育成。

　　这是农科院水稻所育成的三个水稻大品种的名字，作为荣耀的符号，是矗立在水稻所院区中心的三座丰碑。其中的长白九号，在盐碱大地独领风骚十几年，完成了农业科学家赋予它的使命，按照事物发展的规律逐渐隐退后，它强悍的生命力依然没有彻底消失。时至今日，当吉粳 88 君临天下般主宰着嘎什根乡百分之七八十的土地后，仍有稻农在执着地追寻长白九号的下落，探索它身上灌注的吉林农科人血与汗的致富密码。

马巍博士是侯立刚的心腹爱将。

"马老师还不到四十，头发就一片一片白了。他在嘎什根乡的 9 年坚守，太不容易了。"侯立刚一再感叹。

作为水稻所驻守嘎什根乡科技助农的第三代科学家的代表，侯立刚一直致力于弘扬光大嘎什根精神。他个人因为年纪轻轻就接过了水稻所所长的"掌门"大任，导致在嘎什根乡蹲点的时间只有短短几年，成为他的毕生憾事，尽管他在掌门人的位置上做出了更加突出的贡献。

相比第一代科学家李学谌等人的拓荒与开发，第二代科学家赵国臣等人的传承与拓展，侯立刚的视线早已越过八百里瀚海，投向兴安盟、齐齐哈尔、大庆等地，在一望无垠的盐碱大地上尽情驰骋，把我国松嫩平原西部地区的 1500 万亩待开发水田尽收眼底。

他计划依托农业农村部的盐碱土改良与利用重点实验室，强化科技创新与技术支撑，为吉林省农科院水稻所争取更大的发展空间。

"4000 万公斤。这 1500 万亩水田，起码需要 4000 万公斤的用种量。这些稻种，我们吃得下。"他笃定地说。

我省盐碱土改良种稻工作开展得早、开展得好，镇赉县作为盐碱土改良的典型，其成绩早已享誉国内，有目共睹。

基于稻种供应是靠地域而不是省域边界划分的规则，侯立刚既有足以撑得起自信的雄厚基础，更有纵横我国东北盐碱大地的壮阔格局。在他的跨三省盐碱土改良蓝图里，镇赉以它焦点地标的优势和"盐碱地改良形象大使"的地位，足以担当得起建立种业基地的大任。只要把水稻所的育种和栽培工作逐渐转移到镇赉基地，那时，吉林农科人将告别第四代马巍、林喆等个体的"苦行僧式"坚守模式，改为由水稻所40多位育种、栽培专家共同完成。不仅如此，稻种经销工作的重心也都将转移至此。种业的两大环节，"育"和"推"，将立足于镇赉大地，全部由吉林省农业科学院水稻所掌控。

侯立刚早就不满足于稻种经销公司的销售模式，他认为，水稻所的育种家、栽培家应该走到一线田间地头，面对市场，面对稻农，针对不同地质给予农民切实可行的推荐与指导，其过程要覆盖水稻整个生产期。

这样一支精英团队，哪个稻农能不欢迎？

此举足以解决侯立刚长期以来的苦恼——农业科学家和农民之间的信息隔绝。一方囿于自我小天地搞科研，一方躬对黑土种自己的地，生命中关联至为紧密的双方，生活中风马牛不相及。网络时代，市场瞬息万变，长期隔绝农民也隔绝市场推广的农业科学家，只有实现和市场的零距离对接，才能及时根据市场需求从育种方向做出调整，打破死局。

镇赉县富了，环境好了，风景美了，下一个目标是成为渔乡、米乡、鱼米之乡。镇赉人的底气来自嫩江——一条没被污染又水量丰富的河流以及吉林省实施的河湖连通工程。而位于镇赉县西北角的昔日"困惑"、被水稻所倾 30 余年之力托举起来的侯立刚念兹在兹的嘎什根乡，既有实力承载镇赉县的部分使命，也有底气在侯立刚的宏伟蓝图上成为核心。

"嘎什根乡东北的四方坨子劳改农场还有 15 万亩水田，加上原有的 28 万亩水田，就能把嘎什根乡打造成中国水田第一乡。再做一些主题雕塑，建个稻米博物馆……这个展示盐碱地水稻生产主题的窗口，就能打开了。"侯立刚沉浸在对未来的展望中。"嘎什根精神绝不仅仅停留在吃苦耐劳和无私奉献的'苦修'模式，还包含与时俱进与开拓进取的重要元素，这才是真正的嘎什根精神的发扬光大。"

与一般人理解的"领导是飘在上面的"不同，侯立刚的理论有大量的实践经验与科研成果作为支撑。2001 年到 2009 年，他长期在吉林市的东福米业蹲点，主要科研项目是综合种养技术与稻作复合技术。2009 年，他就拿到了农业部中华农业科技奖一等奖，马巍在嘎什根的蟹稻田尝试，就来自侯立刚的科研成果和成熟经验。早在 2009 年，驻守在嘎什根的第二代农科人已经总结出"选良种、建良田、用良法"的苏打盐碱土综合改良技术模式。

作为水稻所掌门人，侯立刚对团队分工有精准把控：马巍负责西部盐碱地改良，刘亮负责优质米试验和机械化，刘晓亮配合刘亮完成所里的试验工作，水产养殖专家郭万卿负责稻田综合种养，各司其职，各尽其才，齐心协力，把吉林省农科院水稻人的论文写满黑土大地、盐碱荒滩。

粮食问题，绝不仅仅是经济问题。他们都记得美国前国务卿基辛格的这句话："如果控制了石油，你就控制了所有国家；如果控制了粮食，你就控制了所有人。"历史上无数血淋淋的教训告诫我们，粮食足，天下安。盐碱地，正是我们这样一个人口众多、土地资源稀缺的国家重要的后备土地资源。

2022 年 9 月 7 日，在山东潍坊召开的盐碱地综合利用国际大会上，现场发布的《盐碱地综合利用国际大会潍坊倡议》，最能体现中国对土壤健康的高度重视和在国际粮农领域的担当作为。

同年 11 月 16 日，中国盐碱地改良与利用发展研讨会在线上进行，与会者都是国内顶级盐碱地改良专家。作为吉林省农科院水稻所掌门人，侯立刚的发言无疑具有举足轻重的力量。这力量来自水稻所专家们前赴后继、数十年如一日在西部盐碱荒滩的倾情驻守，这力量来自八百里瀚海大地汹涌澎湃的稻浪声声。

按照我们现在的进程、速度，到 2030 年，吉林省粮食总产量增收 200 亿斤，绝对没问题——从郭晞明，到侯立刚，再到马巍，每一位水稻所的专家都肯定地这样说，每一个声音都铮铮然落地有声。

鹿鸣东丰

王德林

序　曲

　　两只梅花鹿腾空跃起，奋力冲向苍穹，极富动感。吉林省东丰县的"奔鹿"雕塑，是县城的标志性雕塑，也是该县鹿业发展图腾式的象征符号。

　　东丰县俗名大肚川，一向晴川历历，鸟语花香。

　　中国人工饲养梅花鹿在这里坐胎、分娩，并茁壮成长，怎能不令人感叹这片土地的神奇和无穷魅力。

　　《辞海》载：（东丰县）"在吉林省南部、辉发河上游，邻接辽宁省。""1902 年（光绪二十八年）设东平县。1914 年改今名，以在西丰县东得名。""农产有玉米、大豆和稻等。以产鹿茸著名。"

　　物华天宝、人杰地灵的东丰县素有"皇家鹿苑"和"中国梅花鹿之乡"的美誉，人工养鹿历史长达200多年，1947年在这里诞生了第一家国有鹿场，第一个鹿良种繁殖基地。东丰县的"马记鹿茸"驰名中外，是我国历史上唯一出口免检的鹿茸品牌，2018年被吉林省评为"最受消费者喜爱的十大农产品品牌"，"马记鹿茸制作技艺"被吉林省政府列入"第一批省级非物质文化遗产名录"，东丰县梅花鹿被国家文物局列为中国文化遗产。

　　东丰县坚持把富民作为发展之果，全力推进农民增收、农业增效、农村繁荣。近年来，依托政策和种源优势，东丰梅花鹿养殖总量始终居全国之首，一直保持鹿茸品质、单产总产和出口量全国第一的水平。

　　梅花鹿已成为东丰县的特色优势产业，已形成养殖、产品加工、文化旅游于一体的发展模式，在县域经济突破中独领风骚，在乡村振兴的道路上阔步前行，走出一条独具特色的梅花鹿产业发展之路，致富"鹿"托起了农民的致富梦，里程碑式的壮举令世人瞩目。

　　朝岚暮霭，流年丰歉，山高水低，成群的梅花鹿逡巡蹑足、奔跑跳跃，给人感觉瑞气升腾，富贵吉祥。

　　呦呦鹿鸣，食野之苹。

　　梅花鹿的眼神清澈、天真，或者好奇、顽皮，也不乏深邃，当它们一起引颈高歌，便演奏起《诗经》里的某个曲调，如同福音撒遍山谷、村庄和田野。

习近平总书记说，人与自然是一种共生关系，对自然的伤害最终会伤及人类自身。此语包含着尊重自然，谋求人与自然和谐发展的价值理念和发展理念。东丰梅花鹿的人工饲养正是人与自然和谐共生的完美体现，这根链条，是时间的赓续，更是人类与自然和谐发展的绵延。

雄鹿头上的茸角硕大，四脚修长，英武迷人，一副君临天下的神情，它仿佛知晓自己茸角的金贵并为此赳赳然。

东丰的鹿业发展如同雄鹿头上那金灿灿的茸角长势正旺，呈现出方兴未艾的趋势，县委、县政府举全县之力，奏响了以产业增效和农民增收为落脚点的雄浑奏鸣曲，激越昂扬，振聋发聩，响彻关东大地……

第一乐章：呦呦鹿鸣，唤回他乡游子心

2022 年 12 月 12 日，我在东丰县鹿业局几位工作人员和县文联副主席黄殿军、县作协主席相学东的陪同下，驱车 90 多公里来到小四平镇。那天中午天空忽然飘起了大雪，气温骤然下降。我们冒雪踏入吉林省孝贤鹿源梅花鹿产品有限公司，见到了"杨鹿传"的主人杨立有。

53 岁的杨总，脸上的表情清澈澄明，谈吐洒脱，语言朗然，向我娓娓介绍起公司的发展轨迹。走过千山万水，留得坦荡平和，岁月在他的讲述中恰如涌起无数浪花的奔流，雄阔而悠然。

东丰县的山川河谷呈山间狭窄带状，大约占据全县面积三分之一，地势平坦，水源丰富，土壤肥沃。

东丰县之所以成为中国梅花鹿之乡，一方面是因为这里有适合于梅花鹿生长繁衍的自然条件，属温带大陆性气候，降水量丰沛，山势低矮，便于梅花鹿奔跑；天然柞树林广为分布，便于梅花鹿隐藏，柞树叶是梅花鹿赖以生存的最佳食物；另一方面也得利于清王朝时在这里长期设围封禁，并建立皇家鹿苑。1682 年辟为"盛京围场"，共 105 围，东丰设 22 围，为朝廷狩猎、养鹿、贡鹿，首开人工养殖梅花鹿之先河，天造地设地成为全国人工饲养梅花鹿的发源地。

朝廷先后任命当地猎户赵允吉、赵振山为鹿达官，负责管理"养鹿官山"，为朝廷捕捉饲养梅花鹿和向朝廷进贡活鹿及鹿产品，赵家因养鹿而官运腾达。

在当时的大肚川境内，有 48 家鹿趟子，所谓的鹿趟子，就是官府的人骑马绕山脉跑一趟划归一户，猎户就在这个范围里狩猎，每年向朝廷交纳活鹿 20 只。赵家趟子、严家趟子、牛家趟子、高家趟子、杨家趟子……

公司的"杨鹿传"不仅仅是一个著名品牌，更是发生在

吉林省黑土地上的一段传奇历史故事的缩影。从"杨家趟子"成为围场里的皇室猎户，到"皇家鹿苑"里的工匠师傅，再到新中国国营鹿场的第一代工人，已是六代亲传，见证了杨氏家族世世代代历经的风雨，以及与梅花鹿的深厚渊源。

"立身行道，扬名于后世，以显父母孝之终也。"——《孝经·开宗明义章》百善孝为先。

当我问起企业为何起名"孝贤鹿源"时，杨立有解释道：孝贤是指受教于家训传承，男儿要孝顺，女儿要贤惠，家庭要和谐、友善；企业要爱国、诚信，才能做到世世代代孝贤传家，厚道于世。鹿源是指杨氏家族世代丰衣足食，健康快乐，不仅仅来源于梅花鹿的恩赐，更是来源于党和政府的支持与关爱，让杨氏家族和企业走上一条致富路和小康路。

"国有史书，邑有县志，民有家谱。"一本族谱，就像一条河，记录着一个家族的来处，记录着一个家族的血脉。树是很聪明的，知道没有人记载它的历史，便悄悄地用年轮将生命的每一个细节都写进它的自传。家谱则记载了一个家族的兴衰与起承转合。杨立有的祖先来自山东，具体什么地方已无从考据，祖宗碑文记载是清康熙年间到辽宁开原，有记载的家谱从道光五年开始。杨立有经由家谱上的蛛丝马迹，抚摸那些永不枯烂的名字，借此找到血脉之间的神秘通道。

闯关东最早的落脚点，它是一个姓氏在异乡生存与繁衍的母体。在杨姓的族谱上，横跨两省远远近近的杨姓人家，都是同一祖先的子孙。我在一个个充满乡土气息的村庄里，恍若看到一个姓氏的开枝分蘖。

据说，"不守祖业"有两个意思：败家或漂流。杨立有对祖上传下的鹿业不敢有丝毫懈怠，决心用一生心血去继承，并使之发扬光大。

杨立有的奋斗史富有传奇色彩。

18岁的杨立有在小四平鹿场参加工作，当时鹿场有150多名工人。说起当年的鹿场，他不无骄傲地说，那时鹿场福利待遇好，分豆油用水桶挑，分肉都是成扇，还分房，后来就不景气了，还养过山鸡……

1997年鹿场转制，工人全部分流下岗，杨立有分到三只鹿和一亩三分地，开始自己养鹿，起初只有七八只，到2006年达到287只。

从2005年开始，东丰县的养鹿业逐渐衰落，到2010年跌入低谷，那时家家养鹿，市场饱和，供大于求，七八千一只买的，只能卖六七百（母鹿），有的人干脆直接把鹿放到山上，让其自生自灭……呦呦鹿鸣变得凄惨异常，在山谷引起阵阵回声，似乎是孤愤中的绝响。许多养鹿户知难而退，养鹿的梦想无疾而终。

被逼无奈，杨立有只好举家迁往江西省樟树市，后又辗转搬到赣州养鹿。累月经年积累了人工饲养梅花鹿的经验，克服了橘生淮北则为枳的难题，使自己的养鹿事业风生水起、蒸蒸日上，圈养梅花鹿 200 多只。一排排整齐的鹿舍井然有序，里面一只只灵动可爱的梅花鹿或尽情地撒欢儿，或悠闲地吃着草料，显得云淡风轻。

然而，梁园虽好，不是久恋之家。

看山思水流，触景进乡愁。

独在异乡为异客的他，大有倦飞知还的意思，想家的时候只能是"一斛浊酒尽余欢"。

他相信，天空再怎么宽广，喜鹊还是要落窝。

诚如莫言先生所言，作家是用文学的方式拓展故乡，这是对故乡的一种超越。杨立有不是作家，但他却用梅花鹿飞奔的脚步拓展了故乡，那何尝不是对故乡的一种超越。

一种故乡情结像脐带似的联系着远在几千里之外的东丰，扯也扯不断。

终于，呦呦鹿鸣，唤回了他乡的游子。

2017 年的春天，杨立有回到睽别 10 年的故乡，经历了在乡、离乡、梦乡、返乡、入乡的过程，可谓一波三折。

杨立有确实正如哲学家所言，一个人的肉体地理可以是多地域的，但是精神的原乡只能有一个。东丰是他生于斯、长于斯、还要终老于斯的地方，与这块土地有着前世因缘，叶落归根的他决心把余生贡献给这片热土。

杨立有回乡创业、造福乡梓的梦想终于变为现实。

采访中，杨立有介绍道，梅花鹿古代叫斑龙，被皇封为神鹿，确实当之无愧，非常神奇，自我修复能力很强，腿断了，不用管它，趴在那儿一周左右就好了。

公司诚信经营，用心制作鹿产品，获得了北京质量认证中心的"鹿产业行业用户满意产品"的认证，被吉林省企业评级中心评为"十佳诚信经理人"。

目前公司已完成梅花鹿副产品加工厂房灌装车间，引进目前国内最先进的灌装设备及膏、粉类加工设备。二期建设可容纳700只梅花鹿的标准化鹿场及饲料储备场，全价饲料加工生产车间，无害化粪尿处理池，无害化病死鹿躯体处理窖、办公区域等，占地面积15000平方米，引进优质梅花鹿种鹿700头。

月光下，蟋蟀在鹿场的周遭婉转歌唱，声声入耳。只有在乡村，它才肯抽出纤细的弓弦，演奏一支乡村小夜曲。背景是田野，山上的柞树叶在拍手伴唱，各种鸟叫和呦呦鹿鸣随声附和，宛如天籁之音。

面对未来，杨立有踌躇满志，信心满满。他说，有县委、县政府的优惠政策，有得天独厚的自然环境，有悠久的鹿业发展历史，"杨鹿传"的百年传承一定会更加发扬光大、行稳致远。我会把梅花鹿产业进行到底，绝不能改弦易辙。要让更多的人享受梅花鹿产品，感受它的神奇，恩泽后人，护佑苍生……

第二乐章：呦呦鹿鸣，唤醒男儿创业梦

梅花鹿灵动秀美，寓意吉祥。民间有幅年画，叫《六合同春》，里面有鹤、鹿和仙草。鹿为瑞兽，音通六；鹤是仙禽，音喻合；天地与东南西北称六合。鹿鹤呈祥，六合同春，万物欣欣向荣。

吉祥的梅花鹿给周国庆带来了好运。

吉祥的梅花鹿拯救了周国庆。

呦呦鹿鸣，唤醒了周国庆的创业梦，演绎了一个现实版的穷小子逆袭神话。

2021 年和 2022 年，连续两年周国庆荣膺"鹿王"评选大赛桂冠的消息不胫而走，轰动了整个东丰县城及周边县市。

周国庆何许人也？

咋连续两年获得"鹿王"评选大赛第一名？

昔日穷困潦倒的他，咋一下子成了"鹿王"？这其中经历了怎样的磨难与波折？

对周国庆来说，苦难就是一笔人生财富，正所谓没有百丈冰，哪有花枝俏。

蒲公英的种子看似柔弱纤细，常常被吹到土壤贫瘠的地方。它常年得不到阳光，也没有肥料的滋养，但不论环境有多差，它都会全力以赴地往下扎根，拼命汲取养分。

周国庆的故事，就是"蒲公英定律"的完美诠释。

1977 年 8 月 19 日，周国庆出生在东丰县大阳镇宝山村。

贫穷，像个魔咒，从他出生那天起，便将他紧紧裹挟。

父亲是鹿场的工人，他初中毕业后在家种地，春耕夏种，秋收冬藏，仅能填饱肚子。

后来父亲所在的鹿场黄了，家里分了四只鹿，26 岁的他便开始养鹿，起初锯茸时求人，后来自己尝试给鹿打麻药，自己锯茸，慢慢摸索积累经验。

当时住的是厢房，宽 4 米、长 12 米，二四厚墙，家里一贫如洗。父母都出去打工，他骑三轮车卖过菜，还开过豆腐坊，还去砖厂打过工，可无论他怎么努力，都无法挽救那个风雨飘摇的家。

常言道，贫贱夫妻百事哀，物质的阙如，生活的贫困，导致了妻子对他的失望与恨意。在他 26 岁那年，嗷嗷待哺的孩子只有 9 个月大时，妻子便决绝地与他离了婚。

"高山有崖，林木有枝"，是说生命的忧愁自古皆有，好比高山都有山崖，林木都有树枝一样天生即在，周国庆的痛苦无时无刻不萦绕在身边，但他知道，跟谁哭穷都没用，要想生存下去只能靠自己，他没有在婚姻的失败中迷失自己，不幸使他变得更加坚强。

生活的塞促，使他形销骨立，神情惘然。

周国庆当时的心情很颓唐，有些一蹶不振，如同他家屋后的山丘，每逢秋季变色，从墨绿转入明黄赭红，到冬季就变成全部光秃秃的凄凉。

处在人生十字路口的他茫然失措，想借酒消愁，可又不会喝酒，只能一天天无所事事地闲逛。说来也巧，那天竟鬼使神差逛到了西丰县，他眼前一亮，在这里发现了商机。于是，他骑摩托车往返于东丰和西丰，从村里收购鹿帽 80 元，拿到西丰能卖 100 元，鹿皮能卖 30 块一张，鹿筋 25 元一斤，鹿尾 30 块钱一根，西丰的土特产又能带回东丰卖，这可比他在乡下扒苞米一天挣 25 元强多了，骑摩托车去西丰一天就能挣 60 元，收入不菲。于是，每天往返 320 多公里跑运输倒腾鹿产品，摩托车的灯光在风雪里或明或暗，发出不服输的光。雨雪天道滑泥泞，摔倒是经常的事，双腿穿上护膝也挡不住刺骨的寒风。

后来，他又接触了几个养鹿大户，帮他们联系业务，买个手机，对缝儿挣中介费，经常跑长春双阳区的鹿乡镇，那里是全国鹿产品集散地，存在无限商机。

他无师自通地倒腾鹿产品三年挣了 4 万块钱。第三年在村里盖起了一座二层小楼，盖楼框架花了 1.7 万元，又花 2.3 万元买了辆面包车跑运输。后来楼房装修完总共借了 17 万元，不到一年就把钱还上了。2007 年花 9 万元买了辆三手红旗轿车，还买了件皮大衣，人靠衣裳马靠鞍，精神抖擞的他挺直了腰杆，真可谓鸟枪换炮了。2011 年举家搬到县城，买了套 70 多平方米的楼房。

聚沙成塔，集腋成裘。

周国庆的生意越做越大，原始积累滚雪球般逐年增加。2013 年 7 月，170 平方米的鑫喆鹿业门市房隆重开业，标志着他已由小打小闹走上产业化的道路，跻身个体户的行列。

2015 年在南屯基镇榆树村五组开办鹿场，规模不断壮大，目前已有 400 多只鹿。

命运的召唤，使他人生的航船扯起了篷帆。

周国庆想要改变贫穷落后面貌、致富奔小康的愿望如渴鹿奔泉，任何力量都无法将其阻挡。

克伦威尔说过："一个人不知道他正走向何处时，他永远不会升得太高。"好在，呦呦鹿鸣，唤醒了他沉睡的创业梦，冥冥之中，仙女下凡般的梅花鹿使他的人生触底反弹，闪耀出绚丽的光彩。

生意的忙碌，一点点弥补着他失去婚姻的痛苦。

46 岁的周国庆说起自己的第二段婚姻，脸上溢满幸福的笑容。妻子朱红艳家住横道河街里，29 岁时经人介绍嫁给了周国庆。她说当时农村的男人要么是岁数大，要么是家里穷不干活，而她之所以看好周国庆，是因为他能干实在，不抽烟、不喝酒、不耍钱。43 岁的朱红艳信心十足地说，俺们家能发展到今天这个地步，真不容易，付出了太多的心血，像燕子垒窝，一点一滴衔泥垒成……

如今，他们已有 3 个孩子，老大 22 岁正在上大学。

经历了风雨的这对夫妇，情深意笃，终于见到了彩虹，成为白手起家、埋头苦干、艰苦创业的典范。

有句成语叫鸿案鹿车，比喻夫妻之间相互尊重、相互体贴、同甘共苦，用在周国庆夫妻身上恰如其分。生活毕竟不是童话，爱情于他们已不只是简简单单的两情相悦，而是风雨中的携手，困境中的相扶。

就像被风四处吹散的蒲公英，无论落在哪里，只要扛过去，就能生根。人生苦难重重，遭遇挫折失败，周国庆曾经被看轻，被辜负，被打压，但只要咽得下委屈，忍得了痛苦，终于迎来属于自己的高光时刻。

天道酬勤，周国庆把梅花鹿喂得茸丰体壮，在"鹿王"评选大赛中，在几十家养鹿户参赛的激烈竞争中，连续两年拔得头筹，名噪一时。他获奖的那架鹿茸有七斤重，分量大，解剖结构好，嘴头饱满，外形美观，赢得众人喝彩。

鹿茸是雄鹿的尚未角质化或稍角质化的幼角的干燥制品。

明代大医学家李时珍所著的《本草纲目》中记载：鹿茸"气味甘温无毒、益气壮志、生精补髓、养血益阳、强筋健骨，治一切虚损症"。

人参、貂皮、鹿茸角，被奉为新关东三宝。猎人有"一架鹿茸吃三年"的猎谚。梅花鹿受伤后，从不拼命胡乱挣扎，以免碰碎鹿茸，只有在感到生命危险之时，才会奋力向石头和大树撞去，撞碎鹿茸，宁为玉碎不为瓦全的气节令人钦佩。

北方的狩猎民族有崇拜鹿神的习俗，赫哲族的猎人每逢三月三（旧历）就跳鹿神，九月九，过鹿神节。据说跳鹿神，是为了驱走人们日常生活中的恶魔和邪鬼，保佑全村的人无病无灾，天下太平。

据《长白山汇征录》载，鹿，一名为"斑龙"。梅花鹿属反刍动物，体内有四个胃，肠道的总长度相当可观，仅依靠进食草木足以满足自身的营养需求。

药圣李时珍则称："鹿乃仙兽，纯阳多寿，能通督脉，非良草不食、故之角肉食之有益无损。"梅花鹿全身都是宝，肉、茸、血、胎、骨、筋、尾、角、髓等均可入药。就连鹿粪，经过一段时间的自然发酵，也会转化成庄稼地里最好的肥料。

六月的长白山麓，满山遍野翠绿茵茵。这个季节，雄性梅花鹿脱掉花盘，长出棕褐色茸角，同时也脱掉了身上色彩浓重的冬装，换上了棕红色带有白色梅花斑点的鲜艳外衣，体态变得矫健、俊美，颇似发展中的鑫喆鹿业。

如今，鑫喆鹿业已拥有固定资产800多万元；鹿场有两台铲车，3800多平方米，400多只鹿，未来3年的奋斗目标要达到1000只。

多年来，周国庆一直在探索科学养鹿的新路径，摸索梅花鹿的生活习性和饮食习性，改善传统的喂养方式，提高饲料品质和应用效果。一年时间，他有大半年蹲在鹿场，兢兢业业，不敢有一丝一毫的懈怠。

用油炸杆立起来，拉上双层网，两米半高，围成1.3万平方米的鹿场，让梅花鹿回归自然。散养鹿三三两两，队形分散，随时可以往四处跑。

搭上政策的顺风车，2020年，鹿场获国家政策扶持补贴17万元，青储每年补贴1万元，饲养的梅花鹿数量越多补贴越多，160只鹿下了70多个崽，得到补贴款项4.9万元。每只鹿保险60块钱，400只是2.4万元，死一头鹿保险公司赔偿2700元，降低了养鹿风险。

俗话说："煎饼好吃磨难推。"同样，虽然梅花鹿浑身都是宝，但养起来却并非易事。

雄鹿到了发情期有些意乱神迷，变得狂躁不安和桀骜不驯。届时必须把它们与雌鹿分开，不让雄鹿在圈里来回蹿、乱顶架，分成前后两个区域。喂鹿更要备加小心，被顶倒的事件时有发生，甚至有被顶伤的，这也是有些村民把养鹿视作畏途的原因之一。

周国庆就经历了一次类似的危险。那天鹿场63岁的饲养员张景祥拨鹿（将收茸鹿拨入小圈）时，大声吆喝，让一只跑到圈门口的雄鹿回去，没想到那头雄鹿恼羞成怒，猛地一头将他顶倒，膝盖滑膜被顶碎。周国庆发现后飞身上前，身高1米70、体重150斤的他不知哪来的一股激劲儿，一把压住雄鹿脖子，大声喊让张师傅快跑，受伤的张景祥跟头把式跑出鹿圈。周国庆开始和雄鹿较上了劲，雄鹿想爬起来，周国庆拼尽全力压住它，就这样，势均力敌相持了好长时间，最终，周国庆因体力不支，被雄鹿的角帽顶到了前胸后背，庆幸的是圈门是活的，为他的逃生创造了条件，否则后果不堪设想。

鹿场的前面是一片茂盛的黑松林。

周国庆每天伫立在山坡上，盯着鹿圈外的远山与田野沉思。春天在山坡上调色，夏天在田野上泼墨，秋天题跋，冬天钤印，一幅山水画，仿若他46岁的人生写照，厚重而壮阔。

美国歌手鲍勃·迪伦有首家喻户晓的歌《答案在风中飘荡》："一个男人要走过多少路，才可以称之为男子汉？一只白鸽要飞越多少片海，才能在沙滩上入眠……"周国庆的人生之路虽艰难，但跋涉得风光无限，称得上真正的男子汉，他行事磊磊落落，如日月皎然，得到众人的交口称赞。

诗人艾青说，蚕在吐丝的时候想不到吐出一条丝绸之路。周国庆也没想到，倒腾贩运梅花鹿让他走出一条脱贫路和致富路。

这些年，唯有记忆对他忠心耿耿，成为他前行的动力。

梦是一方飞毯，如同脚下柔软的草地，它们在春天的湿润里生长出来，盖住了曾经的坚硬和荒芜。

树高枝稠，柞树长青的叶片在阳光下如翻飞的翠鸟，绿意荡漾。鸟声多的地方总是生态好的一种体现，鸟与人相同的是寻找没有危险的、适宜栖息的地方。

飞鸟在空中感受日光，它们择秀木而栖，把动人的鸣叫声传递给树下奔跑跳跃的梅花鹿，梅花鹿则不失时机地用呦呦回声与鸟鸣相和。

志存高远的周国庆羡慕飞行，这飞，不是啁啾枝头的燕雀之飞，不是低掠蓬蒿的学鸠之飞，不是扑棱水面的野鸭之飞；要飞就要飞出苍鹰的雄健、鲲鹏的狂厉、海燕的高傲。

周国庆最看重"此时此刻"，但他更不会忽略人生的沿途风景，因为有梅花鹿的陪伴，自然风光无限，景色怡人。

第三乐章：呦呦鹿鸣，唤出五彩斑斓新画卷

秦兆阳在《大地》里有两句诗："最应该感激的最易忘记，谁诚心亲吻过亲爱的土地。"54岁的张明云用另一种方式亲吻脚下的土地，她与梅花鹿的缘分可谓深厚，在养鹿的同时还画鹿。她把对土地的热爱都倾注到了笔端，用浓墨重彩妥帖安放的山水里，梅花鹿腾挪跳跃，神态各异，尽展风姿。

东丰县有两大靓丽名片——"中国梅花鹿之乡""中国农民画之乡"。张明云将这两张名片集于一身，将其融会贯通，交相辉映在秀美的山川大地。

东丰农民画构思新颖奇巧，构图充实丰满，造型变形夸张，色彩明快，形象质朴，画风浪漫活泼，具有强烈的时代气息，普及到家家户户，成为农民茶余饭后消遣的主要方式。

中国画，凭借几笔水墨和闲逸的白，就把山色空蒙、古意漫漫的灰色空间无限扩大，逶迤到广袤的大地上。农民画正好相反，构图不留空白，到处都是鲜艳的景物，有些密不容针，这也正是它所具有的独特魅力。

张明云的画讲究神韵，一只只梅花鹿在画里引颈呦呦，呼之欲出。她的画风格明亮，设色瑰丽，像一幅幅针脚绵密的刺绣，绚丽多姿。她画面的焦距往往都是实的，截取的是阳光明亮的正午，每一个细节都清晰毕现，那精致、流畅、唯美的线条，超出了纸页的范围，落在了山野间，给人以浓烈的乡村气息。肌理健硕，威风凛凛，她把梅花鹿的形与神镌刻得栩栩如生，洋溢着满满的关东风华。

"吉人词寡"说的大概就是张明云这类人，沉默寡言的她，说起自己养鹿和画鹿，显得有些局促拘谨和羞涩。

张明云家住小四平镇孤山村，2013年开始养鹿。

孤山村坐落在一条山谷里，名曰东葫芦沟，村子在沟的紧里头，即葫芦底。东丰县小四平镇一带山岭崇峻，森林茂密，禽兽群集，人烟稀少，正处于盛京围场的中心区域。

养鹿如养玉，讲究一个缘，都需要耐心与呵护。

1993年父亲在福胜村养鹿，"抬钱"买了9只鹿，后来

又买了 12 只，共计 30 多只，婆婆家也养鹿，当时村里几乎家家都养鹿。

开始父亲不让她养鹿，说是危险，把人一顶一个跟头，锯完茸时见人就顶。可张明云喜欢鹿，喜欢它们静如处子、动如脱兔的灵动，执拗地坚持了下来。

养鹿出现低谷那几年，鹿崽 200 块钱都没人要，只好往山上放，母鹿都杀了卖肉，张明云硬是坚持了下来。

张明云 2017 年开始画农民画，师从李俊敏，还画擦笔年画，拜杨树有为师。擦笔年画是中国传统美术，运用彩色炭精粉勾线涂擦等，其特点是气韵生动，永不褪色，画风细腻，色彩艳丽。白天干农活，晚上画画，画写实和民俗之类，接地气的画风颇受青睐。她手里那支画笔，日沐金光，夜吸银露，饱蘸天地间的风霜雨露，在水粉纸上描绘出一幅幅山乡巨变和梅花鹿群像的画卷。

为了照明，她在管灯的基础上，又安上一个 100 瓦的灯泡，画起来更加得心应手。

张明云曾经当过 10 年民办教师，在镇里的中心小学教美术，从 1 年级教到 6 年级，顶编代课，在中国少年儿童第三届书画大赛中，她荣获指导类一等奖，指导的学生荣获一等奖和二等奖，得到众多家长的好评。由于她为人处事缺少长袖善舞的技巧，1989 年下岗时只给了她 300 块钱，学校要回聘她没干，毅然决然回家养鹿种地画画。当有人替她打抱不平时，她则坦然地说，无所谓，到哪儿都画画，只要能画画就开心。

回村后，她又花6000元包了一座山，种植果树123、黄太平1000多棵，到了秋天每斤卖1.5元，落地果卖5角，树上果最便宜也能卖8角，一年下来，收入非常可观。

丈夫张林在中学当了7年教师，教代数，下岗后回乡务农。因为没有经验，二垧多地只打300斤黄豆，"草盛豆苗稀"，根本分不清哪是草哪是豆苗。那天她骑自行车去地里察看，发现全是草，只好蹲下薅草，烈日炎炎下忘了时间，中暑后的她虚脱得站不起来，勉强挪到附近一个亲戚家躺下，休息半天才回家。回来一问丈夫，刚进院骑在雅马哈摩托上的张林说，有个放牛的告诉他，有草正常，没有草哪来的苗，让她哭笑不得。

梅花鹿冬夏毛色不同，冬季灰褐色，夏天栗红色，外表长有许多白斑，形如梅花，灿烂可观，四脚细长强劲，擅长奔跑。

梅花鹿喜欢干净，为了给它们创造一个整洁的空间，张明云每天起床后的第一件事就是打扫鹿圈。每天喂鹿给她带来很多乐趣，它们乖巧聪明，会向她鞠躬要吃的。她在与梅花鹿的相处中，留心观察它们的一举一动，与鹿互相端详，亲密接触，所以她笔下的梅花鹿才活灵活现，一只只梅花鹿夸张变形得憨态可掬；所以才会画会飞的鹿，前蹄和后蹄像要拉成一条线，似乎带着风的速度。

在她的眼中，梅花鹿是那么灵巧，那么身轻如燕，2米多高的栅栏从来不用助跑，轻轻一偏身子就过去了，像电影中的慢镜头。那天她眼瞅着圈里跑了3只鹿，她在后面追，前面那么宽的一条大壕沟，梅花鹿一下子就"飞"过去了，从空中一跃而起成为自由落体的前奏，美得让她叹为观止。在她的眼中，梅花鹿不会曲意迎逢、谄媚奉承，它们敏感胆小的天性令她心生怜爱，而每每立起来打架时又让她忍俊不禁。

雌鹿每年5月份开始生崽，逐渐减少，8月25日统一断奶，母子分开。雌鹿产崽时，一夕数惊。老鹿叫一声，鹿崽叫一声，一高一低，一沧桑，一稚嫩，你叫我应，二重奏般在山谷引起阵阵回响。

春天的雄鹿身上的花斑越发白净，瞳孔越发黑亮，矫健飞腾。

梅花鹿到了发情期，显得躁动不安。

每年8月到10月末3个月中，对于被选定为种鹿的雄鹿，在饲养上视为座上宾，增加豆饼、红萝卜和其他一些精料，或者全部喂精饲料。这样便于增进种鹿的体质，增加性激素，保证种鹿在交配时精力充沛，精子强壮，使生下的仔鹿健壮。

敞开的鹿圈门犹如取景框，框住一幅幅美丽的画面——画框中，树影参差，苍藓盈阶，雌鹿围着雄鹿跳舞，它把前边的蹄子抬起来，转圈，头歪向一边；雄鹿的舞蹈是蹦高，跳起来，落地，再跳起来，再落地。很快，这些奔跳的梅花鹿变成了丰富而统一的色彩和巧妙的构图，自然地表现出群鹿在山林中生活的优美情调，其浓郁的装饰画风格令人赏心悦目、心旷神怡。

梅花鹿雄性的嗓音比雌性更洪亮低沉，惊慌失措时，前蹄用力跺，发出刺耳的警笛般的鸣叫，全体鹿群则警觉地竖起耳朵，如临大敌，随时准备奔逃。在野外发现危险，碰到大型动物时，雄鹿会发出尖厉的鸣叫，向伙伴们报警。

法国画家巴尔蒂斯说过"脱离自然的画家会渴死在泉水旁"。我们从张明云的画作中，能够更准确地捕捉到画家最率真的感情和最无功利之心的自由笔触，这些都缘于她在大自然中汲取的营养和获得的灵感。

她以鹿的奔腾跳跃、栩栩如生的祥鹿图为主题的画作已超百幅，每一幅都充满了梅花鹿的气味，都与东丰的百年历史息息相关，既有皇家鹿苑的狩猎场面，又有窖鹿、割茸、炸茸的情景，浓郁的鹿乡文化鲜红亮丽，有着动物的野性色调，大量充斥必然带来躁动的感觉，仿似印象派绘画努力描绘视觉现实中瞬间的效果。

画面上一群鹿奔腾跳跃迎迓，皇帝的狩猎队伍浩浩荡荡的逶迤而来。群鹿形态各异，或奔跑，或嬉戏，或觅食，或小憩，或啜饮，或纵然跃然，寥寥几笔，如国画里一勾灵巧的飞白，一派生机勃勃的景象。四周衬以山峦叠峰和各种颜色的柞树，形象生动，自然逼真。

张明云性格执拗狷介，勤勉专注，画起画来往往废寝忘食。那次有人相中她的四幅画，想要每幅 7000 元的价格买下，可她那组梅花鹿系列是 20 幅，她愣是没卖，别人劝她卖了再画呗，她始终不为所动，要买都买，零买不卖！

张明云娓娓道来一件事，兴趣盎然。那年她家丢的一头雄鹿，到了发情期又回来了，围着鹿圈一圈一圈地跑，"久在樊笼里，复得近自然"，但又是什么力量驱使它旧地重游呢？邻居家的鹿圈靠近山根，发情季节就有野生鹿从山上直接跳进鹿圈。

芳草鲜美，落英缤纷。

在中国乡村传统中，有句话说：山管人丁水主财。

张明云家门前的小溪，在月光下变成了一种缓缓流动的液态金属，闪着粼粼的银光。采菊东篱下，悠然见南山的她，真正体验到了什么叫望得见山，看得见水，记得住乡愁。

相对于绵亘的群山，鹿场仅是个婴儿，躺在大山温暖舒适的襁褓中。雨中的山峦成了一张水粉画，扁平模糊，对比度不够，颜色过分饱和。

炊烟升起，孩子出来撒欢，鸡飞狗跳，圈里的梅花鹿们也蹦跳得像叮咚不停的手鼓，鹿场上新的一天开始了。

红蓼，一年生草本植物，茎高可达 2 至 3 米，在乡下沟渠水洼处疯长，高大茂盛，初秋时节开白色带粉或紫红色的小花，一穗穗的。鹿场周围也开满了红蓼花，与梅花鹿的斑斑梅花相映成趣，组合成一幅五彩斑斓的画卷。

这时的张明云能闻得到田野中那独有的气息，那气息被融融的阳光增加着美感和韵致。这气息融合了种子的气息、叶绿素的气息、丰满果实的气息，以及梅花鹿身上独有的腥骚气息，当然还有自己汗水的气味，代表了整个鹿乡的独特性。

张明云看鹿绘画的眼神，像鹿圈周围出没无常的萤火虫亮晶晶的。萤火虫犹如乡村的试剂，可以测出故乡的人心和污染。这是心灵洁净的虫子，也是有精神洁癖的虫子，这小小的虫子对环境的要求非常苛刻。懂科学的人说："萤火虫看起来似乎毫不起眼，但它们对生活质量可挑剔得很。萤火虫只喜欢植被茂盛、水质干净、空气清新的自然环境，一旦植被被破坏、水质被污染、空气变污浊，它们就会消失得无影无踪。葫芦沟里的清新环境还没有受到大山外面的污染，有萤火虫的闪烁为证，有鹿鸣呦呦和母牛的哞哞为证。

吉林电视台拍摄的专题片《天地长白之鹿乡人家》，让张明云一家闻名遐迩，鹿乡每一个人都有自己爱鹿的方式，而梅花鹿又为他们创造出更多的价值。

已是高级农民画师的张明云现在县城陪读，业余时间画画。

古人云："闲，天定许。忙，人自取。"所谓忙里偷闲，应偷取那些属于自己的片刻辰光。在通往富足的路上，她没有忘记带上知足的心，每一步都像走在朝觐的路上。

梅花鹿长势喜人，她双手合十，感恩梅花鹿。

第四乐章：呦呦鹿鸣，唤响县域经济突破集结号

作为农业大县，东丰县拥有丰富的农业资源，在擘画振兴蓝图中，立足本地特色，从强链延链入手，稳住农业基本盘，全力确保农业稳产增收，构建"梅花鹿＋医药健康"等产业格局，做大做强集体经济，不断拓宽增收渠道，保障农民群众稳步增收、持续增收，共享经济社会发展红利。

东丰县是全省乃至全国梅花鹿主产区，"十三五"以来，县委、县政府高度重视梅花鹿产业发展，通过规划引领、政策推动、品牌培育、企业带动等有力举措，梅花鹿产业得到了长足发展，已成为该县的特色优势产业。

2020年5月29日，国家农业农村部正式将梅花鹿、马鹿和驯鹿列入《国家畜禽遗传资源目录》，人工驯养梅花鹿由野生动物正式进入畜牧行列，归为家畜管理，从政策方面打破了梅花鹿作为野生动物禁食禁养的发展瓶颈，为东丰县放开手脚发展梅花鹿产业释放了强大动能。

乡村振兴，关键是产业振兴，立足农业，东丰县不断创

新工作思路，破解发展瓶颈，近几年来，先后被省政府确定为吉林省梅花鹿产业发展双核之一、特色农产品优势区、现代农业产业园、互联网＋农产品出村进城工程试点县，东丰梅花鹿地理标志被评为"吉林省十大地理标志"，获得"2020世界地理标志产业博览会金奖"等多项殊荣。

投资7047万元，率先建设了吉林省梅花鹿种质资源保护中心，保种规模达600只，养殖基础不断夯实。依托6个梅花鹿规模养殖场开展良种繁育场功能设施建设，提高了良种繁育和供应能力；全面推进标准化规模养殖场建设，在8个乡镇建立了标准化养殖示范基地。三年来，新建标准化鹿场101个，新增鹿舍面积11.2万平方米，新增鹿只5292只，梅花鹿存栏量比2017年增长了38%。

深度挖掘"盛京围场""养鹿官山""皇家鹿苑""道地药材"等历史文化，打造集梅花鹿养殖、产品加工、科技研发、产品销售、文化旅游于一体的发展模式，三产融合加速发展。创建了现代农业产业园、特色农产品优势区，建立了全产业链融合发展模式，为产业快速发展奠定了坚实基础。投资2177万元，建设了养鹿官山园，投放观赏梅花鹿200余只，被吉林省农业农村厅评为"吉林省休闲农业和乡村旅游五星示范企业"；投资3500万元，建设了皇家鹿苑博物馆，两处景点每年接待游客30余万人次，大大提升了东丰县梅花鹿产业知名度。

县里先后出台《梅花鹿标准化规模养殖实施意见》《东丰县金融支持梅花鹿产业发展指导意见》《东丰县梅花鹿养殖保险实施意见》等政策，服务保障坚强有力。每年设立梅花鹿产业发展基金 2000 万元，金融贷款发放 2097 万元，持续 5 年开展养殖保险，补贴保费 1530 万元。截至目前，省、县财政投入梅花鹿产业资金达 8.66 亿元，养殖规模日益扩大，产业层次显著提升。成立东丰县梅花鹿专家技术组，制定梅花鹿产业县级团体标准 25 项，制定省级标准 3 项。2019 年成立了东丰县梅花鹿产业发展协会，开展梅花鹿养殖技术培训 5 期，培训人员达 1500 余人次。

依托东丰梅花鹿地理区域优势特点，将梅花鹿、农民画等特色元素融入城市建设，在县城各街道、主要入口设立梅花鹿公共设施标志、各乡镇建立历史性标志物、梅花鹿主题景观带、群鹿雕塑、鹿文化故事，历史文化宣传板、牌、碑等多种形式，体现东丰梅花鹿文化底蕴，增大知名度，擦亮东丰梅花鹿金名片，个性魅力愈发凸显。

建设智慧鹿业综合服务平台，建立可追溯体系，运用互联网、大数据和人工智能等现代信息技术，将梅花鹿全产业链进行整合，搭建统一的智能养殖、产品追溯、网络销售平台。2022 年开展养殖溯源、网络销售平台建设。2023 年启动养殖溯源，延伸产品溯源。建立网店，开展网上销售，涉鹿经营业户进入平台率达到 50% 以上，2025 年进入平台率达到

90%以上。

2022 年 5 月 31 日，东丰县梅花鹿鲜茸交易市场在南山夜市场火爆开市，东丰县九家鹿茸收购企业对养鹿场（户）送来的精品鹿茸进行收购，开市当天，鹿茸交易量为 48 副鲜茸，重量约 192 斤，交易额达 20 余万元。整条夜市场盛况空前，如《清明上河图》拉开卷轴，人流、物流涌动幢幢，虽紊乱错置，但蓬勃盎然。

鹿茸交易市场是解决鹿茸流通环节的关键措施和重要手段，不仅方便全县养殖场销售鹿茸，还吸引了县域周边养殖场和经纪人到东丰县销售采购鹿茸产品，同时带动了东丰县及周边地区的梅花鹿养殖、生产加工和鹿文化等产业快速发展，对助力鹿乡振兴、保护鹿业持续稳定发展，具有十分重要的意义。

盛夏时节，草地散发着沁人心脾的香味，每一株草与野花都凸显出勃勃生机。

呦呦鹿鸣，犹如鹿角制成的号角，吹奏出县域经济突破的集结号，音域宽广洪亮，震撼人心。

东丰县形象标识是一只变形的昂首挺进的梅花鹿，体现了东丰——梅花鹿之乡的地域特色，也象征鹿乡的发展速度。这个标识寓意深刻，分量厚重，蕴含无限潜能和无穷的力量，人们都在拭目以待！

尾　声

　　卢梭说："我必须在冬天才能描绘春天，必须蛰居在自己的斗室中才能描绘美丽的风景。"写下这些文字时，正值瑞雪纷飞的冬至，耳边骤然响起呦呦鹿鸣，那深邃悠远的召唤声仿如春天的脚步，正一步一步向我逼近，春的气息扑面而来。

　　随着皑皑白雪覆盖原野，东北风也越发凛冽起来。田野里的作物已经枯萎凋零，最长的黑夜笼罩大地，彻骨的寒风呼啸着，大地一片封冻，天空死气沉沉。梅花鹿早已换上又长又厚的皮毛，抵御严寒的侵袭，它们怀揣梦想，抱团取暖，盼望春天的早日到来。

　　春天，终于被呦呦鹿鸣唤醒。

　　星移斗转，四时有信，春天该来时就来了，是呦呦鹿鸣唤来的。

　　打春三日，百草发芽，梅花鹿身上开始出现白色的梅花斑点，雄鹿的鹿茸也会慢慢地生长起来，在经历了寒冬之后，它们以昂首挺胸的姿态迎接春天的到来。它们在山间、树林里嬉戏打闹，公鹿和母鹿互相凝视，人们传说：公鹿衔着灵芝草可以 3 个月不吃不喝，与母鹿恩爱。母鹿温顺地垂下弯长的睫毛，似乎鼻息也调整得轻柔。

　　梅花鹿身上全是宝，也是农民的致富之宝，更是东丰县经济发展的无价之宝。每当立春之际，鹿身上的花衣裳变成了红褐色，底上现出朵朵雪白的花纹，美得不可方物。

村美民富产业旺，乡村振兴正当时。

鹿鸣呦呦，响彻东丰大地，唤出的不止是大自然的春天，还有富民强省的春天，还有山乡巨变和乡村振兴的春天！

一群梅花鹿挺立引颈，高昂起雄性十足的鹿角，瞪着一双双澄澈明亮的眼睛，眺望着东丰县的明天。

圣湖布德泽

王立民

这里体现了大自然的鬼斧神工、神奇造化——

这里，三原重叠：东北平原、松嫩平原、科尔沁草原的绿浪欢聚簇成"北国碧玉"……

这里，三山环抱：长白山、小兴安岭、大兴安岭的臂膀遥遥相连……

这里，三江交汇：松花江、松花江南源、嫩江三姐妹相约在每一个春天……

这里，是古老神奇的聚宝盆，聚来了"三原之秀""三山之灵""三江之情"，聚来了日月精华、天地灵气，聚来了古老的传说和现代的神话……

这里，就是吸引八方、名扬四海的"塞外江南"松原明珠——查干湖！

一

查干湖——苍天的明镜，大地的眼睛，自然的宝库。

考古学家发现，查干湖是松嫩平原上的"大古湖"，查干湖是生生不息的生态之湖。

旅行家从空中看查干湖，查干湖如一颗璀璨的明珠，镶嵌在美丽富饶的松原大地，再从南往北细细俯瞰，查干湖恰似一只展翅欲飞的白天鹅，美轮美奂，楚楚动人……

查干湖，风光秀丽，水美鱼肥，水草丰盈，婀娜多姿，妩媚动人，有人把她比作圣女双手托起的璀璨明珠。查干湖的四季之美，别有韵味。"春天，沉睡了一冬的查干湖水悄悄地醒来，复绿的春草、初绽的百花倒映在悠悠的湖面，湖畔鸥鹭齐飞，百鸟鸣唱，天鹅在湖面梳妆照影。湖中烟波浩淼，烟波鱼帆点点，鱼儿在水底摆尾追随……夏日，漠漠大湖碧波万顷，两岸花开香溢四野，渔歌婉转，橹声咿呀，更添流云鹤影。湖边的芦苇在微风中摇摆着枝叶轻歌曼舞，嬉戏的鱼儿不时跃出水面……秋天，浩淼的查干湖气爽风清、大野悠悠，芦花扑面，雁阵南归，秋阳为湖畔的万物镀上了金色的外衣，更显雍容富丽，美丽的查干湖又增添了几分塞北风光的雄浑与壮美。冬季，银装素裹的查干湖像一块硕大的碧玉，镶嵌在飞雪茫茫的北国冰面上，一串串的爬犁，往来穿梭，高亢激越的劳动号子驱散了严冬的寒冷，沉甸甸的大网拉出了鳞光耀眼的鲜鱼，也拉出了绚丽的希冀，勾画出冬日查干湖的壮观景象。"相传1211年，成吉思汗征战路过于此，惊讶于查干湖的壮美，于是便下马焚香祭湖，因此，查干湖又称圣湖。

历史上记载，辽帝曾到此巡游春猎，"弋猎网钓，春尽乃还"。查干湖曾叫大水泡、大鱼泡。1960年建起查干湖渔场，当时归省商业厅直管，1965年划归前郭县直管。圣湖让人心醉神迷，也曾让人黯然神伤。湖啊湖，水中的，一轮古月也曾有过干渴。查干湖是霍林河的堰塞湖，20世纪70年代，由于霍林河上游层层蓄水，加之严重的旱灾，查干湖仅剩50多平方公里的水面，几近干涸。查干湖，又被称"西旱泡"。1970年查干湖人发扬愚公移山的精神，劈开川头山，把新庙泡的水引入查干湖，这也没有使查干湖解渴。圣湖之水在哪里？1976年前郭县委、县政府从国计民生的战略高度出发，决定引松入湖，草原人民经过8年的艰苦奋斗，人扛马拉，流血流汗，终于修通了54公里的前郭尔罗斯草原运河——引松河。从此，查干湖如凤凰涅槃，获得了新生。山青了，山青了，草原人民像热爱自己的生命一样热爱查干湖。

查干湖，天高地阔，空气湿润，降雨充足，查干湖是国家重点湿地、国际重要湿地。查干湖生态原始，资源丰富。查干湖盛产鲜鱼，有鱼类15科68种，每年鲜鱼产量5000

吨，查干湖胖头鱼是我国获得绿色、有机认证的淡水鱼。

查干湖是野生动物的天堂、鸟类的乐园。1986年，查干湖成为国家级自然保护区，查干湖丰美的水草间，栖息的鸟类276种，其中有国家一级珍稀保护动物白头鹤、丹顶鹤、东方白鹳、中华秋沙鸭等17种，有国家二级重点保护的白天鹅、黑脸琵鹭、雀鹰等52种，查干湖是天然的植物园，有植物近200种，其中药用植物近200种，野大豆和甘草是国家级二级保护植物。

开发——一个具有强烈时代感的动词！这个动词的力度好比开山巨凿，这个动词的速度好比离弦之箭。这个动词与查干湖正式连在一起是2002年，前郭尔罗斯查干湖旅游经济开发区正式成立，从此查干湖进入了健康发展的快车道。

今天，让我们一起走进查干湖，感受圣湖的蝶变，欣赏生态的画卷，共享幸福的家园——

在查干湖锦绣的湖畔，在南湖景区通往北湖景区岔路口两侧，巍巍矗立着两块巨幅牌匾，上面写着阳光一样温暖明亮的大字："保护生态和发展生态旅游相得益彰""守护好查干湖这块金字招牌""让查干湖连年有鱼、连年有余"——这是习近平总书记在2018年9月26日到查干湖视察时提出的殷殷嘱托……

查干湖景区南湖与北湖的岔路口处，立起了一个线路导视牌，上面写着"距离北路景区花海、野鸭湾16公里"，给千万游人标出了一条心驰神往的旅游黄金新干线。顺着查干湖新修的生态路，一路向北，沿途的数千盏漂漂亮亮的路灯，全是风力发电和太阳能发电，这是推进生态、节能环保的大亮点。生态路旁，岸柳们亭亭玉立，"绿丝绦"随风曼舞，婀娜多姿，风情万种……

车过查干湖大桥，遥远的青山头便徐徐打开了簇新的生态画卷。青山之上，新栽了青松、翠柏及丁香、玫瑰等花树，郁郁葱葱，生机盎然。圣湖岸边，便是湿地，芦苇葱茏，香蒲摇曳。今天查干湖湿地，有着典雅的自然美："蒹葭苍苍，白露为霜，所谓伊人，在水一方。""接天莲叶无穷碧，映日荷花别样红。"芦苇荡、香蒲、荷花，饰圣湖以翡翠之畔。

在查干湖景区柏油路依山傍湖处，山坡的护坡都是人工种植的各种花草，等距离设置了喷水泵站——稍有旱情，一个个喷头便喜降甘霖，水雾在阳光的照射下，变幻出一道道美丽的彩虹……

曲径通幽。沿着曲曲的生态路，便来到了中国最美渔村，春深似海的"野鸭湾花海湿地公园"就在查干湖渔场的身后。漫山遍野的万寿菊、万年红、大丽花、百合、美人蕉、丁香、玉兰、梧桐、槲树等数十种花卉争妍斗艳、竞相开放，阳光下，百花齐放、万紫千红、花团锦簇，透明的花仙子清香四溢，惹得蜂飞蝶舞。花海每到姹紫嫣红的时节，一对对"百年好合、永结连理"的恋人便来花丛里拍婚纱照。花海，浪浪漫漫地盛开爱情……夏秋之交，天天都有即将步入婚姻殿堂的情侣们在这里"人面桃花相映红"了。一天，竟然有几十对恋人来此拍婚纱照。野鸭岛也好，花海也罢，已成为俊男靓女"山盟海誓"的好去处了。

一位小伙子喜滋滋地说："查干湖的花海，是仙境，和心爱的人在这里拍婚纱照，是最美妙的回忆……"

"哈哈！我在大自然中看动画片了……"孩子走在野鸭湾栈道，幸福抒发了童心深处对美好大自然的无限热爱。野鸭湾湿地，是查干湖原生态的秘境，栈道全长 1599 米，仿辽代军事重镇塔虎城护城兵马甬道沿湖湿地而建。栈道曲径建有 8 个凉亭，坐在凉亭内木制的座椅上小憩，听百鸟啼唱，看鸥鸟翩飞，芦苇荡间，绿头鸭戏水玩耍，黑天鹅悠然自得。游人行走其间，情不自禁地发出了感叹："习近平总书记'绿水青山就是金山银山'的治国理念就是好，查干湖的环境保护，为我们创造了人间仙境啊！"野鸭湾是湿地，也是诗地，纷至沓来的游人与云集在这里的鸭雁、鸥鸟们共享"人与大自然和谐共生"的静谧而甜蜜的时光……

查干湖的春天来得特别早。节令刚好是春分，查干湖大桥附近马营泡清口碧波刚刚荡漾开来，便有各种候鸟成群结队地如约而至。天鹅、大雁、白鹭、白枕鹤、白鹳、湖鸥、绿头鸭等鸟们从遥远的南方迁飞而归……一群又一群，一队又一队，成千上万，遮云蔽日……仅仅几天的时间，查干湖回归的候鸟总数便超过了十万只。

查干湖"大明星"、全国劳动模范、渔把头张文说:"我是查干湖土生土长的。打从记事起,查干湖的野鸭子和大雁就从来没有像今年这样多,也从来没有像今年回来得这么早。我想啊,一是自从习近平总书记视察后,查干湖生态保护、建设的力度加大了,候鸟离开时,有个好印象,当然要早点儿回来了。二呢,不仅仅是查干湖,也不仅仅是北方——候鸟在南方不遭猎捕,回来的自然就多,这说明国民环保意识在整体提高。"张文继续说,"再说我们渔民打鱼,从前有什么捞什么,渔网越织越密,现在一寸的网眼都改成6寸了。冬捕一直是人工凿冰、马拉绞盘。渔场划定了禁渔区,目的就是一个呀,时刻不忘习近平总书记殷殷嘱托——'连年有鱼、连年有余'啊……"

今年五一小长假,"查干湖春捺钵开湖鱼美食节"系列活动精彩纷呈,查干湖旅游业出现了急剧的升温,游客创历史新高。在小长假的5天时间里,整个查干湖旅游区的各个景点接待游客量猛增,共接待游客20.89万人次,旅游收入创下了18383.2万元的历史新高,无论是旅游人数还是旅游收入,与去年同期相比增长了100%以上。

查干湖鱼肥水美,吸引了全国各地的垂钓爱好者。盛夏时节,青岛4位游客开来两辆房车,在查干湖渔场丁字坝码头整整住了20天,垂钓,度假,湖水炖湖鱼,赏美景品美食，回归自然，物我两忘，乐不思蜀。

沈阳有一对中年夫妇，也是开房车来查干湖的。旅游的路线为阿尔山—牙克石—查干湖。此行夫妻俩将查干湖列为最后一站，就是想在这里多逗留几日，览湿地、赏荷塘、徜徉花海、留恋"野鸭湾"……

查干湖畔，金色的阳光，蜜一样清甜，洒下了暖暖的幸福。今天，当回首查干湖5年来的发展变化，我们心生澎湃与激动。时光，在汗水与心血的交融中匆匆而逝。查干湖决策者和建设者——是如何实现"保护生态和发展生态旅游相得益彰"呢？又如何"守护好查干湖这块金字招牌"呢？查干湖"最美渔村"及周边的人们——是怎样享受"两山"理念带来福祉的呢？"连年有鱼、连年有余"诗意地栖息的生活状态又是怎样的呢？

天　琴

一把弹奏天籁之音的马头琴降临在湖畔
两股琴弦就是嫩江、松花江孪生姐妹
阳光下融金的万寿菊，燃烧的万年红
携手280根细密的琴弦拉响锦绣的大草原
惬意的夏季风弹奏悠远辽阔的生态长调
绿色的琴音涅槃了巴特尔和汗血马的传说
以及大汗的铁骑横扫亚欧大陆的浩浩雄风

此刻，从珍珠般的蒙古包不绝如缕地飘出

马奶酒的芳香和草原人民对圣水的热爱

绿色的琴音激扬着新时代的"两山"理念

走在查干淖尔和玉龙湿地之间的生态路上

我深深感到查干湖就是一把幸福的天琴……

二

查干湖，苍天的明镜，大地的眼睛。

查干湖的生态之美，越来越引起各级领导和各界人士的关注、关怀与关爱。

5年来，各级党委和政府坚持把查干湖"生态保护和发展生态旅游相得益彰"作为践行习近平总书记生态文明思想和"两山"理念的重要标志性工程，坚持保护与发展并重、生态与旅游并举，坚决守护好查干湖这块"金字招牌"。

松原市委、市政府把贯彻落实习近平总书记重要指示精神作为首要政治任务，把抓好查干湖生态保护和生态旅游发展作为"天字号"工程，加快把总书记的殷殷嘱托变成活生生的现实。松原市委书记、市长为强力推进查干湖生态保护建设，亲力亲为，殚精竭虑，经常深入查干湖现场办公……

查干湖5A级景区创建，是一个功在当代、利在千秋的伟业。松原市委、市政府领导强调："各地各部门要深入贯彻落实习近平总书记视察查干湖重要指示精神和省委、省政府决策部署，坚持生态优先，聚焦生态修复，推动绿色发展，走出'保护生态和发展生态旅游相得益彰'的创新之路，不断擦亮查干湖'金字招牌'……要加快推进查干湖环湖生态修复种植结构调整项目，明确区域生态功能定位，凸显绿化'板块效应'，做足查干湖'水、树、花、鸟、鱼、冰、路'特色元素文章，早日实现水清、岸绿、景美的查干湖水域图卷。"

松原市委、市政府第一时间成立了查干湖生态保护与发展委员会、生态保护开发领导小组、生态保护专家咨询委员会、生态保护研究中心。松原市委、市政府按照"多规合一、步调一致、有机衔接"原则，扎实做好规划编制和项目谋划工作。在规划编制上，在配合省水利厅编制完善《查干湖治理保护规划》的基础上，委托中规院、华侨城集团、北京巅峰智业等权威机构，对《查干湖旅游经济开发区总体规划》进行了修编，编制和修订了《查干湖生态旅游发展专项规划》《查干湖景区创建国家 5A 级旅游景区提升规划》等规划。

松原市全面加强了查干湖旅游保护区的"三区"（核心区、缓冲区、实验区）的管理，严格控制人为活动对自然生态原真性、完整性的干扰，严禁不符合主体功能定位的各类开发活动。凡在自然保护区内修筑设施，必须严格履行行政许可审批程序，并严格执行环境影响评价制度。对此，松原市委的态度更是明确：在查干湖景区内，凡是工业项目一个不上；凡是污染类项目一个不上；凡是有潜在环境风险的项目一个不上——省、市、县、区主要领导的共识是一致的：要发展，更要生态，坚决从源头上呵护查干湖的绿水青山。

查干湖决策者提出"退耕还林、退耕还草、退耕还湿、退耕还花"的"四退"绝不是口号，而是立竿见影的行动。2018年，完成了实验区内117公顷土地整理项目退耕还湿任务，完成了缓冲区内吉林油田集团公司29口油水井、4个采油平台拆除任务。2019年10月，马营泡面源污染拦截工程投入使用，切实发挥拦污、整治、调蓄等生态功能。

查干湖镇云字井村收字井屯位于查干湖南岸，全屯117户319口人一直邻湖而居，村民"靠山吃山、靠水吃水"的生产、生活方式，与查干湖生态修复与保护相悖。前郭县委、县政府为了守护好查干湖这块"金字招牌"，于2019年10月17日正式启动了查干湖镇云字井村收字井屯生态移民工程。查干湖镇党委一班人耐心细致做好失地农民思想工作，向农民朋友认真讲清查干湖生态保护意义，解除失地农民故土难离的思想痼疾。党心暖民心，干群心连心。仅仅一个半月时间，查干湖镇就完成了生态移民这项工作。2020年5月12日，圣湖南岸，春风弥漫，收字井屯房屋建筑荡然无存，草籽和希望播撒在平整的土地上。盛夏时节，收字井屯恢复的423公顷湿地芳草萋萋、鸟语花香、鸭雁云集，成了候鸟的天堂。

簇新的收字井湿地——人与大自然和谐共生的诗地……

前郭县狠抓查干湖周边村屯人居环境整治。2019 年，对周边 31 个村屯开展了专项攻坚行动，累计清理垃圾 5.1 万立方米，粉刷围墙 1.8 万平方米，维修破损道路 7284 米，栽植树木 2.2 万余棵。建设生态垃圾房和无渗漏临时垃圾存放点399 个，低温脉冲小型垃圾处理站 3 座，可覆盖查干湖周边所有村屯。吉林油田集团公司在缓冲区内的 38 口油水井已完成封井和生态恢复，实验区内 145 口油水井正按整改要求有序退出……几年里，查干湖湖区周边的 8 万亩土地全部实现还林、还草、还湿。

这样的组织力量，这样的精神面貌，这样足的心气，相信查干湖的生态保护与生态建设，一定会出现更多的新亮点，这块"金字招牌"将被擦得纤尘不染。

查干湖渔场先后投入资金 1500 万元，按照 5A 级景区标准，配备保洁人员和清扫车、垃圾车等特种车辆，实行全天候保洁，确保卫生全覆盖，无死角。积极开展退耕还林、还湿工作，共还湿 1 万亩，种植树木 20 公顷，种花种草 80 公顷。建立湖长制管理长效机制，实现了省、市、县、乡、村五级湖长责任体系全覆盖。

查干湖生态环境的大力改善，使区域小气候发生喜人的改变。查干湖年平均降水量 355 毫米，比 2018 年增加 38%，地下水位平均上升 0.8 米，生物多样性得到有效保护，保护区鸟类栖息地面积不断扩大。早春二月，东方白鹳、灰鹤、豆雁、大天鹅等珍稀濒危鸟类云集查干湖大桥清口，踏圣水而歌，伴祥云而舞……

查干湖 5A 级景区创建的重点项目共有 12 个，分别为：查干湖转运中心、查干湖植物科普园、查干湖鸟类科普园、查干湖渔业科普园、查干湖成吉思汗召和王爷府陈列馆维修、查干湖安代路慢行系统、景区停车场、查干湖生态水岸建设项目、石油科普园、景区大门（分为东大门、南大门、北大门）、查干湖景区景点及基础设施改造项目。

景区新建的东、南、北 3 座大门，不是普普通通的景观大门，每个大门内的停车场都有数百个停车位及其他附属设施。3 座大门已于 2020 年竣工并投付使用。东大门巍巍壮观，占地面积达 1.25 万平方米，封闭式的顶端，是一个多彩的哈达造型，景观大门艺术地表达查干湖人对远方客人的欢迎与祝福。

查干湖生态修复和保护项目，是备受关注的民生工程。省、市的决策者始终坚持严守红线、绿色发展的原则，不断探索"生态＋"的模式，重点突出原生态，致力开发建设一批生态保护项目和生态旅游景点，以推动生态旅游与生态保护紧密衔接、相互促进，进而加快将生态优势转化为发展优势。

查干湖生态修复和保护工程紧锣密鼓地进行着，项目包括：环湖种植结构调整工程项目、查干湖环湖湿地植被修复建设项目、查干湖生态修复工程项目、查干湖新庙泡生态修复工程项目、查干湖 224 区块生态水岸修复工程项目、查干湖周边村屯污水处理工程项目、查干湖周边村屯安全饮水工程项目、查干湖湿地保护与恢复工程建设项目、查干湖七家子泡湿地建设项目、查干湖野鸭湾湿地项目等。

查干湖环湖湿地植被修复建设项目总投资 1.66 亿元，主要对查干湖环湖沿线区域的收字井湿地、苏家泡湿地、六家泡湿地、玉龙湿地、渔园湿地进行生态补水、植被修复和湿地修复及玉龙湿地的希望广场项目。目前，224 区块的 810 公顷水田退耕还湿已完成，栽种 700 公顷荷花。整个项目 2022 年 10 月全部竣工，查干湖分外妖娆！

查干湖是国家级自然保护区，生态原始，草郁花馨，是人与自然和谐共生的候鸟天堂。查干湖鸟类科普园项目位于查干湖渔场，该项目总投资计划为 1 亿元。主要建设集湿地、鸟类、保护生态和发展生态旅游研究中心，智慧化景区和数字化保护于一体的鸟类科普展馆；建设以鸟类救护为主题的鸟类生态馆（包括涉禽馆、鸣禽馆和游禽馆等室外馆）；改造鸟类繁育中心（越冬馆）；以解决面源污染为主的科普园生态水岸；同时建设科普栈道、观鸟区、改造路径游线、完善园区大门和旅游指示牌、景观小品等。

查干湖 5A 级景区的创建多管齐下、齐头并进。投资 2 个亿建设的长山镇污水处理厂，主要处理发电厂、化肥厂所产生的生产污水——这个多年来一直困扰长山镇居民生产、生活的污水难题终于将得到彻底的解决。为此，长山镇群众无不拍手称快，居民们感动地说："长山镇终于有污水处理厂了，将彻底解决污水困扰生活的大难题，感激党和政府的惠民政策！"

创建 5A 级景区的关键，在于解决景区内宾馆餐饮行业所产生的污水和生活垃圾的难题。2019 年 9 月，查干湖旅游经济开发区成立了查干湖环保工程有限公司，公司主要负责景区内生活垃圾收运压缩、中转处理和污水处理及再利用。在查干湖南北景区，分别建一座先进的污水处理厂和垃圾中转站。收集处理污水覆盖景区的宾馆、饭店、公厕等场所。公司经理卢耀东告诉作者，目前每天处理 10 吨左右生活垃圾，生活污水的日处理能力设计为 1000 吨，目前日处理量在 300 吨左右。作者看到处理后的生活污水清清亮亮的，通过排水管汩汩注入荷花池，化污为清、变害为利。依法保护水资源、科学合理利用水资源，已是因水而兴的查干湖人自觉的集体行动……

查干湖，是松原人民的母亲湖，更是松原亮丽的名片。创建查干湖 5A 级景区，并非只是查干湖人的事，也并非仅仅是前郭县干部群众的事，而是全市人民的事业。在景区内适宜植树的地方，作者欣喜地看见，幼松林在醒目地方，立有碑石和标牌："松原市人才林"——是全市各领域优秀人才的责任林；"同心公益林"——一块特醒目的展板，上面写着"松原市新的社会阶层"，下面是两句诗：种下一抹春色，让世界万物益然。这个"新的社会阶层"，无疑是一个强大的群体——因为在展板后面，是漫山遍野葱葱郁郁的幼松……

在玉龙湿地与安代路接壤的金三角，"希望广场"心形花坛万年红火热绽放，生态路旁的松柏傲然挺立、生机勃发。在"希望广场"的中心，赫然矗立的擎天一柱泰山石纪念碑，镌刻着习近平总书记对查干湖的殷殷嘱托——正面："保护生态和发展生态旅游相得益彰"；背面："守护好查干湖这块金字招牌"。红色的金句，在阳光下放射出温暖的光芒……查干湖敞开宽广的怀抱欢迎四海宾朋、八方游客。作为从南湖景区去北湖景区路过的第一个文化景点——"希望广场"，游人如织，热情如潮，游人们排着队与"希望广场"奇崛伟岸的泰山石合影留念，游客们都想把圣湖的美留在记忆中，把美好的"希望"永存……

饱览查干湖美景的人是有福的，保护查干湖生态、发展查干湖生态旅游的人也是有福的。

"圣湖逢盛世。5年来，省、市、县领导对查干湖生态保护和发展生态旅游领导力度史无前例，查干湖生态保护力度空前加大，查干湖生态旅游进入了历史发展最好时期。我们又开始到景区内工作了，上班就是采风，工作就是快乐！我忠诚查干湖诗歌源泉，不辜负手中的笔，纵情讴歌生态查干湖……""查干湖诗歌群落"代表诗人、查干湖旅游经济开发区机关党委书记赵云江深有感触地说。

查干湖，我们的生态湖、诗意的湖。

圣水湖畔，青山再造

圣水湖畔

有一个被称为青山的地方

秋风起兮枯黄遍野

所谓的青山不过是一个地理名词

而今，漫山的幼松挺进这里

美轮美奂的绿色天使

唤醒沉睡而古老的土地

看吧！在春天通往查干湖的路上

一车车松树苗正神驰

青山及湖岸边连绵起伏的山梁

急切如初恋情人

匆匆奔赴绿荫下甜蜜的约会

青山头人的后裔

乾坤再造的初心

激荡着松涛阵阵的爱之神曲

钩机、铁锹仿佛是力透纸背的神笔

饱蘸圣水在处女地的宣纸上

深情地种植生命的诗行

及人与自然和谐共生的神奇

放眼望去

片片松林恰似翠绿的祥云

飘在梦幻的山冈

悄然擦亮湖上湛蓝湛蓝的天空⋯⋯

三

上善若水，水利万物。

查干湖，蒙古语为"查干淖尔"，意为白色圣洁的湖。位于松原市前郭县境内，西临乾安县，北接大安市，处于嫩江与霍林河交汇的水网地区，南北长 37 公里，东西宽 17 公里，湖岸周长 128.5 公里，水域总面积 500 平方公里，在海拔 130 米水位时，湖面面积 420 平方公里，平均水深 2.5 米，最深处 6 米，年均蓄水量 6 亿立方米（目前蓄水量 10 亿立方米）。是我国十大淡水湖之一，国家级自然保护区，国家级 4A 级景区，吉林省最大的天然湖泊。

近年来，制约查干湖 5A 级景区创建最大的瓶颈问题，就是查干湖水质提升的难题。有史以来查干湖水只进未出，是"锅内水"（查干湖湖底呈现一个巨大的平底锅形状）。查干湖新时代的建设者们一致认识到：改善查干湖的水质，就必须得让查干湖的水流动起来。

伟大的历史机遇终于来了！

河湖连通，一通百通。吉林西部河湖连通生态水利工程为查干湖水质改善创造了前所未有的发展机遇。吉林省委指出："我们要大力开展还林、还草、还湿等一系列生态系统的保护和修复工作，继续加大河湖连通的力度，实施好查干湖的生态补水工程，进一步加强水岸线生态保护修复，让查干湖水更清、岸更绿、景更美、天更蓝……"

松原市委强调："突出抓好生态修复、水质提升，加快推进水生态修复治理、农业面源污染治理和还林、还草、还湿等系统项目，实现松花江—查干湖—嫩江水体循环，确保查干湖生态、水质有积极变化。"

早在 2015 年 7 月，习近平总书记在我省考察调研时，用了 4 个"更"字，为我省生态文明建设定下了美好的目标，那就是——"让天更蓝、山更绿、水更清、生态环境更美好。"

对于查干湖而言，这其中的"水更清"，关键就是德泽民心、惠及民生的水质提升工程。这个工程，同样是"天字号"工程，计划总投入达到 23.19 亿元。

该工程主要有 11 个项目，到目前为止，所有的项目都处在紧张而有序的建设之中。其中的第一个项目，是与查干湖的水质提升有直接关系——即查干湖水生态修复与治理项目。

这个项目由 7 个单项工程组成。其中，前郭县负责 5 个项目，分别为查干湖深重涝区排水湿地恢复工程、查干湖引松渠道水环境生态治理工程、查干湖大玉儿湿地恢复工程、库里泡大箔口溢流坝工程、苏家泡与六家泡湿地恢复工程。另两个工程是大安灌区二干渠补水工程、大安灌区利民排干补水工程，由大安市负责。

其实，查干湖水质提升工程，早已列入吉林西部河湖连通工程之中。吉林西部河湖连通工程共分 4 个生态板块，连通湖泡总数为 203 个——查干湖生态板块就是 4 个生态板块的其一，又叫查干湖生态群落，需要连通 72 个湖泡。近年来，查干湖生态群落在吉林西部生态经济圈中越来越凸显核心的地位。查干湖生态板块的河湖连通工程，其实就是查干湖生态群落的恢复工程。工程建成后，松花江水的水源便由哈达山水库经哈达山干渠、松花江灌区连接渠、引松工程自流进入新庙泡，再由川头尾闸进入查干湖——这就引来自东而来的松花江上游的活水。同时，查干湖的水通过梁店闸门排入吉林西部河湖连通工程之一的查干湖水提升工程的渠道，再进入库里泡，流入嫩江，汇入松花江下游，最后"东到海"——这就排放出了查干湖内未曾流动的水。查干湖这种最佳的动态循环水系，实现了与嫩江、松花江水体的流动转换，由原来的"死水泡"变成"活水湖"。目前，每天有 500余万立方米的原湖水排入嫩江——河湖连通工程的竣工，使查干湖水体三年转换一次，在生物多样性得到有效保护的前提下，查干湖鱼的品质将得到更好的提升。这样的水体转换，不仅明显改善了区域生态环境，调节和改善了区域的小气候，进而减少了沙尘天气和盐碱地面积，而且在每年的主汛期还能进行引水，将洪水引入湖泡蓄存，进而有效地分蓄和利用洪水，回补区域内的地下水资源。

为减少查干湖周边农业面源污染对查干湖水质的影响，防止查干湖水体富营养化，改善查干湖周边生态环境，恢复湿地功能，前郭县及时启动了查干湖水循环条件改善及苏家泡、六家泡湿地恢复补水工程。该工程计划投资1.3亿元，主要建设六家泡补水渠道工程，渠道总长7.175千米，底宽60米，采用生态砼连锁板块砌护内坡。

苏家泡应急补水工程，是查干湖水质提升中最重要的项目。从项目筹备初期，查干湖旅游经济开发区一班人与设计团队实地考察、科学谋划，并反复强调，一定要把这项利国利民的工程如期建成精品工程。在项目手续办理过程中遇到难题，主管领导怀着对查干湖的赤子之情，马不停蹄地去省、市相关部门沟通、协调，赢得方方面面的支持，逢山开路、遇水架桥！项目开工后，他们更是不辞辛劳、不惧酷暑，日夜驻守工地，严把工程质量关，千方百计解决施工中遇到的难题，确保项目按"时间表""路线图"顺利施工。特别令人感动的是，工程关键期，有的领导带病坚守岗位，轻伤不下火线，真可谓"一夫当关，万夫莫开"！

2020年7月1日，一个红色日子。查干湖水质提升工程正式开工，巍巍引渠以"查干湖速度"昼夜挺进，不到3个月就将辛甸泡与马营泡胜利连通。一条"圣湖运河"将农田退水引进苏家泡、六家泡，通过对苏家泡、六家泡湿地进行生态补水，恢复湿地植被和湿地功能，利用湿地的自然降解功能和湿地植被的吸附作用，有效地降解农田退水中的氨、氮、磷等物质，彰显湿地生态功能。"流水不腐，户枢不蠹。"流动的"圣湖运河"，仿若一条神奇的彩练，对于提升查干湖的水质、遏制土地退化、保护生物多样性、改善查干湖周边小气候和人居环境方面起到巨大的生态作用。

精诚所至，金石为开。2020年9月25日，查干湖水质提升工程终于开闸换水，滔滔的松花江水，通过哈达山水利枢纽的引水干渠注入引松工程的"前郭运河"，再由新庙泡进入查干湖。那一刻，所有查干湖人和关心查干湖的领导、各界朋友都兴奋不已、激情澎湃……

"要把生态环境保护放在更加突出位置，像保护眼睛一样保护生态环境，像对待生命一样对待生态环境，在生态环境保护上一定要算大账、算长远账、算整体账、算综合账，不能因小失大、顾此失彼、寅吃卯粮、急功近利。"习近平总书记关于生态环境保护的金句，查干湖人早已内化于心、外化于行，突出加大了查干湖水质的提升。查干湖旅游经济开发区一系列提升水质的"加法"与"减法"并举措施，将使查干湖水质越来越好。不难想象，随着这些项目完美收官，随着查干湖水质"激浊扬清"，生态环境必将越来越好，这对于查干湖生态旅游快速发展奠定了坚实基础。

2020年，国庆中秋双节合一，生态查干湖成了人们双节长假"诗意栖息"的好去处——

野鸭湾湿地，一泓圣水睁开了清澈的明眸，丰沛的芦苇荡便成为了圣湖的睫毛，静谧的午后，鸭雁欢歌，百鸟和鸣，三尺之内的栈道下，一对爱意拳拳的黑天鹅和我们一起享受大自然的恩典！此刻的美，多么令人心醉！让阳光清空生存的焦虑，让绿风过滤疲惫的身心，模拟塔虎城遗址的古栈道，是绿色经典线装书的书脊；而七月阳光下野鸭湾湿地，是一轴斑斓的生态画卷……

然而，游人在查干湖享受"人与大自然和谐共生"的幸福时刻，查干湖人却以湖为家、以水为生、以苦为乐，默默奉献在平凡的岗位上……

随着开启川头闸门往查干湖注入从长白山天池流下的绵绵松花江水，并且受"美莎克"台风影响，暴雨如注，秋雨连绵，致使查干湖水位立面上涨了1.6米，蓄水量陡增10亿多立方米。查干湖大有水满为患之势。查干湖水质提升，往嫩江排水排得怎么样啦？

2020年10月3日下午，作者带着对母亲湖——查干湖深深的关切，驱车来到前郭县八郎镇梁店村——马营泡东北岸的查干湖尾闸。欣喜地看到两层楼高的梁店闸门巍巍矗立，闸门内是圣水泱泱的马营泡，闸门外是吉林西部河湖连通工程之一的查干湖水质提升工程排水干渠。此时，梁店闸门7孔大闸全部开启。

闸门上，3位身穿迷彩服、脸庞黝黑的渔工正在用耙子奋力捞苇、蒲等杂草，确保水流畅通。一唠得知，他们是查干湖渔场马营泡渔政管理所的3位管理员：白洪亮、李福生、邵亚东。自从2020年7月1日起，便来到了马营泡的东北岸，支起一间板房，不顾湖畔潮湿和蚊虫叮咬，昼夜在野外看护梁店闸门，主要任务是搂草，不让杂草堵塞闸门，确保出闸之水畅通无阻。白洪亮告诉作者："刚开闸放水，水流里杂草多，整整一个多月，我们仨几乎是连轴转，一个人撑船，两个人用耙子捞草，我们的目标只有一个，就是时刻保证闸门正常出水，争分夺秒提升查干湖的水质，使查干湖5A级景区创建早日顺利过关。"正在作者采访3位辛勤工作的管理员的时候，查干湖旅游区管委会副主任兼查干湖渔场场长闫来锁驱车来到了梁店闸门巡查，叮嘱三位管理员："一定及时捞草，千万别把闸门堵了！"

"领导，国庆节也不休哇？"

闫来锁笑着说："查干湖越到节假日越忙，没休假，责任大……"

查干湖生态圈是吉林省西部核心生态圈。自从习近平总书记视察查干湖后，查干湖生态保护更加引起了各级党委和政府的高度重视。闫来锁是查干湖生态的管理者、更是守望者，他参加工作就在查干湖认真管理渔政，把整个青春献给了查干湖。历任渔场派出所所长、查干湖水库管理局渔政科长兼公安分局副局长，查干湖渔场场长、党总支部书记，查干湖旅游经济开发区管委会副主任，一路走来，一步一个深深的脚窝，"踏石有印、抓铁留痕"成为他的一贯作风。熟悉闫来锁的人都知道，他很少坐在办公室里。春夏秋三季，风光秀丽的圣水湖畔就成为闫来锁的办公室，他风里来雨里去绕着湖边走，早些年多是巡查渔政管理，近些年则是严管旅游区的项目建设和查干湖的生态修护和保护。冰天雪地，冬捕季节，查干湖这块古老的神冰就成了闫来锁的办公室，他整日里往来穿梭在冰上，不错眼珠地看守冰上作业安全。闫来锁的肩上，时刻扛着查干湖"保护生态和发展生态旅游相得益彰"的庄严使命。

在梁店闸门，与面庞黝黑、目光如炬、身材高大的闫来锁不期而遇，此情此景，我内心不禁发出了由衷地赞叹："好一位圣湖守望者！"

据前郭县水利局负责同志介绍，吉林西部河湖连通工程的查干湖水质提升工程渠长 6.7 公里，渠底宽 100 米，工程总投资 9000 万元，7 孔闸每秒设计流量 60 立方米，2020 年 6

月 30 日，梁店闸门正式开闸泄洪……

10 月的阳光下，出闸之水磅礴而出，涌入蜿蜒的"圣湖运河"，泛着粼粼银光，流经库里泡也不停歇，汇入匆匆奔流的嫩江，去远方拥抱蔚蓝蔚蓝的大海……

"千淘万漉虽辛苦，吹尽狂沙始到金。" 2021 年，查干湖水质提升工程稳步推进，由劣 5 类水质，提升到 4 类水质，吉林省委、省政府领导对此项工程的进展情况非常满意！

查干湖，我们圣洁的湖、生命的湖。

在观澜台看天水……

"美莎克"台风把海水搬到了云上
南来的云把暴雨传递到缺水的北方

在台风过后的哈达山水库
天水从六个闸门磅礴而出
腾跃的蛟龙
咆哮，激荡，轰鸣
排山倒海，势如破竹
汹涌澎湃的天水
裹挟着重重的乌云
道道的闪电
以及隐隐的雷鸣

在大平原奏响了雄浑悠远的涛声

在观澜台，在烟雨中
我静静地看到
天水正以每秒 2500 立方米的流量
匆匆告别了哈达山
此刻，我祈愿固若金汤的花敖泡大坝
早早地建成，天水
将"平原的大水缸"蓄满柔情有多好！
"土平有溉日沃"
浩浩的北方运河将贫瘠的大平原
变成富庶的"塞外江南"有多好！
太阳露出绿色的笑容
笑容有风情有多好！
大地露出绿色的荣耀
荣耀四季如春有多好！
小鸟自由自在地歌唱
花海永驻平原有多好！
小溪流下青山成江河
查干湖连着大海有多好！

四

查干湖景美，让游人大饱眼福。

查干湖鱼香，令客人大饱口福。

查干湖渔场现有 2 千亩的鱼苗繁殖基地。积极开展增殖放流活动，每年投放鱼苗 1100 万尾，实现"以水养鱼、以鱼净水"，涵养资源，良性发展。驰名商标——领跑饮食文化。

查干圣湖，水美鱼肥。查干湖盛产胖头鱼、鲤鱼、鲢鱼、鲫鱼、鳡鱼、大白鱼等鱼类 68 多种。其中，查干湖胖头鱼最为有名，是中国驰名商标，被确认为有机食品。查干湖胖头鱼味道鲜美纯正、肉质细嫩、个大体肥、肥而不腻，远销全国。特别是查干湖胖头鱼的鱼头，非常具有营养价值，是其他地方的胖头鱼无法比拟的。

查干湖胖头鱼之所以受消费者欢迎，其中一个很重要的原因，就是查干湖的水质好。查干湖地理位置处在北纬 45°，湖水呈弱碱性，不受工业污染，水中微生物含量丰富，加之气候、水质等综合因素，都适宜胖头鱼生长，这也是胖头鱼生长快、品质好的决定性因素。查干湖水的深度适合各种鱼的生长，最深的地方六米多，浅的地方一米左右。水太深不行，阳光照不透，就难生长微生物——查干湖的鱼，饲料就是水草、草籽、微生物。非结冰季节，查干湖的胖头鱼，专吃水皮上的微生物；白鲢吃水中层的微生物；草根（草鱼）吃水草……保护查干湖的一湖圣水，就是保护我们得以骄傲的绿色食品——查干湖鱼！

每个冬捕作业组，都有一个活动板房，是晚上打更师傅的住所。活动板房里有炉子、烧煤，昼夜不冷。作者看到，活动板房门前都有一个冰眼，里面是一汪澄碧的湖水。作者不禁好奇地问："这水也能用？"渔民笑道："这叫湖水炖湖鱼，香着呢。这里的湖水没受污染，养人，不比矿泉水差。"冬捕时节，查干湖上的每个冰眼，都是渔民饮用的水井。

查干湖胖头鱼以其独有的品质，吸引了美食爱好者。特别是近年来，查干湖渔场创新销售理念与路径，开展了互联网销售，不仅使胖头鱼走出吉林，而且已经走向全国，并马上要"飞"出国门、远销国外。

查干湖渔场在全国各地很多大城市，都建立了销售点，以快递的形式，发货 24 小时之内，胖头鱼就可以"飞"到全国各地消费者手中。查干湖渔场已经与北京的京东商城进行联营，特别值得一提的是，京东商城已经在俄罗斯建立了销售网点。

非洲的肯尼亚电视台，为了拍摄一部关于中国饮食方面的纪录片——《无所畏惧的厨师》，选中了中国的两大特色菜：一是北京某大酒店的一种菜肴，二是查干湖胖头鱼。就某个侧面而言，查干湖胖头鱼，已有了非同一般的世界意义。

　　查干湖冬捕，为游人提供了人间美食，也让游人体验到了最后的渔猎部落的饮食文化。

　　作者采访了春捺钵广场旁的"查干湖渔港全鱼宴酒店"。木质结构的酒家古朴典雅，朱娇经理凭着"天时地利人和"把酒店经营得风生水起。这是一家上档次、够规模的渔家乐，吃住玩一体化。客房，有线电视、网络一应俱全。酒店有 50 多桌，全鱼宴、烤全羊、农家宴、铁锅炖、灶台鱼等是酒店的最大特色。旺季，每天要接待近 50 桌餐客。

　　"千里冰封，万里雪飘"时节，在冬捕现场的附近冰面上，还有 10 个具有蒙古族民族风情及古朴的渔猎文化、蓝白相间的"蒙古大营"，那是朱娇独具特色的冰上流动的渔家乐。

　　冰天雪地，滴水成冰，只要观看冬捕的游客一走进"蒙古大营"，就会感觉进入一个温暖如春的世界。屋中间，一个铁炉子烧得正旺，炉筒从拱形棚顶中间出去，散发出宜人的热量。在这里享受着查干湖的鱼宴美味，想象吧，那该是一种怎样的惬意啊！

　　同时，朱娇还在北湖岸边开设了"春捺钵游乐园"。游乐园包括沙滩浴场、水上自行车、水上摩托车、竹筏以及骑马场的骑马项目。

　　作者采访了两家渔馆的主人："老关东渔庄"的老板娘尚影、"石把头渔馆"的老板王殿军。

这是老关东渔庄老板娘尚影的一席谈——

我们家开渔馆到今年，正好 22 年，也算是白手起家。开始，只有一间半不起眼的小土房，经过这些年的拼搏，有了现在的 200 多平方米餐厅和 12 间客房及 3 个较豪华的包间。

这些年，随着查干湖旅游业的发展，我家渔馆的收入也一年好于一年。比如暑期了，比如冬捕节了，客流量就较大，除此，虽然不能算冷清，但也算作淡季。但自从去年的国庆黄金周开始到现在——也就是今天，虽然暑期已经结束了，但仍看不出是淡季还是旺季，最少哪天都有几桌客人，这不，昨天有沈阳、长春、铁岭、哈尔滨的组团游客人，吃住在这儿，共 8 桌，中午和晚上加上今天早上共 3 餐，这就是 24 桌。平均下来，一桌净收入就算 150 元，这还是 3600 元呢。今天上午，大连、齐市、长春又来了组团游，共 6 桌。吃完，有的上码头钓鱼去了，有的上野鸭岛玩儿去了，晚上还是吃住在这儿……这么说吧，来我们家吃住的，80％都是回头客，剩下的 20％，有了第一次，以后也就成了回头客。我们家开渔馆，生意之所以不错，主要靠三点：讲诚信，热心服务，饭菜的质量好。前两条就不用解释了，饭菜的质量呢，比如说小米饭、大饼子、黏豆包，我们家所购买的小米、苞米面、黄米面，都有不变的农户，他们种的地，不施化肥，清一色农家肥。比如说小米饭吧，特别有饭味儿，再拌上点儿鱼汤，贼香。话说回来，游客还是奔我们家的胖头鱼风味来的——

胖头鱼是查干湖的特产嘛，又是野生的，但得分人做——这就是手艺吧。而且，我们家炖的鱼，全是自家下（做）的大酱——我们家的大酱，贼香。今年春天下了3大缸酱，按照往年，现在也就能刚用完多半缸，可是，昨个儿已经一个缸见底儿了——不是今年的大酱下少了，而是今年的游客增多了。

对了，习近平总书记是2018年9月26日来查干湖视察的，之后就是十一黄金周了——习近平总书记的"金句"我都背下来了：绿水青山就是金山银山；保护生态和发展生态旅游相得益彰，这条路要扎实走下去；年年有鱼，年年有余。说了半天，我们家的生意从去年十一到现在，之所以特别好，是沾了总书记的光了。从市里、县里、开发区到查干湖渔场的领导，上上下下都高度重视习近平总书记的指示。这不，查干湖旅游环境就大变了样，渔场给我们渔家乐统一安了排污管道，又统一上了自来水，垃圾统一清运，我们生活在环境最美渔村可舒心了。你说，这里青山绿水的，游客能不多吗？我们家的生意能不红火吗？

王殿君是查干湖渔场退休职工，守着查干湖这个"聚宝盆"，厚道的老两口和和气气一天也不闲着，靠查干湖鱼纯正的食材和高超的厨艺，把"石把头渔馆"经营得红红火火。王殿君乐呵呵地告诉作者："我家渔馆每周至少要有四五桌客，而60%以上客人，都是我的回头客。北京、大庆、哈尔滨、深圳、石家庄的回头客都有，还有外国的游客。人还没到，电话就过来了，都喜欢我的'全鱼宴'……"

王殿军发自肺腑地说：自从习近平总书记来查干湖视察后，我们这个小渔村立马发生了大变化。我感受最深刻的有这么几点：

一是村容村貌变干净了，变美了。现在，不论是主街还是小巷，真的很干净，连一片废纸都看不见。环卫工人由过去的几个人增加到现在的30来人，查干湖想埋埋汰汰都难。这样的人居环境，当然会吸引游客了。

二是家家户户的日子更红火了。查干湖这么大一个小地方，大小渔馆就有50来家，这绝对是"查干湖现象"。以前为什么不这样呢，我刚才说了，谁都晓得，这是习近平总书记给大家带来的好运。就说我们家吧，我们老两口儿虽然退休了，享受社保开支，但身体都行，我又会上灶这点儿手艺，何乐而不为呢？一年到头，咋也能剩个十多万吧……

在野鸭湾栈道上，作者采访到清洁工裴臣，他60岁，是青山头村的村民。他说，他和穆家乡60岁的农民孟朝阳两个人负责栈道卫生。每天早晨六点钟就早早地来到栈道，用拖布擦干净栈道桩上的鸟屎，晚上6点钟下班回家。裴臣黧黑的脸露出憨实的微笑说："我特别感恩习近平总书记，他让我们守护好'绿水青山'，今年我60岁还能在查干湖找到工作，一个月挣2400块，我一定尽心尽力把栈道打扫得干干净净。"

查干湖以其生态之美越来越吸引世人的眼球，前来观光的国内外游客络绎不绝。查干湖仿佛是一个流光溢彩的聚宝盆，越来越凸显生态旅游的巨大拉动作用。

圣水湖畔，美丽乡村处处呈现出日新月异、气象万千的繁荣——

乘着"两山"理念的东风，查干湖南岸徐徐铺展开一幅生态的画卷。查干湖镇抢抓查干湖"保护生态和发展生态旅游相得益彰"千载难逢的历史机遇，大力发展生态农业、生态旅游、生态文明。西索恩图村、妙音寺村如同两颗风格迥异的珍珠点缀着圣水湖畔。

西索恩图村、妙音寺村种植业主要以玉米、水稻为主，2019 年，这两个村成立合作社，流转查干湖景区内土地 850公顷，种植板蓝根、蒲公英、黄芪等中药材和高蛋白大豆，施有机肥，人工除草，减少化肥和农药的使用量和残存量，切实保护查干湖景区的生态。走进查干湖景区，生态路两旁平展的广袤绿色——好一幅生机盎然、生态富民的新画卷！

风光秀丽的西索恩图村，位于查干湖新建的南大门附近。该村 482 户 1951 口人，其中有 72 家特色民宿，依托查干湖自然资源丰富、生态环境优美、产业基础雄厚的优势，重点开展了宜居宜业宜游的美丽乡村建设，带动查干湖周边区域旅游产业的整体提升。特别是两年来，在省财政厅大力支持下，该村轰轰烈烈地开展美丽乡村建设，已投资 4602 万元建围墙 10000 米、排水沟 4000 米、铺设沥青油面 22000 平方米、安装路灯 352 盏、栽植树木 2660 棵、铺设草坪 1300 平、种植花卉 50000 余株。高标准打造了以蒙古族元素为主的特色广场。同时，围绕区域渔猎文化以及原始渔村为主题，改造提升商户外立面 32 户，门前硬化 44 户。作者走进西索恩图村，如同走进了世外桃源——整洁的店面，干净的道路，文明的村风。徜徉在圣水和新村掩映的画卷中，强烈地体验到淳朴的渔家风味和浓郁的关东风情……

查干湖镇党委书记徐景泉介绍说：我们镇充分发挥区位优势，以西索恩图村和妙音寺村为切入点，紧紧围绕查干湖这个聚宝盆，大力发展乡村旅游和生态旅游，将查干湖镇旅游业融入查干湖旅游的大格局中，把绿色农业、生态旅游和美丽乡村建设融为一体，使生态旅游业成为我镇新的经济增长点，通过美丽乡村建设，提升父老乡亲们的幸福指数，让西索恩图村、妙音寺村成为查干湖的一串金项链……

八郎镇莫日格其村是查干湖北岸的一个小村庄，蒙古语意为"两山对峙"，建于清同治元年（1862 年），原名叫莫古气，后经地名正音改称莫日格其。莫日格其村南有青山头，北有斗头山，是名副其实的"两山对峙"中的美丽乡村。整村一个自然屯，幅员 500 公顷，其中耕地面积 300 公顷，多为旱田，264 户村民一直以农耕为主。作者创作《生命的长河——引松工程速写》曾来到莫日格其村采访，参加过引松工程的村民殷立昌曾抱怨说："引松工程，查干湖借力了、前郭灌区借力了，我们这儿一直种旱田，收成低、真无奈，眼巴巴地瞅着人家富了……"

作者再访莫日格其村，旧貌换新颜，喜看小村新变化——

穿过柳树夹道的绿色长廊，远远地望见，红蓝相间的屋顶像一片彩云落在了向阳的山坡。走进焕然一新的村庄，今非昔比，泥泞的沼泽、猪鸭的粪便、破烂的围墙不见了，主路两旁清一色灰白色系，仿苏州园林的墙体，镂空图案古色古香，家家户户规格统一的铁大门，明丽的色彩、吉祥的图案洋溢着希望与喜悦。路旁还摆放着紫色花篮，三个一组，呈"品"字形，装点得小村新貌雍容典雅。为此，今年57岁的村民朱友深有感触地说："查干湖创建5A级景区，大大带动了村屯的发展。村里主路加宽了，路旁又摆上花了，院墙修得真干净，来回走车也不堵了，人居环境也好了。以前路两边墙不像墙、院不像院的，现在真是太好了，老百姓走在街路上心情也舒畅了，日子更有奔头了……"

伟大的新时代，"两山"理念给查干湖带来了前所未有的生机和活力。2020年6月挑起莫日格其村党支部书记重任的顾典权，现年43岁，是一位外出创业收获了财富和经营之道的年轻人。查干湖北大门修在了村庄的北面，莫日格其村成了查干湖景区的一部分，他雄心勃勃要带领整村农民朋友共走生态旅游致富之路。莫日格其村美丽乡村建设日新月异，目前已建成 1800 延长米围墙、41 个大门和 215 座污水井。

当代"大禹"神奇的巨斧劈开了斗头山，查干湖水质提升工程苏家泡、六家泡湿地补水渠道环小村东北角，"圣湖运河"若一条银练，抑或一条圣洁的哈达。转瞬间，小小莫日格其村四面环水，"两面青山相对出"，守着查干湖这个聚宝盆正悄然发生神奇的巨变，祖祖辈辈日出而耕日落而息的农民朋友乐山乐水、绽放笑脸，尽享"绿水青山就是金山银山、冰天雪地也是金山银山"所带来的无限福祉……

莫日格其村党支部书记顾典权说："查干湖生态保护和发展生态旅游太给力了！感谢新时代的'两山'理念，我当村支部书记仅仅 3 个月，多亏各级党委和政府的支持，使我们土里土气的小村庄发生了翻天覆地的巨变。我们一定按照查干湖创建 5A 景区的标准，对道路两旁进行高标准的硬化、绿化、美化和亮化。目前已在村的中央建了污水池，全村污水将统一排到查干湖北岸的污水处理厂。莫日格其村抢抓机遇，提高村民综合素质，大力打造特色民宿，鼎力发展乡村旅游，建设美丽莫日格其！"

莫日格其村，在圣水的环绕下，焕发出盎然的青春活力……

让我们把目光投向青山头的向阳之地，八郎镇青山头村村民李明军、侯桂霞这对中年夫妇，在查干湖旅游区（北湖）内离公路不远处，有一处"青山头有机葡萄采摘园"，这个采摘园得天独厚地坐落在查干湖这个聚宝盆的盆沿上。这对中年夫妻既有经济头脑，又有战略眼光——以前，只有3栋大棚种植葡萄，净面积为1.5亩，其他承包地种植大田，年终一算，只挣了3万多元钱。春节的除夕夜吃罢饺子，夫妻俩一合计，"出台"了2019年发家致富新计划：再建4栋同样面积的大棚——这样，葡萄园大棚总面积为3.5亩。

他的采摘园共有4个品种。其中，7月份成熟的早熟品种为"珍珠皇后"和"青龙一号"，8、9月份成熟的是"夏黑"和"早丰"。

李明军一脸幸福地告诉作者：葡萄园所施的全是农家肥，所以葡萄的品质特别好，供不应求。游人多时，在路边北侧的摊位上销售，买的人是要排队的……

一位中年男子说："李大哥，好吃，你家的葡萄。今天回去了，多约（称）点，回去分给朋友尝尝鲜。照30左右斤约吧，价就不讲了，不还是6块钱1斤吗，主要是约点儿好的。"

侯桂霞在一边说："没关系。你自个儿拣，哪儿串相不中搁一边。"边说边拿起一个白色泡沫箱。

这位游客虽然是这样说，但还是一串一串往泡沫箱里放。边拣边说："都挺好，没啥挑头儿。"最后一称，27.4斤，去掉零头，27斤，162元。

这位游客扫二维码时，侯桂霞说："160元吧，2元抹了。"

这位游客说："谢谢，谢谢。查干湖的人真好，实在，不小气。"说完，又感慨道："查干湖的食品都是绿色食品，在'老关东渔庄'住了两天，吃的胖头鱼是纯野生的，小米饭也是绿色食品，这葡萄同样是绿色食品——施农家肥与化肥，口感就是不一样，到嘴里就尝出来了。"

趁他媳妇往车上拿葡萄，他抽烟的空当，作者与他唠了几分钟。得知他是辽宁沈阳人，个体工商户。他说："其实，好几年我就知道了查干湖这个地方，看过央视《舌尖上的中国》后，就有来这块儿品尝胖头鱼的愿望，但一直没成行。在电视上又看到习近平总书记视察了查干湖之后，来查干湖溜达溜达的愿望更强烈了。这回，我家三口人和查干湖算结下缘了，12月28日的冬捕节还来，'老关东渔庄'老板娘尚影的名片都给我了，大火炕都预定了。"

查干湖，我们繁荣的湖、幸福的湖。

把幸福种在生命里

当海棠顽强的枝头

吐出毛茸茸的新绿和欣喜

那枚风干的果子

便成为了季节思念的象征

于是，就有褐冠山雀

啼唱清甜的春之神曲

朴素的泥土复苏芳香的梦幻

信念的钩机挖走了

冬天枯萎的记忆与假相

春和景明，栽植希望之树

让株株树苗找到温馨的归宿

让幸福的根须

紧紧地拥抱爱的大地

让生命刚直的脊梁内悄然流淌

一条通向太阳、月亮以及星座的河

让片片新叶张开

天使簇新的绿色手掌

梳绿北方四季的风

圣水湖畔，把幸福种在生命里

让绿色写满大地与长空

让花蕾和憧憬融入春华

让绿荫和惬意传递盛夏

让果实与甜美的思想

结满金色的秋天、献给银色的冬天……

五

"今日查干湖，当惊世界殊。"

冬天，查干湖是一块神冰；夏天，查干湖是一片圣水。

"绿水青山就是金山银山。""冰天雪地也是金山银山。"5年来，松原市紧紧按照习近平总书记视察查干湖指示精神，坚定"保护生态和发展生态旅游相得益彰"，坚定走生态优先、绿色发展之路，不断拉动地方生态旅游和经济发展，促进当地群众致富奔小康——让土生金，让水流银，让"绿水青山"和"冰天雪地"变成"金山银山"。

冬捕现场，冰湖腾鱼，是查干湖最为壮观的世界奇景，也是查干湖最繁荣、最热闹的售鱼大市场。冬捕时节，查干湖偌大的冰雪世界，像一个神奇的水晶宫，变成无穷无尽的乐趣。查干湖冬捕现场如一个巨大的磁石，吸引着游客的心。大小车辆像一道长蛇似的驶向冬捕现场。说来也怪，游客们逛景点买门票问价，可到冰上买活鱼却不问价，专爱选购活蹦乱跳的大鱼。游客们开心地说："来查干湖看冬捕，大饱眼福，真嗨！买冬捕红网的鱼，回家吃个鲜！图个吉祥如意，图个连年有余！"

查干湖渔场，冬捕一直延续人工镩冰、马拉绞盘的传统渔猎方式，文化学者曹保明先生称这里是"最后的渔猎部落"，查干胡渔场还被国家农业部评为"中国最美渔村"。仁者乐山，智者乐水。这里街衢整洁，空气清新，民风淳朴，路不拾遗，邻里和睦，尊老爱幼。查干湖人爱运动，老人们晚饭后成群结队有说有笑地环湖散步。查干淖尔活了104岁，因此这里成为闻名遐迩的"长寿村"。如今，随着查干湖水质提升工程落地生根，苏家泡和六家泡湿地补水工程顺利贯通，查干湖渔场依偎青山，四面环水，政通人和，宜居宜业，连年有鱼，被誉为"北方仙岛"！

作者观察发现，5年来，查干湖"生态保护和发展生态旅游相得益彰"有"九个之最"：鸟禽归来最早，鸟禽的数量最多，鸟禽的种类最多，湿地面积史上达到最大，景区内沿途最妖娆；景区内退耕还林还草还湿最到位，三级河（湖）长制落实最彻底，景区内生态修复和保护力度最大，景区周边建设规模和档次最高……

"一桥飞架南北，天堑变通途。"随着查干湖大桥的落成，查干湖和玉龙湿地之间的生态路成为了黄金旅游新干线。盛夏时节，游人从川头山往青山头方向行走，左有查干淖尔万顷波涛，右有玉龙湿地万亩荷花，人在生态路上走，如在画中游。此时，查干湖渔场春捺钵广场，在幸福的阳光下正上演、传承渔猎文化千年的传奇，野鸭湾湿地古栈道令中外游人流连忘返，花海"缘"等块块文化石为景"点睛"，顾盼生辉，流光溢彩，原生态的秘境为"中国最美渔村"注入了无限的神奇与魅力……

2019年4月28日，在中国北京世界园艺博览会开幕式上，习近平总书记发表了题为《共谋绿色发展，共建美丽家园》的重要讲话，金句满满："仰望夜空，繁星闪烁。地球是全人类赖以生存的唯一家园。我们要像保护自己的眼睛一样保护生态环境，像对待生命一样对待生态环境，同筑生态文明之基，同走绿色发展之路！"正是在这个大背景下，中国作家协会、吉林省委宣传部、吉林省作家协会联合举办了"中国吉林国际写作计划"，主要内容是"自然考察，交流写作"，主题是"新时代人与自然主题的文学创作"。2019 年 8 月 14日，中外作家一行人来到了心仪的天籁圣地——查干湖。参加查干湖采风的 11 国 30 位中外作家惊讶于查干湖的生态之美……

"野鸭岛"湿地，与浩瀚查干湖仅一路之隔，岛内湿地面积达到百余公顷。栈道古色古香，建筑精良别致。栈道护栏上落着数十只湖鸥，作家们纷纷为它们拍照，尽管几步的距离，但湖鸥依旧安详地"诗意栖息"着。栈道下，湖水中，芦苇荡通道间，大雁、白鹤、绿头鸭等数十种鸟禽自由自在地戏水、歌唱……

爱尔兰诗人莫娅·坎农抑制不住激情，用英文吟咏《如梦令》："常记溪亭日暮，沉醉不知归路。兴尽晚回舟，误入藕花深处。争渡，争渡，惊起一滩鸥鹭。"当翻译钦佩地用汉语翻译过来后，中国作家不约而同地为其鼓起掌来……通过中外作家采风与宣传，查干湖悄然走向了世界，文学将查干湖这块"金字招牌"越擦越亮！

查干湖旅游经济开发区负责同志积极表示：习近平总书记亲临查干湖视察，全世界的目光聚焦到查干湖，习近平总书记考察我省，又多次提到查干湖，给我们带来了千载难逢的发展机遇。我们必须扛起历史重任，紧紧抓住这个重大机遇，建设生态的查干湖、四季的查干湖、世界的查干湖，这是时代赋予我们这一代人的光荣使命。聚焦"相得益彰"，加速推进查干湖保护发展。抢抓河湖连通历史机遇，加快推进水质提升项目建设。要大力发展生态旅游，打造特色景点，筹办节庆活动，开发旅游产品，让生态优势和文化优势更多转化为发展优势。将依托查干湖生态、资源、文化、区位、交通优势，立足当前，谋划未来，统筹做好生态旅游和5A级景区创建，不断提升生态服务功能。我们通过推进查干湖水质提升等生态保护项目，谋划建设查干湖大水网体系，使查干湖周边的40多个大小湖泊分蓄灌区退水蓄水面积提高到105万亩，走好生态旅游、生态农业、生态养殖融合发展的创新之路。全年可接待游客600万人次，实现旅游综合收入48亿元，鼎力把查干湖建设成吉林省西部区域经济发展的新引擎和世界名湖，上下同心，履职尽责，擦亮查干湖金字招牌！

查干湖风光无限，潜力无穷，420平方公里圣水湖，420平方公里的"聚宝盆"。查干湖周边500平方公里湿地，是500平方公里的生态之美。"两个500平方公里"，86.8平方公里的"盆沿"湿地，86.8平方公里的生态之美。既是查干湖"绿水青山"的今天，更昭示着查干湖"金山银山"的明天。

"绿水青山就是金山银山，冰天雪地也是金山银山。"在习近平总书记"金句"鼓舞下，查干湖人像保护生命一样保护查干湖的生态，生态查干湖必将天空更蓝，湖水更碧，大地更绿，环境更美，空气更清新，生活更幸福……

绿色的太阳

九月，一轮绿色的太阳

照在波平如镜的查干湖上

此刻，生态路旁千条万条绿丝绦

面对荷花仙子的万种风情是绿色的

湖畔茵茵的草坪是绿色的

花儿朵朵灿烂的微笑是绿色的

扑面而来清甜的空气是绿色的

松柏植下春天的诗行是绿色的

万年红描绘"两山"的理念是绿色的

野鸭湾湿地最美渔村的大舞台是绿色的

天鹅伴着鸥鸟的歌唱欢乐地舞蹈是绿色的

人与大自然和谐共生的世界是绿色的

圣湖心装绿色的太阳

青山生发绿色的光芒……

整村授信在临江

马 录

2023年农历正月初七，春节后上班的第一天，榆树农村商业银行五棵树支行的客户经理孙晓凯的手机里就传来了一阵哭声。"倒了，两头都倒了。"话音气力不大，却字字透着伤心和绝望。孙晓凯一边安慰，一边问报案没，电话那头还是不停地边哭边说，一点儿没搭他的话茬儿。孙晓凯突然意识到对方可能压根儿没想到报案这事儿，赶紧说，"咱们不是有保险吗，快报案呢，保险公司就能赔你钱。"听了这话，电话那头才慢慢止住了哭声，问他怎么报案。孙晓凯翻出手机找到报案电话一个数字一个数字念给对方听，然后仔细叮嘱他报案时要说清楚的内容，等到那头完全听明白了，才撂下电话。不过，他还是有些不放心，心里默默提醒自己等忙完了手头的工作，一定要回临江村了解一下案件受理情况。

没想到，下午就传来了案子已经办理完毕的消息。太平洋保险公司的工作人员接到报案电话后当天就去了临江村，详细了解了养牛户李春丰家两头牛的死亡情况，给出一头赔付六千元，两头总共赔付一万二千元的赔保决定。为此，李春丰高兴了一个正月。孙晓凯同样高兴，甚至有些隐隐的自豪。他记得，自打 2020 年 9 月榆树农商行开始推进整村授信工作以来，这是自己经手办理的第二笔运用组合金融手段保障农户收益的案例，也是办理速度最快的一件。

一

"家财万贯，带毛的不算。"这是东北农村的俗话，说的是养殖家畜的风险。李春丰一家就父子两人，主要靠养牛为生，从最初的一头乳牛，靠着不断繁殖，到去年变成了二十二头，按市价少说也值四五十万元。眼见的日子越来越有盼头，李春丰心里却一直踏实不下来。用孙晓凯的话来说，钱是不少，全在牛身上。一来是怕牛得病，二来不管是育肥牛还是养乳牛，饲料的耗费巨大。一头牛一天光花在饲料上的费用就在十五六元，一年就得五六千元，如果想育肥牛喂精料，那就得将近小一万元。一辈子勤勤恳恳的父子俩舍不得好吃舍不得好穿，自家院子里光牛棚就占去了一大半，屋里屋外、身上身下全副的"牛"味，就连家里的一垧多地外加在松花江边开的一点儿荒地，全都种上了玉米，从棒子到秸秆都做了牛饲料，也还是差很多。直到整村授信在临江村推开以后，一向谨慎的李春丰尝试从榆树农商行贷了两回款，一次是前年秋天贷了四万元，二次是去年秋天贷了十二万元。给牛看病购买饲料以外，竟然还有余富，狠狠心，在五棵树镇牛市上前后抓了三头牛，终于摆脱全靠自家乳牛一茬生一茬地扩大养殖规模的老路。说起这些，年近花甲的李春丰靠在自家里屋的门框上，拘谨的眼神时不时瞟向坐在饭桌边用手机帮他查看赔保款到没到账的孙晓凯身上，其中的感激之情像冬天里的火苗一样热切。

"说我的那笔钱，打到你们那儿了？"

"不是打到银行，是直接打到你的卡里。"

"没有啊。"

"那你自己没看看你卡里多没多钱哪？"

"没，没有啊。也不知道卡搁哪块儿了呀。"

……

"看到了。打了，2月7日就打了，一头赔六千，两头拢共一万二。"

李春丰的贷款是通过榆树农商行推出的全线上数字化贷款产品"榆农快贷"申请的，作为对养牛户的贷款鼓励，银行附加赠送了保险公司的活牛保险。按照理赔规定，成牛死亡时，四百斤以下的不赔，四百斤到七百斤赔六千元，七百斤到一千斤以下的赔一万二千元，而一千斤以上的赔一万五千元，几乎接近一头肥牛的市场全价。李春丰家其实去年总共病死了三头牛，死得早一点儿的一头是只小牛犊子，不在保险之列。得到赔偿的两头成牛，本来长得挺好，年前得病后又是吃药又是打吊瓶的，就是不见好，活活从八百多斤瘦成了四百斤多一点儿。损失是大了些，不过有了贷款和保险，李春丰养牛的精神头没受太大的打击。临别前，还对孙晓凯说今年打算从现有的十九头再扩大一下养殖规模。

近年来，榆树农村商业银行利用大数据技术开发完成"榆快金融"系列线上产品，只要在手机上点开"榆快金融"小程序，就可以根据自己的身份、用途进行所需的专项贷款产品申请，前期通过预授信的客户最快在十多分钟的时间里就能拿到贷款。专门针对农村客户的"榆农快贷""榆快·乡村振兴贷"，包括"榆快·红孵贷""榆快·活牛贷""榆快·光伏贷"等线下产品，则是根据吉林省金融系统在全省农村地区开展的整村授信工作，量身打造的服务乡村振兴的金融大礼包。"榆农快贷"是其中农户们使得最顺手的一款。根据不完全统计，到整村授信开展近两年后的2022年年底，榆树市已有过万农户在榆树农商行实际使用贷款达到十八亿元，2023年预计达到二十五亿元，远期目标一百二十亿元。

孙晓凯包村负责的临江村，全村四千二百多人口九百多户人家，已经有一百九十多养殖户、种植户、农机户等受益于"榆农快贷"的快捷便利，念起了自家的致富经，种植、养殖、农机、打鱼、特色经济等等发展得颇见成效。全村家畜养殖户户都有，主要是育肥牛，四个月左右就能出栏。牛价好的季节，一头能挣四五千元。像李春丰家二十头上下的算是一般养殖户，大户少说也得三四十头起步，目前村里最大的养殖户有一百多头牛，全村存栏一千多头。种植方面，全村共有九百多垧在册耕地，另外还有这些年村民们在江边、坡地上陆续开荒开出来的四百多垧册外地。种植大户一年能种到七八十垧以上，小户也有一二十垧。和周边的村屯一样，地里种的大多是经济收益更好的玉米，少部分种植水稻。

二

从李春丰家出来，孙晓凯打算到农机大户姚丽春家看看。正月里气温正低，冷风飕飕，走在满是白茬的黑土大地上，即便浑身上下包裹得严严实实，走出几分钟的路程，风似乎也能透过一层层的衣服从身体里直接穿过。只有一望无际的积雪被远远近近的水泥村道、一排排的枯树、东一片西一片的房子，还有时不时靠近的车辆不断地勾画着，一幅暖阳下的乡野风景，方能帮忙控制住瑟瑟发抖的手脚。

和外面的数九寒天相比，姚丽春家六百多平方米的院子里全然是春天的气息，东西两厢两趟举架三米多高的彩钢房里停满大大小小的农机已经整装待发，就等着春播的一声令下。东厢车库里一台庞大的迪马牌收割机尤其显眼，全身葱绿，机身铺满大半个库房，驾驶舱几乎顶到棚顶。这个"大个头"功能强大，五行作业，茎穗全收，一天就能收八九垧地。进屋坐到炕头上，姚春丽和孙晓凯细细唠了起来。他说，现在家里有四台拖拉机，价钱便宜的一台两万元，贵的十五万元；两台免耕机，总共六万元；最贵的就是去年新添的那台收割机，老牌子新品种，三十万元；剩下的还有播种机、打药机啥的。刨去政府鼓励农村发展规模化种植给购买的新农机发放的几万元财政补贴外，这些大大小小的农机加起来有小八十万元了。中间多亏了银行贷款，才能置办得这么齐全。

说话间，家里的老老少少纷纷闻讯归来，小轿车、电动车、摩托车，瞬间把院子当间的空地停得满满当当。

姚丽春家是村里的第一农机大户，现在自家种的地并不多，总共也才十来垧，不论是春种还是秋收，几天就完活了，根本不够种。所以，他家的收入主要是帮别人家种地，从种本屯的地，逐渐扩展到四外圈种邻屯邻村的地，现在已经有一百多垧的规模了。平时都是父子俩操作两套机械一起忙活，春播的时候时令急，前耕后种，就得雇人来开拖拉机了。从收入上看，旋耕七百元一垧、播种四百元一垧、打药一百元一垧，收割一千元一垧，一年忙下来收入相当可观。而且，随着去年国家《黑土地保护法》的出台，国家和吉林省大力鼓励秸秆还田增厚黑土肥力，保护"耕地中的大熊猫"的意识越来越深入人心，一垧地五百元的免白茬播种费用全部由政府补贴，请姚春丽这样的机械户种地的人越来越多。

面对国家的好政策，姚丽春也向孙晓凯说出了自己的新想法。与其开着最先进的农机车给别人打工，不如多种自己的地。去年，他已经用自家的十多垧地注册成立了坤旺家庭农场，下一步就是扩大农场规模，包种别人家的地。按照国家鼓励政策，经营三年以后，一垧地一年还能补贴一百元。至于农场扩种到多大规模，坐在一旁不停帮腔的姚春丽媳妇利索地插嘴了。

"越多越好呗，怎么也得五六十垧吧。"

"年轻的，像他这样在家专心侍弄地的人，少!"

"国家还鼓励包地，多好。"

"还免得好地撂荒。"

姚丽春倒不像自己媳妇那么乐观。现在能够包到手的地一是年轻人进城打工后留下的，还有就是岁数大的老人种不了的，前些年陆陆续续让其他种植户包了不少，现在能包的地都成堆了，连不成片，不利于机械耕种。不过，姚春丽说自己今年才三十四岁，有时间，有办法，还有国家和省里市里不断出台的政策，相信未来这也不是大问题。他请孙晓凯在他们家贷款换农机、买种子化肥的时候，过来帮帮忙。

三

作为榆树农村商业银行五棵树支行的客户经理，孙晓凯的主要工作是在银行划给他的片区里联系挖掘客户，片区在农村的，行里人把这个叫"包村"。2020年吉林省农村信用社联合社根据全国经验，启动服务乡村振兴的"整村授信"工作。整村授信，顾名思义就是整个村整个村地进行金融授信，方便农村用户随时能拿到银行贷款，助力乡村振兴全方位发展。但是，这是一件说起来挺简单做起来却特别困难的事情。仅从榆树市来看，全市四千七百多平方公里的幅员面积三百八十八个行政村，分属榆树农商行四十家支行包村推进，就是把全行一百六十多个客户经理都放出去，也忙不过来。因此，从整村授信一开始，银行就采用了严格的网格化管理，从支行行长到普通客户经理全部成为网格员，每个网格员尽量多地包村。孙晓凯包了包括临江村在内的两个村。

从技术层面上来说，实现整村授信的全过程大致分四步：线下调查、线上征信、正式授信、客户用信。难就难在第一步和最后一步这两头，这也是银行、村委和农户都很纠结的地方。孙晓凯记得那时候银行提出的口号是"人在网中走，档在格中建，格格有服务"，由客户经理而身兼网格员，他要从熟人放贷、需求放贷向全村全户放贷的目标挺进。孙晓凯说，农村和城市不一样，还是熟人社会，想要把整村授信的工作做好就得和村里所有人混熟。于是，那段时间里他没白日没黑夜地忙着"串门"。以前熟悉的人家还行，打一两个电话就能约上，不熟悉的就得反复登门。按照管理和业务两方面的要求，入户调查的第一步先要拍摄人家房前屋后的照片，然后就是唠嗑，唠熟了，才能问人家多大年纪，家里有几口人，都在干啥工作，收入多少，有没有人户分离分门另过的情况等等，反正能了解到多少信息就了解多少，然后详细记录在每户信息栏下。这期间，还要抽空儿打开手机，进到"榆快金融"小程序页面，向人家宣传介绍"榆农快贷"的方便和好处。倘偌碰见谁家的年轻人回来了，孙晓凯还会捎带脚推广推广适合在县城买房、做买卖的"榆快·房易贷""榆快·信易贷"等产品。"串门"结束时，要和客户再拍张合影，相互留下电话和微信。虽然包村这些年里，村里人都知道他这么个人，但是问得多了，难免会有人生疑，想方设法不让他进门。在别的村就发生过找条大狗专门拴在门边上，防止网格员敲门的事情。这样，他们就得另想办法了。

对于农民们的顾虑，孙晓凯是理解的。他说，你不能拿城里和南方的标准来看。不管是贷款还是通过别的什么方式借钱，在老辈人的思想意识里都认为那不是一件"光彩"的事情，有天然的抵触情绪，像李春丰家那样父子俩养了几十头的牛，肯放下心放下脸面来贷款也只是这几年的事，事儿不大，对他们来说其实是个不小的突破。所以，他认为只有把整村授信这件事儿彻底做好了，让大家都能认识到贷款不丢人，就像租别人家的拖拉机帮自己家种地一样稀松平常就好了。同时，这几年成长起来的养殖和种植大户家里大多是年轻人当家，他们倒是对贷款没有思想上的顾虑，只是从前贷款的流程太过复杂，往往款放到手的时候用钱的事儿早过了，怕麻烦。就像包地这种事儿，往往就是饭桌上或者串门时几句话的事儿，一垧地按现在的承包价在一万五千元上下，包六七垧地就得十万元，都是现说现给现成，过了当口地可能就被别人包走了。因此，以前更多的时候都是找亲戚朋友凑，还有可能借高利贷，农村把这个叫"抬钱"。这同样是整村授信想要解决的问题。

有了这些理解，孙晓凯在临江村的工作干得特别卖力。线下调查进入"三轮评议"阶段后，他忙得不可开交。"三轮评议"就是汇总入户调查信息后，把每一户的信息在村这一级再过一遍。"三轮"主要靠三个人，都是熟悉全村情况的现任或前任的村干部、种植养殖方面的专家型能手、在村里有威望的乡贤，由银行出面聘请，对每一户的经济能力和经济信誉由他们中间的三个人背对背进行"评议"。孙晓凯最看重的是有过会计经历的人，他们对家家户户的经济状况最熟悉，能准确估算出每一户能够承受的贷款数目上限，为银行最终确认预授信额度提供主要的参考。"三轮评议"的结果是梳理出"白""黑""灰""蓝"四套信用名单。"白名单"上的农户属于信用最优，"灰名单"上的信用有瑕疵，"黑名单"上的信用不佳，"蓝名单"是已经在榆树农商行现有贷款的存量客户。四套名单出炉后上传到银行大数据系统，再经过系统风控模型进行过滤，完全没有信用瑕疵的成为最终的"白名单"客户，也就是银行系统里的预授信准入户。系统会根据"三轮评议"的结果，按照每户的经济实力，经过系统额度模型给出预授信额度。按照规定，一个农户最高授信二十万元，一家企业最高授信三百万元。用款的时候，只要在手机上点开"榆快金融"小程序，从申请到批准到放款，最快十几分钟就能完成，用信和还款均能实现"秒贷""秒还"的目标。按孙晓凯的话说，就是"把贷款的前期服务做好，实际用贷款的时候就像从自己兜里掏出来一样快一样方便。"

从 2020 年 9 月开始，经过榆树农商行八百多名员工一百天的奋战，到年底，榆树全市三百八十八个行政村二千四百四十二个自然屯三千一百九十八个村组三十万农户，有 90.3% 的农户纳入"白""黑""灰""蓝"名单制管理。其中，白名单农户为十万零五千余户，占比 35%，当年即批准预授信四十一点八亿元，户均四万一千元。

四

临江村坐落在榆树市五棵树镇西侧的松花江北岸，冬天里依旧可以从起伏的冰面上瞥见江水冰封前浪花高高扬起的丰姿，若不是中间有一座江心岛的阻隔，便是满眼的壮阔景象了。江中八九十厘米厚的冰面下仍然是鱼儿的世界，凿个巴掌大小的冰窟窿，就可以享受一整天的钓鱼时光。离江边两三里外的梁维强家，五六个人正在维修一台即将投入春播的拖拉机，梁维强正在牛棚里给自家的十五头牛打理饲料。

按照村里标准，这是一家标准的种植大户，旋耕机、免耕机、播种机、打药机、收割机样样俱全，包种的五十六垧地种的也全是玉米。前年一垧地打了两万六千斤，去年达到三万零八百斤的自家历史最高产量，收入五十多万元，全家高兴得不行。今年早早就做起了打算，争取再创下个好收成的新纪录。不过，当孙晓凯问起他今年需不需贷款的时候，梁维强的头摇得拨浪鼓似的，显示出和村里其他年轻人迥异的倔强。

"不光你们榆树农商行的，农业银行啥的也总找我。"

"也是贷款的事儿呗？"

"我说不要，就天天找，还说给我立个户头啥的。"

"你手机里有榆树农商行的贷款小程序没？"

"没，没有。"

"以后就一丁点儿贷款的打算也没有？"

"没打算，不想付利息钱。"

从梁维强家出来，孙晓凯说，其实按他家农机规模一年种个一百多垧地也不是问题，要是那样，日子过得肯定会比现在还要红火。只要他想贷款，肯定是白名单客户的待遇。可是，梁维强凭着厚实的家底，踏实肯干的好人缘，用钱的时候从来都是找亲戚朋友抬钱。而这正是整村授信最后一关"客户用信"所要面对的难题，白名单授信相当于银行给农户准备了相当的备用金，农户不用，所有努力都失去了意义。

于是，整村授信进入第三年后，为了不断拉长"白名单"，把"灰名单""黑名单"里农户的信用尽可能地转化修复，成了网格员们又一项重要工作。榆树农商行也配套出台了《"三台六岗"正式授信管理办法》，对客观原因造成信用瑕疵和失信的客户，银行可以进行线下与线上联合干预，帮助客户修复信用。这样的例子孙晓凯一说就能举出一长串，有的人家因为户主年龄在六十岁以上，超出授信规定之列，如果家里还有其他有经济能力的年轻人，就可以更换成年轻客户的信息；有的贷款之所以逾期，是把贷到手的款借给了别人，别人到时间没还他，他也就还不了银行，这样的情况，银行可以调动不同网格的网格员联手出动，协助客户还清欠款；有的在别家银行有贷款，或者有三张以上信用卡的，原则上也是排除在白名单之外的，只要他有实际还款能力，也可以线下再度申请。反正七七八八凡是被大数据挡在外面的，网格员均可以通过人工再调查，把信用没问题的客户从"灰名单"甚至"黑名单"里拽进白名单。孙晓凯说，只有白名单拉得足够长，获得贷款机会的农户才会足够多，实际用款的比例也会相应大幅提升，整村授信助力乡村振兴的能力自然会更强。

从梁维强家出来的那个下午，孙晓凯去了邻村一趟，走访了一家特色经济户。这家人扣了六栋大棚，种的全是柿子、豆角、西葫芦、黄瓜、西瓜之类的应季蔬菜瓜果。一个棚占地两亩，春秋各种一茬，赶上这几年市场菜价高，一年能收入小两万，顶上一垧地种玉米的收成了。虽说侍弄蔬菜瓜果比侍弄玉米辛苦多了，天天待在棚里，进去一身汗，出来汗一身，缠架、薅草、摘果时忙不过来还得花钱雇人，但是架不住遇上好年景好收成，因而全家人都动了扩大大棚规模的心思，打算建个果蔬种植园区。如此一来，一是可以建温室，冬天就能种反季节蔬菜，二是大棚规模达到两垧地以上后，国家有每平方米二十八元的补贴。当然，扣大棚的费用也大，如果用纯铁的架子，加上塑料啥的，一个棚扣下来合五六万元，再算上籽钱、化肥钱、人工费，是一笔挺大的开支。孙晓凯当场就要了户主的身份证，把身份证号码输进手机上"榆快金融"小程序里帮他查了下授信情况，结果显示"一般贷款逾期次数不符合要求"，就是有贷款到期没还。小伙儿当场就急了，说自己从来没贷过款，旁边的人也一下子炸开了锅，七嘴八舌地饯饯起来。后来，还是小伙儿自己想起来几年前把身份证借给旁人过，那个人好像就是用他的身份证贷款来着。

这样的事儿孙晓凯已经见怪不怪了。村民的法律意识不强，民间借贷盛行的时候，月利一分二三甚至更多，明明比银行高出二三倍四五倍，人们还是相信熟人之间的介绍去借高利贷，后来国家对民间借贷管理得严了，高利贷逐渐没有了市场，可是像一人多贷这样的事儿还是常有。晚上回到行里，孙晓凯把这件事报告给了五棵树支行的刘洋行长，两个人一块儿趴到电脑前，边查信息边商量有什么办法帮小伙儿解解套。

五

孙晓凯是土生土长的临江村人。1953 年五棵树农村信用社成立的时候，爷爷孙喜元担任了信用社的首任会计，爸爸孙德录当过信用社的副主任，2005 年退休，孙晓凯按当时的政策顶了爸爸的岗继续在信用社工作。那一年，孙晓凯二十五岁，爸爸希望他能做内勤，怕儿子把持不住在钱上出问题。然而，天生喜动不喜静的孙晓凯就喜欢往外跑，最后还是选择跑外勤当了一名信贷员。2011 年信用社改制，五棵树农村信用社转制成为榆树农村商业银行股份有限公司的下属支行，他也从信贷员变成了客户经理。十七年里，他从当初一年放出七百万元贷款的小孙，变成了如今一年能放出去两千万元贷款的孙经理。在五棵树镇里买了房子，娶妻生子。然而，他还是喜欢临江村的环境以及临江村的人和事，下班后大多时候回村里住。三年前，爸爸去世，他索性从镇里搬回村里，照顾生病的母亲。反正村子到镇子也不远，开车一脚油的工夫就到了。

到临江村包村，是他工作后第五年的事情，转眼已经十二个年头了。孙晓凯说，临江村看着他一年年长大，他看着临江村在国家好政策几十年如一日的支持下一天天变富。特别是自家所在的曾家屯，人人都能吃苦，前些年机动车还少的时候，秋收以后家家户户的主心骨赶着马车跑到四五十公里以外的地方收粮，累死累活也要养活全家。这些年小年轻全都外出打工，留在屯子里的老人们也没一个闲待着的，男人们种地养牛以外，苦大棚、当力工、摆弄农机，女人们到五棵树镇街里卖点儿货，到商店当个售货员，都在趔摸着干点儿啥，勤劳致富的风气一直很浓。印象最深的是这里年轻人娶媳妇，不像别的村，从来不让家里拿钱，全都自食其力，不啃老。猫冬的时候，耍钱的事儿也压根儿没有。屯里民风特别淳朴，白天家家门不上锁，可以说是路不拾遗夜不闭户。

能为这样一个村子服务，孙晓凯感到特别开心。

整村授信三年以来，他说自己的心思全花在东打听西打听，东家走走西家串串上了。打听得越多，知道得越多，他才好及时上门服务，让整村授信的成果一户一户地落到实处。白名单上的客户谁家要用钱了，他要帮着签订用款合同，合同一签就是三年。按照榆树农商行"随用随贷、随有随还、随时随地、随心随意"和"秒申、秒批、秒签、秒贷、秒还"的"八随五秒"的工作要求，三年的合同期里，客户随时想贷多少贷多少，挣了钱随时能还多少还多少。这中间，要求银行软硬件系统对包括利息在内的所有客户数据要及时更新以及审核机制快速反应而外，也要求客户经理常年开机，随时接听客户的电话，保证随叫随应。几年下来，孙晓凯已经习惯手里经常拿着两部手机，里面储存着四百多个客户的信息，每个客户的贷款还款数据他都要随时掌握，也随时会有客户问他这个问他那个。不管是在吃饭、上厕所、睡觉、开车，只要电话一响就得接，言语解释不明白的，要马上打开视频，一步一步教人操作程序界面。这些在旁人看来的繁杂与枯燥，他却乐此不疲。

这些年，临江村的变化越来越大。随着国家乡村振兴计划的大力实施，村子里首先变美了，之前院前院后码得老高的秸秆垛不见了，家家户户门前安置了统一的垃圾箱，大小的水泥公路两侧装上了路灯，路边沟修葺一新，公共空间全部种上了花草和景观树木，夏天的时候整个村子就是花的海洋玉米的世界。村里还建起了两个广场，村委会西边的大广场有六千平方米，演出、健身、打篮球、下象棋，都没问题。

村委会里的办事大厅，农民的一般性公共服务事项不出村都能办完。2022年，临江村成功入选吉林省"千村示范"创建村。孙晓凯相信这里面有自己的一份付出与努力。

六

忙碌了一个正月，正月二十七那天是个周末，孙晓凯正想早点儿回家，手机里又传来了三个好消息。一个是临江村养牛大户张海娟又有了新动作，三天前在牛市上现场贷了八万三千元，肯定是又买了不少头牛。他挺佩服这个女人，整村授信的时候给她定了十六万的授信额度，教了几回，就在手机上把"榆农快贷"用得纯熟。早上看到张海娟最新用款信息后，孙晓凯随手翻看了一下她最近十个月的用信记录，随贷随还的有十一笔之多，总计七十一万元。其中，最小的一笔是一万五千元，从贷到还二十五天；最大的一笔是十六万，从贷到还五十天；从贷到还最快的一笔仅有八天，款额九万元；从贷到还最长的一笔一百零一天，款额两万元。也就是说，张丽娟把十六万的授信额度灵活操作到四倍以上的效率，如果按整个合同期三年的时长来算，这个效率还会不断翻番，创造新的"奇迹"。

还有一个信息是行里出台了"'榆快金融'线上数字化产品'拼团'贷款"的新办法：两人团合团利率优惠到九点

五折，三到五人团优惠到九折，六到九人团优惠到八点五折，九人以上优惠到八折。加上今年行里即将推出的信用村和信用镇建设规划，信用村用户利率优惠打折、信用镇用户在信用村折扣的基础上再享受折上折等一系列举措，孙晓凯对新一年的工作充满了信心。

天擦黑，孙晓凯收到了第三个消息，邻村一家企业想贷款，他要马上过去看一看。那是一家粮食收储企业，主要从事玉米的收购、仓储、分销，经营范围这两年从榆树市拓展到吉林全省和黑龙江省，年收购粮食能力已经达到十万吨。去年通过"榆农快贷"贷款二十万元，今年想新建一座五万吨的粮库，将近二百万的土地保证金都已经交上去了，下一步需要一千万元的建设资金。按照整村授信企业最高三百万元的授信额度要求，需要仔细研究研究贷款的方式方法。

2023 年初，榆树农村商业银行开始新一轮的人员交流，孙晓凯从五棵树支行交流到前进支行工作。在那里他将包四个村，工作强度会大大增加，人头也要重新一一熟悉。一切都要重新上路。

说到这里，高高壮壮的孙晓凯有些动情地说："有点儿舍不得临江村。"

吉林省作家协会◎编

黑土流金

山乡巨变的吉林答卷

下

时代文艺出版社

SHIDAI WENYI CHUBANSHE

舒雁向天歌

李金龙

一

　　舒兰，素有"果实之城"之美誉，尤以大米最有名，果实饱满，色彩鲜亮，味道香醇，回味悠长，是人们口口相传的"舒兰品牌"。

　　这次去舒兰，为的不是大米，是舒雁。百度百科这样解释：舒雁，亦作舒𪃟，鹅的别称。

　　早早就从各种媒体了解到，如今的舒兰农民，除了种大米是"行家里手"，养鹅也"头头是道"。

　　"用各种手段宣传白鹅养殖产业，举全市之力发展白鹅养殖产业。"舒兰市委宣传部杜玉成部长的一席话，让我看到了舒兰市委市政府对于发展白鹅养殖产业的决心和信心。

两个多小时的交谈，杜玉成部长给我传递了许多闻所未闻的白鹅产业信息。

我从小在东北农村长大，对养鹅并不陌生，哪个庄户人家一年不养个十只八只的，条件好的，养几十只也很常见，但把白鹅养殖当成产业去发展还是头一次听说，进一步了解才得知，鹅与人之间竟有许多佳话。

鹅是家禽中唯一的食草类水禽，以吃青饲料为主，是典型的"素食主义者"。鹅的体态优美，雍容华贵，性格温顺，忠实主人，是家禽中的"王孙贵族"，是文人墨客笔下的"白衣绅士"。"鹅，鹅，鹅，曲项向天歌。白毛浮绿水，红掌拨清波。"人们耳熟能详的，除了这首骆宾王的《咏鹅》，还有很多美丽的传说。

唐宋年间，文人骚客将鹅称之为"舒雁"。北宋"红杏尚书"宋祁诗云："庄周悲杀雁，本为不能鸣。宁识山阴误，能鸣亦就烹。"

《晋书·王羲之传》记载："（王羲之）性爱鹅，会稽有孤居姥养一鹅，善鸣，求市未能得，遂携亲友命驾就观。姥闻羲之将至，烹以待之，羲之叹惜弥日。又，山阴有一道士，好养鹅，（王羲之）往观焉，意甚悦，固求市之。道士云：'为写《道德经》，当举群相赠耳。'羲之欣然写毕，笼鹅而归，甚以为乐。"李白《送贺宾客归越》中的诗句"山阴道士如相见，应写黄庭换白鹅"，便是引用了这个典故。

王羲之爱鹅，固然是文人雅事，更为关键的是，他从鹅的体态、行走、游泳等姿势中领悟到书法的奥妙和执笔运笔的道理，以至于后人将其与陶渊明爱菊、周茂叔爱莲、林和靖爱鹤并称为"四爱"。

"四爱"的题材，常常出现在明清乃至民国的瓷器和绘画中，以表现文士高士风雅清逸、迥出尘俗的超然情志。

清代书法理论著作《艺舟双楫》有一段关于王羲之爱鹅并观察鹅的描写："其要在执笔。食指须高钩，大指加食指、中指之间，使食指如鹅头昂曲者，中指内钩，小指贴无名指外距，如鹅之两掌拨水者。故右军爱鹅，玩其两掌行水之势也。"

由此可见，王羲之是真的可以在鹅的行动、姿态中得到启发，正是鹅与水之间的动静结合，给了他书法上的灵感，使他的书法境界至今无人超越。

鹅的生活习性很特殊，具有喜水性、警觉性、耐寒性、生活规律性。鹅的抗病能力强，饲养污染小。

鹅的眼睛呈凸透镜结构，外面的物体经过折射，进入它的眼睛会缩小。鹅看人，人的身形很渺小，所以不怕人。

鹅的全身都是宝。

鹅肉，富含钙、磷、钾、钠等十多种微量元素，具有养胃止渴、补气等药用、食疗功效，能解五脏之热，是理想的高蛋白、低脂肪、低胆固醇健康食品，绿色，无污染，价值与羊肉相媲美，民间素有"喝鹅汤，吃鹅肉，一年四季不咳嗽"的说法。

鹅肝，美味不可多得，"鹅肝酱"是高等餐厅的新宠。

鹅血，素有"液态肉"之美称，营养价值十分丰富。经过生物提纯制成的冻干粉，营养价值更加特殊。

卤酱鹅头、鲍汁鹅掌、干煸大鹅……不断开发研制的鹅食品，更加受到食客青睐。

大鹅，不仅能"炖进铁锅"，还能"塞进被窝"，鹅的羽毛，蓬松柔软，是富贵华丽的服装。一件鹅绒服在身，温情伴你度过严寒的冬季。

鹅的药用价值也不可小觑。鹅血、鹅胆制成的鹅血片、鹅血清、胆红素、去氧鹅胆酸芋等药品，可用于治疗胆结石等疾病……

鹅的美丽传说和食用药用价值足以令人神往，但"举全市之力发展白鹅养殖产业"，还是让我满怀好奇，想要一探究竟。

二

舒兰，一直是养牛、养猪大县，一度成为县域经济的支撑产业。

但养牛、养猪有个短板，投资大，周期长，至少一年回款。养鸡成本相对小一些，可很多养鸡户也抱怨，一年下来，去了成本和投入，基本不挣钱。

物竞天择，适者生存。选来选去，小农小户的人家还是把目光选定在跟他们最亲近的大鹅身上。

养鹅周期短，肉食鹅70天出栏，产绒鹅也不过120天。鹅毛，无论做羽毛球，还是做羽绒服，都是当下市场的抢手货。

基于以上认知，近年来，舒兰市委市政府多次派人考察白鹅供需行情，"不看不知道，一看吓一跳"，仅东北市场对白鹅的需求，每年就需5万多只，加上人们对舒兰鹅绒的认知程度不断提高，市场需求量不断增大，前景特别看好。

市领导对当下舒兰农村各阶层的人员情况进行了深度剖析，有学问的，出去念书了；没学问的，出去打工了；家里留守的，多是老人、妇女和儿童。养鹅是"小本经济"，对劳动力要求不高，圈舍要求也不高，门槛低，周期短，每只纯利润少算也得20元，省去奔波之苦，在家就把钱挣了。

养鹅，一般集中在6至9月间，正是东北农村的农闲季节，到了秋收时节，农忙了，养的鹅也都出栏了，种地、养鹅两不误。

鹅的适应能力强，抗病能力强，无需大量长时间用药，产品无药物残留。发展白鹅养殖，生产设施简单，成本低，可与林、果、渔产业相结合，共生共存，协调发展，形成良性生态循环。

采访中，许多市领导和相关人士都谈到至关重要的一条，"舒兰养鹅有基础"。

早在 2003 年，舒兰市委、市政府就曾倡导发展养鹅经济，成立了舒兰市翱翔鹅业公司，主抓白鹅发展产业，通过订单养殖的方式，当年就实现了 20 万只的养殖量。后来，由于单独依靠养殖，缺乏产业抗风险能力，再加上市场经济等原因，白鹅产业搁浅了，未能发展壮大，却给舒兰广大农村奠定了养鹅的良好基础。

舒兰地处长白山腹地、松花江沿岸的北纬 43° 黄金产绒带，东部是山地，中部是丘陵，西部是广阔的冲击平原，绿地面积占 51%，水域、湿地面积 600 多平方公里，工业污染少，空气质量好，饲养场地广阔，青草新鲜茂盛，是适宜白鹅栖身养殖的理想之地。一年四季，寒暑交替，在长达 190 多天漫长寒冷的冬季，舒兰白鹅始终生长在无污染的自然环境下，近 60° 的温差，造就了舒兰白鹅良好的恒温性。

纯净的空气和寒冷的天气，成就了更优质更保暖的舒兰羽绒。舒兰的产绒鹅生长期长，和其他地区的鹅绒相比，不仅成熟饱满、颜色纯白，而且绒朵大、羽梗小、弹性足、密度高、无异味、透气性好、蓬松度高，具有保暖性强、舒适性高等特点，持久耐用，被人们誉为"白色软黄金"，是不可多得的优质羽绒原材料。

得天独厚的地域优势，造就了舒兰羽绒的优秀品牌。"白翎"等驰名商标早已被国际认可，"舒兰白鹅"地理标识在江浙沪等地得到高度认同。

舒兰的羽绒制品不仅享誉国内，而且名扬四海，日本、以色列等国家相关行业多次派专家来舒兰取经问道，回去后却发展不起来，究其原因，不是气候不适宜，就是环境不适应。

舒兰发展白鹅养殖的产业基础深厚，已初步形成了以羽绒加工为龙头，带动白鹅养殖、饲料加工、肉品加工的产业链条，白鹅产业链上的企业多达200家，具备低成本发展养鹅产业的生产优势和规模优势。

位于舒兰市法特镇的吉林市白翎羽绒制品有限公司是高品质鹅绒深加工龙头企业，畜禽屠宰、精洗羽绒已经具备完整的生产加工能力，尤其精洗羽绒产品，在国际市场上得到了多方认可和高度评价，国外长期合作的客户就达30多家，占东北三省原料收购份额的80%，年创产值2亿元以上，出口创汇1000万美元以上。

2002年，联合国粮农组织将鹅列为21世纪重点发展的绿色食品之一。2016年，农业部将养殖业作为调整农业产业的重要措施，而养鹅业是养殖业中产品质量最高、效益最好的朝阳产业。

近年来，白鹅市场发展势头看好，全国每年的肉鹅需求量达4亿只，其下游产品尤为丰富，附加值更高。70天出栏的单只鹅，最高利润 32.6 元；120 天的单只鹅，最高利润 60 元。按效益比算，百只鹅和一头牛，利润相当。

"推进现代农业产业园和农业产业强镇建设，培育优势特色产业集群，继续支持创建一批国家农村产业融合发展示范园。"

"大力发展县域范围内比较优势明显、带动农业农村能力强、就业容量大的产业，推动形成'一县一业'发展格局。加强县域基层创新，强化产业链与创新链融合。加快完善县城产业服务功能，促进产业向园区集中、龙头企业做强做大。"

2022 年中央一号文件的有关规定让舒兰人看到了机遇。舒兰市新一届党委班子抢抓国家专项债支撑产业发展政策机遇和白鹅养殖产业纳入吉林省十大产业集群这一契机，确定了创建"全国农业现代化示范高地"的发展定位，围绕孵化、养殖、加工、品牌全产业链同步发力，园区化、链条化建设白鹅产业集群，擘画了打造"中国最大的白鹅养殖县、中国最大的白鹅产业园区、世界高品质白鹅羽绒成产基地、世界最大种鹅繁育基地"的宏伟目标。

三

为进一步夯实白鹅养殖产业举措，舒兰市委市政府成立了由书记市长任"双组长"的白鹅产业发展领导小组，下设三个专班，即：白鹅产业链招商专班，白鹅产业园建设专班，白鹅产业发展专班。

参照市里模式，各涉农乡镇街也分别成立了"一把手"负责的领导小组，形成了"市总负责、部门配合、乡镇落实、工作到村"的责任机制。

"三驾马车"并驾齐驱，合力推进白鹅产业融合发展，很快收到了肉眼看得见的明显效果。

白鹅产业链招商专班抽调 4 名干部专职抓招商，他们克服疫情影响，先后到浙江、江苏、辽宁、黑龙江等地，成功洽谈了江苏阳湖鹅业种鹅孵化、江苏沛县桂柳牧业种鹅孵化、辽宁禾丰集团白鹅饲料加工厂及屠宰、扬州春苗餐饮公司中央厨房、江苏波司登鹅绒服生产、亚狮龙中国公司羽毛球生产等 9 个项目。

白鹅产业园建设专班负责园区规划设计、建设及经营，依托市城市投资公司，完成园区总体设计和规划，为进入白鹅产业园区的企业提供资金、贷款等优质服务，规划实施了总投资 14.2 亿元的白鹅产业园。白鹅产业园区建成后，可实现年产值 59 亿元，税收 3.1 亿元，带动就业 1.9 万人。

发展白鹅养殖产业，扩大认知面至关重要。白鹅产业发展专班，抽调专业人员，组成督导检查组、技术服务组、综合协调组三个小组，"全天候"下沉到全市 17 个涉农乡镇街，同乡镇街干部一道，走村入户，宣讲白鹅养殖现状和优势，

解读各项优惠扶持政策，解答鹅农遇到的实际问题，逐步推进白鹅养殖工作进度。

技术服务组通过举办培训班等形式，对全市 327 名有养殖意愿的农民和乡镇畜牧科人员进行业务培训，发放《舒兰市白鹅养殖技术参考资料》《舒兰市白鹅养殖扶持政策宣传手册》2500 余册，为养殖户提供技术指导和政策支持。

为使白鹅养殖产业深入人心，白鹅产业发展专班开通了"舒兰白鹅"抖音、快手等平台，建立了"舒兰白鹅"微信群，并通过舒兰电视台、"舒兰发布"等载体，每天不间断地发布、宣传白鹅养殖政策，为养鹅户提供养殖技术、养殖经验、疾病防治等服务。与此同时，吉林日报、江城日报、省市电视台也持续推出"舒兰白鹅"系列报道，各级各类网络媒体及平台持续发布"舒兰白鹅"相关信息。

"一张蓝图绘到底，笃行推进，久久为功。"2022 年年初，舒兰市委、市政府先后数次召开会议，讨论、修订白鹅产业发展办公室提交的《鼓励白鹅养殖业发展十条扶持政策》，并在市政府第二次常务会议、市委第二次常委（扩大）会议暨农村工作领导小组第一次会议上讨论通过，以决议的形式统一思想。

2022 年 3 月 8 日，舒兰市人民政府办公室正式下发了《关于印发舒兰市 2022 年鼓励白鹅养殖业发展十条扶持政策的通知》（舒政办发［2022］8 号文件），这就是引起舒兰市社会各界广泛关注和热烈反响的"鹅十条"。随后,《白鹅养殖创业担保贷款扶持政策》《白鹅养殖保险扶持政策》也相继出台。

有了"尚方宝剑",相关行业也积极行动起来。舒兰农商银行为22家养殖户发放了980万白鹅养殖专项贷款,安华保险公司为165户养殖家办理了140万元养殖保险金。鹅雏补贴、新(改扩)建鹅舍补贴也一项项落到实处。

资金短缺,鹅雏质量差,养殖技术匮乏,不懂疫病诊治……养殖户面临的这些难题,白鹅产业发展专班早就考虑到了。他们派出3名技术专家,深入涉农乡镇街,分片包保,逐户跟踪,发现问题,及时解决,初步形成了白鹅产业发展专班、乡镇畜牧兽医科、放雏企业"三位一体"的防疫体系。

为细化、量化、精准化做好服务工作,白鹅产业发展专班制定了"养殖情况、出栏情况、圈舍改造、潜力资源、养殖奖补"五套台账,形成路线图和进度表,每天统计养殖量、出栏量。

针对贷款流程过于繁琐、保险赔偿比例过低等问题,协调就业局、安华保险、银信等部门,进一步修改完善贷款、保险相关政策,简化贷款流程,提高保险比例和额度。

在白鹅产业发展专班的推进下,2022年6月10日,吉林美中鹅业公司屠宰场正式达产,日屠宰量1.5万只。舒兰白鹅产业园区屠宰场建成投产后,日屠宰量将达到10万只,年屠宰量达到 3500 万只。6 月 15 日,全国知名大型饲料企业禾丰饲料公司正式进入舒兰市场,首批投放饲料 1200 吨,设立代销点 3 处,为养殖户统一配送。

与此同时,德力、鑫晟源两个供雏企业相继完成扩产扩能。德利孵化场将产能从 120 万只扩大到 300 万只。鑫晟源孵化场投产后,年孵化鹅雏达到 450 万只。

四

2022 年 11 月 10 日下午,舒兰市政府三楼中厅会议室座无虚席,一场别开生面的座谈会正在进行。

会议由白鹅产业发展办公室主任宋扬主持。与会者,有舒兰市相关部门领导,由全市十余位达到一定规模的白鹅养殖户,还有三位远道而来的江苏省农科院养殖专家。

座谈会聚焦的重点是舒兰白鹅的品牌、品种、抗病能力、原料、配方、品种优化等养殖户们普遍关心的问题。

"东北小白鹅,三花,三花杂,霍尔多巴吉,这些品种,哪个更适合舒兰?"

"江苏蛋,辽宁蛋,黑龙江蛋,总体看,形状差不多,越往北却越小,选哪种蛋更好?"

"种蛋,能否保证优质;孵化,能否保证纯度;养殖,如何把死亡率降到最低;防疫,如何保证不用假药;收购,屠宰场能否保证不'压栏'……"

养殖户们争先恐后，谁都不肯放过这次难得的好机会。

"70天是个重要节点，屠宰场如果不按期收购，超一天增加一天成本，超五天，只求保本，再超就赔了，鹅的食量，越到后期越大，一只鹅，一天吃掉一块钱，养一万只鹅，一天就要搭进一万元。不喂，掉分量，损失更大。"法特镇王大村党支部书记冯化军，大家称他"舒兰养鹅第一人"，他提的问题，也是众多养殖户关心的问题。

针对以上提问，会场争论不休，气氛非常热烈，与会领导、专家一边与养殖户面对面交流，一边热心解答养殖户提出的问题。

——霍尔多巴吉鹅，是匈牙利霍尔多巴吉养鹅股份公司精心培育的肉、蛋、绒兼用型优良品种，具有肉质鲜嫩、蛋白质含量高、低脂肪、低胆固醇、营养价值高等特点，成为国际餐桌上的美味。

作为匈牙利优质鹅品种，霍尔多巴吉鹅还具有产毛多、含绒量高、绒色纯白、绒朵大、杂质少、弹性好、手感好、蓬松度高等特点，是世界上上等的羽绒，其价格比中国白鹅绒高出三分之一以上，国际市场供不应求。

在中国，尤其在北方，养殖霍尔多巴吉鹅，具有生产周期短、成本低等优势，鹅绒质量可与匈牙利、波兰等国生产的优质鹅绒相媲美，在国际市场上颇具竞争力。作为肉绒两用品种，霍尔多巴吉鹅推广前景好。

三花，是杂交鹅品种，是扬州白鹅提纯出来的一款鹅，主要繁衍于江苏地区，因鹅头上有三处黑毛而得名。

跟别的鹅种不同，三花鹅最显著的特点是体量大、分量重，一般来说，70日龄的仔鹅可达8至9斤，比太湖鹅的生长速度高27.8%。大三花鹅，母鹅能长到9至10斤，公鹅能长到13至15斤。

三花鹅的产蛋量高，年产蛋70枚左右，可孵化62至64个鹅雏。除此之外，三花鹅还具有生长速度快、耐粗饲、抗病能力强、产蛋多、繁殖率高、肉质好等特点，因此是首选。

东北养鹅，免疫力强，夏天温度比南方低，成本也比南方低，南北方的农作物不一样，饲料配方也有很大差异，北方的玉米秸秆给鹅提供了丰沛的食料。

根据舒兰的气候条件，养鹅的最佳时节集中在2至3月、8至9月、10月至次年1月三个时间段。鹅种不同，光照、参数、配方都不同。要因地制宜，合理加以改造。

原定一个半小时的座谈会，从下午一点，一直持续到下午五点。听了专家的介绍、讲解，养殖户们如醍醐灌顶，茅塞顿开，绽放出满意的笑容。

会后，舒兰市相关部门和江苏省农科院的专家就饲料、培训、粪便处理、变废为宝等事宜进行了深度沟通，达成共识。

"江苏省农科院的几位专家是我们专门请来的，他们此行的目的，一方面，商讨合作共建舒兰白鹅产业研究院等事宜。一方面，谋划打造区域现代化农业领域的研究高地和创新中心，构建面向舒兰白鹅产业发展需求的长效产学研合作机制。"白鹅产业发展专班王世刚副主任介绍说。

"除了江苏省农科院，我们还与国家发改委畜牧养殖课题调研组、吉林省农科院、吉林市农科院、江苏阳湖鹅业、吉林德莱鹅业、北京新农控股集团、江苏桂柳集团等单位沟通联络，一边学习新技术，一边研发新品种，进而提升科技支撑能力。"白鹅产业发展专班宋扬主任做了更加详尽的介绍。

五

2022年11月8日，在舒兰市法特镇副镇长梁飞跃的陪同下，我见到了"舒兰养鹅第一人"冯化军。此时，冯化军正在接待吉林市的一个考察团。

1995年，25岁的冯化军在镇里开办了一家木材加工厂。

法特不是林区，木材生意不太好做，销量小，进货渠道也不是很顺畅，但冯化军还是凭借勤劳加诚信，挣到了致富路上的第一桶金。

2010年，不惑之年，冯化军盘掉经营了15年的木材加工厂，转行开了一家农资商店。相比于木材加工厂，农资生意好做多了，挣钱也容易多了，加上冯化军人缘好，农民朋友多，生意做得风生水起。

"人缘好"本是好事，可冯化军好说话，对谁都"一脸抹不开的肉"，赊账、欠账的渐渐多了起来，一来二去的，周转资金就成了问题。

账要不上来，"唱黑脸"还不是冯化军的性格，屯里屯亲住着，化肥啦，种子啦，欠的又不是特别多，冯化军只好忍着肚子疼，跟这些老熟人"秋后算账"。

冯化军的生意做得风生水起，人格魅力也没的说。

2016 年，他当选为村党支部书记。上任第一天，他就感觉到，当村干部比做生意难多了。一分存款没有，村部开支都困难，勉强能维持日常工作。好在冯化军头脑灵活，肯动脑筋，肯卖力气，他带领社员办实体，搞副食批发，开民宿，不到一年，就扭转了村里的被动局面，村民们在这个新任村支书身上看到了希望。

2022 年春节刚过，镇党委书记吴文柱找到冯化军，跟他谈养鹅的事儿。冯化军以为吴书记在跟他开玩笑，吴文柱却说："我说的是真的，白鹅养殖产业是市委市政府确定的重点发展产业，你是党员，又是村支书，你不带头谁带头？"

"可我是外行啊，对养鹅一窍不通。"冯化军一心想拒绝，但看吴书记态度坚定，便面露难色地说道。

"你外行，谁内行啊？回去给你三天时间，好好琢磨琢磨，啥困难，啥条件，只要不碰底线，我都答应你。社员们对养鹅认识不够，都在观望，你得带个头，闯出一条路来。"

冯化军回到家，跟爱人一说，爱人一摸他的脑门儿，"没发烧啊，咋说胡话呢。"

兄弟姐妹也都不同意，都认为风险太大，"养个三五十只的还行，你这一养就好几万只，弄不好连本儿都赔进去了。"

冯化军却铁了心要养鹅，"镇里十来个村支书，吴书记不找别人，找我，为啥？还不是对咱的信任。再说了，我对养鹅这件事也琢磨好几天了，只要用脑用心，还是有账算的。"

首先要解决的是场地问题。冯化军明白吴书记跟他说的"底线"是啥意思，鹅要养，但耕地不能占。可王大村条件有限，废弃的工厂啊、不用的蔬菜大棚啊，这个"真没有"。

"法特村有二十个蔬菜大棚，今年承包到期了，你正好承租过来。"吴文柱似乎早就看出冯化军的心思，关键时刻"雪中送炭"。

3月初，春寒料峭，冯化军参加了市里组织的养鹅培训班，回来后，就从法特孵化场进了4万只鹅雏。

"不干就拉倒，干就干出一番事业来。"一次4万只，冯化军还真不是"脑门儿发热"，他是根据专家的介绍估算出来的：一个大棚养3000只，20个大棚就是6万只，刚开始，弓别拉满，4万只应该没问题。

村民们以前养的鹅都是地产鹅，俗称"东北小白鹅"，优点是成活率高，好饲养。缺点是个头小，分量轻，出栏时间长，至少 100 天。法特孵化场孵化的是改良品种"三花""三花杂"，70 天出栏，每只至少长到 8 至 10 斤。

至于养鹅的风险嘛，吴文柱早就给他打了"保票"，鹅雏进栏 8 至 28 天，死 1 只赔 8 元；29 至 40 天，死 1 只赔 30 元；40 至 70 天，死 1 只赔 50 元。

冯化军心里明白，吴文柱给他打的"保票"，其实是市委市政府跟安华保险公司签订的保险协定。至于养鹅的启动资金，吴文柱说，"我只能给你提供 4 万元专项贷款，不够的，你自己想招儿。"

"开弓没有回头箭。"为加强饲养管理，冯化军雇了 5 个工人，都是当地农民，上岗前，先去市里参加技术培训，回来后，一边摸索，一边学习，如今，都成了养鹅的行家里手。

评估风险，深入挖潜，冯化军确定了"党支部＋致富带头人＋合作社＋农户"的发展模式，集中资源，统一管理。

"市委市政府为我们提供优惠政策，美中鹅业也配套了技术服务，我们与企业签订回收订单，销路有保障，收入就会更稳定。"冯化军说。

为优化鹅的品种，冯化军除了购买当地孵化场的鹅雏，还从辽宁等地购买鹅雏。2022 年，他一共养了三批，成活率接近 90%，净出栏 15 万只，每只纯利润 20 至 30 元。

还清了贷款，鼓起了腰包，冯化军和家人的脸上洋溢着成功的喜悦和幸福的笑容。

我去法特镇采访时已是深秋，但冯化军的养殖大棚里还有很多白鹅，冯化军介绍说，"还有1万只，明天出栏，这也是今年的最后一批。"

"冬天还养吗？"我忍不住好奇。

"过冬不好养，通风，温度，饲料，这些都是难点，可我还是留出几千只，摸索点儿经验，看看啥效果。"冯化军信心满满地说。

六

2019年7月，法特镇杨林村三社社员贺德民在自家承包的山地上养了1500只母鹅。

为啥养母鹅，他的想法很单一，就是卖种蛋。

母鹅长得小，价格也便宜，母鹅雏1元就能买到手，而一枚种蛋八九块钱，比普通鹅蛋贵一倍。

转过年，刚一开春，母鹅就开张下蛋了，赶上好行情，贺德民坐在家里就把钱挣了。第二年，他淘汰了下蛋少的母鹅，又买了1000只鹅雏。这次，公母都有，基本对半。

"公鹅长的大，价格是母鹅的两倍。"贺德民一语道破玄机。

贺德民一家六口，夫妻俩不仅要赡养80多岁的父母，还要抚养俩儿子，人口多，日常开销大，靠着承包的几亩山地根本养不了家，日常开销全指着从鹅屁股里抠钱。

就在他准备大展宏图的时候，行情突然跌了。低谷时，一枚鹅蛋卖不上三块，快比鸭蛋便宜了。

"好在农村的青苞米秆遍地都是，粉碎了就是上等的饲料，即使不挣钱，也赔不到哪儿去。"贺德民把种蛋当普通蛋卖，赔钱也卖，"鹅蛋有保质期，过了保质期就烂手里了。"

到了夏天，鹅价降到了五六块钱一斤，一只 8 斤重的鹅还卖不上 50 块钱，去了饲料、工钱，保本都没把握。"等等再卖吧。"贺德民心想。

又拖了一个多月，行情继续下跌，贺德民有点儿慌神了，"不能再拖了，尽快把手头的鹅和蛋都卖了，母鹅也等不得下蛋了，再拖，工钱都搭进去了。"

紧着往出折腾，家里还有一些存留。入冬一落雪，贺德民就用农家的土办法杀了 200 只白条鹅。他亲戚朋友多，平时做人忠厚，吃他家的鹅心里有底儿。他人缘好，在他为难的时候都愿意帮他。就这样，你一只，我一只，说话间就把杀掉的鹅卖光了。

褪下来的鹅毛，一只 15 元，厂家上门回收，算是另一种补偿。

经过这番折腾，贺德民悟出点儿门道来了。杀白条鹅有账算，但不能杀太多，一天也就十只八只，杀多了卖不出去，再加上条件有限，没冷库，赶上高温天气，搁不上两天就坏了。

快到年底的时候，贺德民总算把家里的鹅全都处理掉了，算了算成本，忙活了一年，挣了几万块。

"辛苦钱，挣得不容易。"贺德民苦笑着说。

贺德民的大儿子和小儿子相差15岁，大儿子大学毕业后到新疆工作了，再不用他负担什么，可小儿子读初三，正是用钱的时候。思来想去，贺德民还是在鹅身上打转转。

2021年一开春，鹅的行情渐渐好起来，贺德民也做好了养鹅的准备。7月10日，他从孵化场进了1280只鹅雏，养到11月份出栏的时候，正好赶上行情好，每斤14至15元，4个多月，净挣几万元。

钞票攥在手里，贺德民有些后悔当初瞻前顾后。他的山地场所大，无污染，再多养一些也不成问题。可又一想，"虽然养的少，但赚上了，经验也积累差不多了，总算看到希望了。"

2022年是贺德民养鹅的第四个年头，镇领导和畜牧科的技术员，一趟趟往他家里跑，讲市里扶持农民养鹅的好政策，还免费提供技术服务，贺德民的劲头更足了。

与大企业相比，贺德民称自己是"乡土型养殖"。7月初，他就近买了3000只鹅雏，"受疫情影响，鹅雏不能买外地的，不安全。买当地的鹅雏还有个好处，送货上门，不用运输，出栏时，屠宰场也是上门收购，这叫坐地生财。"

贺德民养的鹅品种很杂，本土的东北小白鹅，长不大，但抗病能力强，产蛋多。三花、三花杂、霍尔多巴吉，这些外来的改良品种，个头比东北小白鹅大，最大的15斤，10斤多的很常见。改良鹅种还有个优点，生长期短，70天出栏，一年至少养两茬。

品种多，习性也不尽相同。贺德民把鹅当孩子养，专门准备个小本本，什么品种怎么饲养，什么时候喂什么防疫的药，他都仔细揣摩，精心呵护，再加上镇里的技术员时不时的上门指导，他养的鹅，成活率都在90%以上。

小鹅长到一个多月，黄绒绒的乳色褪掉了，个个出落得白白净净，亭亭玉立，十分惹人喜爱。这时候，原本很宽敞的鹅棚就显得一天比一天拥挤了。为了让鹅们有更舒适的生长空间，贺德民把鹅从棚子里赶出来，进入散养模式。

我很好奇鹅舍的外面摆着许多蓄满了水的槽子，贺德民说，"这是专门为鹅准备的，槽子里的水，阳光一晒，水温上来了，鹅渴的时候喝温水，不长病。"

到了晚上，贺德民的鹅棚里始终亮着灯。贺德民说，这也是他想出的土办法，"鹅的胆子忒小，尤其晚上，一没电就炸营，一炸营就容易发生踩踏事件，这一惊一吓，公鹅不爱长个，母鹅不爱下蛋，损失可就大了。"

担心鹅棚"炸营"，贺德民夜间基本不出门，出门也不开车，实在有事出去了，离家大老远的，就把大车灯关了，摸着黑，小心翼翼往家开。

鹅的天敌很多，小时候怕老鼠、黄皮子（黄鼠狼），稍大点儿，猫头鹰也盯上了。为防范这些天敌，贺德民专门养了几只鸡，"鸡比鹅警觉，有险情先报警，是防黄鼠狼偷袭的好法子。"

10月末，贺德民饲养的3000只白鹅出栏了，可他只卖了2000只。尽管行情好，他还是留下1000只。我去他家采访的时候，鹅棚里一片喧嚣，鹅怕生人，有生人来，惊叫着，躲向鹅棚的深处。

"行情这么好，为啥不都卖掉?"我忍不住问道。

贺德民呵呵一笑，"原因有三：一、留下的都是种鹅，鹅雏越来越贵，明年开春后自己孵化，这样就节省了成本；二、越冬的鹅，鹅绒贵，抢手；三、积累点儿越冬养鹅的经验，为今后大规模养鹅做准备。"

贺德民的山地距离村里的乡间公路不到10米，入秋以后，他跟镇里争取到扶持政策，投资10多万元，在原来的鹅棚旁盖起了现代化的鹅舍。

"这是孵化场，这是饲养间，这是饲料间……"贺德民站在即将竣工的鹅舍里，一一给我讲解，如数家珍。

"南方的改良品种，一年至少养两茬，你为啥只养一茬?"我问。

"不就是缺少资金嘛。"贺德民答。

提起今后的打算，贺德民雄心勃勃，"如今赶上了好政策，政府给补贴，再不能错过这机会了，明年准备好好利用自己的资源优势，养 1 万只，没问题。"

背靠大树好乘凉。几天前，镇里走完审批程序，兑现了市里统一拨发的专项贷款和保险金。没有了后顾之忧，年过百半的贺德民第一次找到了存在感。

七

贺德民的山地附近共有 3 家规模养鹅户，他们都比贺德民起步晚，却都比贺德民铆劲足。

吕成全是 2022 年开始养鹅的。此前，他在饭店切墩，当厨师，做餐饮，压根儿没把自己的生活跟养鹅联系在一起。

吕成全排行老四，是家里的"老疙瘩"，三个姐姐都在辽河油田工作，姑姑、叔叔也都是辽河油田工人。吕成全 16 岁那年，投奔三个姐姐来到辽河油田。

上班不到半年，赶上国企改革，企业效益不好，下岗职工多，"买断"了。

一个大小伙子，闲呆着也不是事儿，吕成全在盘锦的一家饭店找了份切墩的活儿。

切了一年墩，店里的厨师被人挖走了，老板一时找不到人，就问吕成全："你能上灶不?"

上灶就是当厨师，比切墩挣的多得多。吕成全天生牛犊不怕虎，随口应道，"没吃过肥猪肉，还没见过肥猪走啊，没啥难的。"

跟老板谈妥了条件，第二天，吕成全改行上灶了。几天下来，老板看他这自悟的厨师还行，就把上灶这活儿全权交给他了。

一年后，吕成全到沈阳的一家烹饪学校进修了三个月，拿到了中级厨师资质证书，结业回来，工资一下子涨到每个月 1000 元。

吕成全的好手艺，给老板带来了好效益。看小伙不错，老板就把连襟家的姑娘介绍给他处对象。

姑娘名叫杨偶，老家河南商丘。处了一段时间，确定了恋爱关系，2000 年，两人在盘锦结婚了。

转过年，儿子出生了，吕成全想另起炉灶，自己开饭店。

经过一段时间的筹备，以中餐为主的"井龙一春"饭庄在辽河油田正式开张营业了。饭店附近，有个辽河油田井下作业公司，前来就餐的也都是下井工人。

饭店开张不久，问题来了，孩子小，没人照顾，忙不开，顾这头顾不上那头，咋办？小两口一商量，干脆，回舒兰法特老家吧。

回到法特后，小两口把儿子交给母亲，一边在饭店打工，一边寻找新的就业门路。

杨偶打工的是个朝鲜族饭店，客流量挺大，效益也不错，小两口一商量："得，咱也开个朝鲜族饭店吧。"

半年后，吕成全的"福来狗肉家常菜馆"开张了，小两口做生意仁义，菜品有特色，口碑好，一时间，法特周边的客人都来他家饭馆捧场，甚至榆树市大坡镇的食客也都慕名前来。

2019 年 12 月，武汉的一个朋友来电话说，武汉生意好做，海鲜一条街附近一溜饭店，白天中餐，晚上烧烤，生意都特别火爆，比东北挣钱来得快。

唠着唠着，吕成全活心了，"干脆，兑了狗肉馆，去武汉挣大钱。"

朋友给联系了几家店铺，吕成全相中了武汉临街一家准备出兑的饭店，并达成了口头协议，先交 15 万定金，年后装修，试营业。朋友甚至把机票、牌匾都给订好了，没想到春节没过，疫情来了，武汉是重灾区。

武汉去不成了，法特的饭店也兑出去了，吕成全一时没了章法。

2022 年一开春，镇干部到各村宣传养大鹅，政府帮助联系贷款，给政策，给补贴，还帮着算经济账。吕成全一听，这个门路不错，守家在地，不用折腾就能挣钱。

吕成全去镇里的养鹅培训班听了几堂课，再加上从小就看着父母养鹅，虽然也就十只八只的，但对这一行当不陌生，心想，只要用心，没啥难的。

为稳妥起见，吕成全决定先"小打小闹"，在附近的孵化场预定了 3500 只鹅雏。

"脱温"，是吕成全遇到的第一个难题。小鹅出壳时，体温高达三十七八度，要降到正常的二十七八度需要至少十天时间，这十天，是小鹅死亡率最高的时段。

吕成全不仅聪明，想的也周到。他跟孵化场老板达成协议：款项一次性交齐，但小鹅出壳后的头十天，由孵化场帮着饲养，吕成全每天支付五角钱的饲养费。也就是说，他买的鹅雏，每只要比别人贵 5 元。

吕成全算的是一笔经济账，十天后，小鹅完成了"脱温"这一重要环节，成活率高了，每只多花的五元钱，算是自己给鹅雏买了份"保险"。

当了 10 年厨师，开了 26 年饭店，吕成全有一套独到的"生意经"，"养鹅和开饭店，其实一个道理。开饭店，要研究客人的口味，不断更新菜品；养鹅，要研究鹅的习性，不断摸索鹅的生活规律。"

一般来讲，上午七到十点，是鹅的休息时间，基本不进食，即使放出来，也是趴在树下或池塘边，闭目养神。十点后，鹅开始进食，但食量不大，简单喂一点儿青饲料足已。

下午三点之后，是鹅进食的高峰期，甚至整宿都在吃食、喝水。仔细观察就会发现，头天晚上槽子里放满的饲料，第二天早上都是空空的。

但晚间喂食要注意一点，也是至关重要的一点，每次填料不能太多，勤快一些，多填几次料，以免爆发"鹅痛风"。

"鹅痛风"是我在采访吕成全时第一次听到的新鲜词，以前只听说过人得痛风，是嘌呤代谢系统出了问题，发作后，疼痛难忍，痛苦不堪。

"鹅痛风"是致命的。专家介绍，在夭折的幼鹅中，80%死于"鹅痛风"。

有了第一年的养鹅经验，吕成全准备开春后扩大养殖规模，预计养3至5万只，而且自己脱温，这样，就减少了很大一笔费用。

八

霍伦河，发源于长白山余脉张广才岭与老爷岭交汇处，是松花江水系细鳞河的支流。

霍伦河流经到舒兰市新安乡境内，四周环山，南北两侧为狭长的川地，山高林密，沟谷幽深，植被繁茂，远远望去，一片青色，自然与人文环境融为一体。

早就听说新安有个刘金平，没见到刘金平之前，在新安的大街上，随便找个人一打听，还真没有不知道刘金平的，有的一边竖着大拇指一边说，"刘金平，好人呐!"

电话里知道我的位置，刘金平告诉我，"顺主街往前走200多米，道南有个二节楼就是我家。"

"这两天胃病犯了，正在家里挂吊瓶呢，不方便下楼迎接。"刘金平歉意地对我说。

上了二楼，屋里除了刘金平，还有一个操南方口音的小伙子，是等刘金平打完吊瓶帮他安装设备的。

刘金平出生于新安乡桃源村高家屯，小时家贫，初中没毕业就回乡务农，21岁担任村治保主任，后来又当了6年村主任。

常言道，"人穷不能志短"。当年连供孩子上学都困难的刘金平，承包了舒兰的新安、沙河、太平、小城四座大型水库，靠养鱼挣到了第一桶金。

承包水库虽然挣了钱，但离刘金平的愿景相差甚远。2007年，刘金平兑掉了四座水库，转行养起猪来。

一开始，没经验，规模小，每年养个几十头，秋后一算账，比承包水库挣得多。

后来，行情见好，刘金平逐渐扩大养殖规模，每年养几百头猪，现在，存栏1000头母猪，5000头育肥猪，成了新安乡远近闻名的养猪大户。

耳听是虚，眼见为实。说着话，刘金平叫来一位出租车司机，"拉着这位李作家，去我的猪舍鹅舍转转。"

司机是个热心肠，一路念叨着刘金平的好处，一路耐心讲解。

刘金平的儿子刘野，大学毕业后，回乡养猪，帮父亲料理事务。刘野 1995 年出生，年轻，有文化，有思想，上手也快，跟工人一样干活儿，不嫌脏，不怕累，是干活儿的一把好手，不到半年，就成了父亲的得力助手。

看着儿子渐渐成熟了，为拓宽致富渠道，刘金平索性把猪场和饲料场全都交给了儿子，自己另辟蹊径：养鹅。

2020 年，刘金平利用现有条件养了 1.5 万只鹅。

2021 年，刘金平继续扩大养殖规模，养了 3.5 万只鹅。

2022 年，刘金平先后 7 批次养了 24 万只鹅。

刘金平养猪养的头头是道，养鹅也做得风生水起。除了东北小白鹅、三花、三花杂、泰州，各色品种他都尝试过，四平、大安，甚至黑龙江的老客户得知后，纷纷上门求购，取得了意想不到的成功。

别的养殖户，一年两到三茬就很了不起了，刘金平却养了 7 茬。问他怎么做到的，他回答四个字："交叉养殖"。

"交叉养殖"是很多养鹅户很难做到的，刘金平却利用承包的三个养殖基地做得悠然自在，绰绰有余。他的诀窍就是："转场"。

我曾在新疆阿勒泰地区见过成千上万只阿勒泰大尾羊"转场"的宏大场面，那种排山倒海的气势令人震撼，而刘金平的"转场"过程，却做得蛮有诗情画意。

养鹅，要考虑的除了资金、场地、品种，还有密度和温度。刘金平养鹅，每个批次都上万只，当鹅雏长到半个多月，完成了"脱温"，开始"转色"的时候，鹅舍的空间逐渐小了，活动不开了，刘金平就把它们转到第二个场地。

"成千上万只鹅，怎么转？"

"老办法，人工赶。"

刘金平有3个养殖基地，占地面积分别是1万、2万、4万平方米，一个比一个大，彼此之间相距一二里地，这样的"转场"，一般一上午的时间足够了，可惜，我来的不是时候，深秋时节，没看到这种壮观的场面。

陪我"逛山"的司机师傅见过，"行走在满眼绿色的乡间山路上，突然看见漫山遍野的白色鹅群，与蓝天白云融为一体，那场景，看一眼，一辈子都忘不掉。"

鹅群"转场"后，第二批次的鹅雏随后跟进了，一点儿不浪费时间和空间。就这样，越"转"越大，越"转"越多，循环往复，别人一年养两茬，刘金平却能养六到七茬。

第二个养殖场有条小河，上面建了水库，西岸是6垧山地，有山有水，不仅空间宽敞，通风条件也好，鹅们不得痛风，撒着欢疯长。

尽管这样，这里也不是久留之地。20天后，鹅们还要经过第二次"转场"。这次，它们来到它们的最后领地——位于山脚下的光伏养殖基地。这里，足有4万平方米的生长空间。

采访期间，常常听到市领导和乡镇干部提到"光伏养殖"这个新鲜词汇，了解了事情原委，愈发惊叹生态农业与自然的和谐统一。

大批量的鹅雏，养殖成本是个不小的数字。为节约成本，刘金平的想法跟贺德民惊人的一致，都想开春后自己孵化。

入秋以后，刘金平一边请师傅设计孵化场房、定设备，一边忙着预定种鹅雏，忙得不亦乐乎。

9月7日，刘金平预定的2000只种鹅雏进场了，他挺自信地说，"有多年养猪的经验做基础，越冬养鹅也不成问题。明年一开春，种鹅开张下蛋的时候，我的孵化场也建成了。"

刘金平房间里的那个小伙子名叫王文伟，来自徐州贾汪区，专业做孵化设备，他说，"这些年，我走了全国各地很多地方，这次来舒兰，给舒兰白鹅产业园和刘金平设计厂房，安装设备，在不到一周的时间里，总体上两个感觉，一是舒兰政府的扶持力度真的很大，比别的地方都好。二是没有比刘金平的养鹅规模更大的了，养殖量，规模，很多人都做不到。"

我去新安采访的时候正赶上阴雨天。秋雨绵绵，却阻隔不住人们的脚步，刚进新安街里，就看见路旁停着至少20辆挂着外地号牌的大卡车，有本省四平、白城的，还有外省沈阳、铁岭、赤峰的，车上，装得满满的都是白菜。细看，一车车的白菜都不成棵，俗称"趴拉棵"，心里很纳闷，这些

"趴拉棵"白菜做什么用。

刘金平却津津乐道地给出答案,这些"趴拉棵"白菜,都是他从外地买来喂猪喂鹅的。入冬以来,他已经储存了1000多万斤"趴拉棵"白菜。这些"趴拉棵"白菜,扔在地里也是白白烂掉,有人花钱买,那些白菜种植户何乐而不为。

刘金平却把这些"趴拉棵"白菜当成宝。他在镇郊有一个很大的饲料场,里面的"趴拉棵"白菜堆积如山,一个个机器轰鸣作响,工人们把车上卸下的"趴拉棵"白菜粉碎后,通过传送带,送入发酵池,经过一冬的储存、发酵,就成了猪、鹅的美味佳肴。

刘金平有6个养猪场、3个养鹅场,还有一个饲料场,都分别聘请一个场长进行管理,月工资25000。固定工人五六十人,以女工居多,工资有20000的,有15000的。平时打短工的,每天都在一二百人,工资按天算,一天150元,领工的,挣得还要多。

"他给的工钱高,又守家待地,谁还去外地打工啊。疫情期间,能挣到钱,我们都非常感激刘金平。"和工人们闲聊的时候,我能感受到他们对刘金平的感激、依赖和信任。

刘金平致富不忘本,除了厚待雇佣的工人,每年过年都给养老院送年猪,至少2头,有时3头。

2021年春节,猪行高得离谱,1头猪四五千元,院长过意不去,对刘金平说,"这么贵,留1头吧。"刘金平却执意不肯，"留下吧，再贵也不能没老人吃的。"

刘金平对工人们出手大方，对老人们关爱有加，对养殖过程的每个细节却精打细算。

"节约成本，就是利润。"刘金平说。

除了储存白菜、土豆，刘金平还储存熟透落地的山梨、苹果，他对质量没要求，别人不要的，他全要，别人扔掉的，他都变废为宝。这些廉价的饲料，除了维生素，别的都不破坏，刘金平就想办法往这些饲料里加点儿多维，猪鹅都爱吃，还长膘。由于配方独特，擅经营，大大降低了养鹅成本，成长期 120 天的鹅，却比别人养 70 天的成本还要低。

外行看热闹，内行看门道。一群鹅圈在栏子里，养了多少天，行家一目了然，糊弄不了。看啥？看鹅绒，看毛管，看毛管里的水。生长期 120 天以上的老鹅，毛管鲜亮，鹅绒轻盈，鹅肉的味道也更加鲜美，是业内的抢手货，更能卖上好价钱。

年初，舒兰市确定白鹅养殖大政方针，在全市组织调研，主管副市长李德亮带着畜牧局领导、镇领导来到刘金平家。"你经验丰富，过了年就着手，趁着市里扶持力度大，多养点儿。"

有政策扶持，有补贴和保险，刘金平乐此不疲。采访他的头一天，市里刚刚兑现了 70 万养鹅补贴和保险金，说到这里，刘金平掩饰不住内心的喜悦，"有了市里的好政策，再加上标准化的养鹅场，精饲料的养殖，想不赚钱都不可能。"

三年，从 1.5 万只到 3.5 万只，再到 24 万只，刘金平创造了一个在别人看来有些天方夜谭的养鹅神话，市里的，省里的，包括外省来的专家，都特别欣赏刘金平的"大手笔"。实践出真知，他们都在刘金平这里"长了见识"。

九

"小优书记"是人们对舒兰市开原镇党委副书记周优琛的爱称。这个满身秀气的陕北姑娘，大学毕业后跟爱人一道选择了扎根舒兰。得知我要写一篇关于舒兰白鹅养殖产业的报告文学，小优书记急不可待地说，"千万不要错过开原啊。"

距离舒兰市区二十公里之遥的开原镇是远近闻名的养牛大镇，与辽宁省的开原市不仅重名，而且颇多渊源，两地之间，多有亲戚走动，甚至很多开原市的人来开原镇养牛，成了养牛大户。

深秋的午后，阳光明媚，我如约见到了开原镇党委书记谢发东，坐在宽敞明亮的办公室里，谢发东如数家珍般侃侃而谈开原"黄牛变白鹅"的蝶变过程。

十多年前，《北京文学》签约作家李林老师要写一篇关于中俄跨国婚姻的报告文学，里面有一个很重要的章节涉及舒兰小城，我陪李林老师前来采访的时候，深深感受到改革开放后的舒兰人思想超前、思维活泛、敢想敢干、不成功不罢休的那股劲头。

开原人具备上面说到的所有品质，不仅养牛远近闻名，养鹅也首当其冲，甚至在全市号召全民养鹅之前，这里就已成规模。不仅党委书记谢发东是养鹅的急先锋，市里成立"大鹅办"，市委书记点名要开原镇人大主席王世刚担任副主任。

养鹅和养牛相比，至少有四大优势：一、投资少；二、启动快；三、场地小；四、周期短。

谈起"养鹅经"，谢发东的"招法"挺多，他的总结却简洁而干练，"最主要的是出台红利政策，吸收社会资本，把外地有养鹅意向的个体工商户吸引到开原来，从城市走进农村，入乡创业。"

镇里首先集约八里、开原两个村的可用土地，吸引有见识、有知识、有文化、头脑灵活的有识之士入乡创业。这样做，不仅增加了村里收入，提高"造血"机能，还减少了养殖户的前期投入，"这叫顺畅进入，主客双赢。"谢发东总结道。

张永强，1975 年出生于舒兰街矿，20 岁当兵，在沈阳市消防支队服役 3 年，复员后，投资在舒兰市建材城做建材生意，由于经营有方，生意做得风生水起。

开原镇鼓励个体工商户返乡创业的优惠政策令张永强心动，他先后 2 次来开原，相中了八里村存粮堡屯的卧龙湾养牛大棚，回来后跟爱人商量，"政策这么好，咱不妨试试。"

爱人是中学老师，一听张永强放着好好的建材生意不做，改行养大鹅，说啥不同意，"没事吃饱撑的，还是腰包鼓了烧的？"

经不住张永强的"软磨硬泡"，爱人勉强松了口，"但不能铺太大，先养一些，看看行情。"

爱人始终对养鹅心存顾虑。

2022 年 7 月，张永强投资 100 多万，在依山傍水、环境优美的存粮堡屯养了 3.5 万只白鹅。有了镇里的扶持，再加上技术人员的悉心指导，出栏后，净挣 30 万。

第一批成功了，张永强继续养第二批，一年下来，投资 270 万，纯利润 60 万。

疫情期间，张永强生病住院，我们无缘得见，只得电话采访，我却真切地感受到话筒里张永强抑制不住内心的喜悦，"没想到养鹅比开建材商店还过瘾！"

如今，养鹅尝到了甜头，爱人的顾虑也打消了，同意张永强明年继续扩大规模，改建扩建更具现代化的养鹅基地。

张永强在开原的养鹅基地共有 2 处，都是拥有大面积水域的开阔地带，我在小优书记的引领下，来到了张永强的卧龙湾养鹅基地，八里村支部书记尹录指着一排 5 栋养殖大棚说，"这里原来租给了养牛的，去年，承包到期了，场地倒出来了，张永强就接过来养鹅了。"

基地周边是 20 垧良田，种的都是甜粘玉米。8 月份，甜粘玉米到了成熟期，走进市场，冷冻入库，秸秆还绿着，收割粉碎就是上等的青饲料，而且物美价廉，鹅不仅爱吃，而且改善肠道，促进微循环。

借力打力，借地生金，引入外来资金入乡创业给开原注入了勃勃生机。仅半年，就带来了肉眼看得见的直接好处：全镇 20 多个脱贫户，分红 4 万余元。

而在谢发东眼里，养鹅跟养牛相比，还有一个更大的好处：鹅的粪尿排泄量少，清理成本低，对环境的污染也相对较小。

张永强成功了，村民们眼热了，他们是最注重实际的。目前，开原镇已有 14 户农户报名养鹅，谢发东估算说，"到了 2023 年年底，全镇白鹅出栏数至少 32 万只。"

为解决养鹅户越来越多、可用场地越来越少的"瓶颈"问题，开原镇把六滴村、龙王村废弃的学校、石场都集约管理，用作建设用地。

十

地处舒兰市法特镇的吉林美中鹅业有限公司，是舒兰市委市政府 2021 年招商引资来的大企业。

走进美中鹅业屠宰场车间，一条条现代化的生产线正在不停运转，一排排挂钩上的白条鹅向前款款移动，几百名女工在生产线上紧张忙碌，转瞬间，屠宰、清洗、分割、检疫、封装，一道道工序变戏法般完成了。

"我们给养殖户提供鹅雏和 70 天养殖技术，70 天后，准时出栏、收购、屠宰，一天都不能耽搁。今年，我们跟养殖户签订了 180 万只收购合同，目前，每天屠宰 1.5 万只，年内屠宰 300 万只，年收入 2.3 亿元。"美中鹅业董事长丁美中介绍说。

即将步入花甲之年的丁美中是安徽六安人，高中毕业后，就在当地经营鹅毛生意。为回收到上好的鹅毛，他辗转奔波于河南省台前县、辽宁省阜新市之间，再打包运回六安。

由于路途遥远，运费昂贵，再加上阜新当地养鹅成规模，1988 年，丁美中索性在阜新彰武安家落户，不仅收鹅毛，还加工白条鹅，做熟食，卖往上海、江浙、两湖等地的餐桌。

随着生意越做越大，2003 年，丁美中注册成立了阜新市美中鹅业工贸有限责任公司，全力打造"辽鹅"系列鹅产品。他不仅注重经济效益，还注重社会效益，连续多年举办"阜新白鹅节"，名气越来越大，被国家农业农村部任命为畜牧业协会副会长。

白翎羽绒董事长张玉宝和丁美中是 20 多年老朋友，舒兰发展养鹅业，离不开丁美中这位"大能人"。

2021 年 11 月 14 日，舒兰市领导带领委、办、局及企业相关人员组成招商团，专程赶赴阜新现场办公，签订了美中鹅业落户舒兰的协议。

2022年正月初六，丁美中派副总经理姜永威赶到舒兰，开年上班的第一天，就跟舒兰市委、市政府领导洽谈落户选址等事项，经过多方考察，公司地点选定在法特镇，与白翎羽绒一墙之隔。

丁美中把公司地址选在法特镇有两方面考虑：一、与白翎羽绒总经理张玉宝是多年老朋友，联系业务方便；二、白鹅屠宰后，鹅毛就近进入白翎羽绒的生产车间，大大降低了运输成本。

2022年3月，美中鹅业正式入驻，一条条生产线安装试运行。

美中鹅业不仅经营屠宰，还囊括饲料加工、繁育鹅雏和白鹅养殖等项目，可谓"一条龙"产业。

开春后，姜永威繁育的10万只鹅雏出栏了，他承包了13栋大棚作为养殖示范基地，一次就养了6万只，剩余的4万只，冯化军全包了。这两个养殖基地，成了法特镇的一条靓丽风景线。

走出美中鹅业，对面就是白翎羽绒。我去采访当天，白翎羽绒董事长张玉宝出差在外地，吉林市的一个考察团在法特镇党委书记吴文柱、镇长于国辉的陪同下，走进了呜呜作响的分毛车间。

透过车间的玻璃窗看过去，分毛机上，鹅绒如雪花般上下飞舞。

我忍不住好奇，用手指轻轻捏住一朵绒球，体验到"轻如鸿毛"是一种什么感觉。

每朵绒球，大小如一角硬币，细看，绒核白而密实，延伸出的一根根细微绒丝，在流动的空气中飞舞。

"鹅绒，就是鹅胸脯前的一小撮绒毛，一只饲养一年的鹅，产出的绒还不到 15 克。"讲解员介绍说。

白翎羽绒，全称吉林市白翎羽绒制品有限公司，始创于1985 年，占地面积 8 万平方米，是一家以鸡鸭鹅屠宰加工、羽绒制品加工为主导的内资企业，是目前东北地区规模最大的羽绒制品出口基地，被吉林省政府确定为农业产业化龙头企业，先后获得"吉林省名牌产品""吉林省著名商标"和"中国羽绒工业协会信誉保证产品"荣誉称号，在国内外羽绒市场享有盛誉，"白翎"牌系列羽绒制品，不仅畅销国内 20 余个省、市、自治区，还远销日本、美国、欧洲等国家和地区。

白翎羽绒精选的鹅绒，生长周期都在 120 天以上，有的甚至达到 360 天。得天独厚的生长环境，成就了优质的羽绒。有人形容白翎羽绒，"使用十年，蓬松依旧。"

在企业产品展厅，各式各样的鹅绒制品整齐有致，用手一提，轻盈剔透。

据了解，每公斤鹅绒，价格都在千元以上。目前，白翎羽绒已经生产了上百种鹅绒被、鹅绒服等鹅绒产品。

"做好才能做大，做大才能做强，做强才能做长。"这是张玉宝给公司定位的经营理念。

2021年9月，"梦洁·白翎"高品质羽绒原料基地落户白翎羽绒。该项目总投资2000万元，年繁育种鹅1万只，孵化鹅雏30万只，生产加工鹅饲料5000吨。公司采用"企业＋农户"的生产组织模式，建立完善了配套的种鹅体系，统一选种，统一育种，向农户提供优质鹅雏，年收入可达3200万元。

"梦洁·白翎"高品质羽绒原料，由白翎羽绒与吉林农业大学鹅业研发中心共同研发，选育的都是纯种的霍尔多巴吉白鹅，从遗传、育种、饲养、饲料、疫病防治，到肉、绒、蛋三个品系的配套技术，进行深度合作。项目建成后，可直接扶持养殖大户50户、订单饲养农户2000多户，直接靠订单收购成品白鹅30万只，间接带动农户500余人，加工鹅羽毛60吨。

十一

增殖增量是发展白鹅养殖产业的基础。量上不去，后续产业也做不起来；量上去了，后期的肉品加工等延伸产业也会接踵而来。

怎样做到增殖增量,各涉农乡镇街各显神通,养殖户也根据自身实际开发资源,不仅想出来很多好办法,也出了很多新鲜事儿。

提起"托儿所",大家都知道,可你听说过"托鹅所"吗,在开原镇的开原村就有。

2022年年初,开原村利用村里积累的27万元资金,选择空闲校舍、水库沿岸、林地周边等可用土地,先后建了6个白鹅养殖小区,承包给外地有一定养殖经验的能人,既实现了村集体增收,又带动了村民致富,这种被称为"托鹅所""孵化器"的经营模式和理念,很快得到业界认同,并在全市推广。

听说过稻田地里养鸭子,现如今,舒兰农民在玉米地里养大鹅。

走在平安镇两方村的乡道上,你会发现,肖家店水库旁的玉米地与旁边地块有很大差异。再细看,玉米秆的下半部分光秃秃的,垄沟垄台干干净净,一群大白鹅欢快地穿行在垄间,格外引人注目。

鹅们一边吃着玉米叶和杂草,一边引吭高歌,俨然是这片土地的主人。

提起"玉米地里养大鹅"的好处,养殖户刘伍娓娓道来,"大鹅以玉米叶和杂草为食,饲料成本至少降低10%。大鹅吃掉杂草,可改善玉米地的通风状况,减少害虫数量。鹅粪入田，还可以改良土壤功效，减少农药和化肥的使用量。"

一年前，刘伍做了肺癌手术，干不了重活，家里没有经济来源，镇领导到他家了解情况时，向他介绍了养殖白鹅的好政策，还组织他们这些有养殖意愿的农户向养殖大户学习技术，帮他们买鹅雏和饲料，解决场地问题。

"我今年一共养了 1000 只大鹅，分两批养，一批 500 只，每只都能长到 11 斤左右，挣的钱不仅贴补了家用，还还上了欠债。"刘伍开心地说。

跟刘伍的"玉米地里养大鹅"相比，李方春的养殖模式就显得先进多了。

李方春是法特镇西良村社员，2022 年，他建了 19 栋鹅舍，占地 5 公顷，还租用了村里光伏电站下的闲置土地。由于场地宽绰，李方春按照白鹅生长习性，开启散养模式，大大提高了白鹅的自体抵抗力，促进肠道消化，还减少了饲料用量，降低了养殖成本。

"我家今年养了 6000 多只大鹅，纯收入 15 万元。"李方春说。

"光伏 + 养殖"，这种新型的养殖模式，有效解决了养鹅用地问题，吸引了越来越多的养殖户，新安的刘金平，法特的姜永柏，都通过这种新型的养殖模式尝到了甜头。

"今年是我第一次养鹅，4 月末进雏，7 月初出栏，第一批卖了 1 万多只，70 天就挣了 20 多万，没想到养大鹅这么赚钱。"姜永柏美滋滋地说。

舒兰市城市投资公司的白鹅养殖园区更是大手笔，他们利用环城街道重礼村占地4万平方米的光伏用地，第一批就养了2.1万只，出栏后，收入170万元，纯利润40余万元。

"企业＋光伏"，在保障电站安全的前提下发展白鹅养殖产业，做好电站基础设施维护，有效提高了光伏电站综合利用率。

"大户带小户，全民养大鹅。"养殖初期，市里要求，每个乡镇街至少建立一个养殖园区，培养一个万只以上的养殖大户，示范带动身边养殖小户，最终形成产业集群。

各涉农乡镇街由村党支部牵头，以村为单位，成立白鹅养殖专业合作社，把全村300只以下的散养户集约入社，统一购雏，统一购药，统一饲料，统一服务，统一管理，统一销售，让散养户"抱团养殖"，增强抗风险、抗挤压能力，实现效益最大化。

如今，除了法特镇西良村、开原镇开原村、新安乡桃源村三个著名的"鹅村"，金马镇、吉舒街道也先后建成了标准化的养殖园区。

除了"规模养鹅"，市里还动员农户利用自家房前屋后放养白鹅，前院养鹅，后院种草，既可实现增收，又可实现增量。

舒兰市传统养鹅多为120天出栏和越冬散养，刚听说70天就能出栏，农民们不信，感觉很新奇，直到第一批鹅出栏了，屠宰场上门收购了，他们才相信。

目前，舒兰市的散养户达到了 1.2 万户，放养白鹅 18 万多只，真的是"村村有基地，家家见白鹅"。

养鹅不忘扶贫。各涉农乡镇街由包保部门牵头，积极探索产业化扶贫新模式，为每户脱贫户发放白鹅 30 只，120 天放养，年底，以乡镇、村社为单位，按市场价回收，变"输血"为"造血"，有效带动 4802 户脱贫户增收，促进散养数增量。

舒兰市白鹅产业的发展，及各项优惠扶持政策的出台，吸引了周边县市区有养殖白鹅意愿的人士，纷纷通过各种渠道，沟通、咨询、表达合作意愿。

抓住这一机遇，白旗、开原、小城、朝阳、环城等乡镇街利用自身条件，拓展域外养殖。白旗镇与榆树市的养殖户签订了 1 万只养殖回收合同，小城镇与吉林市船营区搜登站镇的养殖户签订了 1.22 万只养殖回收合同，开原镇、朝阳镇、环城街道也都不同规模地拓展了域外养殖。

<h2 style="text-align:center">十二</h2>

承载舒兰市白鹅产业全链条发展的白鹅产业园区，总占地面积 34 万平方米。园区内的施工现场，几十台工程机械往来穿梭，正在紧张作业。

王世刚介绍说："产业园区项目总投资 14.2 亿元，重点打造花园式核心综合区、屠宰加工区、羽绒类生产加工区、鹅肉产品生产加工区、鹅饲料生产加工区、鹅废弃物生物加工区、冷链物流区、动力中心区"八大功能区",三个地块分期建设,预计2024年年底全面完工。投用后,可实现年产值59亿元,税收3.1亿元,带动1.9万人就业。目前,一期工程已投资1.23亿元,主要建设屠宰车间、冷库、鹅棚、羽绒水洗车间、商品库房、粪污处理厂、垃圾中转站、变电所、锅炉房及外网工程。"

市里投资兴建产业园区,各乡镇也纷纷行动起来。来到法特镇西良村,你会看到,一栋栋标准化鹅舍整齐排列,成千上万只白鹅曲项欢歌、振翅长鸣……

法特镇党委书记吴文柱介绍说:"年初,镇里统筹使用1666万元乡村振兴资金,在西良村建设了这个标准化的养殖园区,一共85栋棚舍,建成后,整体承租给中铁十三局,每年可出栏100万只白鹅,产值8500万元。"

科技化、规模化、标准化、品牌化,按照这一发展路径,舒兰市在稳增养殖量的前提下,积极探索白鹅产业"上中下游全产业链,一二三产融合发展"之路,实行三产融合,分阶递进,一步步形成了集"饲料加工、种鹅繁育、商品鹅养殖、屠宰及深加工、市场流通和鹅文化研究"为一体的白鹅产业模式。

上游"一产",抓大扩小增中间。

抓大。利用白鹅养殖优惠政策，继续扶持养殖大户扩大规模，吸引外地养殖大户、企业来舒兰发展白鹅养殖产业，扩大养殖规模，提升养殖水平，实现白鹅养殖增量扩容。

扩小。广泛宣传发动，营造全民养殖白鹅的浓郁氛围，扩大散养户规模。

增中间。加强规模养鹅场（区）规范化管理，做好选种、繁育、饲养养殖程序一体化，逐步完善"企业＋基地＋农户"经营模式，及早建成"中国最大的白鹅养殖基地"。

目前，已引进常州阳湖鹅业，在法特镇五里坡建16万只种鹅繁育基地，确保种鹅饲养量达到20万只。

中游"二产"，将白鹅"吃干榨尽"。

继续出台招商引资优惠政策，吸引外地企业投资，全面、系统、科学规划白鹅养殖生产加工布局，推进年加工10万吨鹅配合饲料、3000万套鹅方便食品、6000吨鹅毛和900吨水洗鹅绒、2000万件鹅羽毛工艺制品、100吨鹅血冻干粉和500吨氨基酸等10余个项目。

依托吉鹅集团、美中鹅业等屠宰加工企业，进一步开发鹅休闲食品和新型鹅肉制品，增加鹅产品附加值，打造"舌尖上的舒兰白鹅"。

目前，吉鹅集团开发的"鹅肉火锅""鹅肝酱"系列产品相继上市，"法特特色酱大鹅"已在舒兰开连锁店，舒兰大鹅"犟老头"已在平安、上营、吉舒等地设立分店。

依托白翎羽绒，提升羽绒加工企业品牌效应，拓展羽绒制品深加工新市场，做优"舒兰白鹅羽绒"品牌，促进羽绒加工和羽绒制品的快速发展。

目前，法特白翎羽绒基地已被日本羽绒株式会社和韩国羽绒协会确定为优质羽绒生产基地，"白翎羽绒被"已经成为羽绒被高端品牌，白翎羽绒自主研发的羽绒服装品牌已经落户舒兰市白鹅产业园区，白鹅产业链招商专班已同亚狮龙公司成功对接，达成了在白鹅产业园区建羽毛球分厂的合作意向。

下游"三产"，打造"舒兰白鹅"白金名片。

启动"舒兰白鹅"中国地理标志证明商标申报工作，在持续打造3个"鹅村"的基础上，与乡村振兴、乡村旅游相结合，集鹅文化展示、鹅产品采购为一体，成为网红打卡地。

在白鹅产业园区建设雪绒文化体验园，内容包括：鹅主题公园、鹅童乐谷、鹅展览馆、鹅绒暨冰雪体验基地。适时举办鹅体育比赛、鹅书画比赛、鹅文化征文、鹅工艺美术品展，"舒兰白鹅"品牌的影响力不断扩大。

经过一年多的探索发展，舒兰白鹅养殖产业实现了量和质的飞跃，一越成为养殖规模在全国排名第一的养鹅大县。

——白鹅养殖"从无到有"。累计引进三花、三花杂、霍尔多巴吉、霍尔多巴吉杂、泰州白鹅等6个优良品种10余个品系，白鹅养殖"从无到有"。累计引进三花、三花杂、浦三、霍尔多巴吉、霍尔多巴吉杂、泰州白鹅等7个优良品种

10 余个品系，白鹅养殖量突破 1000 万只，同比增长 335%，GDP 增量 7.5 亿元。种鹅养殖量 6.5 万只。

——鹅肉加工"由少变多"。投资 5 亿元的吉鹅鹅业全产业链，投资 2 亿元的三亚允创鹅肝酱、鹅肉酱、鹅肉卷生产，投资 1 亿元的鹅绒制品深加工，投资 1000 万元的白鹅产业研究院等 10 多个项目先后落户舒兰。

——白鹅产业链"由断变全"。从过去仅有鹅绒加工转变为集育繁推一体化的全链条式发展，白鹅产业已成为舒兰打造"全国农业现代化示范高地"的重要支撑。

接下来再看一组数字。目前，舒兰现有鹅绒制品、屠宰、孵化等龙头企业 15 家，百万只白鹅养殖园区 2 个，10 万只种鹅示范园区 12 个，1 万只标准化园区 235 个，规模养殖场（区）472 个，新建、改建、扩建鹅舍 1237 栋。规模养殖户 671 户，养鹅专业村 15 个，白鹅养殖大镇 9 个，带动 1.8 万农民就业，直接带动农民增收 1.5 亿元，白鹅养殖端产值达到 10 亿元。人民日报用《舒兰白鹅：炖进铁锅，塞进被窝》，连续报道舒兰白鹅产业发展，新华社用"从一只大鹅看产业发展"报道吉林特色产业新探索。

随着白鹅全产业链集群的融合发展，未来的舒兰，除了打造"鹅村"，还要打造"鹅镇""鹅城"。人们对舒兰的认知，也不再局限于"舒兰大米"，相比之下，"舒兰白鹅"这张白金名片会叫得更响，传得更远。

踏 地 有 痕

杜　波

历史永远近在眼前。记住我们从哪里来，才知道我们向何处去。人在世上走一遭，总要留下些什么。

的确，"人过留名，雁过留声"。

英国作家约翰·罗斯金有一首《痕迹》的小诗："把每一个黎明看作你生命的开始／把每一个黄昏看作你生命的小结／让每一个这样短短的生命／都能为自己留下一点儿可爱的事业的脚印／和你心灵得到充实的痕迹！"

痕，铭刻在心灵的净土，那些记忆就会赋予后人经久不息的力量。比如，司马迁给我们留下《史记》，孔子给我们留下了儒家学说，王进喜留下了铁人精神，袁隆平留下了杂交水稻……

光阴荏苒，岁月蹉跎。

在短短的一生中，要留下人生足迹，就必须一步一个脚印扩展阅读，但有些人会隐没在尘世人海，碌碌无为。但有些人即使历经岁月风霜却日渐清晰，久而不蚀。

白金日，一名普普通通的农村党支部书记，却把他人生的步履踩得那样踏实、那样坚定有力……

使　命

黑水村，位于吉林省洮南市黑水镇内。

据史料记载，清朝时，黑水境内（新立屯）是蒙古族扎萨克图君王旗的领地，是蒙古族牧民游牧的地方，后因积水形成的泡沼都是黑色，蒙古语叫"哈拉呼苏"，被汉语译为——黑色的水。后来将新立屯更名黑水村，故而得名。

这里是全国久负盛名的"西瓜之乡"，在村子里，还有一个被村民称作"西瓜村官"的满族村党支部书记白金日。

走进有2140口人的黑水村，没有不认识白金日的，乡亲们一聊起他就会不由自主地打开话匣子，滔滔不绝地念叨起白书记的各种好。在乡亲们的眼中，白金日书记就是这个村里当仁不让的"当家人""主心骨""顶梁柱"。

白金日，个子不算高，黑黢黢的脸庞，眼睛炯炯有神，一副结实的身板，给人的感觉就是一个朴实农民的化身。

2017年3月末，黑水村支书辞职了，此时正是脱贫攻坚的关键时期。出于工作压力与收入的考量，村里合适的人选皆因压力大，不愿意进入村班子，这就导致了工作与角色的断层和缺位。谁去接任？黑水镇党委经过认真研究，最后一致通过，让59岁的老党员白金日去当"救火队员。"

在没当黑水村党支部书记之前白金日也是种植西瓜的能手。他热心肠、眼界宽、点子多、有原则，而且生意也做得风生水起，日子过得很富足。接到通知的这天晚上，白金日辗转反侧不能入睡，或是激动、兴奋，更多的是担忧还是顾虑？

在脱贫攻坚的关键时刻，镇里派自己去村里工作是极大的信任和鼓励。

白金日看着落后的家乡，沉睡在血液里的男儿豪情立刻被点燃。他暗自下着决心。

的确，村干部资源匮乏，权力有限，要做好"当家人"，尤为艰难。

黑水村是这儿的大村，作为"当家人"，既要注重谋大局，坚持围绕中心服务大局，又要在脱贫攻坚、乡村振兴、村集体经济发展等方面积极作为，推进全村更好更快发展，这样的担子确实不轻。

其实，在黑水村任党支部书记并不是一件容易事。在前些年，村委会想发动村民们办一件事情真的非常困难。你在大喇叭里嚷嚷半天，大伙儿根本就听不进去，更不会支持你。

"叶茂"基于"根深","枝荣"在于"本固"。打铁仍须自身硬。

白金日上任后，仔细了解以往的情况，结合村中的实际情况进行了深入研讨，并采取针对性的措施。他深知，优化党员队伍结构的重要抓手，更是村级组织后备干部队伍建设的重要依托，他开始积极培养后备干部，吸引和支持外出务工的优秀青年回村创业，把优秀的青年吸收到党组织中来，为黑水村党支部注入新鲜的"血液"，让青年干部了解基层，学会了做群众工作，在实践锻炼中让他们快速成长。在他的提议下，黑水村党支部制定了每日碰头会、每月"主题党日"、每半年党员评议、每半年走访党员与群众代表、每年底党员综合考评、每件大事党员和群众代表表决，6 个"雷打不动"措施。强化了基层支部建设，优化了村级党组织领导班子结构，在实践中不断增强组织战斗力和公信力。

老百姓常说：村民富不富，关键看支部，村子强不强，全在领头羊!

白金日也认为必须切实解决群众"急难愁盼"的问题。尤其是规划村子建设、发展村集体经济是更大的一件事，工作要悉知要细致，就要进百姓门、访百姓情、解百姓忧、事事有反馈、件件有回音，不让一个人掉队，不让一个屯子落后。

白金日通过走访座谈、发放征求意见卡等形式，征求意见建议 128 条，通过建立问题台账、及时处理诉求、定期组织回访等形式，及时解决群众困难。

翻开白金日的工作日志，上面密密麻麻地记录着村民的各项指数，尤其是车福鑫、刘举、纪海臣、薛丙志等突出贫困群众的收入、住房、饮水、教育、医疗这 5 项，如若有一项不达标，贫困户就无法脱贫。

走访完毕后，他并没有回家，却久久站在村头，眺望高远的天空，看那起伏的田野，想想还有那些还没脱贫的乡亲，白金日的内心百感交集。

当年，黑水村用脏、乱、差来形容一点儿都不为过。整个村子的各项公共设施很陈旧，甚至说是有点儿破烂不堪。要想赢得老百姓的心，你就得办点实实在在的事。改变村容村貌，给大家一个优美的生活环境势在必行。

那时，黑水村口只挂一个牌子，没有一条像样的道路，一到雨季路面就积满了雨水，泥泞难行。街道上跑满散养的牲畜，有的地方留有半截墙渣子，柴火垛、牛棚子、羊栏子。还有村民栽的树木，都栽到小巷的中央了，还有很多地方不要说通车了，就是走个人都很困难，家家各自为政。村里的柴堆、粪堆、垃圾堆，几乎家家户户都有，一刮风塑料袋到处是，夏天苍蝇蚊子满天飞，有的羊圈牛棚子，前边户的村民后窗户都不敢开，开窗户臭味能把人熏死。有些玉米秸秆、瓜秧、花生秧直接把街堵死。每到下雨的时候，光为排水邻里就有很多打架的，为了解决这样的矛盾，面对这样落后的局面，白金日经过查阅资料，并根据黑水村的实际情况，根据建设"美丽乡村规划方案"制定了以"环保、特色、实用"的指导思想，坚持一张蓝图绘到底，将"宅基美化、田园洁化、村庄绿化、水体净化、灌溉机井化、道路硬化、道路亮化、标线序化"八个方面，分类施策展开工程建设。

雷厉风行，关键在快。说干就干，关键在干。

白金日带领班子马不停蹄地到多个部门筹资金，争取政策支持。

这时候，白金日昔日的一个朋友听说村里有工程，就来到他家："老白，听说村里有挖排水沟的工程，我想承包。"白金日说："你来干，我欢迎，但我听说你以前和别人合伙干，他们有资质你可以借光，但你现在要单独承包，必须有施工资质，如果没有，就不能干。"这位朋友说："老白，你不能一根筋啊，咱们都这么多年关系了，这活给谁都是干，我还能亏了你咋地，再说我要是有资质就不来找你了。"白金日严肃地说："这些年你是知道我啥脾气的，上边有明确纪律，必须符合要求才能干。"这位朋友听白金日这样说连茶水都没喝，就悻悻地离开了。

一个星期后，白金日的汽车上就拉着被子、枕头，为了工作提高效率，索性就睡在车上。他的汽车就成了指挥部，工程在哪里，"指挥部"就移动到哪里。

　　一时间，挖掘机、铲车、翻斗车、运输车齐上阵，利用2个多月的时间进行整体道路基础建设，其中，外运土石4万多方，清理大小柴堆、粪堆、垃圾堆1000多个，村内院墙外杂七杂八的大小树木全部拿下，一棵都没留，有些值钱的绿化树木，村民不愿砍的，他就用钱买下来，把它移出去了，全部更换成糖槭树，共6000棵。这种树冠浓密秀美，是优良的行道树、风景树、观赏树、防护林树种，一眼望去那生机勃勃的样子十分惹人爱慕。

　　与此同时，他还考虑到，修好门前路，也要点亮窗外灯。配套的照明设施也要跟上，他和施工单位经过考察后，决定在村道两侧安装路灯，每隔50米一盏，这460盏路灯，形成了"以路为线、连片成景"的城市夜色风貌，让村民夜间出行更加安全方便。

　　在安装验收的那天，乡亲们一阵欢呼，这明亮的灯光与乡村夜色交相辉映，这万家灯火的景象，成为一种温暖，更成为黑水村一道最亮丽的风景线。

　　老王家的孩子还用无人机航拍了夜色中的黑水村，白金日看了后乐得合不上嘴，他将视频发到村里的微信群，顿时，黑水村村民们被这样的场面所震撼，那些被传递出来的激动声音瞬间点燃了这个古老的村庄，这沸腾的热浪，仿佛比那路灯的光芒更加热烈更加温暖。村民们都按捺不住内心的兴奋说，这才是有明亮有期待的家乡啊！

其实，道路硬化，安装路灯，这仅是白金日计划中的第一步。

黑水村原来各家各户的围墙，有土的，有砖的，还有木栅栏的，还有敞开的，真是五花八门，给人留下乱七八糟、毫无章法的感觉，"要不把围墙修好，都对不起这宽敞的路。"村民都这样说。

是的，白金日怎么能想不到呢。

要想争取群众支持，干部就必须做出表率。白金日号召党员干部带头拆掉自家的围墙，形成了环境整治的示范效应。不少村民一看干部们都拆了，自己也不能拖后腿，仅用了5天时间就拆除破旧围墙6000多延长米。

翻斗车的隆隆轰鸣声寄托了农人的期待，运输的车队连着乡亲们的心。

工程一天天快速地进行，村民的脸上也露出久违的笑容……

或许，从春天里开始的故事，是永远在生长的故事。白金日就这样，一天天忙在建设一线，全村5个屯，近13公里户户通的水泥路上都留下了他的汗水他的足迹。

是的，在这个古老的村子，从来都没有这样热闹过，因为它不同于过大年，不同于任何喜庆的节日，但眼前的场景似乎要超越那些节日，村子变了，是因为城市变了，城市变了，是因为中国变了！黑水村，一切的生机，一定是充满了令人向往的召唤。

看到忙忙碌碌的施工人员那么辛苦，有时候为了抢工期，他们都顾不上吃饭喝水，村民们看在眼里，记在心上，有的拿来矿泉水、有的拿来水果、有的还拿来馒头和面包、有的直接把电饭锅和炖好的菜也搬到工地来……

这样生动的互动表达，这样朴实的乡情诠释，这温馨和谐的场景让白金日都折服了。心里说不出有多么骄傲。心想，乡亲们的觉悟真高，比我想的都周到。

看到各项工程都顺利进行，白金日的下一步计划又开始实施了。

在黑水村，家家户户都有几口结实的大瓷缸，为的是存水，尽管大多数家都有自己打的井，能解决吃水问题，但由于距上次安装自来水已经有很多年了，各家各户的自来水管道老化，经常有漏水、冒水的现象发生，陈旧的管道上锈迹斑斑，故造成不间断停水，并且每次用水都要放很长时间，等水不浑浊了才敢用，这样既浪费又不卫生，作为保障和改善民生工作的重中之重，饮水安全这项工程迫在眉睫，必须落实。

当时，自来水公司的施工单位要求统一拆除，这就出现一个问题。那就是整个村子都要停水，家里没有井的怎么吃饭呢，于是他开始协调动员这件事，他刚一进老李家就热情地打招呼，老李说："白书记，您不用说，我刚到邻居家打完水，你看缸里的水满了，这点儿事，您不用跑，我们自己都能解决，我们只盼着工程早日完工。"听到这儿，白金日拍拍老李的肩膀……

由于大家心齐，更换自来水管道施工单位没用一个星期就将黑水村878户改造完毕了，并且做到一户一管、一户一表，解决了村民为消耗分摊不均发生不必要的矛盾问题。

工作一个接一个，工程一个连着一个。白金日，累在身上却喜在心里。

解决村民饮用水的问题后，白金日又把精力放到解决耕地灌溉问题上。

以前，灌溉农田的方式有自己拉水的，有买水送到地里的，有在地下抽水的，时常还因为取水距离而发生纠纷，不利于村民团结。白金日找来专家实地勘探测量，并设计出科学的间距，最终确定安装383眼电机井，这样能保障全村人都能合理的进行灌溉农田。

村民老李说："俺家有150亩地，以前都是用柴油机井灌溉，2018年春灌前机井通电了，灌溉方便又及时，一亩地费用能省100多块，算下来一年能多赚2万多元！这个电机井比柴油机井节省多了，对俺们村里来说，这是一笔庞大的数字，这'井井通电'可真厉害，这可给老百姓带来老大老大实惠啦！"

由于工期紧、任务重，哪里能吃得好，睡得好，这多日的劳累，让白金日的老胃病犯了，尽管有精神头支撑，尽管他吃药顶着，但终究是 50 多岁的人了，时间一长身体就吃不消了，老伴儿就劝他，在家休息休息。白金日说那怎么能行，村里施工都正是较劲的时候，老伴说：这样，你在家休息，我出去帮你看看回来和你汇报总行吧，白金日无奈地说：我拗不过你，那你替我去看看吧。

不一会儿，白金日的老伴儿就急匆匆地跑回来了。一进门就说，我才知道，现在修广场呢。老白啊，我看了也是白看，还是你抓紧去吧……

是的，修建 3 座休闲广场也是黑水村规划的大项目，共占地 2400 平方米，建成后，能促使村民走入放松身心的文化乐园，还能调动村民参与文化活动的积极性，还是开展文艺交流的重要阵地，既能丰富群众的文化生活，更是开展党建宣传、清廉乡村建设的主阵地。

如今，你再来到黑水村，整齐的围墙、道路硬化、雨污分流、休闲广场、街头花坛、干净的公厕、一排排崭新的太阳能路灯、456 平方米的村支部办公大楼、卫生室、社区服务中心一应俱全，率先推行"城乡环卫一体化"的标准模式。村民们做梦都不敢想的"城里生活"成为现实，彻底改变了"晴天一身土，雨天一身泥"的旧村面貌。村民也随着环境的优化而变得更加文明，村里婆媳矛盾少了，邻里纠纷少了，敬老爱老的人多了，锻炼身体的人多了，志愿维护街道卫生的人多了，村民无论是走在路上还是在田野里劳动，那眼睛里都蕴含着甜蜜和向往……

记得诗人艾青有句名言："为什么我的眼里常含泪水，因为我对这土地爱得深沉。"

村主任助理高崇激动地说：在我小的时候经常听见广播里放《歌唱祖国》，当时不觉得有什么特别之处。当看到我们齐心协力建设家园，就忍不住感慨，唯有在中国共产党的领导下，才能真正体会到这首歌的含义，每次听都是热泪盈眶、心潮澎湃，能生活在这样的国家，多么幸福啊，我们的干劲就更足了。

责　　任

西瓜在夏季水果中无出其右，独占鳌头，素有"瓜果之王"的美誉。

在炎热的夏日，西瓜缓解了许多人的燥热情绪，获得了百姓的喜爱。

黑水西瓜是吉林省洮南市的特产，更是西瓜中的佼佼者。这源于黑水辖区内土质肥沃，土壤中富含西瓜生长所需的氮、磷、钾等元素，纬度位置与新疆哈密市几乎完全一致，昼夜温差大，种出来的西瓜个大皮儿薄，水分充足，品相绝佳，含糖量可高达 15 度以上，吃起来软中有脆、沙中有甜，素有

"瓜开满屋香，一口永难忘"的美誉。2013 年 3 月 15 日国家质检总局批注黑水西瓜为国家地理标志产品。

白金日说，在我小的时候，我的爷爷曾经给我讲过我们祖先的故事。3000 多年前，我们西瓜一族是两河流域人们的主要水果之一。在唐朝初，回鹘人就将西瓜引种到新疆地区，就此西瓜就在中国安了家。

辽建国初期，辽太祖耶律阿保机在一系列开疆扩土的战争中，到达新疆南部的沙漠地带时，发现了当地沙漠绿洲中盛产的西瓜，解决了缺水问题，使西征战事全面胜利。因此，辽太祖阿保机对我们西瓜钟爱异常，不仅把我们的种子和栽培技术带回辽地，还下令推广。后来据此不远的辽朝重镇长春州（即今洮南地区）也逐步开始种植西瓜。从此我们西瓜便在洮南安家落户，转眼已有 1000 多年的历史了。

到了 1970 年，我们黑水镇当地村民就开始大面积种植西瓜。当时，黑水镇五一村种植的西瓜最大的达到了 48 斤，这么好的西瓜，一定要送给毛主席尝一尝，洮安县政府就决定将它装箱邮寄给毛主席。此后，黑水西瓜被选为中南海的特供产品，是党和国家领导人消暑解渴及国宴上的珍品，赢得了"中南海消暑佳品"的美誉。自此，黑水西瓜名扬天下，四海皆知。

2017 年以前，黑水人在有限的耕地上挥洒汗水，虽然个别瓜农种植的西瓜"高产"，也不缺少勤劳致富的典型，却无法实现让大家共同富裕。偏居一隅，人多地少，思想落后，缺乏开拓进取精神，黑水村犹如这个古老民族的一个切片，折射出时代之困与命运之惑。

白金日想，壮大发展西瓜产业链，是黑水村几代人的梦想。过去，黑水西瓜尽管有一定知名度，种植的户数也不少，但没有很好地推介出去，扩大种植才是产业兴旺的基础，品牌效应会推动黑水西瓜打开新的局面，才能带动瓜农致富……

要打开新局面，首先要带动贫困家庭的参与，他们脱贫了才能更有利于黑水村整体发展，才能符合"产业兴旺、生态宜居、乡风文明、治理有效、生活富裕"乡村振兴的总目标。

回到村部，白金日打开工作笔记。这上面记录着黑水村每一个贫困户，尤其是车福鑫家，今年，他家里老人和孩子相继生病，让一家人生活的更窘迫，不但花光了积蓄，还背上了债务，日子过得紧巴巴的，家里毫无生机。

"天下顺治在民富，天下和静在民乐。"

的确，"精准扶贫，全面脱困，不只是一项国策，更是举国上下的行动"。白金日思索着，必须想好办法摘掉他们贫困的帽子，我们集体才有荣誉，才能给父老乡亲一个完美的解释。

当他来到车福鑫家对他说："福鑫，马上就开始春播了，我来问问你，今年你家有啥打算？"

车福鑫说："白书记，我还是想种西瓜，只是……"

白金日说："那你是缺少技术还是劳力？"

车福鑫小声地说："白书记，你说的都对，这两样我都缺。"

白金日笑着说道："你只要肯干，那都不是问题，你说的问题村里来帮你解决。"

随后，白金日又到了刘举、纪海臣、薛丙志的家了解情况，其实，他们的问题和车福鑫家基本差不多。回去后，白金日首先把这些家贫困补助申请提交上去，先确保他们最低的生活保障。

那么问题来了。针对村里贫困户种植的技术与劳力问题，白金日伤透了脑筋，既然答应人家，就要讲诚信，何况他们都是因为特殊情况导致日子过得不景气。

第二天，白金日召集全村的党员干部商量贫困户种植技术和劳动力的问题。

白金日说："问题就摆在这，我先表个态度，技术问题可以统一我来做，但劳动力问题……"

这时候，村主任助理高崇站起来说："白书记，我的意见是，村干部带领大家采取轮流措施，有急事就一起去解决问题。"这个时候，大家纷纷表态，高崇的提议全体通过。

真是，人心齐，泰山移。

白金日想，解决当下这只是权宜之计，授人以鱼不如授人以渔才是长久之道。想要富口袋，更要富脑袋。我得鼓励他们多读书多看报，才能跟上时代步伐。

在白金日的鼓励与支持下，不少村民的思想转变了，黑水村的村民开始热爱读书了，尤其是关于种植西瓜等专业知识方面的书籍大家都抢着看，从"要我富"转变为"我要富"的观念，让村民的自信心提高、奋斗能力明显增强。

这时，白金日想首先要解决西瓜种植的技术问题，于是他通知种植西瓜的村民，一起到村部会议室来取资料。其实，所谓的资料是白金日这些年种植西瓜的经验，尽管资料上说的不专业，但都是干货，非常实用，他一份份地打出来，免费发给大家，同时嘱咐大家说，有不明白或不是很理解的，打电话问我，或者我直接到你们家去看情况。

果然，第二天就有 10 多个村民打电话来让白金日过去。

白金日的"飞毛腿"又开始启动了，看他骑自行车的背影，谁能猜出来他有 50 多岁了。

白金日先到车福鑫家，手把手地教给他，从把西瓜籽种在准备好的土壤里，一颗一种，盖好土，用地膜封起来讲起。白金日说再过一段时间就可以看到稚嫩的西瓜苗。你们看到了，再对照资料，哪项都不许差啊！

是啊，西瓜苗虽然弱小，但却寄托了全村人的希望。

脚上粘泥，心中有你。白金日就这样，每天到瓜农们的地里观察大棚内瓜农育苗、移栽工作，并进行相应的指导，观察西瓜的长势并记录，晚上进行总结和学习有关西瓜种植方面的知识，帮助瓜农解决病虫害、灌溉等问题，将瓜农的瓜当做自己家的瓜来精心培育。在这里他的衣服湿了又干，干了又湿，汗水洒在了西瓜地上。此刻的白金日被风吹日晒弄得皮肤粗糙黝黑。

这时候，有的村民就打听，白书记咋总往别人家跑，怎么看不到他自己家种瓜啊？

是啊！白书记就是种西瓜起家的能手，他的地怎么被别人种了。

其实大家都不知道，白金日自从当上村支书后就和老伴儿商量好了，为了村民能过上好日子，咱们家就少赚点儿钱，我得把心思用在咱们村，白金日的这个想法得到了老伴儿的支持。他把自己家的地承包给别人，所以白金日只管别人家的地，自己家的却放弃了。

有的村民好信儿，给白金日的地算了个账，他原来种西瓜一年能收入 10 万多，这几年下来就是几十万啊，这是一笔不算小的数字，这白书记到底为点儿啥啊……

是啊，究竟为点儿啥呢？

当别人进入梦乡时，他还在整理各种档案资料，谋划脱贫计划；当别人假期打麻将玩游戏的时候，他还走在进村入户的道路上；当别人与家人欢聚一堂时，他还冒着大雨在贫困户家了解情况……

白金日认为"乡亲事，大如天"能被群众需要，就是他最大的幸福。所以村里大到生老病死、婚丧嫁娶、孩子升学，小到邻里琐事、夫妻吵架，他的身影，他的声音都无处不在。

不但如此，白金日自上任以来，一年 365 天，没有一个休息日，一直是"白＋黑""5＋2"的工作状态，无论晚上工作到几点，第二天不是回到村支部上班，就是在瓜地里看西瓜的长势，再就是帮助贫困户去市场卖西瓜，这就是白金日的工作日常写照。

时光如梭，一转眼就到了西瓜上市的季节。

白金日帮车福鑫卖完当天的西瓜回到家后就给车福鑫打去电话。

喂！福鑫啊，明天你再去地里选一车好西瓜，明一早 5 点我去你家地里取。

2018 年年景不错，车福鑫家的西瓜也丰收了，这不，村支部大家轮流为几个贫困户家卖西瓜，白金日对大家说：从今天开始，福鑫家卖西瓜我一个人包了，你们去帮助其他的贫困户卖西瓜吧！

秋季，确实是个收获的季节，待到整个西瓜销售期完毕，白金日把一沓厚厚的钞票放在车福鑫手里，这时，车福鑫和妻子的眼中都噙满了感动的泪水……

过了几天，车福鑫带着妻子和几名贫困户一起来到村支部，进门就说，你们几个把门堵上，可不能让白书记走，我就是想把感谢信直接念给他听……

白金日看到车福鑫和乡亲们赶忙让座，可他们没有一个坐下的，相反对着白金日深深鞠了一躬，然后车福鑫读着感谢信，读着读着泪水就流下来了……扑通一声他就跪下来，白金日一看赶紧把他搀起来，着急地说：福鑫你这是干啥，大家的心意我领了，都快坐下，我们慢慢谈，然后中午我请客，谁都不能走……

有爱有真情，让这里的村民生活得有希望、有奔头。望着村道三三两两的人群，都打扮得那么入时，他们走着、笑着、说着悄悄话。他们有拍照晒朋友圈的，晒晒家里的粮囤、晒晒他们的爱情、晒晒他们的孙子孙女、晒晒老公老婆的厨艺……

此刻，黑水村进入丰收后的安静，这个时候，你一定会想到村民都细数着这一年来的收获，家家都在计划明年要投入多少，怎样干能增加收入。其实，这个问题白金日也在心里盘算着、憧憬着……

2020 年 5 月疫情平稳后，白金日开始组织春耕工作，买种子、买化肥，又开始像飞毛腿一样奔波在黑水村的田间地头，各家各户。

白金日组织党员干部时嘱咐大家，咱们先要去那些贫困户家，尤其是车福鑫、刘举、纪海臣、薛丙志他们，要特别照顾。

日复一日，这一个多月，白金日几乎就在这几家里帮助他们打理西瓜种植方面的事宜。

当然，这几家都感受到了白金日送来的温暖，都觉得过意不去，心中都感激白书记，都想着哪天去他家里看看白书记……

那天，车福鑫也不知道从哪弄来的 1000 元钱，趁着白金日在他家指导不注意的时候塞到他衣兜里，等回家后，老伴儿给他洗衣服的时候才发现。老白，这钱是咋回事？白金日愕然了，想了半天说：你先别洗，我知道了，我得给人家送回去。

来到车福鑫家，白金日立刻严肃起来，把钱放在炕头上对车福鑫说：福鑫啊，这样做不合适啊。

你这样，让我怎么和组织上交代！你嫂子都看见了，以为我藏了私房钱，我的日子可就不好过了……

车福鑫有点儿激动地说：白书记我的意思是，您帮了我家这么多，今年我的西瓜又是您帮我卖的，这点儿钱就是意思一下，能有啥问题呢？

听到这里白金日依旧严肃地说：福鑫啊，只有靠自己双手挣的钱，花着才踏实。我是一名老党员，帮你脱贫致富是责任，你想报答我，就要用你的行动去感谢我，这才是我想看到的，钱虽然不算多，但你这样做就是贿赂，性质很严重啊，要是收了你的钱我就成了贪官，以后咱可不许再这样了……

2020年秋收后，车福鑫、刘举、纪海臣、薛丙志等贫困户一起来到村部感谢白金日，感谢村支部，还特意给白金日戴上了一朵大红花，白金日急忙说：要不得，要不得……村民们看到白书记措手不及的样子，大家都乐得不行了。

通过白金日带领下的村支部不断帮扶，加上这几家贫困户吃得了苦，他们掌握了种植西瓜的技术，多年来脱贫的愿望实现了。现在这几家一年平均比以前能多收入七八万元，不但还清了欠款，还装修了房子，买了新家电。说起这些变化，他们的嘴角上始终挂着笑容，对白金日竖起了大拇指。

看吧！阳光下的西瓜闪耀着粼粼黑光，它在将黑水老乡们的梦想发酵得更大更美丽。是的，这是乡村振兴的"种子"，是小康生活的"种子"，它孕育着黑水村人民的幸福生活。

其实，人人都拥有一片无边的田野，他们总是在田埂上翘首期盼。他们渴望收获，渴望那沁人心脾的瓜香弥漫于天地之间……

这两年，在村党支部书记白金日的带领下，黑水西瓜在平稳销售中渐渐起色，周边的客商也是黑水村的常客，黑水西瓜代办购销的经纪人也如雨后春笋般茁壮成长，像黑水镇崔巍西瓜代办专业团队、宋银山农产品购销中心、丁素明西瓜代办、李大光西瓜代办中心等，足足有几十家，黑水西瓜的知名度和销售量也渐渐打开了新局面。

如今，在黑水村，再无贫困户、无失学的儿童、无失养的老人，当年黑水村党支部许诺的"致富路上不让一户掉队"的誓言已经实现了。

方　　向

志不求易者成，事不避难者进。

新时代是奋斗者的时代，历史洪流滚滚向前，奋斗者的脚步永不停顿。

2021年秋天，一声惊雷划破长空，天空下起了雨。雷声轰隆隆奏着乐章，响彻田野，回音悠悠地向科尔沁草原荡漾开去。

那是一个月清风高的夜晚，黑水村支部办公大楼灯火通明。

"'党员夜会'让村里的老党员找到了几十年前的那种感觉。同志们吃完晚饭后坐到一起集思广益，围绕着村里发展静下心来沟通交流，虽说是'夜会'，但心里觉得'亮堂'。"这样的"党员夜会"自白金日当上村党支部书记后，一直都是"常规操作"，不仅增进了村内党员间的感情，也提升了党员为民意识和服务能力。

　　白金日对大家说："视野决定境界。我们要破除'小富即安，小进则满'的思想。我们黑水西瓜尽管有了一些知名度，但由于西瓜品种的升级换代快，以前的传统种植方式已经不占优势，我们没有达到让西瓜销售走得更远的目标。

　　"现在，讲一讲我的想法：五常大米不就是大米吗，可它都卖到火车飞机上去了，全国畅销而且供不应求；北京全聚德烤鸭不也是鸭子吗，每天都有人排队去买；涪陵榨菜不就是个榨菜吗，可它也卖到火车飞机上去了，都成上市公司了，你们想想是不是一个产品只要有特色、有名气，就不愁没人要，更不愁卖不出好价钱。

　　"如今，我们是想办法把好的东西推介出去，但要求我们西瓜的品质确实毫无瑕疵，有质有量的保障，我就不信咱们黑水西瓜不能'滚得更远'。

　　"的确，过去人们只图填饱肚子。现在不同了，特别是城里人，讲究吃好，讲究健康饮食。越往后看，这种人会越来越多。什么是品位？谁家吃水果都要名牌的，就像现在我们买家用电器、买农用车、买轿车一样，要档次要品位！说白了我们的西瓜就必须比其他地方的西瓜好吃，这没有疑问吧。那么不能缺的就是信心，一分钱一分货，黑水的西瓜，品质品相这么好，卖个满意的价格是物有所值。不要以为我们的西瓜卖到一块一斤就到顶了，利润空间大着呢！在我们临县通榆有一种民间剪纸，在本地卖不了几个钱，但自从通榆剪纸工艺获奖以后，订单就翻了几千倍，价格也涨了几十倍。所以，大家要有信心抱团发展，把我们的西瓜做大做强。放着这么好的资源，不把它做好，不就等于端着金碗去讨米要饭吗？

"观念一转，地阔天宽。

"我们要将村民扶上马，还要送一程，要把黑水村资源变成资金，再把资金变资本……"

在白金日的眼神里，透出坚定的信心，他的目标是一定让黑水西瓜成为乡村振兴的第一颗"金蛋蛋"。

随后，大家围着地图慷慨陈词，一言一语中围绕着黑水村是咱们黑水镇种植瓜类集体经济示范带、要以黑水村为核心的农村集体经济发展蓝图徐徐展开。

白金日认为，走出去"取经""学回来"，才能蓄力促进发展！

七月骄阳，酷暑难当。为了尽快找准村庄发展定位，明确未来发展方向，发展壮大村集体经济。白金日带领高崇等支部人员组成"取经"小分队，挎上背包说走就走。

到了松原市宁江区大洼镇房身村，顾不上吃饭就开展调研，他们首先参观"冒尖村"改天换地的业绩，然后又去学习大安市红岗子乡八家子村的经验。半年间，学习足迹遍布吉林省的十几个村庄。

在松原扶余市王家村，白金日看到村党支部通过领办合作社，带动村集体发展壮大，助力村强民富的典型做法。

我们黑水村是否也能试试？此刻，心里的算盘哗啦哗啦地打响了……

从扶余回黑水的路上，久违的笑容一直挂在白金日脸上。彼时，正值万物复苏的春日，村道边的野花散漫地晒着太阳，田地里，乡亲们忙着农活。

这要换作以前，见到乡亲们劳作，白金日一定会凑上去帮一会儿。但这次他有更重要的事，召集党员干部和村民代表商讨成立股份经济合作社的事宜。

村部大楼的会议室里，白金日激情澎湃地总结在扶余学到的经验。"今天，我们就说点儿掏心窝子的话，你们说说，咱们黑水村的路子对不对？"一句话让党员干部和村民代表们摸不着头脑。

"搬来的经验不一定适合黑水村，万一水土不服呢？不是赔本买卖吗？大家哪有力气去折腾？"就像是一张考卷，全是问答题。

"学王家村是对的，但要立足我们村的资源禀赋，结合实际，要学习的是黑水的精神和大方向，不是生搬硬套人家的做法。"

"守着宝地还过穷日子，这怎么行？"

"如果把合作社搞起来，村民入社，以股份参与分红，不仅发展村集体经济有了主心骨，还能有效调动全体村民的积极性。"

这个时候有人说，"以前咱们没尝试过，不知道这合作社能不能行，我赞成但要再问问乡亲们，再听听镇领导的意见。"

再次从松原考察回来的白金日，下车便来到了黑水镇党委书记张弘的办公室，他对张弘书记说："我酝酿了很久，壮大村集体经济势在必行，我去了松原考察，也查阅了一些资料，认识到党支部领办合作社是一次非常好的契机，发展产业要用'实体带动'，咱们村现有的条件都符合，现在我主动请缨，大干一场。"

白金日认为，黑水村人是命运共同体，也是情感共同体。

的确，与其同行不如同命。因为"同行"只是大家一起往前走，"同命"则要考虑如何一起走，要携手互助才能蓄积更多的能量，只要齐心协力，团结一致，一定会更出彩。

那天下午，白金日与黑水镇张弘书记又针对合作社的一些细节谈了很久，直到日头落山、星光满天……

信　念

为什么要登山？

因为山在那里！

的确，一个时代的画卷，底色是人心；一个民族的复兴，关键在精神。

2021年9月16日，在洮南市政府、黑水镇政府张弘书记的支持下，黑水村党支部领办、全体农户参与、利益联结共享的洮南市黑水镇新红宝西瓜种植专业合作社成立了。同时其他两个村也成立了合作社，（另两个村在2022年成立完毕），已经成立的，都按照黑水村模式进行，都采取统一农资、统一种植、统一经营、统一收割、统一销售、统一结算的"六统一"模式。按照"定一个好规划，找一条好路子，活一方经济，富一方群众"的"四个一"发展思路和"一村一品"的发展模式，帮助各村开阔思路，选准路子。

万事开头难，不是所有人都愿意接受新生事物，要检验政策好不好，关键要看乡亲们是哭还是笑。

合作社虽然成立了，但一时却无人问津，村民们大都抱着保守和观望的态度不愿意加入合作社，为解决这一问题，白金日多次主持召开村民代表会议，并定下了"土地入股，优先分红3000元"优惠政策，消除了种植户的后顾之忧。最终洮南黑水西瓜种植专业合作社与50户农户签订了入股分红协议，以种植西瓜和玉米为主，大力发展生产经营，以支部为阵地，以合作社为主体，通过集约化管理和订单式销售。全镇农村党员领办合作社，让黑水西瓜实现村党组织领办合作社实体化运行。

这下子，局面打开了，白金日是最高兴的。于是他又开始琢磨一些细节上的事情，想着想着，就打开了电脑……

第二天，一个关于黑水西瓜质量的会议，又在第二年播种季节之前开始布局了。

"要确保黑水西瓜的产品质量，就必须推行有机农业，必须重点培养一批职业瓜农。"白金日将自己总结出的经验与大家分享。

然而，这些年许多习惯了使用化肥和农药的农民，都产生了对化肥和化学农药的依赖症，要他们重拾有机农业的传统耕作理念，竟然成了强人所难的事情。得苦口婆心跟他们讲道理：使用化肥和化学农药是省事儿些，搞有机农业是麻烦些，但是，图省事、嫌麻烦，就不能保证西瓜的品质，也就无法赢得市场。后来他干脆花钱请专家讲课，才改变了瓜农们的观念与习惯。

针对瓜农加强技术培训，健全完善农业专家、农技人员、种瓜大户"三位一体"农技服务体系，全方位、多层次开展绿色西瓜种植技术支持。通过使用，改良土壤，增强地力，又聘请专家深入生产一线，针对黑水镇土壤使用农家肥和生物防治的办法以及温度等实际情况进行讲解，提高田间西瓜管理水平，提高西瓜产量和效益，保证黑水西瓜零农残、无公害。

大棚里的事情刚刚运转正常，可西瓜还是出了事。

2021 年在西瓜销售的季节，新加盟的个别村民将外地西瓜以非常低的价格以次充好，冒充黑水西瓜进行销售。白金日发现后立即制止销售这样的西瓜，宁可销毁，也不能危及消费者的健康，还安慰大家说：他们的错就是我的错，是我的工作没有做好。

瓜农们听到白金日这样说都惭愧地低下了头，白金日说："谁能不犯错呢，但不能总犯错，我们要讲诚信，讲契约精神，是打造品牌形象的重要环节。我们不能自己砸了自己的饭碗。"

通过这次教训，瓜农们真正认识到错误的严重性，也认识到毁掉一个品牌很容易，但想重新树立起好口碑来就很难的道理，"黑水西瓜"再次正名的重任其实就是我们自己。

白金日看到大家有这样的觉悟，心里说不出的舒服，后来再无这类事情发生。

为了巩固现有的成果，每年都要通过在前期对西瓜市场的实际调查研究，并对村内土壤肥力和酸碱性测试评估，黑水村在保留了原来的甜美人、黑美人西瓜品种外，又将小凤西瓜定为种植首选。虽然小凤西瓜对生长环境、土壤、日照的要求非常高，但是小凤西瓜口感好、产量高、收益快，深受消费者和种植户喜欢。村党支部经过多次委派专业技术人员实地考察后，从海南引进小凤西瓜，与当地几户瓜农合作，通过采用大棚地膜技术、水肥一体化改良土地性质，营造出南方气温环境，培育出了适合北方土壤条件的优质品种"北方小凤"西瓜。

因为种植面积增大，需要更好的种植方法和病虫害防御技术，村里聘请吉林省农科院、白城市农科院的专家亲自把脉，并组织种植西瓜的村民现场学习和交流，不断提升本村瓜农的种植技术，这让村民们积累了不少麒麟西瓜的种植知识和经验。

这些年，白金日领导下的黑水村树立了培育西瓜质量的安全标杆典型，让黑水村瓜农们受益匪浅，通过做好生产主体信息采集，强建西瓜质量安全乡镇网格等方式，形成横向到边，纵向到底，边界清晰，职责明确的西瓜质量安全监管模式，让黑水西瓜质量越来越好，名气也越来越大。

2022 年元旦过后，又传来了好消息。白金日领导下的洮南市新红宝西瓜种植专业合作社与洮南市林通农林产业有限公司合作签约，成立了洮南黑水西瓜产业园。产业园里共有冷棚 28 个、暖棚 20 个，通过暖棚种植和先进的田间管理技术，使洮南黑水西瓜提前上市 1 个月，并延长了 1 个月的销售期，由原来的 7 月中下旬提前至 6 月中旬上市。

听到这个好消息，全村瓜农都说"我们黑水西瓜两条腿走路"，可白金日说："那怎么可以，你们不觉得少吗？"瓜农们用疑问的眼睛盯着白金日，白金日笑着说，"以后咱们要用3 条腿、4 条腿走路……"

产业兴旺是乡村振兴的基础。为了培育壮大特色种植产业、特色庭院经济，结合"一村一品"示范村，带动村集体经济增收，白金日号召瓜农们发展家庭扣大棚来种植反季节西瓜。听到这个消息，瓜农们兴奋无比。张永杰、冯仁、郑保全等率先在自家建起了大棚，当我走进去看见这宽敞的小世界，每家都大约有800—1000平。在我和他们交谈的过程中才知道，他们也是承包那48座大棚的种植户。冯仁说："我们都已经掌握技术了，白书记却又想得周到，家里这点儿大棚种瓜一年下来也能收入5—6万啊。"看着冯仁的笑容，平静中带着骄傲。张永杰也说："现在可比以前好多了，没有风险，家里面收入也变多了，这样指导扶持我们，不富都难啊！"

我们来到郑保全家，他家的西瓜长势喜人，他告诉我们说：记者同志，我们大棚种植的西瓜可不是一茬，6月上市后，这苗就不用了，然后清理了，我们再种植下一茬西瓜，这是晚西瓜，要10月才上市……

在我身旁的白金日，看在眼里，听到心里，喜在脸上。

2022年7月12日，在长春市商务局、省餐饮协会宣传推介和协调帮助下，果语堂（长春）科技有限公司总经理、供应链总监、市场部经理、采购助理一行4人组成专项考察团到"西瓜之乡"——黑水洽谈洮南黑水西瓜宣传销售合作事宜，其实他们就是来签订合同的。果语堂（长春）科技有限公司总经理也表示，企业也要在乡村振兴中贡献一份力量。

这个时候，已到了西瓜大量上市的时节，由于产业园的西瓜是"纯绿色""无公害"，价格比普通西瓜价格高，所以市场需求量不大，为解决这一问题，黑水镇的副镇长赵琪也来帮忙，她和白金日又开始落实西瓜宣传销售的工作，他们为西瓜量身定做了包装箱，箱体正面写有"黑水富硒西瓜"，右上为"农产品地理标志"，左上为"洮南黑水西瓜"地理标志证明商标、吉林省著名商标，两侧为"绿色食品"标志。值得注意的是，在包装箱右下角贴有二维码，而后赵琪同白金日在气温高达37℃的烈日下，一直忙到凌晨二三点钟才从黑水出发前往长春。

而后，为了加大宣传力度，白金日组织瓜农去长春开展"洮南黑水西瓜进春城敲门行动"，一家一家地讲解、推销黑水西瓜。同时，刘伟、肖丹还利用长春"亚泰超市直播"平台进行宣传与销售，果然功夫不负有心人，一点一滴的积累换来一张张订单，收获纷至沓来。而后又与长春亚泰连锁超市达成一个长期的订购合同。同时，合作社又与吉林省高速服务中心等企业成功进行了合作，黑水到省城的餐桌只需要4个小时的时间。

解决了艰难的销售问题白金日也没有松口气，产业园每天仍能看见白金日的身影，他说：我要把好西瓜的质量关，我要保证每一个卖出去的西瓜都是健康的、绿色的，这样才能长久发展，持续致富，才能让黑水西瓜的品牌口碑越来越亮！

在实施多条腿走路后，种植大棚反季西瓜不仅让瓜农们得到了实惠，还为本村及周边群众提供了就业岗位。在采摘忙碌时，用工需求量大大增加，其中吸纳有劳动能力的脱贫户 10 余人，每人每天薪酬 50—100 元不等。通过他们自身的辛勤劳动能够增加收入，改善生活。

在承包大棚后，黑水村第一批西瓜上市时间提前至 6 月 17 日，创造了洮南黑水西瓜提前上市一个多月的纪录。洮南黑水西瓜产业园 48 栋大棚充分发挥其温度优势，均产出两茬西瓜、香瓜，平均每棚产值达到了 8 万元。外加园区内 13.7 公顷大地西瓜的产值，总产值达到 540 万元。乘势合作社经济效益的同时，黑水镇也充分发挥庭院经济促进农民增收致富的重要作用，努力把"小庭院"打造成"大产业"，不仅创收农民经济，还不影响农户继续种植自用的瓜果蔬菜。庭院种植百斤以上西瓜户 50 余户，产出百斤以上西瓜 1400 余个，共创收 28 万元，让"小庭院"发挥了"大作用"，获得了"大收益"。

劳动创造幸福，奋斗成就梦想。

这静谧的村庄，万物似新生，涌动着奋发图强的勃勃生机，光阴里所有的美，都如约而至。仿佛这来自时光深处的信念和勇气一直激励着这块土地……

这几年在白金日的带动下，打造平台载体，促进全价值链提升，黑水村的西瓜种植业由"单兵作战"到"集体冲锋"，由传统耕地种植到承包大棚种植，再到庭院种植，不仅

村集体经济壮大了，产业结构升级了，产业实现了多样化，打造出乡土特色金招牌，乡亲们的生活蒸蒸日上，收入也芝麻开花节节高。

守　望

田野从父亲手里留下来，总要有人守护。我是唯一的一个举起双手接下的人，现在，我庄重地拿起田野的钥匙，挂上一生的锁，做虔诚的守护者，认认真真地把它系在腰上……

2022 年的夏天，黑水村到处都是生机勃勃的模样，成片的西瓜地长势喜人，成片的西瓜绿茵如毯，各西瓜基地全都是一派忙碌的场景，采摘、整理、装车，慕名订货的客商竞相而至。

穿过黑水镇内的平齐铁路、长白公路线上的火车与汽车，便络绎不绝地满载着一车车"翡翠"奔向祖国的四面八方。

这满眼的绿色，透亮而安静，绕着田野。西瓜地，起起伏伏，踩着大自然设定的节拍，欢快地向远方铺展，再凝结成一个又一个闪亮的日子！

黑水西瓜，见证了黑水古远而深厚的饮食文化和古朴而沧桑的历史。那玉带般的洮儿河，蜿蜒怀抱着这方热土，古老的黑水村处处洋溢着丰收的景象。

看着平整的水泥路上，村中白墙红瓦，如此干净整洁。

很多农家的院子里停放着小轿车，房前屋后的果树上，有紫色的葡萄、红红的 213 苹果、杏、李子挂满枝头，处处透露出生活的温馨和富足。

毋庸置疑，"幸福是奋斗出来的。"此中的深意，黑水人懂。

如今，西瓜产业的发展，让村民的奋斗有了沉甸甸的收获，种植西瓜带来了丰厚的回报，正在每一户种瓜的村民家中上演。小小的西瓜，源源不断地运往全国各地，创造出巨大的财富，村民们的小康生活，就像这多汁的沙瓤西瓜，美美的、甜甜的。

黑水西瓜种植大户王金贵说：每天都要观察瓜的情况，防止生病，还要除草，防止草争西瓜苗的营养，还得"打瓜蛋"。当我第一次听"打瓜蛋"这个词，我很好奇。王金贵解释说：就是一棵秧上只留一个瓜，把其余的都摘掉，保证瓜的营养充足。

王金贵家今年种了 2 垧 4 亩地，一垧地就能产出成品瓜 10 万斤左右，今年一年净赚 12 万，在与我们分享这份丰收喜悦的时候，王金贵脸上皱纹都乐开了花。

王金贵说：都靠白书记这几年辛苦的付出，我们才有今天富足的日子。

自打王金贵家承包了 8 栋大棚（1 个大棚 1 亩地），他就实现了一年收获两茬西瓜的目标，卖西瓜的收益也提高了一倍，8 个大棚的毛利就是 20 多万。

当我们谈话的时候，王金贵的儿子领着对象走进了屋子，王金贵急忙给我介绍。

交谈中我才得知，王金贵儿子 26 岁了，他的对象是沈阳城里的一位教师，也 25 岁了，是那所学校的正式编制老师，一个月 5000 多块的工资。

我震惊的是，王金贵说在黑水一年挣个三四十万的人家有很多。这在以前他是不敢想的，这是中国乡村的巨大变化，更是人的思想观念的转变。现在乡亲们手里的钱多了，一家一户抗风险的能力也在逐年提高，更何况在王金贵的身后还有黑水镇黑水村新红宝西瓜种植专业合作社这座大靠山。从王金贵的口中，我感受到他来自内心的底气。

显而易见，我们农村发展的最大底气就是"因为我们在中国"！如今，我党以更有力的举措、汇聚更强大的力量，让丰收的农民获得真金白银的回报，真正为农民解难题、增底气、强信心，他们的"钱袋子"就会装得更满，丰收的成果也会更足。同样，农民的富裕，也使得整个家的底气满满，这样的相辅相成、相得益彰有谁不羡慕中国人呢。

此刻，王金贵的妻子刘艳丽又打开了话匣子说："我在几年前就在城里给我儿子买好了楼房，而且都是精装修，现在给娘家的聘礼已经下完了，就等着儿媳妇择一个好日子进门呢……"

要是这件事搁到以前，我是打死也不会相信的，但是现在我不得不信了。

其实，日子过得这么好，还有一个重要因素，就是王金贵的家里有一个装钱的匣子——他的妻子刘艳丽。他们两口子一个主外一个主内，经营这么多年，王金贵家的经济条件是越来越好了。

当我问到他家院子里那两台九米六"前四后八"的运输车时，王金贵的妻子刘艳丽说："等村户的玉米收完了，他们爷俩儿还要去搞收购挣钱。"

我回头又问王金贵："收粮不压钱吗？"

他说："不压，一车一结算，用不了几个钱。"我在暗想就这样撂下耙子就拿扫帚的勤劳的黑水农民，他能不富裕吗？

据王金贵自己说，他家还种了 40 亩花生，花生的收益也不错。他家的大院子里还有一大群羊，为此王金贵还雇了一个专业羊倌来管理羊群。

他在地里忙不过来的时候，就在村里的微信群喊一声雇劳力，公开价 1 个小时 18 元。我想算一下，他一年究竟能挣多少钱，到后来也没有算出来，也许是自己的数学学得是真不好，但是我不得不说，我的采访对象太低调了，这就是实力呀！靠实力说话。

在黑水，就像王金贵说的那样，靠种植西瓜致富的还有很多，黑水村瓜农高鹏飞家也是不甘落后，我们走进他家的瓜地，大棚里 60 多个 100 斤左右的"瓜王"展现在眼前。高鹏飞说：这些西瓜大部分已经被订购了，每个西瓜能卖 300 元左右。在 2019 年的农博会上咱们黑水西瓜王最有气质，竞拍从起拍价 500 元一路飙升，经过多轮竞价，瓜王最终被长春某企业负责人以 4000 元的价格收入囊中。

此刻，郑义纯也正坐在家里打开小账本和计算器。

"账算好了？"郑义纯的妻子姜萍满面笑容，关切地凑过来。

"经纪人说了，过几天，咱们这里的西瓜还能涨价。"郑义纯不时地翻看着手机短信，关注着市场行情。

种植西瓜，让郑义纯家的日子越过越红火，不仅盖起了宽敞明亮的砖瓦房，还购买了一辆小轿车，家中的拖拉机、播种机、免耕机等农业机械更是齐全。两辆满载西瓜的大货车欢快地鸣着喇叭，在村民们的挥手道别声中，驶出了郑义纯家的西瓜地，日夜兼程地前往数千里之外的上海和昆明。开园仅仅 7 天，4.5 公顷土地上出产的 27 万多公斤西瓜，就被来自全国各地的客商抢购一空。其他村民家的西瓜园也成了香饽饽，有的还没开园，就被等候的客商预订完了。

在黑水村的瓜农家，都有几个账本。那些白纸黑字都记录着家里这一年的辛苦与幸福，其实这些一本本不同的致富账，上面记录着西瓜经纪人的联系电话、近期全国西瓜市场的行情、新培育的品种、政府部门组织展销会、技术培训班的时间等。为了解自家西瓜在终端零售市场的口感、顾客意见等情况，有的村民还从客商处要来北京、上海、长春、天津等大城市零售超市的电话，主动征求消费者意见。这些小本本也记录着同一条致富路——洮南黑水西瓜发展之路。

白金日说，这一本本账也坚定了农民们的信心，要把咱洮南黑水西瓜种下去，一定能种出更加美好的未来。

2022 年 9 月 10 日一早，白金日习惯性地打了"一圈儿"电话。

"各自都统计一下，还剩多少西瓜，'双节'就在眼前，这个时期一定要把握好行情。"白金日说。

自村里西瓜上市几个月以来，白金日三天两头就要"调度一回"掌握具体情况。

这个时候，村里又传出白金日一个新绰号"大调度"。

看到地里滚成一团的西瓜，看到乡亲们在田间地头低头采摘的样子，看到远处秀美的风景，白金日的脚步轻飘飘地行走在他熟悉的土地上。

又是一年丰收时，这块土地创造出新的梦想，成为农人的富矿，勤劳者的天堂。

遥望，风拂沃野千层浪，田野也仿佛都沉醉在丰收的喜悦里，白金日走进地里，脸上挂满了自豪的神情，那些被梦想浸透的汗水淌过他被晒得通红的脸颊，他拍着一个个沉甸甸的西瓜，露出会心的微笑，就像抚摸着自己孩子的脸……

黑土，黑土

——记梨树县农业技术推广总站站长王贵满

张 帆 胡香文

为什么我的眼里常含泪水，因为我对这土地爱得深沉。

——艾青

根在黑土，心系黑土

1960年11月12日清晨，朝霞染红了东方，太阳冉冉升起，一缕金色阳光洒进梨树县四棵树乡徐家粉房屯一户普通的农家小院。忽然，小院里传出响亮的婴儿啼哭声，一个男婴降生了，父亲满脸笑容，母亲喜上眉梢。这个男婴嗓门大，哭声格外响亮。父母希望儿子长大不再像他们一样起五更，爬半夜，躬耕畎亩，泥土里觅食，取名贵满，富贵满满，富贵至尊之意！

几十年后，梨树县出了一位享誉省内外的农业专家，受到国家领导人接见，这位农业专家，就是当年哭声响亮的男婴贵满。

王贵满，现任吉林省梨树县农业技术推广总站站长，中国农业大学吉林梨树实验站副站长。1997年，被授予"国务院特殊津贴专家"；2001年，被国家科学技术部授予"全国农业科技先进工作者"；2021年6月28日，被中共中央授予"全国优秀共产党员"。

王贵满小时候，家里八口人，父母、兄妹五人加奶奶一起生活，父母靠种田养活一家老小，日子过得很艰难。王贵满在兄妹中排行老二，上有一个哥哥，下有三个妹妹。王贵满读小学的时候，大哥参军了，家里不光农活重，杂活也多，王贵满放学、节假日和父母一起下田劳作，帮着父母挣工分；捡粪积肥，拾柴积薪，为减轻父母生活负担，课余能帮家里干啥就干啥，有时起早贪晚，废寝忘食。父母则是一心一意，任劳任怨供子女读书，不希望子女接班当农民。然而，耳濡目染，王贵满干起农活有天生的悟性，赶车载物、扶犁播种、收割码垛，可以一手拿刀一手为谷子、糜子、高粱打捆，堪称一绝，行行通，样样会，即使编筐织篓、席子插花、纺绳这类手工艺活他也做得有模有样，时不时有个小发明，让农活干起来省力些。邻里乡亲都夸贵满干啥像啥，拿得起、放得下，将来是个好把式。

"好把式"，这是农家人在那个时期，对男孩儿的赞誉之词，有养家糊口的本事，不愁未来吃不饱饭。有"好把式"这句评语，男孩儿不愁娶；对女孩儿有贤慧评语，女孩儿不愁嫁。

可是，王贵满心里盘算的小九九是努力学习，考上大学，改变命运，因此，他不放过任何学习机会，那时，乡政府叫公社、村叫大队、屯叫生产队；生产队的房子屋里的墙大都用旧报纸糊，个人家没有订报纸的，王贵满放学后帮家干活之余，就到生产队读墙上的报纸，把不认识的字、不懂的词用笔记下来，能查字典的查字典，字典查不到的就问；那时，还有知青，他常跟知青交流，请教问题。读报开阔他的视野，与知青交流使他了解城市生活，外边世界。

勤奋能干的王贵满学习成绩也很出色，从小学到初中名列前茅，一直是班长。

1977年，国家恢复了高考。

1978年，王贵满信心满满地去参加考试，却壮志未酬，名落孙山。

正当他失望沮丧，以为自己今生无缘大学时，学校发来通知，说他可以参加复读，因为他排进了落榜学生前十名。上天总是眷顾心怀梦想的人。

1979 年，王贵满再次备战高考，父亲让他报最低的学校，只要能考上，离开农村，什么学校都行。可他瞒着家人，根据自己的实际学习成绩，报考了向往已久的大学。谁能料到，本想摆脱农村的王贵满，最终，接到"延边农学院农学系"录取通知书，或许是王贵满骨子里对土地的热爱，或许是命运的使然，王贵满没有离开"农"字。

那时，没有 985 大学、211 大学的概念，国家刚刚恢复高考第三年，一个农家孩子能考上大学本科，农家人称鲤鱼跃龙门；那时大学生胸前都佩戴校徽，走路昂首挺胸，是天之骄子。王贵满说，他感谢国家恢复高考的政策，否则，他也未必能当个农村"好把式"。

王贵满在部队服役的军人叔叔得知侄子考上大学，写给他一封信鼓励：侄儿，叔叔祝贺你考上大学，这是我们家族的大喜事，家族的兴旺，离不开你们有文化的下一代人，你起到带头引领的作用，切记，这并非一跃冲天，青云之志，请不要忘了桑梓之地有一群叫着你乳名的父老乡亲，学好本事，不仅仅是为了自己飞得更高更远，更应该是为了生养自己的这一片天、这一方水土，为了这一群人能过得更好，奉献你的绵薄之力！王贵满回忆着眼圈有些湿润。

在大学，王贵满没有丝毫懈怠，学习劲头更足了，为了不给家里增添过多经济负担，节省开销，一年全部生活费用仅 400 元，因其学业和各方面表现优秀，享受奖学金。

　　读大四时，噩耗传来，王贵满接到父亲离世的不幸消息。父亲是山，大山倒了，这对一个尚未工作，尚未走向社会的孩子来说，无疑是巨大的打击！悲痛之余，王贵满开始认真思考人生，坚定了他学好农学知识，毕业回梨树，用自己的所学改变家乡贫穷落后面貌的决心，把自己的青春和热血献给家乡，献给黑土地，以报答家乡对自己的养育之恩，王贵满想，只有这样，才能让早逝的父亲含笑九泉。

　　1983 年，延边农学院毕业的王贵满踌躇满志，打算回家乡干一番大事业。大学里学到的农业科学知识，已经在他的心里生根发芽，急切地等待抽枝放叶，开花结果。如果说当初王贵满想离开农村，是想改变自己一个人的生活，那么，现在，王贵满想回到家乡，则是想改变贫穷、劳苦的家乡百姓的生活。他想用自己的所学改变家乡贫穷落后的面貌。然而，当王贵满申请回到梨树县他出生的乡农科所时，却没能如愿。县里对这批农业口毕业生的分配原则是，中专生下乡，本科生留县城工作。

　　王贵满是本科生，无缘到乡下一线工作，留到了县城。

　　县里针对本届毕业生分配政策无可非议，于农村出身的孩子而言，或许，求之不得，王贵满感慨青春被理想撞了一下腰！

扎根黑土，筑梦黑土

黑土地，总是以其宽厚、博大、纯朴的品格影响着她的儿女。虽然，王贵满分配到县城工作，可他扎根乡村、立志农业科研的想法没有变。他依然将目光盯在实验基地上，他知道，实验田才是他筑梦的阵地。对于农业科研人员来说，脱离了土地，就如同漂浮的萍，无根难结果，一切都是空谈。

机遇总是青睐有准备的人。

刚刚毕业的王贵满，受命"旱床水稻育种"实验。虽然，这项技术国外、国内有先例，但是，于吉林省而言是全新的，王贵满在大学实习接触过水稻种子育苗，都是水床育苗。

王贵满和他的团队没有一丝一毫退缩。

此前，由于水稻育秧苗技术粗放，导致秧苗嫩弱，抗逆性差，影响大田移栽成活率，造成水稻减产，水育秧苗成本相对较高。

水稻旱育秧技术是一种水育秧苗的提升技术，这种育秧方法的主要优点是秧龄短、秧苗壮，省工节本，低耗高效，容易掌握，管理方便。可机插、人工插，工效高，质量好；育苗可集约化，生产可专业化；省种、省水，经济效益高，适合不同生产规模采用。

王贵满和他的团队下乡调研，有时连轴转，没有休息日，以高昂的姿态、最快速度投入工作。他没有把自己看成是掌握了"金科玉律"大学本科的高材生，而是把自己定位为一个农民，牢记自己是农民的儿子。从上班第一天起，他就把改变农村贫穷落后面貌作为自己的责任和使命。

叶赫试验基地是他毕业后第一个试验基地，他经常在试验基地蹲点观察，有时为了研究，他在试验基地一住就是一个月。1984年春季，王贵满在梨树县城开会，开会时外面就飘起了雪花，开完会，漫天大雪纷纷扬扬，春天进入尾声，鲜有下雪的日子，这场大雪来得突然，来势凶猛，来得让人猝不及防，王贵满担心基地试验大棚被大雪压塌，马不停蹄顶着鹅毛大雪赶往叶赫试验基地，路上特别跐滑，安全行驶难有保障，王贵满想不了那么多，一心惦念着大棚不能被雪压塌，到了叶赫，王贵满大汗淋漓、满脸霜花。顾不上奔波劳累，立刻组织人拿起工具清理了大棚上的积雪，大棚完好，试验田没有遭受到一点儿损害。

王贵满和他的团队从选择适宜旱育秧苗地块入手，旱床育苗，苗床自始至终不能保持水层。需要相对地势较高、平坦、含盐碱低、渗水适中、雨天排灌方便的地块。

王贵满和他的团队虽说没立军令状，但事无巨细，吃螃蟹不光要有胆量，更重要的是方式方法。

事必躬亲。

王贵满要对土质采样化验，而且，对所用的肥料乃至农药都要进行检测，并做出综合分析。

水稻旱床育苗成功，仅仅是积跬之步。如何说服农民使用水稻旱床育苗插秧才是大问题。

用一种思想取代另一种思想难，用一种行动取代另一种行动更难，用一种新技术取代一种约定俗成的栽培技术难上加难。

水稻旱床育苗的成功，着实让王贵满团队兴奋。兴奋之余，面对的是种苗投放使用，出口、入口都要有，都要落到实处。

广播电视、报纸网络进行了立体式宣传报道。但是，效果甚微，响应的农民并不多，农民要的是产量，看重的是结果。

王贵满从自己包保乡开始推广旱床育苗栽培技术，栽法，农民不陌生，只是把旱床秧苗插到水田里，农民有芥蒂，毕竟这是新的育苗方法，第一次应用插秧，成功的把握有多大，成功了，亩产有多高，是增产还是减产均是未知数，一经失败，一年的努力前功尽弃，春种一粒籽，秋收万担粮；有的农民说，你宣传、推广旱床育苗可以，要给我们打包票。农业科技推广不是干木匠活，丁是丁，卯是卯，受气候、温度、降水、肥料等诸多因素影响，包票怎样打，由谁打，是政府还是农业科技推广站，王贵满和他的团队苦口婆心，诚以待人，感动了一些农户，乡镇政府也开始支持这项技术的推广。

1984 年，王贵满主持完成的旱床育苗，种苗推广，亩产斤数，窥豹一斑，推广面积近 2.1 万公顷，为农民增收 752 万元。亩产突破 1000 斤。

2021 年国家统计局发布数据，我国水稻种植总面积为 2992.1 万公顷，平均亩产量为 474 公斤，若按照斤来计算的话，亩产量为 948 斤。从目前来看，我国水稻产量整体相对稳定。其中，2015 年至 2021 年期间，国内水稻亩产基本上稳定在 916 至 948 斤并且至今。

王贵满说：影响水稻亩产量的因素，一是秧苗质量，二是水稻的栽培技术，旱床育苗具有抗虫灾、自然灾害、成熟期长的特点。

长期以来，我国水稻育苗移栽成为主流，移栽技术基本定型。随着生产技术的进步，水稻播种从最初的人工手插秧，逐渐发展出机械插秧、抛秧等栽培方式。

然而，受分散生产和经济条件双重约束，我国水稻机插秧从 20 世纪 80 年代以来，虽然有所发展，但面积有限。

在与水稻摸爬滚打的日子里，从旱床育秧到插秧，再到秋收，王贵满和他的团队严格把好技术、操作关，与农民同吃同住同甘苦，自己小家成了客栈，王贵满不是亲情、友情淡薄之人，家庭同样需要经营呵护，只是，工作进入"深水"期，他必须选择工作，选择化验室、试验田，他的团队每个人都是如此。王贵满说：爱人理解、支持他的工作，爱人就是雨天送伞的那个人，从未顾及她自己是否会被淋湿，孩子小时候爱人一个人带，孩子上学每逢家长会，总是爱人去，爱人没有一句怨言，孩子有时不理解，爱人还得用心为孩子解释，有一次孩子在学校门卫等母亲去接她，保安还以为孩子是单亲。王贵满在谈到母亲时则充满内疚感，父亲去世早，母亲住在农村，他不能常回家看看，春节团聚少、老人家过生日，他时常缺席，为了能和母亲交流，他为母亲买了一部智能手机，让孙女教奶奶视频通话，母亲会用后很是开心，工作之余，母亲常与他视频聊天，母亲从没有抱怨过一句，总是关心鼓励他好好工作。

每一个成功的男人背后都有一个关爱他的母亲、支持他的伴侣。爱人的理解永远是男人最大的动力和信念。

王贵满说："有时自己像走火入魔，哪怕是深更半夜醒来，披上衣服直奔稻田地，又怕惊扰每一棵稻子的生长，凝望微风吹拂的水稻，也吹动了我的思绪，我沿着水稻的方池，行走在月光里，听到稻田里蛙鸣，心里油然升起无限的欣慰。"

王贵满说："农业科技推广不能搞行政命令，既要对农民负责，更要对每一项新生技术负责，不主张一哄而上，而是循序渐进。农村没考大学的年轻人大都在城里打工，中国有近3亿农民工，留守农村的年龄都偏大，农民不是不想学习科技知识，老龄化，也是接受新技术慢的一个原因；所以，做农业科技推广，要用一颗包容的心对待农民的诉求，农民需要科技知识，但不能一蹴而就。用热切的良知，宣传党对农村的政策；用一颗感恩的心对待自己的工作，我的父母都是农民，我比出生在城市里的农业专家更了解农村、更理解农民；我会用一颗快乐的心服务'三农'，用一颗真诚的心送科技下乡。"

一个农村出去的大学生，为农业做出这样大的成绩，着实令人刮目相看。乡领导、县领导对他交口称赞，都觉得这个青年人大有可为，王贵满包保乡镇的农民对他更是赞誉有佳。恰好，当年提倡干部队伍年轻化，王贵满工作仅一年半，就被梨树县农业局任命为梨树农业技术推广站副站长。这样的事情，放到任何时候都是个神话。应了那句，是葵花你就向阳，是金子你就闪闪发光。在这里应该为当时的农业局领导慧眼识珠点赞。

王贵满没有因为当上副站长就自满起来，而是更加努力钻研农业技术。科研上取得成功，用王贵满自己的话说：需要两种精神，一是不怕吃苦的精神，二是打破砂锅问到底的精神。

除了刻苦钻研，他还经常和同事们辩论，王贵满有一个师兄，在梨树县农机站工作，他俩经常"吵架"，围绕农机和农技相结合的问题展开激烈辩论，两个人经常因为一个问题争得面红耳赤，总要吵到把一方说服、或者双方认为确实需要协作为止，有时竟忘记了吃饭。这样的"争吵"，一定要把问题辨清楚、弄明白。这是真研究，研究真问题。

如何让研究出来的农业科技在农村推广应用，这是一个比科技研究更需研究的问题。此前，梨树县农业技术推广领域也进行大胆摸索尝试，尚未形成方略，拓宽出最基本的路径。王贵满求真务实、积极探索出农业技术推广的新干线，开创了"333"农业技术推广体系：即建立 30 个农业实验基地，300 个村级服务站，3000 个科技示范户，形成了一个有基地、有组织、有示范户的完备的农业推广体系。常言说 3字像大雁，3 个大雁领飞，形成雁阵合力，众志成城，人心齐，泰山移。

因为这个农业技术推广体系的科学性、可行性，1987 年，王贵满获得全国首届农牧渔业丰收奖一等奖。这个奖项是农业领域高级别奖项，主要用于奖励在农业技术推广活动中做出突出贡献的集体和个人。这是对他在农业技术推广贡献的充分肯定，也是对他继续农业科技研究推广的巨大鼓励。那年，王贵满还不到 30 岁。

天时、地利、人和

雄鹰展翅蓝天，骏马驰骋草原。农业科技是一个广阔的领域，几十年来，国家高度重视"三农"工作，王贵满的初心与国家的"三农"政策精神高度契合，这是他筑梦黑土地的"天时"。

梨树县地处世界第三黑土带、玉米黄金带，松辽平原腹地，是全国重要的产粮大县。要说这是王贵满实现梦想的"地利"未尝不可。黑土地就是家乡的宝贝，王贵满说："小时候在田里玩，手往地里一掏就是坑，黑乎乎的，松软舒服，泛着油光的黑土地生长的玉米苗绿油油，结出的玉米棒子胖乎乎、金灿灿。"

可是，随着人们对粮食产量、经济效益的追求不断增大，粮食产量提高了，但过度开垦、使用化肥、农药，导致土壤板结，同时水蚀、风蚀严重。王贵满说：春天一场大风就能把田地剥蚀一层皮，土粒子满天飞，黑土地变薄、变瘦让人心疼。

黑土地是东北平原粮食生产、稳产、高产的根本保证，东北大粮仓是关系到国家粮食安全的大事，黑土地变薄、变瘦、变硬，土壤质量急剧下降，早晚会导致粮食产量急剧下降，那将是多大的安全事故？粮食是固国之本，国本岂可动摇！黑土地变瘦的问题就像一根刺扎在王贵满心上，他下决心一定要拔掉它。他说："在我们这一代，不能让黑土地再变瘦了。"

一人不成众，独木不成林，众人一条心，黄土变成金。王贵满牵头联系农业专家共同研究保护黑土地的方法，并开始推动土地规模化经营。他明白仅靠自身力量无法实现这个理想。君子善假于物，王贵满对保护黑土地的认识深刻，放大了他的格局。他邀请国家农业专家共同参与研究，并借鉴国外先进技术，因为人类只有一个地球，无论人类还是动物都在一个地球上生存。2007 年，他联系中国科学院沈阳应用生态研究所科研人员来梨树共同做黑土地保护性研究。

黑土地保护研究的核心要义在于一个保字，保住黑土地的"老母"。水土流失对于黑土地是致命的伤害。研究出有效的黑土地保护方法迫在眉睫。

集中连片土地是建立科研基地的基础。但是，农村土地都是一家一户承包，土地并不集中，有限的土地是农民生存之境，农业科学实验，既不能无偿占用农民耕地，又不能干扰农民正常生产生活，若想在农民中有良好信誉，就得亲自下地，实践出真知，实践是人们能动地改造和探索现实世界一切客观物质的社会性活动。王贵满和他的团队，在高家村租了一块"破皮黄"地，开启了他保护黑土地的科学研究，成为"梨树模式"起步的试验田。

王贵满做事雷厉风行，脚踏实地的风格受到农业专家们的赞赏。"王贵满能干成事。"中国农业大学教授李保国如是说并把试验基地建在梨树县，原因之一就是看准了王贵满，人品和能力让王贵满获得了"人和"。

王贵满说："黑土地是农民的命根子，我得拼尽全力让黑土地重新泛起油光，让农民种出更好的粮食。"

王贵满与科研人员一道，开始深入研究保护黑土地的方法。经过实地考察、论证分析、学习借鉴，最终他们确立了秸秆覆盖地表、免耕少耕的保护性耕作模式——"梨树模式"。

"梨树模式"的技术体系就是以"多覆盖、少动土"为根本要求，通过根茬还田、高留茬还田、半量还田、全量还田等方式，因地制宜、尽量多地将作物生物质留田还田；一次性完成整理秸秆、开沟、施肥、播种、覆土、镇压等作业，最大限度减少作业次数；针对不同地块条件，探索形成了玉米秸秆覆盖免耕种植、玉米秸秆覆盖条带旋耕种植、玉米秸秆覆盖垄作种植、玉米秸秆高留茬垄侧栽培种植4种成熟的技术操作规程。

根据不同土壤类型，将保护性耕作细化分类为平地、沙地、坡地和分散地块四种不同种植模式。同时对免耕条件下行距配比、深松方法、秸秆比例和轮作制度等进行研究，制定了等行距垄作、等行距平作和宽窄行种植三种耕作模式和技术规程，成为实施规范。这就大大丰富了保护性耕作技术的适用性和选择性，扩大了推广范围，加快了推广速度。

秸秆覆盖的生物保护措施是"藏粮于地"的基础，免耕播种的农机作业措施是"藏粮于技"的条件，将二者结合付诸实践的以合作社为基础的规模经营是落实"两藏"战略的组织保障。积年累月的实践证明，"梨树模式"在黑土地保护性利用上的生态经济绩效非常显著。

据测定：蓄水保熵，秸秆覆盖免耕地块保水能力相当于增加 40—50 毫米降水，或每公顷土地增加 500 吨水。连续免耕覆盖 5 年后，土壤含水量明显增加蓄水。

培肥土壤，连续免耕覆盖 5 年后，土壤有机质可以增加 20% 左右，减少侵蚀，化肥施用量减少 20% 左右。实施保护性耕作平均可减少径流量 60%、减少土壤流失 80% 左右。

土壤生物性状改善，每平方米蚯蚓数量是常规垄作的 6 倍，土壤生物性得到改善。

稳产高产，干旱年份基本不受旱灾影响，产量比对照组高出 5%—10%。

节本增效，与两次或多次的耕作相比，免耕播种仅一次作业工序意味着机械和劳动作业时间减少，或相同时间完成更多播种面积。每公顷可以节约成本 1000—1400 元。

为了让"梨树模式"从试验田走入农户家，王贵满四处联系农民推广试种。情况并不像预想的那么简单。一天，王贵满走进一户农民院子，推门进屋后，中年农民的男主人满脸疑惑地问他们是干啥的，王贵满跟他说明来意，向他详细介绍了秸秆覆盖法保护黑土地的种植方法，农民把头摇得像拨浪鼓，说："没听说过，把秸秆留在地里？那还咋种地？我种了几十年地，没见过这样干的。这不是胡扯吗？"王贵满一行被轰了出来。

做大事者，不拘小节，赶出来就到下一家，挨家挨户，一连走访了几十家，嘴皮子都快磨破了，可是，一听说要改变原有的耕作方式，所有的农民都不敢相信，把手摆得像面墙，大有御之门外的架势。一农民说："我们小门小户，可经不起你们瞎折腾，万一种不出苗，连种子钱都打水漂，你能赔我钱吗？"

虽然，王贵满一次又一次碰钉子，但他不灰心，找种粮大户游说，如果能有种粮大户带个头，事情就好办了，有个种粮大户叫杨青奎，王贵满三番五次登门做工作，面对杨青奎的疑虑，王贵满破了打包票的"戒律"，拍着胸脯说："按我说的做，保你一垧地多收2000斤。我拿工资担保，话撂在这儿，大伙作证！"听王贵满信誓旦旦地说，杨青奎咬咬牙，同意了。

春耕结束，嫩绿的玉米苗从土里探出头。王贵满看到杨青奎玉米地的苗情长势喜人，才松了口气。附近的农民也来参观，一农民自言自语：还真种出苗来了。

杨青奎家的玉米苗绿油油、壮壮的，仿佛有噌噌往起蹿的劲儿，农民们露出羡慕的眼光。秋天到了，黄澄澄的玉米棒子胖墩墩的，杨青奎乐得合不拢嘴。"还真信对了！"通过给黑土地"盖被子"，杨青奎试验地块一垧地比过去节本增效2000多元，每公顷年增产2000多斤。

杨青奎试验田取得了大丰收，农民们不再怀疑王贵满的

"秸秆覆盖法"，纷纷来找王贵满，要求参加试验。

王贵满说：与农民兄弟打交道一定要俯下身来跟他们谈，要让他们心里有安全感，农业有地域性和社会性特点，农业生产受天气变化影响，所以，给农民的任何关于产量的承诺都要考虑气候影响的因素，要说保守数值，要把气候影响提前说明，跟老百姓讲清楚。不能伤害老百姓，否则，试验难以继续下去，推广更寸步难行。

正是王贵满的细心、耐心、贴心、仁者之心，用科学这把钥匙，打开了紧箍农民的心门之锁，"梨树模式"才得以推广。

经过多年试验研究，"梨树模式"围绕技术研发、示范推广，探索形成了一整套工作推进办法，打造了"一站、一田、一机"三个支撑。一站，就是建好试验站，吸引中国科学院、中国农业大学等科研小组和大专院校进驻梨树开展教学研发和推广示范，构建产学研协同的技术研发体系；一田，就是建好试验田，伴随技术研究不断深化和技术体系不断成熟，逐步构建起不同层级、不同区位的试验示范基地，让广大农民在身边就能看到技术应用的实实在在效果；一机，就是配套研发免耕播种机等技术应用机具。

"梨树模式"以秸秆覆盖还田为主要特征的保护性耕作技术，形成了一个技术体系和一个工作体系。可以形象地说，技术体系是"犁"，工作体系是"牛"，二者共同组成一个有效的技术研发推广的科学系统。

目前，中科院、中国农业大学、北京市农林科学院、吉林农业大学、吉林省农科院等高校和科研院所都在梨树设立基地，研究玉米保护性耕作技术。如今，推广"梨树模式"成为科研人员、农业干部、种粮大户、农机厂家共同的事业。网站、微信、短视频网站，都成为日常沟通的重要平台之一。就连王贵满的微信都人气大增，一些种粮大户、农机大户成了他的铁粉，粉丝不局限梨树本地，农安、榆树，黑龙江，内蒙古都有，他用微信为粉丝答疑，种植大户把在实际应用中不懂的和发现的问题向王贵满请教，王贵满耐心解答并虚心听取农民的意见，也及时收到了反馈的信息，研究改进，农民提出的问题，不单是秸秆覆盖、农机使用，包含了农业、农机、农技、农药等方方面面，王贵满把农民提出的问题分类，让不同专家解答，有代表性的问题，拿到农民研讨会，请中科院、中国农业大学专家和农民一起拨冗！这个方式受到了农民、种粮大户、农机大户、合作社好评。

为了更加有效地架起"政府、专家、市场、农民"间沟通的桥梁，2007年，梨树农技推广网站正式开通，通过互联网实现与农民的多元素互动，及时掌握农民在农业生产中遇到的亟待解决的问题。

2009年，农业技术推广总站与县电视台联合推出《科技天地》栏目，栏目宗旨就是普及农业科技知识，每周一期，栏目全部由农业科技人员策划、做文案、制作，邀请国内著名专家、科技人员、知识型新农民，农业、农机大户走进栏目现身说法，传经送宝，解疑释惑，宣传党和国家惠农政策，示范推广新技术和新成果。取长补短，信息共享。同时，把农业科普电视栏目《农技直通车》与中国移动协作，推出农技短信平台，覆盖4500名科技示范户的集团用户群，这样组成了由网站、电视、微信、中国移动平台共同促动农业技术推广迈入现代数字信息新阶段。

从2007年高家村最初的225亩试验基地起，在县里规划下，逐步发展出600个百亩示范户，60个千亩核心区，20个万亩示范片，累计面积32万亩示范田。通过示范，带动全县实施保护耕作土地200亩，占玉米种植面积的70%。

刚起步时，王贵满设想以10年为期，希望10年后有效果，20年后有丰硕成果。

如今，10年过去，试验田土壤有了质的变化，减少土壤流失80%，耕层0至20厘米有机质含量增加近13%，每平方米蚯蚓数量超过100条，是常规垄作土壤的6倍。试验田从"破皮黄"的普通地块，成了连续4年亩产超吨粮的高产田。

"梨树模式"研究试验成功了。

2007年，国家农业部授予王贵满"全国农业科技推广标兵"称号。

2015年，为扩大试验和推广保护性耕作，一批专家教授、基层干部、种粮大户结成黑土地保护与利用科技创新联盟。

联盟的种粮大户们在东北地区建立 100 余个保护性耕作示范推广基地。每年在梨树举行一次交流会，专家教授给农民支招，农民给专家教授提建议。王贵满说：大家互相切磋，为保护黑土地出谋划策。

目前，"梨树模式"已在吉林、黑龙江、辽宁三省和内蒙古自治区大面积推广应用，对于粮食增产、增效、提质，做出了巨大贡献。

王贵满的梦想终于开花结果。

把论文写到大地上

"我从接到大学录取通知书那一刻起，由不自觉到自觉接受这个'农'字，逐步加深了土地是农村兴旺发达之源，是万物生长之本的认识。农民每在垄沟垄台前进一步，都是在大地上谱写的生命之歌，都是农业科技人员论文的字符。我们的论文怎样写，习近平总书记作了最精辟的论述：'科技人员要把论文写在大地上。'"这是摘录王贵满日记本上的一段话。

王贵满回忆自己的成长历程："从贫瘠的乡村走出来，直到今日，一路上，风雨彩虹，有老师谆谆教导，有团队的温馨，有家庭的温暖，有社会的强劲助力。没有这些，我人生的路径可能会改写。"

有几件大事令他终生难忘。

延边农学院毕业时，大学老师给他的学生们留下三条忠告：第一，凡是科学都是严谨的，在实验没有证明之前，嘴不要乱说；第二，不是你的东西，手不要乱拿；第三，感情的事，不要乱来。三年内好好干，不讲任何代价。当然，三年是未来的基础。这些忠告深深烙印在王贵满心里，从上班第一天起，他就时刻严格要求自己，铭记老师的忠告。他明白，要想做成事，必须先做人。王贵满说："我的人生有很多幸运的事，遇到了这样的人生导师是我最大的幸运。"

王贵满谨遵师教，工作一年半就当上了副站长，为以后的科研道路奠定了稳固的地基。

2001 年 1 月 15 日，全国农业科研先进工作者代表进京参会，国家领导人接见与会代表。王贵满是唯一的基层代表。那次进京，让王贵满长了见识，开阔了视野，受到极大鼓舞。这是他人生又一个重要节点。王贵满更加感到肩上责任、使命重大。2011 年，王贵满被国务院授予"全国粮食生产突出贡献农业科技人员"称号。

扬帆起远航，不负青春梦。

2016 年，王贵满被国家农业部评为"全国十佳农技推广标兵"，作为全国十个农业技术推广专家代表，再次进京接受表彰。

2018 年，王贵满主持编制了《玉米秸秆条带覆盖免耕生产技术规程》，被吉林省市场监督管理厅确定为吉林省地方标准。

2018 年 5 月 30 日，中国科协成立 60 周年，百名科学家，百名基层科技工作者座谈会在人民大会堂举行，中共中央政治局常委出席并讲话，王贵满作为基层科技工作者代表受邀参加了座谈会。

习近平总书记接见了中国科协成立 60 周年团拜会的与会科学家、基层科技工作者，王贵满有幸第一次见到习总书记。

2019 年 7 月 4 日，胡春华副总理来吉林省梨树考察，让王贵满难忘的是，胡春华副总理指名要听他汇报，王贵满讲述黑土地保护，胡春华副总理一边听汇报，一边询问，一边记，已经超出预定时间，要问的还没问完。胡春华副总理对"梨树模式"非常重视。2019 年 8 月 23 日，农业部破例召集十几名院士、专家、中科院的相关人员来梨树研讨。"梨树模式"被吉林省科技厅审定为吉林省科技成果。

2020 年 7 月 22 日，习近平总书记到吉林省梨树县考察农业科技研发利用和黑土地保护情况，习总书记详细地听取了汇报。随后，驱车前往卢伟合作社考察，卢伟合作社是"梨树模式"成果推广先进实验合作社，是农村新型合作经济组织，2019 年被中共吉林省委、吉林省人民政府授予优秀新型农业经营主体。

在梨树县国家百万亩绿色食品原料玉米标准化生产基地示范区，习总书记走进田间地头，详细了解农作物生产、黑土地保护、农业机械化规模，农业科技普及，土壤剖面层结构等情况。习总书记指出："农业现代化，关键是农业科技现代化。要加强农业与科技融合，加强农业科技创新，科研人员要把论文写在大地上，让农民用最好的技术种出最好的粮食。要认真总结和推广'梨树模式'，采取有效措施把黑土地这个'耕地中的大熊猫'保护好、利用好，使之永远造福人民。"王贵满作为本土农业专家一直陪伴在总书记身边，总书记与其交流，足见总书记深入基层，亲民、爱民，细致入微的工作作风。

学习领会习近平总书记的重要指示，深切地认识到未来农村，必须是科技武装农村，科学才是第一生产力，现代化农业才是发展必然之路。

总书记的话令王贵满和在场的每一个人热血沸腾，一个土生土长的农村娃，一生扎根黑土地，热爱黑土地，奉献黑土地，实干和担当并责！

吉林省为了更好贯彻落实习总书记考察讲话精神，启动实施"黑土粮仓"科技会战，确定总书记 7 月 22 日考察日，为"吉林省黑土地保护日"，组建"吉林省黑土地保护利用专家委员会"。

王贵满和他团队开始打造"梨树模式"升级版。

2021年7月1日，庆祝中国共产党成立100周年大会，在北京隆重举行，习近平总书记作了重要讲话，王贵满作为农村科技战线优秀共产党员代表，受邀出席，这是王贵满第三次亲耳聆听总书记讲话，总书记总结了中国共产党百年奋斗历程、伟大辉煌的成就。

坚持把论文写在大地上，这是"梨树模式"的思维理念。2007年以来，"梨树模式"经历了不断丰富和完善的过程，组建了地方政府、科研院所、农机企业、技术推广部门和农民专业合作社参与的产、学、研一体化的协作平台，吸引科技人员走出实验室、走进田间，在黑土地上开展科技研发。以试验站建设为基础，中国农业大学、中国科学院等落地梨树开展黑土地专项研究，50多位专家、学者常年在梨树开展科研，每年有130多名硕士、博士在梨树完成学业。建立高家村等6个研究中心；配套机具研发实现7次迭代升级，40多种配套机具都具有自主知识产权。实现了秸秆全量覆盖还田免耕技术"中国化"，免耕播种机具"国产化"，耕作技术推广"系统化"。

"科研人员要把论文写在大地上。"是啊，真正的农业科学家，都是把论文写在大地上的，水稻之父袁隆平是这样，黑土地之子王贵满也是这样。唯有脚踏实地、苦心钻研的农业科学家，才能让大地母亲健康而充满活力，产出更多更好的粮食，供人们享用。

王贵满是真正"把论文写到大地上"的农业专家，年届花甲的他依旧精气神饱满，他还要把农业科研这篇论文在黑土地上继续写下去。

保护黑土，奉献黑土

"农业科技推广这份工作，如果你不作为，就是一个闲职，因为你不是经济实体部门，一无权，二无钱，你做的是科技推广普及；如果你乱作为就可能走偏了路，铸成的不仅仅是科普认知错误，很可能让党惠济'三农'的好政策被误解；如果你全心全意投入工作，就可以生根结出丰硕果实，让科技兴农普惠广茂的大地。"这句摘自王贵满日记的话，也道出了广大农村科技推广人的心声！

任何成功，前面都可能有失败，不能一朝被蛇咬，十年怕井绳，那样干不成事业，只能老守田园混日子。

不忘初心，保持共产党人高尚的品德。

63岁的王贵满，在农业技术推广战线工作40年，在副站长、站长岗位29年，其间，还曾任梨树县农业局副局长兼任站长，职称是研究员二级。在南方某大学工作的女儿，劝他离岗还家，享受天伦之乐，和母亲到世界各地走走，快快乐乐安度晚年；有的大学、科研所，早盯上了王贵满，希望聘他去工作，帮助带团队，都被王贵满婉言谢绝。

王贵满说：现在是'梨树模式'优化推广升级的关键时期，时间不等人，组织上批准我延迟退休，保护黑土地，就是呵护生命，黑土生金，万物繁荣。保护黑土地离不开国家的好政策。

近年来，各项政策密集出台助力保护黑土地，农业机械化、农作物秸秆综合利用也在不断推进。2018年，吉林省颁布实施《吉林省黑土地保护条例》。2021年，中央一号文件出台，将黑土地保护上升为国家战略，2022年，《中华人民共和国黑土地保护法》正式实施，这也是目前全球唯一一部在国家层面针对黑土地的法律法规。农业农村等部门联合印发了《国家黑土地保护工程实施方案（2021—2025年）》，明确"十四五"期间我国完成黑土地保护利用的任务和目标。2023年中央一号文件，再次阐明保护黑土地重要性。2023年1月19日，中共吉林省委、省政府关于《全面推进乡村振兴重点工作的实施意见》，明确我省"持续夯实农业农村基本盘，乡村振兴取得显著成效。粮食产量达到816.16亿斤，是东北三省唯一增产省份，比去年增产8.32亿斤，居全国第五位，单产列粮食主产省第一位；黑土地保护继续走在全国前列，保护性耕作面积3283万亩，建设高标准农田550万亩，盐碱地治理探索出吉林路径"。粮食增产，黑土地保护功不可没。

从2021年春天开始，王贵满铆足干劲投入到"梨树模式"优化升级推广工作，创建现代农业生产单元：以300公顷集中连片土地为一个单元，在黑土地保护中尝试引入金融、保险、仓储等生产要素，实现黑土地保护与现代农业生产体系的对接。帮农民真正找到适合的技术，解决农业科技推广"最后一公里"问题。

"梨树模式"让梨树县在全国闻名遐迩，王贵满一次又一次拒绝外省高薪聘请的诱惑。王贵满说："我生于斯，长于斯，这是我每看一眼，就眼含热泪的土地，我的根在这里，我赶上了黑土地保护的好时候，我的责任就是保护好黑土地。"

不错，他是农民的儿子，骨子里有农民的朴实与纯厚。他是优秀的共产党员，对党和人民无比忠诚！

他所从事的农业技术推广，不仅仅是为农民谋利益，更重要的是党的惠民政策的播种机。他是一名出色的农业专家，具有敏锐的"三农"问题洞察力，力推农民走共同富裕的大美情怀。

诗人说，向着太阳歌唱，明媚的天空，必然有金色的回响。谈到未来的发展前景，王贵满眼里放射出熠熠光芒。

王贵满说："靠事业，吸引人才；做好自己，招来人才。"

他要把梨树建设成为全国农业科技人才发展稳固的长期的基地，把梨树县建设成农业科技的"井冈山"。

打铁还得自身硬，做好农业技术推广这份工作，不是你取得了高级职称，以往取得了多大成绩，就可高枕无忧，船到码头，车到站，农业技术不断更新换代，没有足够的知识储备，就没有未来。学习是终身的，学习也要与时俱进。学习方式在不同的年代，不同地域，不同职业，会有不同的效果，善于学习的人，始终能立于潮头。善于学习的人，更有能力抓住机遇，始终能敏感地适应环境，站在农业科技推广的前沿，无疑，王贵满勤思善学。

党的二十大报告指出，教育、科技、人才是全面建设社会主义现代化国家的基础性、战略性支撑。必须坚持科技是第一生产力、人才是第一资源、创新是第一动力，深入实施科教兴国战略、人才强国战略、创新驱动发展战略，开辟发展新领域新赛道，不断塑造发展新动能新优势。

王贵满表示，我们要全面学习、全面把握、全面落实党的二十大精神，投入学习、强化调研、抓好落实，切实把党的二十大精神，习近平总书记考察梨树讲话学深悟透、融会贯通、落到实处，转化为深入推进新时代、新征程农业技术高质量发展的强大奋进力量。

"梨树模式"不再是梨树自己的事，是省、市、国家统筹谋划。

王贵满说："我和团队是实施者，我们在新征程上。所以，继续带好团队，是我义不容辞的责任。"

截至目前，梨树县农业技术推广总站6次获得全国先进单位。在 60 多名职工中，享受国务院特殊津贴 6 人。推广研究员 7 人，其中二级研究员 3 人。高级农艺师 23 人，省管专家 2 人，四平市管专家 8 人，四平市青年科技奖获得者 10 人，全县十大杰出青年 3 人。不能不说，王贵满作为班长，带出了一支优秀的团队。

随着我国现代化农村建设进程的推进，返乡发展的知识型新农人越来越多，据统计，全国有 700 多万。党中央在逐步出台支持鼓励政策，培养好、引导好这批人振兴乡村，迸发活力，必将是今后农业技术推广不可或缺的工作。

王贵满说：农业技术推广不能把眼界局限在梨树，既不能坐井观天，更不能夜郎自大，要放眼世界，《自然》杂志上一篇论文提出了"智能土壤"的概念和如何有效地管理土壤。论文比较了传统土壤管理与"智能土壤"管理，采用少免耕、作物轮作、生物炭、有机投入和农林结合等技术的温室气体收支情况。我们要加以借鉴和利用。

因此，黑土地保护大有学问，大有疆域开拓。

深化"梨树模式"的内涵和外延研究，探索适应不同区域、不同土壤条件、不同作物的技术路线，同步研发配套机具，科学制定技术标准；拓展黑土地保护利用的路径，因地制宜推广普及条带还田、改革耕作制度、规模化种植、土壤改良、水土流失防治、智能化农机技术领域研究；大力推进秸秆综合利用，确保秸秆还田三分之一以上。

进一步扩大技术应用覆盖面、适度规模经营；培育壮大新型农业经营主体，加强种粮大户、家庭农场、农民专业合作社的建设和带动作用，构建多向度经营机制，推动小农户生产经营合作化、联合化。培育发展新型职业农民，鼓励和引导大学生、退伍军人、城镇工商业者到农村创新创业，支持参与科技研发、技术推广、品种示范等活动。

建立"秸秆还田＋测土配方施肥"示范区，加快种养循环一体化发展。

完善"黑土地保护与利用科技创新联盟"，把连续8年举办"梨树黑土地论坛"深入下去，带动科研交流向全方位多领域深层次发展，成为面向世界的农业科技交流平台和技术展示窗口。

多年来，玉米秸秆覆盖免耕栽培技术得到了各级领导、农业专家的支持和关怀，国内外农业专家到梨树县调研200余次。吉林省委、省政府主要领导多次来梨树县就贯彻习近平总书记考察梨树讲话精神，深化"梨树模式"进行调研、指导落实工作；加拿大、美国、德国、朝鲜等国农业专家纷至沓来，到梨树县考察交流。

"梨树模式"引领黑土地保护利用技术创新发展，成为我国黑土地保护典型模式之一。

在梨树县东南一角，矗立着一座四层高的楼，这里是中国农业大学吉林梨树实验站，也是国家黑土地现代农业研究院。这里是国土资源部土地整治，农用地质量与监控重点实验室科研工作站、国家农业科技创新与集成示范基地、中国农业大学研究生实践基地；还是吉林省梨树黑土地保护与利用院士工作站、吉林省标准化农业示范专家服务基地；这里为全国的农业科研专家搭建了交流的平台，为农业大学的学生们提供实践研究基地。这里已经举办了八届梨树黑土地论坛。黑土地论坛让农业科学的专家们有了用武之地，一年一度的农民研讨会则让专家们与耕耘黑土地的农民们直接对话，设有清华大学的博士后站点。这样的研究平台，上有国家一流的农业科学理论指导，下有接地气的农民实践支撑，群贤毕至，梨树成了梧桐树，龙翔凤舞之地。

王贵满自谦地说："他的成就，就是把国内的农业科技专家引进来。"

在二楼化验室，托盘里整整齐齐摆放着土样标本，一袋袋颗粒状的干性土质，土袋高、宽，约七厘米左右，技术人员正在一丝不苟地擦试管。技术人员拿起一个试管讲解说：黑土地，土壤天然肥力高，土层中有一层腐殖质层。由植物的根、茎、叶腐烂形成黑色腐殖质，土壤呈现黑色或暗棕色；腐殖质与土壤中的矿物质颗粒结合形成团粒，黑土层容重比其下面的土层较低、疏松、透水性好；当腐殖质进一步分解、矿化时，可为作物生长提供氮、磷、钾等养分。黑土层的厚度及其有机质含量反映了黑土的肥沃程度。

王贵满说：在广播、电视上，我们开设农业科技知识讲座，在网络上搭建平台，架金桥。

黑土地给了王贵满博大的胸襟，宽阔的视野。

在卢伟合作社大院，一排排圆形玉米仓，像列队的士兵，整齐划一等待检阅，一穗穗颗粒饱满的金黄玉米棒在阳光照射下闪闪发光，王贵满拿起一穗玉米说，这就是秸秆覆盖种植的玉米，拿到手沉甸甸，阳光照耀在王贵满花白的头发上泛起银光，岁月在他的脸上留下清晰的印记，他已经是一位年逾花甲，饱经沧桑的老人，可是，他身板硬朗，说话底气足，声音洪亮，坚毅的目光充满智慧的力量。

一个蒸蒸日上的人，身上自带光芒。

从青丝到白发，王贵满将自己大半辈子都奉献给自己挚爱的黑土地。

并非尾声

早春，北方冬眠的黑土地渐渐苏醒。

我的采访，恰逢一场沙尘暴肆虐来袭，风卷起了一层厚厚的尘土，有的树枝被风折断，空气里弥漫着一股呛人的烟土气息，令人睁不开眼睛。王贵满躬下身，掀起大地里覆盖的秸秆，抓起一把黑土说：如果没有这层"被子"，风就会抽走一层优质黑土。土壤风蚀是沙尘暴发生发展的首要环节。

风是土壤最直接的动力，气流性质、风速大小、土壤风蚀过程中风力作用的相关条件等是重要的因素。另外土壤含水量也是影响土壤风蚀的重要原因之一。

黑土，黑土，保护黑土，奉献黑土，王贵满时刻都在和黑土对话。他的灵魂已经与黑土地融为一体。

土地是有限的，但是科技的潜能是无限的；黑土地既不长高，也不能扩大，却能更加肥沃，高度重视农业科技实践、研发，中国黑土地就能生产出足够多的粮食。

日月经天，江河行地。.

"梨树模式"不是一种风情，更不是一种时尚，不是应景而生，而是顺应时代大运，用科学之心呵护黑土地完善农业生态伟大实践的样板，是黑土地革命。

当我结束本次采访，驱车驶向梨树东高速公路口，我知道，这不是尾声，而是开始，王贵满和他的团队，还在黑土地"耕耘"，续写黑土地新华章……

水润山乡

——清泉村的"葡萄王"

杨　冰

　　靖宇县东靠松花江，西、南、北三面被长白山系龙岗山脉环抱。从长白山西坡发源形成的头道松花江，与松花江的另一支流二道江，在靖宇县的两江口汇合，形成西流松花江上游。白山市的靖宇县，就坐落在大小河流交织的松花江流域。沿头道松花江顺流而下，花园村、清泉村、松江村等村世代临泽而居。这里民风淳朴，勤俭、善良，兄友弟恭。由西流松花江上的第一座水电站——白山电站大坝拦江而成的白山湖石壁，一直被当地老百姓称为"仁义砬子"。当年松花江"放排"九死一生。顺流而下的放排把头，经过白山湖山峰石壁时，次次都能在激流涡旋中化险为夷。老百姓对这座护佑一方安宁的山峰心生感恩。他们口口相传，说这里的山水"仁义""不缠人"，于是就有了白山湖"仁义碴子"的称呼。这个看似不经意的对大自然的冠名，也定义了世代居住在这里的靖宇人的性格和做事态度。

靖宇县清泉村山葡萄种植合作社的负责人曲亚凤下了长途跑线车，看着地上摞在一起的六箱红葡萄酒，心里犯了难。临上车时，光想着多带几箱酒到展销会上碰碰运气，哪承想，下了车，自己一个女人，哪里扛得动六箱葡萄酒！农博园大楼，像一个硕大的圆顶礼帽，倒扣在被太阳晒得滚烫的石板上，衬得广场上的行人，蚂蚁一样细小。

曲亚凤解开衬衫上的纽扣，豆大的汗珠从脸上滚了下来。

"大姐，找送货的吗？"一位三十左右岁的男人，从远处走到曲亚凤身边。

"你们给送货？"曲亚凤问。

"是啊。你自己能搬动吗！一直给送到展会的卡位上。"男人拿眼睛瞄了一眼地上的六箱葡萄酒。

"多少钱？"

"一箱五十，进电梯。"男人摆弄着手机说。

曲亚凤看着地上的六箱葡萄酒，心里合计着，一箱五十,六箱就是三百。自己头一次参加农博会，还不见得这几箱酒能不能卖出去，就得先掏上三百块钱。曲亚凤心疼。男人似乎看出了曲亚凤的心思，不紧不慢地说，"展会在六楼，你自己搬，不现实。"

曲亚凤咬咬牙，说："二百行不？"

曲亚凤捧着最后一箱葡萄酒，沿步梯，一层一层往楼上走。豆大的汗珠往下滚，一会儿的工夫，衣服就湿透了。因为电梯超重，六箱酒放进去五箱，剩下的一箱不加钱，男人死活不干。分明就是坑人。开始怎么不说放不进去的事？临了加钱，讹诈！曲亚凤嘴上说不差钱，其实就是心疼那一百块钱。好不容易讲下来的，还得掏出去。不能惯那几个人毛病。曲亚凤一咬牙一跺脚，扛起葡萄酒，就往步梯上走。

曲亚凤走到今天实属不容易。2012 年，按照《中华人民共和国农民专业合作社法》的要求，曲亚凤带着清泉村三十八户农民，创建了靖宇县清泉村山葡萄种植专业合作社，并担任法定代表人。合作社成立后，曲亚凤才真正体会到女人做事业的艰辛。她不仅要研究山葡萄的种植技术，还要帮助合作社成员解决山葡萄种植、加工、销售和技术信息服务中的困难。对于曲亚凤来说，这不仅是一件体力活，还是一件脑力活。你想啊，曲亚凤得先学会种植山葡萄的技术，还要把这些技术，掰碎了教给合作社其他农户，毕竟这么大规模种植山葡萄，在清泉村还是头一次。好在参加合作社的三十八户农民都是相熟的村民，大家都信任曲亚凤。国家这么好的政策，清泉村上上下下都想大干一番。种上山葡萄后，从缓苗、坐果，到每年开春的剪枝和施肥，曲亚凤什么苦活累活都冲在前面。功夫不负有心人，几年下来，第一批浆果成熟的那个秋季，看着满山坡藤架上新鲜、黑紫的山葡萄，曲亚凤心里甭提多高兴了。该说不说，清泉村的水土和气候还真是适合山葡萄生长，第一年就是个大丰收。葡萄种出来了，问题也来了。头几年，村里的山葡萄被外地酒厂收购，虽说价格不算太理想，毕竟比种植一般粮食作物强。曲亚凤心里合计着，清泉村山葡萄种植形成规模后，按照酒厂现在收购葡萄浆果的价格，种植山葡萄的农户年收入会比从前大幅提高。谁承想，因为没有经验，对市场预估不足，葡萄种出来了，酒厂收葡萄的价格却降了下来。不卖吧，烂在地里，一年的功夫白费了。卖吧，价格压成这样，换不回来工夫钱。作为村里山葡萄种植合作社的负责人，曲亚凤心里犯了愁。

连搬带扛，曲亚凤沿步梯一层一层往楼上走。从小在农村长大的曲亚凤，看到农博会展厅里琳琅满目的展销品，心里一阵紧张，对自己带来的山葡萄酒愈发没了信心。清泉村的山葡萄酒能受到欢迎吗？曲亚凤心里没底。经营清泉村山葡萄种植合作社这些年，曲亚凤对国家农村产业政策，由将信将疑变得信心满满。清泉村栽种的第一批葡萄就是县里扶持的。面对国家包保式的帮扶，不使劲干，不快点儿致富，对得起谁啊！想到这里，曲亚凤脚下加劲。曲亚凤深知参加这次展销会意义重大。清泉村山葡萄酒的市场接受度，决定着清泉村山葡萄种植合作社的成败。

葡萄丰收了，却没卖上好价钱。光闷头种葡萄是不行的，必须找到一条山葡萄再加工的出路。曲亚凤想到了酿酒。如果清泉村山葡萄合作社掌握了酿酒技术，卖不出的山葡萄就可以转化成葡萄酒，一来可以保存，二来葡萄酒也有较高的经济价值。

六楼终于到了。

放下酒箱，曲亚凤嗓子眼儿发腥，一口老血差点儿喷了出来。到底是上来了，这可不是省一百块钱的事，在曲亚凤心里，是信念和执着。她愿意把这种信念当成清泉村山葡萄再加工的前途和机遇。曲亚凤麻溜利索地放下酒箱，打开包装，把葡萄酒，一瓶一瓶放到展台上摆好。棕黑色的酒瓶壁上，映出展厅里人们忙碌的身影。这有什么呀！啥苦我都能吃，曲亚凤居然自我感动起来。看着几个目瞪口呆的搬货工人，她笑笑说，"兄弟们，将来你们要是人手不够，就来雇我啊。"酿葡萄酒这些年，曲亚凤和合作社的农户们起早贪黑，从一个门外汉，到熟练酿造出瓶装葡萄酒，这个过程可比扛着一箱酒爬上六楼难多了。

曲亚凤是个懂得感恩的人。坐长途汽车往这边走的路上，曲亚凤心里满满的感激。党的十九大提出了乡村振兴的发展战略，清泉村上上下下团结一心。国家不仅给农民信心，还给了农民一根致富的"金手指"。县里包保干部三天两头到村里来，帮着清泉村山葡萄种植合作社联系买家，讲解如何提

升山葡萄种植转化附加值。现在村村都在搞乡村振兴，清泉村也不能落下。全村人那么信任自己，让她担任山葡萄种植合作社的负责人，曲亚凤就得对得起大家伙的这份信任。听说省里办展销会，县妇联积极协调，帮助曲亚凤联系到了一个展销卡位，让她带着清泉村地产的山葡萄酒来碰碰运气。

清泉村，这个靖宇县离松花江最近的小村子，深受松花江大水的福泽。村西是著名的白龙湾风景区，是松花江上游流域最宽阔的水面，夏季丰水期江面宽度可达3000米。松花江以月牙形环抱清泉村南侧，地势得天独厚。小村不大，依山傍水，显然是老天爷赏饭吃的条件。你想啊，都说靠山吃山，靠水吃水，清泉村山水都靠，典型的沿江气候，年降水量在800毫米左右，年平均气温2.5℃，无霜期大于130天，有效积温2600℃。所有的气候条件都指向适合山葡萄的种植和生长。加上东亚季风气候区和东北部山地寒温带湿润气候区，雨量充沛、光照适中的特点，山葡萄浆果果汁丰富，果味甘甜。种过山葡萄的人都知道，葡萄产业链长，可食用，可加工，附加值高，效益突出，市场前景好。种了十多年山葡萄的曲亚凤坚信，走山葡萄种植和再加工这条路，绝对是正确的。

2017年，习近平总书记在党的十九大报告中提出了乡村振兴战略。巩固拓展脱贫攻坚成果，优先发展农业农村，意味着"三农"工作的重心将全面由脱贫攻坚，转向乡村振兴。

在党的新农村战略引领下，清泉村山葡萄种植合作社，如何制定发展规模，找准市场方向，成为摆在曲亚凤和三十八户山葡萄种植合作社农户面前的头等大事。

让曲亚凤没有想到的是，展销会上，清泉村的山葡萄酒受到了重点关注。客户们围在曲亚凤的山葡萄酒展台前，拿着提前准备好的纸杯，细细品尝着山葡萄酒。曲亚凤对自己的山葡萄酒很有信心。清泉村的这个酒，完全是山葡萄原汁酿造，用料真实可信、没有任何添加，山葡萄酒回味无穷。酒香也怕巷子深，好东西推不出去也是白搭。曲亚凤不失时机地向客户讲解着清泉村山葡萄酒的优势和功效。仅仅一上午的工夫，带去的六箱山葡萄酒很快一扫而空。更让曲亚凤高兴的是，通过这次展销会，曲亚凤结识了很多天南地北的葡萄酒客户。看着手里的一大把写着山西、陕西、湖北、沈阳、苏州、杭州、宁夏、广西、新疆等地名的客户名片，曲亚凤心里透亮了不少。

"大姐，还没吃饭吧？"曲亚凤回头一看，身边一个卖花卉的年轻宝妈笑呵呵地看着自己。

"大姐一看就是干事业的女强人。"宝妈递给曲亚凤一盒盒饭，说，"看你忙，我提前帮你定了一盒。"

曲亚凤接过盒饭，心里美滋滋的。接下来的日子，十天的展销会，曲亚凤补了七次货。清泉村的山葡萄酒受到了欢迎。

　　参加完农博会回到清泉村之后，曲亚凤紧锣密鼓地张罗着租酒厂大罐。随着山葡萄酒销量增加，单靠手工酿酒是不行的，在保证葡萄酒品质的基础上，提高产量迫在眉睫。

　　在清泉村，曲亚凤是个有号召力的人，大家伙信任这个风风火火、说干就干的女人。靖宇人的仁义和侠情，在曲亚凤身上得到了完美体现。党的二十大召开后，曲亚凤心里更有底了。清泉村山葡萄种植和再加工的步子也迈得更大了。现在的清泉村，大部分农户都种上了山葡萄。春季，鲜嫩翠绿的山葡萄藤，像姑娘的手指，娇艳妩媚。走在山路上，一排排一架架的山葡萄，承载着清泉村老百姓的希望和幸福。秋季，挂着白霜，青黑乌紫的山葡萄，像下了一场葡萄雨，滋润着清泉村一百一十四户农民的心，转眼间又变成了红艳艳、手中噼啪带响的人民币。孩子的学费、准备翻盖的大瓦房、彩电、冰箱、电脑、汽车、拖拉机，每一样，都是山葡萄带给他们的。习近平总书记说了，乡村振兴就是要缩短乡村和城市的差距。城里人开汽车，咱们农民也能开得上；城里人住着别墅大平层，咱们农村民宿一点儿不差。腰包里有钱，农民的腰杆就硬实。清泉村农民的日子过得比山葡萄还甜。

　　担任清泉村山葡萄种植合作社负责人这些年，曲亚凤已经由普通的农家妇女，转变成了乡镇企业家。她积极参与本村乡村振兴建设，还带动部分贫困户走上脱贫致富共同发展的道路，间接带动周边地区农民山葡萄种植和再加工，形成了"村头建基地，村内搞加工，村外搞销售"的经营模式，走出了基地＋农民合作社的发展思路，完善了产、加、销一条龙的经营网络发展体系。合作社成员间合作关系紧密，建立了稳定的购销关系。种植和再加工山葡萄需要的生产资料统一购买率达到90%以上，购买的生产资料一般低于市场价的15%。山葡萄统一销售率达到95%以上，销售山葡萄的价格一般高于市场价的18%。成员人均收入比当地未入社农户高30%以上。实现了贫困户与合作社共享经营成果的"双赢"利益分配制。乡村振兴工作首当其冲是振兴。曲亚凤以为，这个振兴，是有规划，有创意、有眼光的振兴。要想发展好清泉村的山葡萄再加工，就要和大酒厂合作。有了大酒厂的技术支撑和品质、品牌保证，清泉村的山葡萄酒才能飞进大商超，让更多喜爱山葡萄酒的客户知道清泉村，知道这里的山葡萄酒质优价廉。

曲亚凤站在几十米高的酒厂白钢大罐底部，仰起头，目光一寸一寸沿着银白色罐体往上移。这一刻，曲亚凤是满足的，像是忙碌了一整年，面对大丰收时的那种满足。清泉村山葡萄种植合作社终于有了酿酒大罐，并且还以"曲亚凤"的名字注册了葡萄酒商标。曲亚凤记得小时候父亲喝过一种叫"西凤"的名酒，"曲亚凤"不是"西凤"，是清泉村山葡萄酒的"曲亚凤"，是清泉村的希望。至此，"曲亚凤"山葡萄酒不仅可以入驻大商超,还可以挂网上的"小黄车"了。

下午,曲亚凤要去县里参加抖音直播大赛。

曲亚凤第一次接触抖音直播还很不适应。一张桌子,一部手机架,外加一盏直播美颜灯。你想啊,手机屏右上角显示的直播间在线两千人,他们各式各样的网名,什么小李叨叨、三把武器、上午月亮、食草公公、墨墨不蘸等一大堆,既虚妄又遥远陌生。曲亚凤知道,想要扩大清泉村山葡萄酒的影响力,必须占据网络平台,学会网络直播。曲亚凤一头扎进了完全陌生的网络海洋。"点击关注不迷路,这里是新农人直播间靖宇县清泉村山葡萄酒直播专场。"身边的教学主播,热情洋溢地介绍着曲亚凤和"曲亚凤"山葡萄酒。看着屏幕上直播间网友留言,曲亚凤渐渐找到了感觉。面对着手机屏幕,曲亚凤打开了话匣子。她从清泉村山葡萄的种植、采摘,到葡萄酒的酿造、提纯,一一介绍开来。这期间,曲亚凤不止一次讲到了松花江,讲到了白龙湾,讲到了白山湖,讲到了当年松花江"放排"的艰险,也讲到了靖宇人口口相传的精神图腾——"仁义碰子"。曲亚凤侃侃而谈,直播间网友兴趣高涨,大家纷纷点亮灯牌,直播间热度直线飙升。第一次直播,曲亚凤就卖出了五十多件山葡萄酒。

电商销售渠道打开了曲亚凤的视野。曲亚凤常说,做出酒不算啥,卖出去才是真本事。这几年,疫情对清泉村山葡萄酒的销售影响极大,曲亚凤失去了很多成熟客户。打开山葡萄酒网上销售渠道，成为摆在曲亚凤眼前的头等大事。在当地妇联的帮扶下，曲亚凤积极参加电商培训，培养网感，打造新农人网络品牌。功夫不负有心人，曲亚凤牌山葡萄酒建立了成熟的线上和实体销售渠道。今年又和白山地区极具实力的林园春饮品有限公司签订合同，一次性设计生产三十万瓶包装计划，用于明年投入市场。

七月的一天，村广播站的大喇叭播放县保健院来村里给妇女免费检查身体的消息。正在葡萄园里干活的曲亚凤被合作社的姐妹们拽着一起去检查。姐妹们很快就检查完了，轮到曲亚凤的时候，医生反反复复检查了四十多分钟。临了，医生对曲亚凤说："大姐，你最好到县医院做一次钼靶。""我怎么了？"曲亚凤紧张地问。"怀疑你乳腺上的肿块不太好。"医生说。

从县医院检查回来的路上，曲亚凤对丈夫说，我还有那么多事情没做呢，我怎么能得这个病，我必须好起来。丈夫一个劲地鼓励她，说，乳腺癌发现得早，手术完就没事了，不要有心理负担。开始的几天，曲亚凤心情挺沉重，很快，她就要求丈夫早点儿陪她去医院。从住院到手术完成，没用上一个星期。躺在病床上的曲亚凤，不仅看不出有什么心理负担，还一再安慰前来探望自己的亲朋好友。大家都笑着说她心大，只有曲亚凤丈夫知道，表面上乐观的她，其实心理压力特别大。眼瞅着就八月中下旬了，正是山葡萄成熟和收购的季节。曲亚凤这一病，给村里的山葡萄种植户带来了极大的心理冲击，大家对她还能不能继续带着大家伙种葡萄收葡萄和酿造葡萄酒这件事产生了疑虑。山葡萄生长周期长，费时费工，又没有国家补贴，如果没了曲亚凤这个主心骨，种植户们真不好说能不能坚持下去。这些年，无论市场行情怎么样，曲亚凤每年都在山葡萄收购这件事上，为种植户们提供最低收购价"保险"，就是说，每家每户卖不了剩下的葡萄，曲亚凤都会以高于市场的价格收购。

曲亚凤对山葡萄有着特殊的感情。这些年，在党的富农政策下，靠着勤奋和努力，曲亚凤带领着山葡萄种植合作社，把松花江边的这个小山村，变成了远近闻名的"葡萄村"。她也被大家伙热情地称为"葡萄王"。曲亚凤很喜欢这个名字，她觉得这是大家伙对她的认同和赞许。

为了给清泉村山葡萄种植户吃颗定心丸，曲亚凤在手术后引流管还没拔的情况下，就回到了清泉村。大家伙围着她"葡萄王""葡萄王"地叫着。看着大家脸上丰收的喜悦，曲亚凤心里美滋滋的。作为合作社的带头人，曲亚凤在酒厂大罐里已经有七八十吨存酒的情况下，仍然坚持每年不低于市场价收购清泉村的山葡萄，这里头饱含了曲亚凤对家乡浓浓的情谊。曲亚凤逢人便说，现在国家乡村振兴多好的政策，没理由不做得更好。她用自己的行动告诉大家，清泉村的山葡萄种植和再加工，是希望的事业、甜蜜的事业。

新年镇领导来清泉村团拜的时候,镇党委书记告诉曲亚凤,为了支持清泉村山葡萄种植合作社的种植和再加工,也为了发展白龙湾生态旅游业,镇里准备在清泉村建一个红酒体验馆,让更多的人认识清泉村,认识清泉村的山葡萄酒。从2007年曲亚凤为清泉村争取到第一批国家帮扶的葡萄种栽到今年,已经过去了十几年。当年,她怎么也想不到今天的清泉村会变成远近闻名的"葡萄村",也想不到"曲亚凤"牌山葡萄酒能够承载清泉村一百一十四户村民的希望,销往全国各地。曲亚凤是看着这里每一棵葡萄苗从发出青嫩的枝丫,到结出甜蜜的浆果,也看着山葡萄种植和再加工给清泉村带来的山乡巨变。曲亚凤经常在想,在党的农村产业政策正确引领下,十年二十年后的清泉村,一定会天更蓝、水更绿,农民的生活更富足。

时光不负赶路人。如今的清泉村,除了村民传统种植的玉米、大豆等农作物,以山葡萄、金莲花、大榛子、大田人参等特色种植业均取得重大突破。山葡萄再加工产业链业完备并形成体系。在习近平总书记生态文明思想和乡村振兴发展战略引领下,深度融入白山市委"一山两江"品牌战略、"一体两翼"发展格局,以及靖宇县委建设践行"两山"理念试验区等一系列战略部署,紧紧依托清泉村自然资源、人文特色,在乡村振兴和产业兴农的道路上,越走越好。

筑 梦 沃 土

杨　树

　　斗转星移，日月经天。中国灿若长河的农耕文明，像一幅冗长深邃的历史画卷，古老浑厚的土地气息融和着如歌如诉的民族血泪，从历史的源头扑簌而下，把华夏大地浓缩成日出而作、日落而息的田园生活。

　　农耕文明温柔和煦，千百年来深植人心。不论是刀耕火种的远古时期，还是铁犁牛耕的漫长岁月，中国几千年耕作方式的探索和生产工具的革新从未停歇，这些传统而又厚重的耕作方式都在不知不觉间影响着华夏民族。到了近代，钢铁洪流奔腾在黑土地上，原来像补丁一样的土地连成了片，在收获的季节成长为广袤深邃的玉米大地。而最为代表的就是东北松嫩平原上的明珠——梨树县，这个东北大粮仓在21

世纪以雄浑豪迈的姿态走进中国的视野。

然而，能让梨树这片玉米大地蜚声四方，固然有黑土地的功劳，但也有土地整合连成一片的原因。整合土地的先行者，就是卢伟的农机农民专业合作社。

卢伟的农机合作社成立后，吸收了会员，整合了土地，农民的土地连成了片，连成了片的土地方便农机播种和收割。黑土地常年的寂静被打破了，铁牛代替耕牛走进田里，春播秋收，每当夏日炎炎、风吹稻浪的时候，梨树县的玉米大地就站成一排排威严的士兵……

从"梨树模式"到农机合作社

岁月有序，万物生长。黑土地是农耕民族赖以生存的家园，农耕历史犹如一部厚重磅礴的歌谣，从远古吟咏而来，唱出了民族的情怀与自信。

我要采访卢伟农机合作社，采访一望无际的玉米大地，但我明显来错了季节，我来梨树的时候正是隆冬，一望无际的是茫茫的雪原。我知道，在这厚厚的白色棉衣下面就是肥沃的黑土地，号称"东北粮仓"。梨树开垦黑土地的历史不算长，从远古到清初一直都是游牧荒地，有肃慎、夫余、高句丽、鲜卑、契丹、女真、蒙古等北方少数民族在此更替选居，一直到嘉庆年间，有山东、河北人迁徙柳条禁地，荒地才逐渐被开垦。

第一次来梨树，对于这片土地是非常陌生的，只是从网络宣传中了解了一些。我从吉林东部来到吉林西部，横穿整个吉林，在我的心底，有着非常强烈的愿望，看看梨树这片黑土地，看看闻名遐迩的"东北粮仓"，见见我这次要采访的人物——卢伟。

宣传部的同志开车送我，建议我先采访一下王贵满，我不了解这里的情况，一切悉听安排。

梨树县农业技术推广总站和卢伟农机农民合作社都在城郊，我们的车在城外飞奔。我浏览着窗外景色，看到道路两边的树木在寒风中依然站立整齐，树木身后是皑皑的白雪，远望，还是皑皑的白雪，再远望，依然是皑皑的白雪，只是在天际处看到模模糊糊的远山。田野里很少看到树，给人一种空旷辽远之感。不像我们山区，转身是树，再转身，还是树。

在梨树的大街两边，"藏粮于地，藏粮于技""梨树模式"等广告标语随处可见。我在感受黑土地气息的同时，也在思考着黑土地的变迁。世界黑土主要分布在中国、美国、俄罗斯、乌克兰、阿根廷五个国家，而中国的黑土分布在广袤的东北平原，被誉为中国的粮仓。东北的黑土地在大面积开发和垦殖过程中，发生了严重的水土流失问题，宝贵的黑土地正面临变薄、变瘦、变硬三个危机。黑土流失和退化，威胁的不仅是粮食安全，自然生态环境、人类生产生活都将受到连锁危害。

民以食为天，食以土为本。黑土地保护刻不容缓。中国科学院"黑土粮仓"科技会战启动，国内首部《东北黑土地白皮书》正式发布，《中华人民共和国黑土地保护法（草案）》提交全国人大常委会初次审议，黑龙江省、吉林省、辽宁省、内蒙古自治区，实施保护性耕作超过307万公顷。2022年2月22日，中央一号文件发布，明确提出，保障国家粮食安全是两条底线任务之一，要落实"长牙齿"的耕地保护硬措施，严守18亿亩耕地红线，实施黑土地保护性耕作8000万亩。

梨树县位于素有世界"黄金玉米带"之称的松辽平原腹地，是全国重要的产粮大县。近年来，梨树县把保护黑土地摆在全局工作的重要位置，从2007年开始探索实施了以"秸秆覆盖、条带休耕"为主要内容的保护性耕作的"梨树模式"，为推进黑土地保护利用提供了"梨树方案"。

2020年7月，习近平总书记在吉林考察时强调，一定要采取有效措施，保护好黑土地这一"耕地中的大熊猫"，留给子孙后代。

黑土地保护拨云见日，迎来春天。梨树县百万亩国家绿色玉米生产基地，以广袤无垠的姿态展现在人们面前。随着黑土地保护上升为国家战略，可以预期，这片土地在未来将以更加勃发的力量，更加健康可持续发展的方式，把中国人的饭碗牢牢端在自己手中。

我们来到梨树县农业技术推广总站，王贵满热情接待了我们。

王贵满，中国农业大学吉林梨树实验站副站长，梨树县农业技术推广总站站长，"梨树模式"推动者之一。王贵满很健谈，也很风趣。他说："卢伟是科技站重点科技示范户，有思想，人品好，2008年搞了一个活动，卢伟获奖了，这样我们就认识了。后来接触多了，我就向他介绍了梨树模式，他接受得比较快，有前瞻意识和科学头脑，既定的方针能够很好地执行，所以能带动合作社创新发展。"

王贵满站长讲了一个故事："我们当时推广"梨树模式"遇到困难的时候，要做一个实验，找满地秸秆的地很不好找，想找一个"二比空"的地方。卢伟家的地符合条件，第二天我就去找他了。他的地正在做品种实验，他二话没说就同意了。卢伟这个人有些事情不讲代价，有优良的品质，他很早就接触到秸秆还田的方法，并从心里接受了这种新事物。"

王贵满给我解释梨树模式。他说，2021年，"梨树模式"在东北黑土区全面推广，黑龙江、吉林、辽宁、内蒙古四省区粮食总产量再破历史新高，达到3657.14亿斤。"梨树模式"的核心就是保护性耕作技术，是一种免耕或少耕、秸秆覆盖还田、全程机械化的耕作模式。应用这项技术不仅能培肥保土，还能增产增效。十五年深耕，"梨树模式"逐渐从理论走向实践，从实验室来到田间，形成了独具特色的农技推广体系，硕果累累。

告别了王贵满，我们来到卢伟的合作社。

卢伟的农机合作社坐落在城郊，有一个很大的院落。丁字型两栋大平房，一栋是办公室，另一栋是农机仓库和产品库。走进大院就看到一台台的农机像排列整齐的队伍，身上披了一层农闲的雪花。大院的南部，是一囤囤的玉米，稳稳地站在寒冷的天气里。

来到总经理室，卢伟正在办公室等着我。他身材魁梧，双目有神，虽然是总经理，但朴素之中散发着一种饱经沧桑的味道。

他热情接待了我，我们的话题自然是从他儿时开始的。

每一个成功者都有一个开始，勇于开始，才能找到成功的路。卢伟就是一个这样的人，他从小就有了前进的目标，立志要改变农村面貌、改变农村旧有的传统生产经营方式、改变农民生活现状。他一直说他是农民的儿子，是一个很平凡的人，但他的眼睛里却充满智慧之光，朴实的话语往往一鸣惊人，诚实里带着精明，厚道中满是智慧，他满是沧桑的脸庞，在岁月的打磨下显得刚毅硬朗。

聊着聊着，我们就聊到了他成立农机合作社的前前后后。

20 世纪 90 年代末，八里庙村 12 马力的小拖拉机屈指可数，村民们得排队使用。卢伟咬咬牙，拿出家里的 3000 元积蓄，又借了 2 万多元，买了辆 25 马力的大拖拉机。果然是机械灭茬效率高！然后是翻地下种，10 天起早贪晚干的活计，3 天就完成了。这样一来，一家人轻松愉快地完成了耕地工作，省下的时间可以干更多的事情。秋收时，他开着拖拉机收完自家庄稼，又帮村民收割，白天忙着干活，晚上睡在车里。一个秋天收了 3900 多亩地，每亩工钱近 10 元。卢伟一算账，不仅本钱回来了，还赚了几千元。

当时，这件事使邻里十分羡慕和赞赏，父老乡亲称赞说："人家卢相仁的儿子就是善于钻研，当农民也是个好把式！"

"有需求，就有商机。"为了大力推动"梨树模式"，让秸秆还田，增加产量，带动农户致富，2011 年 11 月，卢伟毅然成立了农机农民合作社，让他的人生之路步入了闪光阶段。卢伟合作社组建以来，采取带地入社、土地租赁和土地托管三种模式，几年下来，合作社经营面积达到 690 公顷，占全村耕地面积的 86%。其中"带地入社"面积 210 公顷，占 30.4%；"土地租赁"面积 108 公顷，占 15.6%；"土地托管"面积达到 372 公顷，占 54%。为了用新技术保护好"耕地中的大熊猫"，保护黑土地，卢伟农机合作社从 2013 年开始采用玉米秸秆覆盖还田免耕播种技术。通过一系列粮食增产增收技术的推广应用，通过落实"藏粮于地、藏粮于技"战略，坚持向科技要产量、要效益，推广应用了测土配方施肥、深松整地、保护性耕作、绿色防控等一系列先进的粮食增产增收技术，有效提高了科学种田水平。在保护黑土地的同时，合作社的科学种田水平也大大提高，八里庙村基本实现了土地规模化经营，较好地解决了"谁来种地、怎样种地"问题。同时解放了农村劳动力，参与合作经营的农民可以外出专心从事劳务输出，社员的收入也实现了增长，年人均劳务收入可达2万元以上。

地处城乡接合部的八里庙村距县城不到5公里，许多村民选择进城务工。全村3000余人，常年外出务工的近千人，就近转移就业的800余人。两边跑、两头顾，成了一些村民的生产生活常态。村民王晓鹏十五年前到县城打工，在一家单位干物业，地里的活则交给妻子于绍云打理。平时妻子一个人尚能应付，可到了抢种抢收时节，王晓鹏还得回家帮忙。王晓鹏说："过去，一到农忙就左右为难。请假，影响绩效奖金；不请假，会耽误农时。"带地入社后，王晓鹏再没因农忙请过假，最近几年连续拿到单位的全勤奖。妻子也腾出手来，在自家小院养了20只鸡、30只鹅。

据合作社社员杨景桐说，好多外地务工人员的土地，都托卢伟照顾，卢伟用自己的化肥农药帮他们把地种好，打完粮之后再给他们送到家里。对于那些贫困户，卢伟分文不收，免费帮种，入社的农户每公顷土地纯收入可达1.6万元以上，到年底还有各种形式的分红。卢伟农机农民专业合作社，使几百户农民走上富裕的生活之路。

　　我还参观了卢伟的产品展示厅，展示厅不算很大，虽然很简朴，但烟火气十足。在一面墙上写着：大有可为的土地，充满希望的田野，下面是四组图，图下面写着：春种，夏长，秋收，冬藏。从这四组图中可以看到合作社在一年四季中的生产生活状态，也可以看到人类从远古走来，农耕的人们在生活上祈求风调雨顺，丰衣足食；在精神上追求田园牧歌，天人合一。

　　在另一面墙上，是卢伟农机农民合作社的荣誉榜。上面挂满了合作社获得的各种奖状、奖杯和证书，以及国家、省市授予的各种称号。

　　在房间的一个长条木台上，摆满了合作社生产的五谷杂粮和豆油等，以及深加工的食用产品。

　　卢伟理事长详细介绍了深加工产品，各种农作物的产量以及未来增产情况，我从他真诚的笑容中看到了合作社的未来。

春风化雨，带来盛夏的问候

　　一望无际的玉米大地绿浪翻滚，一棵棵玉米仿佛拔节的青竹，手挽着手，肩并着肩，像哨兵一般挺立在梨树县的夏日里，它们用红缨青穗白花，来欢迎远道的客人。

　　2020年7月，习近平总书记在吉林考察时，来到位于梨树县康平街道八里庙村的卢伟农机农民专业合作社。

在卢伟合作社的大院里，总书记开了个现场调研会。

总书记问大家："入社以后，大家感觉怎么样？"

"非常好！"社员们你一言我一语，纷纷列举入社后的实惠：

"把地交给合作社放心，比我们个人种得好""一年分红8000多元，逢年过节合作社还给大家分豆油白面发福利""我在合作社当农机手，每月领固定工资""我得空在家里种种菜，还能去市场上换点零花钱""我平时在外打工做室内装修，一年收入4万多"……

总书记十分高兴地说："厉害啊！土地流转了，大家腾出手来了，可以在合作社工作，也可以搞些副业，多渠道增加收入。你们的探索很有意义，走出了一条适合自己的合作社发展道路，农业科技水平、农民科技素质和农业生产效益都有了很大提高。"

总书记说："农业合作社的道路怎么走，我们一直在探索。在奔向农业现代化的过程中，合作社是市场条件下农民自愿的组织形式，也是高效率、高效益的组织形式。国家会继续支持你们走好农业合作化的道路，同时要鼓励全国各地因地制宜发展合作社，探索更多专业合作社发展的路子来。"

当有人问起卢伟，卢伟说："总书记鼓励我们往前走，我们没有理由往后退，我一定更加坚定不移地走合作化的道路，走出一条适合我们梨树的经验之路、实践之路。"

目前的东北，传统农业正朝着智慧农业转变，加快黑土区粮食生产向精准化、智慧化转型，实现全过程科学管理，现代农业的新概念、新模式让广袤的黑土地正焕发出历久弥新的生命力。

卢伟的农机农业合作社迎机而生，它代表了广大农户的心愿和诉求，在梨树县的黑土地上发展壮大。农机农业合作社是土地耕种的一种创新，是科技农业的新模式，它解决了土地零散等问题，是农业生产新的发展方向。卢伟农机农民合作社坚持创新农业合作，统一农资供应、统一种植管理、统一植保服务、统一农机作业、统一烘干收储的"五统一"服务模式，调动了小农户参与合作经营的积极性，切实增加了农民收入。

前进的道路没有一帆风顺的，曲折和坎坷会相伴一生。有困难，找政府，是党的政策让他取得了成功。合作社成立之初，卢伟就带领社员投资 30 余万元购买了 3 台大农机。但因前期投入较大，资金回笼较慢，合作社资金一度短缺。为了使合作社的发展之路更加宽广，2016 年，梨树镇党委将农机专业合作社的生产经营、软硬设施发展现状和前景，积极向县直有关部门进行了重点推介，赢得了县里的高度认可和大力支持，最终确定卢伟合作社申报"吉林省全程机械化新型农业经营主体"的国家扶持项目，当年争取到购买农机具省里加补 30% 的优惠政策。有了党的好政策的扶持，卢伟农机合作社陆续购入联合收割机、植保机、打包机等系列农机具共计 60 台套，集中连片的土地让农业机械化变成了现实。

目前合作社农机作业覆盖农业生产的耕、种、管、收各个环节，实现了全程机械化。不仅提高了生产效率，而且降低了生产成本，公顷可节约成本 1000 元。新技术不仅降本增效，还提高了减灾能力。在 2020 年 9 月初，台风"巴威""美莎克""海神"相继过境吉林省，一些农田出现内涝，农作物倒伏严重。卢伟农机农民专业合作社采用秸秆全覆盖免耕栽培技术种植的玉米却几乎没受影响。社员们惊喜地刨出一株玉米，根系竟达 1 米多长，相较于土层板结情况下仅 20 厘米左右的根系，抗倒伏能力明显增强。

又是盛夏时节，我再一次踏上这片黑土地。2023 年夏天，我带着绿色的希望来到了梨树。

步入卢伟农机农民专业合作社大院，一排排现代化的农机具引人注目。"这是玉米联合收割机，能一次性完成玉米摘穗、剥皮、收集装车；这是植保机，可用来除草和田间防虫；这台是打包机，可以一次性捡拾秸秆，打碎、除尘、打包……"卢伟逐一介绍，如数家珍。

我们参观了他新购买的农机后，一起来到种植的田地。

在大田的上空，伴随螺旋翼的轰鸣声，植保无人机疾速掠过田野，强劲的下压风拨开层层绿浪，雾化液直抵玉米根部。仅一个多小时，无人机就完成了百亩耕地的植保作业。眼下正值农忙时节，八里庙村的田野上却不见热火朝天的劳动场景。过去顶着烈日喷药的村民们，如今三三两两围坐在树荫下当起了"监工"，看着科技的成果在帮助他们，他们脸上洋溢着幸福的笑容。

"天上飞的、地上跑的，如今都成了种田的好帮手，我们穿着皮鞋就能把田种了。"卢伟黑红的脸膛上透着自豪。

卢伟合作社实现一二三产业融合发展，生产经营集约化。卢伟表示："合作社要当好田保姆、田管家，就要解决小农户办不了、办不好的事情，把小农户纳入现代农业的发展轨道中。"去年9月受台风影响，强降雨频发，为了不让农户收获的玉米受损，合作社的烘干机昼夜不停运转。

卢伟说："一台烘干机少说也要几十万元，但一年只用一两个月，小农户买了不划算。"过去，很多农户在公路上摊晒玉米，安全隐患大，晒出来的粮食品质也参差不齐。为此，合作社投资40万元建起一条专业烘干线，日处理能力200吨，可为周边5个村庄提供烘干服务。

近年来，卢伟农机农民专业合作社引进了免耕播种机等先进设备，农机具实现了由小型到大型、由低端到高端、由单功能向多功能的转型升级。打开手机，指尖轻触，卢伟调出了一幅今年春耕时的农机作业轨迹图。卢伟解释着说:"有了这张图,待到秋收时节,农机就能按照春耕时的轨迹收割玉米了。"在合作社驻点开展科研的中国农业大学科研人员还为农机安装了无人驾驶系统,具有精准播种、自动收割等多项功能,实现了从种到收的远程遥控。

手机成了新农具,"指尖种地"成为可能。借助卫星定位系统,大农机干起了"绣花活",可将垄距控制得分毫不差,一垄苗种下去,如同尺子画线一样笔直,农机作业标准化水平显著提高。

黑土地上,一人多高的玉米绿叶舒展,一排排整齐挺立着。卢伟农机农民专业合作社玉米秸秆全覆盖免耕栽培示范田收获了经验和实践。

盛夏时节的吉林梨树,沃野千里、绿浪滚滚。放眼田野,田成方、路相通、渠相连。

深耕黑土,永远在路上

梨树县抛弃了传统的精耕细作,广泛推广梨树模式,让秸秆还田,让黑土生金,让生态系统更加合理,创造出一个和谐、绿色、共生的优良生态环境。

梨树县是典型的雨养农业区,"十年九旱",面对这种情况,卢伟说:"我们的示范田不怕旱。"卢伟说着便蹲下身子,伸手去挖秸秆根下的泥土，一扒一抠再一攥，一抔掺杂着细碎秸秆的黑土便握成了团儿，"瞧，这土里有湿气。"再往深里抠，一条蚯蚓扭动着身子钻出土层。这就是因为秸秆还田，为黑土地盖上一条"棉被"的结果。随后，秸秆集行机清理出次年的播种条带，随着玉米的成长成熟，腐烂的秸秆逐渐转化成有机质，融入黑土地。他站了起来，看向广阔的原野，我看到他的眼里对未来充满希望。

卢伟在农闲时还扩大多种经营。在合作社的产品展示厅，我们看到包装精美的小米、荞麦、玉米等商品琳琅满目。前些年，合作社靠着农闲时磨面、榨油、加工杂粮增收。近年来，小作坊发展成为加工厂，合作社注册了"梨树卢伟"商标，产品拓展到面粉、玉米饮品、大豆油等多个品类，探索生产、加工、销售全产业链增值模式。

不久前，合作社从海南引进花青素玉米，加工成玉米面后，售价是普通玉米的几倍。今年，合作社启动建设占地面积6400平方米的绿色富硒农产品加工厂，每年可加工绿色富硒水稻7500吨、富硒花青素玉米系列产品3000吨、富硒冰小麦粉2000吨，年产值2000多万元。

卢伟在2022年初，还建起了养牛场，第一批饲养了40多头黄牛。秋收后，加工玉米后剩余渣滓可以喂牛，秸秆还田有全量还田、半量还田，所以还有秸秆可以喂牛，废物利用，黄牛粪便还能下地作为肥料。种植和养殖形成了一个良性循环系统，减少含有激素化肥的使用量，以链条的方式发展生态农业，改良土壤，促进新农业蓬勃发展。

立足乡村振兴，推动一二三产业融合发展，这不仅是卢伟的目标，卢伟也是这么做的。在合作社大院西侧空地上即将建设一座休闲垂钓园，这里原是一处水坑，在吉林省生态环境厅的支持下，规划了一座面积5400平方米的氧化塘，实现八里庙村生活污水净化处理。合作社还将在附近3000平方米区域内种植荷花、芦苇等植物，配套建设垂钓等休闲娱乐设施，着力打造观光农业。

在卢伟的办公室，卢伟从书架上取下两本已翻得页面发卷的小册子，这是《梨树县关于引导农民合作社规范发展意见》和《梨树县示范农民专业合作社、家庭农场评定及监测暂行办法》。随手翻开一页，密密麻麻满是笔记。卢伟谦虚地说："服务范围扩大了，管理更得跟上。"

2021年，卢伟合作社围绕延长产业链条，将农机服务拓展到种植业的土地托管、代种代耕、粮食银行等全过程。目前，入社农户每公顷土地纯收入可达到1.6万元以上，比2020年增加了4000多元，已经成为联农、带农、富农的合作社发展样板。

作为一名共产党员，卢伟不断激励自己要坚定不移地发展与创新合作社的事业。要不忘初心，牢记使命，把合作社的事业不断推向新的目标。要有高尚的境界和宏伟的蓝图，使农民兄弟看到更大的希望与更壮美的前景。

他领导合作社聚力于农业生产新技术与新机具的引进、试验、示范、推广，使农业生产过程全程实现机械化，使综合服务能力逐年提高，把合作社建成农业新业态中具有代表性的多元化新型农机农民专业合作社。他的合作社已经实现土地经营模范化、生产作业机械化、生产方式科技化、生产经营集约化。

2022 年 7、8 月份连下了几场大雨，形成了水灾，大部分的田地都遭了灾。过去一垧地最少能收 25000 多斤，现在就收一二千斤，甚至绝收。农机合作社社员杨景桐家的院子里都是水，没办法只好用水泵抽水，前后园子的青菜都泡没了，他们只能像城市的居民一样买菜吃。

卢伟说："也有增产的地，高地增，洼地减，比去年减产15%—20%，平均看，减产不减收。"说起来，卢伟也有一丝无奈："现在成本高，不像原先有那么多利润了，需要国家政策加大扶持力度。"成本高了怎么办？只有向科学种田要产量，向多种经营要效益，争取国家扶持政策，带动村民一同致富。

对于卢伟合作社的困难，梨树县积极争取政策扶持，在各个环节进行帮扶。针对玉米生产的关键环节和农机化薄弱环节，梨树县近年来加强了对农机管理人员、技术人员和操作人员的培训。2021 年，梨树县举办了 8 期农机驾驶员培训班，培训农机驾驶操作人员 1200 多人。

十年经风沐雨，十年拼搏进取，合作社成员由组建之初的 6 户发展到现在的 180 户，辐射带动 600 户。合作社现拥有大型农机具 60 台套，是一家集农业社会化服务、规模经营和新技术推广应用于一体的新型农业经营主体。合作社发展起来后，卢伟没有忘了村里人。在合作社设立了扶贫岗位，带动周边贫困群众脱贫致富。把有限的土地资源利用好，把空闲劳动力安置好，让村民有事干，在家门口就能挣到钱，实现"输血式"扶贫向"造血式"扶贫转变。

卢伟农机农民合作社 2015 年被评为吉林省十佳示范合作社、2016 年被评为国家级农民示范社，2017 年合作社理事长卢伟被评为全国农业系统劳动模范、2019 年被评为吉林省特等劳动模范、2019 年被四平市人才工作领导小组授予第五批"四平市市管优秀专家"。

深耕黑土，卢伟实现了他的梦想，新的征程正在启航。卢伟的农机合作社为现代农业插上科技的翅膀，让传统农业向智慧农业转变。秸秆深藏还田，土地免耕播种，"藏粮于地，藏粮于技"，让脚下的黑土地焕发出全新的生命力，让滚滚的车轮驶向更加生机勃勃的田野。

参乡参魂

尚书华

在中国，只要提起人参，人们就会放眼吉林。

在吉林，只要说到人参，人们就会笑傲抚松。

在抚松，只要聊及人参，人们就会尊崇万良。

万良，长白山下抚松县内一个寻常小镇。面积，187平方公里。人口，2.2万。四面环山，卧风向阳，元宝型的地理位置让这处小小的盆地显得比别处优越几分。万良人勤劳智慧，人杰地灵，凡事愿动脑筋想办法，依托本地自然资源优势，大胆尝试，勇于闯路，渐渐，渐渐，这个寻常小镇开始变得不再寻常。

不寻常的是，这里盛产人参，是中国人参主产区。种植、加工、销售一条龙，有世界最大的人参交易市场，交易额占全国百分之八十。素有"黄金万两，参镇万良"之美誉。全镇几乎所有人，都跟人参有着丝丝缕缕缠缠绕绕割舍不断的密切关系。

每年，9月初至11月上旬，近两个月时间，小镇每天都跟过节一样热闹。人流车流，宛如潮水，从东西南北、四面八方，源源不断涌向这里。一行行满载着新鲜人参的大小车辆，沾着山野泥土的芬芳，俨然洄游的鱼群，川流不息向万良汇集，汇集——这是人参交易的旺季，每天有数百吨参货在这里成交。

我来到这里已是初冬时节，已经过了人参交易的旺季。可初次走进坐落在镇子中心地带的"国家级长白山人参市场"，依然能感受到不同寻常的震撼。这处占地4万平方米，交易区2.6万平方米的特大人参市场，到处参香弥漫，人头攒动，气势宏大，交易活跃。各种各样的叫卖声，讨价还价声，验货、过秤、卸车、装车——人声鼎沸，熙熙攘攘。手持自拍杆的直播网红，到处都是，一个个蜜蜂般机灵窜飞在密集的人海之间，利用手机，不停向线上顾客推介人参产品。她们在整个交易大厅里显得格外引人注目，构成一道具有浓郁时代气息的靓丽风景。

我不禁对陪我一同前来的镇党委副书记赵艳娟感叹：真没想到市场会这么大！交易的人这么多！如此活跃热闹！赵书记说：这哪到哪，你若早来半月，赶上交易旺季，人比这多好几倍，大小货车，成千上万辆，洋洋一片，那场面才叫壮观热闹。

赵书记的话让我觉得有点"来不逢时"的遗憾。

整个交易大厅转一圈儿，可谓大开眼界。这里，不愧为中国人参集散地，所有的人参品种应有尽有：野山参、林下参、园参、西洋参；水参、干参、黑参、红参、白参——数不尽，看不完。

不仅仅是交易大厅内，厅外还有一个偌大的露天市场，同样是交易繁忙。成百上千辆农用车，载着各种各样的参品，排成有序摊位，供顾客挑选买卖。来这里摆床设摊的多是本地居民或周边乡镇的参农，开着农用车，一大早来了，卖上个仨俩小时，突突突，又开走了，赶大集一样。同厅内相同的是那些如蜂似蝶的直播代货网红，个个忙得心无旁骛，厅内厅外流窜不止。我很想跟他（她）们聊聊，可一个个忙得没人理我。有的竟然把我当成了他们同行，匆匆打个手势或送我个笑脸，像似给我一种鼓励。我对身边赵书记说，现在市场里干他们这行的得有几百人吧？赵书记说，可不止，少说也得上千，多的时候两三千。真正的大网红并不出来，坐在店里直播，收入比他们高多少倍。全镇抖音、快手、淘宝、京东等电商，线上年交易额 60 亿元以上。

我蓦然觉得，这些人在人参市场中不光是一道风景，更是一股巨大的力量。他们利用网络把市场不知扩大了多少倍，把天南海北，全国各地的顾客都请进了人参市场，给市场带来一股前所未有的清新活力。

其实，在抚松，万良不过人参之乡的一个点，而抚松全县才是人参之乡的面。

一

抚松种植人参有 460 多年历史。采挖野山参的历史更长，有 1600 多年。自古以来，人参是宝物，有滋补强身、提高免疫力、抗氧化、抗疲劳之功效。很多有关人参的神话故事中，还把食用人参说成了具有使人长生不老或起死回生的功能。更让人着迷的是：假如有一天，你若在长白山原始森林中，偶然遇见一位慈眉善目的白胡子老头；抑或是身着一袭玉装，头系红缨的俊美姑娘；或者是身带艳红兜兜，皮肤白皙，活泼可爱的胖娃娃——你一定要一把将其抱住，千万别让他跑掉，因为这很可能就是在林中生长了数百年，或上千年，成了精的人参，显灵来世报答正直、善良、勤劳之人的。谁若遇上，可就发大财了。

抚松人，祖祖辈辈，几乎都是在这充满神秘色彩的人参神话故事中泡大的，个个耳熟能详。从小，人参做为吉祥物和发财的梦想，深深扎进了骨子里，与之相随相伴，魂牵梦萦。

神话故事毕竟是神话，而历史却是昨天的真实。早在

1300 多年前，抚松，做为渤海国进贡唐朝的朝贡道，曾把这里出产的最珍贵的野山参一次次奉献给朝廷。到了清朝年间，长白山抚松人参，更是进贡朝廷的山珍上品，专供皇室族群享用。为了确保贡品如期到位，采挖人参便有了专业人员队伍。放山人在把头的带领下，利用夏末秋初之际，在人迹罕至的深山老林中，穿灌丛，钻荆棘，风餐露宿，忍蚊虫叮咬，防野兽突袭。几多艰辛，几多苦累，换来的大多是失望，少有惊喜。正如老把头孙良有诗所言：家住莱阳本姓孙，翻山过海来挖参，路上丢了亲兄弟，找不到兄弟不甘心，三天吃了个蝲蝲蛄，你说伤心不伤心。家中有人来找我，顺着古河往上寻。再有入山迷路者，我当做为引路神。这个孙良被视为放山人之鼻祖，他坚韧的性格，顽强的毅力，善良的情怀，被后人提炼成一种放山人精神，影响着一代代与人参打交道的人。

放山人每年采挖的野山参数量毕竟有限，除皇室权贵享用外，普通百姓难得一见，更谈不上品尝享用。这时便有放山的智者，将其从山林中采到的棒槌籽（人参籽），择机播到林外荒地之中。令人惊喜的是，第二年春天，在播过种子的地方，竟有人参芽芽从蓬松的黑土中钻了出来。虽说撒下一把种子，长出来只有寥寥几株，可这足以证明人参是可以种植的。这让抚松的先人有了莫大的信心，种植栽培人参就此开始。

采挖野山参的经验告诉他们，人参天性喜阴怯阳光直射。于是，他们选择好一处采伐过的林迹地，用锋利的斧锯和可手的锹镐，将乔木的树桩连根拔掉。再用八九斤重的大镢头，把纵横交错的灌木树根一一清除（行话叫刨大土），然后将收拾利索的油黑油黑的腐殖土，培筑成一块块参床。之后再用松木锯成的板子，给播种下的人参搭起遮阳避雨的板棚，让其在如此舒适的温床上生长5—6年，便会迎来可喜的收成。

很快，人们对这种人工种植的人参有了命名——园参。

渐渐，渐渐，抚松种植园参的人越来越多，经验越来越丰富，产量越来越高，质量越来越好，名气越来越大。

1995年抚松被"首批百家中国特产之乡命名宣传组委会"命名为：中国人参之乡。

迅速发展的人参产业，悄然走进了平民百姓的日常生活。养生、医药、食品，市场需求量的不断增大，使参农种植人参的积极性日益高涨。

改革开放初期，随着中国塑料工业的迅猛发展，很多木制品被塑料制品所取代，亦给人参种植业带来了一次革命性的变化。几年时间，原来用木板搭建的参棚，完全被塑料参膜所取替，荒山野岭、林边伐地，赫然荡起一条条蓝色飘带。

在抚松，无论什么场合，只要提起人参，谁都能给你说出个子午卯酉。

走在街上，带有人参字样的牌匾、橱窗、广告、影像，随处可见，比比皆是。人参在这里不仅仅是商品，还是文化。

早在 60 多年前，为庆祝中华人民共和国建国 10 周年，中共抚松县委曾专门下发红头文件，在全县收集整理《长白山人参故事》，并由辽宁春风文艺出版社出版，全国发行。从 20 世纪五六十年代开始，一代民间艺术家一直辛勤耕耘着脚下这块神秘的土地，为广大民众相继创作出据有浓郁地方特色的文艺作品。至今，在刚刚修建开放不久的抚松图书馆展厅里，还醒目地悬挂着他们的肖像，以及不同时期创作的有关人参的书籍。张克勤、张栋材、金乃祥、赵文臣——这些名字，连同人参文化，一起印在了抚松人的记忆里。

几十年来，抚松本土艺术家，共收集、创作有关人参内容的文学、文艺作品数十部，在国内外产生广泛影响。

2017 年，以王德富为代表的老一代民间艺术家，与陈丽嫒、郭琦为代表的新一代民间艺术家，联袂著作完成《长白山新人参故事》，为新时期参乡人参文化再添重笔。

创建于 2008 年的抚松人参博物馆，是中国少有的人参专业博物馆之一。这里，凝聚了长白山人参文化的精髓。详细介绍了中国人参的应用历史。从野山参的生长环境，到放山人的采挖过程；再到园参栽培、起货、加工、交易、药用食用；集参史、参俗、参品于一馆；汇采参工具、样品、标本于一厅。既生动介绍展示了中国人参文化，又成为一处可供观赏学习的人参文化研究基地。十几年来，有国内外数万游人及参商和专家到此参观，社会影响度日渐增大。

然而，最让抚松人自豪骄傲的，还是现今珍藏在北京人民大会堂吉林厅那颗具有 140 多年生长历史的野山参。1981 年中夏，抚松北岗乡四位农民放山时，挖到了这棵重九两一钱（旧时十六两一斤的秤）的特大野山参，合 285 克。其参，形体丰满硕壮，芦碗紧密，艼呈枣核状，纹细且深，须细而长，柔韧不脆，疏而不乱，珍珠点明显，主须完整，艼须下伸，实乃特等佳品。千百年来，历朝历代，凡采挖到上等人参，都必须进贡给皇室享用。而只有在社会主义新中国的今天，这棵堪称旷世稀宝的野山参才会珍藏在人民大会堂，供人民观赏，为人民所用。另有 1989 年在抚松出土的 305 克 500 年的野山参，作为国宝被国家收藏；2007 年，在抚松举办的"长白山人参王拍卖会"上，一棵重 235 克，生长 160 余年的野山参以 56 万元的价格拍卖成功。这些事例，无疑证明，抚松是长白山人参的核心主产区，具有适宜人参生长的天然佳境。源远流长的人参文化，为参乡抚松找到了自信的底气，为人参产业的发展提供了充足的依据和佐证。

1987 年，经抚松人大常委会批准：每年的 9 月 1 日，定为"中国抚松长白山人参节"，从此参乡有了自己独特的节日。连同"三月十六老把头节"；"白露"时节的"开秤节"；参王大赛、人参烹饪大赛、人参姑娘评选等活动，为参乡增添了新的文化内容，营造出浓郁的人参文化氛围。

二

人参产业一条龙。种植、加工、销售，环环相扣，缺一不可。可最重要的还是种植。产量上不去，后面的环节都免谈。

万良镇以东6公里外有个大方村，全村320余户，几乎家家种植人参。因为离镇上稍远，村里人想借市场的光，干点杂活挣点现钱却不方便，只好种植人参。几十年来，与土相守，与参相伴，田间辛苦劳作，生活渐渐有了起色，日子越来越有盼头。

多年的人参种植，让他们积累了丰富的经验，个个都是种植人参的好手。可近几年，国家对参地开垦管理越来越严，吉林省相继出台政策，使家乡适合种植人参的土地变得越来越少，于是他们产生了想到外地种参的欲望。

2005年，在村民王坤的带动下，十几户人家，一起来到黑龙江省的铁力市开始种植人参。凭着他们那股甘于吃苦耐劳的精神和丰富的种植经验，在异乡撇家舍业苦苦劳累几年后，开始有了回报。长势旺盛的人参开始起货，当货变成钱的时候他们忍不住笑逐颜开。

成功获利的消息不胫而走。渐渐，从抚松来黑龙江种参的人越来越多。截止 2021 年，赴黑种参的已有 3000 多户，5000 多人，分布在全省 12 个地区 59 个县。这些种参户，每年清明一过，便开始去黑龙江种植管理人参，待夏末秋初人参起货之时，连人带货一起拉回抚松，进到万良长白山人参市场进行交易。货出手后，则开始待在家里猫冬，或伺机干点与人参相关的营生，待来年春天，再候鸟迁徙般如期返回黑龙江。十几年的时间，这些参农已经跟当地农民结下了深厚友谊，建立了密切关系，给地方经济发展带来了活力。

随着时光的变化，赴黑龙江种参，已经成为抚松好大一部分参农生活的一段重要情结。他们把家临时安在了那里，把力用在了那里，把汗洒在了那里，把种参赚来的钱又重新埋在了那里。那里有他们太多的牵念，憧憬和希望。

县委县政府大力支持参农走出去拓展扩大人参种植区域。这样一来，既可以缓解本县参地日趋减少的紧张局面；又可以大大增加人参产量保证抚松人参市场货源充足。为了调动参农赴黑种参积极性，县政府相关部门全力配合。主管县长亲自挂帅，多次赴黑龙江与兄弟市县领导磋商解决参农在异地种植人参过程中遇到的困难和问题。坦诚的工作态度，务实的工作方法，深深打动了异地他乡兄弟市县的领导。他们认为，吉林省抚松县的参农来他们这里种植人参是一件大好事，带来的不只是种植技术，还增加了就业安置，提高了农民收入，直接带动了林区产业发展。由于两地领导达成了共识，相关部门主动提供服务，想参农之所想，急参农之所急，想方设法让参农减少麻烦提供便利。

2022 年春天，由于特殊原因，在抚松猫冬的所有参农都无法如期返回黑龙江。眼瞅着清明已过，头年秋末捂在参床上的塑料参膜必须马上揭开，不然的话，天一转热，所有参芽都会被捂烂，埋在地里总价值 51 亿的人参资产将会全部毁掉，后果不堪设想。

这是一个天大的数字，是一个 3000 多户参农不可承受的数字，是一个要命的数字。困在抚松家中的 5000 多名参农，急得抓耳挠腮，坐立不安。

抚松县委、县政府立刻召开专项紧急会议，研究如何让参农尽快返回黑龙江，将他们的财产和生产减少到最小损失。会议决定由主管副县长全权负责此事，想尽一切办法解决参农在特殊条件下面临的最大难题。

人参产业主管副县长李树军，临危受命，毅然挑起这副前所未遇的重担。他操起电话，直接打给省政府农业厅，省农业厅又将电话打给黑龙江省农业厅，两省政府部门分别引起高度重视，在将情况汇报给国家相关部门的同时把此事拿到重要议事日程。与此同时，抚松县委县政府先后向黑龙江省 55 个县区政府两次发函。县长王福源直接把电话打到参农最多的铁力、通河等地，恳请对方全力协助解决问题。

为了保住参农的切身利益，使问题能得以快速解决，李树军带领相关部门人员采取多种方法，不分昼夜地与黑龙江当地各级政府领导多次展开协商，使解决问题的方案一步步得到有效落实。

经过两省多地多部门的一致努力，笼罩在参农心头半月之久的阴云终于风吹云散，他们如期到达了黑龙江。

这一问题的解决，让大家共同意识到：无论在任何特殊困难条件下，保证人民群众的利益都是头等大事。这一点，绝不含糊。

当黑龙江省铁力市常务副市长刘铁力与抚松县领导见面时，真诚地送上一面锦旗，上书"不负参乡盛名，引领产业作为"。见证着特殊困难时期两地相互团结合作的友谊。

跨区域种参，是抚松县参农在当前形势下，推动人参产业发展闯出的一条新路，是一种大胆的探索和尝试。

三

在抚松，说起种参，有一个人绕不过去，必须得说上几句。他就是位于县城的吉林参王植保科技有限公司董事长徐怀友。

老徐今年 50 多岁，中等个儿，一副近视镜后面，闪动着睿智的目光。

刚跟他交谈时，他有点不情愿，说宣传一下公司还可以。

宣传自己，没什么好谈的。

我说，唠唠公司的事也行。结果，他唠着唠着，就把自己给唠进来了。

他说，我是土生土长的抚松人。父亲是林业工人，母亲没工作，操持家务。一大家人的吃穿用，成年累月操劳，导致母亲身体多病，整天用药顶着干活儿。母亲犯病时痛苦的样子，在我童年里留下最深刻的记忆。因此，高中毕业时，在报考志愿栏里，我填的都是跟医药、生物、特产有关的专业。我是想，有一天，我能用所学的专业为母亲减轻一些疾病痛苦。

我不才，最终考取了"吉林省供销学校"，学的是"土特产"专业。1990年毕业分配到抚松县生产资料，负责给农作物看病，干上了"庄稼大夫"的活儿。从此跟人参打上了交道。

干什么事业都得有情怀，不全身心投入是很难有回报的。那十几年时间，我跟着了迷似的，地里，家里，吃饭，睡觉，整天琢磨如何能让人参不生病？生了病有什么办法治？常常想得端着饭碗发愣，忘了往嘴里扒吃；有时正睡着觉一骨碌爬起来，赶紧把梦中想的办法记下来。那时年轻，精力充沛，吃苦熬夜都不在话下。

2003年前后，国家人参出口，常因为农药残留超标而被退货，这给很多参农带来巨大损失。几年时间用汗水浇出来的收成，眼瞅要换钱了，却是不能达标的残次品，价格大打折扣。参农心急如焚，苦不堪言。可能是出于职业的习惯吧，这事引起了我的思考。按理说咱不是什么领导，不用操这份心。可咱干的活儿就是跟农民打交道，看着他们着急就跟着着急，看着他们上火就跟着上火。这样不行，得替他们想想办法。其实也是为我们自己以后的出路想想办法。那时正赶上计划经济向市场经济过渡，生产资料单位正处于变动时期。在这种背景下，我约上几个志同道合的同事，从单位出来，以民营合资的形式干起了一个"防人参病虫害"的公司，取名——参王植保。

我插一句：这可是一个高科技含量的公司，没有专业人才指导可不行。

你说对了。公司一起步，最重要的就是解决这个问题。我首先去拜访了省农大的领导，想请他们的教授来公司帮我们搞人参病虫害鉴定。可不知因为什么，人家不肯，搞得我碰一鼻子灰。我又慕名去沈阳大学拜见刘志恒教授，这回算我走运，刘教授不但没推辞，还给我出主意，让我回来后，组织人员到参地观察、监测、采集标本，追溯病源，把能收集到的病虫害现象和数据都记录下来，送到学校，他们来进行研究。我们这样来回跑了几趟，把刘教授感动了，他亲自来到抚松，直接到参地做现场调查，把得到的第一手资料再带回学校分析研究。就这样，很快有了成果，对病虫害做出了鉴定。并针对症状在 60 多种农药中，优选出"黑灰净""斑绝""天达参宝"等 18 种能够提前预防和杀虫效果好的安全药物，以此取代了过去参农一直使用的残留度高的农药。

"对症用药"，很快得到参农普遍认可。很多时候，参农不认识我们公司的人，却对我们提供的农药早有耳闻，并大为赞赏。这药让他们用得放心，用得踏实，用得保住了收成，保住了出口，保住了价格。

2006 年，公司开办了自己的长白山人参网站。通过公司技术人员现场指导，结合参农用药后的效果，在网上进行现身说法，收效明显，得到同行普遍关注。一天，省参茸办的生产科长冯家给我打来电话，先是肯定了我们所提供的农药对人参病虫害的治疗效果。接着又说，让我们准备一份详细的报告，打算将这一做法全省推广。这个消息，对于我们参王植保公司的每一个员工，无疑是天大的好事。我们辛辛苦苦，摸索了几年时间的劳动成果，今天得到了上级有关部门的肯定。这说明，我们的路子走对了！公司上下欢欣鼓舞，群情振奋。当然，我比任何人都高兴，那感觉就像自己生下的孩子，报上了户口，有人唤他名字啦！

老徐讲到这停顿了一下，眼圈儿有点红。

2007 年省参茸办牵头主持，在抚松县露水河镇召开现场会。会上，专家们对"人参光合速率的提升"做了评定。决定在全省推广由我们公司提供的"人参防病虫害技术"。从此，我们公司走上了创新发展的快车道。科技成果不断呈现，各种荣誉纷纷飞来。

《人参主要有害生物安全防控关键技术研究》2013年获全省科技进步一等奖。

《人参资源高效利用及技术集成与示范应用》2015年获全省科技进步一等奖。

《人参安全优质生产植保技术规程》2016年获吉林省标准创新突出贡献奖一等奖——

算了，不说这些了，说多了，人家一听就是显摆。还是抓紧说正事吧。老徐自我解嘲地嘟哝了一句。

2020年，我们种植的人参出口日本。日本人又把产品转销到了美国，结果美国人查出我们使用的"黑灰净"农药其中有一种成分超标，声称要我们赔偿全部损失。我一听这事，脑袋顿时大了。心想：坏了，这回摊上国际官司了！公司干了这么长时间，头一回遇上这事，说实话，有点懵圈。可坐下来冷静一想，这事美国人跟我说不着呀，我的人参是卖给日本的，日本人买了，就说明我使用农药的标准是达到了日本规定要求的（当时各国农药使用标准不一样，美国要求比日本高）。而你又转手卖给美国，达不到美国标准，这跟我有何相干？又不是我直接卖给你美国的？就这样，我们据理力争，最终结果是，国家没受损失，我们公司也没受损失，参农更没受损失，皆大欢喜。可这件事给了我们一个很大启示：以后种植人参，必须得做好农药使用登记，将其控制在合规标准以内。不然，以后麻烦还多。这相当于产品销售通行证、绿码，没这个寸步难行。

这件事，在国家层面也引起了高度重视。农业部很快召开了"中小作物使用农药标准"专项会议。会后，我们公司被确定为田间实验基地，开始与农药生产厂家合作，对人参种植安全使用农药做出科学鉴定。从此，中国有了自己的人参安全合法标准化使用农药的登记，不怕人参销售时再遇到类似麻烦。

近几年，我们公司一直在推广人参农药检试技术，号召鼓励参农种植人参时少用或不用农药。为了让参农的利益得到保障，我们成立了长白山种植联盟，搭建起产品质量溯源平台，每年花30万元，在万良人参市场建立了一个"联盟产品产需对接专区"，用以为联盟户做好产品检测报告、与厂家有序产收对接等服务。我曾拍着胸脯，信誓旦旦对参农说：你们尽管放心，种出好人参，好参卖好价。

可没想到的是，我的话失信了，几年时间过去，好参并没卖上好价。参农见了我就打哈哈说：老徐，你的话没准啊！每当这时，我无言以对，不知如何解释才好，只能苦笑一下了之。

说到这，老徐有点沉默，没再接着往下说。

　　我听得出来，这两句话他虽然说得轻松，其实挺沉重。我问，怎么会这样？

　　他瞅瞅我，淡然一笑说，市场是复杂的，多种因素，一两句话说不清楚。好在联盟的货大家都认，虽然没卖上高价，可比其他的货好卖，因为质量有保证，买的都放心。我还是坚信我说过的话——好参卖好价。迟早会兑现的。

　　接下来老徐对我说，现在他们参王植保公司就干三件事。一是自己种好人参；二是带领参农种好人参；三是促进全省种好人参。他说，他们公司现在本身就是全省第三人参种植大户，占有一定市场份额，自己种出好人参，举足轻重。其次，他们手中有收集到的丰富种子资源，可以为广大参农提供优良品种。另外，经过多年的摸索实验，他们还拥有相对先进的人参种植安全优质管理理论，可以对全省人参种植在理论上起到保驾护航指导带动作用。

　　他最后说，不错，谁开公司都想赚钱。可我们不能昧着良心赚钱。我们得赚问心无愧的辛苦钱；赚对国家有利、对老百姓有益的干净钱！这就是我们的初心。永远都是。

　　这个老徐，临了也没忘了嘱咐我：少宣传我个人，多宣传宣传公司啊！

四

随着全县人参产量的不断提高，1989 年万良镇当任领导做出一个大胆决策，在万良建一个人参市场，用以本地及周边乡镇人参交易。30 多年来，市场通过"政府统筹，企业主体，市场运作"模式，先后进行四次扩建，如今已发展成具有相当规模的人参市场。年交易量可达 4—5 万吨。旺季日交易人数达 2.5 万人次，高峰期可达 7 万人次以上，水参日交易量最高达 370 多吨，成为国内乃至全球最大人参市场。

每当秋季，人参起货之时，以万良为中心形成一个巨大的人参集散地。如同山东寿光蔬菜市场一样，吸引全国各地商家来此交易。远到内蒙古、黑龙江、辽宁，近至抚松周边县市乡镇，满载人参的车辆，纷纷涌向这里。一时间，小镇人流如潮，车水马龙。

这时的万良，可谓人人都是商主，家家都是作坊。在 2.6 万平方米市场交易区外，是 2824 家人参加工业户。也就是说，市场是花芯，加工户是花瓣，花芯被花瓣簇拥着。花瓣分多层，最里边那层是省级龙头企业，有 4 家；第二层是市级龙头企业，有 5 家；第三层是规模企业，有 96 家；最外一层就是这两千多家加工业户。

身为万良镇万才村党支部书记的宿福民，属于这最后一层花瓣。他带领全体村民，让这最后一层花瓣的一部分，为花朵散发出醉人芬芳。

他出生在这个村，用他的话说，他是村里的长辈们摸着脑袋长大的。他生性敦厚善良，为人豪气耿直。小时候家穷，穷得只念了三年半书。十几岁的孩子辍学了，干啥？不用愁没事做，庄稼院的活干也干不完，多大的孩子都有活干。薅猪食、放牛、打烧柴，帮父母种地——稍大一点，刨大土种人参，从此跟人参结上不解缘分，到现在难解难分。

虽说文化底子薄，可他人聪明，凡事喜欢动脑子，不蛮干。用村民的话说：他办事靠谱，有卯头，心眼儿好使。再加上从小吃苦多，遇上难事不打怵，给人一种踏实可信的感觉。很早的时候，随着镇上人参市场不断扩建，规模越来越大，他瞅准了加工人参可以赚钱。于是，最早干起了人参加工厂。几年时间，生意不错，日子明显好起来。

乡亲们都想过上好日子，也都看好了人参加工这个行当，可苦于没有带头人，迟迟不敢把辛辛苦苦挣来的几个汗水钱砸进去。就在这时，宿福民为他们打了个样，让他们有了信心，一起把信任渴望的目光投向了这位知根知底可以信赖的年轻人。

2004 年，村里改选，宿福民当选为村主任。这本来是件体面、荣耀、高兴的事，可他并不高兴。他说当这个主任会耽误自家的事，少挣不少钱。媳妇更不高兴，跟领导说，若能不让俺家这位当这主任，让俺拿点钱都干。

不高兴归不高兴，最终还是干了。用宿福民的话说，他受不了全村男女老少那信任的目光，几百双眼睛直巴巴地瞅着你，就等你答应领着他们干。你愣不动心？那心得多硬？我做不到，就答应了。当上主任后，最重要的工作就是帮家家户户建人参加工厂。家里条件好的，多少有些积蓄，不缺人手，很快就办起来了，当年秋天就见了利。条件不好的，既缺钱又没有人手，就有些费劲，得帮他们一点点来。其实，在万良，人只要不懒，肯出力，挣钱的机会啥时候都有。秋天，参起货的时候，围绕着人参市场，用人的地方多得去。就连六七十岁的老头老太太，一把剪子，一个板凳，选参、洗参、剪参须，两个月时间，都能挣个万八千的。人参把老百姓的日子带起来了。产业发展，市场扩建，让全镇的人都有事做、有钱赚、有奔头。

干了三年村主任，可能大家认为我干得还行，2007年，村党支部换届，又把我选为村书记，一直干到现在。一晃，十五六年时间过去了，我不敢说我这个书记当得多么好，有一点我很自信。全村绝大部分人家的日子都比先前好过多了。至于有多少存款？我不好说，这是隐私，是秘密，没做统计，不敢胡说。

当主任，当书记，眼瞅二十年了，工作上我没受过难为。这不是说我能力有多强，一个只有小学三年半文化的人能有什么领导能力？是村里老少爷们给咱面子。让咱说话好使，让咱不受难为。细想想，大家凭啥给咱面子？还不是因为咱心里装着他们，他们心里就装着咱呗。谁都不彪不傻，心里明镜似的。说心里话，我很享受大家对我的这种信任、信任是用钱买不来的。假如这些年，我没当这个主任、书记，可能会多挣了些钱。可我在村民眼里只是个暴发户，有多少钱跟他们都没关系。而现在就不一样，每当我为他们做成一件事，心里都会有一种成就感，觉得美滋滋的。用句时尚的话说，有点小得意、小幸福。

宿书记到最后也没把全村家底对我亮出来，可那自信的神情分明在告诉我——万才村今年秋天又是一个不错的年景。

五

万良，区区弹丸小镇，却有商铺数百家。且这些商铺百分之九十以上都是经销人参，各种各类摆满人参产品的货床摊位比比皆是，满街满眼都是参货。

在参店林立的街面上，有一家书为"长白山野山参博物馆"的牌匾可谓鹤立鸡群，格外引人注目。好奇走进去，更觉一番别样，格调高雅不俗。馆室不大，只有500平方米左右，却是设计精巧，匠心独具。陈列的参品多为精华且摆放有致，营造出一种自然与文化默契交融的谐美氛围。馆长兼解说员于一身的徐桂丽，性情直爽，强悍精明。面对馆内每一件展品，她都了如指掌，如数家珍，娓娓道来。特别是她那"中华非物质文化——野山参传统工艺杰出传承人"的身份，更是充满传奇色彩，让人顿时生出想探个究竟的念头。

她说，我爷爷跟我姥爷是拜把兄弟。他们俩年轻时都是放山人，手持一根索拨棍，一起穿老林子，翻山越岭，跨沟越涧。累了，手拉手相互拽一把；饿了，一块干粮分两半儿。晚上林中露宿，背对背相互取暖，是胜过亲兄弟的生死弟兄。我爸我妈就是在两个父亲这种挚交背景下走到一起的。我爷爷去世早，我是跟姥爷长大的。小时候，总听他讲人参神话故事，入了迷。到十一二岁的时候，老缠着姥爷带我进山去挖人参。姥爷总是不答应，一是说我太小，二是说放山人有规矩，不能带女人进山。我不信这个邪，背着爸妈偷偷去理发店剪了个小子头，非让姥爷带我去挖参不行。姥爷拗不过我，只好带我进了山。可穿一天林子下来我就后悔了，不但没挖到人参，又渴又饿，又累又乏，两腿发软，这时才体会到放山好辛苦啊！挖人参可不像故事里讲得那么容易。就在这时，我脚下一滑，顺一个陡坡滚了下去。姥爷吓坏了，一急眼，跟我一起滚到坡下。还好，万幸，我跟姥爷都没大伤，只是手脸多处被灌木棵子划破了皮，往外渗着血汁。姥爷连忙抱起我，心疼得直掉眼泪。突然，姥爷惊呼一声"棒槌！"我躺在他怀里吓了一大跳。顺姥爷手指的方向我也看见了，一株翠绿的叶子中间，挺立着一团鲜红的参籽，跟书上画的一模一样。我高兴得一骨碌从姥爷怀里爬起来。天哪，我们真挖到人参了！发大财了！姥爷赶紧过去给那棵人参拴上了红线，又在周边寻觅了一番，结果又发现了三棵，总共四棵人参。姥爷兴奋地说：看来你这孩子还真和人参有缘，这辈子就该吃这碗饭。

四棵人参，回来后卖了 1200 元钱。要知道，40 年前，对于一个寻常人家，1200 元钱是个什么样的概念？是能娶个媳妇的。这钱给家里派上了大用场，让全家人高兴了好长一阵儿。

那时，我母亲已经开始跟我姥爷学着加工人参和销售人参。不知为啥，我对这些饶有兴致，写完作业，就围着母亲转，看这看那，有时还帮着打个下手，干点杂活儿什么的。母亲通过一技之长，几年时间辛苦劳作，赚了点钱，家里生活得到了显著改善。金钱是很诱惑人的，对大人如此，对孩子同样如此。就这样，耳濡目染，近朱者赤，渐渐，我对母亲干的这个行当产生了浓厚兴趣。高中一毕业，我就跟母亲学着干了起来。正像姥爷预言的那样：我跟人参有缘，这辈子就该端这饭碗。也是恰逢万良人参市场连续扩建，带来了商机，生意可谓风生水起，干得特来劲，信心十足。就这样，有了点积蓄之后，2011 年，我投建了这处博物馆，专门收藏野山参，一来供客商、游人观赏，用以研究传播人参文化；

二来也便于经营销售，馆内所有的人参既是展品也是商品，看好哪棵都可以卖。

讲到这，我真对她有点刮目相看。同样是销售人参的地方，不叫店，亦不叫铺，而叫馆。"长白山野山人参博物馆"，一个"馆"字把人参文化带了进来。有了文化的人参自然有了品位，有了身价，进而变成了人参中的贵族。

徐馆长接着说，野山参为什么值钱？因为它藏在深山老林之中，百兽护佑，百草簇拥，难寻难觅，少有，金贵。实话实说，现在纯天然的野山参实在是太少了，上点年头的则更少，凤毛麟角，整个抚松县一年也出不了几棵货。我馆中陈列的纯天然野山参，是收藏积攒了多少年的家底。现在平时交易的，多是够年头的林下参。现在国家有规定：播种后，自然生长于深山密林 15 年以上的人参可称之为野山参。可见林下参随着年龄的增长也变得越来越金贵。

她说她每天来馆里都怀有一颗敬畏之心。她一直认为人参是有灵性的。试想，一棵草本植物，本当一岁一枯荣，而它却能年年从冰天雪地里苏醒过来，在林中存活数百年。这需要汲取山水间多少精华和养分，才会使其得以延年生长？而如今，它们集大自然万物精华于一身，聚集在这馆室之中，我每时每刻都能呼吸到它们散发出来的清新气息，受其浸润。冥冥中，仿佛就有参的魂灵萦绕于我，护佑于我，使我情不自禁对这来自大森林的有灵之物产生敬畏之情。

徐馆长的话，让人闻之感叹，意味深长。

临近采访结束时，我前去拜访主管人参产业的副县长李树军，问及他这些年人参产业都给抚松带来了哪些变化时，他不无风趣地说，多少年前，县委县政府就提出来一个口号：人参特产，富民强县。

我问，这么多年过去了，靠发展人参产业，"富民强县"了吗？

他没直接回答我，拐了个弯儿说，这要看富到什么程度才算"富"。抚松现有人口21.73万，银行个人储蓄存款170亿，平均每人存款8万元。我没做调查，不知道周边县市是个什么情况。假如这个数字在本地区可以算"富"的话，那么，既使县没"强"也弱不到哪去。您说呢？他乐呵呵反问我一句。

我俩会意一笑。

离开万良时，我想起一句话——人参是跪出来的。跪莳，跪收。人参的品质取决于对它付出多少。

离开抚松时，我又想起一句话——能长人参的地方，一定是生态最好的地方。

沃野牧歌

陈晓雷

　　那黑土一粒一粒、一堆一堆地在眼前伸展出去，

成了一片无垠的大草原，

　　沉默的，坚强的，连续不断的，孕育着一切的，

　　在那上面动着无数的黑影，沉默的，坚强的，

劳苦的……

——巴金《黑土》

　　白城市曾称"八百里瀚海"，位于科尔沁草原东部。在数百年历史演进中，白城处于平原与草原过渡带，是农耕、游牧文明融合区。早年，每逢春秋两季，从草原涌入的强劲朔风，裹挟着漫天狂舞的黄沙，如人穿毛衣般兜头而来，久而久之，大片大片的绿草原被淹没，变成茫茫瀚海。这段岁月，

被作家洪峰写进了小说《瀚海》。

自 2013 年起，白城市开启"河湖连通"的工程，经过 7 年拼搏，把松花江、嫩江、洮儿河和查干湖等多个湖泡打通引水，解决了百年干旱问题，旷野、草场、农田、丘陵、森林、山冈，焕发绿色生机，如今这里碧野连天，水源丰沛，云白风清，粮田万顷，成为吉林省西部发展规模化养殖业的广袤沃土。2020 年吉林省实施"秸秆变肉"工程（即将农作物秸秆加工为牛羊猪鹿畜饲料，经畜腹变粪还田，重在奉献社会更多丰沛肉奶制品）后，白城得天独厚，成为这项富民工程的主战场。

一

3 月初，透过高铁车窗，眺望初春的吉林大地，残雪融尽，沃野上一片黄褐色，初春的土地，尚冬眠着未醒来。

到白城市采访"秸秆变肉"工程实施情况，赶到镇赉县黑鱼泡镇岔台村和合牧业有限公司采访时，已临近中午。

那天，气温约 -6℃，小西北风刺骨，尽管外衣里套着毛衣，还是被冷风打透了。迎着旷野上凛冽的风走进会议室，对面坐着的是和合牧业公司负责生产的副总经理尹晓东，他 50 岁左右、面颜洁净、神态平和，他未拿本子，桌上未见提示材料，他介绍公司像聊家常。

　　镇赉县和合牧业是集团公司的首家牧场，始建于 2017 年 8 月，和合牧业是镇赉县特色养殖产业扶贫基地之一，现在公司饲养的海福特牛有 8000 余头。近年来，和合牧业在镇赉县政府支持帮助下正在做大做强，走的是"养、加、销"一体化经营路径，正在努力打造和合牧业的品牌"和合牛"注册主打产品。

　　当问到和合牧业在管理与经营上，与同类企业比有哪些优势时，尹晓东介绍道：公司首要把企业利益与百姓利益紧密联系在一起，双方积极性大大增强。所说的百姓是指两类人，一类是企业员工，企业得失与员工利益相关联，员工爱企业和工作奉献程度，直接关系企业未来发展；另一类是与企业合作的农民牧户，公司能否带动当地更多农民参与公司实施的"放母还犊"养牛工作中来，是关系双方切身利益的大事，小到关系到农民能否脱贫致富，大到关系镇赉地方经济的发展振兴。二是公司对自身未来布局与发展的规划非常清晰，牧业以养牛率先发展，跟进饲料生产和肉类加工两大主业，使公司集团化优势更为突显，经济作用力更加强大；三是公司发挥专业人才优势，信任人才、重用人才；四是公司对员工管理科学、人性化，对外聘员工一视同仁，均实行"五险一金"制度。

　　听完公司情况介绍，随着尹晓东穿上防疫服，消毒后进入牧场牛舍。和合牧场建在一片平坦开阔的野地里，除办公区外，远处八大栋牛舍，气势宏大，牧场北侧西侧各有一处结着冰的蓄水湖，湖面开阔。目视北面蓄水湖长约150米，宽约60米，西面蓄水湖长200多米，宽50米以上。当时，感觉这两处蓄水湖对牧场而言，就像公园的湖泊，给牧场灵气。随着对和合牧场了解的深入，才知道这两个人工蓄水湖，两侧宽阔的水域像两翼长臂，把牧场"合围"怀抱，其重要作用是为牛舍构建防疫保护屏障。

在这里，能够看到两种养牛形式，在巨大的牛舍里"圈养"的多是黑色牛，它们是新西兰血统的安格斯牛，成牛和牛犊是分养的，看上去全身油黑锃亮，眼睛圆睁平视，嘴巴不停嚅动，零态度目视着来人。另一类多是露天"圈养"的黄白花牛，它们是乌拉圭、澳大利亚血统的海福特优质进口肉牛，露天圈养，大小混杂，空间宽敞，自由度大。淘气的小牛们，不时把脖子伸出栏外，像在与来人打招呼似的。尹晓东介绍，这两种牛有相同特点，即属优质肉牛型，生长速度快。

在这里，能够看到和合牧业倡导的"善待人，善待牛，善待环境和社会"的经营理念；也看到了"因为专注，所以专业"的现代畜牧业企业的运营管理机制所发挥的巨大活力。在牛业兴旺、生机勃勃的牧场里，有一种势不可当的发展能量，正在这里快速飙升。

3月下旬，在长春市繁荣路5299号和合牧业集团总部，见到年轻的副总经理张会臣，他毕业于内蒙古农业大学兽医专业，自2015年起一直致力于肉牛牧场的策划、经营、管理，他曾是镇赉县和合牧业有限公司创建人，他是省"秸秆变肉"工程委员会委员，被誉"理论＋实践型"肉牛养殖专家，他现在虽然已是集团副总经理，可他对镇赉和合牧业的那份情感依然深厚，总部安排采访张会臣，是因为无人可及他对和合牧业的熟知，相信他一定能把和合牧业这本"经"，为我道透说清。

为此，与张会臣面对面交谈，说起和合牧业，他的话就像流水般涌出来，他的创业经、养牛经、管理经，滔滔不绝，他讲了很多"专业"和"内行"们想听的话，对外行而言，像在听"迷魂阵讲解词"，不知所云，懵懂不堪，而笔者想听的应是他心里流出的带温度的话、牵动情感的往事，这类有"故事"的素材，才是写这篇纪实性文字所需要的。

待他片刻间歇，问他在和合牧业工作那四五年有何收获时，他这才调整下情绪，讲到了自己。

张会臣自幼在通榆县长大，父亲在乡广播站工作，很善于写文字材料，母亲没工作，家里姐弟5个，家庭极其普通，经济条件很一般，父亲的能说善写，对五姐弟都有积极影响，后来姐弟们全都考上大学，应该说这是父亲的乐观向上、母亲的善良勤劳，对子女们的积极上进起了至关重要的作用。

张会臣2002年大学毕业后，做过动物保健品、生物制品营销、科研、生产、管理等工作，在上市企业整整干了 12 年。2017 年创建镇赉县和合牧业发展有限公司，他任总经理，当年他是全公司唯一每天早上 6 点前到岗的人，他说作为公司的管理者，每天不超前在场区转一圈，工作起来心里没底啊。

当年镇赉县政府为和合牧业总投资 1.2 亿元，帮助公司建成 8 栋牛舍主体工程，后又陆续建成 21 栋牛舍及相关配套设施等，和合牧业公司开始进入正常发展运行期。

近两年，公司发展乘上省里"秸秆变肉"实施工程的东风，公司发展势头很旺，产品市场前景非常好。随着和合牧业的发展，其与金融机构与农民联搞的"放母还犊"运营模式做得风生水起，饱受当地农民牧户欢迎，本运营模式即：将公司母牛以寄养方式给农民养殖，公司对养牛农民牧户提供配种、定胎、繁育等全程技术服务，牛犊长到 250 公斤以上，公司以 6000—10000 元价格从牧户手里回收牛犊。这个养牛举措，让当地农民得实惠颇多，广大农民从中看到了养牛致富的希望。

镇赉县政府鼓励引导和合牧业这样的龙头企业，将经营重点由肉牛育肥向引母扩繁转变，由重点支持和合牧业等企业做大做强，促进"企业＋农户"合作模式的发展转变，扩大"放母还犊""母牛超市"等形式规模，带动广大农民牧户深发养殖、规模养殖、壮大肉牛养殖。现在，镇赉县农民与和合牧业的联动，已在当地形成一种势气正健的风潮，正在席卷那片流油的黑土地。据统计，和合牧业已为农民下放优质母牛 2312 头，母牛放租农家尚未过整年，公司就从农民牧户家里收回新生牛犊 453 头。

近 5 年来，和合牧业公司从集团领导到普通员工，都在夜以继日地拼搏着、奋斗着，他们靠产品靠诚信赢得了社会和市场的认同，其声誉和影响也在省内省外大起来，农业部和省领导多次来公司指导工作、助力发展。和合牧业赢得多项荣誉，被国家评为"非免疫无布鲁氏菌病小区""无牛结核病小区"，荣获"农业农村部畜禽标准化示范场""农业产业化省级龙头企业""吉林省扶贫龙头企业""市级优秀现代农业产业园区"等称号，成为中国肉牛协会理事单位，加入"中国—加拿大肉牛产业合作联盟"。

与张会臣在办公室正聊着，有人进来向他汇报公事，交谈先暂停。在其办公桌上看到一堆书，发现他正读的书是玻璃大王曹德旺的自传《心若菩提》。

谈到公司未来，他微微笑着，信心十足地告诉我：和合牧业集团是在镇赉县牧场基础上一步步发展起来的，经过 5 年的不懈努力，公司饲养规模超过 1.5 万头。公司在东丰县新建的乡村振兴畜牧养殖基地今年落成后，集团业务将涵盖肉牛繁育、肉牛育肥、饲草饲料加工、屠宰加工、电商中心等肉牛行业全产业链。那时，和合牧业集团将发展成为集良种化繁育、标准化育肥、精细化屠宰、定制化加工、品牌化于一体的，更具现代化的肉牛产业集团。公司的未来任重道远，我坚信和合牧业集团必然走向辉煌。

二

3月9日，去白城南郊吉林省德信生物工程有限公司调研，不巧总经理李成侠在外地出差。

年轻的副总经理赵旭东在会议室介绍了公司的基本情况：德信公司始建于 1974 年，现有国家级"配置"两个，一个国家级种公牛站，一个国家级核心育种场。公司以培育种牛、生产推广牛冷冻精液为主业，是集生产、科研、培训、技术服务为一体的新型生物技术企业。

赵旭东还讲了公司近两年来值得点赞的三件事：

第一件是德信公司培育的种公牛，在全国种公牛拍卖会上连续 4 年获得 6 个单项冠军、两项金牛奖。

第二件是德信公司引进了美国进口牛精子性控分离设备，这将对公司培育种牛，发挥"革命式"的促进作用。

第三件是韩俊省长来考察时，为公司特批了 22 公顷土地，今年就将建成 11 栋牛舍，1000 余头种牛将入住新家。

介绍毕，赵旭东领笔者见识了那架"性控分离设备"。又穿好防疫服、靴子消毒后，引领着进入露天公牛配种场，场里挺立着许多声名显赫的西门塔尔、夏洛莱、安格斯种公牛，它们各个高大无比、健硕雄壮。工人们正忙碌着作业，不时传来几声公牛"哞哞"的欢吼声。

知道公司总经理李成侠家在长春，还在某大学任兼职授课。3月中旬，就省里实施"秸秆变肉"工程，德信公司如何参与其中，就公司管理与发展的话题，以书面提问形式给李总发去采访提纲。

3天后，李总书面回答提问，部分要点摘录如下：

问：贵公司在省政府实施的"秸秆变肉"工程布局中占位比例有多大？贵公司是怎样结合省里的目标和布局，规划和实施本公司的产业布局及目标推进措施的？

答：吉林省先后出台《吉林省"秸秆变肉"工程实施方案》和《吉林省做大做强肉牛产业十条政策措施》，并明确从2021年起，全面推开"秸秆变肉"暨千万头肉牛建设工程，对品种繁育、规模养殖、精深加工等给予全链条支持。2021年7月6日韩俊省长来我公司调研时对我公司各方面取得的成绩非常赞赏，并指示要把最好的牛遗传基因留在省内，依据国家遗传评估概要，2021年度吉林省4家种公牛站排名前30的种公牛，我公司公牛占50%，2022年度我公司总计生产501.6万支冻精，占全省5家种公牛站总产量的47%。针对我省千万头肉牛工程目标，我们采取种公牛站＋繁改站点＋基础母牛场（户）"模式"，牵头注册成立了吉林省德运黄牛饲养专业合作社。通过一年的努力，2022年全国推广冻精453万支，其中在我省共推广优质冻精106.2万剂，在助推优质肉牛冻精推广，推进肉牛扩繁提质上展现出新的活力。

问：贵公司结合全省"秸秆变肉"工程目标，在种牛和牛业养殖、经营管理、生产销售等方面有哪些超越传统养殖业的现代理念、创新模式，并取得良好的经济效益？对白城市经济发展有多大影响？最好用科学数据和实例做法加以说明。

答：我们规划建设了德信养牛溯源管理平台，该平台将采精生产、业务销售、农户养殖等多个环节进行全流程监管，根据角色划分为技术员、养殖户等多个用户种类，实现了PC、微信小程序及生产客户端三端融合的建设方案，将牛场分散的数据进行有机整合，一牛一码，实现了种牛冻精向下追溯和养殖户犊牛向上追溯的双向溯源机制，有效提升牛场的整体管理水平，目前已在白城市洮北区和通榆县开展使用，以点带面，对白城市肉牛发展70万头目标起到带动作用，推进了我市肉牛全产业链与数据深度融合，在以数字赋能肉牛产业高质量发展中发挥了重要作用。

问：贵公司在实施"秸秆变肉"工程中遇到过哪些困难和障碍？这些困难和障碍负面作用有多大，公司领导、管理和科技人员采用哪些措施战胜困难、消除障碍？

答：最大的困难还是专业人才流失的问题，所说的人才以前的感觉是有人无才，现在是无人无才，吉林省人才外流比较严重，因地域关系，白城的人才流失更严重些，通过考学出去的孩子几乎很少有人再回来就业，针对引进人才困难，我们尽企业最大努力推动公司现有人员专业水平提高，创造机会出去学习，同时把全国名师也请到公司来进行指导。从长远看全国各行各业都面临招工难的问题，尤其是畜牧养殖业招工更难，所以有必要且也是急需改善的就是提高自动化水平，我们公司今年新建牛舍和采精大厅要把自动化元素添加进去，尽量减少人工，减轻劳动强度，提高工作效率和精准度。

问：对公司的未来发展战略有哪些超前思维、创新规划和可行性实施措施？

答：我公司一直致力于种公牛选育工作，多年来始终加强与吉林大学、吉林农业大学、中国农业科学院北京畜牧兽医研究所、北京安伯胚胎生物技术有限公司，德国克鲁博公司等单位合作，开展基于分子标记、发情控制、胚胎移植、性控冻精生产等技术的制种供种体系，有力地提高了优良种质母牛的繁殖效率；开展后裔测定，每年测定牛2000多头，取得种公牛验证数据13000多条，建立科学选育种公牛评介体系，每年培育认证采精种公牛30头，从数量和质量上保证了种公牛站持续发展；优化饲养管理和精液冷冻工艺，建立了精液长效保存与优良冻精生产体系，提高种公牛冻精产量和品质。我们选育的种公牛在全国种公牛拍卖会上取得优异成绩，获得 6 个单项冠军、两项金牛奖。

李成侠总经理还结合自己的创业工作经验，介绍了德信公司专业队伍的建设问题，及如何快速培养专业人才问题，这是关系这家企业未来发展前途的重要问题。

李成侠认为，我国饲养肉牛还是粗放式的，从养到管理再到具体专业技术规范并没有成体系，自动化程度还不高，专业人才还局限于理论。就拿兽医来说，学生只有理论，实践操作能力不强，很难有兽医毕业生直接从事治疗工作的，这和人医有很大差别。人医的学生可以边理论学习，边跟随老师积累临床经验，但兽医却没有这个实践基础，我认为这也是专业人才培养最该解决的问题。畜牧专业人才培养不光是高校的事，更该是政府的事，也是畜牧行业的事，专业技术人才像饲养管理和诊疗治疗是非常稀缺的，也是市场急需的。

那么，如何解决企业所需专业人才的培养问题，李成侠认为政府、学校、企业三方联动，这项工作就会快速见成效：首先，政府部门要重视并给予人才培养一定的支持。其次，专业高校要切实拿出有效措施，加强学生思想教育，提高他们对畜牧业在经济社会发展中重要作用的认知，增强献身畜牧业的责任感、使命感和荣誉感，培养学生的专业情怀和执着精神。教师要提高专业技术水平，要紧密跟踪畜牧业发展实际，增强解决问题的能力。专业高校要把提高学生实践能力作为重要目标，加强实习基地建设，在教学计划上增加教学实习和生产实习比例，强化实际操作能力培养。最后，企业要配合政府和高校，为学生提供实践的基地，构建人才定向培养的模式。

三

在采访中，巧遇意外事件，常带给人一份难得的惊喜。

3月8日下午，在白城市畜牧发展服务中心国长河科长的推荐下，到洮南县郊的中农吉牧洮南分公司采访。

年轻的总经理助理刁世勇介绍完情况后，已经午后3点多了，又提出看他们公司一个牧场，访一家放牛还犊的农民牧户，提这要求之前，没与他"沟通"，是即兴想到的，担心这会让小刁为难，弄不好他还得向领导请示一番，这一来一往就得半小时。

未出公司大院，就已看得到太阳西沉了。

问刁世勇："到七牧场有多远？"他答："20多公里。"又对他说："你路况熟悉，开你的车吧，天不早了，来回能快些。"

干练利落的小刁，没走"请示"路线，一边点头应对着，一边手机联系远处的牧场和农民牧户。听说话语气，他和这些人熟得不得了。很快坐上小刁亲驾的红色越野车上路了，路两侧牧野茫茫，时见牛羊散放，时见村庄闪过。

在旷野上穿行，透过车窗看到偏坠的太阳，阳光透过路边的杨树林射进车里，太阳快骑上西山头了。

趁此时间，梳理下刚才刁世勇介绍的中农吉牧洮南分公司的情况。中农吉牧是吉林省科技与农业相结合的企业，以肉牛养殖业为主业，是种、养、加、销一体化的产业平台，自 2021 年公司参与全省"秸秆变肉"工程，即千万头肉牛工程建设以来，在牧光互补、粪污转化有机肥等低碳环保模式，赋能肉牛产业发展上有许多创新举措。

还有用产业思维做企业、用工业思维做农业的理念已取得成效，现在公司已经陆续建成了 20 余座现代化的规模型牧场。近年来，公司联合当地农民开展牛只租赁、放母收犊的业务，得到了洮南广大农民养牛户的认同，这项工作调动了农民积极性，铸成一条农民脱贫致富的成功路，也为企业自身发展带来了强大的动力。

红色越野车行进约半小时，就到了中农吉牧第七牧场。一看牧场的现状就知道，这是一座很老旧的院落，因初春原故，院里满是东北的老原色，满院灰黄，牧草垛、秸秆垛、饲料堆，还有农具、车辆，无序散放着，刁助理在东侧的牛舍，指着一架立在那里的铁设备说，它是现代牛饲料搅拌机，早已不用人工为牛切饲料了。栏杆里许多仰头注视来人的黑牛黄牛圆鼓鼓的眼睛，没有惊恐，一片平静。

随后，又到东北侧牛舍看，牛群被赶到院子里，里面工人驾驶拖拉机正在清理牛粪便。不远处，一位脸色微黑、中等身材，看上去四十七八岁的中年汉子，正手持板锹清理牛舍边角处的牛粪，他就是七牧场场长范余琨。

刁世勇做了介绍。

问范："场长也直接到牛舍干活啊？"范答："我们这里条件不是很好，工人又少，忙不过来，不管是谁都得伸手干啊！"

又问："这里的牛成活率挺高的吧？"答："成活率还行，只是养牛得非常用心，这是又细又累的活啊，稍有疏忽防疫不到位，有一头牛有病，就会牵连几头牛，有时一倒就是几头、甚至十几头，一点儿马虎不得啊！"

再问："你家是洮南的吗？"答："我家也是长春的。接着问：多久没回家啦？答：忙起来就顾不得家了，也回不得家了，我过了春节就回来了，到现在一趟还没回家呢，两个多月了……"

走出牛舍后，刁世勇介绍说，七牧场条件不好，牛舍都很老旧，在这里工作的确不轻松，老范来到这儿还不到半年，他的前任是位很能干的老场长，去年冬天的一天，老场长干着干着活儿，突然倒地站不起来了，工人们忙把他送到医院抢救，可老场长还是半身不遂了，他是劳累过度、休息不好造成的……

公司决定派老范来七牧场接替前任场长工作，老范没什么经验，却很用心很务实，尽管七牧场条件差些，老范不甘于落后，把牧场的所有活儿都干遍了，外行变成了内行。

老范说："场里的活儿一点儿不能减少，工作一刻不能停啊，几百头牛就是几百张嘴啊！除给牛备料喂料外，牛舍保暖、给牛饲水、清理粪便，样样活儿哪项都不能缺少，更不能有半点儿耽搁，养牛是科学加体力的活儿，辛苦着呢，这点我们这些养牛人都知道。"

四

太阳已落山了，因还要专访农民牧户，告别七牧场，还有要驱车 20 多公里，忙往仁义村谢家围子的农民牧户边立新家赶去。

刁世勇介绍农民牧户的情况：老边家是我们公司的合作者，去年老边租放公司的 6 头母牛快一年了，其中有头母牛就是不怀牛犊，这下可急坏了老边夫妇，此刻这对老农民正为此事上火呢！他们心急火燎地等着吉牧公司派人来查看详情，因为公司和牧户有包保协议，公司必须为他们这头不怀孕的母牛负责。如果农民租赁的这头牛是不能生育的病牛，经过治疗仍不能怀上牛犊，依照公司和农民签订的协议，农民有权力要求公司给更换母牛。

这是一件非常有代表意义的案例。巧遇了母牛"不孕事件"，就有了跟随探访、深入养牛农民牧户家的难得机会。跟着小刁来老边家查看这头母牛的情况，想知道公司怎么处理这件事。

在赶往谢家围子的路上，小刁说，为这件事公司已经先后派过3拨儿人了，先是派人来了解情况，老边家租公司的这6头母牛，5头母牛都怀牛犊了，的确有一头母牛迟迟不怀犊，调查的人回来后，公司对症施策，又派去专业人员协助那头母牛，对其实施"人工受精"，几个月过后，母牛仍不见动静，公司还派去兽医来治疗这头"不孕不育"的母牛，这样几经折腾下来，现在这头母牛是否有新动向，公司也急需知道真实结果。

这也许就是刁世勇来老边家的真正目的。

红色越野车又跑了20多分钟，小刁不停地与那面的老边通电话，从那边传来很响亮的说话声，听得出这位农民对来访充满渴望、期待，口气中满含兴奋和喜悦。老边高声道：快到了，不远啦！你们看到路右边有个高高的白塔子，就到我家了，我家就在白塔子西面路边！

天色暗了，小刁深踩油门，车速明显加快。路两边都是粗粗密密的杨树林，和灰色田野融合一体，几乎分不出土地和村庄了。

15 分钟后，老边来电话问：你们到哪儿啦？小刁说：没看到路右侧的白塔子啊，看到一块写着"谢家围子"的牌匾……电话那头老边喊：过了过了，你们走过了，你们往回返，看没看到白塔子！

车掉头往回开了 200 多米，车里 3 人隔着车窗，眼睛直瞪瞪寻找着老边说的路边"白塔子"，天呐，哪有什么白塔子？原来是一架刷了白油漆的高压线粗电杆！

一个头戴深蓝毛线帽，身穿灰蓝旧上衣，躬腰端肩的黑脸老汉等在路边，他就是养牛的农民边立新，看上去像 70 岁的样子，其实他才 58 岁。

走进这座农家大杂院，老汉边立新和老伴刘淑娟满脸悦色，马上告诉来访者一个好消息：他们家的一头海福特母牛，几天前刚刚下了小牛犊！

这座农家大院充满生机，东侧一座四四方方、高过两人的秸秆饲料垛，西面散放着一堆堆草料，还有几麻袋苞米饲料，中间停放着一架农用大车。

笔者站在院里正看着，身穿迷彩服、裹着花头巾的边立新老伴刘淑娟走过来，大声问："看看新下的小牛犊吗？它长得可快啦！前几天天冷，我和老伴把它弄到我们住的屋子养着，除了让它吃点儿母牛的奶外，我们特别给它加饲料，黄豆、苞米楂子、胡萝卜，为让它快些长壮，有天老头子煮了几个鸡蛋，自己舍不得吃，都给它吃了……"

所有的人都被刘淑娟"给牛犊吃鸡蛋"的话逗乐了！

刘淑娟见众人皆笑，自己也很高兴，滔滔不绝说得更有劲啦："我们老头对这6头牛可太精心啦！大地里的庄稼收拾完后，他就赶着牛们在地里吃秸秆，一出去就是一天，晚上回来牛们个个都吃得肚子溜圆，夜里还要给它们加一两顿饲料，把毛糙子、黄豆炒熟了喂，看它们嚼着吃，都能闻到香味！它们还真争气，6头母牛5头怀了孕！走，我领你们看看已长大的牛犊啊……"

看着喜悦溢于言表的刘淑娟，来访者不能拒绝她的善意，也乐于分享其快乐，于是跟着她走进牛圈，她特意把"开单间"的黄白花小牛犊赶出来让众人看，小牛不愿出来，她就用手推小家伙的屁股，小牛哞哞叫几声，一副很不情愿的样子。

看完小牛犊，又围着牛栏圈看那几头黄白花大牛，它们个个状态良好，小刁夸老两口牛养得好。这下刘淑娟逮到机会了，她手指着一个正扬着头看客人的大母牛说："你看它长得多健壮，看上去啥毛病没有，可它就是不揣犊哇，别的母牛都怀牛犊了，为让它能揣上犊，我们费了很多心思，找了不少方子，也找了好兽医，可它的肚子就是不争气呀！"

刘淑娟直接问刁世勇："按合同它不怀孕，公司能给换头母牛吧？"

小刁说："我这次来也是看看它的情况，如果对它医治后，它仍不能怀孕……你放心，公司一定会给你们换头能怀孕的母牛的！"

刁世勇是甲方代表，是能代表公司决策的。听了他的话，这老两口像吃了定心丸，脸上立刻灿烂起来。

所有人被这对朴实勤劳的老农民夫妇的生活热情感染着。

刘淑娟告诉笔者，老伴边立新前几年得了脑血栓，现在他的一条腿还不太好使，她自己也57岁了，有一只眼睛已经半失明，但为了养好这6头牛，让它们早下犊，吃苦受累他们不怕。他们坚信，与中农吉牧公司合作，靠租牛养牛售犊这条路，一定能走上致富的阳光路。

看到临近晚饭时间，老边很真诚、很热情地要留来访者们在他家吃饭，婉言谢绝主人的好意后，小刁一脚油门，红色越野车就开出了这座充满烟火气息的农家大院。很快就驶上了返程的主路。

这时，太阳已经完全落山了，西天边还挂着一抹殷红的晚霞，暖意融融。

在回途中，刁世勇介绍了中农吉牧洮南公司放牛还犊情况。

近两年来，公司为农民牧户贷款资金3000万元，已有90余户农民与公司合作，已放出的母牛2500头，每头母牛租给农民月租金为0.7%。牛犊体重达250公斤后，公司就可以回收了，公司回收牛犊也超过 200 头了，每头牛犊回收价大致在 5000—6000 元之间，公牛犊母牛犊的回收价是有较大区别的。如果牛犊是用本公司的冻精繁育的，回收价每头可达到 1 万元左右。刁世勇告诉我，周边农民对公司放牛还犊举措很认可，很多农民把大量存钱用于养牛，心甘情愿与公司长期合作，农民们认准了这是一条致富之路。

刚才听老边就说到过，他家每年都种 40 多垧粮田，今年只种 20 垧地，把另一半地租出去，把种粮租地的钱集中起来，用在扩大规模养牛上。当时看这两位老人的身体状况，很担心 58 岁的老边和 57 岁的刘淑娟，现在养 6 头牛已忙得焦头烂额了，再扩大规模，他们能干得动吗？

当把这个担忧向他提出时，老边眼睛一瞪：行！我家有 20 垧地的秸秆做饲料，5 到 10 月我们喂牛，这是不用花钱的，其他时间，我就可以把它们赶到大地里去放了嘛！

说完此话，老边笑着看刘淑娟，他老伴正用信任的眼光给他点赞呢！我从老边的神情中，看得出他对自家的养牛业不但信心满满，而且雄心勃勃。这对乐观的老两口给人一股感人的力量。

天已黄昏，光线偏暗，车速放慢许多，跑完这 30 多公里路回到公司，天就全黑下来了，加小刁微信后话别，这位 38 岁的年轻人，其干练、务实的劲头，给人留下了深刻的印象。

就在本文写作过程中，微信问刁世勇："老边的那头不怀孕的母牛最后咋办啦?"小刁说:"咱说话算数,陈老师你走后半个月,我们公司就给老边家换新母牛了。"

5月中旬,又给边立新打电话询问,老边反应很快,马上说:"公司给我家换了母牛。"还高兴地说到两个好消息,"陈老师,你走后的两个多月,我家的母牛又下了两个牛犊!还有,那个新换的母牛,也揣上小牛犊啦!"

这的确是值得高兴的事!在电话里我祝福边立新说:"祝你家的养牛业兴旺发达啊!"

五

那天,在白城市畜牧业发展服务中心,见到了生产科长国长河,他毕业于吉林农业大学动物防疫专业。

在谈到全市的"秸秆变肉",即千万头肉牛建设工程情况,他的专家"功能"立刻被激活了,作为土生土长的白城人,他把自己的青春、把最好年华,都献给白城这片黑土地,都献给白城的畜牧事业了。

1999年他大学毕业后,到大连一家公司做业务主管3年,月工资一万元左右,到2002年他毅然决然辞去那家公司的高管职位,回到家乡的畜牧部门,当年他的月工资才400多元,这个落差很大,可他没半点儿迟疑,也没后悔,这一干就是21年。

问国科长:"你现在工资也没那时的工资高吧,后悔没有?"

他说:"当时父母年龄大了,需要我照顾,是个原因,但主观上我确实想回家,咱得把咱学的那点儿专业知识回报家乡啊,不然就没机会了。"

下面,就是国长河"念"的白城市"秸秆变肉"的发展"经"。

在"规模化"养殖方面。洮南市肉牛养殖续建项目,总投资7000万元,由洮南东北牧业集团有限公司新建牛舍及配套设施等,2023年年底建设完成。

通榆县标准化肉牛养殖园区续建项目,总投资4.7亿元,由通榆县政府新建10个1000头规模的养殖小区及配套设施等,已完成主体工程80%。

大安市国家农村产业融合示范园万头肉牛养殖新建项目,总投资1.71亿元,建设标准化肉牛养殖舍34栋,2023年年底建设完成。

在"精深化"加工方面。通榆吉牛食品20万头肉牛屠宰加工续建项目,总投资7.9亿元,建设年20万头肉牛屠宰加工厂,2022年8月建设完成。

大安皓月肉牛产销一体化新建项目,总投资76亿元,新建育肥牛20万头基地,年30万头肉牛屠宰厂和年产30万吨反刍饲料厂，2025年底建设完成。

在"良种化"繁育方面。德信公司育种场扩建新建项目，洮北区政府和市畜牧业发展服务中心全力服务，争取国家总投资3000万元，2023年年底建设完成。

还有，在"品牌化"打造方面……

这个老国可了不得！其对业务熟练程度令人咋舌，无提示稿，不用平板电脑，却能口若悬河，说个滔滔不绝，两个小时调研，几乎成了他的"独角戏"。真让人从心里佩服他，吃惊已48岁的他怎么还有这么好的记忆力！

在吉林省委明确提出实施"秸秆变肉"工程后，白城市设定的"十四五"养殖业发展目标是建设"5212"工程，实现"1518"目标。即建设5个万头规模的肉牛养殖基地、20个万头养殖大乡镇、100个千头专业村、两个精深加工基地，力争肉牛饲养总量发展到150万头，增速翻两番，站在全省前三位。

结合白城市上述目标，转而一想，这几天笔者就白城市"秸秆变肉"工程实施情况调研时，遇上的全是老国这样年富力强的专业干部：

52岁的镇赉县和合牧业公司副总尹晓东，1987年毕业于长春农业学校畜牧兽医专业，曾供职长春市示范奶牛场等多家企业，任技术员、场长、经理、副总经理等职务，有扎实的工作实践，有丰富的现场管理经验。

和合牧业集团 42 岁的副总经理张会臣，2002 年毕业于内蒙古农业大学兽医专业，来和合牧业供职前，已在上市企业干过营销、策划、科研等多项业务高管、总经理，早在 2018 年就已成为中国肉牛协会委员会委员，是最具实力的畜牧业养殖专家。

38 岁的中农吉牧洮南分公司的总经理助理刁世勇，毕业于西北农林科技大学资源环境科学专业，来中农吉牧前曾在山东鲁虹农科等公司三家以上企业工作过 13 年，是资源环境、融资银贷方面的行家里手。

39 岁的德信公司副总经理赵旭东，2007 年毕业于黑龙江畜牧兽医职业学院动物医学专业，曾在石家庄先锋动物药业等多家公司做业务主管 10 多年，2017 年到德信供职，其不仅有专业特长，还是个十分敬业的管理者。

依此可见，白城市畜牧行业有这么多优秀的专业干部，即能呈现出干事业的强大优势。这样说来，在市畜牧业发展服务中心遇上国长河这类的既有实践经验又有超凡记忆的人才应该算作正常。如果没有人才资源的优势，白城市的"秸秆变肉"工程是干不到全省同行业排名前三位的。

写到这里，想起今年"三八"妇女节前后那几天，在白城的城乡大地间，在寒风刺骨、广袤无垠的旷野上，风驰电掣地行走采访，很奇怪，忙忙碌碌了好几天，几乎每天从早干到晚，60 多岁的笔者居然没感到疲劳，却常常被眼前那大片大片的丰饶黑土沃野深深陶醉……

于是，就想起法国大文豪福楼拜的这句名言："如果我们在草地上打滚，大地的芬芳也会渗透我们的精神。"

风景这边的故事……

周云戈

有道是"穷汉子盼一百个来年","来年"仍旧是个穷——穷乡、穷村、穷百姓……穷，与两家子结了缘。

两家子人也在"盼"，然他们决不是消极等待，始信苦熬不如苦干。一路走来，他们从没放弃与贫穷相抗争，年复一年地在这片土地上挥汗劳作……苍天不负，恰似一夜风来，终于迎来千树万树的满树花开——它美丽了，富裕了，生态了，也更充满希望了……它的巨变，让当年为梦而奔走他乡的游子感慨；让从前在这里工作过的老干部惊奇。而作为曾因扶贫与这里有过交往的我，更是感慨多多……

2022 年 11 月 7 日，立冬。当我踏上近 20 年不曾谋面的土地，眼前的一切都让我为之一振——四通八达的柏油路，亭亭玉立的杨柳，整洁的村庄，鳞次栉比的房屋……无处不风景啊！然于穿越中，更让我感动的则是风景这边的许多故事……

盐碱地里稻花香……

两家子镇位于大安市中部偏南——霍林河的冲积平原，按说它本该是水网纵横、芳草萋萋、地肥水美的鱼米之乡，可皆因霍林河是条季节性河流，特别是进入枯水期后，自然降水少，干旱使深藏地下的盐碱返于地表，由此它成了松辽平原苏打盐碱土的重要组成，并吞噬着人们的家园。然而，让人想不到的是在这片白花花的盐碱地，如今却"稻花香里说丰年"了。

在镇委书记黄中岳的办公室里，他就着一张挂在墙上的"两家子镇盐碱地开发示意图"，向我讲起了两家子人让盐碱大地变良田的动人故事。他不述苦情，只讲艰难跋涉后的喜悦……他兴致勃勃地讲："经过 10 多年开发，目前全镇已开发稻田 9.2 万亩，占全镇原有耕地面积的 72.4%，几乎再造了两家子镇。听来是不是有点儿传奇？"略做停顿，他继续为我描述远方……"如果境内的小西米泡开发结束，仅水田一项就超过全镇原有耕地面积。"这时镇长于光辉插话问我："你猜猜这些新开发的稻田由多少人来种？"我说："估计不准。"他告诉："经营这片稻田的，除三家子村有十几户农民承包了一点儿外，其他全部由 40 多家新农人耕种。从整地、插秧到收割，都是清一色的机械化。"

我问他们："为什么不分给农民种呢？"黄书记这时莞尔一笑："这水田开发之初，不是放水、耙地就可插秧的。经营者还要投入很多人力、财力才能达到种稻标准，头三年能拿回本钱的都算高手了。而来这里开发水稻的人，那可都是经济实力雄厚、有战略眼光的人。他们都有相当雄厚的财力，有技术团队做支撑。前几年虽拿些赔头，而改造成良田后，那就是一大笔财富了。"他似乎看出了我的心思，接着又说："别看农民没种直接水稻，可他们却是最大的受益者。须知道，来此参加土地流转的经营者们，每 5 年都要向村集体交一次承包费的。承包费一收，村集体经济厚实了。有村用这笔资金修了村屯道路，有村修了院墙，安装了路灯、添置了卫生厢（车）；有村还利用这部分钱为村民交了新农合——医疗保险；有村还用它为村民交了网费、有线电视费等。原来那些农民自己掏腰包才能办的事儿，这回都由村集体统一支付了。"一席话，让我打心里温暖……

接下来，于光辉镇长给我讲三家子村级养老保险的故事。原来这个村在全镇也算是个有名的贫困村，自打盐碱地治理以来，这个村就富得流油了。因有了承包地的收入，如今这个村利用土地承包金，为全村老人们上了养老保险。妇女到了 55 周岁，男人到了 60 周岁，每人每年就可得到 2000 元的养老保险金。以前赡养老人是儿女们的负担，今天也都幸福的花儿心中开了……

谈兴正浓时，敲门声让我们停下了话题，一声"请进!"我循声向门开处望去。进来的是一男一女两位年轻人。二位领导起身让座，然后便向我介绍来人，他以手示意那位女青年对我说："这位是咱吉林辰雨农业科技有限公司总经理尹虹霓女士，这位是返乡创业洋博士张枫。"落座后，黄书记便从头向我介绍起这两位的来历……

原来这吉林辰雨农业科技有限公司是于 2013 年 7 月来两家子镇兴办大安瑞禾机械种植农民专业合作社的。尹虹霓女士就担任这个农民专业合作社主席。张枫呢，则是辰雨大安瑞禾机械种植农民专业合作社首席专家。看得出他们是来找黄书记商量事的，于是我想离座回避。黄书记止住我说："先别走，一会儿你就采访采访这二位吧，瑞禾机械种植农民专业合作社，是两家子镇开发治理盐碱地最大的农业企业。他们是咱们这的新农人、农村新型经营体的代表。"接过话题，我便自我介绍，说明了来意，由此便开始了我关注的话题。

与他们做了初步了解后，便一起来到了瑞禾机械种植农民专业合作社。一到这里，我便被合作社的实力震撼了。尹虹霓主席对我讲："经过 10 多年来的发展，合作社已改造并种植水稻 24000 亩，其中有机种稻植区 2250 亩。目前基地现有场房、办公室 1600 平方米；育苗大棚 255 栋，面积约 15.3

万平方米；另外，还有大型农机具 24 台（套），最核心的是大型调度与监控中心和数十台数字化田间监测设备。可以说基础设施完备，水、电、路等设施配套齐全。从育苗、插秧到田间管理及收割，全部实现机械化和数字化。"她提及数字化，我便追问："能数字到什么程度？"她告诉我说："坐在调度中心，凭大屏幕显示，人们就可知道每区块的供水、水温等一系列数据。如果缺水了，一个指令缺水地块的水阀就自动打开，满足所需后就自动关闭。"真的不敢想象，如今种地竟也实现了由经验向数字的转换。

说到这儿，来合作社返乡创业的张枫博士，便给我讲起了合作社接收同乐村巴喜屯贫困农民周国富来这儿务工的事儿。周国富来这儿之前，常年在外地打工，媳妇和孩子一度都得了病。由于没及时就诊，使娘儿俩的病越来越重。看到这情况，2018 年合作社就把他招回来这里务工，并主动借钱给娘儿俩治病。由于他勤劳肯干，不管安排做啥，他都做得有条有理。多干少干，也从不计较，因他工作出色，每年都能拿到合作社的绩效奖。现在娘儿俩的身体康复了，生活也富裕起来了。2021 年杀年猪时，周国富邀大家去他家吃年猪菜，看到他家房子又扩建，并重新装修了，家里家外都变了样。如今，周国富在这儿成了多面手，开拖拉机、开插秧机、开收割机、开铲车、烧电焊一应全能。听了张枫的讲述，让人们更感觉这里的温暖和魅力！

在办公室的走廊里，从展示板上让我认识了他们：

——尹虹霓，女，吉林辰雨农业科技有限公司法人、总经理，大安瑞禾机械种植农民专业合作社董事会主席。曾就读于英国诺丁汉大学和澳大利亚悉尼大学，分别获得了社会学本科及硕士学位和法学博士学位。履职瑞禾合作社后，她运用自己多年积累的知识与工作经验，为瑞禾合作社的大米开辟了市场，建立了多家商业合作伙伴。同时还打造了"两家子""吉粒丰"两个品牌。这两个品牌大米一经面世即广受好评，让消费者认识并爱上了来自弱碱地的瑞禾优质大米。

——张枫，男，曾就读于澳大利亚新南威尔士大学，在那里获得了学士、硕士及博士学位，学成后毅然回乡开启了他盐碱地创业的梦想。他在校时研究方向是高浓度离子水对粘土颗粒沉降以及固液分离效果的影响。来到瑞禾以后，他主要致力于改良盐碱地土壤板结、返盐返碱等课题的攻关。几年下来，他把稻田地当作实验室，有针对性采集土样，开展富有成效的研究。他提出了采用秸秆和牛粪堆肥发酵后做有机底肥来改善土壤的构想。3 年试验、开发后稻田返盐返碱现象不但得到遏制，施用该有机肥的地块均收到了显著增产的效果。

我问他可有检测？他亮出了 2022 年产量增幅的检测报告："亩产增幅 30%。"再问他为什么选择这里？他乐呵呵地说："这里有我的天地和梦想啊！"一把握紧他的手，打心里为他点赞！

"青春作伴好还乡"——小年纪大担当，盐碱地里的大作为，未来可期……

大笤帚的传奇

在两家子镇宽敞明亮的农产品展示大厅里，在琳琅满目的制品中，最抢眼的要数品种繁多的大笤帚了。如今，它扫除拂尘功能依旧，可精美的工艺和别致的样式在人们眼前，仿佛是赋予了灵魂的通草花，各自绚丽绽放……

在大厅一角，我与老朋友同权村党支部书记、两家子镇大笤帚协会主席刘云平不期而遇。一番闲聊，他便给我讲述了两家子镇大笤帚的一路走来。

大笤帚在两家子算是个传统产业，追溯起来该有 50 多年的历史了，而形形色色的大笤帚，早已成为这里的地标性物产。因它扎工精细、质量好、耐用而名声远播……

要说两家子大笤帚，话还得从 20 世纪 70 年代说起。一年，同权村扎笤帚能手田河的父亲田洪德，在自留地里种了几垄名曰"披头疯"的笤帚糜子，为的是到秋后扎几把笤帚、刷帚留做自家用。可让人想不到的是，这几垄笤帚糜子竟然很服这方水土，小苗破土后它就疯也似的长。那年秋天，田家即有了很好的收获，打完场后，田洪德老汉便削下笤帚糜子的穗儿，打下了籽粒，刮去壳儿后，还扎了百十来把的扫炕笤帚和扫地笤帚，最后还用剩下琐碎一点儿的小苗子扎了30多把刷帚。田家老汉一看自家用不了这么多，便拿到安广镇农贸市场卖了——因他的笤帚扎得精美，一下吸引了人们的眼球。于是，田老汉以每把扫炕笤帚3角，扫地笤帚5角的价格全部卖了出去。回家后一数，竟收入了40多元。田家的收获很快在屯里传开，这让左邻右舍也眼热起来。第二年开春，便有邻居上门前来讨种子，跟着田家的风种起了笤帚糜子。队里打完场，便有几名年轻社员上门跟着田家老汉学着扎笤帚，然后也拿到集市上去卖。就这样，社员们在自留地种笤帚糜子，扎笤帚风便在同权村悄悄兴起……

这时有心社员一算账，种大笤帚糜子比种其他庄稼都划算。应是件一举三得的事儿——种子自留，不用花钱买；收割后，打下籽粒可自家做口粮，也可卖给酒厂；那秸秆还可以做烧柴。最宝贵的是那穗，脱粒后即可扎笤帚卖，这么一比较，还真比种其他作物划算。于是，同权村老百姓干脆就在自留地种起了大笤帚糜子，开始了扎大笤帚卖的营生。如是这般，没几年两家子大笤帚便渐渐在大赉、安广农贸市场有了些名气。

实行家庭联产承包责任制后，农民拥有了自己的土地，在土地上种什么，自己说了算。与此同时，国家也鼓励农民发展多种经营，这一下子极大地调动了农民种大笤帚糜子的积极性。这时，两家子供销社瞄准了商机，经向当时的县联社做了扩大农副产品收购范围的请示获批后，便开始大张旗鼓地收购社员自留地种的大笤帚糜子和大笤帚。为此，两家子供销社还专门设一名有门路的"副业指导员"，他根据买方的意见，还对各种型号的笤帚提出了技术要求。譬如：扫地笤帚的把，苗要多长，扎几道"经"等等。有时，业务指导员还带来客户提供的样品，这对两家子大笤帚上质量促发展起到了很好的指导作用。除此之外，供销社还为农户提供适销对路的优质笤帚糜子品种，并与农户签订收购合同，确定了最低保护价。这一下子激发了农户种大笤帚糜子、扎大笤帚的积极性，不成想这大笤帚糜子和大笤帚成了两家子人增收的好路子。这时全镇种笤帚糜子的村，也由当初的同权扩展到了全境。而以扎大笤帚为主的专业户，也由当初的10几家，一下子发展到近百家。那时，每年一进冬，两家子大多数村民家房山头上堆的都是红艳艳的笤帚糜子，院子里戳着的也都是笤帚糜子，而屋子里的父子爷们儿起早贪黑地扎笤帚。每年这个时候供销社的院子里都是垛得小山一样的笤帚糜子，或是苫有白色苫布的成品笤帚垛。大笤帚糜子和大笤帚，一时让两家子成为辐射八荒的东北最大的大笤帚集散地。

脱贫攻坚战打响后，镇党委把种大笤帚糜子，扎大笤帚作为一个脱贫带富的好产业来发展。他们因势利导地引导农民走组织起来的路子——整合市场要素，培育市场主体，扶持发展大笤帚生产合作社。镇里的大笤帚协会，每年为广大笤帚户提供产前信息、新品种引进、新技术提供，产品标准发布和产成品收购等综合服务，培育主打品牌，并与合作社成员签订单。一时间，全镇有 12 个村发展各类大笤帚合作社20 多家。为了应对大市场，镇党委多次研究，并根据本地实际对各合作社实行统一样式、统一标准、统一工艺、统一价格。经过 10 多年的培育，便打造出了"长发牌"——两家子镇大笤帚品牌。提高了竞争能力，杜绝了外地客商压价、压等、销售不及时现象的发生。由于镇党委重视，工作中不断加大引导、主动作为，使得产业链条逐渐优化升级。

一次，时任镇委书记于洪志去内蒙考察，途中他无意中发现了一种异样的大笤帚糜子。它秸秆粗壮、穗部纤维柔，颈部细而长，于是他叫停了车子，一番拍照，又随手拿出塑料袋，蹲下来取了土样，之后又与老乡攀谈起来。交谈中得知这种大笤帚糜子名曰"小矮人"，特点是它抗碱能力强，穗大苗长，产量高、品质好。于是，他留下了地址和那人的联系电话，又加了微信，并说定秋后来你这儿引种。回到家乡后，他又组织召开了大笤帚合作社社长座谈会，在介绍情况时，还在社群里发布了他录制的视频，鼓励这些合作社成员积极引进新品种。在他的主张下，在主抓大笤帚生产的副书记率领下，及时去实地考察。第二年便把"小矮人"引进了两家子。经过试种和选育，培育出更加优质的、适应性更强的大笤帚糜子。秋后将它与传统种子相比，亩产提高 230 斤，户均增收近 1200 元，有力地推进了全镇大笤帚产业的发展。

乡村振兴开始后，镇党委利用电商平台，开始把全镇各合作社生产的大笤帚产业推到了网络平台。并通过短视频等快捷媒体，把扎笤帚过程制作成视频发出去，吸引了更多的粉丝关注笤帚产业。于是乎，扎笤帚网红——"情人鹤顶红"粉丝量一度达到 14 万，扎笤帚产业得到全国各地粉丝的关注，线上订单也不断增加。这让两家子的笤帚产业越做越大，路也越走越远，并成为乡村振兴中的一个重要农业特色产业，群众增收致富的重要来源。按各地发来的订单计算，2023 年全镇大笤帚加工有望达到 700 万把，产值 4000 万元，带动就业 300 余人，人均增收 2.3 万元。

如今，两家子大笤帚已远销到北京、天津、江苏、浙江、内蒙古、新疆等十几个省市自治区。它仿佛是从这里飞起的一道鲜艳夺目的彩虹，又恰似从人们心里飞出去的金凤凰……

寻味年猪菜

寻味年猪菜，不是图口福。而是循着好友于希文兄，于 2020 年冬回乡为本家哥哥请吃年猪菜做主陪的讲述而来，想见识的是他本家哥哥由穷而富的变化。

于希文原大安报社社长，他那位本家大哥叫于喜全，人送外号"于老怪"，家住同强村快乐屯儿。脱贫攻坚战打响之前，五口之家的日子那过得是相当的贫困，不要说住不像住的，吃不像吃的，穿不像穿的……多年来家里所用，一应是一家当户的帮衬，老亲少友的资助，民政部门的救济。他家的贫困，在全村第一，全镇上数。

来到于喜全家，正赶上他家的羊舍里又喜获丰收，从早到我去时，5只小尾寒羊竟产下11只羔。一听说有人要求见，他便嘱咐儿子在羊舍里再多守一会儿，好生看着另两只待产的小母羊。说完，他便兴冲冲地走出羊舍，在镇委副书记闫金治和村干部的引见下，我俩的手握到了一起。端详间，彼此都似曾相识。再使劲一握，不约而同地认出了对方。

于是，我的记忆回到20多年前的一个冬天……那时，我正在市扶贫部门工作。春节前，省直一个包保部门一行6人来到这个村开展调研工作，那次我全程参与。调研中有一项内容，就是摸一下这个村的贫困状况，并在全村选出20家特贫困户，为的是春节前领导来走访慰问做准备。那天，村里组织召开了村民代表会，以不记名投票的形式进行了推选，结果这位"于老怪"位列第一。之后，在村书记的引领下，我们一起走访了他家。

他家住在屯东头，三间破旧低矮的土平房，一进堂屋地，便有三根柱子相迎，再前走一步，便见房顶一个可数星星的大窟窿，上面扣着一口大铁锅。我们先进东屋，屋里十分冷，墙角挂了一层厚厚的霜。炕头炕梢各是一块半截席子。炕头是老爹，全屯子有名的肺气肿。炕梢是老妈，一个老病秧子，天一冷她就吃紧，整天围着棉被，抱着火盆，两只手架在火盆沿不住地烤，手指黢黑，瘦得鸡爪一般。带队的机关党委张书记站在炕沿边儿问："大爷，您现在要我们帮你做点儿什么？"老人家上气不接下气地说："给我点儿药就行。"听到这话，张书记转过身去，瞬间泪水洗面……

接着，一行人穿过厨房，又来到西屋，屋子里虽干净一些，那也是个冷，让人站不住脚。张书记问："于大哥，今年收成咋样？"他把脸向窗外一扬说："就那些玩意儿。"

"那够你明年吃的吗？"张书记问。

"于老怪"带搭不理地："凑合吧！"

"能不能想点儿别的挣钱道？"随行人插话问。

"来钱道是有——养羊，你给我出本钱呐！"一句话，把满屋人撞到了南墙，人们面面相觑，却无了下话。

熟悉他的人都知道，这不是他有意顶撞，也都是实情。他原来是生产队的羊倌，对养羊十分在行。那时，这一带正盛行养小尾寒羊，不用去甸子放，在家实行圈养就行，效益还真好。可这事儿对"于老怪"来说却不行。养小尾寒羊是一个高成本项目，一家当户和亲戚也都不富裕，没谁有钱借给他。另外，信用社还有好几年的陈贷没还呢！正因这样，他也就没钱买化肥和种子，每年地也都是糊弄种种了事。好年景赖年景，他家都是打粮最少，除自用外，基本就卖不出多少钱。除此之外，他家的负担也重，老爹老妈常年吃药，还有 3 个挨肩儿的孩子，一家 7 口人，除了土地再无一点儿指望。

省直包保部门领导回到了省里，向单位领导做了汇报后，于春节前在系统里搞了一次捐款活动。这些捐款除给这 20 家特困户在年前送些大米、白面、肉等年货外，还给几家种地困难的贫困户，买些种子化肥，而对"于老怪"家则又给予些医药费的资助。打那以后，他家的境况渐有缓解。帮扶期间，也确实给了他家很大的帮助。在这期间老爹老妈也相继去世，3 个孩子也都相继长大了，于家的生活有了改善，日子也出现了转机。

片刻回忆，让我不敢相信眼前的景象，在原来老房子的位置上，如今一溜 3 间大瓦房，屋里宽敞明亮温暖，房外白瓷砖贴面，橘红色铁瓦，一个大容量"四季沐歌"太阳能热水器，门窗清一色断桥铝型材制作，煞是气派。东面一栋约有 100 多平方米的砖羊舍。我问他："'怪大哥'，你早就说养羊能让你脱贫致富，今天你真发了羊财啊！"

他叹了一口长气说："还得说是国家扶贫政策好。如果没有好政策，没有第一书记和驻村工作队的帮扶，我的穷根那是下辈子也拔不掉的。"我俩拉着手进屋，坐在铺着炕革的炕沿上，于是聊起了他家的一路走来……

他激动地对我说："还真得先感谢当年省帮扶部门的帮助。没人家帮扶，我今天还不知啥样呢。如果用不上化肥和良种，也打不出好粮。没好粮就卖不出钱，我家不还是个穷？"他还告诉我："我就用省里的资助，开始买小尾寒羊——今年买一个，明年买俩……因这小尾寒羊繁殖力强，每年都能下两茬羔，一胎两个三个的都有。那时他家还没羊舍，冬天他就把小尾寒羊圈在自家屋里。人羊同居虽挤巴点儿，可这小尾寒羊却成全了我。这母羊就没空怀的时候，每年都下四五个不说，下的羔还多是母。"他家就这般滚雪球地发展，没几年基础母羊就达到 40 多只。这时他除扩大饲养规模外，还开始把当年产的小公羊进行育肥，没几年他的小尾寒羊就在南北二屯有了名气，也着实赚了些钱。

闲聊间，我感慨他这房子和屋子里的装修，他告诉我是2007 年，借着泥草房改造工程盖起来的。开始也没这样，是后来一点点打扮的。他指着外面说："这院墙、大门都是村里统一整的。还有东面这一溜羊舍，也是市里给建的。"见他在兴头儿上，我便问："看你家的羊舍怎么比别人家的都大呢？"他乐呵呵地告诉我："脱贫攻坚那几年，市扶贫办给建羊舍时，按规定每家只给 70 左右平，后来我的羊多，就自个儿又扩建了一些。"他告诉我，现在他家的小尾寒羊，已由原来的单一基础母羊养殖，开始向"养殖＋育肥"转变了。每年他家仅育肥羊一项收入都有四五万元，用他自己的话说："目前已是既无内债，也无外债，手里还有点儿过河钱。"真的，不敢想象，当年穷得叮当响的"于老怪"，一跃成了屯里的富裕户。

自打日子好了，他家也年年都杀年猪了。脱贫攻坚战结束前，他和儿子商量，脱贫攻坚一宣布结束，他家就杀两头猪庆贺。把这些年帮过他的村干部、驻村第一书记，还有老亲少友都请到家里来，一来是答谢，二来感恩。杀猪前，他都一一邀请，也都答应了。为了让大伙儿吃得好，他还特意通知与他感情好的本家兄弟于希文社长，要他前来做主陪。可是到了杀年猪那天一早，这些受邀的领导干部都微信告假，或是去镇里开会，或是回城述职……这一下子让"于老怪"蒙了。没招了，他又视频主心骨的于希文。经他谋划，便把这顿"年猪菜"改成了以感谢多年来老亲少友帮助为主题的答谢会了。开餐前，这"于老怪"嘱咐儿子买了挂特大号的大地红鞭炮，在于希文先生致辞一结束，便点燃了鞭炮，屋里院外那真的喜气洋洋。这顿年猪菜后，于希文还以这次吃年猪菜为题，写了篇新闻故事《乡村里的笑声》，并在"吉林日报东北风"头版发表。而我正是读了他的文章，才有了采访"于老怪"的线索和兴致。

那天，"于老怪"大哥真诚留我吃晚饭。迫于赶路我便与他们一家人匆匆作别。车子里我又想起了于希文先生那篇文章最后几段生动有趣儿的文字……虽没亲自感受那顿"年猪菜",可感觉"于老怪"家的幸福生活,在我心里真的比蜜还甜!而他家呢,正是脱贫致富农家的一个缩影。

一路穿行,感觉"穷两家子"真的变了,所见所闻无不令人振奋。结束行程时,真的让我感觉仅以万千文字真的很难描写出它的振兴全景。如此就让关注这里的人们,与我一起从风景这边的点滴故事来放眼它振兴的远方……

黑土地的召唤

江　北

一

　　肖建波把无法避开的冷嘲热讽当作耳旁风，依然不管烈日当头还是三更半夜，都蹲在自己的试验稻田里。之所以这样，是因为他不信处于北纬43度的世界黄金水稻带，早在300多年前，康熙皇帝东巡时就留下了"松江万里稻兴滔，碎碾珠玉降琼瑶"诗句的吉林黑土地，种不出优质水稻。

　　少年开始，肖建波就跟着父亲种植水稻。父亲是个地地道道的农民，教会肖建波育苗、插秧、施肥、除草、收割。而在这过程中，肖建波也跟土地建立了无法割舍的感情。高中毕业后，肖建波没有选择跟随村里人进城打工，而是留在了具有悠久稻田种植历史的永吉县一拉溪镇新兴村的家里种地。

肖建波自然是有计划的——之前他看了一些关于农业的报刊杂志书籍，弄懂了为什么父亲在田间辛苦劳作一年，稻子的产量仅能维持一家温饱，根本不是什么老天也不是什么土地的原因，而是因为稻子的品种单一，所以水稻的产量才偏低。尽管他还不太懂什么是优质稻种，但是他心里已经燃起一盏希望之灯——种出优质水稻是有可能的，靠种地过上好日子也是有可能的。就在那一刻，肖建波有了梦想，而这个梦想一直激励他不断前行。

接下来，肖建波在城里的各大书店购置了大量水稻种植技术相关书籍进行自学，在掌握了一些农业知识后，他并没有就此满足，而是决定进入更高的学府学习。于是，他自费进入中国农民大学进行深造。那段学习让他的知识更丰富了，思想也更开阔了，对于如何种植，如何结合新兴村土地实际情况选种，也都有了清晰的想法。并且为了进一步论证自己的想法，他还拜访村里村外的种地能人，通过这些能人的经验，以及得到镇里、县里的农业技术人员对本地域的土质论证后，肖建波着手建立了自己的试验田。

也就是从这时开始，村里人给他起了个绰号"肖魔怔"。因为在水稻处在生长的阶段，尤其是各个关键时期，不管是烈日当头还是三更半夜，他都在田间。可一连两年，产量都不理想，按村里人的说法，他纯粹是白费功夫。于是，有了冷嘲热讽，也有了各种劝告，他也沮丧、痛苦，也想放弃。无数个夜晚，他坐在田间，听着种子破土而出，看着插在水田里的青苗。他仿佛感觉到青苗正由水、空气以及土地主宰，正通过三者的强大又缓慢的聚变而生长，最后长成稻穗。肖建波真的感觉到了稻穗即将形成，也感觉到了黑土地的低吟浅唱，稻苗生长的沙沙声，蝌蚪在田间的细语，这些都汇聚在他心里，之后他就听见心里有了声音，"不能放弃！"肖建波的心说，"重新开始。"

岁月荏苒，几经寒暑后，肖建波的试验田里，终于产出了高产而又优质的水稻。这个消息在十里八村传开了。乡亲们纷纷跑来，看着饱满的稻穗，乡亲们不停地向他询问各种问题。而肖建波当即表示，如果乡亲们也想种植，他可以帮忙解决优质水稻的技术问题。后来，只要水稻有了什么疑难杂症，乡亲们就会找肖建波帮忙解决。从这时开始，"肖魔怔"的绰号也变成了乡亲们口中的"土专家"。

很多年过去了，已经中年的肖建波回忆这段岁月，还充满感慨地说，"只有掌握了科学技术，才能摆脱过去的靠天种田，只有传统种植上结合新技术，并且大胆地试种各种水稻新品种，这样才能多产粮。"

当年，产量比以前多了，但价钱还是不高。如何卖出好价钱？肖建波开始走访市场，与收购商和大米销售商探讨后，最后摸清了问题：本地水稻品种还是存在优势不明显、市场占有率低。那么，如何选好种就成了一个关键问题。

作为新一代农民，肖建波经过思考，也有了一个坚定的目标，只有种出"人无我有、人有我精"的水稻品种，才能真正致富。

因为梦想而坚持，因为坚持而有了机遇。

2011年，也是9月，在湖南，肖建波见到了一直崇敬的"杂交水稻之父"袁隆平院士。

直到现在肖建波还记得袁隆平院士询问种植品种、产量情况时话语间的亲切，让他紧张的心松弛下来。他详细汇报了水稻种植面临的问题。袁隆平院士对于问题给予了解答，并且说："北方温差大，南方种的水稻没有北方的口感好，希望水稻新品种能在吉林的黑土地上种植成功并大面积推广。"

肖建波也说："吉林大地有着北方优良的水土资源，是一定能种植好优质稻米的。"

"禾下乘凉"是袁院士的梦想，肖建波说这也是他要实现的梦想。

就这样，在袁隆平院士团队的支持下，国家粳稻工程技术研究中心与肖建波建立了合作关系。袁隆平院士的信任和嘱托、团队的技术支持，给了他极大的动力，让肖建波"奔梦"的劲头更足了。2012年，肖建波再次受袁隆平院士团队委托，进行了1300个品种的试验示范。

从那时开始，肖建波又变成"肖魔怔"，一头扎进田里，每天像照顾孩子一样侍弄着这些"宝贝"，育苗、播种、施肥、收割亲力亲为，幼苗期、分蘖期、拔节期、孕穗期各个时期观察记录，各个时期的技术数据几十万字的详细记录，他选出了3个适合吉林地区的水稻新品种。

种植新品种需要土地，肖建波将父母和自己的20多公顷土地做试验，进行农业机械化耕种。而农机服务作业，也让肖建波尝到了甜头，"要种好地，还得靠机械化。"肖建波想。可是乡亲们的耕地面积小又分散，大型农机作业率不高，一家一户的种植方式还存在着产量低、成本高的问题。怎么能将农业机械化惠及更多的乡亲，成了让肖建波烦恼的新问题。

然而，很巧的是，一天晚上，肖建波看农业频道，电视里正在播国外农场的报道，一下子，他有了灵感，把土地连成片进行修整。就这样，办"家庭农场"的想法出现了，而肖建波就是那种想干就干的人。在2013年，他流转土地4000多亩，注册成立了九月丰家庭农场。

2014年开始大面积种植新品种，而新品种每公顷增收了3000元。种植面积已超过200公顷，水稻良种优势进入良性的显现以及发展阶段。随着农场逐步发展壮大，土地流转价格公道，种地示范效果显著，乡亲们主动上门说道："建波，你地种得多也种得好，我家的地也给你种吧。"

有了土地，肖建波就像一只雄鹰展开翅膀，他要在养育他的土地上翱翔了，他要这片土地上的大米向更高更好的方向发展。

2016 年 5 月，国家粳稻工程技术研究中心在九月丰农场正式挂牌成立吉林试验站，与农场合作进行新品种试验研发、人才培训、水稻种植技术研发，农场每年承担 1700 个左右的试验示范水稻新品种，并且开发了一些差异化功能性的稻米品种，研发出的高钙、少糖等功能性稻米和多色彩稻品种，均在市场上得到广泛认可。

所有的成功都是留给有准备的人的。在九月丰家庭农场成立之初，肖建波已经在农业蔬菜大棚安装了一些摄像头。当时他就想，能不能在稻田上也安装那种设备，让消费者看到我们的工人在农耕操作的进程，包括病虫害的防治，自己通过远程也能看到。也正因为这个想法，促成了肖建波率先在吉林地区创建"可视农业"示范基地，借助卫星遥感、大数据、无人机等技术手段，通过大屏幕就可以看到作物的生长情况和测算数据。而消费者也可以足不出户打开手机或者电脑就能看到他定制的这块田，整个生产的全过程，比如给秧苗撒农药、是不是搞人工除草，这样一个过程，让消费者吃到放心的吉林大米。

怎样继续发展，怎样让这片土地的乡亲们富裕？在肖建波坚定的眼神里说明他有答案了。确实，肖建波已经有了一个更远的梦想，他要继续把农场做大做强，让更多人，或者说全中国都能吃上永吉的优质大米，让更多乡亲们通过稻米致富。这也是肖建波的承诺，对乡亲，对自己热爱的这片土地的承诺。

阳光在稻田上抹了层明亮。在这明亮的映衬下，稻穗愈加金灿灿。忽地，一阵风吹过，稻穗摇动起来，先是轻微的，无规则的，但紧接着就有了浪的节奏，一浪接着一浪，规则，均匀，看上去就像天底下最古老的，也最让人喜悦的稻浪之舞。

空气有了稻米的香气，阳光更亮了，鸟儿，虫儿，娃儿，配合这舞蹈般欢快鸣叫，大地一下子热闹了，自然界的各种声音竞相开放了。就在这个时刻，肖建波走了过来，他在田埂上站了几秒，然后慢慢走进稻田，他始终低着头，眼睛仔细地看着稻穗，时而还会用手托起稻穗，阳光照在他黝黑的脸上，那是一张充满喜悦和自豪的脸。是的，他是应该喜悦的，因为就在几天前——9月23日，"全国十佳农民"在中国农民丰收节四川成都主会场揭晓，10位优秀农民获得2022年度"全国十佳农民"项目资助，而他——九月丰家庭农场主肖建波，就是获得者之一，也是吉林省唯一的一名获奖者。

能获得十佳农民项目资助是不容易的，农民们都知道"全国十佳农民"资助项目是农业农村部2014年开展的，9年来，已评选出在实施乡村振兴战略和推进农业农村现代化建设中，发挥示范带动作用的优秀农民代表90名。而当选农民不但将获得中华农业科教基金会的资助，以及网商银行提供的全年免息贷款。还将加入网商银行县域人才培养计划"板凳课堂"，成为板凳课堂特聘讲师。无疑，这是激动人心，也是让人振奋的，同时也让肖建波有了向更大的梦想迈进的支撑。

望着眼前的稻田，望着沉甸甸的稻穗，望着生养自己的这片土地，肖建波心里感慨万千，如今，九月丰家庭农场已覆盖周边3个村200多个农户。九月丰家庭农场每年带动村民就业百人以上。通过流转土地，带动周边农户实现了"一地三收"：一是土地租金收入每公顷0.8万元，二是流转土地后的村民到农场打季节工每人年收入1.5万元，三是土地入股村民每公顷土地年增加分红0.2万元。走进九月丰家庭农场，万亩良田稻谷飘香。轰隆隆的车间内，工人们忙着运送、晾晒、加工，处处洋溢着丰收的喜悦。目前，农场已自主注册"袁氏国米"品牌，并获吉林大米产地认证。经过几年的杂交筛选，在"袁氏国米"商标旗下，陆续开发出有色、高钙、多胚、少糖等多个功能性稻米新品种，三系稻花香、三系软香米、三系胚芽有色糙米等优质稻米品牌。"农场现在种植面积是4000亩，以种子研发，稻米种植、加工销售的全产业链经营为主，现在有各类农业机械60多台，可为周边的农户提供农机作业服务。"在十佳农民汇报会上，肖建波自豪地说道："现在随着大米的营养、保健、美容等功能逐渐被挖掘，我们的水稻良种优势日益凸显，农场大米销售持续看好，年销售订单水稻 1200 吨，优质大米 700 吨，产值近 1300 万元。"

可以说，新品种稻米含钙等营养元素是普通稻米的几倍或者是十几倍，这样的一些高品质品种，解决了人们从吃饱到吃好的转变，也给我们吉林大米建设增添了新的思路。

肖建波的水稻种植呈现良好的发展，这离不开国家好政策，也离不开政府扶持，更离不开乡亲的支持，想到这些，肖建波内心充满感激。

也正因为这样，肖建波想发展更好，想让乡亲更富，他开始通过互联网向全国推广优质水稻品种，让全国都知道吉林大米，都知道永吉的九月丰家庭农场。农场开始专人进行销售推广，定制业务，用以销定产，创建了专业化水稻种植农场的"互联网＋"线上＋线下的销售新农业模式。订单增加了，但也有了新的问题，秋收季节，纯人力根本忙不过来。那么，就要持续提高生产效率，怎么办？

机械化，就是机械化，那么必然就是引进大型机械设备。就这样，肖建波前后为九月丰家庭农场引进 60 多台（套）的大型机具，包括无人机、收割机等，农场生产当中各个环节都能达到全程机械化作业，标准的机械化配置集群，解决了劳动力限制，大大提高了生产效能。

现在九月丰家庭农场的机械化程度在全省名列前茅。而除了普通的大型机械，肖建波的农场还引进了国外的自然风干设备、制冷设备和加工设备。之前普通的烘干就是烧煤，但是它影响稻米的品质，而这个自然风干设备就是不用烧煤，自然干，靠风吹的。还有稻米的储存，这个从保鲜角度来说，零上5℃到零上8℃这个温度范围储存稻米是非常合适的。

"我非常热爱农业，热爱水稻。"这是肖建波的心声，也是这个世界最朴素最动听的语言。

时间马车驶过20几年，年少的肖建波已经变成了中年汉子，他的九月丰家庭农场已经长成大树，不但圆了自己在黑土地上种出优质稻的最初梦想，也正逐步实现着带领乡亲们共同致富的梦想。

二

在北风失去主宰地位之后，温暖的南风就从远处跑来了，藏在角落里的冰雪争先恐后地化作一条条溪水，在地面上流出了纵横交错的图案。大地湿润了，枝条柔软了，仿佛一夜间，种子破土而出，点点的绿使大地有了勃勃生机，空气中散发着一股混合着泥土气息的清新。

金君——和龙市东城镇淳哲有机大米农场有限公司总经理，一个20世纪80年代出生在光东村的朝鲜族青年，正站这片苏醒的稻田地里闻着春天，闻着泥土的味道，他的脑海里正酝酿着建水稻主题公园，进行生态农业与观光旅游相结合，进行大米深加工领域，创新驱动有机水稻产业转型发展，一定让光东村逐步实现从"产粮区"到"产业园"华丽蜕变的设想中。这个设想是庞大而复杂的，但从他坚毅的眼神里，从他紧抿的嘴唇上，能看出他已经有了坚定的决心。

跟肖建波一样，金君的祖辈也都是庄稼人，他也是从小耳濡目染，对土地对农业耕种有着深切的热爱。小时候，农忙季节，小小年纪的他就和家人一起到田里干活，当时稻田大多靠人力。镰刀、锄头、镐头、锹、犁是金君的好伙伴。少年时，他就已经是种庄稼的好手，不过在当时，村里的年轻人纷纷外出务工，而高中毕业后的金君则选择了出国务工。

然而在出国多年后的一次回乡探亲时，偶然一件事让他产生了回乡的念头。那是 2008 年秋天，金君从日本回国探亲，在四处走访亲戚时，发现家乡的优质大米居然无好销路，也可以说无人问津。当时，这件事对他触动颇深，在国外多年，他知道优质大米的价格，也知道在国外的受欢迎程度，可看到家乡优质大米不但没有得到应有的价格，也没有销售渠道时，他很是难过。刹那间，儿时的记忆在脑海里一幕一幕闪现出来，父辈们的辛勤劳作，生活的俭朴，一种无法用语言描述的心酸不自觉的涌上心头，那一刻他就下决心，一定要把家乡的优质大米卖到国外去，让乡亲们过上更富裕的生活。

一年后，2009年金君回来了，经过一年思考和准备，他返乡了，回到海兰江畔的和龙市东城镇光东村，加入了叔叔金淳哲创建的淳哲有机大米专营农场。就这样，金君从海归变成一名新型的职业农民。

光东村土地是特别适合种植水稻的，金君相信是能产出口感好、营养高的大米的。归乡后的金君做的第一件事就是牵头组建了和龙市东城镇光东有机大米专业合作社，经过他的努力，入社就有152户农户，土地达300公顷，这不但促进了有机大米产业发展，同时提高了农民的经济收入。

土地有了，就需要订单了。接着，他开始跑订单，通过订单带动有机大米的生产，而经营规模也扩大了。很快金君打开了局面，他期望的农业产业进入了发展阶段，他也像一辆行驶的车，在家乡这片黑土地上驰骋。

2010年淳哲有机大米农场有限公司正式注册，注册资金110万元，注册为一家以种植、加工、销售有机大米和有机杂粮为主的农业企业。

科学就是生产力。拥有知识，拥有开阔的思维，以及拥有对土地的热爱，这些都促成了金君把企业越做越好的因素。他要让家乡富裕，让乡亲得到更好的收益，还有，他就是要把大米卖到国外去。为了梦想，他联合村民成立合作社，并引入"稻田养鸭""稻田养蟹"养殖模式，改变了光东村水稻种植传统模式。对全村171公顷水田纳入质检系统，24小时全方位监控土壤温度、湿度、PH 值等数据。

金君采用统一耕种、施肥、收割、加工、销售的生产方式，农民得到更大收益。经过几年的努力，光东村种植生产的大米也被越来越多人所熟知，并且，金君终于实现了自己最初的愿望，大米远销到韩国、日本等国家。

"家乡的大米终于卖到国外了！"望着饱满晶莹的米粒，金君心里喊道。

可以想象金君的欣喜，这欣喜是通过勤劳的汗水获得的，所以更是让人振奋的。

2015 年 7 月 16 日，习近平总书记视察延边时，来到和龙市光东村，在起伏的金色稻浪中，总书记说："粮食也要打出品牌，这样价格好、效益好。"而总书记与大家座谈时，金君是唯一一位返乡创业青年代表，他怀着激动的心情，聆听着总书记关于粮食、农业的讲话。

座谈结束后，金君的信心更足了，想法更多了，脚步迈得也更快了。看着一望无垠的大地，想想以前的春拖犁耙、夏挥铁锄、秋舞镰刀，看看现在的耕、种、收全程机械化；想想以前卖大米要走街串巷，而现在通过网络能卖到国内外。想到这，金君眼睛湿润了，"现在种地可幸福多了。"他轻声说道。

国家的好政策，习近平总书记的指示，就像风帆一样鼓舞着金君，他感觉自己就像加满了能量，他心里有劲，一股在生产有机大米的改革创新上下功夫，进行全力打造出"吗西达"品牌的劲。

2017年，金君的农场销售有机大米1500多吨，销售额超达2500多万元，产品主要销往北上广等一线城市。而现代经营理念的引进，也把农场带入了只做健康米、精品米的高端轨道。同时，他开辟了电子商务平台，注册了4家淘宝店、1家微店，进行线上线下同步销售。也是2017年，淳哲有机大米公司荣获"延边州优质绿色农产品生产基地""延边州农业产业化龙头企业""延边名牌产品"等荣誉称号。

可以说，国家好的政策，加上现代化生产经营方式，让农业走进新的篇章。现在，光东村生产的大米已卖到每公斤15元。而除了卖米收入，金君创新了"共享稻田"模式，面向五湖四海的城里人提供专属稻田认购服务，为认购者提供一对一的定制服务。

绿水青山，金山银山，一望无际的稻田，一排排青砖碧瓦。光东村的休闲观光旅游项目也应运而生了，这时开始，观光农业也打开了局面。村里人腰包更鼓了，笑容更多了，光东村景色也更美了。

现在，金君除"吗西达"这个品牌外，还注册了"海兰江畔光东村"商标；目前，光东村已有三分之一的水田加入了淳哲有机大米农场。并且在农场的带动下，光东村入社的村民人均年纯收入已经达到一万元以上。而金君的公司已拥有各类农机具 50 多台（套），钢筋骨架大棚 6 栋共计 4200 平方米；公司占地面积 1 万平方米，建筑面积 2500 平方米的大米加工厂一座，480 平方米的农机库房一座，日产 120 吨的大米加工设备，全自动包装设备以及烘干设备各一套。全年可加工有机大米 2.5 万吨。

金君热爱家乡，热爱黑土地，也热爱这里的人们。他的身影总是在稻田里，要么领着一群农技人员在田间查虫看病，要么向农民讲解农业生产新技术，向农民提供绿色有机水稻、新技术及水稻机插、机收等产前产中服务。然而，在工作之余，金君也不闲着，他去孤寡老人家里，张罗衣食住行，把老人当作亲人悉心照料。

在村里，提起金君这个"80后"，这个 21 世纪新型农民，村民都说他是大家的贴心人，是庄稼的守护者。而金君也被延边朝鲜族自治州授予"优秀共产党员"和"十佳返乡创业典型"荣誉称号。

三

一大清早，露水还凝在青草上，稻田上仍腾着晨雾，吉林市永吉县禾谷丰水稻种植农民专业合作社的理事长王伟就起来了。他顺着村子的石板路向东走去，一路上他都能闻到一股混合着泥土的草木味道。这味道让他觉得温暖而踏实。

王伟出生于永吉县吴家村，同样的祖祖辈辈以种地为生。吴家村人口少、土地也少，勉强维持基本生活。1992年，王伟从永吉县职业学校毕业，开始承包吉林省内长春至官厅的运输专线，做起运输生意。在跑运输期间，发现白城市沿线外出打工的农民工比较多，头脑灵活的王伟就开展了一项新业务——对外输出农村劳务。也因为长期往返于永吉县与白城市沿线，他对于当地的地情、民情了解。

或许家里祖辈也是以种地为生，或许王伟骨子里对土地有着一种无法用语言表述的特殊情感，他想从事农业，想自己应该回到土地。

也由于这个想法，促使王伟最终决定承包土地。2006年，王伟在白城市镇赉县承包3000公顷荒山地。这块荒地远离市区，长期无人经营，所以很适合规模化种植。在决定承包荒地时，王伟脑海里首先想到的是家乡永吉县万昌镇吴家村的乡亲们。他了解自己的家乡——吴家村，一共有416户，地少，村民很难靠种地维持生活。村里的大部分村民靠外出打工谋生，这也造成了村里有近半房屋常年处于闲置状态。王伟想，如果把吴家村及周边村镇的富余劳动力召集起来，在吴家村和镇赉两地种植水稻，这样不但可以不用外出打工，也可以提高村民收入。

在镇赉县的16年间，王伟带领乡亲们把3000公顷原本撂荒的土地变为良田。说到这里时，王伟这个直爽的中年汉子，眼睛里透着一丝自豪。

2015 年 3 月，在白城开荒种地经营 10 多年，年收益稳定丰厚的情况下，43 岁的王伟却毅然回到家乡万昌镇吴家村，创办了禾谷丰水稻种植农民专业合作社。问他为什么回来，"想家了，想叶落归根了。"王伟动情地说道，"除了想家，还因为看到了家乡的发展前景。"

2015 年，以永吉县万昌镇为核心的万公顷绿色水稻生产基地被吉林省确定为"长吉产业创新发展示范区万昌先导区"，永吉县也成为全省率先实现农业现代化的示范县。

家乡的农业发展，让王伟兴奋也激动，同时，埋藏在内心的思乡之情也泉涌而出。回乡，返回他牵挂着的家乡，返回那片黑土地。就这样，王伟在吴家村成立了"禾谷丰水稻种植农民专业合作社"。

站在吴家村头，一眼就望见休息小亭子上写着"醉好乡音"。这四个字道出了王伟对家乡、对黑土地的浓浓情感。

而当时，返乡最初阶段，为了让乡亲们打破传统观念，加入合作社进行现代化种植，王伟耐心细致地讲解，不断地跟乡亲反复进行沟通，他想让乡亲看见实惠，也让乡亲看到前景。就这样，通过努力，吴家村 60% 的土地都流转给了合作社，流转了 322 公顷土地，有 120 余户村民加入合作社。2015 年当年，王伟的"红小二"品牌也注册成功。

第二年，王伟成立了永吉县万昌家庭农场，再次流转土地达到1000公顷。王伟沿用在白城探索出的"反租到包"模式——将土地承包给善于耕种的村民来种植。王伟给村民算了一笔账：以承包5公顷土地计算，如果一户2个劳动力，每户年收入可达七八万元，比单干的农户多收入三四万元。而合作社和家庭农场统一负责购进种子、农药、化肥，统一配置农用机械，统一进行技术培训，统一销售。说实话，最让村民省心的就是统一销售，这让种田的村民没有后顾之忧，更能专门琢磨种好地、产好粮了。

"这样村民省心，还能多挣点儿。"王伟笑呵呵地说道，"而这种合作模式已经运行6年了。"

在这6年里，王伟花在禾谷丰合作社这1000公顷土地上的精力远多于在镇赉县的3000公顷承包地。因为，王伟心里知道，这1000公顷土地是乡亲们走向富裕的依托，是让家乡更好发展的基础，所以，为了乡亲，为了家乡，王伟几乎倾注了自己所有的精力。

科学统一的管理，既保障了标准化种植作业，也可以确保农产品品质的稳定与统一。合作社不仅要实现生产和管理的标准化，还要兼顾"普惠"精神。所以，王伟给合作社成员提供的生产资料，均比市场零售价低8%以上。同时，还集中配置农耕机械、水利设施、大型农机具等，在合作社体系内统筹共享，从而整体实现集约化管理。现在禾谷丰合作社现有成员约105户，而且呈逐年上升趋势。

　　合作社在良性运行的轨道上行进着。王伟也正在进行落地秸秆回收项目落实，筹建粮食烘干及晾晒场地等系列配套项目，促成全产业链农业发展体系。未来，禾谷丰合作社继续探索"家庭农场式"的联营机制，将拓展高端绿色稻米标准产业链，除了增产增效，还要在健康文旅等方面进行多元化拓展，为乡村振兴战略做出贡献。至今为止，王伟的禾谷丰合作社拥有各类农机超过百台，年经营收入达到 80 多万元，已经成为省级农民专业合作社示范社。

　　是的，这些成绩是值得自豪的，王伟是应该自豪的。因为他的合作社通过帮助乡亲经营土地，每公顷土地增加收益 1 万元以上，全村整体收益能达到 250 万元左右，每公顷土地能实现节本增效 1500 元左右。而最让王伟感到欣慰的是外出打工的村民看到家乡的变化，看见合作社越来越好，陆续返回家乡，参加家乡建设。王伟脸上洋溢着笑容说道，"现在返乡创业的人数已经达到了 31 人。"

　　微风吹拂着永吉大地，阳光在稻田上闪着白亮的光线，鸟儿在树枝啾啾地叫着，无数只蜻蜓在阳光下飞舞，薄薄的蝉翼闪出彩色，而这彩色是即将丰收的彩色。

　　2022 年在温州第八届特色农业博览会上，吉林市展馆内人潮涌动，围在展台前的人们夸赞粳稻贡米，味香、口感好。这次吉林市大米参加温州农博会，不仅打响了"中国粳稻贡米之乡·吉林市"这张白金名片，也代表着吉温两市粮食经销合作迈上新台阶。吉林市，松江绿水，黑土地沃野千里，有着得天独厚的区位条件和丰富的自然资源，号称"天下粮仓"。吉温两市签订《吉林市—温州市粮食经济工作战略合作协议》，扩展了销售渠道，也便于展开一对一的市际对口交流，实现了市场运作、资源互补的合作共赢。

也正因为政府的一系列举措，所以王伟才会由衷地说国家政策好，政府扶持力度大，而永吉县作为黑土地保护大县更是给农民带来了很大帮助。

微风改变了方向，从稻田里吹过来，稻穗摇动，一浪一浪……

我 是 农 民

迟建边

微信朋友圈

世上有很多行业，自然也就衍生出很多职业，诸如在工厂做工的工人，在田间种地的农民，在三尺讲台教书的老师，在手术台上救死扶伤的医生……有人曾经在网上搜索目前我国有多少个职业？得到的答案是：根据正式颁布的《中华人民共和国职业分类大典（2022 年版）》，我国职业归为 8 个大类，共 1838 个职业。当然，这不重要，因为无论从事什么职业，都是社会分工不同。

彰显地位与身份的职业数不胜数，"我是农民"似乎真没有什么可炫耀的。农民有什么啊？要地位，应该没啥地位；要钱，靠种粮为生，看天吃饭，一年下来，能吃饱饭就不错了。但是，微信朋友圈里的这个"我是农民"，真的以"我是农民"而自豪，最主要的，是这个人还真的就能自豪起来。因为这个人种的粮食，产量连续多年在长春地区排名第一。2022年，在由长春市农业农村局举办的玉米高产竞赛中，他是再次以产量33200斤的优异成绩荣获了长春地区玉米产量第一名。

难怪，这样的农民又怎能不自豪！

这个在微信朋友圈里以"我是农民"为昵称的人，在现实生活中，名字叫马占有。

从小爱种地

今年45岁的马占有，是榆树市环城乡桂家村农民。他中等身材，长得结实，团团脸，眼睛也没有那么大，看上去，实在没有什么太出众的地方，放在人堆里，完全可以忽视。但事实上，还真没有人敢忽视他。首先，他是榆树市出了名的种粮大户。其次，他是榆树市增益农业机械种植专业合作社的理事长、长春市十佳农民、2022年吉林省高级农经师。再就是，省内外的媒体多次对他进行宣传报道，他的名字广为人知。

那么，这些重要吗？

别说，对他来说，这些还真的并不重要，在他心里，"我就是一个农民。"

农民能干什么？当然就是种地。一个好农民，就得多种地，让地里长出好粮食来。

如是说来，马占有还真就是一个好农民。从小到大，他最喜欢的事，就是种地。在他眼里，没有什么比让他看着自己播下的种子在地里生长，最后长成一片片的玉米更加开心了。对于生在农村、长在农村的他，从记事开始，就跟着父母到田里种地，即便是累了，也是坐在田间，看着父母那忙碌的身影。上学了，当琅琅的读书声回荡在教室里的时候，他手捧着课本，时不时地溜点儿号，脑海里就会浮现出玉米的叶子在风中摇曳的样子。

作为一个农民的儿子，也许，他并没有什么远大理想。也不用有什么远大理想。能把地种好，到了秋天，家里的地产下的粮食比别人家多，这可是比什么理想都来得实际。再说了，除了种地，他好像也不会其他的什么啊。

那么，就好好种地吧。

前路在何方

说是好好种地，但就这么种一辈子地，对一个自小在农村长大的人来说，似乎也会心存小小的不甘心。谁不知道外面的世界很精彩啊？

马占有当然知道外面的世界很精彩。告别校园，看到曾经的好多同窗都离开了村子，到外面去闯荡，如果说他的心思不起涟漪，那是一点儿都不可能的，而且他比同村的伙伴更有优势的是他的哥哥在北京成立了一家公司，假如他去北京跟哥哥一起发展，那么，他的人生又会是什么样子？

那段时间，父母劝他。亲戚朋友劝他。就连邻居们也劝他。尤其是他的哥哥也多次让他去北京。面对人生的十字路口，他徘徊纠结。

夕阳西下，站在地头，马占有两眼望着远方，思索着自己的前路在何方。当他的目光停在眼前一望无际的黑土地时，心内的那份躁动忽然就安宁起来。

没错，他怎么会离开眼前这片土地？在他眼里，这片土地不仅是他的根，是他的故土，更是他的希望。外面的世界再精彩又与他有什么关系？他的前路，就是立足这片土地，慢慢地，一步一步地，好好地走下去。更何况，眼前这片土地，是天底下最好的土地。

在这一点上，马占有的确是眼光独具。他眼前的这片土地，地处松辽平原腹地、美丽富饶松花江畔的世界著名黄金玉米带，气候适宜，地势平坦，以黑土地扬名，是中国三大平原之一，而且是最大的，盛产玉米、水稻、大豆、高粱，是国家重要的商品粮基地。

生于斯，长于斯，喜爱种地的他，怎么舍得离开这片土地？

他深深地眷恋和挚爱着这片土地。

这片土地，有他的未来。

种地有学问

年轻人的心思永远是活泛的，马占有也不例外。他喜欢琢磨。每当在地里闲着的时候，他看着别人家的地，再看看自己家的地，常常琢磨的都是地里的玉米如何种得比别人家好。

确实，别人种地，种子播下了，至于到了秋收能产多少粮食，就只能看天了，农民种地不就是看天吗？但他琢磨的，却是不仅看粮食的长势，而且还有秋后能打下多少粮食。地种得再好，到了秋天打不了多少粮食，那一年的活儿不就白干了吗？

所以，他琢磨最多的，就是有没有什么窍门让粮食长得更好些。为此，他可谓绞尽了脑汁。也许，读书的时候，从来没当过学霸，应该是脑袋没那么聪明吧，但为了多种粮、种好粮，他心里非常明白，绝不能光靠天吃饭，还得多掌握种粮技术。种地也是有学问的。有句名言说得好，科技就是生产力。多种粮，种好粮，得靠科技。

于是，只要听说哪有学习种粮的消息，他就格外上心，想方设法去参加学习。那些年，他不仅先后参加了国家农业部举办的各类培训班，还用两年时间参加了吉林省农业广播电视学校现代农业技术专业学习。不断地学习，开阔了他的眼界，尤其是把学到的知识用到种地上之后，看到长出来的好庄稼，特别是产量增加之后，他的心里别提有多得劲了，看来，这学习是真不白学啊。

尝到学习的甜头，以后的日子里，只要在种粮上有疑惑的时候，他就找相关的书看，这些年他自己花钱买了不少种粮方面的书，书上解决不了的疑惑，他就外出取经。有一次，在粮食收购站，他看到别人种的粮食不符合收购标准后就主动上前询问，当得知是品种原因时，为了了解什么样的品种质量好，还能多产粮，他自掏腰包就去了河北、辽宁等地考察学习，找农业专家请教提高粮食品质和产量的办法。后来，经取到了，他在专家指导下，专门购买了品质好、产量高的玉米品种，再把传统农业和掌握的现代农业紧密结合，在自己家的地里种上这来之不易的优良品种。

种地有学问，真是至理名言啊。走在大田里，看着油黑的土地上覆盖着的一层薄薄的秸秆碎，马占有欣慰地感慨道，"别说，这种采用秸秆全量还田保护性耕作模式是真好，粮食一斤也没少打不说，还比以往增产不少。"他说的这个耕作模式，就是在认真听取了当地农业部门的建议后，在玉米种植中采用的秸秆全量还田免耕保护性耕作技术、玉米秸秆归行条耕种植模式，这种耕作模式不仅保苗率高、抗倒伏能力强，而且还保护了黑土层流失，增加了土壤有机质。这还不是最主要的，最主要的，是在他的带动下，全村玉米90%都采用了这种免耕保护性耕作种植技术，秸秆全量还田。自然，带给村民的好处也是和他一样多。

不止这些，培育优良品种、摸索栽培方法、进行试验耕种……一个又一个先进的种粮技术，让他种出的粮食，品质高，产量高，很快就成为当地名符其实的种粮大户。

种粮大户？

马占有觉得，他的远方不应该只是种粮大户。

成立合作社

的确，在马占有的心里，从来没有想过有一天自己会成为种粮大户。

那么，他想的有一天会是什么样呢？

不，不能说是想，应该说是憧憬。

说来话长。小时候，他曾在电影和电视里，经常看到国外那些发达国家种地时，用的都是拖拉机，收割时，收割机在前面收，后面就把粮食打出来了。当时，他还在想，人家那么大的田地里为什么看不到几个农民啊？每当看到这样的画面时，他就想起了自己日出而作日落而息的父母，想到春耕种地时，父母忙活大半天也种不完一垄地、夏天锄地顶着烈日汗流浃背几近虚脱、秋收时从早到晚挥舞镰刀的劳累身影，作为中国的农民，他们实在是太不容易了，为人之子，他是真的心疼他们，但又实在是无力改变什么。所以，他就憧憬，什么时候自己家的地里也会有拖拉机、收割机，还有什么人工降雨，种地也不再用看老天的脸色，那样，父母是不是也不用再这么劳作了？

但这些呢，也只是憧憬而已，现实太骨感。

让马占有始料不及的，这太骨感的现实伴随着改革大潮，也开始变得不同了往常。不知从何时起，身边的村民们都纷纷跑到大城市去挣钱了，村子里一下子就冷清了。这样的变化，马占有非常理解，向往幸福美好的生活，不是很正常的事吗？让他心里隐隐作痛的，是村民走了，他们的地没人种了，就那么闲置了。这是他最不愿意看到的，他怎么能容忍这么好的土地被闲置起来？

机会总是留给有准备的人。也正是从这个时候开始，马占有的远方开始渐行渐近。

为了不让这么好的土地闲置，马占有有了自己的小九九。他找到那些外出挣钱的人，耐心地和他们商量，让他们同意自己托管他们闲置的这些土地，不为别的，只为让这些闲置的土地秋后铺满金灿灿的谷穗和稻浪。同时，他更想通过自己的所作所为，让身边更多的人守着黑土地，在耕耘播种中脱贫致富过上好日子。

于是，在他的不断努力下，他手里的地越来越多，渐渐地，都连成了片。站在田间，左右回顾，这么壮观的土地如果都长出了庄稼，那么，那一棵一棵的玉米立在那里，像不像一个又一个的士兵呢？对了，自己不就是指挥它们的将军吗？

想到这里，他情不自禁地用手摸了摸那结实的玉米棒子，就像一个将军在摸着士兵的脑袋，无比爱惜地说："小鬼！"

这样的时候，他的思绪也一同伸展得很远，很远。

是啊，多年的农村生活经验告诉他，要想从种地中挣到钱，地少了和单打独斗都不行，只有扩大种植面积，形成规模，实行科学管理，集约化生产，信息化与市场化协同运作才能真正赚到钱，改变自己目前的现状，而且若想做到这些，就必须联合起来成立合作社。眼下，自己的种植面积扩大了，是不是应该把合作社成立起来了？

平时寡言少语的马占有，主意非常正。既然想好了，那还等什么？说干就干吧！2014 年 6 月，他信心满怀地注册成立了榆树市增益农业机械种植专业合作社。当合作社成立的鞭炮声响彻桂家村时，他的眼前也缓缓地展开一幅充满希望的美好画卷。

万事开头难

画卷是美好的，但要变成现实，还得一步一步往前走。

合作社成立后，马占有没有急功近利，而是稳扎稳打。

许是经常外出学习考察的原因，他也算是见多识广。所以，如何让合作社走得更远，他最纯朴的想法，就是今后要实行连片机械化种植，以玉米、大豆、马铃薯种植为主，统种统销，以此来降低生产成本，获得利益最大化。再就是采用从厂家统一购置生产资料，统一作业，统一收获，统一销售的方式，力争每公顷降低成本1800元以上。

万事开头难，让马占有捉襟见肘的是，要想实行连片机械化种植，那也得先有这个机械啊？而眼下，他仅有2台504拖拉机及配套的播种机、灭茬机，虽然总比没有好，可这点儿农机又怎么实行连片机械化种植？还有，人手也不足，整个合作社里加上他，也才只有12人，最尴尬的，是租种的本村450亩旱田，还得靠人工收获，利润甚微，实在是举步维艰。

不过，还是那句老话，机会总是留给有准备的人。2016年，在"吉林省机械化新型农业经营主体农机装备建设项目"的支持下，马占有抓住机会，下血本投资450万元购置了大型拖拉机、免耕播种机、收获机等先进农业机械，广泛应用新机具新技术，在本乡镇及周边开展全程机械化作业，就此让合作社的生产经营规模不断扩大，并引领小农户由传统农业向现代农业转变。到了2020年，他的合作社保护性耕作面积已达900公顷，全部采用无人植保机、籽粒收获机等高端机具作业。大豆种植采用进口马斯奇奥精播机播种、自走式植保机植保、谷物收割机收获的全程机械化作业模式。马铃薯种植除了机械播种、机械收获外，还采用膜下滴灌水肥一体化模式，按照无公害生产技术操作规程生产，作业质量得到了合作社成员以及周边广大用户的认可。

如今，合作社已有成员103人，固定资产1200万元，其中：机库面积2200平方米、粮食库房面积4500平方米、粮食输送机12台、谷物深加工流水线1套、大型农用机械80多台（套）、年经营土地16650亩。

从合作社创建，也就短短的不到10年时间，马占有就探索出了一条"农户＋合作社＋企业"的合作共赢发展之路，成为农机服务能力强、综合农事突出的优秀合作组织，走过了发展壮大的全过程，这样的成就，任谁都会开心不已。只是，这还真不是马占有开心的理由，真正让他开心的，是在他的田地里，再也不见旧时传统的耕作模式，无论是春耕，还是秋收，都已被免耕播种机、大型收割机、土地深耕机、打捆机等多种类农机取代，不仅大大节省了人力，而且以往半个月才能干完的活儿现在用不上10天就全部干完了。

熟悉马占有的都知道，每年的春耕，无论多么忙，他都会找个时间，亲自开着拖拉机牵引免耕播种机，在轰隆隆的马达声中，脸上洋溢着抑止不住的笑容，开心地在覆盖秸秆的土地上播下种子。

没错，就是一个开心，因为曾经的憧憬，今朝成了现实。

心中有乡亲

种粮种出了人生好风光，但铭刻在马占有骨子里的初心，却始终没有变过。他眷恋和挚爱着生他养他的黑土地，同样，也从来就没有忘记过那些给他支持与帮助的乡里乡亲。从托管乡亲们闲置的土地，到后来创建合作社，除了想把粮种好外，他想得更多的，是想通过自己的努力，更多地为乡亲们做些事情，让乡亲们一起都过上好日子。

他常说，合作社从种到收忙活着，赚的既不是老百姓的钱，也不是国家的钱，而是靠提高产量和节约成本来赚钱。如何让产量再创新高？那就得科学种田。如何节约成本？就得大面积应用新品种、新技术、新机具。如果把这两样都做到了，那么，农民从种到收就不用操一点儿心，而且还可以照样拿种粮的钱，每公顷就能拿1万多元。这对农民来说，不就是好事吗？还有呢，就是农民不用操心种地了，那也就解放了农村劳动力，可以通过合作社进行劳务输出，增加他们的收入。

马占有是这样说，也真就这么做了，而且还真就做到了。在榆树，广为流传这么一个耳熟能详的顺口溜，"农民种地不下田，春天就能先得钱，打工又能挣份钱，秋后还能分些钱。"这里说的正是他们的合作社。

但这些都是大家知道的，还有好多事，是大家不知道的。

去年秋收的时候，村里的赵东买了一台小型玉米收割机，由于新手操作不当，还挂着大红花的"铁牛"在地里没干几天活就罢工了。正是秋收最忙的时节，售后也没能第一时间赶到，看着晴好的天气正好割地，想着再过几天就有雨了，急得赵东围着罢工的玉米收割机团团转。也巧了，这一幕恰好就被路过的马占有看见了，他二话没说，当即就让自己合作社的一名老师傅放下社里的活儿赶紧过来帮忙，不到半个小时，收割机就重新恢复了工作。类似这样举手之劳的事，马占有到底做过多少，连他自己都记不得了。

对了，还有一件事，也还是秋收的时候，村里的吴江因疾病缠身，地里的粮食收不上来。得知这一情况后，马占有放着自家地里的粮食不收，开着收割机就来到吴江的地里，帮他把粮食收了。结果，他的家人有意见了，"你说说你，脑袋是不是让门挤了？这自家的地还没收完呢，你就去帮别人家整，这误了农时不说，你倒是把油钱收了啊。你那是啥？那就是傻……"

面对家人的不解和数落，马占有能有啥办法？只能憨憨地说："能耽误哪儿去？那吴江的病还没有好，家里本身就不富裕，咱们出出力有什么啊！再说了，乡里乡亲的，咱能帮就多帮他一把，起点儿早贪点儿黑就把耽误的时间赶回来了……"了解马占有的性情，知道再多说也无用，事情就这样拉倒了。因为，他们说的再怎么多，也没办法改变他的这份连家都不顾就去热心肠帮助别人的秉性。

寒来暑往，春种秋收，心中有乡亲的马占有就是以这份朴素的情感，默默地帮助着一个又一个困难群众和缺少劳动力的孤寡家庭，以及需要他去帮助的人，而且也从来都没有计算过自己搭进去多少工时和多少油钱。乡亲们记着他的这份深情，心中记着他的好，日子长了，都自发地给他起了一个贴切的外号——"及时雨"，谁要是遇到了为难的事都找他商量，慢慢地，他也就成了乡亲们心中的"主心骨"。

马占有笑了。是的，他愿意当乡亲们心中的这个"主心骨"。

风光无限好

远方有多远？

在马占有这里，远方，有时很近，有时真的很远。

但他知道，无论是有时近，还是有时远，实在是不用想那么多，往前走就是了。也许是站得高了，所以，他在往前走的时候，也更加明确自己应该去做什么。

还用说吗？

只能是多种粮，种好粮了。

说别的，他可能不行，但说种粮，现在的他，那可有的是妙招。

春天备耕时，他在腊月的时候就把春耕物资提前备好，用他的话说，在种子、化肥没有涨价之前采购，不仅可以节省一笔资金，还有足够时间进行多个品种的挑选。

播种时，他采用"花式"耕种，诸如轮作、"古法"种瓜、抢时间差、水肥一体化……妙招百出。他心里清楚，这种耕种的好处，不仅保护了耕地地力，实现化肥农药负增长，还让土地增值。当然，获取的效益也是相当可观。

马占有最得意的，是他种植马铃薯采用的浅埋滴灌的妙招，就是水和肥通过滴灌带直接送到作物根部，这也让他切实体验到了种好粮的乐趣。因为用这个妙招既节水又省肥，长出的马铃薯还个儿大，品质更好，而且还不怕干旱，产量有保证。

当然，在种好粮的时候，马占有也有闹心的时候，一段时间里，储粮、卖粮就是他最大的心病。因为如果上一年粮没卖光，第二年种地就不踏实。但现在好了，因为这片黑土地上种出的粮食本来品质就好，再加上不断改进耕种技术，还有他多方联系厂商，计划种植的玉米、大豆等作物早就提前与天津、上海等地的厂商签好订单，马铃薯等也已经与黑龙江的客商签好外销合同。

站高望远，风光无限。

作为新时代的农民，马占有清醒地知道，若想多种粮、种好粮，就得大力推动农业标准化、规范化生产，实行全程质量控制，实现绿色标准全覆盖，生产、加工、包装一条龙。

好在他想到了，也做到了。到目前为止，他已先后注册了"榆浓香"牌玉米糙、"马家三兄弟"牌小米两个绿色品牌，在松原市乾安县谷子生产基地和本地的玉米绿色生产基地，年生产"马家三兄弟"牌小米600吨，销往北京、天津、上海等地，每吨利润400元；年生产"榆浓香"牌玉米糙5000吨，定单销往天津天庆化工有限公司，每吨利润200元。为开拓农产品流通渠道，他还建立了电商农村服务平台，网上直销，年交易额达500万元以上，实现了农产品线上线下同步销售。他自己呢，也在农业农村发展中，正在向新时代的新型农民、新"能"人转变。

境界决定高度。

如果没有境界，马占有不会以"我是农民"而自豪，不会创下粮食产量连续多年在长春地区排名第一佳绩。2022年，当他在由长春市农业农村局举办的玉米高产竞赛中，再次以产量33200斤的优异成绩荣获长春地区玉米产量第一名时，谁又会觉得是意料之外呢？

毋庸置疑，在素有"天下第一粮仓"之美誉的榆树，像马占有这样的种粮大户又何止他一人！据不完全统计，截至2023年，榆树市农民合作社发展到4403家，家庭农场4887

家，种植大户16603家，全市农村土地流转面积达340.9万亩。这对于拥有119.5万人口，其中农业人口为99.1万的榆树，这个数字简单吗？

肯定不简单啊！

作为全国产粮大县，榆树市也正是有了像"我是农民"马占有这样的种粮大户，还有榆树几十万直接从事粮食生产的农民，才能在新时代新征程中，坚持以习近平新时代中国特色社会主义思想为指引，坚持以国家需要为己任，自觉扛起保障国家粮食安全的使命责任，根植黑土地，多种粮、种好粮，为保障国家粮食安全做出了突出贡献，也让榆树市自2004年起，粮食产量实现20连增。有人曾做过这样的统计，全国170斤粮食，就有一斤来自于榆树。这一斤粮食里，会不会就有半两，或是一两是马占有种的呢？

又是一年春草绿。

站在黑土地上，马占有静静地望着广袤的田野，春耕时节，蓝天白云，轰鸣的农机正在平整着土地，好一派生机盎然的景象。如果有人注视马占有的话，一定会看到他那不大的眼睛里，此时正神采奕奕。

那么，他看到了什么？是不是已经看到了今年又是一个丰收年？

小 村 大 道

——林青远和陈家店的故事

曹景常

一

在中国，村落无疑是一个特殊的文化符号！

更是集聚了千百年农耕文明的文化智慧宝库。每个村落里的一草一木，一砖一瓦，人们的一言一行，无不被赋予了深刻的文化内涵和浓郁的乡土情怀。

中国要美，农村必须美。

推进美丽农村建设，意义重大，影响深远。

秀美、富饶、舒适……这里"南果北种"的神奇景致令人流连忘返，这里的农民幸福安康，这里飞速前进的发展速度，极大丰富着人们对美丽新时代小康生活的美好想象和向往……

这里，就是吉林省长春市农安县合隆镇陈家店村。

陈家店村 1623 户村民，用 18 年的探索和实践，从人均年收入 2000 多元、村集体负债 109 万元到人均收入 25000元、村集体固定资产达 3 亿元。

18 个春秋的栉风沐雨，换来了沧海桑田般的惊人巨变。

多年来，陈家店村结合本村实际，充分发挥党组织引领作用，聚人才、强帮扶、兴产业，在党建、文化、民生服务等方面均取得了显著成效。村民通过流转土地、打工就业等方式，形成多元化收入结构，在吉林省率先实现农业现代化，集体经济越来越强，民生幸福指数越来越高。

2011 年土地增减挂钩项目实施后，有 96% 的村民已集中入住嘉和社区。这是一个封闭管理的住宅小区，24 栋现代化楼宇错落排布，老人和孩子在景观广场里或跑或坐，各得其乐。园区大门外是双向四车道的柏油马路，路面平坦、标线清晰。马路对面则是一片占地 15 万平方米的湖景公园，绿树掩映、水波粼粼、秀美如画。

这幅新农村风情画里，既有城市化的整齐与繁华，也透着乡村独有的闲适与质朴，体现着生态自然之美。

近年来，陈家店村先后被评为"全国文明村镇""全国科技示范村""全国农机合作社示范社""中国最美休闲乡村""吉林省社会主义新农村试点村"等近百项荣誉称号，2016年7月，陈家店村又获得"全国先进基层党组织"称号。

那么，陈家店18年的喜人变化有着怎样的故事？几乎每一位陈家店的居民（对，是居民。现在不应该称他们为农民了，他们早已成为和城市市民过着一样城市生活的居民了）心中，都有着一段难忘的故事，故事内容都是围绕村子的惊人变化，尽管各自的记忆有着细微的差别，但故事中主人公无不指向同一个名字：林青远。

二

回乡的路总是充满温暖和期待，还有着一种近乡情更怯的激动——但那是一次次游子回乡探望的感受；而真要下决心回到家乡归根扎根时，就必须要下很大决心——尤其是看到故土依然贫瘠落后，且需要自己去努力改变故乡的时候，这种抉择是最艰难的……

林青远作为陈家店走出去的新一代青年，就面临过这样的选择。是浓郁的乡情，化作朴素而不容推辞的责任，让他回乡的脚步充满了坚定与刚毅。

农安县合隆镇陈家店村，距长春市16公里，幅员面积10.96平方公里，耕地800公顷，南距长春市20公里，北距农安县城 45 公里、东邻 302 国道。辖区内共有耕地 800 公顷、林地 41.93 公顷、水域 11 公顷，过去辖 10 个自然屯、现在 1 个小区，共 1623 户 4016 人，劳动力 2089 人，村党委共有党员 76 名。

18 年间，林青远带领两委班子和全体党员心往一处想，劲往一处使，以"科学发展、共同致富"为己任，建立了"党总支+公司+合作社""1＋2"村级党组织建设新模式，走出了一条党的建设推动经济社会高质量发展的新路子，牢固确立了党组织在村域经济社会发展中的主导地位，实现了经济社会又好又快发展。林青远先后被评为全国优秀基层党务工作者、吉林省劳动模范、吉林省优秀村党支部书记、长春市优秀共产党员、长春市劳动模范、长春市优秀村党组织书记、长春市基层党组织服务民生工作先进个人等荣誉称号。

陈家店村也从一个多年积弱的贫困小村，成为真正"生产发展、生活宽裕、乡风文明、村容整洁、管理民主"的社会主义新农村。不仅成为全国乡村振兴的典型范本，还被称为中国最美休闲乡村。

这惊人巨变的背后，有着怎样的故事？

2005 年春天的陈家店村，虽然也是春色迷人，但在人们眼中却没有半点春天到来的喜悦——因为这个村正陷于困顿当中。当时，陈家店是有名的贫困村，干群关系矛盾突出，全村人均收入 2000 多元，外债 109 万多元。随着前任村支书的猝然去世，本就乱麻似的小村更是乱成了一锅粥。

就在这个节骨眼儿上，农安县合隆镇党委找到林青远，希望他这个远近闻名的农民企业家回到陈家店村"扭转乾坤"。

1965 年出生的林青远，作为土生土长的陈家店村人，从小就有着一股不服输的劲头。

1983 年，做过防疫员的林青远逐渐搞起了养殖业，从最初的几百只肉食鸡发展到 8000 多只，收入也从 2000 多元增加到 2 万多元。1990 年，他回到合隆镇街道开始养猪，1993 年，他又借了 10 万多元钱，开了一个造纸厂，准备扩大业务范围，但年末的一场无情大火把他全部家当一夜之间化为乌有。面对巨大的打击，他没有放弃，再一次借款 3 万元，卖起了兽药，开始了新的拼搏之路。因为信誉好，质量可靠，1994 年时，哈尔滨美龙饲料有限公司找到了他，要求为其代卖饲料，每吨饲料可以赚得 100 多元钱的代理费。渐渐地，他还上了欠款。一年后，在亲戚朋友的帮助下，在美龙饲料公司的资助下，他投资 10 万元创办了长春市美龙宏运饲料厂。

通过几年的苦心经营，林青远的企业固定资产超过千万，饲料销售覆盖全省，远销到佳木斯、绥化、大庆、丹东等地。他的种猪场也发展成为长春地区最大的民营种猪场，年出栏仔猪 10000 多头，年销售额 200 多万元。同时解决了当地 40

多名贫困农民的就业问题。

提起自己的奋斗史，林青远说，"这么多年，面对这么多困难，我没有想过放弃。总认为自己行，认为自己可以干点事。人总要吃点苦、受点累，重要的是不怕苦、不怕累。我相信方法总比困难多，只要做到这两点，就没有做不成的事。"

正当林青远的事业红红火火的时候，合隆镇党委找到了他。

于是，就在2005年的春天，林青远面临人生一个重要选择：是继续发展自己的事业？还是听从组织召唤回村当书记、带领父老乡亲脱贫奔富路？

对此，家里和亲戚朋友都不支持他回村当书记。

一是开公司钱不少挣，回去图个啥；二是陈家店村又穷又乱，人均收入2000多元，外债100多万元，村班子涣散，谁接手都不好干，犯不上揽这个烂摊子。

但林青远不这么想，他认为自己作为一个陈家店村人，看着别的村富了起来，自己的家乡还在受穷，心里不好受。更何况，自己是个党员，要在自己能干事的时候，为陈家店村干些事，带领乡亲们走上致富路。

但他心里还是有些犹豫，毕竟是自己亲手打拼而来的企业发展到这步田地实属不易，一旦放下，确实有些舍不得；另外，对小家庭的责任，也牵扯着他的心。于是他和镇领导说："我先试试吧！不过，我只能拿出50%的精力管村上的事，毕竟我企业那么一大摊子，说放下也不容易。"林青远话是这么说的，可是等他回到村里后，对家乡那片土地的深情，让他不由自主地把全部精力都投入到村里事业上了。至于他的企业，都全部交给了家里人打点，开始时他说在自己的企业只挂个"顾问"的头衔，隔三差五发挥一下"顾问"的作用，后来就一点也顾上不问了。

就这样，林青远毅然挑起了党支部书记这个"担子"，全身心地投入到陈家店村发展中去。

上任了。

镇长带他走进了村小学校——多少年了，村部始终没有一个像样的办公地点，这间作为村委会临时办公室的废旧教室，还是向村小学借的。

面对这样的窘境，林青远发表了简短而有力的"就职演说"："我是一名党员，是土生土长的陈家店人。对我来说，自己富没啥可说的；让陈家店老百姓都富了，那才是我最骄傲的事儿。"当然，这个就职演说，大家反应不大，还多少有点持怀疑态度。

可如今呢，那些曾抱有怀疑态度的村民们深深地震惊了，因为他们目睹了誓言成真、村民富裕、村貌美观的巨大变化。

这转变，对于陈家店，可谓是涅槃重生。林青远当年的就职演说中，让村民富起来的目标实现了。

可当时，确实是难啊。

第一个难题，就是没钱。

面临资产短缺，面对高达百万元的村务外债，林青远提出了一个大胆又前卫的想法："联合村民集资建厂"。这既能增加农民收入，又可以减轻村里负担。

这个方法在城市一点不新鲜，但在沉闷了多年、困难了多年的陈家店，却是一件新鲜事儿——林青远你是做生意的好手，但那是你自己家的买卖！现在，大家伙把钱交到你手，你到底行不行啊？能像自己家买卖那么上心么？一旦钱投进去，赔了可咋整啊？毕竟对穷怕了的村民来讲，这节骨眼儿掏出钱去交给林青远，他们心里没底啊。还有一点是，林青远要建的厂，竟然是一个废弃多年的砖厂。

村民们对这样的集资入股心里没底，舍不得掏钱，更是持怀疑态度："一个瘫痪多年的废砖厂还能复活？""希望不大！""还入股呢？集体企业都得黄！"

为了让村民了解其中道理，林青远带领支部一班人大会讲、小会提，挨家挨户地讲、一个人一个人地唠、细心地算。慢慢地，听着似懂非懂的计算，群众开始相信了。不到半月的时间，全村 1000 户村民，虽然只有 54 户入股，却筹集了资金 190 多万元，成立了陈家店村第一家股份制公司——陈家店村红砖厂。砖厂占地 4 万平方米，当年销售红砖 3000 万块，纯利润 200 多万元，村民增加收入近 550 万元，解决农村剩余劳动力 200 人，村集体收入 4.5 万元。分红最多的村民

分得红利1万元，

捧着分红来的大把钞票，入股的村民们心里乐开了花，原来怀疑观望的村民纷纷找上门来强烈要求入股。

第一桶金的成功，使村民对党组织和林青远有了信任和期望，也唤起了全村跟着党组织联合起来同走富裕路的决心。

接着，陈家店空心砖厂、新型墙体材料厂等股份制企业先后顺利建成并实现盈利，全村一半以上的村民当上了"股东"。这回，村民知道林青远确实是敢干事、能干事、会干事、干实事的人，值得大家信任——把钱交给他，亏不着。

之后，2006年春，根据陈家店村养殖户零散经营的实际，林青远提出成立牧业合作社，使养殖户变分散为统一。刚开始时，大家不知道"合作社"到底是个什么玩意儿，林青远耐心细致地做工作，终于说服大家试一试。这年7月，他带着4名村干部和党员代表到华西村学习、交流、考察，随后成立了陈家店村牧业协会。

林青远组织村干部对全村1000多户村民挨门挨户调查，并按年龄、文化、特长、致富项目等进行分类。他了解到全村有致富项目的仅有几十户，而且基本上是小打小闹。于是，林青远又一次次组织召开班子会、小组长会、党员会和村民代表会，在听取党员干部和群众意见的基础上，请省规划设计院的专家制定了陈家店村新农村建设十年发展规划。

在众人惊讶和怀疑的目光中，他大胆提出了再建东北

"小华西"的奋斗目标，确定了发展工贸小区、牧业小区，促进土地集约化经营，打造村级企业化集团的整体发展思路。在五年内要连上五个股份制企业，形成大规模企业集团，全村人均收入达到全县领先水平，尽快使村民过上小康生活。

当务之急，是请人做规划。

对于这样的举动，大家有的理解，有的不理解。

大家都说林青远想法挺好，可是花钱请人规划，有必要吗？村里以前都穷成啥样子了？日子刚有点抬头，不抓紧带着大伙儿挣钱过好日子，就搞什么规划，不是花架子，是啥啊？村民们七嘴八舌地，说啥的都有。

再说啦，目标也忒不靠谱了吧？东北小华西？也真敢想啊！人家华西村那是什么情况？没去过，可听说过啊，那是全国有名的富裕村，家家户户都住楼房呢。陈家店就这么烂摊子，和人家华西村得差多远啊？得使多大劲儿，才能赶上啊？

"凡事预则立。有了规划，干啥事儿心里才有谱，走路才不会差！"林青远力排众议，还是坚持自己的观点。

几年之后，当初不理解林青远的陈家店村的村民们，终于懂得了林青远的苦心。

但在当时，可是没有几个人理解。

排除一切阻碍，林青远按照自己给陈家店设定的梦想之路，执着前行——

他带领村班子成员成立3个专业合作社和3户股份制企

业。

又依托吉林正业集团，组织 150 户农民，筹措资金 500 万元，建设占地 4.3 公顷、建筑面积 1 万平方米的标准化养猪牧业小区。

这样，一步一步地，从小碎步到大跨步。

2009 年，村党委大力发展村集体经济，注资 500 万元成立了农安县众一农业开发集团公司。集团受村党委直接领导，全村 4016 人都成为公司股东，与公司结成了紧密的利益关系，开创了"村党委 + 公司 + 合作社"的"1+2"新模式，实现了陈家店全体村民经济利益的完全化组织链接，把整个村打造成了一个市场主体，走集团化、规模化的发展道路。集团生产范围广，涵盖蔬菜种植、批发、零售，农业机械租赁服务，土地托管服务，城镇化项目开发、投资，土地整理、开发，乡镇基础设施建设，公共设施投资、建设、运营，农业项目投资等。

吉林省众一农业开发集团有限公司下设的各个合作社、公司，也从最初的规模小、机械设备数量少、规模生产能力弱而迅速发展、壮大。集团年种植玉米 450 公顷，大豆种植面积 100 公顷，其余种植小麦、水稻、高粱等农作物，榨油生产线处理大豆能力 5000 吨，成为一个集生产、加工、销售、研发为一体的产业化公司。目前，公司下辖除了农业机械合作社、种植合作社、畜禽养殖合作社外，还有 10 个小公司，包括管道工程公司、园林绿化公司、城市基础建设公司、农副产品经销公司、汽车租赁公司等。拥有固定资产3亿元，带动农户1800户，员工达900多人，年销售额上亿元，村集体收入达到1000万元以上。

农村专业合作社的出现，解放了陈家店村民的生产力，增加了收入。全村95%的农户加入了合作社，500公顷耕地流转到专业合作社。加入合作社的村民可以获得三方面收入：一是出租土地的租金收入；二是脱离土地后务工的收入；三是合作社盈余分配。

"当我们发展到一定阶段，谋求突破的时候，就遇到土地问题这个瓶颈了。在当时，土地流转既无相关政策支持，更没有谁家的成功经验可以借鉴。我们下功夫学习领会国家大政方针，最后判断出这一定会是现代农业未来的发展方向，下定决心，哪怕担些风险也要尝试。最后，在各级组织和领导的信任和支持下，我们终于把土地流转这个模式做成了。"回望当初面临土地难题时，陈家店勇敢突破的艰难历程，林青远颇多感慨。

土地流转，推动农民主要劳动方式，从传统种植转向二、三产业。随着土地流转规模的不断扩大，农民收入也由单一的种植收入，向土地租金、股东分红、外出打工、村集体给农民福利待遇、合作社务工等多元化收入转变。

"我们合作社坚持共同富裕，但不搞平均主义。现在是四处来钱啊!"村民受益了,高兴得合不上嘴。刚开始,可有好多居民不乐意归合作社呢,为啥?心里没底呗。多了不用,也就三年,加入三年后,感觉特别享受,年过花甲的丛广波说:"我 16 岁开始种地,腊月二十七还得刨大粪,可遭老罪了。现在多舒服,锹镐不动就干拿钱。"

很多村民说,村里能有这么大的变化,都是林书记带领大伙谋划、干出来的:"林书记是一个好带头人,他有眼光,有思想,能把大家组织起来,大家愿意跟着他干起来。"

正是这种"村党委+公司+合作社"党建富民新模式,得到了中组部高度认可,并在全国进行推广。

三

好钢得用到刀刃上。

好资源也得盘活用好,这样才能让特色真正成为特色,优势资源也才能发挥出真正的作用。

那一年的冬天,林青远带领村班子和部分村民代表参加长春农业博览会。在农博会现场,超大的南瓜、反季的水果,让林青远他们大开眼界。林青远颇有感慨地问大伙儿:"你们看了,有什么感受?"

"太好了!这水果冬天也能长,太神奇了!""这西瓜咋这么大呢?"

"光是神奇吗？有没有别的想法？"林青远启发道。

"别的想法？还能有啥想法啊？"大家一头雾水，不知道林青远到底想说什么。

"我的想法，就是想搞一个陈家店的'农博会'！"林青远的想法，让大家都感觉有些异想天开，甚至认为这是天方夜谭。

看着大家有些惊呆的样子，林青远说："这个想法不好吗？"

"好是好，可咱们也不具备这条件啊？"是啊，美梦的确是好，可是有能力把美梦搬到现实吗？

"没有条件，创造条件呗！"林青远自信而坚定地说。

就这样，一次农博会的参观，打开了林青远的思路——发展现代观光农业，让陈家店更有吸引力，就必须想别人不敢想的事。在林青远的倡导下，陈家店村集体投入资金建设了 15000 平方米的智能温室，开创性实践"南果北栽"项目，利用植物低温冷链唤醒还原技术，种植木瓜、香蕉、火龙果等，让前来参观的游客犹如置身热带果园。

此外，村内另有 220 栋温室和 10 万平方米的连栋大棚，全部作为智能温室的带动区，除部分租赁给村民之外，其他棚子均用来种植牛奶草莓、阳光葡萄、君子兰花卉等相关经济作物，对外观赏的同时也可以采摘，为村民带来了可观的收益。

他们还把陈家店村现代化农业发展和城镇化建设成果结合在一起，依托陈家店村的生态餐厅和实训基地，开发了乡村旅游的新模式，重点把陈家店村打造成一个集吃、住、游、购于一体的旅游景点，以此来带动村集体收入。

为了充分发挥陈家店村位于长春市半小时经济圈内的地理优势，2021 年，陈家店村党支部领办创办合作社成立了蔬菜分拣车间，该项目遵循自然、环保、天然、绿色的经营理念，采取线上线下同时销售的方式。项目完全建成后可带动周边村农户种植蔬菜大棚 1500 栋，解决剩余劳动力 100 余人；新建的棚膜项目也正在洽谈中，拟通过引进以色列设施农业先进技术和资金，打造新型、高经济效益的设施农业产业。

2021 年，陈家店村建设了无人农场种植基地，开辟了 1000 亩的无人农场，实现耕种管收全覆盖、机库田间转移作业全自动、农作物生产过程全监控、智能决策精准作业全无人，现代农业发展迈上新台阶。

黑土地保护项目由农安县农业技术推广中心实施，项目内容为秸秆翻压还田、堆沤还田、增施有机肥、玉米大豆轮作等，全县实施面积 10 万亩，分 3 年完成，由国家财政部及农业部每年投资 3000 万元。陈家店村作为黑土地保护项目核心区，实施面积 5000 亩，已完成秸秆翻压同时增施有机肥 687 吨，实施大豆轮作 100 公顷，下一步将进行秸秆堆沤还田。

生态无人农场建设由农安县合隆镇陈家店村众一农业机械专业合作社承担，利用合作社已流转土地约 1000 亩，建设全国第二家、吉林省第一家千亩玉米生态无人农场示范基地，目前众一合作社已累计投入 500 万元用于无人农场设备购置、系统开发，下一步将继续完善无人农场的检测系统、数据收集工作，融入数字乡村建设中去。

就这样，从 2016 年起，长春市现代农业示范区落户陈家店村，核心区建设面积 100 公顷，项目建设主要包括 8 项内容，如高效农业示范区建设项目、仓储库建设项目、黑土地保护项目、新型职业农民实训基地、农田水利化建设项目、农业机械智能化项目、农业航化作业项目、智能温室绿色能源利用项目，现已全部完成。

四

乡村要振兴，治理要跟上。

只有解决好乡村治理这一基础性问题，才能真正促进和保障乡村振兴。党的十九大报告对实施乡村振兴战略提出"产业兴旺、生态宜居、乡风文明、治理有效、生活富裕"的总要求。其中，"治理有效"作为推动乡村振兴的重要内容，在诸多因素之中起着举足轻重的作用。

"这可是真正的高科技！"2022 年春天，在吉林省农安县合隆镇陈家店村的数字乡村振兴服务平台前，村民林艳伟仔细看着大屏幕上的村务数据，"村里最近忙活的事儿，都看得明明白白，效率真高！"村民信息、乡村治理、网格管理、农业信息、疫情防控……通过这一数字乡村平台，分分钟就能掌握村务情况。来到陈家店村村部，这块醒目的大屏幕上正显示着村里动态，全村主要路口、重要场所、车辆通行、人员流动等情况，一目了然。"我们打造了农业农村数据资源的一张图。"陈家店村党委书记付升学介绍，通过与企业合作，利用无人机倾斜摄影技术，对全村进行了 3D 建模，搭建成村级数据基础平台。接入监控、传感器等设备，方便村里开展日常工作，实现了乡村治理可视化。

2022 年中央 1 号文件提出，大力推进数字乡村建设，要以数字技术赋能乡村公共服务，推动"互联网＋政务服务"向乡村延伸覆盖。去年，农安县启动了数字乡村振兴服务平台建设，为农村提供数字化政务、教育、医疗、生产、就业等服务，陈家店村成了试点村。

当农村插上数字的翅膀，农业生产将会如何发生改变？无人农场、智能温室、物联网监测、农产品溯源等数字农业应用场景在这里不断拓展。在陈家店村的玻璃温室内，124 棵木瓜正得到"格外关照"，通过"一物一码"的方式，对作物的生长环境进行智能监测，从农事操作到加工、运输、市场全流程追踪，建立从田间到餐桌的"端到端"农产品溯源。

"我们村的农田、温室大棚以及无人农场里，布放了数十个智慧物联网监测点，实时采集上报作物生长环境的温度、光照强度以及土壤温湿度等数据。"陈家店村村干部告诉记者，自从村里开始数字化，现在种地越来越简单。他们将通过数据的收集沉淀，建立农作物数据仓库以及符合当地发展的农业农村数据模型，推动农业的数字化升级。

让数字融入农民生活，平台直接面向村干部与农民，利用信息化手段推进乡村建设，为基层治理服务注入"智慧基因"，从而提升乡村治理智能化、精细化、可视化水平。

民生福祉达到新水平，是"十四五"规划纲要提出的明确要求，陈家店村所追求的，不只是经济更加发展、文化更加繁荣，还有人民生活更加殷实。为了让村民享受安全、健康、舒适、幸福的生活，完善村民医疗、卫生、教育、交通方面的需求，陈家店村争取项目资金，加大了基础设施建设力度，切实改善群众生产生活条件。2021 年，陈家店村创收 760 万元，用于民生服务就高达 554 万元，占比保持在 70% 左右。

村里投资 1350 万元铺设水泥路 23 公里、砂石路 16 公里，先后建成"四纵四横"路网，在交通出行上为居民提供了很大的便利。

陈家店原来一下雨就泥泞不堪、不下雨暴土扬尘、到处坑坑洼洼的乡村小道，也变成了平坦宽敞的阳关大道！

村里还投资 2260 万元完成了村新社区的供暖管网、排污管网、自来水管网的铺设，管网总长度达 12853 米。在寒冷的冬天，嘉和社区的居民总是最先感受到温暖。辖区绿化面积达 27 公顷，先后对主干道路、社区进行了绿化，投资达 550 万元，并设有幸福公园一个，占地面积 15 万平方米，其中休闲广场占地 8000 平方米，总硬化面积 12000 平方米，种植草坪 36000 平方米，公园内种植景观树 1700 棵，种植各类花 23000 多株，为村民提供了休闲娱乐活动的场所，总投资 1000 多万元。

从 2012 年起，陈家店村启动文化艺术节项目，居民自行组织编排节目登台表演，群众参与热情高涨，涌现出一批优秀的文艺人才。2013 年，陈家店村每年为 60 岁老人集体举办生日宴会。村里举办集体生日宴会不仅是体现对每位老人的关爱，也对提倡敬老爱老起到了积极促进作用。

本着惠民利民的理念，社区为本村入住小区的居民免除了 10 年的物业费，免费为 60 岁以上居民缴纳合作医疗，便民食堂为 60 岁以上老人提供 3 餐，每天仅需 10 元，大大减轻了家庭负担。卫生室为村里老人免费体检，发放流行疾病药物，让老人们体会到社区大家庭的温暖。

在林青远的提议下，陈家店村集体与合隆镇中心小学协商沟通，全村 120 多名学生全部进入中心小学上学，村上购买了 2 辆大巴车，每天接送学生上下学。今年已经 70 岁的赵才，土生土长的陈家店人。村里致富后，和老伴搬入嘉和社区 100 多平米的楼房。农村合作医疗保险由村上负责，银行还有 6 位数的存款。

据老人回忆，曾经的陈家店衰败、狼藉，很多年轻人都离村而去。"现在好了，村里免收 10 年的物业费和取暖费，作为股东，年年都能领到分红。有好多村民嫁出去的女儿，结婚生子后，都想把孩子的户口落回我们村呢！"

林青远一门心思就是想让大家过上好日子。为了方便服务村民，在他的倡议下，嘉和社区服务管理中心大楼内设置了陈家店村委会、社区卫生所、农家书屋、物业服务中心等办公地点，给村民提供一站式服务。

村民们在享受着与城市无二的生活条件的同时，还拥有着城市中无法享受的乡村文化生活，现如今每一位村民都以身为一名陈家店人而感到无比自豪。

村内各项事务是如何事无巨细管理的？

林青远反复强调"严格"二字，每一个细节都不能放过。村民刚开始入住嘉和社区时，摩托车、自行车到处乱放，林青远觉得这样不行，于是在每栋楼外新建了车棚、安上插座，并且充电不收费，很快便解决了乱停乱放的问题。社区内的汽车也是整齐地停放着，并且车头全部朝外，不管是谁，只要车进小区，都得按规矩停放。"治理乡村关键在人，在思想，做什么事的时候，能够把所有细节都想到，这样老百姓就能够接受，就能信任你、支持你。"

当被问到为何会具有如此专业、有针对性的治村谋略时，林青远说，当年在清华大学研读 MBA 的经历是他得以成功的一大秘诀，270 个课时他一节没落，所以才全面学到了企业的策划与管理、财务的控制、现代农业的发展方向等知识。对于陈家店村今后的发展，林青远说："虽然我们赶不上华西村，但我们立志要打造一个东北农村发展的新模式，走我们自己的路，未来一定要把我们的村集体和企业做到上市。"

为了树立节俭养德、移风易俗的文明好村风，陈家店村积极运用村里的"红白理事会"在全村范围内以多种形式推进移风易俗工作破除陈规陋习，促进文明风尚。为让文明新风入脑入心，便于村民接受，陈家店村红白理事会的成员趁晚间村民们在村口闲话家常之时，向村民们倡导文明、健康、科学的生活方式，引导村民践行村规民约，营造移风易俗齐参与的局面。村里 10 个自然屯的村民小组组长也化身宣讲员，不仅发挥了示范作用，还在工作中不断宣讲、劝导村民在红白事方面避免铺张浪费，深入移风易俗的理念。每年清明节前，成员们也会积极引导村民文明祭扫，以敬献鲜花、祭拜等形式来代替烧纸。

"我们还想了很多接地气的方式，比如将移风易俗宣传语移入村民喜欢的快板、音乐中，让村民们在自娱自乐中接受文明新风。"陈家店村党建专员王晓红说。此外，红白理事会还积极协调帮助村民办理婚丧嫁娶相关事宜，为办理红白事的群众算好经济账，避免铺张浪费。谁家要举办红事白事，红白理事会的成员都会走进村民家，劝导村民避免铺张浪费，提倡简办、新办。

陈家店村在公墓旁设置了一间灵棚，免费供村民使用，为村民节省了财物，减轻了村民经济和思想负担。"村里要彩礼、大办红白喜事、打牌喝酒的少了，参与志愿服务活动、互帮互助的多了。"提起村里的红白理事会，村民们都竖起了大拇指。陈家店村村民王光告诉记者，过去村民办红白喜事，有时会讲排场比阔气，比较铺张浪费，自从2015年村里成立了红白理事会，大家都自觉地按照节俭的原则安排接待操办酒席，省心省力又省钱。全村形成了"婚事新办、丧事简办、余事不办"的新风尚。

五

能人治村，弱村变强村。

人才兴村，强村才能有更好前景。

"乡村振兴需要人才振兴，现代农业需要高素质农民。"多年来，林青远和陈家店村党委始终聚焦强农兴农，坚持培养和引进并举、"输血"与"造血"并重，实施人才"筑巢引凤"培养工程，从2017年开始，陈家店村成立了农村实用人才带头人和大学生村官培训基地。可容纳 300 人的农村实用人才培训基地，融入"不忘初心、牢记使命"党建主题元素，村党委与学员可同步参加主题党日活动。同时，立足学用结合，进一步完善"教学、科研、生产"三结合的培养路子，为农村青年人才"量身定制"培养方案和课程体系，并承接了中组部和农业农村部组织的农村实用人才带头人和大学生村官示范培训班，引入基层农技部门和知名农业企业参与人才培养全过程。如今已开展 18 期，共计 1800 人，为农村青年人才干事创业创造良好环境，形成了招才引智的"磁场效应"。如今，陈家店村高层次人才数量显著增加，人才活力得到充分释放，人才规格与乡村振兴实际需求的契合度不断提升。几年来，仅接待各地的农机校、农广校及各类社会团体的学员高达 65000 人次。

为集聚优秀人才，修建乡村振兴"水池"。陈家店实施了"优秀人才回引计划"，重点梳理本村优秀青年、在外务工人员等优秀人才，通过实施乡村振兴青年发展计划，吸引各类优秀人才扎根基层，接力乡村振兴。

1983 年出生于陈家店村的付升学，就是返乡青年才俊中的一个典型代表。毕业于吉林公安专科学校的他，2013 年回乡担任陈家店村党委副书记，协助党委书记进行村级事务的统筹管理，同时负责党建、农副产品公司、实训工作的具体工作。

2019 年 4 月，36 岁的付升学"接力扛旗"——用年轻的肩膀扛起了拥有"全国先进基层党组织"等百余项荣誉的陈家店村大旗，成为这个大家庭的"新旗手"。

有斗志、有干劲的他，带领全村按照既定的方向一往直前，将党组织建在村级全面发展的各个领域，引领全村全域发展，让鲜艳的党旗始终高高飘扬。

蓬勃发展的陈家店村为大学生们提供了事业的舞台，同时，日渐完善的各项服务设施，也让他们在村里生活得很有幸福感。

"没想到陈家店的生活条件一点不比城里差，而且现在的农民和以前完全不一样了。"在北京的一所大学毕业后，刘司洋回到了陈家店村新型职业农民专业技术协会任职。刘司洋说，村里的培训（任务）分两块，一是培养大学生村官，目前已举办 18 期，每期一百人；二是和省里的农广校和农机校合作进行高素质农民培训。学员来自全省各地，每年培训高素质农民 2 万人次以上。

"农民通过学习很有收获，科技种粮离不开知识助力。"刘司洋说，前两年，有多次台风过境，不少庄稼吹倒伏了，针对此种状况，当年冬闲时，举办培训班，进行针对性培训，农民们都说大有收获，抗灾能力不断增加。作为返乡工作的大学生，刘司洋人生目标更加坚定，同时在家乡的这份工作也让他找到了人生价值！

"在我们村，有十多个大学生呢，我们深感在这里找到了自己人生的舞台。"王晓红大学毕业后来到陈家店村，如今已有9年了。9年间，王晓红从一个不谙世事的学生成长为"村官"——现任村党委委员。每当有外村的同行来取经学习经验，她都深感自豪，陈家店村的美好今天和明天都有他们青春的印痕、奋斗的足迹。

"我之所以能留在陈家店，是从与林书记之间的'战争'开始的。我和林书记可谓是不打不相识。"村里的会计杨柳语出惊人地说。杨柳大学毕业后，在长春的一家财务公司工作，2014年陈家店村集体企业发展较快，就从财务公司聘请了专业财务人员进行财务管理，杨柳就是财务公司派到陈家店的工作人员。在实际工作中，由于村里的产业多、工作人员多、观念和专业知识存在一定的差异，一些原本习惯粗放管理的人员，对杨柳严格的财务管理并不是都理解。有些年龄大的管理人员，在财务报销等方面吃了杨柳的闭门羹后，大发雷霆，到林青远那里告状。但当杨柳从专业角度解释后，林青远都能从善如流地采纳杨柳的意见，并做好村里其他人的工作："人家小杨，从专业角度以专业精神给咱们把好财务关，是对咱们村好啊！应该理解和支持，咋还能为难人家呢。"每当这个时候，杨柳都有一种被信任的温暖与感动。

在实际工作中，林青远特别欣赏这个专业能力强、爱较真严管理的女孩子。2016年，在财务公司服务期满后，林青远感觉村里需要杨柳这样一个责任心强、能力突出的财务人员，就向杨柳伸出了橄榄枝——想让杨柳参加村里会计的竞选。2016 年，杨柳当选为村里的会计，2021 年再次竞选成功后，连任。担任村会计这几年，杨柳一如既往地严格，和村里人相处得越来越融洽，不仅仅是村里人，就是她本人也早就从心里把自己当成了陈家店人。

仅 2021 年以来，陈家店村就回引优秀人才百余人，其中返乡创业 85 户，返乡创业人员 277 人，为乡村振兴注入了强劲动力。同时，实施村级后备人才"接力扛旗"，坚持选育管用结合，动态储备村级后备人才，其中高中以上学历达到 100%，平均年龄 36 岁。

多年来，陈家店村始终坚持党建引领，全面发展。继续深入打造"六大基地"，始终将创新转型作为陈家店村发展的动力，旨在提升乡村人才的知识和技能，逐步形成人才、土地、资金、产业汇聚的良性循环，为乡村建设的发展持续、有效地提供人才保障。村里努力将本村种养殖能手、致富带头人，特别是年轻的农村实用人才吸纳进党员队伍，通过发展一个、影响一片、带动一批，进一步放大"孵化"效应，带动和吸引更多优秀青年农民提高素质、提升本领、主动融入党组织，为乡村振兴增添新鲜血液。

蓝图铺展成大美未来，振兴动力强劲迸发。

未来的陈家店村将打造休闲、观光、旅游一体的幸福村、富裕村、文明村，全村也将继续发挥"头雁"效应，提升基层治理水平，持续推进"党建＋合作社＋产业"模式向纵深发展，成立陈家店中心村联合党委，构建起"以大带小、以强带弱、以富带贫、以经验带特色"的区域联动发展新模式，大力推进集体经济发展、加快推进农村人居环境改善和美丽乡村建设、全面推进乡村振兴，努力构建农业强、农村美、农民富的崭新格局。

前进，是时代之音。

而林青远在把陈家店的接力棒交给付升学手中之后，被组织上委以合隆镇党委书记的重任。

从壮大一个村，到发展一个镇，林青远始终初心不改、使命不变。

他的脚步铿锵着向前、向上的旋律，而他的家乡陈家店的前进步伐，也和林青远一样，和着新时代发展的脉搏，一起砥砺向前……

陈家店从落后村成长为"样板村"的升级之路，也正是从乡间小路延展成腾飞大道的嬗变与涅槃……

是啊，就在短短的、不到20年的时光里，原本延伸在这片黑土地上的一条条阡陌纵横的乡村小道，也早就一改旧模样，在锤头与镰刀交织而成的雄浑大道引领下，被不断拓展延伸，成为新时代乡村振兴蓝图上最为耀眼的阳关大道、小康大道……

网上冲浪的山里人

宗玉柱

"这十年啊，林场和我们职工的小日子变化太大了，收入比十年前翻了好几倍。相信党的二十大以后，我们守着的这片绿水青山会变成更多的金山银山。"2022年10月22日，在吉林卫视新闻联播"十年幸福我见证"栏目中，一位朴实的中年男子站在镜头前这样说道。

好眼熟啊，这不是老兵客栈的张海明吗？张海明上新闻啦！

进入金秋的长白山林海，层林尽染，山色怡人。清晨，客人刚走出客栈，张海明就马上打扫房间、准备餐饮。一顿忙活后，他简单吃点儿早餐，开始了一天的巡护值班。下班后，他又和妻子一道整理山货、挑选等级，并打开手机做起了网络直播销售。整天忙忙碌碌的张海明自己都没想过，有一天他不仅会成为一位家庭民宿的老板，还能变成侃侃而谈的网络直播达人。

提起老兵客栈，熟知的人立刻会想到"春花和老兵的日常"，这是快手里的一个普普通通的直播账号，它却是山里人为走出大山而打通的一条理念创新的创业之路。

张海明很少对人说起过，在近年来旅游业低迷的时候，在收入与转型间焦虑徘徊的时候，他的坚韧执着，不抛弃放弃，都来自一位陌生老人的激励。

那是刚开业不久的一天，老兵客栈迎来了两位特殊的客人，一位是精神矍铄的老人，一位是身材结实的年轻人。老人对张海明直言道："小鬼，我也是老兵，是从家里偷着跑出来的，你知道该怎么做吗？"张海明立刻回答："老首长放心，坚决保密，我从没见过您。对了，首长您是怎么找到我这儿来的？"老人说："网站啊，你觉得我老头子不会上网？"

老人白天出去转，晚上就拉着张海明讲过去的那些故事。老人说："我们当兵那时候苦啊，不像你们这个年纪的兵，比我们享福多了。不过看你这客栈收拾的，就知道你是个啥样的人，你为啥不留在部队里呢？跑回家来的兵，可不是好兵。"

老人的话触碰到了张海明的内心深处，多少年来，军营中的一幕幕时常出现在梦中。

老人拍了拍他的肩膀说："别苦着脸，我也知道你舍不得，哪一个好汉子能舍得部队呢，记好我电话，去北京的时候想着到家看我。还有啊，别看你这客栈小，好好经营，学会创新，你这网络就搞的不错嘛，要不然我怎么一找就找到你这儿了。记住，你这里就是咱老兵在长白山下的哨所，你的任务就是给我站好岗，值好勤，我还要经常到你这儿住。"

张海明知道，八十多岁的老人家或许今后不会再来了，但老人家的命令自己一定要坚决执行好。

重信守诺并不易，但张海明做到了。他把每一天的忙碌都当作站岗执勤，把老兵客栈真正做成了老兵之家。他的经营理念也一改最初的稳扎稳打、中规中矩，在家人的鼓励和支持下开启了直播带货，成了一名在网上冲浪的山里人。

咱当兵的人

张海明说："是部队培养了我，让我在面对困难和问题的时候能够迎难而上，让我在迷茫困惑时能够坚持方向。我始终牢记我是一名光荣的共产党员，一名光荣的退伍军人。我相信，只要肯动脑、肯吃苦，就一定会收获更多的财富，美好幸福的生活要靠自己的双手来创造。"

1976 年 3 月，张海明出生在吉林省延边朝鲜族自治州安图县二道镇长胜村一户农民家中，参军退伍后被分配到白河林业局宏图木业公司，后来又到了黄松蒲林场当了一名普通职工。林场和村屯差不多，都是靠着长白山的林区资源过日子。村屯和林场就像是兄弟，看似一个是以耕种农田为生，一个是以管护森林为主，相互间有时还偶尔发生点儿小矛盾，其实也是共同生活在同一片土地上，谁也离不开谁。如果不是参军，张海明作为农村子弟，大概不会到林场做职工。问起他村里好还是林场好？他哈哈一笑说，这个时代好，在哪儿都一样啊。

青少年时期的张海明和村里的孩子们一样，喜欢风风火火玩耍，不爱老老实实上学。要说他与其他孩子比较有哪些不同，那就是他十分喜欢书法。那些年，在山村及山镇，孩子们喜欢点儿什么，比方体育、音乐、书画、写作等，很难找到启蒙老师，很多人大都停留在喜欢的阶段，天赋好的勉强能入门，再进一步就难了。同伴们开玩笑说，假如张海明出生在文化氛围浓厚的城里，长大后没准儿也会是一名书法家。但这种假设只是多年后好朋友之间的谈资，一笑而过。山里的孩子有山里孩子的优势，惯于穿梭山林草莽的人，豪放直爽、遇事果断、坚守底线、执着认真、敢于担当，这些当下许多人或缺的性格，始终伴随着张海明的成长。尽管没有成为书法名家，但书法给张海明的军旅生涯增添了丰富的色彩。

1993 年 12 月，张海明光荣参军。新兵连的时候，张海明接受了出板报的任务，书法基础得到充分发挥。一位部队领导看了他的字，立刻两眼放光，分配时抢先把他要到自己身边做了文书。在部队，踏实勤奋、吃苦能干的张海明得到了部队领导的赞许，得到了战友们的信赖。他在军旅生涯中，因工作成绩突出，年年被评为优秀士兵，并连续在全师大比武中取得优异的成绩，以枪械组合、文书管理两项军事工作夺冠而分别获得两次三等功的殊荣。

1996 年，张海明光荣加入了中国共产党。也就是在这一年，赶上百万大裁军，张海明所在部队转为武警。张海明辞别军营，结束了军旅生涯，退伍回到了家乡。按照相关政策，立功回家的退伍人员政府给予安置，安图县武装部自然不会放过这个军事工作突出的老兵，点名要他留下做教官。因为安图县城离家相对较远，张海明也放不下长白山脚下的挂念，抵挡不住林海松涛的呼唤，毅然回到了家乡二道白河。1997 年初，组织上征求了他的意见，把他分配到了白河林业局宏图木业公司。

20 世纪末，林业企业正赶上"两危"时期，即资源危机，经济危困。这个时候，职工工资非常低，勉强可以保证开支，住房等一系列福利问题根本无法维持。当了四年兵，张海明也到了该谈婚论嫁的年龄，房子成了最大的难题。每月工资 350 元，靠手里的积蓄买房、建房都不够，怎么办呢？正好赶上黄松蒲林场的白山大酒店需要人手，也因为林场有望能够解决住房问题，于是张海明决定，去林场。

当年，白山大酒店在长白山北坡也是上档次的酒店之一，旅游旺季，张海明忙的团团转，但是到了淡季，又闲下来无事可干。张海明找到林场领导，提出冬季参加木材生产的要求。林场领导自然高兴的不得了，山场上正需要人呢。很快，张海明就成了山场上一线职工中的一把好手，伐木、打枝、集材、装车、清理，各道工序中无论是技术活儿还是力气活儿，提起张海明无不交口称赞。都说，看看，人家到底是当过兵的，就是不一样啊。

都说成家立业，张海明结婚之后才发现，自己全靠工资性收入，也只能解决个温饱，还得有创业性收入才行。在林场，大多数家庭都是这样，每年收入是有数的，虽然说也偶尔"涨工资"，但凭良心话，真的没有物价涨得快。白河林业局地处长白山旅游区，当地物价比周边又高出很多，大家的日子都相对拮据。长久这样下去肯定不是办法，怎么办呢？

创业的老兵

张海明说，在林区，转型发展一直是个大词，怎么转？往哪儿转？谁也不敢确定。林区经济、林地经济、林下经济，这些名称初听起来也懂，细琢磨起来又开始犯合计。一个不

小心，就会破坏到林地资源，一遇上市场波动，就有把老本儿赔光的危险。那咋办，只能摸着石头过河，试着来吧。

2003 年的一天，张海明下了决心，把手里的积蓄全都拿出来，办了个小型养鸡场。张海明的养鸡场最多的时候存栏3000 多只，再发展就遇到了瓶颈。有道是"家财万贯带毛儿的不算"，张海明在养鸡期间也经历过几次大小风险，虽然都扛了过去，但收益上远没有当初建养鸡场时设计的理想。两年后，张海明觉得，这样下去还是不行，还得往其他方面转型，于是又把目光投向了黑木耳种植。

食用菌产业一直是林业转型发展的依托型项目之一，原因就是林区有锯末这个资源。但最早发展这个产业的却并不是林业人，反而是坐落在林区的一些村镇，他们在国家政策、资金、技术的扶持下一步步发展壮大起来。这个时候，林业人也发现了这个产业的发展前景，依靠资源优势，投入资金加入了种植黑木耳的行列。

2006 年，黄松蒲林场按照林业局的要求以场为单位种植黑木耳的时候，张海明已经自己开始做了。第一年试探性地少种植了一些，收获还算不错，这给张海明增添了不少信心。这一年的经验告诉他，菌种是关键，后期管理更要处处细致，任何一道工序差一点儿都将影响产量。张海明还发现，一个人的力量有限，每人每年能管理多少袋黑木耳，是有一定数量的，绝不能贪多，否则就得雇人生产。雇人虽然也不是不行，但食用菌产业特殊，雇的人越多，责任心就越会下滑，中间环节的生产隐患就越大。因为还要上班工作，张海明把种植黑木耳的数量控制在30000袋之内，每袋纯收入达到1元，在所有种植户中，这个数也算是峰值了，并且张海明能够连年保持。

林业局的食用菌产业一直以黑木耳为主，大致经历了两个阶段。第一个阶段是由各林场自行筹资投入，规模倒是不小，可惜大都因为菌种五花八门，技术各行其是，加上因为是集体项目，从业人员责任心不够，赔的一塌糊涂。第二阶段是鼓励个人投入，林业局提供资源和资金支持，并到外地请来专业技术人员进行技术指导，在这个阶段，有不少职工赚到了钱。种植黑木耳存在一定风险，菌种和市场是有变数的，很多人今年赚了，第二年又赔了，第三年从头再来。大家都说，种木耳，就是起早贪黑，拿满家子人的辛苦和汗水去换钱。但张海明不这么看，他认为只要掌握了全套技术，并把责任心尽到，每年的收益就能够有保障。他的收入虽然并不突出，但他靠着韧劲和肯钻研的性格，终于把菌种技术弄了个通透，把各道程序的关键也理顺得清清楚楚。林场的许多种植户在他的指导下不再出现坏菌、减产等情况，收入也都稳定了。

2008年是张海明难忘的一年，这一天，张海明看着妻子捶着腰在地里摘木耳的背影，突然想，自己的食用菌技术已经得到了很多同行的认可，是不是也该出去走走呢？经过连续几天的认真思考，张海明决定请假离开林场，到外地寻找创业的机遇。他没有想到，这一走就是七八年。在这些年里，张海明一心扑在了食用菌产业上，用他的话说，东三省种木耳的地方他都跑遍了，敦化、绥阳、东宁、苇河、亚布力、尚志、伊春……他屈指数了无数地名，这些地名在地图上串成了清晰的轨迹。张海明在不知不觉中成了一名业内公认的黑木耳专家，多年以后回到林场，还不断有人打来电话咨询技术问题。张海明天生一副火热心肠，放下手里的事情，捧着电话细致周到地讲解，实在无法在电话里说明白的时候，他甚至开上车直奔数百里外种植户家的种植现场。

风里雨里这么多年，吃了不少苦，交了不少朋友，也明白了很多道理。张海明回想起在外面的这些日子，心里十分感叹。2014 年，在鲅鱼圈朋友的真诚挽留下，张海明又坚持了一年，朋友给的工资很高，但想一想，这还是工资性收入，虽然比在林场上班挣的要多很多，终究不是创建自己的产业。终于，2015 年，张海明毅然回到了黄松蒲林场。

其实在白山大酒店工作的时候，张海明就对旅游业产生了很大兴趣，但那个时候，思想还停留在想一想就算了的阶段。张海明说，"那时我也想过搞旅游，但怎么搞却没想明白，我又不能去当导游，当时觉得那都是小姑娘干的活儿，到了 2015 年的时候，林场的家庭民宿越来越红火，我们黄松蒲林场的"林海人家"名声在外，每到旅游旺季，林场里旅游大巴、自驾游的车子都没地方停。总在外面跑也不是长远办法，我和妻子合计了一下，还得回家干咱自己的产业。"

张海明就是这个性格，说走，想清楚就走，说回，也是抬腿就回。回来后的张海明把林场的家收拾一新，准备迎接旅游旺季。

2016 年春，由于黄松蒲林场家庭民宿越来越多，林场对工业消防安全问题十分重视，申请成立了一支拥有一辆消防车的林场消防队。林场领导也知道了张海明准备回家发展，自然不会放过这个机会，因为没有人再比他更适合消防队队长这个岗位了。这期间，张海明因为放心不下朋友，又去帮助他忙了整整一个冬天。林场电话追得急，张海明告别朋友从鲅鱼圈赶回家，从此开启了他新的创业之路。

老兵客栈

张海明说，我其实耽误了整整四年，2012 年我就应该回来，那年正赶上党的十八大召开，我也是觉悟不够，只感到很多事情发生了不小的变化。风气正了，人心稳了，日子一天天好过了。至少能察觉到在外面的收入逐渐增加，而林场职工的工资也在连年上涨。要是提前三年回来，我的旅游业收入一定会更好。

训练，训练，训练。

张海明心里着急，嘴上却没和任何人说。每天和消防队员们摸爬滚打，下班和妻子继续为自己的家庭民宿忙这忙那。妻子问，人家客栈都有名字，咱家起个啥名字好呢？

张海明想了想，说，就叫"老兵客栈"吧。

这时正好林场领导一步踏进院子，连声道，这个好，这个好，这个名字填补了咱"林海人家"的空白。"林海人家"是黄松蒲林场家庭民宿的统称，林场领导是来通知他，旅游旺季里上班时间可以灵活掌握，有事离开一会儿不要紧，只要不耽误工作就行。当然，这个政策不只是为张海明定的。拿场领导的话说，咱全场职工，全民创业，捆住身子还咋创业？林场领导知道张海明工作认真，当初让他当消防队队长的时候他竭力推辞，就是怕自己耽误工作。和对待其他投入创业的职工一样，林场领导过来，给张海明也送来了一颗定心丸。

张海明看好旅游业的原因是他反复思考的结果，黄松蒲林场的"林海之家"起步较早，但开始几年效果一般。一方面是长白山旅游业还处在起步阶段，游客较少。另一方面是人们对民宿的认识还没有达到完全接受的程度，总觉得还是去正规旅店比较靠谱。长白山保护开发区管理委员会成立之后，旅游业连年好转起来，接待需求逐年提升，旺季时常出现应接不暇的情况，同时民宿也逐渐被游客所接受。2012 年，黄松蒲林场职工集资，建起了长白山大戏台河景区，景区建设红红火火，景观怡人，游客如织，年纯收入达千万，创下了"白天登长白山，夜晚游大戏台河"之说。张海明也在景区入了股份，成了一个小股东。年末拿着分红到手的钱，张海明感叹，这就是区域优势、区位优势和资源优势吧。

张海明戏说，老兵客栈在众多客栈中没有丁点儿区位优势。林场虽然不是很大，临街的位置显然是最好的，再就是坚持多年、名声在外的家庭民宿，入住率最高。老兵客栈位置在林场边缘，只有在其他家庭民宿满员的情况下游客才会找到这里。正式开业的头几天，一个客人也不见，张海明夫妇没有着急上火，心里早就有这个思想准备。其他边缘家庭民宿的主人大都上街拉客人，张海明做不出来，他总觉得拉了客人就是抢了其他人的生意，这可不是自己的性格。夫妻俩为这事拌了嘴，妻子知道丈夫的脾气，也就随他。

接连几天"门清"，张海明也有点儿着急了。这天，张海明刚下班回家，一辆考斯特车停在门口，下来十几位精神抖擞的老人。张海明赶紧迎上去打招呼，其中一个老人问，你是老兵？张海明说，"是啊，我是 93 年的兵。"老人听后大声道，"给我敬个礼！我是你的老班长！"

军人之间话不用多讲，张海明庄重敬礼后，握住他们的手激动地说，欢迎各位，欢迎老班长们到家。晚上，十几个退伍老兵把酒畅谈。一个老人说，"我们来长白山之前就听说这里有个'林海人家'，进来看了几家也都不错，但就是想找一个当兵的人开的店，在一个民宿门口一打听，人家告诉我们，有啊，可以去老兵客栈，就这么找到你这儿了。那人要是说没有，我们可能就住她家了。你们这儿的人真是太实在了，山好水好人更好。"

自称老班长的游客对张海明说，"你这个年龄的兵，没上过真正的战场，看到我身边这位没有？我们是打过自卫反击战的，我们的一个班，就剩下我俩。现在老战友们一起出来走走，首先想找的就是退伍军人。不管到哪里，都要看看那些开店的、卖土特产的人里面有没有咱当兵的人，我们在你们这里吃住，心情不一样着呢。"

张海明看着这些老人，心里热乎乎的，满怀敬意地连声说，"我这里是新开张，没有服务经验，你们多担待。几位老班长是老兵客栈的第一批贵客，所有费用都算我的，吃喝全免。"

客人们哈哈大笑，都说好好，咱一起"走一个"（干杯）。

客人们尽兴而归，各项费用一分钱不少，还赠送了许多一路采购的礼品。张海明给客人服务的这些天，也慢慢体会到了其中的乐趣。客人高兴，自己心里也美滋滋的。接下来的日子里，客人在不断增加，闲聊起来，他们都说是被"老兵客栈"几个字吸引来的。林场领导知道张海明的家庭民宿位置偏僻，就安排机关工作人员，你们在路上遇到游客打听，多推荐老兵客栈，这个名字打人，肯定会有喜欢的。咱就负责做广告，去不去让客人自己来决定。

渐渐的，老兵客栈有了小名气，有了回头客。张海明并不停留在住宿餐饮上，他又开始筹建山货庄，外加上特色种植、养殖。老兵还是那个老兵，客栈却不再是单一的客栈。用张海明的话说，这叫做服务无死角，服务一条龙，服务全面、优质高效是咱老兵客栈最大的生产力。

老兵冲浪

张海明说，网络时代真正是一个让人超越发挥的时代，老兵客栈能够在美团排前列，都是我妻子春花的功劳。我一开始对"互联网＋"这个词并没有什么感觉，不就是把信息发布到网上去嘛，大家都是在这么做。后来发现，还真没那么简单。其实不管做啥，就是讲究个信誉，只要线上线下一致，确保每一个客人满意，生意自然就会红火。

老兵客栈的名字在网络上一出现就受到了广大游客的喜爱。在这个互联网的时代里，网络连接着每一个人，很多人不用见面，就因为共同的爱好成了朋友。上网是个技术活儿，但张海明天生就是搞技术的材料，那么复杂的食用菌他都能做的远近闻名，互联网也难不住他。注册、拍照、上传、设计页面、增加推广，一系列操作下来，老兵客栈在美团上安了家。张海明回顾起刚踏上网络时的那段日子，略有点儿自豪地说，"咱这个门外汉，能把网店做出来，相当可以了，如果没有网络，我这老兵客栈的收益至少得下降一半。"

缘于网络几何倍数般的传播，慕名来老兵客栈的游客越来越多。许多第一次来的游客，大都是在网上看到"老兵"这两个字来的，这两个字代表着战友情深，也代表着平安和信任。每年"八一"建军节，老兵身份的客人们都要拉着张海明一起庆祝节日。素不相识的人们在老兵客栈相聚，回首军旅，倾诉过去，盛赞生活，共建友谊，留下电话，加上微信，成为永远的朋友。客人来不空手，回去后还常寄礼品。也有不少年轻人，纯粹是冲着网上的评价来的，他们说，老兵客栈的名字，自带安全感，住着特放心。

网络传播，加上战友这个群体的互相推荐，老兵客栈生意越来越好。接送客人、联系景点，帮忙采购，加上经常陪来自四面八方、各大军种的老兵战友聊天，张海明整天忙得团团转。随着时间的推移，网络平台发展的越来越多，令人眼花缭乱，张海明在网上冲浪的劲头松了下来。用张海明的话说，太多了，当初每一个平台都想把老兵客栈放上去，但后来发现实在是打理不过来。看着妻子比自己还热心网络，张海明就把一些网上的事物都交给她来处理了。没想到的是，张海明的妻子做起网络来比张海明还厉害，她把精力放在现有的几个热门平台上，不求数量，只求质量，很快就成了一把好手。后来，妻子喜欢上了弄短视频，偶尔发发客栈里的视频小段，乐此不彼。

正上学的女儿假期在家的时候给夫妻二人开了个家庭会议，说，"现在都在网上做直播，你们俩也做做直播吧，还可以带货，也帮助林场其他人家销售土特产，你俩挺上镜的，我看好你们哦。"

张海明的妻子看着张海明对女儿说，"我没问题啊，就看你爸爸的了。"张海明说，"你爱弄你弄，可千万别拉上我，我晕镜头。"

春花和老兵的日常生活

张海明说，"我也懂得啥叫创新，可有些方面就是迈不开步。一开始坚决不出镜，是女儿假期回家，从头给我洗了一遍脑。我就是一个喜欢忙忙活活的人，在部队的时候是，退伍回家也是，一闲下来就浑身不自在。我始终没忘记，咱是当过兵的人，不管干啥都冲在前头，但是让我拍短视频，这下子可把我难住了。"

张海明所在的单位白河林业局，又称长白山森工集团白河林业分公司，下辖十个林场，其中黄松蒲林场位于长白山脚下，有"长白山下第一林场"之称。林场离长白山景区山门9公里，坐拥区域优势，很早就诞生了"白山大酒店""林海人家"等旅游产业，并以职工集资入股的方式自筹资金建立了长白山大戏台河旅游景区。大戏台河景区成了长白山主景区外最知名的旅游景点之一，是全国各地网红的打卡地，黄松蒲林场也成了林区转型发展的突出代表。在这个发展过程中，山里人摈弃了传统的生产方式，他们深刻感受到"绿水青山就是金山银山"两山理论带来的巨大变化，以"绿起来"带动"富起来"，在张海明等一批思想观念先进、敢于担当、勇于创新的党员干部的带动下，林场职工的生活越来越好。于是，林场又有了一个新的名字，叫做"小康林场"。山里人在全面停止天然林商业性采伐之后，正持续收获着生态效益、社会效益和经济效益共赢所带来的喜悦。

张海明在林场创业座谈会上发言时说，"这些年我们经过了多种尝试，经历了许多挫折，也收获了不少宝贵经验，我理解的'大众创新，万众创业'，大众和万众就是指咱每一个人，创业就是从'草根创业''零公里创业'开始，一步一步踏实干，靠服务赚钱，靠品质致富，大家都干好了，咱林场总体收入合计起来也是一个不小的数字。创新比创业要难得多，但只有创新，才能使创业得到保障，重要的是要跟上时代步伐。"

林场领导称赞道，"海明这话说的好，这就叫做集群效应，不管发展什么样的产业，创新是关键，你们这些创业户都是领头人，八仙过海各显神通吧。"

老兵客栈除了网络优势和倾心服务，还有品质保证。老兵客栈的餐饮是一绝，其中有一道菜，"小鸡炖蘑菇"成为主打名菜。有一位天津的游客大姐第二次来老兵客栈时，开口第一句话就是，"我要吃小鸡炖蘑菇，整整想了三年，没有疫情我早就来了。"

虽然是玩笑话，也可见老兵客栈的餐饮多么让游客喜欢和惦念。张海明说，"'小鸡炖蘑菇'是东北菜系里不可缺少的一道，各家的做法基本差不多，味道却都不一样。食材里的榛蘑都是山上采的，蜜环菌的种植技术虽然几年前就有人突破了，不过还没有普及过来，小鸡当然也大都是自己家里放养的。尽管食材都差不多，但我家这道菜，不光是远来的客人喜欢，当地许多朋友也非常爱吃，都说数我家的小鸡炖蘑菇味道特别。"张海明话里顺带出了当年食用菌专家的口吻，蜜环菌就是平时所说的榛蘑，他那个时候没有尝试研究过这个菌种，所以总惦记着是个事儿。老兵客栈餐饮食材都是张海明一手操办，刺五加、刺嫩芽、猴子腿、广东菜、山蕨菜，包括家里山货庄里的货品，都是张海明自己上山采回来的。

说归说，下一步还怎么创新？张海明心里有点儿小紧张。

经过一番较量，加上女儿的"指导"，妻子终于把张海明"制服"了。张海明说，你出镜，我出声行不？妻子说，瞅你这点儿出息，行吧，那就先试试。抖音号得有个名字，要起个好听的。张海明说，"你别看我，看我我也不会起，要不就叫'老兵和春花'？"妻子说，"凭啥把你放前头啊，你一个只出声的往后面排。"张海明说，"行，我看就叫'春花和老兵的日常生活'"。

"风风火火好运来，万事如意乐开怀。梦想天空尽情飞翔，幸福大道为你敞开……"这应该是老兵客栈在快手里首次亮相的视频。夜晚，彩灯霓虹，镜头从干净整洁的室内，慢慢移动到宽敞的院子，老兵客栈的明天在向勤劳肯干的人招手。

张海明自己说晕镜头，头一次上网却一点儿也不晕，拍起"老兵客栈的日常生活"有板有眼。张海明一边干活儿，一边和妻子开着玩笑，透过屏幕，满满的爱意飘出来，让人心里暖融融的。客人说，这老兵客栈的日常生活真是丰富多彩，夫妻俩既实在，又风趣儿。在这里住太有意思了，看着他们打打闹闹的，不光安心，还开心呢。

有人问起张海明，你们的短视频号在快手和抖音都有，哪个更好呢？张海明侃侃而谈道，各有各的好处吧，以前就有"北快手南抖音"的说法，也就是说北方人上快手的人比较多，南方人玩抖音的比较多，这也算是一个显著的地域性差异。我们带货时都是在快手视频上，虽然因为一些技术原因暂时上不了小黄车，但效果还是相当不错。

带货是张海明在网上销售土特产品尝到甜头后的一个重要决定，张海明的山货庄存量有限，不能完全支持平台销售。其实这种情况他可以悄悄到别处拿货，自己把好质量关就行。但他觉得，这样的做法根本不能把平台做大，这么好的销售潜力一定要分享给大家。

林场领导也看到他们夫妻的快手视频，找到张海明说，不简单啊，咱山里人有你这个粉丝量的可是头一份儿，我们林场有那么多优质土特产品，与其让商贩低价收走，还不如直接销售给消费者。只要充分利用好一切可行条件，把咱林场的资源充分整合，进行优质产品网络化，确保货源充足，保质保量交到消费者手中，就能实现效益集群和多方共赢，你千万要抓住这个机遇，诚信为本，大胆实践，林场可以为你们做后盾。

张海明是个执行力极强的人，有了林场大力支持那还等什么呢？他在2021年初就组织大家商议过资源共享合作，当时有人认可，有人也提出许多问题。在谈到网络直播销售时，张海明深有感触。他说，"过去自产自销时还觉得挺知足的，看着那些大咖在网上成千上万地销售，觉得离现实太遥远了，看到一些播主整天声嘶力竭地叫喊，觉得太不可靠了。直到有一天，一个网红主播把一单产品卖出了一个多亿的销售额，一下子颠覆了我的认知。网络销售居然能做到这个出货量，太不可思议了。后来想明白了，网络销售是面向全国的千家万户，市场已经大到不可想象，一切可能都存在。在谈到林区土特产品资源整合时，张海明感叹道，投入进去后，真正做起来我才发现，原来网络销售山区土特产品还存在不少问题，一个是生产方式落后，成本较高，产品质量高低不一，拿山野菜牛毛广来说，虽然都是从山里面采回来的，但每家的加工方式都有一定的区别，焯水的温度、揉搓的次数、晾晒的时间，都会决定成品的外观。咱知道吃的时候，泡发出来口味是没有太大区别的，但消费者却不知道。再比方黑木耳，大小等级的挑选，各家都有自己的认知，还没有一个统一的标准口径。再就是，没有大型生产种植基地，缺乏统一的规模化管理，散户采集、种植、养殖，大都有从众心理，只着眼于眼前的市场，从初级生产阶段到深加工这种价值挖掘还需要达成共识。"

张海明十分坦率地说，"现在虽然信息发达了，但林场还是相对闭塞，有人可能不信，客人们也有质疑的，说看你们这个林场真热闹，都赶上一个小镇子了。但他们哪里知道，旅游旺季一过，林场就立刻冷清下来，街上空荡荡的。我们白河林业局这样的林场有十个，很多林场没有旅游业，并且远离村屯，可以说林场就是林海中的孤岛，林场人比起农村里的人更孤独。纯粹的山里人对外界、对到外面走走有一种天然的抗拒，更不要说做市场搞营销。林区的土特产销售大都是依赖外来商家收购，因为大家都是散户，没法形成品牌优势，只能靠价格去竞争，形成内耗，赚的全都是工夫钱。另外销售环节越多，到消费者手里就越形成高价，而且一旦产品质量出了问题，更是很难进行责任追究。直播这种网络平台销售就足以解决这些个问题，如果有人带动大家，把十个林场的林区土特产品资源都整合到一起，也是一个不小的体量。我们不是反对外来商家收购，我们需要的是一个健康平等的市场环境，需要让我们山里人手里的优势资源实现更好的利润。要说有啥想法，我想这就是我的目标吧。"

网 红 老 兵

张海明说，"我也没想到自己居然能上省台的新闻联播，在电视上看到我的时候，就像是做梦一样。创业不单单是只为追求财富，坚持绿色转型发展才是咱山里人的追求和希望，这都得感谢党的好政策，是习总书记的领航把舵，才有了我们林区职工今天的幸福生活。"

张海明从未忘记自己是一个战士，他在快手视频号"春花和老兵的日常生活"里置顶的第一条，就是面对镜头庄重承诺：如果发生战争，我决定捐献自己一切祖国所需要的东西，哪怕是搭上自己的这条命，我也要维护祖国的尊严。若有战，召必回！

　　让张海明没想到的是，粉丝们最喜欢的，竟然是一个叠军被的视频，还都学会一个术语——"扣内务"。或许现在军营里已经对叠军被不这么叫了，但"扣内务"这个词不知道唤起多少老兵的回忆。单就冲着这个视频来的客人非常多，有军旅生涯的客人都要和张海明进行探讨"扣内务"的"技术操作规程"，兴致上来还要比试比试，看谁叠的更快更好。没有军旅生涯的客人很多也喜欢"观摩"张海明的表演，看完表演还忍不住要亲自动手试试。

　　为了了解近十年的林区变化，许多媒体记者纷纷来到黄松蒲林场，以张海明为吉林创业致富的新人代表进行采访。记者与被采访人交流的时候，一般不直接问关键问题，但和张海明聊起来后，三言两语就感觉和他就像是多年的朋友一样，交谈起来根本不需要什么采访技巧。当记者问到一年到底能赚多少？张海明笑着回答，在黄松蒲林场收入算不上头等。那就是二三等啦？记者也爱开玩笑，继续问。二等大概能拔个尖儿。张海明说这话时倒是挺干脆。记者再问，你就直说吧，算不算小康水平？张海明腰板挺得溜直，充满自信地说，这个可以保证，现在咱国家已经全面实现小康社会，我哪能拖林场和国家的后腿呢。

　　谈起林场这十年来的变化，张海明说，"从2012年秋天党的十八大召开的时候开始，我就觉得一切都将发生新的变化。那时候我还在外面打拼，接触到了很多新事物，也预料到林业商业性采伐必然要停止，林业转型发展迫在眉睫。当年为早日致富急着走出大山，表面上信心十足，其实心里也充满忐忑，虽然发展的不如想象的那么好，现在看来还真能算得上是提前转型的一分子呢。2015年4月1日，长白山全面停止了国有林区天然林商业性采伐，我的心思一下子动摇了。心里总有个声音告诉我，回家！回家！2015年到现在，不到七年时间，就有了自己的产业，我终于明白了一个道理，走绿色发展之路，才是山里人最智慧的选择。

2022年10月16日，中国共产党第二十次全国代表大会胜利召开。这一天，林场组织全体党员干部收看了现场直播。张海明聆听习近平总书记所作的大会报告，心潮澎湃，思绪万千。回想起十年前满怀激情寻找创业之路，而今终于迈进了小康，不由得发出由衷的感叹。张海明说，"作为一名老党员，以前对自己没有太严格的要求，尤其是在外闯荡这些年，远离了组织，心里也常空落落的。回到林场，回到组织怀抱，最大收获就是能够继续参加政治学习。学习了十八大以来党的历次会议精神，我才真正懂得什么是一个共产党员的责任，才深深认识到党的'为中国人民谋幸福，为中华民族谋复兴'这一初心使命是多么的伟大。"

在林场党支部的引导下，张海明把目光放在学习上，从理论上回望创业，对"绿色休闲，银色冰雪"旅游产业未来发展有了更清醒的认识。百忙之中，张海明从未放弃过每一次学习的机会，"吉林生态日"、"吉林省黑土地保护日"、"两河一湖"治理、西部"陆上风光三峡"、东部"山水蓄能三峡"、"大水网"、"万里绿水长廊"等党的十八大以来，先后设立、建设和谋划的重大绿色发展项目，张海明都进行了认真的了解。张海明认为，吉林省正沿着习近平总书记指引的方向，扎实推进生态强省建设，全力打造美丽中国吉林样板。作为长白山脚下的一个小小林场中的普通山里人，目光也要聚焦时代，只有明确了党的指导思想，了解了全省的发展方向，林区转型才会一直行进在正确的轨道中。

党的二十大报告指出：大自然是人类赖以生存发展的基本条件。尊重自然、顺应自然、保护自然，是全面建设社会主义现代化国家的内在要求。必须牢固树立和践行绿水青山就是金山银山的理念，站在人与自然和谐共生的高度谋划发展。

张海明把报告中的这段话牢牢记在心里。走进吉林卫视新闻联播之后，张海明感觉心中又增添了一种说不出的力量。他坦言，"良好的生态环境是长白山最突出的优势、最宝贵的财富、最重要的品牌，作为大山里的创业者，我要不负青山绿水，牢记共产党员身份，牢记老兵责任，时刻严格要求自己，在火热实践中彰显作为，与大家携起手来，向着'奋进新征程、建功新时代'这个目标共同迈进。"

山 的 那 边

宋雨薇

    对于内心没有方向的人来说，走到哪里都是逃离。而对于内心充满希望的人来说，走到哪里又都是追寻，哪怕是深陷人生的低谷。

    在通往大山深处的地方，有一条高秀虎走了无数次的路。一头是城市，一头是家乡。曾经，他把目光投向山那边更远的远方，向往在山的那边，有自己想要抵达的未来。而现在，他却将这片土地作为支点，用坚实的脚步，去丈量自己生命的直径。

    当他的目光穿越村庄，脚步抵达山那边的时候，在中国的东北部，长白山脚下的一个最美乡村新样板，正在以一条清晰的时间轴，不动声色地打开了乡村振兴的另一种正确方式。

错位的车轮

是什么样的灵丹妙药，会有着如此神奇的功效，可以让一个人起死回生，以人们希望的样子面对未来呢？

当我这样想着的时候，我已经站在了长白山脚下的靖宇县龙泉镇大北山村这片神奇的土地上。

站在岭上，我看到了不远处，高秀虎的灵芝中药材生产基地，在这个隆冬季节里，白雪覆盖下的 50 个灵芝培育大棚，此时正宁静地隐没在雪地的皱褶里。远远望去，像一只只归隐的小船，正在以扎根的方式，静静地隐没在惊涛骇浪的波谷里。

东汉《神农本草经》说，"灵芝久食轻身不老，延年神仙"。民间传说中，也频频流传着灵芝神奇的功效，以至于能让死人"还阳"的美好传说。如《白蛇传》中白娘子历尽千辛万险，盗取灵芝仙草，营救心上人许仙的故事，都赋予了灵芝仙草很多美好、吉祥的象征。

多年来，无论是在美好的传说中，还是在清晰的现实里，灵芝，其实也早就是与疾病和宿命相联接的产物了。

在激发和鼓舞人类的精神上，没有哪种动力比与命运抗争的作用更大了。这是我从那些坚强的人们身上，感受到的一种坚韧的力量。

对于高秀虎来讲，在一度失重的人生里，他是如何做到在绝处逢生中，把自己的命运与化身为现实的灵芝仙紧紧相连的呢？他究竟又是什么样的一个人，可以有足够的智慧和勇气，把灵芝作为改变自己命运的隐语，在浓郁的烟火气息里，治愈了自己曾经的绝望呢？

在我见到高秀虎之前，这一切都还是一个模糊而抽象的判断和认识。

在靖宇县，业界里的人提到灵芝仙草时，大多会不由自主地想到高秀虎，会把他的过去与逆袭的命运进行再度连结。在他的坚韧里，究竟隐藏着怎样的能量，让他在曾经画地为牢的迷茫里，可以弯道超车，改写自己的命运呢？

到底是灵芝拯救了他，还是他用灵芝拯救了属于自己的一方土地？面对这个问题，以及扑面而来的疑问，当我尝试用文字来面对它的时候，却无法给出一个足够清晰的定义。

在岁月的长河中，二十年这个长度，就像是棋盘上的一道虚线。它用一个岁月的长度，陪伴一个人，走过了不长不短、深深浅浅的一段生命时光。

在挺过难熬的日子以后，当年求生存的意识，现在变成了高秀虎常做的梦，停留在了那一年人生的冰点上。在艰难求生的日子里，偶尔会暂时性遗忘。而在很多人看来，高秀虎的前世与今生，好像并没有太深入的关联，但他却用自己的方式，记录了在这方水土上，以他为代表的一代人的伤痕与尊严。

二十年前，高秀虎凭借自己的聪明才智，成了方圆几百里出了名的"小能人"。因家境贫寒，高秀虎从小吃尽了苦头。成家后，他不甘心继续重复父辈们的脚印，不愿意像他们一样，继续靠传统农业种植维持基本生活。

他凭借聪明的头脑，利用长白山的有利资源，打开了山贝母、山蘑菇、人参、木耳、五味子等长白山特产的经商通道，成了在那个村庄里，最先富起来的那一批人当中的一员。

然而，正当生活以平静的姿态缓缓向前之际，意外却在静悄悄中突然来袭，让高秀虎一家在没有准备之下，陷入了深深的绝望里。

2003 年，一次意外的车祸，将高秀虎原本平静的生活打开了一个小小的缺口。深秋的傍晚，一阵阵寒凉的秋风吹过，残留在树木上的那些一片片金黄的树叶，顺风被刮到了弯弯曲曲的山路上，路面上金黄的叶子落了厚厚一层。丛林深处，一辆皮卡车正在傍晚泥泞的山路上缓慢前行。

高秀虎一边开车，一边在心里默默地盘算着到家的时间。照这个速度行驶，再有半个小时，就可以回到家，在一家老小温暖的等待里，吃上热乎乎的饭菜了。

夜的浓度越来越重了。此时饥寒交迫的高秀虎，只感觉自己的眼皮越来越沉，他已经连续十多天没有睡个好觉了。

这个季节，正是五味子和山蘑菇丰收的季节。为了与时间赛跑，每天天不亮，高秀虎就与合伙人开着皮卡车出发了。

走村入户收五味子，是一个费时费力费口舌的功夫活儿，一天下来，不仅口干舌燥，身心俱疲的感觉尤其煎熬。况且，每天他还要在山路十八弯的险峻山路上开车夜行，神经时刻都处在一个高度紧张的状态。

连续多天的睡眠不足，此时的高秀虎满脑子想的，都是家里充满欢声笑语的热炕头。对于一个极度困乏的人来说，再没有比一个踏实的睡眠更具有诱惑力了。

眼前的他最渴望的就是能够一头倒在家里的那铺热炕上，踏踏实实地把缺失的睡眠一口气地补回来。哪怕昏睡百年，那也是最直接、最简单的一种幸福了。

想着想着，高秀虎的上眼皮终于再无招架之力。他无论如何都不会料到，命运的齿轮就在他打盹的那一瞬间开始了深度错位。他永远都不会想到，就在那个闭眼的空当儿，生命的真相就改写了他今后的命运走向。

在惯性的驱使下，皮卡车依然在迷茫地向前行驶。当车辆行至前面不远的拐弯处，车轮直接撞上了一截儿近日来因被风雨摧毁，倒在半边路上的树木，车辆在雨中的山路上瞬间侧翻……

一棵沦陷的树

当高秀虎睁开眼清醒过来时，他第一时间感受到的那种刺痛，在他后来的生活里，在一个又一个特别微小的瞬间和细节里，变得密集而又令人充满惶惑。这一切无时无刻都在提醒着他，未来的每一天，他将不得不面对另外一种生活。而那一切，却不仅仅是一场意外。

这次意外事故，导致高秀虎的左小腿严重骨折，好在送医及时，最大可能地规避了极有可能恶化的伤情。半个月后，高秀虎办理了出院手续，在医生的叮咛里，回到家中进行卧床休养。

这一年的意外事故，给高秀虎一家的平静生活摁下了暂停键。在彼时尚无农村合作医疗保障的情况下，高秀虎住院治疗的高额费用，使他们一家人曾经算得上优质的生活受到了极大程度的摧毁。

每况愈下的生活现状已经够让人崩溃了，让人猝不及防的是，一个接着另一个的意外，却依然不甘寂寞地争相粉墨登场。

当一个人落在人生的冰点时，失望是一回事，绝望又是另一回事。在那些曾经为美好生活奋不顾身奋斗的岁月里，没有稳定收入保障的日子，会让人们的心里充满各种不安的元素，高秀虎的生活也难逃如此。

第二年秋天，待腿伤得到了暂时性的康复后，高秀虎不甘心画地为牢，让生活再次走进穷巷之路。在稍作休整之后，他又重新操持起了下乡收购长白山特产，进行买卖经营的老本行。

可是，虽说天无绝人路，但是有时候，老天真的是想彻底切断一个人向往美好生活的途径吗？一直以来，高秀虎总会一厢情愿地认为，挺过难熬的日子，一切就会好起来了。可是，他又哪里会料到，在不可掌控的生活面前，他并没有足够的能力，与苦难一别两宽。一切美好的愿望，都不过是为了平衡自己的期待而已。

在这个世上，一切变化都是静悄悄的。只有在很多意外发生以后，人们才明白，过好这一生的成本实在是太高了。

或许是生活承载不动那么多的美好期待，正当高秀虎的生活在目光可及之处，渐渐地向好的路径转弯变道时，可是，在失控的人生面前，他刚刚恢复平静的生活，却再一次被命运无情地拦腰斩断。

在这个世上，每个人的生活都曾不可避免地，以各种各样的方式沦陷。而在高秀虎的命运里，皮卡车仿佛注定会成为高秀虎人生路上的一个暗礁。

还是在飘雨的秋天，山路却绝非是同一条山路，但对于高秀虎的境遇却有着那么多惊人的相似。同样是下着雨的山路，也同样还是在收获满满返程的途中。高秀虎的皮卡车在狭窄的山路上，与一辆轿车交汇时，在倒车的过程中，因雨雾天气的影响，导致高秀虎对后面的路况判断失误，皮卡车在刹那间，向山路的低处迅速侧翻……

人生路上这两起灾难性的意外，让高秀虎的命运从此发生了360°的大转弯。飞来的横祸复制的伤害，导致他的左腿再次受伤。尽管在医生的奋力抢救和治疗下，庆幸地保住了这条腿的完整无缺，但新伤旧伤的多重摧残，也让这条腿落下了终生的残疾。这一切不但给高秀虎的身心留下了永远的伤痕，也从此将他的命运，从波峰迅速推向人生的低谷。

在中国，在中产和破产之间，在小康和赤贫之间，有时候往往只隔着一场大病。一个风平浪静的家庭，只要来一场彻头彻尾的大病，就足以掀起一个人，甚至一个家庭的惊涛骇浪。大病就像是悬在一个家庭头上的一把利剑，剑落下，便是一场金钱与命运的较量。

在疾病和灾难面前，我们每一个人都是弱者，它们的出现，会让多年打拼的家业毁于朝夕，无数家庭会从此一贫如洗，再美好的人生，也会在瞬间跌入痛苦的深渊。

2020年，中国曾做过一次社会性调查，调查共计400个样本，有84.13%的被调查家庭表示，在大病面前，他们愿意哪怕不惜倾家荡产、负债累累，也要挽救自己的亲人。这是即使每个人都明知这一切终会"人财两空"，却仍旧是毫不犹豫的选择。

人活在世上，有时候最怕的不是没钱，而是生一场大病。因为对普通人来说，温饱是容易解决的，但一旦遭遇一场重疾，拖垮的可能就是一整个家庭。而且当意外和灾难一旦发生，涉及到的不仅仅是治疗费用，还有后期的康复护理、安心养病的费用，以及因丧失工作能力后的收入损失，当然，还有给家人造成的巨大的财务损失和精神损失等。可以说，绝大部分家庭中，只要有一人发生重疾，整个家庭都会陷入无法规避的绝境。

一个作为家庭顶梁柱的成年人，不仅花空了多年来好不容易攒下的那点儿家底，还欠下了二十多万元的外债，三年内无法正常劳动，这种在汹涌中堆积起来的绝望，没经历过感同深受的人，就无法想象出一个家庭的冷清和绝望。

这一场意外不仅让高秀虎从此落下了终生残疾，同时带来的还有养病康复，一躺就是三年的绝望和煎熬，这一切都让高秀虎的内心充满了灰暗。要知道，两次灾难性的车祸，带来的不仅仅是生活质量的一落千丈，更多的是带给一个人精神上的，无法叙述的那种毁灭性的打击和伤痛。

失控的人生和情绪，一切都在没有准备中，深深地加剧着一个家庭密集的深重。这一切灾难和艰难，在大规模的搬运中，使高秀虎一家，深深地陷于苦苦的挣扎却终究无法上岸的绝望之中。

无法忽略的时光

病情和账单像两道催命符一样，不停地摧毁着一个人的坚强。

看着在生活上举步维艰的家庭，回想着落入冰点之前的辉煌，高秀虎的脾气和心情变得异常焦虑和低沉。他经常会情不自禁地陷入情绪的低谷，家人无意间的一句言行，也会让他在瞬间变脸，继而大发雷霆。而当他的情绪平静下来后，又会因内心充斥的那些满满的内疚而备受煎熬。曾经弥漫在这个家庭里，每一处缝隙的欢声笑语都已随着意外来临的那一天开始变得荡然无存。

窘迫的日子，得用双手捧着过。每当看到一家老小在平淡的日子里，复制着看不到头的辛苦和劳顿时，高秀虎就会深深地陷入自责和愧疚中无法自拔。他实在不想再作为一个负累的存在，去拖累妻儿老小了。

经过无数次思考和挣扎后的高秀虎，终于在一天晚饭后，在全家人的安静里，他故作冷漠和无情地向爱人提出了家庭解体的决定。这个决定刚一说出口，一直以来都咬紧牙关故作坚强的爱人，就在高秀虎话音刚落的那一瞬间，突然就崩溃了。

一家人围坐在高秀虎的身边，在北风呼啸的夜晚里哭成一团。在这个可以无需隐忍的当口，一家人的痛苦和悲伤，在经过了长时间的潜伏后，终于有了一个合适的理由，让他们可以放下一直以来伪装的坚强去释放每一个人心中的痛苦和憋屈。

火炕的另一边，一只正在抱着毛线团欢快地玩耍着的小花猫，听到此时异乎寻常的哭声，吓得慌张地停止了正在热衷的一切。它不知所措地欠起身来，看着哭成一团的主人们而惴惴不安。

门口处，另一只正在喝水的小花猫，听见屋子里的哭声，惊慌地抬起头来，探头探脑地朝着屋子里小心张望。

有 风 吹 过

在这拥挤的尘世里，谁没笑过、哭过？谁没在云端醉过，又跌入泥土疼过呢？而对于这一切，高秀虎都有颇深的体会。

在相比死亡更漫长的生活面前，还有什么比灵丹妙药更让人渴望的呢？康复治疗的几年里，原本言语不多的高秀虎，变得更加沉默寡言了。生活尽管困苦，但一家人不离不弃相依为命的温暖给了他重生的力量和信心。

一个偶然的机会，高秀虎在长白山特产市场购买特产的时候，在与店主的交流里，让高秀虎捕捉到了商机。谁都不曾料到，就是这样一个看似闲散的话题，却让高秀虎受到了很大的启发，也因此改写了他今后的命运走向。

高秀虎回到村里后，天生好学的他，从村部的农家书屋借来了关于庭院种植的书籍。在此期间，他还上网查阅了大量有关灵芝的种植技术和前景后，又一鼓作气，慕名到外地的灵芝培育基地，考察学习灵芝种植技术。

从外地考察回来后，高秀虎又一次陷入了深度的焦虑之中。缺少资金是当下面临的最大难题。这些年因车祸欠下的二十多万的外债，至今都像一片乌云一样，笼罩在这个家庭的上空。弥漫的压抑仿佛沉重的大山，压得高秀虎寝食难安。

能张开口借钱的亲戚朋友都借过了，如今又是数万的资金，到哪里去筹集这部分创业启动资金呢？高秀虎思前想后，他实在是想不出可以筹集资金的合适渠道了。这一切的困境，让高秀虎陷入了更深的迷茫和困惑之中，原本就言语不多的他，变得越发沉默了。

这一年的春天太沉重了，高秀虎的农家院里，沉重的生活在生产奇迹的盲区里，使欢声笑语早已成为一种陌生，远离了他们的生活。

夜最深的时候，心事是一头牛，开始反刍。这是经历过的第多少个不眠之夜，高秀虎已经记不清了。这一晚，又是一夜辗转反侧。

天刚微微见亮，高秀虎就穿衣起床了。稀薄的夜色还未完全散去，不远处的天空中露出一丝光亮。高秀虎坐在院子里，紧蹙的眉头锁住了他所有的心事。他一支接着一支地抽着烟，脑子里快速地盘算和梳理着灵芝培育的预算。

生活并不是一个简单的数字，它在更深处，无情地剥离出了生活的真相。在这一刻，高秀虎决定孤注一掷。

早饭后，高秀虎怀着忐忑的心情，小心翼翼地向爱人说出了自己的打算。他向爱人保证，卖掉目前可供全家人现世安稳的三间砖瓦房后，暂时借住在村部闲置的校舍内。三年之内，他一定会给妻儿老小一个足够确定的未来，再次为他们筑建一个温暖如春的新家园。

爱人一直默不作声地低着头，在忙碌着手里的活计。她似乎早已预料到高秀虎会有这样的打算，尽管她此时的心情极其复杂，但是她却明白，如果不能坚定地走出第一步，那么他们全家人的生活，将永远都不会有出头之日。既然这样，莫不如就在高秀虎恢复生活信心的当口，帮助他挖掘出潜伏许久的那份破釜沉舟的勇气和力量，去丰盈他那颗焦躁不安的野心，或许生活的奇迹就出现了呢。

爱人的默许像一剂甜蜜的良药，瞬间让高秀虎坚定了尚有一丝迟疑的信心。房子卖掉后，缺口部分，高秀虎又向亲朋好友借了一部分。他看准了一块合适的土地，谈妥租赁事项后便开始大刀阔斧地开辟自己的阵地了。

彼时，在这片土地上，长白山灵芝培育还属于一片空白，既缺少培育经验，市场销路也是一个未知数。在当时的所有人看来，高秀虎的这一大胆举动无疑是在冒险。当地的村民都对他好心规劝，一致认为，要种，可以先尝试种点儿大众型的经济作物，至少可以保证成本沉没的风险系数降低。

其实，很多人提出的这个相同的疑问，是因为大家都清楚，对于高秀虎那个一穷二白的家庭来说，实在是再没有可供折腾的资本了。

可是，高秀虎实在是不甘心，就这样在不被定义的命运面前，机械地重复着耕作的操劳，却永远看不到一个理想的远方。只有高秀虎自己知道，他真的不想再继续匍匐下去了。当贫穷和尊严在相互交集的交锋中较劲时，在高秀虎的意识里，尊严往往占了上风。他早已铆足了一股劲，想要去颠覆那种一贫如洗的日子。

想想这些年一家老小，他们时刻要为指缝里的几个硬币精打细算的悲凉，这一切时常会让不惑之年的高秀虎感到更加迷茫。每每想到这些，他会突然想起自己年轻时的梦想，那些蛰伏在他内心深处的，很多年没有过的，不甘平凡的念头又重新生长起来。

黑夜的浓度愈重，高秀虎内心深处对光明的渴望就愈加强烈。在他的内心深处早就做好了破斧沉舟的准备。而且要做，就只能朝前走，一旦犹疑不定，那就会永远地被定格在挫败里，一事无成了。

最好的东西，往往却是意料之外得来的。

　　灵芝培育最初，为了节省人工成本，高秀虎和爱人用考察学来的培育经验自己制菌，自己搭棚，自己进行一切劳动输出。历经无数个日夜的苦心摸索、钻研和经营，2016 年，高秀虎种植的高品质灵芝，借助靖宇县道地药材集散地的优势，仅在当年就收获了纯收入 2.1 万元的惊喜。

　　在高秀虎边生产边试验的生产经验中，他掌握的灵芝种植独门技术，令灵芝孢子粉的产量在初期产值预算中还翻了番。这个小小的成功，让高秀虎的精神为之振奋。

　　有时候，一个看似偶然的成功却绝非偶然。世上的事情都是等价的，所有的成功，必定有前面的苦心经营做铺垫，才会有与后面的看似偶然深情相遇。对于高秀虎来讲，最有价值的遇见，莫过于就是在某个一瞬间，重遇了自己吧。

滤镜下的切换

　　初试牛刀便小获成功，这一切就像是一剂治疗伤痛的药引，修复着高秀虎布满伤痕的信心。

　　拉美作家马尔克斯曾说过很有哲理性的一句话："生活不是我们活过的日子，而是我们记得住的日子。"多年来，在走过了很长的一段困境后，高秀虎发现，一路上经历的很多事情和一些细节，能够清晰记起来的却并没有太多。但是那些年深陷痛苦与绝望的困境时，那些带给他希望与温暖的人和事，叠加在一起的那些一个个充满温情的片断，无论时间过去多久，一切却都清晰如昨。

有时候，一路走来，你会发现，人生各有渡口，各有各舟。

2017 年，就在高秀虎正在为扩大灵芝培育规模资金短缺而一筹莫展时，他在惊喜中收到了靖宇县残联为他送来的 2 万元创业扶持资金。

白山市残联也在得知高秀虎的创业事迹后，如一场及时雨一样，将 5 万元的创业扶持资金及时送到了他的身边。

靖宇县科协在为他送来创业扶持资金的同时，还专门为他请来了技术指导老师。他们在多次深入灵芝产业培育基地，与高秀虎分阶段、多角度探讨和探索灵芝培育过程中，解决遇到的技术难题和引导正确的探索路径，并指导他从一个个培育误区中及时转弯和止损。

几年来，高秀虎的灵芝培育大棚就像滚雪球一样，从最初的 1 个大棚，扩展到了 50 个大棚。产业越做越大后，随之而来的各种问题也纷至沓来。灵芝对于水土、温度和湿度的生长条件要求，比起农作物种植来讲，要精细得多。在生长过程中，灵芝对温度的要求比较高，且较喜欢湿润的生长环境，一般培养基地的湿度要保持在 55%—60%，才可以满足灵芝在最初生成过程中对水分的需要。当灵芝的子实体发育的时候，对空气的湿度就有了进一步深入的要求，这时候，菌床的湿度必须达到90%—95%，才能满足灵芝此时的生长需要。

最早种植灵芝的时候，高秀虎在试验中发现，将摆放好的菌段上面覆上一层薄薄的河沙后，菌床此时的湿度恰好可以保持住灵芝在生长过程中对水分的需要。

但是在后期的试验过程中，高秀虎发现，由于村庄附近河道的环境污染所致，采集来的河沙，因重金属含量严重超标，导致灵芝生长出现了意外的变异，品相因杂菌颇多而大打折扣，严重影响了灵芝的产量。

有时候，有些人和事的出现，是为了在我们的世界里打开一扇门，照亮一条通往光明的通道。而每一次的挫败，都会有自己的方向和纹理。在快乐和不快乐的生活背后，也总会隐藏着一些可以解开迷雾的密码和路径。

高秀虎在摸不清深浅的挫败情绪里，深深地颓废了。几天后，他忍受着一个个异常声音的击打，在无数个不眠之夜里，循着往事的脉络往回走。

凭借早些年收山货的经验，高秀虎联想到，自己早些年上山采摘野生灵芝的时候，大都是在落叶或植被覆盖的湿润环境下进行寻觅采摘。

想到这里，他突发奇想，如果模拟野生灵芝的生长环境，进行灵芝培育，会不会有意想不到的收获呢？

很多时候，事情都是等价的，包括成功，或者是失败。

当一个人毅然绝然地把自己的未来与破釜沉舟捆绑在一起的时候，恐怕连失败都会恐惧地绕道而行了。

接下来的几天，高秀虎在多次严谨的数据比对后，选中了一个大棚里面的一小块菌床，作为此次创新的试验阵地。紧接着，他上山收集了两麻袋落叶，均匀地覆盖在菌床上。

经过一小段时间的生长观察，高秀虎发现，覆盖落叶的灵芝，比起那些未覆盖落叶的灵芝，不仅长势明显健壮，而且个子实体饱满。这个惊喜的发现，让高秀虎的精神不免为之一振。他一鼓作气，趁势将这小块试验基地整个大棚的灵芝菌床全部覆盖上了落叶进行培育试验。

第一年的试验，高秀虎就得到了可喜的成功和收获。同时，也使此后的灵芝种植因此获得了新的提示，并得以顺利前行。

这一年，高秀虎创新培育的这一个大棚的灵芝，不仅在颜色和个头上长势凶猛，而且在孢子粉的产量上，都有着惊人的突变。培育试验结果证明，在一比一的大棚数量比例中，那些原本并没有本质区别的灵芝，在后来的生长过程中，覆盖落叶的，比起未覆盖落叶的产量每一个大棚都多出了50公斤。

这个发现让高秀虎在显著的空间标志里宛若发现了新大陆。他在不动声色的观察里，粗略地计算了一下。比对结果发现，相对于河沙培育的投入成本，如果按100元／立方米的河沙成本来计算，1 个大棚投入河沙的成本，再加上采沙人工费用的支出，光这两项的投入成本就需要 600 元。那么目前 50 个大棚的两项投入成本，每年就需要 3 万元。

而如果上山收集落叶，进行菌床覆盖的话，不仅每年会省下这部分的费用支出，而且就产量收益来讲，50 个大棚年增产的 2500 公斤，这部分产值几乎相当于零成本增收运营。

如果说这一个又一个的思考和创新，让虽处大山一隅的高秀虎重新聚焦了自信和追求美好的能力，这一个又一个意想不到的成功与惊喜，也让高秀虎从此具备了进退自如能力。

在与困境过招多年后的高秀虎，在灵芝培育的沉浮里，受到了前所未有的启发后，终于完成了令自己满意的答卷，并给自己培育的灵芝起名为"大田刺灵芝"。从此，高秀虎也活成了村里人仰望的风景。

在坚韧的诠释下，高秀虎认真对待生活的样子正符合人生思考的深度和高度。

他在研究中发现，种植灵芝不仅周期短、效益好，而且在种植过程中无需化肥和农药，属于纯天然无污染种植。这个发现表明，这样不仅不会对生态环境造成负担，而且覆盖在菌床上的落叶还具有双重价值。每年的灵芝采集过后，原本覆盖在菌床上的树叶随即被旋耕进土地中。通过微生物分解，形成腐殖质和有机质，进一步改良了土壤理化性质。

这样的处理结果，不仅在很大程度上提高了土壤的肥力，还为下一茬的农作物，或者种植其他药材打下良好的土壤基础。同时，也为国家的基本农田保护、利用和开发，发挥了积极的创新示范作用。

在积极的探索中，高秀虎独家首创的大田刺灵芝的创新培育模式在步入成功的探索路径后，在全国获得了极高的声誉和认可。

远处的山在静静地望着，一个奔跑者正在以跨越的方式，使自己的追求和探索得以靠岸。在时间的迁移下，曾隐藏在迷茫中的高秀虎，在不被定义的风里，正在以一种新的方式，不断地变幻着认识这个世界的视角和能力。

修正后的远方

在孜孜不倦探索的路上，曾经对生活的种种疑问，都已经被探索者一点一点遗忘。

生活多维存在的气息，此时，正在以相对独立的姿态向热爱生活的人们敞开一道门缝儿，透过这道缝隙，高秀虎看到了美好生活的更多内容。

走进高秀虎的优质大田刺灵芝培育基地，空气中到处都弥漫着中药材散发出的，淡淡的、独特的清香。掀开大棚一角，一枚枚个头丰盈饱满的大田刺灵芝便呈现在探访者的面前。有的状似一枚枚打开的小伞，有的形如一个个有力的手掌。在这些状似伞面的灵芝上，均覆盖着厚厚的红褐色的粉末。

这就是一直以来，在古老的神话传说中被广泛流传的灵芝仙草吗？我承认，自己在此时，还没有做好足够的心理准备，可以如此近距离地，面对卸下神秘面纱的灵芝仙草。可是，当一种惊奇被发现时，降落凡间的灵芝仙草，它就这样以一种崭新的面貌，走进了寻常人家和百姓的生活了吗？

正当我疑惑着，想探询个究竟的时候，高秀虎仿佛早已看出了我的疑问。

言语一直不多的他，此时却打开了话匣子。他一边认真地为我解答内心的疑惑，一边小心翼翼地轻轻拍打着灵芝的伞盖，让上面厚厚的孢子粉，落到透明的塑料薄膜上。再用刷子轻扫，将孢子粉收集起来。

在高秀虎的介绍下，我才知道，这一枚枚看起来小小的灵芝，其实却通体都是宝。原来那些看起来像土一样的粉末，其实是灵芝发育后期释放的种子，也就是灵芝的精华——孢子粉。高秀虎一边忙碌，一边为我答疑解惑。他开心地告诉我，等这批孢子粉收完以后，下一步就是同步采摘子实体的环节了。

几年来，作为长白山地区，乃至全国，高秀虎首例创新培育的大田刺灵芝种植新模式，获得了意想不到的成功和收获。2018 年，高秀虎集研发、加工、销售为一体的靖宇县旺农园灵芝开发有限责任公司成立后，作为全国首例大田刺灵芝培育种植技术创新成果，很多人善意地提醒高秀虎要尽快申请专利，以获得相应的权益保护和政策扶持。

每每听到这样的提醒，高秀虎都笑而不语。然而让大家诧异的是，几年来，高秀虎不但没有积极地去申请专利保护，却将自己独家首创研发的灵芝种植经验免费传授给更多的灵芝种植户。他与长白山地区 30 余家的灵芝种植户都先后建立了网络联系。通过微信平台，他将自己创新的灵芝培育经验免费传授给他们。

与此同时，高秀虎还利用农闲时期，为吉林省多个地区的农民进行免费培训 1000 余人次，为群众免费发放灵芝种植书籍 2000 余套。几年来，经过高秀虎扶持的灵芝种植大户，每年创收达 30 余万元的种植户就达到了 20 余家。

2021 年，高秀虎助力乡村振兴建设，带动周边村庄 200余人，成立了 6 家合作社，进行大田刺灵芝有机绿色种植。目前，种植灵芝的合作社，灵芝种植均达到了年创收 200 万元的纯利润。

在高秀虎的建议下，其中有 3 家合作社还将附近村屯的 30 多名残疾人作为劳动力吸纳进来。在生产过程中，合作社根据这些残疾人的劳动能力，将他们划分为 A、B、C 三个等级，并根据劳动能力的等级，对他们进行合理的工种分配。

作为特殊帮扶群体，高秀虎每年都会为这 3 家合作社免费赠送价值一万余元的灵芝菌种。并且他们的灵芝培育模式均采用高秀虎独家首创的大田刺灵芝树叶覆盖种植新模式。2021年，这3家合作社的大田刺灵芝种植，仅在当年就达到了年创收120万元的可喜收获。

很多人只看到了高秀虎沉甸甸的收获，可是又有谁会看到，并且深深地懂得，在那些曾经的过往里，一个人在暗夜里的，那些不为人知的，无数次的苦苦挣扎和绝望呢？很多时候，蝴蝶是没有办法忘记蛹期经历过的那些事的，只是后来美丽地飞了，就好了。

将心磨成一座丰碑

人生最温暖最温馨的或许就在于，当你目光向前的时候，冥冥中，好像有一些美好的等待，一直在你出发的路上，等着你去与什么人什么事相遇。

有高秀虎的全力带动，政策的及时跟进，以及产业规模的适时培育，这一切力量无一不在加快着那些勤劳的人们奋力前行的速度。

再见高秀虎的时候，他已经是一个妥妥的成功的企业家了。或许是冬季的宁静，让忙碌一年的高秀虎终于可以稍稍有一点儿属于自己的时间，进行身体和精神上的休整了。此时的高秀虎，脸上的肤色有了些许红润，明显比夏天的时候胖了许多。他依然言语不多，但双眼有光。现有的成功，已恰到好处地治愈了他曾经的自我怀疑和自我否定。

几年来，高秀虎先后被中共中央、国务院，吉林省委、省政府，吉林省委组织部，吉林省乡村振兴局，吉林省科技厅等单位，授予全国劳动模范、吉林省劳动模范、吉林省优秀共产党员、吉林省首批乡村振兴杰出人才、吉林省高级农艺师等荣誉称号。

几年以前，还上外债，买一座好房子，过现世安稳的生活，曾经就是高秀虎全部的理想。而目前，高秀虎那 1000 平方米的长白山特产深加工工厂，正在紧锣密鼓地筹备建设之中。他的目标规划不仅有高度，而且也充满了生活所需要的温度。

2023 年，高秀虎的长白山特产深加工工厂建成后，将会在极大程度上，两全其美地做到有效解决一批劳动者的就业问题。这个举措不仅可以使劳动者在家门口打工，合理做到赚钱和兼顾自家的农业生产及家庭两不误，还可以规避村庄严重"空心化"的状况。而且，高秀虎还计划将那些在合作工作的 30 余名残疾人全部吸纳到自己的企业当中，并因人施策，保证让他们人人都有钱赚，生活越过越好。

说这些话的时候，阳光正暖暖地照在高秀虎的脸上。曾经有人问我，是什么样的力量可以让一个人把"顽强"这两个字擦得最亮，是奇迹吗？

对于高秀虎来讲，我却深深地相信，奇迹的名字就是不屈和尊严。因为它们，才会让一个人铆足了劲，玩命地干好一件事。因为顺境当中的人永远都不会明白，一个人在逆境中弯道超车，想以此押上毕生的赌注，在希望和失望里的那些挣扎与沉浮。

可是，又有多少人明白，逆境中的人，想过好这一生的成本究竟有多高？它不是真理，却是不愿解读的真相。

那么现在，在中断这个叙述之前，就让我把遥远的过去，以及看不见的远方，以全新的目光重新审视后，在未来的某一天，再去进行另一种叙述吧。

在人生这个环形跑道上，在这个开放却又关联的世界里，我们有理由相信，高秀虎为他的大田刺灵芝进入全国，及至进入世界，早已做好了充分的热身准备。当然，我们也有理由相信，随着当代中、西医学的发展，灵芝会逐渐脱下它神秘的外衣，以一种崭新的面貌，走进更多的寻常人家，成为大众的"仙草"。

高秀虎说，他只有一个愿望，建设好自己的家乡，带动更多人去创业，让家乡的农特产品走出大山，走向全国，甚至走向世界。

我想，这就是所谓的生活吧。它不相信眼泪，但对每一个足够坚持与努力的人，却都不薄。

岭上花开

王玉欣

  仿佛还在昨天，一坡坡、一沟沟的苹果花挤满果园，粉白相间的彩带，跳跃着蜜蜂忙碌的歌谣。一幅涌动的山乡画轴，旖旎在岭上岭下。不远处，炊烟升起，一座村庄，正翘首这方果园。在果园深处，穿梭着两个身影，时隐时现。当花海褪去，红彤彤的苹果，打着金色条幅，宣告秋天来了。

  果农韩洪波与郎克勤，开启"新农人"身份，亮相于生养他的这片土地，将诗与远方定格在这片果园。

  "大家好，这里是珲春市板石镇孟岭村的富硒苹果园。美丽的孟岭村位于珲春河下游，隔图们江与朝鲜相望，由于我们小镇具有独特的山地特点，优质的腐质土，昼夜温差大，有利于蓄积糖分，也就孕育了孟岭村富硒苹果独特的口感和风味。看到我手中又红又大的苹果了吗？这里有全球高纬度地区最大的苹果。请大家跟随我的镜头向上看，你们看，这些苹果像不像一个个红灯笼挂在树上？像不像小娃娃红扑扑的笑脸？这里的苹果不仅颜色好、味道甜，最主要的是天然含硒。生活多美好，健康最重要。硒具有抗氧化、提高肌体免疫力的效果。珲春市板石镇是东北三省最大的富硒苹果基地，这里是富硒苹果第一镇、第一村。看到这里，难道你不想尝尝我们家乡的苹果吗？"

在孟岭村果园，一场见证富硒苹果大丰收的电商直播正在进行，让来自全国各地的朋友，通过网络平台，走进了"全国生态文化村"，真切体验了孟岭富硒苹果的舌尖魅力和村庄风采。

一望无际的果园像天宫降下的宫殿，于山岗之上，披着神秘袈裟，霓虹闪耀，果香诱人。果园内外，人流涌动，大批游客直奔果园而来，惊呼后连连称赞苹果又红又大，然后是拍照留念。大人领着孩子拎着苹果箱，穿梭于果园。歪头看看这个，伸手摸摸那个，那些挂在果树上的"娃娃脸"让人爱不释手。许多人围在直播机旁，一边看机中画面，一边故意凑近镜头，当看到自己成为镜头中的风景，她们高兴地举着苹果跳起来。整个现场，人群互动，苹果与脸庞，鲜亮可人，笑靥荡漾。此时，苹果园内又出现十多位身着艳丽朝鲜族民族服装的"阿玛尼"，她们一边唱一边跳起了《苹果丰收》舞蹈。"一道彩虹挂在天边，挂呀么挂天边。七彩缤纷真鲜艳，真呀么真鲜艳。一个个苹果惹人爱，惹呀么惹人爱，人人欢庆丰收年，丰呀么丰收年。苹果丰收稻谷丰收，丰呀么丰收年。苹果丰收，稻谷丰收，全面大丰收。"果农们看着自己汗水浇灌出的丰收景象，高兴得抚摸果树，就像抚摸自己的孩子。那些嘴里叼着苹果，嘴角流淌蜜汁的孩子们，则在果园你追我赶，银铃般的笑声穿透树与树的相牵，枝头的苹果被吵醒了，果园沸腾了。这就是苹果基地被点燃的那一刻。

霓虹橙染的果园，铺满灿烂，揉得天空碧蓝，妩媚了整个孟岭。秋光如酒，这里，已然成为珲春市一道炫彩的名片。

珲春市位于图们江下游中、俄、朝三国交界地带，面积5134平方公里，在这里居住着汉、朝、满、蒙等民族群众，属于边疆县市、民族县市和口岸城市，具有独特的区位、生态、资源、政策和人文等优势，素有"雁鸣闻三国、虎啸撼三疆、花开香三邻、笑语传三邦"之美誉，是我国唯一的中俄朝三国交界地，而且是我国从水路进入日本海和大西洋的最近点。而板石镇孟岭村位于珲春市西南部，是一个极具浓郁朝鲜族特色的边境村。人口205户796人，其中，朝鲜族占86%。1994年，珲春市板石镇孟岭村在日本友人桂木公平先生的大力帮助下，孟岭村果树能手李虎试植寒富苹果成功。为了推广寒富苹果，带动群众致富，珲春市委、市政府积极争取兴边富民资金 30 余万元，扶持孟岭村苹果产业。

2015 年，孟岭村的苹果种植面积"扶摇直上"，3600 平方米的大型气调储藏库和销售渠道的"遍地开花"更是让村民没了后顾之忧。2016 年 9 月，孟岭村经国检检验批准，正式成立"国家级珲春市出口苹果质量安全示范区"。在近几年的乡村振兴发展中，孟岭村以产业促发展、以特色求生存、以团结促和谐，踏踏实实走出了一条魅力乡村建设之路。从纬度上看，孟岭富硒苹果产业基地是中国最北端的苹果基地，也是吉林、黑龙江两省规模最大的苹果基地，板石镇也因此获得"富硒苹果第一镇"之美誉。许多人称美丽的孟岭村为"延边小江南"，先后荣获中国生态文化村、吉林省美丽乡村、延边州十佳魅力乡村等称号。

孟岭村这片 1006 公顷的开阔苹果园，年产量已达 1800 万斤。每棵果树，在不同季节，从不同角度看，都是层层叠叠的守望与讲述，守望寄予它绿色生命的土地与乡情；讲述发生在身边一年年、一代代，关于果园与坚守果园的那些人的故事。

——

提及农村，许多人眼前会浮现面朝黄土背朝天，一身力气满身汗，风里雨里田间转，风吹日晒苍老快的画面。许多农村孩子，宁可在外辛苦打工，也不愿归乡农耕。而在孟岭村果园，韩洪波、郎克勤两个年轻人，他们没有放任脚步，而是将自己的青春与梦想，种在家乡的土地上，并筑梦沃土，开辟电商创业之路，成为引领孟岭村的"新农人"。

32岁的韩洪波中等身材，黑红的脸膛上有一双爱琢磨事儿的眼睛。四口之家的他还有一个姐姐，中专学历，毕业后飘泊在外，父母在孟岭村经营2公顷果园，每年收成也是看天吃饭。一次回家过春节，年近60岁的父亲一杯小烧下肚后，红着眼圈对他说："外边的世界再精彩，也不是咱的家，父母希望你有个根。现在孟岭村变化很大，国家对农民的政策越来越宽，富硒苹果名声越来越大，可咱村缺年轻人啊，上完学的都想在外混个油光粉面的，可外边的钱就那么好挣吗？你也老大不小了，应该回来好好打理果园。你们年轻人脑瓜活泛，琢磨着回来干点儿啥，然后成个家，父母年岁大了，真是干不动了。"

一番话，第一次让韩洪波觉得自己应该长大了。历来是民以食为天，果蔬为副。父母在，不远行。就这样，韩洪波转身回归，子承父业，接过父亲手中2公顷果园，开始了边学边干的果农生涯。

在经营果园过程中，韩洪波每天迷彩服，农事鞋，忙完了就坐在果树下翻书。几个年轻人逗他说：果园里是不是有"颜如玉"啊？你怎么黑白长在果园里呢？是等苹果仙子飞下来给你当媳妇吧？说归说，闹归闹，在传统经营管理模式中，他总觉得缺点儿什么。在学习科技管理果树知识的过程中，韩洪波心里开始长草了。他将每年果树初期剪枝，4月喷剂，5月花期预防霉心病及留花坐果等过程细心记录，根据气候与时令进行每年对比，反复琢磨。他开始尝试农家肥及豆饼发酵后的果树入肥，幼苗培植，并耐心将怎样培植绿色果蔬技能传授给果农。果农们看着韩洪波有模有样的讲解与管理，抱着质疑态度，哼哈应着，并没采取行动。到了秋天，通过果树产量对比，果农纷纷向韩洪波请教，并称老韩家那小子满实诚的。

春季，苹果花张开笑脸，用青春回应青春，形成一望无垠的茫茫花海。蝴蝶、蜜蜂，在花间飞舞。果树下，金灿灿的蒲公英花宛如一条条落下的金色哈达。微风过处，色彩弥漫，花香四溢，尤为壮观。韩洪波坚信，只要把心以感恩的方式交给土地，交给果园，只要付出执着与爱，上地定会以回馈方式深情覆盖。

在果园里，韩洪波被忠厚老实、勤劳朴实的果农郎克勤吸引。每天清晨，韩洪波早早来到果园，总能看见郎克勤。一年四季，这个忙碌的身影，与果树一起，接受晨光，沐浴阳光，拥抱夕阳，一举一动都是那么专注。

郎克勤是土生土长的孟岭人，19岁从父亲手中接过3公顷果园，一晃儿，他已经32岁了，话语不多的郎克勤，中等身材，黑红脸膛，小眼睛。他发现韩洪波每天来的早，针对果树病虫害等问题虚心向自己请教。虽然他们年龄相仿，但郎克勤毕竟比韩洪波在果园多待了几年，熟知果树管理技能，两个年轻人在交谈中相互欣赏，引发共鸣，很快成为无话不说的好朋友。年轻人的心是相通的，在与韩洪波的交谈中，对于新生事物，郎克勤跃跃欲试。俩人讨论的话题从剪枝到预防病虫害；从时令喷剂到成功坐果；从成熟期管理到销售渠道，从外域果农创新到科技培育经验，谈的都是新农人创业史。果园，用四季记录，记录脚步，记录梦想。

2017年，郎克勤舅舅郎志勇从俄罗斯回国，不时出现在果园。聪明好学的韩洪波每次见到郎志勇，都向他打听国外信息，包括出口贸易等，郎舅舅对孟岭苹果大为赞赏，还说在俄罗斯吃不到这样的苹果。说者无意，听者有心。任何一件事情的成功，都是为有准备的人而设定。特别是近几年苹果销售渠道狭窄，经过中间商收购销售后，价格翻倍。韩洪波有了想闯出一条销售渠道的想法。他找到郎克勤，把苹果出口俄罗斯的想法全盘倒出，郎克勤听后，连连点头，两人越唠越走心，一直唠到月亮升起。

那是一个苹果即将上市的九月天。暮色渐升，晚霞将苹果园拥在怀中。橘红色的光，为苹果树涂上柔和色彩，已经红着脸的富硒苹果，疏密有度地挂在树上。一层层叠起的红，与晚霞相映成辉。果园，站立成一座迷宫，而且是预示热情与希望的红色迷宫。这里的每一棵树，每一棵树的骨骼，都流淌着果农的脉动。当韩洪波与郎克勤的目光游弋于成熟的土地上时，他们眼中，有一种比果园更为斑斓的梦，向远处扩伸。两颗心，被无形的力量簇拥，插上翅膀飞翔的愿望更强了。两人不谋而合，要通过郎舅舅在俄罗斯居住的优势，搭建销售平台，让富硒苹果鲤鱼跃龙门。这样的想法一出口，家人极力反对，他们把头摇得跟拨浪鼓一般。韩洪波父亲语重心长地说："虽然这几年苹果价格不是很高，但收入也算稳定，苹果出口，不是小事，还得认证啥的，麻烦事儿多了，哪有那么容易？这么多年了，孟岭苹果一直在当地卖，别出幺蛾子了。"孟岭果农听到这个消息，都笑两个年轻人不知道天高地厚，苹果出口可不是闹着玩的，仅质量这一块，国外严着呢。郎志勇虽然欣赏两个年轻人这股劲，但他郑重告诉两人，食品出口到欧盟需要"CE"认证。"CE"标志是一种安全认证标志，"CE"标志属于欧盟强制性认证标志，不论是欧盟内部企业生产的产品，还是其他国家生产的产品，要想在欧盟市场上自由流通，就必须加贴"CE"标志。获取这样的标志认可，是要用产品质量去说话，丝毫不得马虎。可韩洪波和郎克勤就像一艘在海面上颠簸已久的小船，听从海的召唤，那种想改变传统销售模式，给果农闯出一条荆棘之路的想法，已与海的意志产生了共振。即便惊涛骇浪，他俩也要做孟岭村第一个吃螃蟹的人。郎志勇舅舅被两个年轻人感动了，通过俄罗斯家人几番与本国商户搭建桥梁，对接了5名商户前来孟岭村实地考察。当俄罗斯商户来到孟岭村果园时，他们被果园又红又大的苹果吸引。经过品尝，俄罗斯商户对富硒苹果赞不绝口。正所谓，机遇一直都在，你要抓住。就这样，一项跨国销售合同签订了。两个年轻人组织孟岭代言团队，从收购果农苹果，到组织人员摘果、分果、包装，都是按照欧盟国家标准程序进行。一道道工序的繁杂、严谨，令许多果农忧心忡忡，唯恐一个不合格会影响销售利益。韩洪波和郎克勤为了带领果农迈出第一步，他俩与果农签下收购合同，一旦出现亏损，两人自行承担。这样的举动，也着实感动了孟岭村果农。因为一公顷果要比往年多收入3000元左右，且居家销售，果农们暂时把心放了下来。

秋天到了，山坡上红彤彤的果子，粘着孟岭人的目光，荡漾着孟岭人的心。就连挂满繁星的夜晚，也为这些人加油助威。果园灯火通明，男女老少各自忙碌。对于挑选出的精果，韩洪波和郎克勤拿着卡尺，挨个看，挨个量。有一点儿瑕疵或是不够规格的苹果，一律筛选出局，用一等果进行补配。第二遍、第三遍，依然如此。到了第四遍，由于筛选严格，许多果农看着被筛出来的苹果，有些心疼。韩洪波和郎克勤告知果农："我们的苹果第一次出口俄罗斯，不是为了抬高苹果价格，一锤子将客户打晕。我们这次的出口订单，不单单是代表孟岭村，而是代表珲春市进行品牌铸造，不严把质量关，不诚信至上，我们永远是原地踏步。只有将产品质量与诚信放在第一位，出口贸易市场才能打开。"就这样，出口的苹果经过三选四筛，最终以精品果无农药残留顺利得到欧盟认证。经过一个多月的奋战，38挂车170万斤的苹果开出了珲春市，前往俄罗斯。那一天，孟岭村跟过节一样，果农们站在果园山坡上，望着他们亲手种植的、又是亲手采摘的苹果奔赴俄罗斯，这是创孟岭村有史以来最大的贸易奇迹。他们热泪盈眶，载歌载舞，共庆这喜悦时刻。韩洪波与郎克勤站在果园最高处，望着货车远去的方向，眼里闪着泪花，两双手紧紧握在一起，久久伫立，向更远处眺望。

为了与俄罗斯客户达成常年合作关系，韩洪波与郎克勤将苹果价格压到最低，挑选的苹果都是质量最好的精果。对内为了调动果农意识，安抚果农，两人收购时高于每年一箱10元的价格，可以说让果农们吃了一颗定心丸。

孟岭村第一个"无中生有"的奇迹出现了。富硒苹果终于插上翅膀飞越国门，而且在俄罗斯几大商场柜台上，都摆着珲春孟岭的富硒苹果。俄罗斯人睁大好奇的双眼，颠着手中又红又大的苹果，咬一口，又脆又甜，浓郁的果汁盈满口腔，想发声夸奖的语言变成了一个个高挑的大拇指。中国珲春孟岭富硒苹果，在这两个年轻人的"胆大妄为"中，成功进入欧盟国家销售市场"CE"标示认证行列，走进俄罗斯。于是，俄罗斯方又与韩洪波签订了2018年100挂车的销售合同。新时代开启新征程，新使命召唤新担当。只有守住祖先留给我们的土地，不断改革创新，才会有芝麻开花节节高的好日子，这是两人的初衷。

二

2018 年，对孟岭村来说，是一个新机遇的转折点。第一次出口俄罗斯的苹果顺利告捷，而且又与俄方签订了新一年出口合同，对于这样的销售转机，能有几人不满心期待？铆足劲的韩洪波和郎克勤一头扎进果园。韩洪波有个习惯，每天都要阅读，特别对于果树种植方面的书籍，他细心研读。除了在书籍上学到的知识外，好动脑筋的韩洪波和郎克勤还经常去外地果园参观，汲取经验与果农分享。果农对两人带回来的新技术和新思路很是认可。韩洪波在笔记本上摘抄这样一段话："当别人给你一个财富信息时，请别用怀疑的眼神去质疑别人要挣你多少钱。别人或许看中的是你的人品，或许想帮帮你，或许想和你一起完成梦想。智慧的人是不会拒绝别人给予的任何一条财富信息，或许别人的一句话，或是一个引领，都将会成为你下半辈子的财富。致那些敢给自己一个机会追求梦想的人。"

正当大家翘首苹果继续出口俄罗斯，再创果收大飞跃时，一场突如其来的暴风雨降临了。天有不测风云，本想在新年一搏的孟岭苹果，却因两国出口贸易事项暂停了与俄罗斯方的出口贸易。当万事俱备，只欠东风的当口，韩洪波、郎克勤，还有孟岭村的果农，被这突如其来的消息当头一棒。一直奔波在果园的两人默默坐在苹果树下，脑袋一片空白。苹果园到了采摘期，仅靠自销，这么多苹果，何时能销售出去？

当繁星挂上树梢，两人依旧坐在果园，脑袋一片空白。一整天，果农们焦急绝望的眼神，还有部分果农因贻误销售时机而发出的埋怨声让两人急上眉梢。

怎么办？马上想办法，必须担当。

两人为了联系销售渠道，一熬就是到天亮。就在这时，韩洪波的朋友赵春喜来到他家，看着韩洪波和郎克勤满眼血丝，嘴角拱起火泡，他给朋友指出一条道，那就是尝试网络平台销售。韩洪波和郎克勤虽然听到过电商、直播、带货这样的新名词，可大脑对这方面知识一穷二白。

"在手机上卖苹果，能行吗？"郎克勤半信半疑。

"不尝试，怎知不行？"赵春喜看着他俩。

就这样，赵春喜利用自己在二道白河直播的销售经验，开始张罗直播销售。

消息传出，孟岭村部分已心存积怨的果农更是怨声载道："这都火烧眉毛了，还整这幺蛾子的事儿，要不是这两小子张罗出口出口的，今年苹果能等到这时候还挂在树上吗？这又要在手机上倒腾，大老远的，人家会相信咱的苹果？这不是瞎出道道吗？"韩洪波与郎克勤深知果农内心焦虑，一边耐心安抚，一边不分昼夜联系销售渠道，承诺帮助大家把苹果卖出去。说归说，这漫山遍野的苹果，哪能说卖就能卖出去。对于赵春喜说的现场直播，也只好死马当成活马医了。

第二天，一场别出心裁的直播开始了。两人心里七上八下地扑腾。第一次接触电商，更是第一次在直播现场。有些经验的赵春喜对着手机："朋友们，你们看到这片红彤彤的果园了吗？这就是得天独厚的孟岭富硒苹果园，也是东三省最大的富硒苹果基地。这里的苹果不但个大、味美，最主要的是含有天然的硒元素，硒是人体生长过程中不可缺少的微量元素，能补充人体所需大量的维生素，它还能提高人体免疫力……"

韩洪波和郎克勤站在果园内，表情木讷地举着苹果，听赵春喜介绍苹果，解答直播间提出的问题，既新鲜又紧张。序幕拉开，就连赵春喜也没有想到，一场直播下来，竟销售出20多万元的苹果。果农们排着长长队伍，好奇地跟着直播镜头，瞪大眼睛看着，随着赵春喜一声声哪里下单的回复，他们惊喜得直拍大腿。果园沸腾了，韩洪波和郎克勤激动地抓住赵春喜的手："哥们儿，这是真的吗？你快教教我俩，我们现在就拜师。"一场直播，让赵春喜增加了10多万粉丝，他因此爱上了孟岭果园，三个年轻人的心贴得更近了。于是，电商这个新名词，网络这个新平台，走进了韩洪波和郎克勤心里。有首歌唱："三分天注定，七分靠打拼，爱拼才会赢。"

2019年，孟岭村果园产量3000万斤，产值达到了6000万元。孟岭村书记深有感触地说："我们真不能光拉车不朝前看了，一定要像年轻人那样，敢想、敢干，接受新思维，才会有更大的前景与效益，新农村建设离不开这样的年轻人。"

韩洪波着魔似的购买相关书籍，不断向赵春喜请教。通过理论与实践相结合，很快掌握了电商基本知识与技能。三个年轻人成立了伍禾种植专业合作社，将孟岭苹果推向了全国各地，并用诚信打造出了品牌效应。

通过学习，韩洪波和郎克勤意识到电商对农业发展的巨大影响，这不单单是销售苹果这条线，这是自身实现做一名新农人、兴农人的起航点，更是新农村山乡巨变的起跑线。渐渐地，从赵春喜身上学到的应用知识已满足不了两人想飞得更高、更远的梦想。于是韩洪波果断选择了自费到西安学习供应链、电商运营、包装设计、品牌推介等知识。外出学习的韩洪波抓准一切时机取经。于2019年成立了珲春伍禾文化传媒公司。招聘3名主播，通过多个电商平台销售家乡苹果。郎克勤家的苹果通过线上销售渠道走向了全国，一年下来销售额达40多万元。尝到了线上销售带来甜头的两人，并没有将资源"据为己有"，而是在村里开展电商创业培训，帮助更多果农通过电商渠道扩大销路，拥有了来自全国20多名网络主播与他们合作。韩洪波负责线上供应链直播带货，郎克勤负责线下产业链，双管齐下，抢占市场。

由于两人迎难而上，推动了孟岭村电商队伍不断扩大。他们不仅用行动改变命运，也影响着孟岭村的父老乡亲。有的果农借助电商这条渠道，不但将滞销的苹果销售到全国各地，收入比往年增加，还将自家土特产也发往各大城市。韩洪波和郎克勤每天忙得不可开交，电话一个接一个，自家果园前排着长长队伍，等着签订销售合同。正所谓，有了梧桐树，才引凤凰来。孟岭村的年轻人，想加入电商平台学习的心急剧上升，不断向韩洪波和郎克勤靠拢。韩洪波的父亲骄傲地说："我说咱们果园离不开年轻人吧，果农的孩子没有坷垃的。"

三

2020 年，是韩洪波与郎克勤马不停蹄最艰辛的一年。因为他们知道，思维和价值的塑造离不开引领，他们的不服输已被推到风口浪尖上，如果孟岭村果园改观不大，效益不增，不用果农说，就连他们自己都无法称是果农的孩子，更何况现在已是小荷才露尖尖角了。下一步怎样走才能走得更远，飞得更高，才是关键。随着市场经济不断发展，许多地区的电商风生水起。正当两人热血沸腾，准备大干一场时，疫情袭来，线上线下，顿时陷入困境。收购上来的苹果堆积如山，每天都有坏果出现。当贴出最低价格销售的那一刻，韩洪波流泪了，郎克勤蹲在地上默默无言。这一年，赔了夫人又折兵。两人同时大病，在炕上整整躺了两天。韩洪波第一次感到创业的艰辛，现实的残酷。经过沉淀后的韩洪波，支撑着从炕上爬起来，他不甘心自己就这样垮下去。既然在特殊情况下不能如愿以偿，那就给自己和团队一个充电机会。于是他做出大胆决定："欲建其言，必出重拳。"走出去，全方位重塑，带出一支"新农人、兴农人"队伍。

2020 年 4 月 10 日，一场纷纷扬扬的雪落在珲春大地，也落在了韩洪波的肩上。他只身一人，踏上去往陕西的快车。他听说陕西电商销售链做得好，他要先探探路。不具备适应社会发展的速度与动力，必将会被社会所淘汰。要想立足，就得具备抵御风浪暗礁的能力。在陕西互联网学习过程中，韩洪波打开了眼界，他不断汲取经验，并将北方地域文化特点与其交流。平台朋友根据北方气候与特点，进行南北对比，反复剖析。韩洪波如饥似渴，每天都将自己的感受与学到的知识与家乡朋友分享。夜深人静，人们进入梦乡，韩洪波却在灯下整理笔记。家乡这边以郎克勤为首的合作社伙伴，在灯下等待韩洪波传来信息，并记录探讨。为了汲取不同地域的销售经验强大自身，韩洪波又带领团队前往北京、丹东、杭州、宁波等地进行学习，仅 2020 年一年，他就带领团队去了三次陕西，两次丹东，三次杭州，还在义乌电商村进行长达半个月的实地考察，一共花销 16 万元。于是，风言风语来了，有人说他野心大，有人说他脑袋出毛病了，可韩洪波笑着说："知识如水，只有汇集方能成海。没有储备的头脑，那就是空白的壳。"他要做一个有高度的新型农民。

2020 年 6 月，韩洪波得知各村农户土豆处于滞销，许多农户站在地头唉声叹气。新明村及三家子满族乡好几个贫困村土豆埋在地里，再不及时出售，损失会很大。韩洪波与团队了解这一情况后，把手头两个好单子推了，赶到农户土豆地，先从贫困户开始，利用网络平台开展直播销售，一天下来就销售 2 万多斤。但由于过了土豆销售最佳期，整体销售下来，韩洪波赔了一万多元。可有人说，他们干直播的挣钱，赔点儿小钱不算啥。

在奔跑的路上，韩洪波说苦点儿累点儿都不怕，但有时，心酸和无奈让他感到茫然。正所谓梦想总是很斑斓，但现实却是很饥寒。

2020 年 8 月，由于疫情等原因，珲春马川子乡河南村许多贫困户的玉米棒子一直挂在棵上。为解决贫困户燃眉之急，村干部找到韩洪波和郎克勤，希望通过平台帮帮他们村。按计划韩洪波要连续一周做其他土特产收购与销售，而且预计效益可观。当他听到村干部这样说，立即组织团队来到河南村。在路上，团队小张说："这个村是有名的贫困村，村干部说的那片地连续几年产量不好，玉米棒不大，接单有些盲目。"其实韩洪波心里有数，放弃两项好业务不做，钻到玉米地里受罪，他心里明镜似的，他说："咱们不能光考虑利益，都这节骨眼儿了，黏玉米再不销售出去，老在棵上，那损失就更大了，咱们豁出去拼一下，不然农户咋整？"伙伴们了解韩洪波的脾气，没再做声。

因为这样的收购销售只能从眼观上进行评估，黏玉米大小棒及鲜嫩程度不好确定，韩洪波看着这片打不起精神的玉米地，还是承诺帮助农户直播销售。于是，他们每片地评估出多少棒，又以每棒大小多少价格与农户签订收购合同。就这样，5个人蹲在玉米地里，一蹲就是四五个小时，终于卖出10万多棒。为了快速销往全国各地，他们又雇佣20多名农户掰玉米，然后用保鲜膜把玉米缠好放入保鲜箱，虽然韩洪波一再强调玉米棒的质量和新嫩程度，可在挑选过程中，农户为了自己利益，有人将老玉米和小棒玉米混入其中。经过夜以继日的操作，发出的玉米因大部分不符合质量要求，五天时间连续接到平台退货与投诉，两人做平台销售第一次遇到这样的事情，为了挽回诚信度，他俩决定，对于不符合质量要求的单子全部包赔。仅这一项，损失3万余元。团队成员不理解，认为明知没有效益的项目还去做，成全别人，苦了自己。韩洪波只是无奈地摇摇头。两人，再次感到寒心。

进入秋季，消息灵通的韩洪波得知，本市每年都有大量鸡心果上市，但因鸡心果产量高，几乎家家户户都有几棵鸡心果树。鸡心果学名滇刺榄，又叫锦绣海棠，外形秀美，香气诱人，皮薄多汁，营养成分高，是一种低热量食物，易被人体吸收，故有"活水"之称。因抗旱耐寒，许多农户大量种植鸡心果。但由于上市期正是各种蔬果旺盛期，不起眼儿的鸡心果价格比较低。韩洪波看到许多果农在市场蹲卖，零散销售，他觉得应该用直销平台给果农一个快捷销售渠道。于是，韩洪波大量收购鸡心果，对集中地段种植鸡心果的农户，进行现场直播。因为珲春市特殊地理位置，鸡心果味道鲜美，价格适中，深受喜爱，一炮打响。一天最高销售额达8千余元。集中收购鸡心果期间，韩洪波雇佣200多人进行选果，精品大果平台销售，小果低价本市销售。鸡心果农户坐在家中就能将果子卖出去，而且还比历年价格高，高兴得他们逢人便夸韩洪波是个大能人，将鸡心果销往外地。农户王大爷家鸡心果连续3年都是韩洪波帮助销售，几年加起来多卖了近1万多元。

又是一年秋季到，红艳艳的果实是最富有鼓动性的演讲。56岁的孟岭村民祖延芬正熟练地按标准分拣苹果，老伴儿郎宝林则在一旁搬运苹果。祖延芬高兴地说：过去俺两口子四处打工不落根，吃了不少苦，这几年村里的苹果一年比一年卖得好，俺俩也不用出去打工了，跟着大伙儿在果园里忙活儿，俺老两口每天能赚260元，这样的收入足够俺们花的了。

的确，果园每年从剪枝、割草、剪叶、喷药、采摘等每个环节都需要雇佣人员。每当果园需要人手时，不仅是本地村民，就连珲春市里的人都会来孟岭村打工。这对本村41岁的李娜来说是最有说服力的。家住珲春市英安镇关门村九队的李娜一家，多年来一直以种植木耳为生。2020年，李娜听朋友说韩洪波组织电商培训班，怀着试试心理的李娜，参加了韩洪波组织的电商创业培训。互联网大潮带来的巨大变革和电子商业蕴藏的机遇深深吸引着她。培训结束后，她找到韩洪波，说什么也要在他的公司工作。就这样，李娜一边工作，一边学习电商运营知识。春节过后，在韩洪波、郎克勤的鼓励与帮助下，她在拼多多平台开起了网店，一方面出售家乡特产，另外一方面，拼多多不仅给予农产品"零佣金"优惠，还通过平台首创"拼购＋产地直发"的"农地云拼"模式，为农业合作社和家庭农场提供长期稳定的订单，帮助小农户融入大市场。刚刚起步的李娜，信心满满地说："我是搭上了电商这趟班车了，而且是快班车。我能有今天这样的进步，真要感谢韩洪波和郎克勤。"她的一番话，让土生土长的农村娃赵春喜深有感触。已经拥有50万粉丝的赵春喜由衷地说："三年前，我只是一个单打独斗、不懂经营的'电商小白'，就因为上了趟孟岭村，与韩洪波和郎克勤来了一次线上售卖经历，我就成了这个团队的一员，并成为一名专职主播。虽然我现在是小有名气的带货主播，每场直播下来都在四五千元以上，而且还曾创单场最高 10 余万元的销售额纪录，这些成绩的取得与韩洪波的引领息息相关。"

2020 年 9 月 4 日，韩洪波在杭州浙江大学参加了乡村振兴新农人培育计划研修班。在开班仪式上，他举起右手宣誓："我是新时代中国新农人，我愿为乡村振兴、脱贫攻坚而努力奋斗！我热爱农民，我愿用毕生精力奉献农业，做农民致富的领头雁。我坚定信念，肩负使命，升华境界，修身慎行，率先垂范，全力锻造卓越团队。"一天 13 个小时的学习时间，让韩洪波的眼界更宽了。结束后，鲁老师、朱院长握着韩洪波的手大声说："看好你，坚持。"韩洪波流下热泪，只说了两个字："坚持。"

归来后的韩洪波，首先更新了公司电脑、传送等设备，将各种包装进行全面升级。快递的大米包装箱上写着：不远千里只为把最好的给你。许多人问韩洪波电商受益的秘诀。他笑笑说："没有捷径，用产品质量说话。"

2020 年 10 月初，韩洪波团队再次前往宁波、义乌电商第一村进行充电助力。10 月末，伍禾文化传媒团队在汪清网红电商第一期培训班开班了，学员是本市的企业家和乡村致富带头人。韩洪波的梦想是让全州人人懂电商，人人做直播，加速推进整体线上互联网经济。这样的培训课一个接着一个，在全州各个城市遍地开花。

引领之功，如春风化雨、如雨润万物，潜移默化改变着孟岭人的观念与行为。越来越多"村里人""孟岭人"通过努力变成助力乡村振兴的"兴农人"。为了帮扶这些新型农人快速成长，珲春市相关部门纷纷拿出"给力"举措。于2020年10月举办了孟岭村首届电商文化节暨苹果采摘节，活动除了项目推介、产业发展论坛等内容外，还特地设置直播带货专场。当天，进出孟岭村车辆达2000台次，接纳游客近万人，同比增长4倍。30余家企业公益认购苹果5万箱。以韩洪波和郎克勤为首的35名网红、主播在孟岭村现场带货，直播销售3200箱达3.2万斤。据不完全统计，淘宝、京东、拼多多等电商平台当日共销售孟岭苹果8600单。仅10月4日至8日，孟岭果园每日接待游客5000人左右，每日采摘销售1万箱20万斤，电商平台日销售5000箱达5万斤左右。这样的数字是枯燥的，又是闪光的。

2020年，既是决战脱贫攻坚、决胜全面小康的收官之年，也是中央一号文件继续聚焦三农，提出"有效开发农村市场，扩大电子商务进行农村覆盖面"等相关政策、农村电商、数字乡村建设的重中之年。韩洪波站在苹果园高岗处，望着远方出神。郎克勤知道，在他心里，有一片更辽阔的海。由于韩洪波团队的知名度越来越高，许多外地主播多次聘请他去外地带货，优惠条件及丰厚的利润没让韩洪波动心。他说他离不开珲春这片土地，离不开看着他长大的果园。

四

有人说做电商挣钱，可有多少人能看到他们起早贪黑蹲在玉米地里、土豆地里、鸡心果果园，顶着七级大风做直播？然后与雇佣工人一起打包、装车、啃面包。在水稻基地做直播。团队小老弟蹲在地边，身边放着磨好的延边小粒香町大米，一播就是五个小时，一天交易额达6万余元。下播后，他嘴唇干裂，冒着血丝，嗓子说不出话，由于长时间蹲位与单膝跪地姿势，他站立的瞬间，双腿不听使唤，身体前倾，双膝重重跪在地上，后来两人架着才勉强支撑着迈出步伐。这些苦，看得周围百姓纷纷说："这哪是年轻人能吃的苦啊？"邮政快递工作人员几乎每隔一天就来到伍禾农业有限公司拉货。装车时间从一两个小时变成四五个小时。一次邮政大哥往车上搬运塑封大米包装箱，四五个人装了三四个小时还没有装完，其中有个大哥风趣地说："人家发车论件，可你们这里论吨啊。"由于伍禾团队电商平台的诚信度和知名度，让许多在外打工的年轻人回归，走进伍禾电商团队。还有外地年轻人慕名来到珲春伍禾团队接受培训。

2021年，他们又将自己的团队进行拓展，开始实施与学校对接，前往珲春、图们、和龙、敦化等地进行授课，每次授课时间七天、三天不等，带出了许多平台销售能手。"一花独放不是春，百花齐放春满园。"而今，团队优秀讲师每天奔赴在省内各地。经过洗礼与锤炼后，韩洪波团队步子迈得大了，站得更高了。

2021 年 8 月 22 日，《吉林新闻联播》关于延边州上半年电商产业持续增长，成为经济发展新引擎的聚焦新闻中，对珲春伍禾文化传媒公司通过网络直播，将本地的生鲜、水果和农特产品销往全国各地做了长达 8 分钟的报道。对于他们在线上供应链直播带货、线下规范化产业链模式抢占市场给予了高度评价。疫情发生后，许多人都选择了外出打工，他俩不仅没有走，还通过土地流转等方式经营起上百亩富硒苹果园。疫情期间，地区平台受限制，他们坚信："关上一扇门的同时，一定会打开一扇窗。"看到奔赴在抗疫一线的志愿者的付出，韩洪波和郎克勤及时购买了 1 万个 N95 医用口罩，带着餐品，将 1 万多元的物资送到隔离点。

每一个创业者的背后，都有一段不为人知的故事。韩洪波每天奔赴在各地，每每家人催促他快点儿结婚时，韩洪波说："我先立业后成家。"临近春节，家家户户都在忙着置办年货，可韩洪波和郎克勤却带领团队在完成订单。夜深人静，公司厂房里，近 20 人在挑选、装罐、打包成品黄芪片。这里的每个人，每件货物，是忙碌的，又是安详的。但每个人内心深处，却是激情澎湃。灯光下，胶带的撕扯声和着窗外的风声，直到夜半，伙伴们看着堆积如山的快递最后一批订单终于完成。他们站起身，激动地喊了声："我们新年快乐。"韩洪波为伙伴们深深鞠上一躬，众人拥抱在一起。

在一次与赵春喜交流中，韩洪波对万良长白山人参交易市场产生了浓厚兴趣。他觉得应该挑战一下自己。他了解到，万良人参交易市场是全国乃至亚洲最大的人参交易集散地，市场以人参为主的产品有200多种，对拉动区域经济发展发挥了重大的作用。作为世界人参的"心脏"，其人参栽培历史至今已有450余年，加上长白山区特有的气候和良好的地理环境，使万良镇生产的人参品质优良，声名远播，成为"长白山下人参产业第一镇"和"人参之乡"。两人又一次不谋而合，带着家乡特产，走进万良大市场。

两人如初生牛犊，又犹如鱼儿入海。他们将长白地域从春季到秋季能销售的珍品，比如：蘑菇、鲜人参、鲜西洋参、林下参、鲜玉米、林蛙油、蓝莓、苹果乃至药材等，统统记录在心，纳入伍禾团队销售计划，将两地产品进行交融。他们坚信一个理儿，无论做什么产品，必须质量至上。每一个梦想的花朵都是鲜艳美好的，但每一个现实的起步又都是陌生与残酷的。刚进入万良市场的两个愣头青，遭到了固守市场老商户的白眼与挤兑。尽管两个年轻人不愿提到同行是冤家这句话，但现实就是现实，更何况社会本身就是一个千奇百怪的大熔炉。在产品销售、收购中，他们与同行商家进行交流，不耻下问，用珲春苹果等土特产品，打开市场一席之地。

刚进入万良大市场，两人在下乡收购林下参时，因对林下参的参品知识掌握不够，第一批收购的林下参在运送、包装途中就损失了近 9 万元。为了不影响公司声誉，他们自行将不合规品的林下参低价出售，花高价购买精品林下参完成订单，得到南方商家高度认可，又与韩洪波签订了 10 万元合同。韩洪波当晚在自己微信朋友圈发了一条感悟："生如蝼蚁，当立鸿鹄之志，命如纸薄，却有不屈之心。乾坤未定，你我皆是黑马。有朝一日，必将梦想成真。"

进入 8 月初，许多南方老客户催韩洪波发鲜参，可韩洪波经过实际走访调查后，考虑到南方气候酷热，北方鲜参由于气候原因，期间有一部分参没有完全灌满浆，虽然鲜货发出去保值能挣到钱，但鲜参品质远没有再等半个月后质量好，他直言告知南方客户，打消了他们急于收货的初衷。半个月后，韩洪波及时将鲜参订单如数发往南方。商家看到鲜参质量比他们预想的好很多，且在南方销路特别抢手，对韩洪波团队的诚信合作赞不绝口，继而又增订 20 万元订单，还为韩洪波新引进 5 家南方客户，达成了良好的合作关系。

为了将人参佳品销往全国各地，两人于 2021 年 8 月租了一间 1500 平方米的仓储室，以 8、9 月份鲜参、药材为主，给全国各地主播提供供应链，加之秋季富硒苹果抢占了一批稳定客商，纷纷与他们联手，最高一次单日销售额达到了 60 万元，引起强烈反响。许多商户猜测两人用不正当手段抢占市场，并要求查看他们的货物。当他们连续打开韩洪波发往外地的快递时，他们愣住了，默默离开。因为韩洪波和郎克勤并没有内讧，而是在产品质量上力求最优。特等参与一等参的定品，都是他们亲自下乡收取的一手货源。这些货的质量，让前来查看的商户无言以对。而富硒苹果，珲春孟岭品牌，无可非议。两人"不信邪、不服输、不忘本"的性格让他们取得了敲门砖，最终与万良市场许多电商成为合作伙伴。

万良之行，让韩洪波在笔记本上写下："乡村振兴最大的制约瓶颈不是钱的问题，是人的问题。如何培养和沉淀出一批对农业有情怀、愿意扎根农村、愿意从事农业的新型经营主体带头人，这是值得全社会思考的课题。我们因青春追逐山川大海，又因情感逐梦家乡沃土。"

收获季节，捷报频传。2021 年，珲春市委、市政府授予韩洪波农村电商先进个人称号、珲春电商协会会长、延边州电商协会副会长、吉林省企业家青年先锋、延边州州青联委员。

2022 年在抖音电商排行榜上，珲春孟岭同时进了三个榜单，口碑榜列居第一，当季水果爆品榜第二，苹果爆品榜第四。做生鲜供应链拼的不是价格，而是质量。特别是苹果链接里的万单产品，无一差评。这是何等的产品质量与服务？

2022 年 11 月 28 日，《吉林日报》头版刊发了题为《珲春跨境电商产业——为经济高质量发展注入新动力》的报道。记者走进珲春东北亚国际商城的网红直播间工作区，主播们通过视频介绍各自带货的产品，纷纷为家乡"珲字号"特产代言。记者采访的网络主播李美丽，就是韩洪波团队经过一年时间带起来的新主播。她曾是一名导游，经常带团队往返俄罗斯与珲春之间，当李美丽有了想发挥特长做电商的想法时，她找到韩洪波团队，当时正赶上韩洪波团队要去万良人参市场做直播，就将她带上一起去了万良人参交易市场，让她观看，给她讲解直播平台需要掌握的一些知识与运用。聪明好学的李美丽通过学习与探索，再加之她曾做过导游的优势，很快掌握了电商技能，并通过拍段子吸引了不少粉丝。2022年5月，在韩洪波团队的帮助下，她正式开始直播带货，深受南方网友喜爱。看到李美丽的成长与业绩，韩洪波和郎克勤很是欣慰。正是由于珲春东北亚跨境电商产业园，为青年创业者提供了免费办公设施及创业指导，让类似于珲春伍禾文化媒体团队如雨后春笋，全力打造东北亚跨境电商产业示范新高地。在短短几年时间里，珲春跨境电商进出口贸易额从2018年的4300万元增长到了2021年的21.5亿元，实现了从小到大，从弱到强的跨越发展模式，成为拉动珲春乃至吉林省外贸经济增长的新引擎。

提及诸多殊荣，韩洪波说："我还是喜欢珲春市伍禾种植专业合作社董事长和珲春伍禾农业有限公司总经理这个称谓。因为我觉得这样离土地更近些，我是孟岭果园养大的孩子，我是农民的儿子，什么时候也离不开土地。"

而如今，再看孟岭村，一户户具有朝鲜族风情的马尾房，依着起伏的山势迤逦而建，漫山遍野的苹果树，像穿着花瓣织成的白纱裙，迎风而舞，送来清香，构成一幅田园牧歌式的乡村画卷。这个因苹果而兴的村庄，一个用"小苹果"实现生态效益、经济效益、社会效益共赢的新农村，让人流连忘返。现在，不论是近在咫尺的长春、哈尔滨，还是远在华北华南的北京、广州，只要你走进大型超市，都能发现孟岭的富硒苹果。山上苹果飘香，山下新房座座，已经成为孟岭人新生活的真实写照。依靠富硒苹果走出困境的孟岭人，在收获了经济效益的同时，也激发出满腔的创业热情。亦如韩洪波在接受省电视台采访时说："珲春这么好的地理环境，我和郎克勤之所以一心一意做果农，尝试平台销售，是因为我们对脚下这片土地爱的深沉。乌鸦反哺，是孟岭村这块土地养大了我们，如今我们长大了，源于本能的天性和义务，我们都要坚守好这片黑土地。大道理我说不好，但我懂得，社会发展离不开农业，也离不开土地，土地就是我们农民的根。再说这里寄托着我们果农共同的梦想，山乡巨变需要一批批新农人去开拓、去打拼。但同时更需要年轻人回归黑土地，用永不停息的脚步去耕耘，坚守一代代传承下来的沃土。未来电子商务商机无限，美好定会属于我们。"

是的，以孟岭果园为起点的"新农人、兴农人"，已拥有了美好。